Friedrich Hassaurek

Das Geheimnis der Anden

Friedrich Hassaurek

Das Geheimnis der Anden

ISBN/EAN: 9783743315280

Hergestellt in Europa, USA, Kanada, Australien, Japan

Cover: Foto ©Andreas Hilbeck / pixelio.de

Manufactured and distributed by brebook publishing software (www.brebook.com)

Friedrich Hassaurek

Das Geheimnis der Anden

Das

Geheimniß der Anden.

Roman

von

Friedrich Hassaurek,

Verfasser von „Vier Jahre unter Spanisch-Amerikanern" &c.

Deutsch von Dr. C. A. Honthumb.

Cincinnati, Ohio:

Robert Clarke & Co. | M. & R. Burgheim,

65 West Fourth Street. | 184 Vine Street.

Erstes Buch:

Träume.

Que es la vida? Un frenesi.
Que es la vida? Una illusion
Una sombra, una ficcion
Y el mayor bien es pequeño
Que toda la vida es sueño
Y los sueños sueño son.
CALDERON DE LA BARCA,
La vida es Sueño.

1. Gewitterwolken.

Es war im Frühling des Jahres 1592. Die Stadt Quito im spanischen Vice-Königreiche Peru, in Süd-Amerika, befand sich in furchtbarer Aufregung. Erbitterte Gruppen leidenschaftlich gestikulirender Männer aus allen Klassen drängten sich auf den öffentlichen Plätzen und versperrten die Straßen. Drohende Aeußerungen, wie „Nieder mit der Alcabala! Tod den Chapelones!" (geborenen Spaniern) wurden allerwegen gehört. Ein neues Mitglied der Königlichen Audienz, des höchsten richterlichen und Verwaltungs-Tribunals der Provinz, war soeben von Spanien eingetroffen. Dieser Würdenträger hatte die amtliche Bestätigung des Berichtes mitgebracht, daß das Mutterland beabsichtige, einen himmelschreienden Treubruch an den Bewohnern des Vice Königreichs zu begehen. Die erdrückende Steuer, Alcabala genannt, sollte in Peru erhoben werden; obgleich durch eine spezielle Verfügung der dem Eroberer Don Franzisco Pizarro ertheilten königlichen Schenkungsurkunde dieses Land auf die Dauer von hundert Jahren von der Alcabala befreit war, welche Frist noch lange nicht verstrichen war und nicht während der Lebzeit der damaligen Generation ablaufen würde.

Die Bevölkerung Quito's war verarmt und verschuldet. Ihre Väter waren in ihren goldenen Erwartungen getäuscht worden. Die Männer Benalcazars hatten die Stadt in der Hoffnung gegründet, früher oder später die verborgenen Schätze Atahualpa's und Rumiñagui's zu finden. Diesem ignis fatuus hatten sie Tausende von unglücklichen Indianern geopfert. Um dieses unerreichbaren Zweckes Willen veranstalteten sie lange, erfolglose Nachgrabungen und verarmten, während sie nützlichere und legitimere Beschäftigungen vernachläßigten. Baares Geld war bei ihnen fast zur Rarität geworden und ihre Geschäfte beschränkten sich infolge dessen auf das primitive System des Tauschhandels. Konnte es ein solches Volk erschwingen, eine Steuer von vier Prozent, oder gar noch mehr, auf alle Verkäufe zu bezahlen — eine Steuer, welche so oft von ein und demselben Gegenstande erhoben wurde, als derselbe in andere Hände überging, bis er schließlich den Konsumenten erreichte? Unmöglich! Der Tod im Kampfe war dem langsamen Verhungern bei Weitem vorzuziehen. Die Alcabala durfte nicht erhoben werden. „Widerstand! gewaltsamer Widerstand!" war die allgemeine Losung. Hunderte von alten Soldaten, welche in den Bürgerkriegen der Conquistadoren gefochten und von denen Viele, die zu der geschlagenen Partei gehalten, arm geblieben waren, nahmen diese Losung freudig und eifrig auf, bereit, an irgend einem Krawall theilzunehmen, der ihnen eine Veränderung und gute Beute versprach.

Es war etwa eine Stunde nach Sonnenuntergang, als sich zwei junge Herren vom höchsten Adel auf ihrem Wege nach der Plaza San Franzisco durch die erbitterten und aufgeregten Volkshaufen hindurchdrängten. Der Eine war Don Julio de Carrera, vielleicht der beliebteste junge Cavalier Quito's, bescheiden, liebenswürdig, und gebildet, ein Freund der Literatur in einem Zeitalter der Barbarei, rechtschaffen und achtbar. Obgleich blutarm (sein Vater war unbemittelt gestorben,) war er doch allgemein beliebt.

Der junge Mann war von der Freigebigkeit eines alten, kinderlosen Onkels abhängig, der nach dem Marquis de Solando als der reichste Mann der ganzen Provinz galt. Der Andere war Carrera's intimer Freund, Don Roberto Sanchez, ein heißblütiger, hochsinniger, freimüthiger und lebenslustiger Jüngling, der Sohn des Don Alonzo Sanchez, eines einflußreichen Mitgliedes des Cabildo oder Stadtrathes von Quito, berühmt wegen seiner Beredsamkeit und bekannt als einer der kühnsten und entschlossensten Gegner der beabsichtigten Einführung der Alcábala.

Die beiden jungen Herren schritten auf die Wohnung des Marquis de Solando zu, wo sie den Abend verbringen wollten. Der große Reichthum des Marquis und die Schönheit seiner Tochter Dolores machten sein Haus zum Mittelpunkte der feinen Gesellschaft Quito's. Seine täglichen Tertulias (Abendgesellschaften) waren besuchter als die irgend einer anderen Familie der Stadt. Auch an diesem Abende war eine zahlreiche Gesellschaft versammelt, als die beiden jungen Cavaliere den Salon betraten. Mit Ausnahme der Damen vom Hause bestand die Gesellschaft ausschließlich aus Herren, welche eifrig die gewichtige, Alles überschattende Tagesfrage besprachen. Der Marquis, ein entschiedener Loyalist, befürwortete Unterwerfung. Señor Alonzo Sanchez, der Vater des jungen Roberto, welcher soeben eingetreten war, sprach energisch für entschlossenen Widerstand und wurde von den meisten anwesenden Herren warm unterstützt. Gereizte Worte fielen und die Diskussion drohte laut und erbittert zu werden, als sie durch einen neuen Gast unterbrochen wurde, dessen Anwesenheit und offizieller Charakter die Fortsetzung ohne Weiteres verboten. Dieser neue Ankömmling war Graf Joaquin de Valverde, ein junger Offizier vom besten spanischen Adel, welcher vom Vize-König von Peru als Befehlshaber der Arkebusiere und anderen regulären Truppen und als Organisator der Milizen nach Quito geschickt worden war. Der junge Edelmann war nach Amerika gekommen, um seine zerrütteten Vermögensverhältnisse zu verbessern und da er in der Gunst des allmächtigen Vize-Königs sehr hoch stand, so schien seine Zukunft bereits gesichert zu sein und die Mütter von heirathsfähigen Töchtern betrachteten ihn als einen der Hauptgewinne in der Ehestands-Lotterie. Allgemein glaubte man, daß dieser Treffer Dolores Solando zufallen werde, um deren Gunst der Graf Valverde nur zwei nennenswerthe Rivalen hatte, den Señor Don Julio de Carrera und den Señor Don Manuel Paredes, welcher sich ebenfalls unter den Gästen des Abends befand, und dessen Bekanntschaft die Leser im nächsten Kapitel machen werden.

2. Die geheimnißvolle Königin.

„Ich hoffe die Erste zu sein" — sagte Donna Dolores zu dem Grafen Valverde nach dem Austausch der üblichen Begrüßungen, „die Ew. Excellenz die Nachricht von dem wunderlichen Abenteuer mittheilen kann, welches unser Freund, Señor Carrera erlebt hat."

„Ich bin außerordentlich gespannt" — sagte der Graf, obgleich durchaus nicht entzückt von der Aussicht, ein Abenteuer hier besprechen zu hören, dessen Held er nicht selbst gewesen.

„Ew. Excellenz müssen wissen, daß Señor Carrera einsame Spaziergänge liebt. Er ist ein Poet und wir Alle bewundern seine Gedichte. Es macht ihm Vergnügen, die Schluchten des Pichincha zu durchstreifen, und dort begegnete ihm sein merkwürdiges Abenteuer. Er stand plötzlich vor einem wunderschönen Mädchen, einer Erscheinung aus dem Feenreiche. Seitdem ist er rasend verliebt und die Damen Quitos sterben vor Eifersucht. Natürlich kannte er die wunderbare Fremde nicht, und was sein Erlebniß noch wunderbarer macht, sie war eine Indianerin."

„Eine Indianerin?"

„Jawohl, Herr Graf; eine Indianerin von außerordentlicher Schönheit, Majestät und Anmuth. Sie war ihm beim Betreten einer Schlucht plötzlich erschienen und er stand vor ihr, in stummer Bewunderung. Doch wahrscheinlich würde er bald die Sprache wiedererlangt haben, ja wir haben ihn sogar im Verdacht, daß er ihr auf der Stelle seine Liebe erklärt hätte, wenn die wunderbare Erscheinung nicht plötzlich auf unerklärliche Weise verschwunden wäre."

„Verschwunden?"

„Ja, Herr Graf, verschwunden, ins Nichts aufgelöst, in den Aether emporgestiegen, oder in die Tiefe der Erde versunken. War das nicht grausam? In demselben Augenblicke riß nämlich die Degenkoppel des Señor Carrera und seine ohne Zweifel furchtbare Waffe fiel auf die Erde. Er bückte sich, sie aufzuheben, und als er wieder nach seiner Erscheinung sah, war dieselbe spurlos verschwunden. Weder Gebüsch noch Felsspalt war in der Nähe, wo sie sich hätte verbergen können, und doch war sie verschwunden. Was denken Ew. Excellenz von diesem Erlebniß?"

„Ich will nicht hoffen," — sagte der Graf — „daß es eine poetische Phantasie des Señor Carrera war, inspirirt von —"

„Durchaus nicht, Herr Graf," unterbrach Dolores, „denn es ist ein sichtbarer Beweis von der Wirklichkeit der Erscheinung vorhanden, Se. Gnaden fanden einen Dolch an derselben Stelle, auf welcher das Mädchen gestanden. Wir haben ihn vermocht, das corpus delicti vorzuzeigen. Hier ist es."

„Dieses," sagte der Graf, die Waffe mit Kenneraugen betrachtend, „ist maurischer Stahl, von vortrefflicher Güte und ausgezeichneter Arbeit. Wie konnte ein solches Cabinetstück in die Hände einer Indianerin fallen?"

„Ah, das ist ja gerade das Geheimniß, Herr Graf!" entgegnete Dolores, welche es liebte, in ihren Anreden den „Grafen", als die Repräsentation des ächten altspanischen Adels, ganz besonders zu betonen. „Wir sind zu der Ansicht gekommen, daß jene Indianerin entweder eine Hexe, oder aber, daß sie die geheimnißvolle Shyri-Königin von Quito war, von welcher wir so viel gehört und noch nie etwas gesehen haben."

„Sie ist möglicherweise beides," bemerkte Señora Catita, die Tante von Fräulein Dolores, welche neben ihr auf dem Sofa saß.

„Zu meiner Schande muß ich den Damen gestehen," sagte der Graf, „daß ich noch niemals von dieser Shyri-Königin gehört habe."

„Ew. Excellenz sind noch nicht lange genug hier," fuhr Dolores fort, „um mit den Traditionen unserer Indianer bekannt zu sein. Die Shyri-Königin ist angeblich eine Enkelin Atahualpa's, des Inkas, die in der Familie irgend eines großen Kaziken oder unter den unterjochten Stämmen unserer östlichen Provinzen im Geheimen erzogen wurde, damit sie den Behörden nicht in die Hände fallen konnte. Die Indianer des alten Reiches Quito verehren diese mystische Königin und erkennen sie als ihre Souveränin an. Auf ihren Befehl würden sie augenblicklich im Aufstande sich erheben und Alle abschlachten und unsere Häuser niederbrennen. Schon ihr Name, ob sie nun eine Mythe oder eine Wirklichkeit ist, bedroht den Frieden und die Sicherheit dieser Provinzen!"

„Und warum nennt man sie die Shyri-Königin, wenn die Damen die Frage gestatten?"

„Ihre Vorfahren, die alten Könige von Quito, wurden Shyris genannt. Deren Königreich wurde von den peruanischen Inkas, etwa vierzig Jahre vor der Ankunft der Spanier gestürzt. Der letzte Shyri fiel in der Schlacht. Sein einziges Kind, eine Tochter, wurde die Gemahlin des siegreichen Inka, und ward so die Mutter Atahualpa's. Doch es ist nicht die geheimnißvolle Indianerkönigin oder Prinzessin, Herr Graf, was uns so sehr interessirt, es ist vielmehr ihr reiches Erbe. Wenn es wirklich eine Shyri-Königin gibt, und ich zweifle nicht daran, obgleich noch nie das Auge eines Weißen sie gesehen, dann kennt sie das Geheimniß, wo die ungeheuren Schätze Atahualpa's verborgen sind, nach denen die Spanier nun schon durch zwei Menschenalter hindurch vergeblich gesucht haben. Welch großartige Entdeckung würde es sein, wenn ihr Verschwinden an der Stelle, wo Señor Carrera sie gesehen hat, das Vorhandensein eines unterirdischen Ganges andeutete, durch welchen man in die Schatzkammer gelangen könnte. Sie, Señor Sanchez, sind vertraut mit der Geschichte und kennen die Annalen des Cabildo, geben Sie deshalb Sr. Excellenz Bericht von Dem, was über den Ursprung und den Werth jenes großen Schatzes bekannt ist."

„Ich bitte Ew. Gnaden sehr dringend," sagte der Graf.

„O, bitte, erzählen Sie!" riefen die Andern, und Alle drängten sich um den alten Herrn, um von ihm Näheres über das große Problem ihres Lebens zu vernehmen, welchem sie Alle mehr oder weniger Zeit und Anstrengungen geopfert hatten. Sie Alle hatten die Geschichte schon früher vernommen, sie kannten alle Einzelnheiten derselben wurden aber doch nicht müde, derselben immer wieder zu lauschen. Sie konnten sich nicht satt daran hören. Sie verschlangen gierig jedes Wort, welches von den Lippen des ehrwürdigen Alcalden fiel.

3. Beweise.

„Ew. Excellenz sind natürlich vertraut mit den näheren Umständen der Eroberung Perus," begann Señor Sanchez. „Atahualpa wurde von Don Franzisco Pizarro in Cajamarca gefangen gehalten und da er ein Mann von natürlichem Scharfblick war, so mußte er selbstverständlich die Goldgier unserer Leute bemerken und dieses brachte den Inka auf den Gedanken, daß er gerade dadurch seine Freiheit erlangen könne. Befehle flogen durch alle Theile des Reiches, die Schätze zusammen zu bringen, Paläste und Tempel wurden ihrer Kostbarkeiten entkleidet und dieselben nach Cajamarca gebracht. Den Befehlen wurde überall Folge geleistet, nur nicht hier in Quito. Aber gerade hier, wo der große Inka, Huyanacapac, Atahualpas Vater, die letzten dreißig Jahre seines Lebens residirt hatte, lagen immense Reichthümer aufgehäuft. Doch ein Usurpator hatte hier die Zügel der Regierung ergriffen und weigerte sich, dem Befehle des Herrschers Folge zu leisten. Dieser Usurpator war Rumiñagui, ein Name, welcher in der Quichua-Sprache „Auge oder Antlitz von Stein“ bedeutet. Er war ein großer General und befand sich bei Atahualpa, als der arme Inka durch die verschlagene Strategie des Don Franzisco Pizarro gefangen wurde. Rumiñagui kommandirte die Armee bei Cajamarca, aber ohne auch nur eine Hand zur Befreiung seines Souveräns zu rühren, zog er nach seiner Provinz in der Absicht, sich selbst zum König oder Shyri von Quito zu machen. Er bemächtigte sich der Schätze und ihrer Hüterinnen, der Sonnen-Jungfrauen; er mordete alle Frauen, Schwestern, Brüder, Vettern und andere Verwandte Atahualpas und hielt sich für sicher in seiner Usurpation, angesichts der kleinen Anzahl von fremden Eindringlingen, durch welche sich der Inka hatte in's Netz locken lassen. Rumiñagui leistete den spanischen Truppen verzweifelten Widerstand, als er jedoch fand, daß diese Fremdlinge unüberwindlich waren und daß alle seine Feldherrnkunst vergeblich war, ermordete er die Sonnenjungfrauen, damit sie den Spaniern nicht in die Hände fielen und verbarg oder vergrub den großen Schatz von Quito irgendwo im Gebirge. Bis zum heutigen Tage hat ihn noch niemand entdeckt, obgleich die Nachforschungen unaufhörlich waren. Rumiñagui wurde gefangen genommen und gefoltert, aber ein Indianer verräth unter keinen Umständen ein Geheimniß seiner Rasse. Er starb, ohne einen Laut von sich zu geben. Hunderte seiner Hauptleute und Anhänger wurden so lange gemartert, bis sie den Geist aufgaben, aber entweder wußten sie das Geheimniß nicht, oder sie wollten es nicht verrathen. Darum graben unsere Männer aus allen Ständen noch heute allenthalben nach, bisher leider ohne irgend welchen Erfolg. Wir wissen, daß der Schatz vorhanden ist — hunderte von indianischen Augenzeugen haben dies zugegeben. Wir wissen, daß er irgendwo verborgen sein muß, aber wir sind nicht im Stande, ihn zu finden.“

Eine längere Pause entstand, während welcher jeder Anwesende über das große Geheimniß nachzudenken und über dessen Entdeckung zu grübeln schien. Endlich brach der Graf das Schweigen.

„Ich muß Ew. Gnaden mit einer Frage behelligen. In Lima wurde mir gesagt, daß das Szepter der Inkas nicht auf eine Frau übergehen könnte und doch sprachen die Damen hier von einer Shyri-Königin als der Nachfolgerin Atahualpas.“

„Ew. Excellenz sind recht berichtet worden, soweit das Gesetz Peru's in Frage kommt, welches vor mehreren hundert Jahren auch das Gesetz des Königreichs Quito war; doch hier wurde es von dem elften Shyri geändert, weil derselbe weder einen Sohn, noch Brüder oder Neffen, sondern nur eine einzige Tochter, Namens Toa, hatte, welche er innig liebte. Um ihr die Nachfolge zu sichern, erließ er ein neues Erbfolgegesetz, welches die Anerkennung aller Großen seines Reiches erhielt. Dasselbe schrieb vor, daß nach Erlöschen des Mannesstammes die Tochter des Shyri ihrem Vater in der Regierung folgen und mit dem Manne ihrer freien Wahl regieren sollte. Der Gemahl, welchen der alte Shyri seiner Tochter empfahl, war Duchicela, der älteste Sohn Cundurazus, des Königs von Purruha, ein Königreich, welches sich von Riobamba bis Paita und zur Küste erstreckte. Durch diese Verbindung wurden die beiden Kronen vereinigt und das Haus Duchicela kam so auf den Thron von Quito. Die geheimnißvolle Enkelin Atahualpas kann, wenn sie thatsächlich existirt, das indianische Königreich Quito in ähnlicher Weise mit ihrer Hand irgend einem Gemahle verleihen.“

„Ja, sie könnte es,“ unterbrach Dolores den alten Herrn, „Sr. Gnaden, dem Señor de Carrera verleihen, dem einzigen Cavalier, welchem sie bisher sich zu zeigen der Mühe werth gehalten hat. Wie würde Ew. Gnaden der Titel gefallen, Don Julio I. aus dem Hause Carrera und Duchicela, Shyri-Inka von Quito und Purruha?“

Ein schallendes Gelächter belohnte diese launige Bemerkung der Dame, während Carrera erröthete und Unruhe im Gesichte zeigte. Einige Herren schienen geneigt zu sein, diesen Witz weiter auszuspinnen, Dolores war jedoch zu klug, um dieses zu gestatten und sie lenkte mit Geschick die Unterhaltung wieder in das bisherige Fahrwasser.

„Ew. Excellenz müssen nicht glauben, daß wir Creolen diese wunderbaren Geschichten selbst erfinden. Die Indianer glauben unwandelbar an die Existenz ihrer Shyri-Königin und ich kann nur sagen, daß ich ihren Glauben theile. Gestatten Excellenz, daß ich Ihnen einen lebendigen Zeugen für meine Annahme vorstelle. Da ist meine Amme, Mama Santos, eine Indianerin von hohem Adel. Sie ist eine Enkelin Cozopanguis, welcher unter Atahualpa und Rumiñagui, Gouverneur von Quito war. Rufe sie, Raimundo. Sie wird Ew. Gnaden mittheilen, was sie mir mehr als hundert Mal erzählt hat. Sie verräth kein Geheimniß ihrer Rasse, wenn sie davon weiß, aber sie wird für das Vorhandensein der Shyri-Königin zeugen."

Mama Santos, welche jetzt erschien und sich auf den Wink ihrer Herrin, hinter deren Sofa stellte, war eine Frau unbestimmten Alters, wie alle Indianerinnen, welche das zwanzigste Jahr zurückgelegt haben. Ihre Gesichtszüge mochten einmal hübsch gewesen sein, aber ihre Schönheit war verblüht. Ihre Augen waren noch immer anziehend und zeigten den Ausdruck der Traurigkeit und Entsagung. Ihre Haltung war ehrerbietig, aber selbstbewußt, würdevoll und deutete auf Willenskraft.

„Mama Santos! diese Herren wünschen ein Glas Wein mit dir zu trinken zu Ehren des königlichen Hauses Atahualpa-Duchicela. Raimundo, einen Becher für Mama Santos! Schenke den Herren die Gläser voll."

Mama Santos verneigte sich kalt, nahm ihr Glas und sagte: „Die Herrschaften ehren mich durch ihre Güte. Mögen die Herrschaften noch lange Jahre leben!"

„Deine Gesundheit, Mama Santos!" sagte Carrera „Ehre dem Andenken Deiner alten Könige!"

„Mama Santos" fuhr Dolores fort, „willst Du diesen Herren sagen, wer jetzt berechtigt wäre, das königliche Diadem der Shyris zu tragen, wenn dieses Land nicht unserem Herrn, dem Könige von Spanien, gehörte?"

„Die Herrin Toa Duchicela ist die Nachfolgerin Atahualpas, Niñita* Doloritas."

„Wer ist die Herrin Toa Duchicela?" fragte Dolores weiter.

„Sie ist die Enkelin Atahualpas."

„Hast Du sie jemals gesehen?"

„Nein!"

„Woher weißt Du denn, daß sie lebt?"

„Woher weiß Niñita, daß König Philipp II. lebt, Niñita hat ihn nie gesehen."

„Bravo Bravo!" rief der Marquis.

„Gut gesprochen, Mama Santos."

„Doch hier, Mamita, ist ein Herr, welcher ihn gesehen hat," antwortete Dolores. Dieses ist Graf Valverde, Mütterchen, ein Herr aus Spanien, der Se. Majestät schon sehr oft gesehen hat."

„Ich bin Ew. Gnaden gehorsame Dienerin," sagte Santos mit einer anmuthigen Verbeugung.

„Wo ist die Shyri Toa jetzt, Mamita?" fragte Dolores.

„Ich weiß es nicht, Niña."

„Würdest Du sie erkennen, wenn Du sie sähest?"

„Ich kann es nicht sagen, Niña."

*) Ein herzliches, aber doch respektvolles Diminutiv.

„Angenommen, eine gemeine Indianerin gäbe sich für die Shyri Toa aus."

„Keine gemeine Indianerin würde dieses thun."

„Im Falle die Shyri Toa sterben sollte, wie würdest Du es wissen."

„Ich würde es sehr bald erfahren, Niña."

„Aber wie?"

„Wie würde Niña Doloritas die Nachricht von dem Tode Sr. Majestät von Spanien erfahren? Jemand würde es ihr sagen. So würde mir auch Jemand die Nachricht mittheilen, wenn die Shyri Toa gestorben wäre."

„Ist sie verheirathet?"

„Nein, Niña!"

„Nicht verheirathet! Señor Don Julio de Carrera! Haben Sie es gehört? Die Shyri Toa ist noch frei, sie kann Ew. Gnaden noch mit ihrer Hand und ihrem königlichen Rang beglücken. Besten Dank, Mamita Santos. Wir wollen Dich nicht länger aufhalten."

Mama Santos reichte dem Diener ihr Glas, verbeugte sich und verließ den Salon. In diesem Augenblicke schlug die Uhr der nahen Kirche Zehn, in den Straßen ertönte ein Horn und im Zimmer trat tiefes Schweigen ein, während der Wächter auf der Straße sang:

"Ave Maria, Santisima!
Las diez han dado
Noche clara y serena,
Viva el Rey de España."*)

„Die Polizeistunde!" riefen sämmtliche Herren zugleich.

„Wir haben ganz außer Acht gelassen, wie rasch die Zeit enteilt," bemerkte Señor Sanchez. Wie unangenehm. Ich hatte keine Idee davon, daß es schon so spät sei."

„Meine Herren, Sie sind meine Gefangenen," rief der Marquis scherzend, „und ich werde Sie bis morgen in Haft halten."

4. Am Spieltisch.

Nach der Polizeistunde (toque de la queda) war es den Bewohnern Quito's und anderer peruanischer Städte verboten, die Straßen der Stadt zu betreten, und schwere Strafen waren auf Verletzung dieser Verordnung gesetzt. War der so Betroffene bewaffnet, dann wurden ihm die Waffen abgenommen, die Unbewaffneten kamen mehrere Tage lang in den Stock. Eine dritte Uebertretung dieser Verordnung wurde mit Verbannung bestraft. Die Rauflust der ursprünglichen Conquistadoren, ihre häufigen Aufruhre und Bürger-

*) Ave Maria, Allerheiligste. Die Uhr hat zehn geschlagen. Die Nacht ist ruhig und klar. Lang lebe der König von Spanien.

kriege und die Brutalität der Parteigänger, welche an diesen Aufständen theilnahmen, erforderten eine strenge Durchführung derartiger Verordnungen ohne Ansehen der Person und besonders gegen Diejenigen, welche berechtigt waren, Waffen zu tragen. Wenn deshalb Gäste sich Abends in der Wohnung ihrer Freunde verspätet hatten, dann blieben sie wo sie waren und es war eine Pflicht der Gastfreundschaft, sie über Nacht zu beherbergen.

Dieser Pflicht entsprach der Marquis mit der größten Zuvorkommenheit. Sein Haus war das größte in Quito und hätte die doppelte Anzahl Gäste fassen können, die anwesenden Herren, nachdem sie die Güte und Bereitwilligkeit ihres freundlichen Wirthes in entsprechender Weise anerkannt hatten, dachten jedoch nicht daran, sich zur Ruhe zu begeben, sondern suchten das Spielzimmer auf, indem der Kartentisch in jenen Tagen dieselbe unwiderstehliche Anziehungskraft auf die Spanisch-Amerikaner ausübte, als heut zu Tage. Selbst die Damen, mit Ausnahme der Marquise, welche kränklich war und sich deshalb bald zurückzog, nahmen Theil an dem aufregenden Vergnügen. Carrera allein begnügte sich eine Zeit lang, den ruhigen Zuschauer zu spielen. Er hatte vergeblich versucht, Fräulein Dolores in ein kleines Zwiegespräch zu verwickeln, sie wich ihm sehr geschickt aus und vertheilte ihre Aufmerksamkeit mit lobenswerther Unpartheilichkeit. Der junge Herr zog nach diesen mißglückten Versuchen seinen Freund Roberto Sanchez in eine der tiefen Fensternischen und bat ihn um einen Geldvorschuß. „Ich wage es kaum, Deine Freundlichkeit noch weiter in Anspruch zu nehmen," sagte er, „aber ich kann mich unmöglich ausschließen, ohne daß es auffällt. Wenn ich verliere, kann es vielleicht längere Zeit dauern, ehe ich die Schuld abtragen kann. Ich will nur eine geringe Summe, um den Anstand zu wahren. Wenn Du jedoch nicht sehr gut bei Kasse bist, entblöße Dich selbst nicht meinethalben."

„Mit Vergnügen!" antwortete Roberto. „Was Du verlangst, steht zu Diensten. Aber nimm Dich vor dem Schurken Paredes in Acht. Er und jener spanische Graf müssen scharf beobachtet werden. Ich traue keinem der Beiden weiter, als ich sie sehe."

Das Spiel hatte mit mäßigen Einsätzen und in aller Ruhe begonnen, doch bald forderte die Leidenschaft ihre Rechte, bis schließlich die Spieler so in Anspruch genommen waren, daß sie Alles um sich her vergaßen. Ueber die Glückstheorie ist so viel geschrieben worden, daß es verlorene Liebesmüh sein würde, das Gesagte noch zu vermehren. Warum es Menschen gibt, die consequent immer verlieren, während wieder andere stets gewinnen, gehört zu den Räthseln, die wahrscheinlich ewig ungelöst bleiben. Der arme Carrera war einer von Denen, welche fast immer verloren. Eine Zeit lang ging es jenen Abend leidlich, aber endlich trat ein Wendepunkt ein und sein Unglück hielt an, bis das Darlehen Roberto's nahezu verloren war. Dann wandte sich ihm das Glück auf kurze Zeit wieder zu, aber nun kam die Reihe an ihn, die Bank zu halten. Seine beiden Rivalen, der spanische Graf und Manuel Paredes, spielten jetzt hoch gegen den Bankhalter und als seine Zeit um war, fand er sich dem Paredes stark verschuldet und nur eine geringe Summe war ihm übrig geblieben, um den hoffnungslosen Kampf fortzusetzen. Die Damen hatten sich allmälig unbeachtet zurückgezogen, aber das Spiel dauerte fort. Um ein Uhr wurde ein Imbiß servirt und rasch verzehrt. Der Marquis und alle seine Gäste, mit Ausnahme des spanischen Grafen und des Señor Manuel Paredes, verloren bedeutende Summen.

Der Kampf um die Bank schien sich auf die Beiden zu beschränken, und wurde von ihnen mit wechselndem Erfolge eifrig fortgesetzt. Carrera machte an diesem Abend wiederholt die alte Erfahrung; seine Hoffnungen waren vernichtet, Grimm, Reue und ernstliche Vorsicht wechselten mit der Unvorsichtigkeit und Tollkühnheit der Verzweiflung; stumme Selbstanklagen und bittere Reue paarten sich mit dem oft schon abgelegten und ebenso oft gebrochenen Gelübde, nie wieder zu spielen; in seinem Herzen saß die Verzweiflung, während er seine Lippen zum Lächeln zwang, und gefaßt und gleichgültig zu scheinen versuchte. Hände und Füße waren kalt, sein Kopf brannte fieberhaft. Höher und höher stieg seine Schuld bei Paredes, und die Hoffnung, daß ein Glückswechsel eintreten werde, erwies sich immer mehr als trügerisch. Das Spiel wurde fortgesetzt, bis das Frühlicht in's Zimmer drang und den erschöpften Spielern die Morgen-Chokolade gereicht wurde.

Als Carrera das Haus des Marquis verließ, schuldete er dem Paredes einhundert und fünfzig Dukaten, und außerdem hatte er auch noch die von dem jungen Sanchez geliehene Summe verloren. Dies war in jenen Tagen ein sehr bedeutender Betrag.

Erschöpft, bleich, bekümmert und vernichtet warf er sich auf sein Lager, aber der Schlaf wollte nicht kommen. Die Karten tanzten beständig vor seinen Augen und die eintönigen Ausrufe der Spieler gellten immer noch in seinen Ohren. Hätte er doch nur die falsche Scham überwunden und sich geweigert, mitzuspielen! Hätte er doch aufgehört, als das Darlehen Roberto's verspielt war! Die Frage: „Wie kann ich diese Schulden jemals bezahlen?" kam ihm nicht aus dem Kopfe, und wie sehr er auch sein Gehirn marterte, er fand keine Beantwortung derselben. Sollte er seinem Onkel Alles gestehen? Sollte er vor den strengen finstern Mann treten und sich der rücksichtslosesten Verschwendung anklagen? Sein Onkel war sehr fromm. Die Klöster erwarteten und hofften von ihm reiche Legate. Würde er nicht lieber sein Vermögen Werken der Liebe und Barmherzigkeit zuwenden, als daß er es einem Verschwender hinterließe, der keine Idee hatte von dem Werthe des Geldes oder von der Schwierigkeit, mit welcher Reichthum erworben wird.

Die physischen Folgen der Ausschweifung gesellten sich zu diesem moralischen Katzenjammer. Sein Herz schlug laut, frierend hüllte er sich in seine Decken, er lag da, wachend, zürnend, verzweifelnd, mit sich selbst und der Welt zerfallen, während auf den Straßen der geschäftige Lärm des Tages erwacht war und die heißen Strahlen der tropischen Sonne durch seine Fenster fielen.

5. Eine fruchtlose Entdeckung.

Der Tag war bereits mehr als zur Hälfte verflossen, als sich Carrera wieder von seinem Lager erhob. Er rief seinen indianischen Diener und befahl ihm, das Frühstück zu bringen.

„Wie bleich Sie aussehen, Herr!" sagte der Bursche. „Sind Euer Gnaden krank?"

„Nicht daß ich wüßte."

„Wirklich Herr, Sie sehen sehr unwohl aus. Ihre Augen sind trüb, Ihre Schritte unsicher. Wenn Sie sich krank fühlen, Herr, dann gehen Sie nur zu Mama Rucu, sie wird Euer Gnaden gesund machen."

„Glaubst Du, Mariano?"

„Jawohl, Herr," antwortete der Bursche. Ich weiß es. Als die Seuche das Land vor einigen Jahren verheerte, rettete sie Jeden, der bei ihr Hülfe suchte, während alle Diejenigen, welche die Medizinen der weißen Aerzte einnahmen, sterben mußten. Sie hat mich wieder hergestellt, Herr, nachdem meine eigene Mutter mich bereits aufgegeben hatte."

Als der Herr sein Antlitz von Saul abwandte, gab ihm die Verzweiflung ein, die Hexe von Endor zu befragen.

„Flectere, si nequeo superos, Acheronta movebo." Nicht Die, welche im Sonnenscheine des Glückes wandeln, sondern Diejenigen, über denen sich die Gewitterwolken des Unglücks zusammenziehen, suchen Rath und Hülfe bei den Mächten der Finsterniß. Besonders Hazardspieler sind von Natur zum Aberglauben geneigt. In jenen Tagen war es allgemein Brauch, maurische Astrologen, Kartenlegerinnen und indianische Hexen über die Zukunft zu befragen. Die Kirche tadelte diese Praktiken, doch selbst die Kirche war machtlos den Schwächen der Menschheit gegenüber, eben so machtlos wie gegen die menschliche Eitelkeit.

Mama Rucu, die berühmte indianische Zauberin, welche Priester und Adlige in Krankheit und Noth heimgesucht hat, und deren Straflosigkeit auf ihrer wirklichen oder muthmaßlichen Kenntniß der Geheimnisse aller hervorragenden Familien Quito's beruhte, -- würde sie wohl im Stande sein, ihm zu helfen? Wahrscheinlich nicht. Wie könnte sie es anfangen? Und doch, warum nicht wenigstens den Versuch wagen? Selbst wenn sie Nichts für ihn thun konnte, verlor er Nichts durch diesen Versuch. Es blieb ihm immer noch die letzte Zuflucht, das unliebsame Geständniß vor seinem gestrengen Onkel. Aber sie konnte ihm vielleicht einen Talisman geben, um die Strenge des alten Herrn zu mildern. Ja er wollte die alte Hexe besuchen und zwar ohne jeglichen Aufschub. Gleichzeitig beschloß er, seinen Freunden so lange auszuweichen, bis er von seinem Onkel die Mittel erlangt hatte, seine Ehrenschulden zu bezahlen. Dann aber wollte er das Spiel für immer meiden. Warum sollte er spielen? War er nicht an besseren Zeitvertreib gewöhnt? Sahen ihn seine Bücher nicht von ihren Repositoren förmlich vorwurfsvoll an, weil er sie so lange vernachlässigt hatte? — Er wollte zu ihnen zurückkehren und ihnen in Zukunft treu bleiben. Er griff nach seinem Horaz und öffnete das Buch, sein Auge fiel auf die bekannte Ode, welche die Gemüther von Tausenden vor ihm erfrischt und noch viel ungeborenen Tausenden Trost geben wird "Aequam rebus in arduis servare mentem" u. s. w. Sein Diener hatte das Fenster geöffnet und die klare, frische, sonnige Luft Quitos belebte seine sinkenden Lebensgeister. Die Kraft und Elastizität der Jugend kehrten zurück und erfüllten ihn mit neuer Hoffnung. Er verließ seine Wohnung und gelangte durch ein Seitengäßchen bald auf die Höhe von San Juan und nachdem er an der Villa und den Gärten des Don Manuel Paredes vorüber war, bestieg er einen der Ausläufer, welchen der felsengekrönte Pichincha nach der Hochebene von Quito vorschiebt. Er war nicht weit von dem Schauplatz seines Abenteuers mit dem geheimnißvollen Indianermädchen, als er zu seinem Schrecken und seiner großen Ueberraschung in der sonst so stillen, einsamen Gegend laute zürnende Stimmen vernahm.

Schreiten wir ihm voraus.

Manuel Paredes hatte den Erzählungen und Vermuthungen von Dolores und Sanchez am vorhergehenden Abend aufmerksam gelauscht. Ohne Zweifel gab es ein unterirdisches Versteck in der Schlucht, in welches Carrera's Mädchen hineingeschlüpft war. Die Vermuthung, daß dort der große Inka-Schatz verborgen liege, war durchaus nicht unwahrscheinlich.

Wenn das Mädchen, welches Carrera gesehen hatte, wirklich Toa Duchicela, die geheimnißvolle Shyri-Königin war, dann war es wahrscheinlich, daß sie das Geheimniß kannte. Manuel Paredes war ein Mann der That. Bücher und Poesie galten ihm Nichts. Er hielt es mit den reellen Dingen des Lebens und sein Hauptaugenmerk war stets darauf gerichtet, die Interessen von Manuel Paredes zu fördern. Er beschloß, das Geheimniß zu erforschen. Carrera hatte ihm die Gegend genau beschreiben müssen und er fand, daß die Stelle ganz in der Nähe von seinem Landhause war. Er wollte umfassende Nachgrabungen anstellen, überall Schachte und Stollen graben und wenn in jener Schlucht ein unterirdischer Gang ausmündete, dann hoffte er denselben zu finden. Er befahl seinem Majordomo, ihm mit vier indianischen Feldarbeitern und den nöthigen Geräthschaften zu folgen. Leider blieb sein Unternehmen nicht ohne Konkurrenz. Gerade als er im Begriff stand, seine Villa zu verlassen, erschien Graf Valverde.

„Ich bin gekommen," sagte der Spanier, „um Ew. Gnaden zu ersuchen, mich nach der Stelle zu begleiten, welche Carrera Ew. Gnaden gestern Abend beschrieb. Wenn der Schatz wirklich dort vergraben sein sollte, dann möchte ich der Sache nachforschen und bitte Ew. Gnaden, sich mir anzuschließen. Wenn es Ew. Gnaden gefällig sein sollte, sich an dem Unternehmen zu betheiligen, dann werde ich meine Sappeure und Mineure beordern, systematische Nachgrabungen anzustellen."

Paredes war über diese Eröffnung durchaus nicht sehr erfreut. Was er beabsichtigte, wollte er für sich allein thun und nicht für oder mit einem anderen. Doch, der Befehlshaber der königlichen Garnison in Quito und der Günstling des Vize-Königs von Peru war keine Person, die zu beleidigen vortheilhaft oder zweckmäßig gewesen wäre. Er beschloß deshalb sofort, am Tage sich das Kompagniegeschäft gefallen zu lassen, aber während der Nacht die Nachgrabungen auf eigene Faust fortzusetzen. Die Chancen für den Grafen sollten nicht gleich sein, so lange er es verhindern konnte. Deshalb gab er anscheinend bereitwillig seine Zustimmung und die Gesellschaft brach nach der Bergschlucht auf.

Jeder Fuß des Bodens wurde sorgfältig untersucht, Paredes leitete die Nachgrabungen auf der einen Seite der Schlucht und der Graf auf der anderen. Man hatte kaum einige Ruthen weit untersucht, als plötzlich das Brecheisen in der Hand des Majordomo auf einen harten Gegenstand am Bergabhange stieß, welcher einen hohlen Klang von sich gab. Der Mann ließ einen Ausruf der Ueberraschung hören. Ein neuer Stoß hatte das gleiche Resultat.

„Ich bin auf Etwas gestoßen, das kein Fels ist," rief der Hausmeister und begann fleißig die Erde abzuschürfen, wobei er eine dunkle, glatte Fläche bloslegte, die wie Bronze aussah.

„Es ist Bronze!" rief Paredes. „Herbei mit den Schaufeln und weg mit der Erde!"

Die Vegetation des Platzes war spärlich und die Erde trocken. Dieselbe ließ sich leicht entfernen und man legte eine Bronzeplatte von vier Fuß Länge und zwei Fuß Breite blos.

„Santa Maria!" rief der Graf. „Ist das eine glückliche Entdeckung!"

„Dieses scheint die Thüre zu einem Gange zu sein," bemerkte der Hausmeister. „Horch, wie hohl es klingt!"

„Brecht sie auf!" rief Paredes. Die Platte schien in den Abgrund eingelassen zu sein. Der Hausmeister betrachtete sie von allen Seiten genau, prüfte vorsichtig jede Stelle mit seinem Brecheisen und stemmte seinen Fuß dagegen, als sie plötzlich zum Erstaunen Aller nachgab und sich umlegte, einen dunklen Eingang in den Berg eröffnend. Die Aufregung der Männer war grenzenlos. Bleich, zitternd vor Erwartung, mit angehaltenem Athem und klopfendem Herzen blickten sie in den Stollen. Plötzlich wurde das athemlose Schweigen durch ein schrilles, heiseres Lachen unterbrochen. Die Weißen und die Indianer fuhren erschrocken zurück und sahen sich um, woher die Stimme wohl komme. Sie brauchten nicht lange zu suchen. Grade über ihnen auf einem hohen Felsvorsprunge stand eine Gestalt, welche den Grafen Valverde schaudern machte. Es war eine Frau, wenigstens trug sie Frauenkleider, während das runzelige Gesicht das Geschlecht der Person durchaus nicht mehr erkennen ließ. Das

Haar war kurz, dick, voll und schneeweiß. Ihr Aussehen war das einer Mumie, nur die Augen, wild rollend und Blitze schießend, zeigten, daß in diesem Gesichte Leben war. Sie stützte sich auf eine Krücke und in der Rechten hielt sie einen Stock.

Die vier Indianer entblößten sofort, als sie die Gestalt sahen, ihre Häupter und verneigten sich in ehrfurchtsvollem Schweigen. Es war Mama Rucu, die Indianerhexe, die Prophetin und Doktorin, die letzte der großen Zauberinnen ihrer Rasse. Abermals stieß sie ein kurzes, schrilles Lachen aus und erweckte in den erschreckten Gemüthern Derer, welche sie sahen, alle abergläubische Furcht des sechzehnten Jahrhunderts. Dreimal erhob sie den Stab in ihrer Rechten und rief dann mit ihrer schrillen, den Widerhall in den Bergen weckenden Stimme:

„Pachacamac! Pachacamac. Sei Du mein Zeuge für die Wahrheit meiner Worte. Die Geister des Gebirges sprechen! Die Dämone des Vulkans sind im Aufruhr! Ihr suchet, was Ihr nicht verloren habt. Ihr suchet, was Ihr niemals finden werdet. Ihr stört die Ruhe der Ueberwundenen und der Todten. Diese Entweihung fordert ein Opfer! Einer von Euch wird dieses Opfer sein. Einer von Euch wird das Leben lassen müssen, wegen Entweihung der Geheimnisse des Pichincha. Wer wird es sein? Ich höre die Stimme des großen Geistes und künde seinen Spruch. Der, welcher zuerst die heilige Pforte betritt, welche ihr blosgelegt habt, wird sterben, ehe die Regenfluthen des Winters abermals auf die Ebene von Añaquito niederströmen. Er wird sterben, nicht von Freunden und Leidtragenden umgeben, sondern sein Tod wird ein schrecklicher sein, er wird durch die Hände eines erbitterten Pöbelhaufens umkommen; züngelnde Flammen werden ihm Haut und Fleisch von den Knochen sengen und verzehren. Hört es, Ihr Berge! Hört es, Ihr Männer von Quito! Hört es, Bleichgesichter! Der große Pachacamac ist mein Zeuge!"

Und als ob die Berge es verstanden hätten, machte sich der grollende Donner des Cotopaxi, so häufig in Quito gehört, in diesem Augenblicke vernehmbar, und dieses vermehrte den Schrecken der sprachlos dastehenden Männer. Graf Valverde hatte kein Wort von dem verstanden, was die Alte sagte, doch er stand wie angewurzelt und konnte den Blick nicht abwenden von der grauenerregenden Erscheinung. Abermals schlug die Alte mit ihrem Stocke drei Mal in die Luft, dann humpelte sie langsam, Verwünschungen ausstoßend und für sich kichernd weiter. Paredes war der Erste, welcher seinen Gleichmuth wieder fand und mit erzwungenem Lachen rief er seinen Indianern zu: „Es ist Alles Unsinn! Die alte Frau ist auf dem besten Wege, verrückt zu werden!"

„Was hat sie denn eigentlich gesagt?" fragte der Graf.

„O Nichts!" antwortete Paredes. „Es war nichts als unsinniges, unzusammenhängendes Gewäsch. Sie beabsichtigt, uns von unserm Vorhaben abzuschrecken, doch ihre Drohungen sind machtlos gegen Christen, welche an den Erlöser und seine heilige Mutter glauben!" Bei diesen Worten bekrenzte er sich, der Graf und der Hausmeister thaten das Gleiche. Die Indianer standen noch immer wie aus Bronze gegossen.

„Jetzt, Andres!" rief Paredes einem seiner Indianer in der Quichua-Sprache zu, „hinein in das Loch und nachgesehen, was darin steckt. Du bist der kleinste und kannst dich leicht durchzwängen."

„Nein, amo*) mio! antwortete der Indianer. „Bitte tausendmal um Verzeihung, aber da hinein — nimmermehr."

„Was!" donnerte Paredes, „die Creatur weigert sich, mir zu gehorchen?".

„Gnade, amo mio, um Gottes Willen Gnade."

„Gnade in der Hölle, Schurke!" schrie Paredes. „Ich bin Herr hier und ich befehle Dir hineinzukriechen und den Gang zu untersuchen. Don Tomas zwingen Sie den Kerl!"

Der Hausmeister näherte sich dem Indianer, welcher erschreckt zurückbebte.

„Sei kein Narr, Mensch!" fuhr Paredes fort. „Es wird Dir Nichts geschehen. Wir werden Alle folgen. Ich selbst werde hinter Dir stehen und dich halten, damit Du in keinen Erdriß fällst."

In diesem Augenblicke erschien Carrera an der anderen Seite der Schlucht, gerade dem Felsenvorsprunge gegenüber, auf welchem die alte Hexe gestanden hatte, und blickte erstaunt auf die Scene, welche sich vor seinen Augen abspielte.

Der Indianer war auf seine Kniee niedergefallen und bat seinen Herrn um Gnade. Doch der Hausmeister ergriff ihn an einem Arme, Paredes am andern und Beide versuchten ihn so vor den Stollen zu schleifen. Doch plötzlich warf sich der arme Bursche zur Erde und erklärte mit von Thränen erstickter Stimme, daß er weder hineingehen wolle noch könne.

„Das wird zu toll!" schrie Parades blaß vor Zorn. „Wenn ich derartige Unbot-

*) Amo bedeutet Herr.

mäßigkeiten von einem meiner Indianer duldete, dann würde ich sehr bald von Haus und Hof gehen müssen. Wir wollen gegen eine Wiederholung dieser Meuterei Vorkehrungen treffen. Majordomo, bringen Sie diesen Burschen nach der Villa, binden Sie ihn an den Pfosten und lassen Sie ihn fünfhundert Peitschenhiebe kosten, gut applizirt und richtig gezählt."

„Und was ist die Ursache, Don Manuel?" fragte jetzt Carrera, dessen Ankunft von Niemandem bemerkt worden war. „Warum solche barbarische Strenge?"

„Ah, Sie hier, Don Julio?" erwiderte Paredes barsch. „Ich habe immer das Recht beansprucht und ausgeübt, meine Indianer nach meiner Weise zu behandeln, ohne irgend welche Einmischung —"

„Es ist durchaus kein Grund vorhanden, sich zu ereifern, Don Manuel. Ich bin soeben hier angekommen und weiß nicht, was vorgefallen ist. Ich höre nur, daß Ew. Gnaden im Begriff stehen, hier eine höchst grausame Strafe an einem armen hülflosen Indianer vollziehen zu lassen, und ich vermuthe, daß Ew. Gnaden diesen Befehl in leidenschaftlicher Aufwallung gegeben haben. Ich bin überzeugt, Don Manuel, daß Sie die Vollstreckung desselben bereuen werden. Es könnte den Tod des Menschen zur Folge haben."

„Wenn ich meine Indianer zu Tode peitschen lasse, Don Julio, dann ist das ganz meine Sache und obgleich ich die Beweggründe Ihrer Einmischung achte, so kann ich dieselbe doch durchaus nicht dulden. Der Indianer da gehört mir."

„Aber der Señor Paredes muß doch wissen, daß die Indianer keine Sklaven sind; sie sind Vasallen der Krone, welcher sie Tribut pflichten, und Ew. Gnaden haben kein Recht, sie in so barbarischer Weise zu mißhandeln, was Ihres Namens und Ihrer Stellung in der Gesellschaft gänzlich unwürdig ist."

„Señor Carrera, ich habe gesprochen. Ich wünsche jetzt nicht, mit Ihnen zu streiten, da ich ein Hühnchen mit Ihrem jungen Freunde Roberto Sanchez zu pflücken habe und meiner Ansicht nach immer nur ein Ding zur Zeit gethan werden sollte. Ich muß deshalb noch einmal wiederholen, daß Ihre Einmischung hier unstatthaft ist. Dieser Indianer gehört mir und ich werde ihn nach meinem Belieben für seinen Ungehorsam züchtigen lassen."

„Aber was hat er denn gethan?"

„Macht nichts aus, was er gethan hat. Ist ganz allein meine Sache und nicht die Ihrige. Hausmeister, führen Sie ihn ab!"

„Señor Paredes, Sie stehen im Begriffe, das Gesetz des Königs zu verletzen und schlimmer als das, Sie verletzen die Gebote der Religion und der Menschlichkeit. Wie viel ist Ihnen der Indianer werth?"

„Wollen Euer Gnaden ihn kaufen?"

„Ich möchte das, wenn Sie ihn verkaufen wollten."

„Er ist nicht feil, Don Julio, doch selbst wenn dieses der Fall wäre, so haben Sie die Mittel nicht, ihn zu kaufen. Euer Gnaden scheinen ganz vergessen zu haben, daß Sie mir einhundert und fünfzig Dukaten schulden. Sie thäten besser, Ihre alten Schulden zu zahlen, ehe Sie daran denken, neue zu machen."

„Dieses ist eine sehr unanständige Mahnung, Don Manuel. Jeder Heller, den ich Ihnen schulde, wird bezahlt werden. Sie wissen, ich kann es nicht auf der Stelle, aber es wird geschehen vor Ablauf der Woche. Doch unterdessen werde ich nicht ruhig mitansehen, daß Sie auf eine solche Weise die Gesetze verletzen. Wenn ich es nicht in Güte hindern kann, dann muß ich zu andern Mitteln greifen. Wollen Sie so freundlich sein und die Schlucht verlassen, oder soll ich zu Ihnen hinunterkommen?" Mit diesen Worten zog Carrera seinen Degen.

„Wie es Ihnen gefällig sein mag," sagte Paredes und zog gleichfalls.

„Einen Augenblick, meine Herren!" rief jetzt der Graf.

„Keine Einmischung, Herr Graf!" sagte Paredes. „Euer Excellenz kennen den Befehl des Vice Königs, welcher vermittelnde Einmischung in solche Angelegenheiten verbietet. Wollen Euer Excellenz das Gesetz verletzen?"

„Natürlich nicht," erwiderte der Graf. „Aber ich möchte Ihnen ein Wort im Vertrauen sagen," und sich Paredes nähernd, flüsterte er: „Geben Sie nach, Don Manuel, Sie wissen, er hat Recht. Ich gebe zu, daß solche Strafen sehr oft gegen Indianer angewendet werden, aber es geschieht gegen das Gesetz und Euer Gnaden können in Ungelegenheiten gerathen. Der Vice König ist entschlossen, die Indianer gegen — wie er es nennt — ungewöhnliche Grausamkeit zu schützen und wenn Euer Gnaden hier den Leidenschaften die Zügel schießen lassen, so geben Sie sich in die Hände eines Jeden, der Lust bekömmt, als Ankläger gegen Sie aufzutreten."

„Aber wie kann ich Angesichts dieser Drohungen nachgeben? Es würde Feigheit sein."

„Schlagen Sie sich, wenn Sie wollen, aber begnadigen Sie vorher den Indianer.

Ew. Gnaden können ihn ja bei anderer Gelegenheit dafür strafen."

Paredes fügte sich diesem Rathe und indem er die Schlucht verließ und sich Carrera näherte, sagte er: „Ich stehe Ew. Gnaden zu Diensten. Doch ehe wir anfangen, wünsche ich zu bemerken, daß ich auf den Rath des Grafen Valverde beschlossen habe, diesen Indianer zu begnadigen. Ich habe dieses nicht um Ihretwillen gethan, Julio de Carrera, denn ich lasse mich niemals durch Drohungen beeinflussen. Und um Ihnen zu zeigen, daß Ihre Herausforderung meinen Entschluß nicht im Geringsten beeinflußt hat, so werde ich mich Ihnen jetzt stellen, wie ein Edelmann." Hiermit machte er sich fertig und rief: „Decken Sie sich, Don Julio!"

Die Indianer stießen ein Geheul aus.

„Noch ein Wort, Don Manuel," sagte Carrera. „Da der Zweck meiner Einmischung erreicht ist, so möchte ich viel lieber Ihre Hand ergreifen und Ihnen danken, anstatt Ihnen als Gegner gegenüber zu treten."

„Brav gesprochen! Don Julio" rief der Graf. „Reichen Sie ihm die Hand, Oberst Paredes."

„Señor Carrera hat mich zum Zweikampfe herausgefordert," erwiderte Paredes. „Wenn ich ihn nicht beim Wort nehme, so wird er sagen, ich hätte mich in Betreff jenes Indianers durch seine Drohungen einschüchtern lassen."

„Sie irren, Don Manuel. Ich gebe Ihnen mein Ehrenwort, daß ich diese unangenehme Sache niemals wieder erwähnen werde. Ich habe Sie stets für meinen Freund gehalten, und wenn unsere Freundschaft ein Ende nimmt, dann wird es Ihre Schuld sein, nicht die meinige. Ich bin bereit, loszugehen, doch da ich vielleicht der Beleidiger war, so biete ich Ihnen meine Hand, ehe ich mich schlage. Wollen Sie sie nehmen?"

„Umarmen Sie sich, meine Herren!" drängte der Graf.

„Sie sind immer liebenswürdig, Don Julio," sagte Paredes. „Ich ergreife Ihre Hand und werde das Vorgefallene vergessen." Dieses sagend, näherte er sich ihm und beide umarmten sich mit augenscheinlicher Herzlichkeit, doch beide wußten recht wohl, daß zwischen ihnen nicht viel Liebe verloren war, und daß der geringste Zugwind die Funken des Hasses zu neuer Flamme anfachen würde.

„Und nun, Don Manuel," sagte der Graf, „werde ich diesen Indianern ein wenig Muth machen. Sie bedürfen der Ermuthigung weit mehr, als der Peitschenhiebe. Ich verstehe die Quichua-Sprache nicht und weiß nicht, was die alte Vettel gesagt hat, doch ich merke, daß sie an den Aberglauben dieser Leute appellirt hat. Lassen Sie mich den Leuten zeigen, wie thöricht ihre Furcht ist!" Dieses sagend, trat er in den Stollen ein. Und abermals begann, infolge eines merkwürdigen Zusammentreffens, der Cotopaxi zu donnern, während die geängstigten Indianer vergebens schrieen: „Bleiben Sie, Herr! Zurück! Es ist Tod und Verderben!" Ein Lächeln teuflischer Freude entstellte die Züge von Paredes, es verschwand jedoch eben so schnell, als es gekommen war.

Graf Valverde kehrte nach einigen Augenblicken gespannter Erwartung zurück und sagte: „Es ist dieses der Eingang zu einem unterirdischen Gange, welcher sich mit jedem Schritte mehr ausdehnt. Doch ist es zu dunkel darin, schaffet eine Fackel herbei!"

„Diesmal, Herr Graf," sagte Paredes, nachdem er einen Kienspahn angezündet hatte, „erlauben Ew. Excellenz, daß ich voranschreite. Ihr Leute mögt uns folgen."

Die Furcht der Indianer war geschwunden. Der Fluch von Mama Nucu haftete nur an Dem, welcher zuerst eintreten würde. Der Graf hatte sich ihrer Ansicht nach freiwillig geopfert und sie hatten deshalb nichts weiter zu fürchten.

Ohne Murren thaten sie, was ihr Herr befahl. Der Hausmeister und Carrera, welcher jetzt sich der Gruppe gleichfalls zugesellte, beschlossen den Zug, der jetzt in den unterirdischen Gang eindrang. Und abermals hallte der Donner des Cotopaxi in den Bergen wieder.

Der Gang erweiterte sich, nachdem die Erforscher einige Schritte weit vorgedrungen waren. Er wurde hoch genug, daß sie aufrecht weiter schreiten konnten. Vorsichtig beleuchteten sie mit ihrer Fackel den Pfad und spähten in alle Winkel. Plötzlich hörten sie ein Wasser rauschen und der Vorderste stand vor einem Abgrunde. Der Gang war durch eine tiefe, breite Schlucht unterbrochen, durch welche ein unterirdisches Wasser seinen Weg suchte. Die Männer beugten sich über den Abhang und blickten in den Abgrund. Sie sahen das Wasser tief unten und fühlten den Sprühregen, welcher durch dessen Schnelligkeit erzeugt wurde, an ihren Wangen, aber das Licht ihrer primitiven Fackel war zu schwach, um bei demselben die Tiefe des Abgrundes abschätzen zu können. Eins stand fest, es war kein Weg vorhanden, hinabzusteigen. Ferner war die Strömung des Wassers zu stark, um es zu wagen, Jemanden mit Stricken hinabzulassen. Die Entdeckung erwies sich bis jetzt als fruchtlos. Die Herren durchwühlten die Seitenwände des Ganges mit ihren Dolchen, sie scharrten und schürften auf dem Boden, aber der Grund war hart und felsig, und widerstand ihren Instrumenten. Noch mehr Fackeln wurden angezündet und das Bohren und Graben über eine Stunde fortgesetzt, aber ohne das geringste Resultat zu erzielen. Kein Seitenweg war irgendwo zu entdecken. Abermals wurde die unterirdische Schlucht in Augenschein genommen, aber es half nichts, man konnte nicht über den Abgrund hinwegspringen. Müde und enttäuscht gaben sie das undankbare Werk auf.

„Don Tomas," flüsterte Paredes seinem Majordomo zu, „führen Sie die Indianer hinaus und verbieten Sie ihnen bei Todesstrafe, irgend einem lebenden Wesen, besonders aber keinem Weißen zu verrathen, was wir hier gefunden haben." Nachdem der Hausmeister sich mit den Indianern entfernt hatte, wandte sich Paredes an seine beiden Gefährten: „Für heute, meine Herren, werden wir aufhören müssen. Wir haben zwar Nichts gefunden, doch dieses ist kein Beweis, daß wir Nichts finden werden. Wir müssen zurückkehren und diese Höhle gründlich untersuchen. Vorläufig müssen wir jedoch zu einer Verständigung gelangen. Lassen Sie uns diese Sache geheim halten. Wenn wir darüber sprechen, dann wird morgen die ganze Stadt hier sein und nachforschen und wir sind um die Früchte unserer Entdeckung betrogen. Es ist keine Gefahr vorhanden, daß Mama Nucu plaudert. Diese Indianer enthüllen nie Etwas. Und so weit meine Indianer in Betracht kommen, stehe ich für dieselben ein. Morgen, oder wann es den Herren gefällig ist, können wir zurückkehren und um Verdacht zu vermeiden, sollten wir Vormittags unsere Freunde und Bekannten besuchen. Nachmittags können wir hier zusammentreffen. Ich werde einen meiner Indianer zu Ihnen schicken, Herr Graf, und Mineurwerkzeuge holen lassen, aber ich würde nicht rathen, noch andere Personen in das Geheimniß einzuweihen; selbst nicht solche, deren wir bei weiterer Erforschung dieser Höhle bedürfen. Sind die Herrschaften einverstanden?"

Der Graf und Carrera stimmten ihm bei und die Drei verließen die Höhle. Ehe sie ins Freie traten, untersuchte Paredes die Thüre. Es war eine einfache Bronzeplatte, auf welcher der Rasen höchst sorgfältig aufgelegt war, um die Thüre gänzlich den Blicken der Nichteingeweihten zu entziehen. Die Platte war am unteren Ende in eine gemauerte Rinne eingelassen und der Mechanismus, so einfach wie er schien, war so vollkommen, daß die Thüre in ihre ursprüngliche Lage zurückfiel, sobald man sie emporhob. Der Rasen, welcher die Platte bedeckte, war augenscheinlich aus einem Stück, denn er verhüllte sie vollkommen und paßte genau zu der die Ränder der Oeffnung umgebenden Vegetation. Wenn die Thüre zu war, lag sie etwas geneigt, so daß der Rasen nicht durch Regen fortgeschwemmt werden konnte. Es war ein bewunderungswürdiges, wenn auch ganz einfaches Stück Arbeit und machte dem Erfindungsgeiste der Indianer alle Ehre.

Paredes schloß die Oeffnung und bedeckte die Platte mit Carreras Hülfe wieder mit Rasen; die Löcher, welche durch das Brecheisen des Hausmeisters entstanden waren, füllten sie vorsichtig mit Erde und Gras aus. Die Indianer sahen schweigend zu.

Graf Valverde wandte sich, während die beiden Herren so beschäftigt waren, an den in der Nähe stehenden Majordomo, drückte ihm ein Goldstück in die Hand und fragte: „Was hat das alte Weib eigentlich gesagt?"

„Was kann Ew. Excellenz daran liegen?"

„Aber ich will es wissen, Mann! Es muß doch etwas ganz Schreckliches gewesen sein, denn warum sollte der Indianer dem Zorne seines Herrn lieber Trotz geboten haben, als daß er den Gang betrat? Sagen Sie mir Alles."

„Ich gehorche Ew. Excellenz nur ungern. Excellenz möchten erschrecken."

„Sie machen mich neugierig. Sagen Sie Alles frei heraus."

Der Hausmeister entsprach zögernd Valverdes Verlangen und übersetzte langsam den furchtbaren Fluch der alten Frau in's Spanische. Das Gesicht des Grafen erbleichte, als er zuhörte. Kalter Schweiß rann von seiner Stirne und der Muth sank ihm. Schweigend folgte er der Gesellschaft und auf die Fragen seiner Gefährten antwortete er zerstreut und verstört. Kurz vor der Stadt verabschiedete er sich und ging nach Hause. Was hat diesen muthigen Mann so erschreckt, daß er die Einsamkeit seines Zimmers aufsuchte? Was veranlaßte ihn, die ganze Nacht wachend zu sitzen und den Kopf auf die Hand gestützt, in's Leere zu starren? Er bemerkte nicht, wie die Stunden verrannen und die Nacht hereinbrach. Der Diener brachte Lichter in's Zimmer, er sah es nicht und erst spät in der Nacht raffte er sich auf, warf sich vor einem Crucifix nieder, welches über seinem Bette hing und sprach ein langes, inbrünstiges Gebet.

War es die Erinnerung eines Ereignisses seiner Vergangenheit, welches ihn in diese ungewöhnliche Stimmung versetzte? Wir werden es zur gehörigen Zeit erfahren.

6. Der Narr.

Carrera getraute sich nicht, seinen Kameraden, als er mit ihnen auf ihrem Streifzuge zusammentraf, zu erzählen, daß er sich auf dem Wege nach Mama Rucu's Hütte befinde und da er weiter keinen triftigen Grund angeben konnte, seine Freunde in den Bergen zu verlassen, kehrte er mit ihnen wieder in die Stadt zurück, uhd beschloß, seinen Besuch auf den nächsten Tag zu verschieben.

Carrera's wohlhabender Onkel war der Besitzer mehrerer Häuser in der Stadt Quito, von denen er eins seinem Neffen zur Benutzung angewiesen hatte. Am Eingang dieses Hauses wurde der junge Herr von seinem Diener Mariano begrüßt.

„Wer ist das, Mariano? Wer ist die sonderbare Figur dort im Thorweg?“

Mariano schaute sich vorsichtig um und sagte dann, die Finger an die Lippen legend: „Es ist der Narr, er bringt eine Botschaft für Ew. Gnaden.“

„Eine Botschaft für mich? Von wem — und wer ist eigentlich der Narr?“

„Erinnern sich Ew. Gnaden seiner nicht mehr? Es ist Mama Rucu's Yanacona.“ (Diener oder Sklave).

„Eine Botschaft für mich von Mama Rucu!“ rief Carrera überrascht. „Nun wohl, hören wir den Boten.“ Dabei trat er in den Thorweg ein, der an der großen Treppe vorbei in einen der inneren Höfe führte, wie man sie in allen Häusern Quito's findet.

Er sah eine sonderbare Gestalt. Es war ein kleiner Mann, fast ein Zwerg, von ungewissem Alter, mit einem wirklichen oder nur angenommenen Ausdruck geistiger Beschränktheit in seinen Zügen, nur hie und da gemildert durch das Aufblitzen eines schlauen und geriebenen Lächelns. Der Mann war elend gekleidet — fast in Lumpen, sein Kopf war sehr groß, sein Gesicht bleichlich, aber nicht abstoßend, seine Füße natürlich blos, seine Arme fleischlos, aber starkknochig und muskulös. Seine Brust und der obere Theil des Körpers bekundeten große Kraft und schienen sich auf Kosten der unteren Theile entwickelt zu haben. Er trug einen zerknitterten Hut, den er beim Herannahen des Edelmannes, dem er mit einem gutmüthigen Grinsen eine tiefe Verbeugung machte, artig abnahm. In seinen Augen lag eine gewisse Wildheit, obschon der gewöhnliche Ausdruck der einer träumerischen Gleichgültigkeit war. Carrera erinnerte sich jetzt, daß er den Mann schon früher gesehen, aber er hatte ihm niemals besondere Aufmerksamkeit gewidmet; er erinnerte sich auch, daß man ihm den Burschen als einen harmlosen Verrückten bezeichnet hatte, dem man erlaubte, auf den Straßen umherzulungern, ein Gegenstand der Gleichgültigkeit oder wirklichen Mitleids, der unzweifelhaft Hungers sterben müßte, wenn er nicht von Mama Rucu erhalten und beschützt würde. Einige hielten ihn für den Vertrauten der alten Hexe, während man im Allgemeinen der Ansicht war, daß er doch zu verrückt sei, um ihr irgend von Nutzen sein zu können und daß er nichts mehr sei wie ein gewöhnlicher Dienstbote.

„Guten Abend Ew. Ehren“ sagte der Narr, denn es schien, als wenn er unter keinem anderen Namen bekannt wäre, und drehte dabei langsam seinen zerknitterten Hut in den Händen. „Möge Ew. Gnaden noch viele Jahre leben. Meine Herrin sendet meinem Herrn ihren Gruß. Meine Herrin hofft, daß mein Herr mit seiner ganzen Familie sich einer guten Gesundheit erfreut und daß mein Herr eine ruhige Nacht verbracht hat.“

„Schon gut, schon gut,“ unterbrach ihn Carrera. „Spare deine Komplimente und sage mir, was deine Herrin von mir wünscht.“

„Meine Herrin wünscht zu wissen,“ sagte der Mann langsam, „weshalb Ew. Ehren nicht gekommen ist. Meine Herrin hat auf meinen Herrn die letzten zwei Stunden gewartet.“

Carrera war betroffen. Wie konnte Mama Rucu wissen, daß er die Absicht gehabt, sie zu besuchen. Er warf einen scharfen, durchdringenden Blick auf seinen Diener Mariano, den derselbe jedoch so ruhig aushielt, als habe er gar nicht ihm gegolten.

„Meine Herrin wartet noch immer auf Ew. Gnaden,“ fuhr der Narr fort.

„Wie so, Mann?“ rief Carrera, „ich verstehe Dich nicht!“

„Ew. Hoheit Narr spricht auch die Sprache der „Viracochas“ (der weißen Männer), wenn Ew. Hoheit es vorziehen sollte.“ Bis dahin war die Unterredung in Quichuanisch geführt worden.

„Ich verstehe die Inka Sprache gut genug,“ erwiderte Carrera, „aber ich verstehe es nicht, daß Deine Herrin auf mich gewartet hat und weiß nicht, was Deine Herrin von mir will.“

„Ich bin meiner Herrin Diener,“ sagte der Narr, „ich führe ihre Aufträge aus, aber ich weiß nichts von den Geschäften meiner Herrin.“

„Nun wohl, richte Deiner Herrin meine Grüße aus und sage ihr, daß ich sie morgen besuchen werde."

„Aber meine Herrin erwartet Ew. Hoheit schon jetzt," sagte der Mann und nickte grinsend mit dem Kopfe.

„Es ist zu spät jetzt und ich könnte nicht zurück sein, bevor die Nachtglocke ertönt."

„Aber Ew. Gnaden werden gar nicht in der Nacht zurückkehren; Ew. Gnaden werden die Nacht in dem Hause meiner Herrin zubringen."

„Mann! Die Leute haben recht, wenn sie dich einen Narren nennen. Ich sollte die Nacht in Mama Nucu's Hütte zubringen? Was soll das heißen?"

„Ich bin ein Narr," sagte der Indianer sanft, „ich bin Ew. Hoheit Narr und der Diener meiner Herrin. Aber ich hoffe, daß Ew. Gnaden sich nicht vor Mama Nucu fürchtet."

„Aber wie kann ich dort über Nacht bleiben? Das ist ja unerhört."

„Und wird unerhört bleiben! Ew. Hoheit Besuch bei Mama Nucu erfährt keine menschliche Seele außer Mariano. Morgen früh wird Ew. Hoheit in dero Haus zurückkehren — gesund und wohlbehalten und — ein viel weiserer Mann."

„Du bist unverschämt, Bursche!"

„Ich bin ein Narr, mein Herr."

Carrera war in Verlegenheit. Die Einladung war so außergewöhnlich und lächerlich, daß er nicht wußte, ob er darüber lachen, oder sich ärgern sollte. Und doch, wie konnte Mama Nucu wissen, daß er die Absicht hatte, sie zu besuchen? Das war wunderbar, romantisch fast. Er wurde in seinen Gedanken unterbrochen durch Mariano, der sich, den Hut in der Hand, der Gruppe näherte.

„Wollen Ew. Gnaden mir ein Wort erlauben?"

„Ganz gewiß, mein Knabe."

„Ich habe Ew. Hoheit ehrlich und treu gedient."

„Ich habe mich nie beklagt, Mariano."

„Ew. Gnaden war mir der beste der Herren und ich verehre Ew. Hoheit."

„Ich glaube das, Mariano; doch nein, ich hätte sagen sollen, ich weiß es."

„Dann erlauben Sie Ihrem ergebenen Diener nur das eine Wort: Ew. Hoheit dürfen ein unbeschränktes Vertrauen auf Mama Nucu setzen."

Carrera antwortete nicht.

„Es ist das erste Mal, daß Mama Nucu einem lebenden Viracocha, Herrn oder Dame, eine solche Botschaft schickt. Mama Nucu scheint vor Ew. Hoheit eine Achtung zu besitzen wie vor keinem anderen Herrn in Quito. Andere suchen sie auf, während sie jetzt Ew. Gnaden eine Einladung schickt. Sie weist so Viele ab und meinen Herrn ladet sie zu sich ein. Im Namen der Jungfrau, gehen Sie, gehen Sie; kein Leid wird Ihnen geschehen."

„Aber wenn es bekannt werden sollte —"

„Der Narr hat Recht; es wird niemals bekannt werden. Ew. Hoheit darf mir trauen und Mama Nucu's Wort ist heilig."

„Aber, wenn sie eine Hexe —"

„O Herr, ich bin ein Christ wie Ew. Gnaden und glaube, daß der neue Glaube mächtiger ist wie der meiner Väter; aber als Christ kann ich Ew. Gnaden sagen, daß Mama Nucu, wenn sie auch im Herzen noch heidnisch sein mag, ihren Mitmenschen mehr Gutes gethan hat, wie alle Eure Advokaten, Doktoren und Mönche jemals thun werden. Gehen Sie, Herr!"

„Wohlan denn," sagte Carrera, der, was immer auch seine religiösen Scrupeln sein mochten, doch zu stolz war, um seinem Diener gegenüber Furcht zu zeigen, „bring' mir meinen Mantel und meiner Mutter Kreuz und Rosenkranz. Ich werde sie an meinem Gürtel befestigen und damit allen Spuk und Zauber, der in der Hütte herrschen mag, bannen." Mariano war hoch erfreut und in raschen Sprüngen eilte er die Treppe hinauf, um seines Herrn Befehle auszuführen. „Und jetzt bittet der Narr Ew. Hoheit, ihm nochmals Gehör zu schenken," sagte der Bote. „Die Straßen sind voll von Pöbel, in einer Minute ist es dunkel und wir könnten aufgehalten werden. Wenn Ew. Hoheit mir folgen wollen, werde ich Ew. Gnaden durch sichere Straßen und Seitenwege führen. Halten Ew. Gnaden nur immer den Narr im Auge. Wenn der Narr seinen Schritt mäßigt, so thun Ew. Hoheit dasselbe; eilt der Narr vorwärts, so mögen Ew. Gnaden ebenfalls eilen. Ist Ew. Hoheit bereit?"

„Ja, vorwärts! Gute Nacht, Mariano!" „Die heilige Jungfrau beschütze Sie, Herr!" sagte Mariano, und als Carrera sich entfernt hatte, drückte er die Arme gegen die Brust und murmelte mit einem Seufzer: „Große Sonne, großer Pachacamac! Laß Mama Nucus Unternehmen gedeihen, was immer es sein mag!"

---

7. Mama Nucu.

Es war eine klare, wundervolle Nacht. Die Regenzeit war vorüber. Die Strahlen des Mondes spielten sanft auf dem schneeweißen Mantel des Berges Antisana dort im Osten. Die Ruhe der gebirgigen Einöde, in der Mama Rucu's Hütte lag, wurde nur hie und da unterbrochen durch gelegentliche Erschütterungen vom Berge Cotopaxi. Der große Vulcan war in der letzten Zeit thätig gewesen und hatte die öffentliche Meinung mit bangen Ahnungen seiner Ausbrüche und Erdbeben erfüllt. Hoch über dem Krater des Pichincha lagerten drohend schwarze Wolken, während die Stadt Quito ruhig wie im Schooße ihres gefährlichen Nachbars schlummerte.

Die Hütte der alten Indianerin lag am Eingange einer Schlucht, die sie theilweise den Blicken von außen entzog. Sie war, wie die meisten Indianer-Hütten aus „Adobe" erbaut, freilich etwas größer und geräumiger wie die anderen. Sie hatte keine Fenster, nur eine Thür, die Licht und Luft gab und zugleich als Kamin diente, wenn im Innern Feuer gemacht wurde, da der Rauch nicht vollständig durch die Brüche des strohgedeckten Daches entweichen konnte. Auf einer Bank von Adoben vor der Hütte saß die alte Hexe, als Carrera sich näherte; ihre Hand ruhte auf ihrem Stock und ihr Haupt lehnte gegen ihre Hand. So saß sie da, bewegungslos und schweigend und kein Wort des Willkommens hatte sie für ihren Besucher. „Wir sind zur Stelle, Herr," sagte der Narr. „Ich werde Sie jetzt verlassen, doch bleibe ich in der Nähe, wenn Ew. Gnaden mich nöthig haben sollten."

„Guten Abend, Mama Rucu," sagte Carrera, der doch nicht ganz das Gefühl abergläubischer Furcht unterdrücken konnte, als er sich an dem einsamen Platze allein befand mit der, die die öffentliche Meinung als die größte Hexe des Königreiches Quito bezeichnete.

Mama Rucu hob langsam ihr Haupt empor, schaute ihn für wenig Augenblicke an und sagte dann mit einem eigenthümlich sanften Tone:

„Du hast mich lange warten lassen."

„Wie konnte ich wissen, Mutter, daß Sie mich erwarteten?"

„Hattest Du nicht die Absicht, früh am Tage zu mir zu kommen?"

„Woher wußten Sie das, Mütterchen? Hat es Mariano Ihnen gesagt?"

Die alte Frau lächelte verächtlich: „Mariano! Soll Mariano mich lehren, was ich weiß? Meine Augen sind trüb vom Alter, aber sie sehen weiter und tiefer wie die Deinen jemals blicken werden. Ich wußte, daß Du kommen wolltest. Das war so bestimmt von einer Macht, die dir, dem Anhänger des neuen Glaubens, unbekannt ist. Dein Zaudern auf dem Wege war vergebliche Mühe. Suchen nach dem Schatze! Ha, ha, ha, eiteles Beginnen! Der Schatz ist da, mein Sohn. Ich darf Dir sagen, daß er da ist, aber kein Viracocha soll ihn schauen, bis der rechtmäßige Besitzer selbst ihn ihm zeigt. Ebenso gut magst Du versuchen, den Pichincha in das Chillo-Thal zu stürzen, ehe Du dieses Geheimniß ergründest. Es ist das Geheimniß unseres Volkes und unser Volk wird es wahren, bis es selbst wünscht, es zu offenbaren. Willst Du Deinen guten Freund Paredes sehen? Kehre zu der Stelle zurück, wo Du ihn trafst am Nachmittage. Du wirst ihn finden dort, wie er mit Fackeln und Spaten im Innern der Erde jeden Zoll des Bodens aufwühlt und nichts findet. Morgen wird es mit seiner Thätigkeit vorbei sein. Morgen wird der Durchgang geschlossen sein und keine Spur wird jemals ihn verrathen."

Carrera stand da in Staunen verloren. Er wußte nicht, was er aus dem Weibe machen sollte und der Glaube an ihre Hexenkraft wurde in ihm immer stärker.

„Ich habe Vertrauen zu Dir, mein Sohn. Du bist besser wie Dein Volk, aber ich denke, Du bist schwächer als die Uebrigen, die sonst hinter Dir zurückstehen. Bei vielen Gelegenheiten hast Du Dich gut bewährt. Denke nicht, daß mein Volk undankbar und kurzsichtig ist. Beschränkt, schläfrig und brutal mag mein Volk erscheinen, aber in ihm schlummert eine Gluth, die, wenn die richtige Zeit gekommen, plötzlich in lohende Flammen ausbrechen wird. Schaue dort auf den Vulkan. Er schlummert! Friede und Ruhe herrschen im Thale; eine leichte Rauchwolke und Dünste kräuseln auf vom Munde des Kraters; in ihm und um ihn alles Ruhe. Jetzt aber laß Pachacamac das Losungswort geben und rollende Donner werden des Menschen Herz mit Zittern und Zagen erfüllen; Flammen lohen auf von dem Krater, ein Aschenregen wird die Luft verfinstern, Felsen und Lavasteine werden nach allen Richtungen umhergeschleudert und das verderbenbringende Erdbeben wird das Land erschüttern, Städte begraben, Flüsse verschlingen, Berge spalten und unheimliche Seen schaffen, dort, wo blühende Dörfer lagen. Und so auch ist unser Volk! Wir sind die Kinder der Pichincha, Cotopaxi und Sara Urcu, die unter dem schneeweißen Gewande des Friedens die Donnerkeile des Todes bergen!"

Die alte Frau sank wieder zurück in ihre träumende Ruhe und eine lange Pause folgte, während Carrera dort stand, unschlüssig, ob er bleiben oder gehen sollte. Zuletzt fuhr sie fort: „Ich spreche zu Dir, mein Sohn, wie ich noch niemals zu einem lebenden Viracocha gesprochen habe. Ich habe Vertrauen zu Dir. Du bist besser wie die Uebrigen. Dein Herz ist rein und lauter, und eine große Zukunft steht Dir bevor. Aber Du selbst mußt sie Dir erringen. Höre mich an! Die Viracochas sind die Eroberer. Wir, die Shyri-Race, sind die Besiegten. Die beiden Racen sind Feinde. Aber Pachacamac ist die unbegrenzte Güte und zuweilen läßt er es geschehen, daß Männer und Frauen geboren werden, die Vorboten des Friedens sind, daß durch göttlichen Rathschluß dem tödtlichen Haß ein Ende gemacht wird. Wenn ich nicht irre, werden solche Lehren von den Priestern des neuen Glaubens gepredigt, aber Dein Volk straft die Worte Lügen durch seine Thaten. Ich habe gehört, die weißen Männer predigen das Gesetz der Liebe, während sie mein Volk zu Tode hetzen, plündern, sengen und zu Sklaven machen. Der Tod ist ihre Liebe. Aber Zeiten gibt es, in denen Pachacamac Männer und Frauen erschafft, die Trauer in Freude, Haß in Liebe, Krieg in Frieden wandeln können. Diese Männer, wie Manco von Peru und Duchicela von Purruha mögen die Beglücker ihrer Völker werden, wenn sie das Werk erfüllen, das Gott ihnen angewiesen hat. Eine wichtige Mission ist auch Dir übertragen, mein Sohn. Ob Du sie auf Dich nehmen willst, oder nicht, ich weiß es nicht. Die Zukunft hat sich mir noch nicht völlig gelichtet. Ich fürchte, Du wirst zurückschrecken vor den Gefahren und Mühen der Aufgabe. Ich habe Vertrauen auf Deine Güte, aber kein Vertrauen auf Deinen Muth. Und doch ist es passend, daß ich Dir Dein Schicksal enthülle, was Dich treffen wird in diesem oder jenem Falle."

„Ich verstehe Sie nicht, Mamita."

„Du wirst mich auch jetzt noch nicht verstehen. Die Zeit ist noch nicht gekommen, Dir das zu enthüllen, was Pachacamac, oder Christus, wie Dein Volk ihn nennt, von Dir erwartet. Weshalb bist Du gekommen? Um mich wegen kleiner gleichgültiger Angelegenheiten um Rath zu fragen. Wegen Deines selbstverschuldeten Unglücks, Deiner Verluste am Spieltisch, Deiner Zwistigkeiten mit Deinem Onkel, Deiner thörichten Sehnsucht nach einem Mädchen, das Deiner unwürdig! Ha, ha, ha! Glaubst Du wirklich, daß ich mit solchen Albernheiten mich abgeben würde? Bildest Du Dir wirklich ein, daß ich deshalb hier Stunde um Stunde gewartet, daß ich meine müden Augen angestrengt, um die weite Zukunft zu durchschauen, daß ich deshalb den wunderbaren Trank bereitet habe, der, wenn die Zeit gekommen, Deinen Blick ebenso klar machen wird, wie den meinen? Thörichter Knabe! Du dauerst mich. Ich liebe Dich, weil Du freundlich bist meinem Volke, aber ich kümmere mich nicht um Deine kleinlichen und kindischen Sorgen, wenn der tiefe Kummer von Millionen mich wach hält und wenn das Glück meines Volkes auf dem Spiele steht. Und doch will ich Dir gut sein, Viracocha. Du hast nicht nöthig, die alte Camasca (Zauberin) zu fürchten. Kein Haar auf Deinem Haupte wird sie krümmen. Sie will es versuchen, Dich von Deinen Sorgen zu befreien und Dich vor den Folgen Deiner Thorheiten zu schützen. Sie will es versuchen, aus Dir einen Mann zu machen; aber, Julio de Carrera, Du mußt s e i n ein Mann und festhalten an dem, was Du in Deinem Herzen als recht erkennst. Dein Volk sagt, ich sei im Bündniß mit dem Fürsten der Finsterniß. Glaube es nicht, mein Sohn! Nicht das Böse ist es, nur das Gute, das ich anstrebe. Ich wünsche die Thränen zu trocknen und die Herzen von Millionen mit Freude zu erfüllen. Ich weiß es, unser Volk ist dem Euren unterlegen, und der Indianer ist nicht stark genug, die Fremden aus dem Lande meiner Väter zu vertreiben. Aber ich sehe einen Weg, auf dem beide Völker glücklich werden können, ohne den Deinen oder den Meinen Unrecht zuzufügen. Das ist das große Ziel, das ich zu erreichen strebe, bevor der Tod mich abruft. Der Sand meines Lebens verrinnt rasch; meine Tage sind gezählt und ich habe nicht mehr viel Zeit zu verlieren. Bist Du bereit, das zu erschauen, was ich Dir in dieser Nacht zeigen werde? Zwei Visionen sollst Du sehen; zwei Wege liegen vor Dir. Willst Du den rechten einschlagen? Ich werde Dir zeigen, was Dich am Ende erwartet. Willst Du den falschen wählen? Ich werde Dir zeigen, wohin er schließlich Dich führen wird. Wenn Du ein Feigling bist, wenn Du Dich fürchtest wie ein Kind, wenn Du an die Märchen glaubst, mit denen Mönche und Ammen und Narren Dein unwissend Gemüth erschreckt haben, dann lenke Deine Schritte rückwärts. Gehe nach Haus, lege Dich in's Bett und vergesse, was Du gehört hast. Bist Du aber ein Mann, der an Gott glaubt, ganz einerlei wie Du ihn nennst, dann komm mit mir. Der Trank ist bereit, der Schleier soll gelüftet werden, Deine Augen sollen sehen! Bist Du bereit?"

Carrera zögerte in Zweifel und in Furcht. Aber er war einmal so weit gegangen und würde es als ehrlos und feige betrachtet haben, jetzt noch zurückzuweichen und dieser Gedanke siegte über alle Scrupeln der Religion und die Schrecken des Aberglaubens, so machtvoll in jenen Tagen.

„Ich bin bereit, Mamita!"

„Dann komm," sagte sie und erhob sich von ihrem Sitze. „Du bist willkommen in dem Hause der Mama Rucu. Es gab eine Zeit, wo ich Dich in einem Palaste hätte empfangen können und eine elende Hütte ist es, in die ich Dich jetzt führe. Freilich könnte ich noch im vollen Glanze leben. Ich könnte mehr Land kaufen, wie Deine Augen übersehen können, wenn ich für mich selbst nehmen wollte, was meinem Volke gehört. Aber ich theile das Schicksal der Meinen, lebe wie sie leben, schlafe wie sie schlafen und sterbe wie Größere und Bessere als ich gestorben sind. Tritt ein!"

8. Die erste Vision.

Carrera schickte sich an, ihr zu folgen, aber noch einmal winkte sie ihm, stehen zu bleiben: „Warte! Ein Wort noch, bevor ich Dich unter meinem Dache empfange. Ich verlange von Dir als Edelmann, daß Alles das, was Du in dieser Nacht hören oder sehen solltest, in Deinem eigenen Busen begraben bleibt. Was immer ich für Dich thun werde in dieser Nacht, geschieht für Dich allein und muß Dein Geheimniß bleiben, ebensowohl wie meines."

„Ihre Vorsicht ist unnöthig, Mutter," sagte Carrera. „Niemand soll es erfahren, daß ich hier gewesen. Ich verspreche unverbrüchliches Schweigen mit dem Ehrenworte eines Cavaliers!"

„Gut so und jetzt tritt ein!"

Sie traten ein. Das Innere der Hütte war durch einen Vorhang in zwei Theile getheilt und, wie alle indianischen Hütten, ohne Fußboden. Die Cuyes (eine Species der Guinea-Schweine, die ungefähr jeder Indianer in Ecuador besitzt) wurden erschreckt durch den Eintritt eines Fremden und verkrochen sich in ihre Höhlen. Eine schwach leuchtende Kerze brannte auf einem sehr einfachen Tische. Auf einer Adobe-Bank, die aus der Wand herausragte, war ein Bett aufgeschlagen. Töpfe und Steingut von indianischer Arbeit waren in einer Ecke aufgespeichert. Die alte Frau hob den Vorhang in die Höhe. Im Hintergrunde brannte ein langsames Feuer aus aromatischem Holz unter einem kleinen Kessel und in der Nähe des Feuers war aus Schaaffellen und Tüchern ein Lager bereitet.

„Mache es Dir bequem, mein Sohn!" sagte Mama Rucu. „Leg ab Dein Schwert, Hut und Mantel. Niemand wird diese Dinge anrühren. Hier ist ein Lager, das ich für Dich bereitet habe. Du wirst es nöthig haben."

Darauf hinkte sie zum Feuer, ergriff einen Calabash, der die Stelle eines Trinkgefäßes ersetzen mußte und schöpfte mit einem Kochlöffel etwas von der Flüssigkeit, die in dem Kessel brodelte, hinein.

„Was ich hier habe, ist ein berühmter und mächtiger Trank. Er ist bereitet aus einer Rebe, die weit von hier wächst, weit, weit von hier, an den Ufern des Flusses Napo, an der anderen Seite jener Gebirgskette. Die Rebe heißt der Samarucu, der Trost des Greisenalters. Mit dem Zusatze einiger unschädlichen Kräuter verleiht er Denen, die ihn trinken, die Gabe, in die Zukunft schauen zu können. Der Trunk ist harmlos und ich gebrauche ihn schon seit vielen Jahren."

Der Verfasser dieser wahren Geschichte könnte hier noch beifügen, daß der Samarucu noch jetzt bei den uncivilisirten Indianern der Napo-Provinz in Gebrauch ist und daß die Eingeborenen demselben ganz wunderbare Kräfte und Eigenschaften zuschreiben. Die Wirkungen sind ähnlich wie die, die bei den Orientalen durch den Genuß von Haschisch hervorgerufen werden.

„Jetzt nimm einen Schluck!" sagte Mama Rucu, „und wir werden sehen, welche Wirkung der Trank auf Dich hat."

Carrera gehorchte.

„Jetzt höre, mein Sohn! Die Gestalt, die Du jetzt erblicken wirst, beschäftigt wahrscheinlich für den Augenblick Deinen Geist am meisten. Wer immer sie auch sein mag, sie bildet den Kern dessen, was Du nachher erschauen wirst."

Plötzlich schreckte Carrera empor, er streckte die Arme aus, machte ein paar hastige Schritte gegen den Hintergrund der Hütte und rief aus:

„Dolores!"

„Ich dachte es mir," murmelte die alte Indianerin.

„Sie ist verschwunden!" sagte Carrera, drückte die Hände vor's Gesicht und rieb sich die Augen. „Und wie natürlich und lebenswahr sie dort, in der Nähe der Wand vor mir stand, ich hätte darauf schwören können, daß sie es wirklich war."

„Es ist gut," murmelte die Hexe. „Du bist empfänglich. Du wirst viel, sehr viel sehen. Jetzt trinke den Rest, trinke Alles, lasse keinen Tropfen im Becher zurück, es ist ein kostbarer Trank."

Carrera gehorchte, ohne zu zögern.

„Jetzt lege Dich dort auf jenes Lager. Lege Deinen Mantel und Dein Schwert unter Dein Haupt, liege ganz still und warte auf das, was kommen wird. So ist es gut und nun lausche auf meine Worte.

Dolores war es, die Dir zuerst erschien. Wohl denn, der große Mond, unter dessen Strahlen wir jetzt ruhen und dessen Kraft in dem Tranke war, den Du genossen, wird Dir jetzt zeigen, in einer langen Reihe von Bildern, was Dich erwartet, wenn Du Dein Schicksal mit dem dieses Weibes, Dolores, verknüpfst. Liege still, mein Sohn, und habe Vertrauen zu mir. Ich werde Dir beistehen, wenn der Trank zu kräftig für Dich sein sollte." Mit diesen Worten setzte sich die alte Frau auf das Lager neben dem Feuer. Vollkommene Stille herrschte in der Hütte, nur unterbrochen durch das Zirpen der Grillen und in langen Zwischenräumen durch den grollenden Donner vom Berg Cotopaxi.

Das Gefühl einer köstlichen Erschlaffung kam über Carrera, er streckte sich lang auf dem Lager aus und schloß die Augen. Ihm war es bald, als sei er wieder zu Hause. Das war sein Zimmer, sein Bücherschrank, sein Bett, seine Fenster. Dort war auch Mariano, der ihn bat, zu kommen und er folgte ihm in das Empfangszimmer. Eine Dame, tief verschleiert, stand vor ihm und eine andere ebenfalls verschleierte Dame stand an der Thür. Die erste Dame lüftete den Schleier und er sah Dolores. Sie redete ihn an, sie sprach lange, ernst und eindringlich; aber er verstand ihre Worte nicht. Näher trat sie zu ihm heran, ihre Hände ruhten in den seinen, ihre Augen trafen sich und im nächsten Augenblick lag sie in seinen Armen. Aber sehr bald änderte sich die Scene. Eine Masse Volkes füllte die Straße vor seinem Hause. Stürmisch jauchzte das Volk ihm entgegen, als er am Eingang sich zeigte. Hüte wurden geschwungen und donnernde Vivas machten die Luft erzittern. Plötzlich aber änderten sich die Gesichter und Stimmen vom Jubel zur Wildheit, vom Beifallsjubel zur Wuth und Verwünschungen. Messer und Dolche wurden gegen ihn gezückt, er konnte das brutale Gesicht Castros, des bekannten Führers der Quitoer Mordbanden, deutlich unterscheiden, der ihn mit einem wilden Blicke voll Haß und Wuth zu durchbohren schien. Carrera war in der Gewalt des Pöbels, die Kleider wurden ihm vom Leibe gerissen, er wurde in die Straße hinausgezerrt und fortgedrängt von einer wogenden Menschenmasse. Er fühlte einen stechenden Schmerz im Rücken und es war ihm, als ob das Blut an seinen Gliedern hinabrieselte. Der wüthende Haufe umgab ihn und er fühlte wie Einer, der unter dem Drucke eines furchtbaren Nachtmahrs lag. Carrera stieß einen lauten durchdringenden Schrei aus und Mama Rucu erhob sich leise von ihrem Lager und legte ihre Hand auf seine brennende Stirn; das hatte eine beruhigende Wirkung; die quälende Angst, unter der er sich befand, war verschwunden, aber er fühlte sich gebrochen und hülflos. Das qualvolle Traumgesicht war entwichen, seine Peiniger waren fort, aber seine Kraft kehrte nicht zurück. Er lag in einer Blutlache, in seinem eigenen Blute außerhalb der Grenzen der Stadt unter einem Gartenwalle. Er hörte die Stimmen seiner Feinde, die ihn gequält, aber sie waren weit, weit fort von ihm. Zuletzt sah er zwei Damen herbeieilen, gefolgt von zwei oder drei Dienern. Wiederum erkannte er Dolores; sie schaute auf ihn hernieder, sie mußte ihn erkannt haben, aber — warum blieb sie nicht stehen? Er rief sie bei Namen, sie mußte ihn gehört haben, aber — warum blieb sie nicht stehen? Wiederum kam das qualvolle Gefühl der Angst über ihn und er wurde ohnmächtig.

Wie lange er so ohne Besinnung dagelegen, konnte er sich nicht vorstellen, plötzlich wurde es ihm jedoch wieder klar, daß er sich in Mama Rucus Hütte befand; aber die Scene hatte sich geändert; mehrere Indianer, Männer und Frauen, die er nicht kannte, befanden sich in der Hütte. Sie beugten sich mit ernsten Mienen über ihn, sprachen in leisem Lispelton miteinander und schüttelten bedenklich die Köpfe. Woher kamen sie? Was wollten sie? er versuchte es, sich in dem Bette aufzurichten, aber wiederum fühlte er Mama Rucus Hand auf seiner Stirn, die sanft sein Haupt niederdrückte und er hörte sie lispeln „bleibe ruhig!" Eine lange Pause folgte, während der er nichts sah. Undurchdringliche Dunkelheit umgab ihn und hüllte ihn so ein, daß es ihm ängstlich zu Muthe wurde. Zuletzt brachen Lichtstrahlen durch die Finsterniß; und was für Lichter waren es? Wachskerzen? Jawohl Wachskerzen, die auf einem Altare brannten. Er befand sich in einer Kirche und sah die Bilder und Statuen der Heiligen. Er selbst kniete vor dem Altare, Dolores ihm zur Seite; ein Priester stand vor ihm und mächtige Orgelakkorde brausten durch den weiten Raum. Eine Heirath war es, der er beiwohnte, seiner eigenen Heirath und — Dolores war die Braut. Die Orgelklänge brausten weiter und weiter ohne Ende, bis er nichts mehr sah und selbst als wieder die dunkelste Finsterniß ihn umgab, klangen die Orgeltöne immer weiter. Dann tauchte ein neues Bild auf: Ein Mann suchte sich durch die Dunkelheit einen Weg zu bahnen. Es war Paredes; wie er ihn haßte! Und doch folgte er ihm, das Schwert fest in der Rechten, jeden Augenblick bereit, ihm das Herz zu durchbohren. Unsagbare Schmerzen durchwühlten sein Inneres, aber er konnte es sich nicht klar machen, was ihn quälte. Dann erschien Dolores wieder, aber aus ihren Augen leuchtete nicht die Liebe, sondern aus ihren Zügen sprachen Stolz und eisige Kälte. Er gesellte sich zu ihr und sie wanderten zusammen manch lange Meile weit schweigend und in kalter Entfremdung, über Berge und Flüsse, durch Wälder und Ebenen und hie und da war es ihm, als ob, durch die Zweige der Bäume oder niedriges Buschwerk lugend, der verhaßte Paredes stets zur Seite ihres Weges schlich.

Zuletzt empfing sie ein Wald, ein Wald, wie er ihn nie zuvor gesehen, ein Wald von Riesenbäumen mit undurchdringlichem Unterholz. Der Schall der Feuerwaffen drang durch die Stille und indianische Pfeile schwirrten durch die Luft. Es war der Krieg mit allen seinen Schrecken, der jetzt über ihn hereinbrach; er fühlte es, daß rings um ihn eine Schlacht wüthete; zuweilen befand er sich mitten im Schlachtgewühl, zuweilen weit davon entfernt. Zuletzt stand ein Indianerweib vor ihm; ihr Antlitz und ihre Gestalt kamen ihm bekannt vor und ihre Erscheinung zauberte die Bilder längst vergangener Jahre in ihm auf. Sein Herz wandte sich zu ihr; sie sprach zu ihm und er hörte ihre Stimme, die unaussprechlich sanft und traurig klang. Nur ein Wort sprach sie, nur das eine Wort „Fliehe!" Traurig zeigte er auf ein zerfetztes Banner, das dort aufgepflanzt war; sie wandte ihr Antlitz ab und weinte. Er ergriff ihre Hand, küßte sie und netzte sie mit seinen Thränen. Ein tiefer unsagbarer Schmerz und ein vernichtendes Gefühl der Verzweiflung erfüllte jetzt seine Seele und durch den ganzen Körper flog ein sch'uchzendes Zittern. Doch die Frau war verschwunden und wieder raste das Schlachtgetümmel durch den Wald; wieder blutete er aus vielen Wunden und mühsam schleppte er sich von Baum zu Baum durch einen Regen von Pfeilen. Rings um ihn klang das Geheul der Wilden. Nackte Indianer, wie er sie nie zuvor gesehen, Kriegsfarben im Antlitz, umringten ihn; sein Schwert brach, er sank in die Knie und murmelte ein letztes Stoßgebet, Schlag fiel auf Schlag, bis Bewußtsein und Leben dahin waren. Wie mit Bleigewichten lag es auf ihm; eine tödtliche Angst ergriff ihn und er brach in ein lautes qualvolles Stöhnen aus.

9. Die zweite Vision.

In diesem Augenblicke spritzte Mama Rucu eine Hand voll kalten Wassers in sein Antlitz und er erwachte. „Wasche Deine Hände und Dein Antlitz in diesem Becken voll kalten Wassers, die erste Vision ist vorüber."

Carrera that, wie ihm geheißen und die Wirkungen des Trankes gingen vorüber, nur eine gewisse Müdigkeit blieb zurück, die er jedoch auch bald überwand.

„Bei der Heiligen Jungfrau, Mutter, Sie haben mich da wunderbare Dinge sehen machen."

„Nicht ich," sagte die alte Frau, „es war nicht ich. Es war die wunderbare Kraft des Samarucu. Bist Du bereit für den zweiten Trank?"

„Wie lange habe ich geschlafen?"

„Eine Stunde vielleicht." Die alte Frau hatte ihren Calabash wieder mit der Flüssigkeit aus dem Kessel angefüllt und reichte ihn ihrem Besucher. „Nimm zuerst einen Schluck."

„Muß es jetzt gleich sein?"

„Es ist nicht nöthig jetzt gleich, aber nach den beiden Visionen wirst Du Dich eines langen und gesunden Schlafes erfreuen und je eher die beiden vorüber sind, desto besser wird es für Dich sein."

„Werde ich wiederum solche Qualen dulden müssen?"

„Nicht dieses Mal. Ich weiß nicht, was Du gesehen hast; da ich aber, während Du schliefst, den Schleier, der Deine Zukunft deckt, gehoben habe, so weiß ich es sicher, daß Deine zweite Vision freundlicher sein wird, wie die erste. Trinke, mein Sohn."

„Nun, wie Du willst. Mamita, auf Deine Gesundheit also!" Er nahm einen kräftigen Schluck, gab dann den Calabash der Frau zurück und wiederum trat die Wirkung des Trankes sofort ein. Wiederum sprang er plötzlich auf und die Hände ausstreckend rief er aus: „Das geheimnißvolle indianische Mädchen! Dort steht sie!"

„Ruhm und Preis Dir, Pachacamac!" rief die Hexe. „Heil Dir, Viracocha!"

„Wer ist diese wunderbare Erscheinung? Auf ihrer Stirne thront ein Diadem, in der Mitte ein Smaragd von unvergleichlicher Schönheit."

„Es ist das Emblem des königlichen Stammes. Möge die große Sonne segnen die letzten seiner lebenden Kinder!"

„Jetzt ist sie verschwunden!" rief dann Carrera mit einem tiefen Seufzer der Enttäuschung. „O, könnte ich sie wiedersehen!"

„Du wirst sie wiedersehen, mein Sohn! Ja, ja, Du wirst sie wiedersehen!" wiederhol e die alte Frau, schmunzelnd vor Vergnügen und Befriedigung. „Jetzt trinke den Rest des wundervollen Getränkes, den Trank des Lebens, den Schlüssel der Zukunft, den Enthüller aller Geheimnisse, den göttlichen Samarucu. Vergeude keinen Tropfen der kostbaren Flüssigkeit."

Carrera gehorchte schweigend und leerte den Becher bis auf den letzten Tropfen.

„Und jetzt thue, was Du zuvor gethan. Lege Dich nieder und verhalte Dich ganz ruhig."

Und wiederum war es ihm, als befinde er sich in seinem Schlafzimmer. Wiederum bat Mariano ihn, in das Empfangszimmer zu treten. Wiederum sah er die beiden verschleierten oder maskirten Damen und wiederum näherte Dolores sich ihm und sprach zu ihm lange, ernsthaft und bittend. Er verstand ihre Worte nicht, aber sie schienen keinen Eindruck auf ihn zu machen. Zuletzt wandte sie sich zum Abschied und artig begleitete er sie die Treppen hinunter und mit einer höflichen Verbeugung schied er von ihr. Bald darauf änderte sich die Scene. Wiederum war sein Haus umgeben von einer aufgeregten Masse von Männern, deren Beifall und Zurufe ihn begrüßten, wie er sich im Thoreingang zeigte; aber dießmal verwandelte sich ihr Jubel nicht in Wuth. Er wurde von ihnen fortgezogen, aber nur freundliche Gesichter umgaben ihn und nur freudigbewegte Töne schlugen an sein Ohr. Auf den Schultern der Menge trug man ihn fort, bis der Zug Halt machte vor der Front des Regierungs-Palastes. Zu gleicher Zeit bog ein anderer Zug auf dem Platz ein. Es war ein langer Zug von Indianern, angeführt von Kriegern, die eine eigenthümliche Tragbahre trugen, ähnlich wie die, in denen die alten Inkas von ihren ergebenen Unterthanen getragen wurden; und in derselben stand aufrecht und majestätisch, aber dennoch von unbeschreiblicher Grazie und Bescheidenheit das geheimnißvolle indianische Mädchen mit dem Smaragd-Diadem.

An den Stufen des Palastes stieg sie aus und wurde von ihm bewillkommnet. Hand in Hand stiegen sie dann die große Treppe hinan unter den enthusiastischen Zurufen der Menge, während die Geschütze Freudensalven abfeuerten und die Kirchenglocken festlich erklangen. Sein Herz hob sich voll Stolz und Zärtlichkeit.

Wieder änderte sich die Scene und nochmals schlug das tobende Geräusch der Schlacht an sein Ohr. Aber es war kein hoffnungsloses und qualvolles Ringen, sondern der Sieg schien ihm zu folgen, wohin immer er kam. Wieder durchkreuzte er den tropischen Wald, aber dieses Mal befand sich das schöne indianische Mädchen an seiner Seite. Das finstere Gesicht Paredes störte ihn nicht länger, wohl aber lächelte das blühende und offene Antlitz des jungen Sanchez freundlich auf ihn und seine Gefährtin herab. Plötzlich breitete sich der weite Ocean vor seinen Blicken aus. Schiffe lagen im Hafen, Kriegsschiffe mit vielen Geschützen, aber sie trugen nicht die wohlbekannte Flagge Spaniens, sondern das St. Georgskreuz und andere unbekannte Flaggen flatterten in den Lüften. Eine Anzahl Boote stießen ab, um ihn und seine indianische Königin abzuholen und die Geschütze aller Schiffe feuerten Salven auf Salven, als er auf dem Deck des Hauptschiffes stand, umgeben von freundlich dreinblickenden Männern in fremden Uniformen, die ihn in einer ihm unbekannten Sprache anredeten. Die Klänge kriegerischer Musik machten die Luft erzittern und die Beifallsrufe wollten kein Ende nehmen.

Andere Schlachten folgten, gekrönt mit neuen Siegen. Tausende von Indianern folgten ihm, wohin immer er kam. Die Truppen von Quito wurden gegen die regulären spanischen Truppen geführt; aber sie waren nicht ohne Beistand. Die fremden Soldaten, deren Sprache er nicht verstand, standen ihm zur Seite und verliehen seiner Armee den Sieg in jedem Treffen, in jeder Schlacht. Zuletzt befand er sich wieder in Quito, aber nicht in seinem eigenen Hause; er wohnte in einem Palaste und vortreffliche Männer waren in seiner Umgebung und bezeigten ihm ihre Achtung.

Nicht Dunkelheit und Furcht umgaben ihn, wie bei seiner ersten Vision, sondern leuchtende Helle und Glück begrüßten ihn überall. Die schöne Indianerin war wiederum an seiner Seite und schlang die Arme um ihn. Ein Gefühl köstlicher Ruhe überkam ihn, er fiel in eine entzückende Ohnmacht, in der ihm das Bewußtsein schwand und der ein langer, ungestörter, träumeloser Schlaf folgte.

10. Toa.

Ob er Stunden oder Tage geschlafen, er wußte es nicht. Als er erwachte, fielen die Sonnenstrahlen durch die offene Thür der Hütte und der Narr stand lächelnd vor seinem Bette und wartete auf seine Befehle.

Carrera blickte träumend ihn an, sagte aber kein Wort. Er hatte sich noch nicht orientirt, wo er war. Er suchte sich die Scenen der vergangenen Nacht in's Gedächtniß zurückzurufen, aber ein angenehmes Gefühl der Müdigkeit hielt ihn von allen geistigen Anstrengungen ab.

„Guten Morgen, Ew. Gnaden," sagte dann der Narr nach einer Pause. „Ich hoffe, Ew. Gnaden haben eine vortreffliche Nacht vollbracht."

Carrera schaute den Mann an und versuchte es, sich zu besinnen, wer er eigentlich war. Der Indianer schien den forschenden Blick zu verstehen: „Ich bin, Ew. Hoheit Narr," sagte er dann im gewichtigen Ton. „Ich geleitete Ew. Hoheit in der vorigen Nacht zu Mama Rucu's Hütte."

„Wie viel Uhr ist es?" fragte schließlich Carrera, ohne den Versuch zu machen, sich zu erheben.

„Es wird etwa sieben oder acht Uhr sein, Ew. Hoheit."

„Habe ich hier die ganze Nacht geschlafen?"

„Höchst wahrscheinlich haben Ew. Excellenz hier die ganze Nacht geschlafen."

„Wo ist Mama Rucu?"

„Sie ging aus, um heilende Kräuter mit den Thautropfen daran zu sammeln, denn im Morgenthau ruht eine große Kraft."

„War ich hier allein?"

„Nicht allein, mein Herr. Ew. Hoheit Narr war zugegen und bereitete Ew. Hoheit das Frühstück."

„Wann wird Mama Rucu zurückkommen?"

„Ich weiß es nicht, Herr."

„Aber könnte ich sie sehen, ehe ich gehe?"

„Ich weiß es nicht, Herr."

„Ist sie weit fortgegangen?"

„Ich weiß es nicht, Herr. Aber ich weiß, eine Tasse Chocolade wird Ew. Hoheit Lebensgeister wieder auffrischen. Soll ich sie bringen?"

Der Narr bereitete den Frühstücktisch und Carrera, der seit dem Abend vorher nichts genossen hatte, nahm ein sehr einladendes Frühstück zu sich. Nachdem er es beendet, räumte der Narr die Schüsseln fort und verschwand. Der junge Mann versuchte es, sich die Ereignisse der vergangenen Nacht in's Gedächtniß zurückzurufen. Er erinnerte sich, daß er zwei bestimmte zusammenhängende Träume oder Visionen durchgemacht hatte, aber sie hatten sich etwas verwischt und durcheinander geschoben. Er versuchte es, sie im Geiste wieder zu trennen und die Reihenfolge aufzufinden, in der er die einzelnen Scenen vor sich auftauchen sah. Er sah ein, daß sie ihm unverständlich waren. Die Begebenheiten, in denen er eine Rolle spielte, waren ihm völlig unerklärlich. Wie konnte sich derartiges ereignen und wie konnte er in derartige Lagen kommen? Seine Visionen konnten unmöglich Bilder der Zukunft sein. Sie mußten das Resultat des Trankes sein, den er genossen. Sie erschienen ihm unnatürlich und wesenlos wie die Hallucinationen eines quälenden Nachtmahrs. Der Zweck seines Besuches bei Mama Rucu war nicht erfüllt, er war hergekommen, um sie wegen seiner eigenen Angelegenheiten um Rath zu fragen und sie hatte ihm einen Trank gegeben, der für die Zeit sein Gehirn in Unordnung gebracht und ihn mit den wirren Phantasmen eines Irrsinnigen umgeben hatte, und dennoch war in dem, was er gesehen, ein Zusammenhang der Entwickelung, die ihn frappirte. Aber was hatte das Alles zu bedeuten? Wie konnte er, ein friedfertiger harmloser junger Mann, der Held solch großer und erschütternder Ereignisse werden?

Während er so mit sich selbst meditirte, schlug eine weibliche Stimme von wunderbarem Klange an sein Ohr, dieselbe Stimme, die er auch in seinen Träumen gehört.

„Ist Mama Rucu zu Hause?"

„Nein," sagte der Narr.

„Wann wird sie zurück sein?"

„Ich weiß es nicht." Plötzlich stieß der Narr einen Ton halbunterdrückten Staunens aus und flüsterte dann einige Worte, die Carrera nicht verstehen konnte. Er war fest entschlossen, die Eigenthümerin der Stimme zu sehen und trat vor den Eingang der Hütte, doch sah er nichts ungewöhnliches. Ein Weib, gekleidet in der Tracht der niederen Indianer stand vor ihm. Ihr Antlitz war bedeckt mit einem Shawl, drapirt in der Art, wie die Indianerinnen es von den spanischen Frauen gelernt hatten, die nur ein Auge unbedeckt lassen; aber selbst das war beschattet durch die Falten ihres schweren Shawls; und Carrera, aus der Dunkelheit der Hütte in die hellen Sonnenstrahlen hinaustretend, wurde so geblendet, daß er nichts unterscheiden konnte.

Der Narr stand da, den Hut in der Hand und schaute unschlüssig von dem einen auf die andere.

Nach einem langen forschenden Blick auf Carrera, sagte die Frau: „Ich werde warten!" und wiederum war Carrera überzeugt, daß es dieselbe Stimme war, die er in seinen Träumen gehört hatte.

„Wollen Sie nicht Platz nehmen, Niña?" sagte er und zeigte auf die Bank vor dem Eingang zur Hütte.

„Dank Ihnen, Señor," sagte die Frau und setzte sich hin, aber sie beugte ihr Antlitz so nieder, daß Carrera ihr nicht in das unbedeckte Auge schauen konnte. Der Narr hatte sich unterdessen schweigend entfernt.

„Sie sind nicht von Quito, Niña," fuhr Carrera fort.

„Ich kam mit Doña Carmen Duchicela von Riobamba hierher," antwortete die Frau, ohne aufzublicken.

„Gehören Sie zu ihrem Gefolge?"

„Nein."

„Zu wem gehören Sie denn?“

„Zuerst mir selbst, dann der Shyri Toa.“

„Shyri Toa!“ rief Carrera aus, „existirt denn diese Shyri Toa in Wirklichkeit?“

„Sie existirt.“

„Wo aber?“

„Ueberall und nirgends. Sie ist eine Wanderin ohne Ruheplatz im Lande ihrer Väter.“

Carrera wurde eigenthümlich ergriffen von der klangvollen Betonung, die die Indianerin ihren Worten gab, mehr aber noch zog ihn das Geheimniß der Shyri Toa an. Sollte er der Einzige sein von allen Männern in Quito, der das Geheimniß lösen konnte. Diese Frau kannte sie, sie gehörte zu ihrem Gefolge und er mußte seine Nachforschungen weiter fortsetzen.

„Weshalb hält sie sich verborgen?“

„Weshalb hält sie sich verborgen?“ wiederholte das Weib sinnend. „Weshalb hält sie sich verborgen? Weil sie zu leben wünscht. Nicht für sich selbst. Das Leben hat keinen Reiz für einen heimathlosen Flüchtling; aber sie will leben für ihr Volk, deren rechtmäßige Herrscherin und letzte Hoffnung sie ist. Wenn sie sich in der Oeffentlichkeit zeigen wollte, würde sie von den Spaniern gefangen genommen und eingekerkert werden. Sie würde ihre Freiheit verlieren und höchst wahrscheinlich auch ihr Leben.“

„Aber weshalb, Niña?“

„Weil die Indianer, so lange sie lebt, sie als ihre rechtmäßige Königin anerkennen werden. Ihren Befehlen würde man gehorchen von den Ufern der Guayas und Esmeraldas bis zu den Bergen von Pasto; vom Tumbez bis an den Napo. So lange sie lebt, hat ihr Volk einen Kopf, der für es denkt; einen Verstand, der für es plant und einen Willen, der es lenkt. Vernichtet sie und die Quito Indianer werden eine Heerde ohne Hirt und ihre Unterwerfung ist eine vollständige. So lange sie lebt, hegt das Indianer-Herz noch Hoffnung und erst ihr Tod vernichtet die letzte Hoffnung unseres Volkes.“

„Und glaubt sie wirklich, daß die Spanier sie tödten würden?“

„Haben sie nicht getödtet Tupac Amaru in Peru? Was hat er verbrochen? Friedlich hielt er Hof in den unnahbaren Gefilden der östlichen Cordilleren, wohin kein Weißer je gedrungen, es sei denn als Bittender oder als Flüchtling. Sie hintergingen ihn mit verrätherischen Versprechungen und lockten ihn hinterlistig in ihre Gewalt. Er traute den Versprechungen der Männer, die Atahualpa betrogen hatten und diese vertrauende Leichtgläubigkeit zahlte er mit seinem Leben. Sie ermordeten ihn ohne Ursache, ohne Prozeß, ohne Rechtfertigung. Die Viracochas glaubten, ihr Besitzthum sei nicht sicher, so lange Tupac Amaru unter den Lebenden weilte und deshalb ermordeten sie ihn. Würden sie nicht ebenso handeln gegen Toa Duchicela, die Shyri Königin von Quito, wie sie gehandelt gegen Tupac Amaru, den Inka von Peru? Nein, Señor, Toa muß sich vor den Spaniern verborgen halten, wenn Toa am Leben bleiben will.“

Carrera war tief bewegt, nicht nur durch die Worte der Indianerin, sondern mehr noch durch die immer mehr sich aufdrängende Ueberzeugung, daß dieses Weib von solch ungewöhnlicher Intelligenz und bestrickender Grazie, die ihr Antlitz so sorgsam vor ihm verbarg, keine niedrig geborene Indianerin sein konnte. Wenn diese Erscheinung keine neue Vision und nur eine Fortsetzung der Träume der letzten Nacht war, so mußte sie, das fühlte er, die Shyri-Königin selbst sein.

„Und dann,“ fuhr das Weib fort, „was suchen Ihre Landsleute jetzt noch? Was haben sie gesucht, seit Benalcazar in die brennenden Trümmer des alten Quito einzog? Den Schatz, den kostbaren Schatz des Atahualpa und Rumiñagui! Wenn Toa Duchicela in ihre Hände fiel, so würden sie sie auf die Folter spannen, sie würden ihre Glieder auf das Rad flechten, um ihr das Geheimniß des Schatzes zu entlocken. Natürlich ihr Beginnen würde vergeblich sein. Mit geschlossenen Lippen würde Toa sterben, wie so viele ihres Volkes vor ihr gestorben sind. Weshalb aber soll sie sich ohne Grund diesen Torturen aussetzen? Sie ist sicher, so lange das Geheimniß ihres Zufluchtsortes ein Geheimniß ihres eigenen Volkes bleibt. Kein Indianer wird sie verrathen.“

„Aber wurde nicht Rumiñagui durch seine eigenen Diener den Spaniern verrathen?“

„Ja, aber er war ein Usurpator, ein Tyrann, ein Rebell, der alle Mitglieder des königlichen Hauses, die er in seine Gewalt bekommen konnte, dem Tode weihte. Die Indianer waren dem Rumiñagui keine Treue schuldig.“

„Es muß ein klägliches und jammervolles Leben sein,“ sagte Carrera im tiefsten mitleidsvollen Tone, „in dürftigen niedrigen Hütten oder in der Wildniß sich verborgen zu halten.“

„Das ist wahr, Señor,“ sagte das Weib tief bewegt. „Ja, das ist wahr! Ich kenne die Shyri Toa sehr gut. Sie ist nur ein menschliches Wesen und nur ein

Weib, mit dem Instinkt, dem Verlangen, den Gefühlen und dem Herzen eines Weibes, das sich sehnt nach Liebe, nach häuslichen Glück, nach Frieden. Sie ist keine Wilde, Señor. Sie weiß den Comfort, den Luxus, die Annehmlichkeiten der Civilisation zu würdigen. Es ist natürlich, daß sie sich sehnt nach einem Heim, daß sie sich sehnt, einen angenehmen und dauernden Aufenthalt zu haben, an der Seite eines geliebten Gatten, als Mutter ihrer Kinder und umgeben von treuergebenen Freunden; daß sie sich sehnt nach Ruhe und Sicherheit, statt sich getrieben zu sehen in die schneedurchwehten Klüfte der Berge oder in die trübe Einsamkeit des Tropen-Waldes. Weshalb sollte sie sich nicht sehnen nach einem schützenden Dache über ihrem Haupte, nach einem Heim, das sie, wenn auch noch so bescheiden, ihr eigen nennen kann, anstatt beständig von Platz zu Platz zu eilen, von den Bergen in die Thäler, von den Schluchten in das Dickicht, fliehend beim Herannahen der Gefahr, wie die wilden Thiere des Waldes, stetig ihren Platz wechselnd, aus Furcht entdeckt zu werden, ewig wie ein Verbrecher sich versteckend, ewig umher irrend wie ein Ausgestoßener in dem Lande, das ihr gehört, durch göttliches Recht?"

„Herrin," sagte Carrera mit tiefer Bewegung, „Sie treiben mir das Blut der Scham in die Wangen über mein eigenes Volk. O, daß ich sagen könnte, die Befürchtungen Ihrer Königin seien unbegründet."

„Aber Sie können das nicht, Señor und Sie wissen, daß Sie das nicht können. Die Shyri Toa mag Ihnen trauen können und vielleicht auch wenig anderen edelen Viracochas, aber sie darf nicht Euren Herrschern, nicht Eurem Volke trauen. Das Geheimniß ihrer Existenz ist ihre einzige Sicherheit."

„Aber bis jetzt hat sie Niemandem von uns ihr Vertrauen geschenkt. Sie hat sich sogar niemals einem weißen Manne gezeigt."

„Sind Sie sicher, daß Sie es nicht gethan hat? Sie, Señor, mögen Sie selbst schon gesehen haben. Aber wenn sie sich fern hält, selbst von den Besten Ihres Volkes, selbst von denen, die Theilnahme für die Indianer gezeigt haben, ein fühlendes Herz für ihre Leiden — und es ist kein Mangel an solchen braven Männern — so that sie das in ihrem eigenen Interesse. Sie ist sicher genug für sich selbst. Keine Macht der Erde könnte sie erreichen, so lange ihr Geheimniß nur ihrem eigenen Volke bekannt ist. Aber sie könnte ihre weißen Freunde gefährden, wenn sie deren hätte. Diese möchten durch die Behörden ausgefragt und lästigen Fragen und Nachforschungen ausgesetzt sein, sie möchten sogar gezwungen werden, bei ihrer Gefangennahme behülflich zu sein, und ihre Weigerung würde sie in ernstliche Unannehmlichkeiten bringen. Die Señora ist zu stolz, um ihre Freunde ihrer selbst wegen in Gefahr zu bringen. Sie verlangt keine Opfer von denen, die ihr keine Treue schuldig sind. Von den Indianern hat sie das Recht, diese Opfer zu verlangen und vergilt sie durch fortgesetzte Selbstopfer. Zu wachen über die Wohlfahrt ihres Volkes, kein Mittel und keine Gelegenheit zu vernachlässigen, um dessen Loos zu verbessern und seine Leiden zu mildern, oder den brausenden Sturm der lang verhaltenen Entrüstung zu lenken, wenn er losbrechen sollte, — das ist die große und einzige Aufgabe ihres mühsamen, freud- und ruhelosen und vielleicht auch hoffnungslosen Lebens."

„Und ich hoffe," sagte Carrera, „die edle, großherzige und selbstaufopfernde Dame wird klug und großmüthig genug sein, nicht das Leben und das Glück Tausender von beiden Racen zu opfern, in dem vergeblichen Versuche, eine unbewaffnete und undisziplinirte Masse ungebildeter Indianer dem Genie und der Organisation einer höheren Civilisation entgegenzustellen, die wenigstens bis dahin als unbesiegtlich sich erwiesen hat, nicht allein in der neuen Welt, sondern auch in der alten."

„Don Julio de Carrera," sagte das Mädchen feierlich und zum ersten Male richtete sie das unbedeckte Auge auf ihn, strahlend im Feuer des Enthusiasmus, der Entrüstung und des unbesiegten Muthes. „Sie sind ein Fremdling mir, ein Fremdling der Shyri Toa. Bis jetzt habe ich erst von Ihnen gehört. Ich weiß, Ihr Herz schlägt theilnehmend für die Verfolgten und Unterdrückten, ich weiß es, daß Sie mehr wie einmal die Kinder meines Volkes beschützt haben, trotz der persönlichen Gefahren, in die Sie deswegen geriethen. Die Shyri Toa weiß das und achtet Sie deshalb; und wenn es jemals in ihrer Macht liegen sollte, Ihnen Ihre Dankbarkeit zu zeigen, so wird sie das thun. Aber was auch ihre Pläne für die ferne Zukunft sein werden, was sie thun will und was nicht, von welchen Opfern sie zurückschrecken oder welche Opfer an Leben und an Glückseligkeit sie bringen will, das sind Fragen, die sie mit ihrem eigenen Gewissen abmachen wird, oder auch mit denen, die das königliche Haus Atahualpa und seine Edlen in ihrem Rathe repräsentiren. Tod mag unter Umständen, dem Leben vorzuziehen sein und die Vernichtung und Selbstopferung eines großen Volkes besser sein, wie ewige Unterdrückung, ewige Knechtschaft. Aber die Shyri Toa ist keine gedankenlose Schwärmerin, Señor Carrera, sondern sie erwägt alles mit verständigem Sinn. Die Zeit mag kommen, und vielleicht ist sie schon da, wo die weißen Eingeborenen dieses Landes ebenso aufgebracht sein werden über den spanischen Druck mit allen seinen erdrückenden Lasten und Demüthigungen, wie die Indianer es sind über ihre hartherzigen Aufseher. Dann mögen vielleicht die beiden Strömungen in derselben Richtung sich vereinigen, dann vielleicht mag ein Bündniß erzielt werden, das beide frei macht. Aber ich werde Sie nicht länger mit diesen Traumgebilden belästigen, Señor; ich sehe dort Mama Nuen langsam den Abhang des Pichincha hinabsteigen und so wird unsere Unterredung bald ein Ende nehmen."

„Señora," sagte Carrera, „staunend habe ich auf Ihre Worte gelauscht und was Sie gesagt, hat Wurzeln geschlagen in meinem Herzen. Ich werde Ihre Worte überlegen, Wort für Wort, aber ich will auch die edle Dame sehen, die Sie gesprochen. Es ist unnöthig, daß Sie sich noch länger verstellen, Herrin Toa! Nur eine Königin konnte so sprechen, wie Sie es gethan. Ich bin ein Edelmann, der, was auch immer seine Fehler sein mögen, niemals des Vertrauensbruchs beschuldigt worden ist. Ihr Geheimniß, Hoheit, wird bei mir sicher sein. Lieber will ich sterben, als es mißbrauchen."

„Don Julio, ich weiß das! Ich weiß, Sie sind ebenso treu ergeben, wie Ihr Herz gut ist und Ihnen, dem ersten der edlen Viracochas von Quito und Peru habe ich gezeigt und werde es wieder zeigen, mein königliches Antlitz! Schau!" und während sie so sprach, schlug sie den Shawl zurück und ließ ihn langsam auf die Brust niedersinken. „Siehe hier die unglückselige ruhelose Shyri-Königin Toa Duchicela, die Enkelin Atahualpas, die Bewohnerin der Höhlen Wälder, Paramos und Schluchten, die ärmste und doch die reichste, die schwächste und doch die mächtigste Bewohnerin ihres Königreichs."

Da stand sie vor ihm. Es war dasselbe Mädchen, das ihm vor zwei Tagen so plötzlich erschienen und so plötzlich wieder verschwunden war; es war dieselbe Gestalt, die er in seinen Visionen unter dem Einfluß von Mama Nucus Trank gesehen. So stand sie vor ihm, ein Bild der Schönheit mit dem Ausdruck unsäglicher Trauer und Entsagung in ihrem Lächeln, aber mit dem Feuer ungebeugten Muthes und fester Entschlossenheit in ihren leuchtenden Augen. So stand sie vor ihm, graciös, elegant und gefällig, das lange und schwarze Haar, das den Frauen dieser Race eigen ist, wallte zum Rücken hinab und verlieh der lebensvollen plastischen Gestalt neue Reize. Carrera berauschte sich voll unverstellter Bewunderung in diesen Zügen, aber diese Bewunderung konnte nicht beleidigend sein für irgend ein Weib, wie frei es auch von aller Eitelkeit sein mochte. Eine lange Pause folgte, während der Carrera seine Augen auf ihr ruhen ließ und sie seine forschenden und bewundernden Blicke mit Bescheidenheit und Würde empfing und erwiderte. Endlich streckte sie ihm ihre Hand entgegen.

„Sollen wir Freunde sein, Don Julio de Carrera?"

„Einen treueren Freund," sagte Carrera und küßte die dargebotene Hand, „werden und können Ew. Hoheit nicht unter den Männern meines Volkes finden."

„Wir werden sehen, Don Julio," antwortete sie sinnend, „wir werden sehen; gefährlich ist es, ein Freund zu sein der Toa Duchicela."

„Erst in der Gefahr zeigt sich die wahre Freundschaft."

„Ich hoffe, daß ich Ihre Freundschaft erwidern kann. Aber dort kommt Mama Nucu und wir müssen uns trennen. Mama Nucu ist eigentlich kein Mitglied meines königlichen Cabinets," fügte sie mit schelmischem Lächeln hinzu, „aber sie genießt mein volles Vertrauen und bei allen Gelegenheiten frage ich sie um Rath. Heute habe ich wichtige Staatsgeheimnisse mit ihr zu berathen," und dabei umspielte ein reizendes Lächeln ihre Lippen, „und ich bedauere sehr, daß unsere Unterredung hier enden muß."

„Aber werde ich Ew. Hoheit wiedersehen?"

„Natürlich werden Sie das, wenn Ihnen daran gelegen ist, meine Bekanntschaft fortzusetzen."

„Kann ich Ew. Hoheit irgendwie zu Diensten sein?"

„Nennen Sie mich nicht mit diesem Titel. Er klingt wie Hohn von den Lippen eines Weißen. Mir können Sie keinen Dienst erweisen, Don Julio. Für mich erwarte ich das nicht. Aber meinem unglücklichen Volke können Sie einen großen Dienst erweisen," rief sie stürmisch und voller Feuer, fügte dann aber leise und zögernd hinzu: „wenn Sie es wünschen. Hören Sie mich an. Ehe wir einen Bund schließen, müssen wir uns gegenseitig kennen und verstehen. Ich kann Sie vielleicht getäuscht haben. Möglicher Weise bin ich eine Betrügerin und nicht die Shyri-Königin. Wenn ich Ihnen jetzt meine Pläne vorlegen würde, möchten Ihnen dieselben als wunderliche Schwärmereien erscheinen, aber wenn Sie sehen wollen, was ich Ihnen zu zeigen denke, werden Sie verschieden urtheilen. Morgen werde ich mich selbst meinem Volke zeigen. Ich werde das öffentlich thun in der Kirche des heiligen Franciscus, und doch wird das in einer Weise geschehen, die nicht im Geringsten die Aufmerksamkeit oder den Verdacht Ihres Volkes erregen wird. Doña Carmen Duchicela von Riobamba, meine Großtante, die einzige indianische Prinzessin, deren Titel Ihre Regierung anerkannt hat, hat dem Kloster für die Bildsäule der heiligen Jungfrau ein kostbares Smaragden-Halsband verehrt und morgen früh um 10 Uhr wird ein feierliches Requiem für die Seelen der verstorbenen Verwandten und Vorfahren celebrirt werden. Die Kirche wird angefüllt sein mit Indianern, die hinkommen werden, um die Doña Carmen Duchicela zu sehen, wie Ihr Volk glauben wird; aber die Indianer werden kommen, um Mich zu sehen, da es bekannt geworden, daß ich mich bei der Gelegenheit zeigen werde. Kommen Sie und urtheilen Sie selbst. Bringen Sie Ihre beiden ehrenwerthesten und vertrauenswürdigsten Freunde mit; ich möchte meine bisher verfolgte Politik der vollständigen Abschließung aufgeben. Meine Zukunftspläne verlangen, daß ich mich mit einigen Ihrer braven Männer in gewisse Besprechungen und Unterhandlungen einlasse; vorläufig bringen Sie aber nur einen Freund mit, aber wählen Sie denselben sorgfältig aus. Sie sollen sich überzeugen, daß ich die bin, für die ich mich ausgebe; mein eigenes Volk soll Zeugniß für mich ablegen. Nachdem Sie sich davon überzeugt haben von der moralischen Kraft, die ich besitze, werde ich Sie mit der wirklichen Macht bekannt machen, die mir zur Verfügung steht. Treffen Sie mich am Tage darauf auf dem Bergpfade, dort, wo ich Ihnen zuerst erschien, aber kommen Sie allein. Kommen Sie bald nach Dunkelwerden. Ich habe Ihnen mein Vertrauen gezeigt; werden Sie mir selbst vertrauen?"

„Ich will, meine Gnädige."

„Dann thun Sie, wie ich Ihnen gesagt. Jetzt gehen Sie und lassen Sie mich allein mit Mama Rucu. Gott befohlen, Don Julio de Carrera, und vergessen Sie nicht, daß Sie mir versprochen haben, mein Freund zu sein."

Als Carrera in sein Zimmer zurückkehrte, sah er zu seinem größten Erstaunen, daß eine kleine dreifüßige Vase oder antikes Gefäß von indianischer Arbeit auf seinem Tische stand. Er öffnete den Deckel. Die Vase war angefüllt mit Goldmünzen aus der Regierungszeit Carl des Fünften. Carrera schrak zurück, während das Blut ihm brennend zu Kopfe stieg. Unter einem der Füße der Vase lag ein Brief, hastig zog er denselben vor und öffnete ihn; er war in ausgezeichnetem Spanisch und in großen runden, freilich etwas ungeübten und unsicheren Zügen geschrieben. Er lautete:

„Señor Don Julio de Carrera!

„Die Handlungen der Fürsten dürfen nicht nach der Maßgabe gewöhnlicher Sterblicher beurtheilt werden. Was kühn und unbescheiden für eine Dame im Privatleben sein würde, mag für eine Königin ein Akt der Würde und Selbstachtung sein.

„Don Julio de Carrera hat sich bei mehr wie einer Gelegenheit als der treue Freund und Beschützer meines Volkes erwiesen. Es ist meine Pflicht, als das Oberhaupt eines Volkes, ihm meine Dankbarkeit auszudrücken. Dankbarkeit aber, wie wir sie verstehen, zeigt sich in Thaten, nicht in Worten. Ich habe erfahren, daß mein Freund sich in Verlegenheiten befindet, von denen er befreit werden sollte. Es liegt in meiner Macht, ihm durch ein unbedeutendes Darlehen zu helfen und ich glaube, daß es meine Pflicht ist, dieses zu thun."

„Zürnen Sie nicht, Don Julio. Ich beabsichtige keine Beleidigung oder Mißachtung. Ich kann die kleine Summe, ohne in Verlegenheit zu kommen, bis zu der Zeit entbehren, wo es Ihnen leicht sein wird, dieselbe zurückzuzahlen. Wenn bis zu der Zeit Toa Duchicela nicht mehr existiren sollte, so mögen Sie die Summe zur Erleichterung und Linderung der Leiden einiger Derer aus meinem Volke verwenden, die Ihnen der Unterstützung am würdigsten erscheinen mögen.

„Vergeben Sie diesen Eingriff in Ihre Privatverhältnisse und zum Beweise, daß Sie mir verzeihen, bitte ich Sie, bei unserer nächsten Zusammenkunft diese Angelegenheit nicht zu erwähnen und auch nicht darauf anzuspielen.

„Ich verbleibe Ihre wahre Freundin
Toa II.
„Königin von Quito und Puruha."

Zweites Buch:

Wirklichkeit.

Alli quedaba el misero difunto
Y alli con el sus frivolos intentos,
Sus fábricas, sus vanos pensamientos,
Sus torres, sus chimeras, todo junto:
Alli de solo un golpe, en solo un punto
Mostraba la ruyndad de sus cimientos,
Que lo que en semejante vasa estriba
Su misma pesadumbre lo derriba.
PEDRO DE ONA, El Arauco Domado,
Canto XVI., p. 265.

1. Juan Castro.

Ehe wir in unserer Erzählung fortfahren, müssen wir zu Paredes zurückkehren und Aufschluß erhalten über sein Thun und Treiben während der Nacht, die Carrera in Mama Rucu's Hütte zubrachte. Als Don Manuel nach der in einem früheren Kapitel beschriebenen Auffindung eines unterirdischen Ganges nach Hause zurückkehrte, aß er rasch zu Abend und ließ dann seinen Hausmeister rufen, den er, aufgeregt in seinem Zimmer auf- und abgehend, erwartete.

„Don Thomas," sagte er, „Sie und ich müssen diese Sache weiter verfolgen. Wenn irgend etwas daran ist, würde ich lieber mit Ihnen, als mit diesen Fremden theilen."

„Sehr schön, Señor, und ich bin Ew. Gnaden dankbar für die Güte und das Zutrauen."

„Morgen werden diese wieder bei uns sein, wenn wir ihnen also zuvorkommen wollen, müssen wir die Arbeit in dieser Nacht wieder aufnehmen."

„Ich verstehe, Señor."

„Also abgemacht! Doch zunächst ist noch etwas Anderes zu besorgen."

„Und dies wäre, Señor?"

„Unsere Genossen von heute Nachmittag werden vielleicht versucht sein, dasselbe zu thun; es würde mir sehr lieb sein, zu wissen, daß sie ruhig zu Bette liegen. Wie wäre es, Don Thomas, wenn Sie zu Pferde steigen und es möglich machen würden, Beide zu besuchen? Schützen Sie irgend einen Grund vor; sagen Sie den Dienern, daß Sie eine Nachricht von mir haben, die Sie ihrem Herrn persönlich überbringen müßten. Wenn sie zu Bett liegen und schlafen, ist es nicht nöthig, daß Sie sie wecken; sind sie wach, so laden Sie sie auf morgen früh zum Frühstück bei mir ein."

„Ich verstehe, Señor," sagte der Hausmeister, als er das Gemach verließ.

Er war noch nicht lange fort, als Paredes' Diener eintrat und meldete, daß Juan Castro um die Erlaubniß bäte, eintreten zu dürfen.

Juan Castro, der Anführer des Quitoer Pöbels, der in dieser Erzählung eine bedeutende Rolle spielen wird, ein Schlächter von Profession, war ein Raufbold mit der ganzen Wildheit und Schlechtigkeit eines Raufboldes; aber die allgemeine Behauptung, daß solche Burschen gewöhnlich Feiglinge sind, bestätigte sich bei diesem nicht. Er kümmerte sich um die Knochen und das Leben Anderer ebensowenig, wie um sein eigenes. Ein Pferd, das soeben frisch von den Potreros der Küste kam, zu bändigen, einen ungezähmten Stier — frisch von den Paramos der Berge Cayambi oder Antisana — zu hetzen, mit vier oder fünf Menschen zugleich einen Streit anfangen, waren Heldenthaten, vor denen er ebensowenig zurückschreckte, als ein wehrloses Weib zu beschimpfen oder einen harmlosen Indianer zu mißhandeln. Seine Brutalität machte ihn zum Gegenstande der Furcht, während seine körperliche Kraft und unbeugsame Willensstärke ihn zum Führer der Volksmassen machte, die er nach Belieben regieren und leiten konnte. Während er ein Schrecken für diejenigen seines Gleichen war, die sich ihm zu widersetzen wagten, vertheidigte und beschützte er diejenigen, die sich bittend ihm nahten und ihm folgten. Während der französischen Revolution würde er einer der lautesten Anhänger Marat's gewesen sein; in Quito war er der Verbündete aller Derer, die die öffentliche Ruhe zu stören und Krawalle und Aufruhr zu erregen suchten.

Paredes näherte er sich mit kriechender Unterwürfigkeit.

„Nun, Castro, ich sehe, Sie haben Ihr

Wort wie ein Mann gehalten. Sie sind nicht in ein Sanktuarium gegangen, noch haben Sie die Stadt verlassen. Wie steht es mit Ihrer Angelegenheit?"

„Ich danke Ew. Excellenz für die Freundlichkeit, die Sie mir erwiesen und für die ich Ew. Excellenz ewig dankbar sein werde."

„Na lassen Sie das gut sein, lieber Mann. Berichten Sie mir über Ihre Unannehmlichkeiten. Ist Mama Catita todt?"

„Nein Ew. Excellenz. Dank der Jungfrau, denn ihr Tod würde einen Unschulgen in eine sehr unangehme Lage gebracht haben."

„Ist sie schwer mißhandelt worden?"

„Ew. Gnaden, ich weiß es nicht; ich muß leider gestehen, daß ich gestern Nachmittag zu viel von ihrem miserabelen Rum getrunken hatte; außerdem war es dunkel und die Verwirrung so groß, daß ich nicht mehr weiß, wie Alles zuging. Wir tragen alle Schuld, aber ich betheiligte mich weniger daran, wie alle Uebrigen."

„Hat sie Sie beschuldigt?

„Zuerst that sie es; aber ich habe sie heute Morgen in aller Frühe besucht, ehe sie ihre Aussagen vor den Beamten gemacht hatte. Ich erzählte ihr — aber Sie müssen mich nicht verrathen, Señor,—daß ich, trotzdem ich unschuldig sei, lieber zahlen wolle, als in Ungelegenheiten kommen. Sie schacherte dann mit mir über die Summe, und die Hälfte zahlte ich gleich aus, während ich den Rest der Summe in der nächsten Woche zu zahlen versprach und so erklärte sie, als der Notar erschien, daß sie keine Anklage gegen mich erheben wolle und daß sie zu schwach sei, um vernommen werden zu können."

„Aber Castro," sagte Paredes in sehr ruhigem Ton, „ich glaube, Sie befinden sich immer noch in einer sehr unangenehmen Lage. Wenn sie sich dem Tode nahe fühlen sollte, würde sie die Wahrheit bekennen und dann stünde es schlimm mit Ihnen; denn ich für meine Person hege keinen Zweifel, daß Sie der Thäter sind. Aber der Untersuchungsrichter ist mein specieller Freund, der mir gern in irgend einer Weise gefällig ist. Er wird, wenn es nöthig sein sollte, für Sie ein Hinterthürchen auflassen, durch das Sie entwischen können. Es mag das mit einigen Schwierigkeiten verbunden sein, aber ich habe Interesse an Ihnen genommen und werde Ihnen durchhelfen."

„Möge Gott und die Heilige Mutter Ew. Gnaden bis in Ewigkeit segnen. Juan Castro wird Ihr unterthänigster und treuergebenster Diener sein, dessen Augen und Ohren, Arme und — Dolch, wenn es nöthig sein sollte, stets zu Ihrer Verfügung stehen."

„Nehmen Sie ein Glas von diesem feinen Liqueur, Mann," sagte Paredes, dessen freundliche Herablassung zunahm, je weiter die Unterredung fortschritt.

„Tausend Dank, Ew. Excellenz für die Güte, die Sie Ihrem niedrigsten Knecht erwiesen. Möge Ew. Gnaden lange Jahre leben und Ihre Feinde verderben!"

„Wie geht es Ihrer Schwester, Castro? dem Mädchen, das man die „Blume von Machángara" nennt; Sie haben alle Ursache, stolz darauf zu sein."

„Ew. Gnaden, sie wohnt bei meiner Mutter, aber meine Mutter und ich können uns —"

„O, ich verstehe. Aber ein Bruder nimmt stets ein eifersüchtiges Interesse an der Ehre und Reputation der Schwester. Für den Augenblick mögen Sie nicht viel um sie geben, aber wenn man über sie anzügliche und frivole Bemerkungen und Insinuationen machen würde, dann würde Ihre Gleichgültigkeit sich ganz gewiß in ein lebhaftes Interesse verwandeln. Meinen Sie nicht?"

„Ganz gewiß. Aber weshalb stellen Ew. Excellenz die Fragen?"

„Nun," sagte Paredes ausweichend, „ich habe gerade keine besondere Absicht dabei; ich glaube nicht, daß an den Gerüchten, die ich gehört, etwas Wahres ist."

„Gerüchte? Was für Gerüchte haben Ew. Gnaden über meine Schwester gehört?"

„Nicht gerade Gerüchte, Castro, nur Vermuthungen, verstehen Sie, vielleicht ganz unbegründete Vermuthungen."

„Ew. Excellenz würden mich sehr verpflichten, wenn Sie mir weitere Aufklärungen über diese Vermuthungen geben würden," sagte Castro, der unter der raffinirten Behandlung Paredes' anfing, sehr unruhig und aufgeregt zu werden.

„Empfängt Ihre Schwester noch immer Besuche von dem jungen Roberto Sanchez?"

„Ich war seit vielen Monaten nicht im Hause meiner Mutter; aber ich habe nie gehört, daß meine Schwester seine Besuche empfängt."

„Nun, es mag nichts darin liegen, Castro, und die Beiden mögen ja Freunde sein, wissen Sie; aber wenn ein Edelmann beständig ein Mädchen besucht, das er doch nicht heirathen kann, dann fangen die Nachbarn allmählich an, Bemerkungen —"

„O, ich verstehe, ich verstehe!"

„Diese Bemerkungen mögen natürlich grundlos sein, und ich glaube positiv, daß sie es in diesem Falle sind, aber derartige Bemerkungen werden wiederholt, weiter verbreitet und schließlich — stadtbekannt. Es kann für einen Bruder nicht sehr angenehm sein, zu wissen, daß seine Schwester auf diese Weise in's Gerede kommt."

Castro knirichte mit den Zähnen, sagte aber kein Wort.

„Unter diesen Umständen würde es vielleicht besser sein, etwas mehr auf die Schwester Acht zu haben und im Nothfalle die brüderliche Autorität geltend zu machen. Ihre Schwester ist zu gut, um die Geliebte eines Edelmannes, und sei es selbst Roberto Sanchez, zu sein."

„Ich küsse Ew. Excellenz die Hand, daß Sie mir die Augen geöffnet haben. Ich habe früher nie etwas davon gehört und habe in der That als Bruder gar nicht darüber nachgedacht."

„Nun lassen Sie es gut sein, Juan Castro. Hier, trinken Sie noch ein Glas dieses vortrefflichen Mistela und dann verlassen Sie mich, ich habe heute Abend noch sehr wichtige Geschäfte zu besorgen. Wenn Sie in irgend welche Unannehmlichkeiten gerathen, kommen Sie zu mir, ich werde Sie beschützen, so viel als in meinen Kräften steht."

Castro ging und wenige Minuten später kehrte der Hausmeister von seiner Sendung zurück. Er war zuerst zu Carrera gegangen. Mariano hatte ihn aber nicht vorgelassen und gesagt, sein Herr befinde sich bereits zu Bett; darauf habe er sich nach der Kaserne begeben, und es sei ihm nicht schwer geworden, den Grafen Valverde zu Gesicht zu bekommen; er habe allein in dumpfes Hinbrüten versunken in einem Zimmer gesessen. Meinem Herrn muß heute irgend etwas Besonderes passirt sein," hatte sein Diener dem Hausmeister gesagt. „Er ist ganz anders wie sonst und ich habe ihn noch nie so gesehen."

Der Hausmeister wußte bestimmt, daß Mama Rucu's Fluch einen tiefen Eindruck auf das Gemüth des Spaniers gemacht hatte, und er überließ ihn seinem Nachsinnen, ohne die Botschaft seines Herrn zu überbringen. Don Thomas kehrte dann zu Carrera's Hause zurück, aber seine wiederholten Versuche, in das Schlafzimmer des Herrn einzudringen, scheiterten an der Festigkeit und Unbeugsamkeit Mariano's.

Paredes, der den Bericht des Dieners anhörte, fand keinen Grund zum Mißtrauen und so kehrten Beide in der Nacht in die Berge zurück mit einer neuen Abtheilung von Indianern, die mit dem Tode bedroht wurden, falls sie es wagen sollten, das Geheimniß der nächtlichen Expedition zu verrathen.

Aber die Nachforschungen dieser Nacht erwiesen sich als ebenso fruchtlos und unbefriedigend, wie die Arbeiten am Nachmittag. Auch nicht der leiseste Anhaltspunkt für das Geheimniß eines unterirdischen Ganges konnte entdeckt werden, und ermüdet, ärgerlich und verstimmt kehrten sie kurz vor Tagesanbruch in ihre Villa zurück.

Mama Rucu hatte also Recht, als sie Carrera erzählte, Paredes sei in dem Innern der Erde und wühle und grabe nach dem, was er nicht finden könne.

Als Paredes am nächsten Morgen an dieselbe Stelle zurückkehrte, war die bronzene Platte verschwunden und die Passage verschlossen; es schien, als ob die Decke des Ganges eingestürzt und derselbe vollständig aufgefüllt sei. Wie diese Zerstörung bewerkstelligt werden konnte und wer sie ausgeführt, konnte Paredes nicht ausfinden. Getäuscht in seinen ehrgeizigen Hoffnungen, beeilte er sich, seinen beiden Genossen das unangenehme Hinderniß, das sich ihren Forschungen entgegengestellt, mitzutheilen; doch müssen wir diese jetzt im Stiche lassen, um besser mit einigen anderen Charakteren dieser Geschichte bekannt zu werden.

2. Dolores.

Vierundzwanzig Stunden sind seit Carreras Rückkehr in Mama Rucu's Hütte verflossen. Es ist Morgen. Die Messe in der Privat-Kapelle des Marquis ist gerade zu Ende, denn der Gesundheitszustand der Frau Marchese läßt es kaum zu, daß sie das Haus verlassen kann. Die alte Dame hat sich zu einer langen Konferenz über religiöse und andere Angelegenheiten mit ihrem Beichtvater und Freund, dem Pfarrer des Bezirks, zurückgezogen. Dolores und ihre Tante Doña Catita befinden sich in ihrem Ankleidezimmer, und die letztere kämmt das lange und prachtvolle Haar ihrer Nichte. Die beiden Damen bereiten sich auf einen Besuch vor, den sie der Doña Carmen Duchicela von Riobamba, einer indianischen Prinzessin aus dem königlichen Hause Atahualpa, die seit einigen Wochen sich in der Hauptstadt aufhielt, um ihre Andacht an dem berühmten Altare des heiligen Franciscus zu verrichten, abzustatten gedenken.

Dolores ist der leitende Geist in dem Hause ihres Vaters. Ihre Mutter, eine kränkliche Frau und eine Dame von sehr stark entwickelter Indolenz, überläßt alle Arrangements ihrer Tochter. Ihr Vater, ein oberflächlicher, etwas beschränkter, aber sehr ehrgeiziger Mann, betet sie an, als den glänzendsten Schmuck seines Familien-Kreises und die eleganteste Dame von Quito. Er erkennt ihre größere Intelligenz an, holt sich bei allen Gelegenheiten Rath bei ihr und fügt sich selbstverständlich ihren Ansichten. Seine Schwester, Doña Catita, eine abgelebte Coquette, die sich noch gar nicht darin finden kann, daß ihre Zeit vorüber ist, schließt sich nur deßhalb an ihre Nichte an, weil sie dadurch mit dem Mittelpunkt des socialen Lebens und der Liebesaffairen Quito's in Verbindung bleibt. Noch dazu besitzt Doña Catita wenig oder gar kein Vermögen; sie ist von ihrem Bruder abhängig und da dieser von seiner Tochter regiert wird, so ist Doña Catita schlau genug, hinter deren Thron ihre Stellung zu befestigen. Fügt man noch hinzu, daß die ganze junge Welt von Quito Dolores zu Füßen liegt, so bildet dies Alles eine Kombination von Umständen, die noch tausende andere Mädchen zu dem gemacht haben würden, was Dolores wirklich war, nämlich ein recht verzogenes Kind.

Aber Dolores ist ein Kind der Ecuadorischen Hochlande, schnell von Verständniß, klar blickend, voll Selbstvertrauen, mit Geistesgegenwart, kühl — kalt fast — überlegend, nachdenkend, vielleicht auch berechnend, niemals sich durch Leidenschaften oder Täuschungen hinreißen lassend, jung an Jahren, aber groß in ihren Lebensanschauungen und ihren Ansichten über die menschliche Natur. Wenn wir sagen, jung an Jahren, so muß man da einige Koncessionen machen. Sie ist nicht mehr in den Kinderschuhen; auch sie hat schon den Kelch der Bitterkeit und der Enttäuschung trinken müssen. Sie ist eine Wittwe. Nach einem kurzen Jahre der Ehe fiel ihr Gemahl als Opfer der damals herrschenden Duellwuth. Ohne auf das entsetzliche Ereigniß vorbereitet zu sein, sah sie, wie der blutige Leichnam ihres Gemahls in das Haus ihres Vaters gebracht wurde, und Jahre vermochten nicht, den schrecklichen Eindruck dieses Unglücks bei ihr zu verwischen. Sein Tod war ein vernichtender Schlag für ihre Hoffnungen, denn er starb vor seinem Vater und hinterließ ihr nichts. Sie hatte ihn nicht besonders leidenschaftlich geliebt, aber der Verlust eines Gemahles war für sie ein Verlust völliger Unabhängigkeit, die ihr bereits zum Greifen nahe lag. Jetzt schaute sie in die Zukunft, nicht im rosigen Lichte jugendlicher Hoffnungsfreudigkeit und Vertrauens, sondern mit beständiger Berücksichtigung ihrer Lebensstellung und der möglichen Schwierigkeiten und Verwickelungen. Ihr Vater liebte sie blindlings und erfüllte alle ihre Wünsche und Bitten; aber ihr Vater wird nicht ewig leben und nach seinem Tode wird ihr Bruder, der sich zur Zeit in Lima aufhält, das Oberhaupt der Familie; von diesem würde sie dann abhängig sein, und wenn er gar heirathen sollte, was ja doch früher oder später der Fall sein mußte, welche Stellung müßte sie da einnehmen?

„Ist es nicht wunderbar," sagte Doña Catita, „daß Señor Carrera an zwei Abenden hintereinander nicht hier war?"

„Weshalb finden Sie das sonderbar, Tante?"

„Weil er sonst an keinem Abend gefehlt hat."

„Nun, die Nacht nach dem aufregenden Spiele bedurfte er wahrscheinlich sehr der Ruhe, wie wir Alle; und nebenbei gesagt, spielte er nicht allein unglücklich, sondern auch geradezu unsinnig. Er ist kein Gegner für Paredes oder den Grafen."

„Und weshalb kam er gestern Abend nicht?"

„Weiß ich's? Ueberhaupt was geht das mich an, Tante?"

„Nun, mein Kind, Du weißt doch sicherlich, daß er Dich liebt?"

„Wenigstens wünscht er es, es mich glauben zu machen."

„Und er mißfällt Dir auch sicherlich nicht."

„Ganz gewiß nicht, Tante; ich habe ihn recht gern. Ich liebe ihn freilich nicht, denn ich habe Dir ja schon oft gesagt, Tante, daß ich überhaupt Niemanden liebe. Julio de Carrera ist ein Edelmann, aber ob man ihn zum Gemahl nehmen könnte, das kommt noch sehr darauf an."

„Da bin ich doch neugierig, Deine Einwendungen zu hören; offen gestanden, hat derselbe von allen Deinen Anbetern auf mich den besten Eindruck gemacht."

„Liebe Tante, Du liebst mich wirklich?"

„Welche Frage, Du Liebling, Du!"

„Nun dann, möchtest Du, wenn Du mich liebst, wünschen, daß ich die Gemahlin eines armen Mannes werde?"

„Ist das denn ausgemacht, daß Carrera arm bleiben wird?"

„Ist es ausgemacht, daß er reich werden wird? Sein Onkel ist ein reicher Mann und er mag Alles Don Julio hinterlassen; aber sein Onkel ist, obgleich schon alt, noch kräftig und voll Lebenslust. Es kann ja sein, daß er wieder heirathet und Kinder bekommt; er ist ein sehr frommer Mann und möglich ist es, daß er den größten Theil seines Vermögens den Klöstern und Kirchen vermacht. O, liebste, beste Tante, ich will und kann nicht arm sein; im

Ueberfluß bin ich erzogen, alle meine Wünsche sind mir erfüllt worden und es würde mir das Herz brechen, in Dürftigkeit leben zu müssen, wie so viele von meinen vornehmen Freundinnen, die nichts haben, wie ihre Titel und das, was sie aus ein paar armseligen Indianern herauspressen können.

„Aber, mein Liebling, Don Julio kann aber doch seines Onkels Erbe werden, und Du solltest bedenken, daß das sogar sehr wahrscheinlich ist, und solltest Dich deshalb nicht vollständig von ihm abwenden. Du kannst ja seine Liebe in einer Weise anfeuern, die Dich nicht kompromittirt. Fast jedes Mädchen in der Stadt würde stolz sein, seine Gemahlin zu werden, und wenn Du ihm durchaus jede Hoffnung nimmst, so wird ihn eine Andere in ihrem Netze fangen, während Du ihn an Dich fesselst, wenn Du ihn hoffen läßt und ihm auf halbem Wege entgegenkommst."

„Du hast nicht so ganz Unrecht, Tante; vielleicht war ich zu reservirt gegen ihn."

„Es ist mir aufgefallen, daß Du den spanischen Grafen augenscheinlich bevorzugst."

„Ich muß allerdings bekennen, daß der Graf mich interessirt; er ist ein wirklicher Graf des alten Castiliens. Gar oft denke ich darüber nach, wie sehr ich ein Leben in Spanien dem Leben in dieser langweiligen, uninteressanten und abseits gelegenen Stadt vorziehe."

„Wie, mein Kind," sagte Doña Catita, Du willst einen reichen Mann, und der Graf besitzt ja nichts als seinen Titel."

„Ist er nicht ein Günstling des Vice-Königs? Und ist es nicht wahrscheinlich, daß Se. Hoheit ihm sehr bald eine lukrative Stellung verschaffen wird? Werden nicht die meisten dieser spanischen Offiziere in den Kolonien reich?"

„Das mag Alles wahr sein, Doloritas, aber das kann noch lange dauern und Du solltest nicht warten, bis Jugend und Schönheit verblüht sind. Dafür ist allerdings noch keine Gefahr da, aber Du bist nicht mehr so sehr jung, mein Kind. Schaue mich an und nimm an mir ein warnendes Beispiel. Ich bin eine alte Jungfer geworden, in einem Lande, wo die Damen eine so gesuchte Waare sind, und es war meine eigene Schuld. Ich habe die günstigsten Gelegenheiten leichtsinnig vorübergehen lassen, bis sie aufhörten, sich mir darzubieten."

Eine lange Pause folgte, die endlich wieder von Doña Catita mit der Frage unterbrochen wurde: „Was hältst Du von Paredes, Kind."

„Er ist ein Mann, Tante. Er besitzt die volle Thatkraft eines Mannes. Wohl entbehrt er der Grazie und des gelehrten Anstrichs, und vielleicht ist er auch nicht so scrupulös ehrenhaft wie Carrera, aber er wird seinen Weg durch's Leben schon machen. Er wird Erfolg haben; er befindet sich in einer sehr befriedigenden Lage, während die meisten seiner jungen Freunde arg derangirt sind."

In diesem Augenblicke wurde die Unterredung der beiden Damen durch den Eintritt der Dienerin Santos, deren Bekanntschaft die Leser bereits gemacht haben, unterbrochen: „Niña, Ihr Vater, der Herr Marquis, wünscht Sie auf einige Augenblicke zu sehen."

„Ich komme schon, Mamita," sagte Dolores, erhob sich hastig, warf einen Shawl um Kopf und Schultern und eilte in ihres Vaters Gemächer, die sich in einem anderen Theile des ausgedehnten Gebäudes befanden.

Der Marquis empfing sie an der Thüre. „Nur einen Augenblick, liebe Tochter," sagte er und geleitete sie in sein Zimmer. „Dein junger Kopf begreift meistens besser wie der meine, trotz der grauen Haare. Ich bin in Verlegenheit und Du mußt mir rathen und helfen."

„Was ist's wieder, lieber Papa, Sie böser Schmeichler? Wollen Sie den Kopf Ihres Kindes verdrehen?"

„Höre nur," sagte er, „Du weißt, daß ich das neue Mitglied der königlichen Audienz gesehen habe, aber ich habe Dir noch nicht erzählt, was zwischen uns passirt ist. Als ich ihm zum ersten Male meine Aufwartung machte, erzählte er mir, daß ich bei Hofe sehr angesehen sei, daß der König von mir gehört und daß er sich sogar herabgelassen habe, den Staats-Sekretär zu beauftragen, mir in seinem Namen einen confidentiellen Brief über Angelegenheiten von großer Wichtigkeit zu schreiben. Diesen Brief hat der neue Auditor aus Spanien mitgebracht und er sagte mir, daß er mir denselben übergeben werde, sobald er seine Koffer und Kisten geöffnet habe. Als ich ihn das nächste Mal besuchte, erwähnte er den Brief gar nicht mehr, aber er schien förmlich entzückt zu sein über mein Pferd, über Deinen Liebling „Chimbo." Er sagte, der Besitz eines solchen Pferdes würde ihn außerordentlich glücklich machen."

„Vater, Sie haben „Chimbo" doch nicht verschenkt?"

„Was konnte ich anders thun, liebe Tochter? Er ist der neue Auditor und ich habe verschiedene Fälle vor der königlichen Audienz in Schwebe. Es würde sehr unpolitisch gewesen sein, ihn nicht auf meine

Seite zu bringen. So sagte ich ihm, daß das Pferd ihm gehöre und daß es zu seiner Disposition stehen würde, sobald er darnach schicke."

„Und so ist mein armer „Chimbo" fort," sagte Dolores mit einem Seufzer, „o, das ist zu traurig!"

„Ehe ich den Auditor verließ, erlaubte ich mir die Frage, ob er bereits seine Koffer und Kisten ausgepackt habe, und er antwortete, er habe noch keine Zeit gefunden. Er sagte, er wolle zuerst den Koffer, der die Depeschen und Korrespondenzen enthielt, öffnen, und daß ich den königlichen Brief erhalten solle, wenn ich das nächste Mal vorspräche."

„Nun?"

„Als ich einige Tage später ihn besuchte, bedauerte er, daß er den Brief noch nicht habe finden können; er habe darnach gesucht, habe ihn aber nicht in dem Koffer mit den Depeschen gefunden; er versprach mir jedoch, daß er seine Papiere nochmals nach dem Briefe durchsuchen wolle."

„Haben Sie ihn seither gesehen?"

„Ja, mein Kind, gestern."

„Hat er den Brief gefunden?

„Nein, mein Kind, und er schien darüber sehr unruhig zu sein und meinte, das unerklärliche Verschwinden des Briefes sei ihm außerordentlich unangenehm, da er überzeugt sei, daß der Brief Sachen von größtem Interesse für mich und von großer Bedeutung für die Kolonie enthielte."

„Und haben Sie ihn nicht verstanden, Vater?"

„Verstanden? Was meinst Du damit?"

„Daß er den Brief die ganze Zeit in seinem Besitz gehabt hat, daß er ihn gar nicht verlegt hat und daß er bereit liegt, Ihnen übergeben zu werden, daß aber Se. Excellenz der Auditor — Geld verlangt, ehe er ihn abliefert. Das ist's, was er meint, lieber Vater."

„Narr, Narr, der ich war!" rief der Marquis und schlug sich mit der Hand vor die Stirn. „Du hast Recht. Der Spanier will Geld, und auf den Gedanken, daß dieses die einzige Ursache der Zögerung war, wäre ich nie gekommen. Aber wer hätte eine solche Niederträchtigkeit voraussetzen können? Caramba! Don Alonzo Sanchez hat mit seinen spanischen Blutsaugern ganz recht. Aber was soll ich thun, Doloritas? Vielleicht ist die ganze Geschichte nur eine Erfindung, vielleicht ist der Brief nur ein geschäftliches und unwichtiges Cirkular, ein gewöhnlicher Geschäftsbrief ohne Werth, der nur zu dem speziellen Zwecke der Erpressung aufgesetzt worden ist. — Soll ich ihm wirklich Geld bezahlen, um den Brief zu erhalten?"

„Sie gaben ihm das Pferd, Vater, weil Sie, wie Sie sagten, vor seinem Gerichtshof einige Fälle entscheiden lassen und Sie deshalb seine Gunst erwerben müssen. Wenn Sie ihm das Geld für den königlichen Brief nicht geben, so werden Sie seine Gunst doch nicht erwerben und mein armer Chimbo ist umsonst geopfert worden."

„Du hast Recht, meine Tochter; Recht wie immer. Was für einen wunderbaren Geschäftssinn Du hast. Aber möglich wäre es doch, daß wir Beide uns täuschten. Angenommen, ich offerirte ihm Geld und er weist es zurück.—"

„Dann, Vater," rief Dolores mit einem herzlichen Lachen, „schicken Sie mich für den Rest meiner Tage in's Kloster. Doch, Vater, wenn ich diese Angelegenheit zu arrangiren hätte, würde ich es so machen: Zuerst müßte ich mir darüber klar werden, wie hoch die Summe sein müßte, um die Habsucht des Spaniers zu befriedigen. Dann würde ich ihm sagen, daß er mich als seinen vertrauten Freund betrachten könne, daß die Reise nach Amerika ihm wohl viel Geld gekostet haben müsse, daß es sehr viel koste, sich in einer fremden Stadt einzurichten, daß man daher viel, viel Geld nöthig habe, und daß man es sich zu einem ganz besonderen Vergnügen anrechnen würde, ihm unter diesen Verhältnissen mit einer Anleihe unter die Arme zu greifen. Zugleich müssen Sie auch sagen, daß Sie für das Geld augenblicklich keine Verwendung hätten und daß er es behalten könne, so lange es ihm beliebe. Sie werden dann sehen, Vater, wie rasch der königliche Brief in Ihren Händen sein wird. Enthält der Brief nichts von Bedeutung, so denken Sie, Sie haben das Geld ausgegeben, um die Prozesse zu gewinnen; ist der Brief wichtig, so müssen Sie ihn haben, und dies ist der einzige Weg, wie Sie ihn bekommen können. Wir müssen eben dem Spanier den Brief abkaufen, Papa."

Der Marquis ging unruhig in dem Zimmer auf und ab, endlich blieb er vor seiner Tochter stehen und sagte: „Du hast Recht, mein Kind, Du hast Recht und ich werde es so machen, wie Du angegeben. Eine kleine Summe wird nicht helfen, ich muß dem Manne viel, viel Geld geben und das ist mir für den Augenblick sehr unbequem. Doch das hilft jetzt weiter nichts; ich werde sofort hingehen; wirst Du noch zu Haus sein, wenn ich zurückkehre?"

„Ich habe die Absicht, mit der Tante Catita der Doña Carmen Duchicela, der indianischen Prinzessin, einen Besuch abzustatten."

„Du findest sie nicht zu Haus. Sie wird um 10 Uhr dem Hochamt in der Kirche des Heiligen Franciscus beiwohnen und vor 12 Uhr wird sie nicht zurückgekehrt sein. Wartet, bis ich zurückkomme und dann macht euren Besuch; ich möchte Dich noch sehen, wenn ich vom Auditor zurückkomme."

„Ich werde auf Sie warten, Papacito!" sagte Dolores, und küßte den Papa, als er das Zimmer verließ.

---

3. Der Brief des Königs.

Dolores hatte recht.

Der Marquis schüttete einen goldenen Regen in den Schooß des spanischen Richters und die Folge davon war, daß der Brief sofort gefunden wurde. „Er hatte ihn dort gefunden, wo er ihn am wenigsten erwartet hatte, er hatte ihn unachtsamer Weise verlegt; wie konnte er auch so gedankenlos sein? Wie konnte er ihn überall suchen, nur nicht dort, wohin er ihn ursprünglich hingelegt? Die reine Vergeßlichkeit, Señor Marquis — die unbegreiflichste Vergeßlichkeit."

Und jetzt der Brief selbst. Er war ein ganz überraschendes Dokument. Der Marquis las es wieder und wieder und konnte lange nicht mit sich klar werden, ob er sich über das bewiesene Zutrauen seines Souveräns freuen oder ob er von der Verantwortlichkeit, die Se. Majestät auf seine Schultern legte, zurückschrecken solle. Der Marquis hielt das geheiligte Schreiben noch in seinen loyalen Händen, als Dolores eintrat.

„Nun, Vater?"

„Du hast den Auditor recht beurtheilt, Kind. Er ist ein geriebener Schurke, der mich wahrscheinlich noch öfters brandschatzen wird. Aber Kind, diesen Brief! Er enthält die schwerste und verantwortlichste Aufgabe, die mir je übertragen worden ist und dieselbe ist von so eigenthümlicher Natur, daß ich nicht wage, irgend Jemanden darüber um Rath zu fragen. O, wenn ich wenigstens nur Deine Ansicht hören könnte!"

„Und weshalb können Sie das nicht, Vater? Mein Rath ist der billigste und steht Ihnen jeder Zeit zur Disposition."

„Ja, ja mein Kind, das ist wahr, aber ich weiß nicht, ob ich Dir den Brief zu lesen geben darf. Du bist ein Weib, ein junges Weib und Du könntest ganz unabsichtlich das Geheimniß, das er enthält, verrathen und ausplaudern."

„Vater," sagte Dolores ernst. „Wenn ich mich jemals Ihres Vertrauens unwerth gezeigt habe, weshalb haben Sie mich desselben unaufgefordert bis zum heutigen Tage gewürdigt?"

„Das ist wahr, mein Kind, Du bist ein wunderbares Weib und ohne Dich könnte ich nicht fertig werden. Aber willst Du schwören, Dolores, daß Du niemals diese Staatsgeheimnisse einer lebenden Seele weder direkt noch durch Anspielungen, Andeutungen und Winke verrathen willst?"

„Ich werde schwören, wenn Sie es wünschen, Vater."

„So schwöre bei der Heiligen Dreieinigkeit."

„Ich schwöre."

„So, jetzt lese diesen Brief."

Dolores las:

Madrid, 15. Oktober 1591.

„An Se. Excellenz, den Marquis Vicente Guitierrez de Solando:

„Ew. Excellenz!

„Se. Erhabene Majestät, der katholische König, unser Herr Don Philip II., den Gott beschützen möge, hat mich beauftragt, Ew. Excellenz nach Notizen, die ich nach Sr. Majestät eigenem Diktat genommen, einen Brief zu schreiben.

„Se. Majestät, der König, der sorgsam bedacht ist, von allen Vorgängen in seinen Kolonien unterrichtet zu sein, ist außerordentlich erfreut über den Eifer, den Ew. Excellenz in Sr. Majestäts Dienste bewiesen und für die gesunden Ansichten und die Loyalität, durch die Ew. Excellenz sich ausgezeichnet haben. Da Se. Majestät volles Vertrauen auf Ew. Excellenz Ergebenheit und Fähigkeit, eine schwierige und delikate Aufgabe auszuführen, setzt, hat Hochderselbe den Unterzeichneten beauftragt, Ew. Excellenz folgende Befehle anzuvertrauen, die das strikteste Geheimhalten und die ganz besondere Sorgfalt von Seiten Ew. Excellenz verlangen, wenn die Intentionen Sr. Majestät zur Befriedigung ausgeführt werden sollen.*)

„Se. Majestät hat mit großem Bedauern vernommen, daß in Quito und vielleicht auch in anderen Städten Peru's der Eintreibung der Alcabala, deren Einführung in das Vizekönigreich Peru durch die drückenden und unglaublichen Unkosten der Regierung Sr. Majestät zu einer dringenden und absoluten Nothwendigkeit geworden ist, Widerstand entgegengesetzt werden soll. Die streitsüchtige Natur der meisten peruanischen Kolonisten und ihre Neigung zu Insurrektion und Rebellion sind Sr. Majestät sehr wohl bekannt. Se. Majestät erinnert sich der Bürgerkriege,

*) Vergleiche die einleitenden Kapitel in Gayarre's ausgezeichnetem Essay über Philip II. von Spanien.

welche die erste Geschichte seiner Peruanischen Besitzungen befleckt haben und des häufigen und gefährlichen Widerstandes, den man den königlichen Befehlen entgegengesetzt hat. Se. Majestät ist fest entschlossen, eine Wiederholung der Schrecken und Verwüstungen derartiger Aufstände zu verhindern. Aber die anderweitigen Bedürfnisse in Sr. Majestät Regierung haben leider die amerikanischen Besitzungen von den nöthigen Truppen entblößt und unter diesen Umständen wird es daher nicht nur eine Nothwendigkeit, sondern auch eine Pflicht der Staatskunst und guten Regierung, sich der List zu bedienen. Wenn das wilde und gefährliche Thier der Rebellion nicht im offenen Kampf besiegt werden kann, muß man versuchen, es in eine Falle zu locken. Der Drache muß vernichtet werden, ganz einerlei auf welche Weise.

„Wenn daher Sr. Majestät gewichtige und wie es den Anschein hat, wohlbegründete Befürchtungen eines bewaffneten Widerstandes in Quito sich unglücklicher Weise bestätigen sollten, überträgt Se. Majestät Ew. Excellenz die geheime und ganz besondere Sorgfalt und Geschicklichkeit verlangende Aufgabe, einige Herren von Einfluß, sozialer Stellung und Popularität zu veranlassen, sich den Insurgenten anzuschließen und es womöglich so einzurichten, daß dieselben an die Spitze der Bewegung treten, um die Rebellion gleich in ihrem Beginn zu hemmen, von den Absichten der Rebellen stätig unterrichtet zu sein und die ganze Bewegung so zu leiten, daß dieselbe schließlich doch mit einem Siege der rechtmäßigen Behörden endet. Einem solchen Manne wird hiermit durch Sr. Majestät eigene Hand vollständige Vergebung und voller Pardon für alle verrätherischen Handlungen und Aeußerungen, deren er sich, nur um Sr. Majestät zu dienen, schuldig machen sollte, gewährt.

„Die Wahl eines solchen Mannes konnte der königlichen Audienz, deren Mitglieder Spanier sind, und die nicht den Vortheil haben, so genau mit den leitenden eingeborenen Persönlichkeiten unserer Stadt vertraut zu sein, um die richtige Wahl treffen zu können, nicht anvertraut werden. Ebensowenig konnte man die municipalen Behörden damit beauftragen, da diese durch die Proteste gegen die Befehle Sr. Majestät und durch die wiederholten Remonstrationen gegen die Erhebung der Alcabala an den Indischen Staatsrath Sr. Majestät und an Se. Majestät persönlich die Rebellion angeregt und vorbereitet haben. Gegen die Anführer der gegenwärtigen municipalen Behörden wird später gerichtlich eingeschritten.

„Aus diesen Gründen hat sich Sr. Majestät entschlossen, Ew. Excellenz mit dieser sehr schwierigen Aufgabe zu betrauen, einen Eingeborenen der Kolonie, einen Mann von Urtheilskraft und Patriotismus und besonders einen loyalen und treuergebenen Unterthan Sr. Majestät auszuwählen. Bei dieser Auswahl müssen Ew. Excellenz mit der peinlichsten Sorgfalt zu Werke gehen, da ein Mißgriff die bedenklichsten Folgen nach sich ziehen würde. Der Mann, den Ew. Excellenz auserwählen, muß nicht nur der richtige Mann sein, sondern es muß auch sicher sein, daß derselbe die Aufgabe unternehmen will. Irgend ein Mißgriff in dieser Angelegenheit wäre sehr gefährlich.

„Se. Majestät wünscht zugleich, daß Ew. Excellenz von Zeit zu Zeit vollständige und genaue Berichte über die Lage der Dinge im Vizekönigreich und über Alles, was sich dort ereignen mag, an den Unterzeichneten einsendet. Se. Majestät wünscht, daß Ew. Excellenz in diesem Bericht voll und ohne Rückhalt die Handlungen und Maßregeln der königlichen Audienz und der einzelnen Mitglieder derselben kritisirt und genaue Mittheilungen über die Gesinnungen, Verdienste und Vergehen der leitenden Männer von Quito, ob sie nun Eingeborene oder Spanier sind und eine öffentliche oder Privatstellung einnehmen, macht.

„Um diese Berichte vollständig geheim zu halten, sind hierbei geheime Befehle an die Superintendenten der königlichen Posten in Quito und Lima eingeschlossen, da Sr. Majestät nicht wünscht, daß Ew. Excellenz mit unserer Behörde durch Vermittelung der königlichen Audienz, sondern vollständig unabhängig von derselben korrespondirt.

„Im Falle außerordentlicher Ereignisse wünscht Se. Majestät, daß Ew. Excellenz sich unmittelbar mit der königl. Hoheit, dem Vice-König in Verbindung setzt, der bereits notifizirt wurde, daß derartige Mittheilungen Seitens Ew. Excellenz besonders verlangt und von Sr. Majestät autorisirt worden sind.

„Der Unterzeichnete hofft, daß Ew. Excellenz vollständig den Sinn und die Absicht dieser Depesche und die ausgedehnte Freiheit, die Se. Majestät Ew. Excellenz bei der Durchführung dieser Intention gewährt, verstanden hat und mit den besten Wünschen, daß Ew. Excellenz noch lange

Jahre die Freuden aller möglichen irdischen Glückseligkeiten genießen mögen, hat der Unterzeichnete die ausgezeichnete Ehre zu verbleiben

„Ew. Excellenz unterthänigster Diener
„Juan de Idiaquez."

Auf der Außenseite dieses außergewöhnlichen Dokuments befand sich folgendes Indossement in des Königs eigener Handschrift und mit eigener Unterschrift versehen:

„Alles was in diesem Briefe steht, ist auf meinen Befehl geschrieben und hat meine völlige Zustimmung.

„Yo el Rey." (Ich, der König.)

Dieser Depesche lagen geheime Befehle an die Superintendenten und Postmeister bei, dahinlautend, alle Briefe des Marquis an den Staatssekretär mit möglichster Schnelligkeit und Sorgfalt zu befördern, ohne dieselben zuerst der Einsicht irgend eines Beamten oder Tribunals, selbst nicht der königlichen Audienz oder dem Vice-König, vorzulegen; zugleich wurden die schwersten Strafen angedroht im Falle des Ungehorsams oder einer Verletzung des Geheimnisses dieser Befehle. Die Depesche selbst enthielt häufige Korrekturen in der Satzbildung und Interpunktion, die offenbar vom König selbst gemacht wurden, da Philip II. es ebenso liebte, lange Dokumente durchzustudiren und die Grammatik, Satzbildung und Styl seiner Untergebenen zu corrigiren, als sich um die kleinsten Details der schwerfälligen und komplizirten Regierungs-Maschinerie zu bekümmern.

Diese Dokumente hatten den Marquis in den Zustand absoluter Hilflosigkeit versetzt und er hoffte, daß der klare Verstand und die Intelligenz seiner Tochter ihn daraus befreien würden.

Seine Augen ruhten auf ihr, während sie las und schweigend wartete er auf ihre Ansicht. Dolores prüfte ruhig und aufmerksam das Dokument und als sie es beendet, überflog sie es wieder und las einige Stellen zum zweiten Male. Dann ließ sie die Hand, in der sie die Papiere hielt, in den Schooß fallen, stützte den Kopf auf die andere Hand und schaute sinnend zum Fenster hinaus.

„Nun, Kind?"

„Ja wohl, Vater!"

„Was hältst Du davon?"

„Das königliche Vertrauen, Vater, kann, wenn Sie es zu rechtfertigen verstehen, Ihnen selbst und unserem Hause von großem Vortheil sein."

„Aber was soll ich thun?"

„Das bleibt noch abzuwarten. Zunächst, Vater, glauben Sie wirklich, daß eine Rebellion ausbrechen wird?"

„Ja, mein Kind! Das ganze Volk, hoch und niedrig, ist einer Ansicht, selbst der Clerus scheint den Widerstand zu begünstigen. Unser Pfarrer spricht offen von Verrath. Die Dominikaner und Franziskaner verurtheilen laut die Alcabala. Nur die Jesuiten sind loyal. Mit der Unterstützung des Clerus würde die Rebellion unbesieglich sein. Ich hörte von dem neuen Auditor, daß die Alcabala heute proklamirt werden soll. Der Eintreibung der Steuern wird man sofort Widerstand entgegensetzen; es wird thatsächlich unmöglich sein, die Steuern hier in Quito einzutreiben, und von hier aus wird sich das Feuer ausbreiten nach Latacunga, Ambato, Riobamba, Cuenca und Loja; auf mehrere Jahre hindurch wird die Regierung machtlos sein. Dann mag ein langer Kampf folgen, der uns in einen ebensolchen Krieg stürzen wird, wie Fernando Giron oder Gonzalo Pizarro."

„Wenn das Ihre Ansicht ist, dann suchen Sie den Mann sofort aus."

„Aber Wen soll ich wählen. Ich habe schon an Verschiedene gedacht, aber gegen diese liegen gewichtige Bedenken vor."

„An welche haben Sie schon gedacht?"

„Meine liebe Tochter," sagte der Marquis zärtlich, „ich habe Dein eigenes Interesse und Deine eigene Zukunft im Auge behalten. Der Mann, der dem Könige solche werthvollen Dienste leistet, kann der vollen Dankbarkeit Sr. Majestät gewiß sein und da die Besitzungen der Anführer jedenfalls konfiscirt werden, wird es Sr. Majestät möglich sein, seiner Dankbarkeit ohne eigene Kosten Ausdruck zu verleihen. Es ist daher natürlich, daß ich als sorgsamer Vater zuerst an Die gedacht habe, die auf die Hand meiner Dolores Anspruch machen."

„Lieber, guter Papa, und an wen haben Sie denn zunächst gedacht?"

„Ich weiß es wohl, daß mein böses eigensinniges Kind seinen eigenen Weg gehen wird und Du sollst auch die Wahl haben, wenn sie eine glückliche ist. Aber wenn Du wissen willst, wen ich vorziehe —"

„Spannen Sie mich nicht auf die Folter, Vater!"

„So," fuhr der Marquis fort, „möchte ich Dir sagen, daß, Alles wohl berücksichtigt, ich am meisten Vertrauen zu Julio de Carrera habe."

Dolores brach in ein kurzes, fast abstoßendes Lachen aus.

„Weshalb lachst Du, Kind; hast Du gegen denselben irgend welche Einwendungen?"

„Nicht im Mindesten. Ich würde bereit sein, ihn als Gemahl anzunehmen, vorausgesetzt, daß —"

„Nun, was?"

„Ach, lassen Sie uns diesen Theil der Frage auf eine andere Gelegenheit verschieben. Julio de Carrera aber wird niemals den Auftrag annehmen, den Sie ihm zu geben gedenken."

„Und weshalb nicht? Ist er nicht einer der populärsten, wenn nicht der populärste junge Mann in ganz Quito? Das Volk verehrt ihn und würde unbedingt sich seiner Führung unterwerfen."

„Ganz richtig, Vater; aber Carrera würde niemals an einer Bewegung theilnehmen, die nur dazu dient, das Volk zu hintergehen; er ist scrupulös ehrenhaft."

„Aber ist es unehrenhaft, dem König zu dienen?"

„Nein Vater, obgleich die Ansichten über die Art und Weise der Dienste verschieden sind. Man wird es zum Beispiel nicht für ehrenhaft halten, als des Königs Scharfrichter zu fungiren; und doch ist es ein Dienst, den man dem König erweist, diejenigen hinzurichten, die er zum Tode verurtheilt hat. Alles was ich jetzt sagen kann, ist dieses, daß Carrera sich niemals an die Spitze einer Rebellion und Insurrektion stellen wird. Und wenn er es thäte, würde er es sicher nicht thun, um dadurch einen Verrath zu begehen."

Mehrere Minuten saß der Marquis schweigend da; zuletzt streichelte er zärtlich die Wangen seiner Tochter und sagte mit großer Wärme: „Du hast wieder Recht mein Kind, Du hast stets Recht. Die Rolle, die mir der König übertragen hat, ist in der That nicht sehr ehrenvoll und wünschenswerth. Doch das hilft weiter nichts, ich muß den Befehlen des Königs gehorchen. Alles, was ich zu thun habe, ist, einen Mann zu finden, der die nöthigen Qualifikationen hat und der den Auftrag acceptiren wird. Ich dachte zuerst an den alten Sanchez, der am ungestümsten Widerstand predigt. Solche stürmische Menschen sind am leichtesten durch die Strahlen der königlichen Sonne zu besänftigen. Aber Sanchez ist zu alt —"

„Und würde das Anerbieten nicht annehmen" unterbrach ihn Dolores. „Er ist ein Enthusiast, wie sein Sohn und hat, wie ich fürchte, sein Schicksal besiegelt. Aber ich dachte, Vater, Sie wollten Jemanden aus der Zahl meiner Anbeter wählen?"

„Deine Anbeter sind aber alle zu chevaleresk und ehrenhaft."

„Du bist im Irrthum, Vater. Unter ihnen befindet sich nur ein Carrera. Aber, wenn der meistens nie irrende Instinkt eines Weibes mich dieses Mal nicht täuschen sollte und wenn ich mich diesmal nicht mehr irre, als je zuvor, so glaube ich, daß ich den richtigen Mann gefunden habe."

Der Marquis war in sichtlicher Aufregung. „Dolores, Tochter, wen meinst Du?"

„Manuel Paredes!"

Der Marquis schaute sie mehrere Augenblicke mit starren Blicken an, dann schlug er die Hände zusammen, schlug in großer Aufregung auf den Tisch und rief aus: „Bei allen Engeln und Heiligen im Himmel, Du hast Recht! Von allen unseren jungen Männern hier ist es dieser, der am besten sich für die Stellung eignet."

„Und glauben Sie wirklich Vater, daß heute oder morgen hier Unruhen eintreten werden?"

„Ich bin überzeugt."

„Dann besuchen Sie Paredes, oder lassen ihn sofort herkommen."

---

4. Die Königin und ihr Volk.

Während der Marquis dem neuen Mitglied der königlichen Audienz seine Aufwartung machte, drängte sich eine unzählige Menge von Indianern in die Kloster-Kirche des Heiligen Franciscus und füllte jeden nur möglichen Raum des massiven Gebäudes. Viele, die keinen Einlaß erhalten konnten, knieten draußen und versperrten die Eingänge. Eine große Menge Weißer und Mestizos, die gekommen waren, um die Doña Carmen Duchicela zu sehen, mußten umkehren, da sie nicht einmal im Stande waren, bis an das Thor der gedrängtvollen Kirche vorzudringen. Man hatte vernünftiger Weise heute die Kirche vollständig den Indianern, die aus den umliegenden Flecken und Dörfern zugeströmt waren, überlassen. Sie hatten die Kirche auch so angefüllt, daß sie ihre sonst übliche Ehrerbietigkeit vor ihren weißen Herren ganz vergessen zu haben schienen und keinem Caballero, der es versuchte, sich durch diese Menge durchzudrängen, Platz machten. Nur einmal hatten sich die Reihen freiwillig getheilt, wie einst die Wellen des Rothen Meeres für Moses und die Israeliten, und das war, als Carrera und Roberto Sanchez, denen der Narr voranschritt, eintraten; aber die menschlichen Wogen schlossen sich sofort wieder und die Beiden waren höchst wahrscheinlich die einzigen Repräsentanten der weißen Rasse innerhalb des heiligen Gebäudes. Ein bequemer Platz in der Nähe einer der Säulen war ihnen eingeräumt, von wo aus sie den Platz, der für die Indianer Prinzessin und ihr Gefolge reservirt war, bequem übersehen konnten.

Für Doña Carmen und einige wenige aus ihrem Gefolge waren Sitze aufgeschlagen, die sie während des Requiems einnahmen, während sie während des übrigen Theils der Messe, der Sitte des Landes gemäß, knieten. Doña Carmen Duchicela war umgeben von einer Anzahl indianischer Caziken und ihrer Frauen. Unter den Ersteren ragte besonders die ehrwürdige Gestalt des Don Sebastian Collohuaso, des Caziken von Ibarra, imponirend hervor. Die größte Ehrerbietung erwies man aber einem sehr alten Indianer mit schneeweißem Haar, der der Prinzessin am nächsten stand und den die Wenigen, die ihn kannten, den Unzähligen ze gten, die begierig waren, sein Angesicht zu sehen.

Und waren diese Tausende von Indianern gekommen, um Doña Carmen zu sehen? Unsere Leser wissen es besser. Der Doña Carmen Duchicela wegen hätte kein Indianer im Lande seine Hütte verlassen. Ihr Vater, Cachulima, war der erste der eingeborenen Fürsten gewesen, der die fremden Eindringlinge, die Mörder seines königlichen Neffen und seines edlen Bruders Chalcuchima, begrüßt hatte. Cachulima war der erste der einheimischen Fürsten, der gekommen war, um die Hand zu küssen, die sein Volk niedergeworfen und dessen Freiheit und Unabhängigkeit zerstört hatte. Es mag freilich zu seiner Entschuldigung gesagt werden, daß er diese Fremdlinge willkommen hieß in der Hoffnung, daß sie ihn von der Usurpation des schrecklichen Rumiñagui befreien würden, der alle an deren Prinzen von Geblüt hatte ermorden lassen, um nur sich selbst die Herrschaft zu sichern. Aber war nicht die Usurpation Rumiñagui's nur die Folge des Pizarro'schen Ueberfalls und seiner verrätherischen Treulosigkeit gegen den vertrauenden Atahualpa? Nein; in den Augen der getreuen Indianer von Quito gab es keine Entschuldigung für Cachulima. Die spanische Regierung hatte seine Unterwürfigkeit auch belohnt. Er war der einzige der eingeborenen Fürsten, dem es erlaubt war, sein Land und seine Vasallen zu behalten und der von den demüthigenden Beschränkungen und sklavischen Vorschriften, denen die besiegte Rasse unterworfen ward, ausgenommen war. In den Herzen der Indianer existirte keine Sympathie für seine Tochter Carmen Duchicela. Nicht ihretwegen hatten sie sich heute in die Kirche gedrängt; aber durch jenes wunderbare und bisher noch immer nicht aufgeklärte System der Telegraphie, das auch heutigen Tages noch den Uneingeweihten erstaunt durch die Schnelligkeit und Heimlichkeit, mit der die Botschaften von Ort zu Ort, ohne Rücksicht auf die Entfernung, befördert werden, war es bekannt geworden, daß Toa Duchicela, ihre rechtmäßige Königin, die legitime Herrscherin des Landes, die direkte Nachkommin von Cacha und Atahualpa, sich die Anwesenheit ihrer nächsten Verwandten zu Nutzen machen und sich selbst ihrem Volke an einem passenden öffentlichen Platze zeigen würde, wo Tausende sie sehen und tausende liebende und ängstliche Herzen sich überzeugen konnten, daß ihre Königin noch am Leben und unter ihnen sei. Tausende von indianischen Männern und Frauen beugten ihre Knie nicht vor den christlichen Altären, die nur ihre Lippen verehrten, sondern um die blinde Verehrung und Ergebenheit des Volkes vor Toa, der ungl cklichen aber rechtmäßigen Königin zu zeigen. Von diesen Tausenden hatte Niemand das Geheimniß verrathen. Niemand hatte es einem Feinde seiner Rasse auch nur angedeutet. Kein weißer Mann wußte davon, bis auf die Beiden, die auf der Königin eigene Einladung erschienen waren. Nicht ein Neger, nicht ein Mestizo wußte davon. Der arme, mit Füßen getretene und unterdrückte Indianer hatte treu, ergeben und ängstlich das Geheimniß bewahrt, das jeder Einzelne für eine Summe hätte verkaufen können, mit der er seine Freiheit erlangen und in Ueberfluß und Luxus den Rest seiner Tage hätte leben können. Toa Duchicela war ebenso sicher in der gedrängt vollen Kirche und mitten im Herzen von Quito, wie sie es in der felsigen Wildniß von Llanganati oder in den undurchdringlichen Wäldern des Napo gewesen wäre.

Vergeblich suchten Carrera's Augen die Königin, er konnte sie nicht unter den Begleiterinnen der Doña Carmen, die die vordersten Sitze einnahmen, entdecken und hatte bereits seinem Freund Roberto seine Enttäuschung angedeutet. Die religiöse Feierlichkeit war vorüber. Die Prozession der Priester zog sich zurück, aber die Orgel brauste weiter wie gewöhnlich nach dem Hochamte. Plötzlich kam eine Bewegung unter die Menge der knieenden Indianer, die bis dahin fast bewegungslos auf den kalten Steinen gelegen hatten. Eine wogende See von Indianerköpfen umgab die Cavaliere. Tausende von Nacken reckten sich empor und Tausende von Augen blickten in die Richtung der alten Dame, die den Ehrenplatz eingenommen hatte. Aber kein Ton wurde laut in der riesigen Versammlung und man hörte nichts, wie die Akkorde der Orgel, die durch den weiten Raum brausten. Und jetzt machte Doña Carmen Duchicela eine Bewegung, als wollte sie sich von ihrem Sitz erheben.

Das schien das verabredete Signal zu sein und die Spannung und die Gier möchte man sagen, mit der jetzt jedes Auge an der sie umgebenden Gruppe hing, war fast peinlich anzuschauen. Der weißhaarige, alte Indianer und der Cazike von Ibarra näherten sich Doña Carmen's Sessel und beugten sich über sie, als wollten sie ihr ihren Arm und Beistand anbieten.

In diesem Momente erhob sich eine Figur, die bis dahin hinter der Rücklehne von Doña Carmens Sessel sich verborgen gehalten haben mußte, unmittelbar neben derselben. Sie war in der Tracht der gewöhnlichen Indianer gekleidet und Haupt und Gesicht waren eingehüllt in einen groben, schweren, wollenen Shawl; aber mit einer majestätischen und graziösen Bewegung ihrer Arme öffnete sie jetzt den Shawl und ließ denselben auf die Brust hinabfallen, dadurch das herrliche Antlitz und die unbeschreiblichen Augen Toa's enthüllend. Auf ihrem Haupte thronte ein goldenes Diadem, in welchem über der Stirn ein riesiger glänzender Smaragd, das Emblem der alten Shyri-Könige eingefügt war. Ihre Schönheit war so glänzend und die Erscheinung so überraschend, daß Roberto Sanchez, der sie bis dahin noch nicht gesehen hatte, unwillkürlich einen Schrei des Erstaunens ausstieß; derselbe wurde jedoch nicht bemerkt, da er sich vollständig in den allgemeinen und kaum unterdrückten Aeußerungen der Freude verlor, in die die ganze Menge ausbrach. Das Schauspiel, das sich jetzt in den nächsten Sekunden darbot, spottet aller Beschreibung. Es war, als ob die Herzen Aller sich dem einen Punkte zugewandt hätten, an welchem Alle hingen. Ein Seufzen, übergehend in ein dumpfes Klagen, flog durch die Menge. Arme wurden nach ihr ausgestreckt, die gefaltenen Hände zum Himmel emporgehoben wie im Gebet; Thränen standen in Aller Augen und Liebe, Hingabe und Opferfreudigkeit leuchtete aus allen Zügen, und als Toa langsam ihren Shawl aufhob und wiederum Haupt und Gesicht verhüllte, da klangen herzbrechende Klagetöne, untermischt mit heftigem Schluchzen, durch die weiten Räume. Die alte Doña Carmen hatte sich jetzt erhoben, und wankte hinaus, sich schwerfällig auf die Arme ihrer beiden alten Begleiter stützend und die Uneingeweihten hätten vermuthen können, daß die Menge aus Mitleid über die körperlichen Gebrechen der Doña geweint hätte. Im selben Augenblicke aber streckte der alte Indianer den Arm empor, bittend, aber zugleich auch mit dem Ausdruck des Befehls und sofort hörten die Klagen auf; es wurde lautlos still und dann drängten Alle dem Ausgang zu. Der königliche Empfang war vorüber. Königin Toa hatte sich selbst ihrem Volke gezeigt und hatte den Huldigungseid ihres Volkes entgegengenommen. Die ganze Scene war in wenigen Sekunden vorüber und nahm bedeutend kürzere Zeit in Anspruch, als nur die Beschreibung derselben erfordert hat.

Roberto ergriff mit beiden Händen Carreras Arme und rief begeistert: „Sie ist herrlich! Jeder Zoll eine Königin! Bei der Heiligen Jungfrau, ich möchte ihr lieber dienen, wie unserm König Philip."

---

5. Mutter, Tochter und Sohn.

In der Nähe der südlichen Grenze der Stadt, ziemlich weit entfernt von dem bevölkerten Mittelpunkt, in der Nähe der Stelle, wo jetzt die Brücke über den Machángara führt, stand ein kleines bescheidenes Häuschen, bewohnt von der Mariquita Ycaza, der Wittwe eines gemeinen Soldaten, Namens Castro, und deren Tochter Mercedes, die sich einen armseligen Verdienst erwarb durch Nähen und Sticken für die Reichen und durch den Verkauf von Erfrischungen für diejenigen Reisenden, welche ihre Bitt- und Dankgebete beim Verlassen von oder bei der Rückkehr nach Quito, von oder nach einer Reise in der Kapelle des „Señor del buen viage" (Gott der glücklichen Reisen) auf dem Hügel südlich vom Fluß Machángara, darzubringen pflegten.

Spät am Nachmittage des Tages, an welchem Toa Duchicela sich ihren ergebenen Unterthanen in der Kirche des Heiligen Franziscus gezeigt hatte, beugte sich Mercedes fleißig über eine Stickerei, während die Mutter die Haus- und Küchenarbeit verrichtete oder die Kunden in dem kleinen Laden bediente. Dieses letztere Departement der häuslichen Verwaltung lag ganz in der Obhut der Frau Mutter, da Mercedes nicht mehr im Laden stand, seit Roberto Sanchez ein regelmäßiger Besucher ihres Hauses geworden. Ein kleines Mestizo-Mädchen fungirte an ihrer Stelle als Beistand der Doña Mariquita.

Wohl beugte sich Mercedes eifrig über den Stickrahmen, aber ihre Gedanken waren nicht bei der Arbeit. In der Nähe ihres Stuhles stand eine Harfe, der sie sich häufig, ihre Arbeit unterbrechend, näherte, um eine kleine Melodie zu probiren, die sie offenbar selbst componirte; und wenn sie dann zu der Nadel zurückkehrte, bewegten sich die Lippen hörbar, als wollte sie versuchen, Worte mit ihrer Melodie zu verbinden. Zuletzt warf sie die Nadel bei Seite, setzte sich an die Harfe, präludirte mit ein paar Akkorden und begann dann zu singen, nicht in vollen Tönen, sondern mit halber Stimme, als probire sie nochmals ihre eigene Komposition; aber in den Tönen lag süße, zärtliche Liebe und zugleich Entsagung und Kummer:

"No me llames por mi nombre,
Que mi nombre se acabo!
Llámame la flor marchita
Que del arbol se cayo!

"Las lágrimas que derramo
Amargas i saladas son;
No te dan vida, florcita,
Ni me alivian el corazon."*)

*) Nenne, nenne nicht den Namen,
Namen, den ich längst verlor;
Nenn' mich die geknickte Blume,
Die der Sturmwind sich erkor.

Gramvoll sind die bittren Thränen
Die geweinet hat mein Aug'
Doch die Blume bleibt verdorret,
Kummer bleibt im Herzen auch.

Leiser und leiser wurde die Stimme, die Finger glitten von den Saiten ab und als Stimme und Instrument verstummt waren, da begrub sie ihr Antlitz in ihren Händen und fing bitterlich an zu weinen.

Plötzlich zuckte sie auf; eine Hand hatte sich leicht auf ihre Schulter gelegt; ihre Mutter stand hinter ihr und frug: „Weßhalb weinst Du, Merceditas?"

Doña Mariquita war eine schlanke und hagere Frau im Alter von etwa fünfundvierzig Jahren. Sie war sehr einfach gekleidet und eingehüllt in den unvermeidlichen Shawl, von dem die Frauen der Andes-Tafelländer sich nun einmal nicht trennen zu können scheinen. Die Kämpfe des Lebens hatten ihre Wangen durchfurcht und das Haar gebleicht, aber sie hatten nicht ihr Haupt zu beugen und ihren Muth zu erdrücken vermocht. Bittere Erfahrungen hatten sie gelehrt, auf sich selbst zu vertrauen. Das Schicksal hatte sie eine herbe Schule durchmachen lassen und die Lehren, die sie daraus gezogen, waren gerade nicht von besonders geläutertem oder edlem Karakter. Sie wußte den Werth eines guten Auskommens zu würdigen und war auch nicht gerade ängstlich in den Mitteln, es sich zu erwerben. Ihrer Tochter aber war sie herzlich zugethan; sie behandelte sie sehr liebevoll, und nicht nur deßhalb, weil sie ihre Tochter war, sondern weil sie deren Jugend und Schönheit als Kapital betrachtete, von dem sie, so lange es blühte, goldene Zinsen zu tragen hoffte. Doña Mariquita war es gewesen, welche die Besuche und Ansprüche des Roberto Sanchez begünstigt hatte. Mariquita Ycaza de Castro wußte es wohl, daß ihre Tochter zu arm sei und eine zu niedrige Stellung in der Gesellschaft einnehme, um sich der Hoffnung auf einen reichen und vornehmen Gemahl hingeben zu können. Aber Armuth und Sorge drückten grausam, und Erlösung, wenn auch nur zeitweise Erlösung von den nagenden Sorgen der Entbehrung schienen einer Frau von Doña Mariquita's Karakter sehr wünschenswerth und kein Preis zur Erreichung dieses Zieles zu hoch zu sein. Wenn ihre Tochter, ein Kind des Volkes, keine Ansprüche auf einen reichen und vornehmen Mann machen konnte, weshalb sollte sie nicht für einen reichen und vornehmen Liebhaber sorgen, vorausgesetzt, daß ein generöser junger Edelmann mit offenem Herzen und offener Hand angelockt werden konnte, der nicht nur Mercedes, sondern auch der Mutter recht war? In dieser Beziehung war die Sache etwas gefährlich. Die jungen Cavaliere von Quito waren übermüthig und leichtsinnig genug, aber die meisten von ihnen waren zu arm, als daß sie der würdigen Matrone annehmbar erschienen wären. Glücklicher oder auch unglücklicher Weise brachte ihr der Zufall Roberto Sanchez in den Wurf, der mit einer unbegrenzten Generosität und einem Sinn für Treue so selten in jenen Tagen, ausreichende Mittel verband, mit dem sein reicher und nachsichtiger Vater ihn im Ueberfluß ausstattete.

„Weshalb weinst Du, Mercedes?"

Mercedes hatte Ursache zu weinen, wie ihre Mutter es früh genug erfahren sollte. Den Tagen wonniger Seligkeit mußten die Tage der Prüfung folgen und Mercedes fühlte, daß diese bald kommen mußten. Diese bittere Entdeckung wurde noch schmerzlicher dadurch, daß die Besuche ihres Liebhabers kürzlich nicht mehr so häufig waren, wie in den ersten Tagen ihrer Liebe. Seufzer und Thränen, die das Mädchen mitunter in seiner Gegenwart nicht unterdrücken konnte, sind 'mal nicht nach dem Geschmack eines jungen Cavaliers, so ehrlich auch seine Absichten sein mögen.

Das Kleinod, einst mit Lust begehrt,
Verliert den Reiz, wenn's Dir gehört.

Doch es ist die ewig alte Geschichte und es ist unnöthig, sie nochmals zu erzählen. Ja, Doña Mariquita hatte alle Ursache dazu, zu fragen: „Weßhalb weinst Du, Merceditas?"

Frage eine Frau, weshalb sie weint und Du wirst einen Strom von Thränen entfesseln. Mercedes warf sich der Mutter in die Arme und weinte bitterlich weiter.

„Das ist ja außerordentlich rührend," rief da eine heisere und höhnische Stimme, die Mutter und Tochter mit plötzlicher Angst erfüllte; es war die Stimme Juan Castro's, der unbemerkt eingetreten war und jetzt, das Antlitz geröthet von Rum und Aufregung, unter der Thüre stand.

„Ah, und was verschafft uns das seltene und außerordentliche Vergnügen, den Señor Don Juan zu sehen?" fragte Doña Mariquita, die, obschon höchlichst erschreckt durch den Besuch, ihre Geistesgegenwart nicht verlor.

„Frag dort Deine plärrende Tochter! Frag die Nachbarn! Frag die ganze Stadt und Du wirst wissen, wenn Du es noch nicht wissen solltest, weshalb der Besuch des Sohnes und Bruders nothwendig geworden ist."

„Ich verstehe Dich nicht," sagte die Mutter, ohne ihn anzusehen. „Es ist so etwas ungewöhnliches für Juan Castro, sich daran zu erinnern, daß er eine Mutter und eine Schwester hat."

„Ich kann gerade nicht sagen, daß diese Erinnerung mir besonderes Vergnügen bereitet. Die Aufführung dieser jungen „Dame" dort ist nicht dazu angethan, brüderlichen Stolz und Liebe zu erwecken. Es wäre besser für mich, keine Schwester zu haben."

„Und weshalb, wenn ich fragen darf?"

„Zum Teufel mit Deinem Gefrage!" antwortete er mit einem Fluche. „Als wenn Du selbst nicht wüßtest, was ich meine. Ich bin nicht so leicht geschmeichelt durch Eure vornehmen Bekanntschaften. Glaubt ihr beiden Frauenzimmer, daß es für mich sehr angenehm ist, meinen Namen und meine Familie derart von Roberto Sanchez entehrt zu sehen?"

„Wenn die Ehre irgend eines Namens oder einer Familie Dir anvertraut wäre, Juan, so würde ich die Familie bedauern," antwortete Doña Mariquita, während Mercedes zitternd und schweigend sich an ihre Mutter anschmiegte.

„Für wie viel hast Du das Mädchen verkauft?"

„Wenn ich sie verkaufen müßte, Juan, um uns selbst vor dem Verhungern zu retten, so wärest Du der Letzte in der Welt, der ein Recht dazu hätte, sich zu beklagen. Was hast Du für unsere Familie gethan? Hast Du jemals etwas zu dem Unterhalt Deiner Mutter und Schwester beigetragen? Wie viel hast Du mir zurückgezahlt von dem, womit ich Dich aufgezogen und Dir ein Geschäft eingerichtet habe?"

„Dummheit, Mutter! Verdammt wenig habe ich von Dir und meines Vaters Nachlaß bekommen."

„Dein Vater besaß kein Vermögen und Du weißt das. Was ich hatte, gehörte mir und nicht Deinem Vater."

„Ich bin nicht hierher gekommen, um mit Dir zu streiten. Ich bin hierher gekommen, um Dir zu sagen, daß die schimpflichen Besuche dieses Sanchez aufhören müssen, verstehst Du mich, diese Besuche müssen aufhören."

„Aber wenn sie nicht aufhören?"

„Dann muß ich annehmen, daß dieselben sehr profitabel für Dich sind. Und wenn ich dann an der Schande theilnehmen muß, so will ich auch was vom Profit haben. Habe ich mich jetzt deutlich genug ausgesprochen?"

„Und wenn ich Dir sage, daß Du keinen Fuß mehr in dieses Haus setzen sollst?"

„Du wirst mir nichts derartiges sagen, Mutter. Du weißt, man kann mit mir nicht spielen. Du weißt, man muß mich fürchten."

„Willst Du uns morden, wie Du es versucht hast, die alte Doña Catita zu ermorden?"

„Sie hat zu ihrem eigenen Schaden ausgefunden, daß mir Niemand widersprechen darf. Ich sage Dir also, diese Besuche müssen aufhören, oder ich will einen Theil des Verdienstes haben. Apropos, ich bin gerade in Verlegenheit, ein oder zwei Dukaten würden mir heraushelfen."

„Ich habe kein Geld im Hause," sagte Doña Mariquita und wurde blaß.

„Das werden wir ja sehen," höhnte Castro und wankte der Commode zu.

„Zurück da!" rief die Mutter und stellte sich ihm entgegen.

„Aus dem Wege!" schrie er und ergriff sie beim Arm, „reize mich nicht. Ich weiß jetzt, daß Du Geld im Hause hast."

Ein Ringen begann. Die Frau war entschlossen, ebenso der Sohn. Mit einem lauten Aufschrei stürzte sich Mercedes zwischen sie, um ihre Mutter zu beschützen, aber er schleuderte sie mit solcher Gewalt zurück, daß sie zu Boden stürzte und die Harfe mit sich umriß, die dröhnend zu Boden fiel. Im nächsten Augenblicke würde Castro seine Mutter überwältigt haben, wenn nicht eine neue Person auf dem Schauplatze erschienen wäre; Roberto Sanchez mit gezogenem Schwert und das Feuer der Entrüstung in den Augen, stand jetzt dem Raufbold gegenüber.

„Zurück Du Elender, und wenn Du es je wagen solltest, nochmals hierher zurückzukehren, haue ich Dich in Stücke!"

Castro fürchtete sich vor Niemandem. Aber Roberto Sanchez war bewaffnet und Castro ohne Waffen. Roberto war ein Edelmann von hoher Stellung und der starke Arm des Gesetzes würde auf seiner Seite gewesen sein. Vorsicht war daher in diesem Falle der bessere Theil der Tapferkeit.

„Ich sehe, Sie sind im Vortheil, Señor Don Roberto" sagte er und zog sich langsam zurück. „Sie haben sich hier Rechte erkauft, die ich wahrscheinlich nicht wieder rückgängig machen kann; aber wir werden uns unter günstigeren Umständen wiedertreffen."

„Deine Drohungen sind lächerlich, Juan Castro" sagte Sanchez. „Wenn Du Geld haben willst, mußt Du Dich anders betragen. Um Deinen Muth zu zeigen, giebt es bessere Gelegenheit, wie zwei wehrlose Frauen zu mißhandeln, die Du eigentlich pflichtschuldigst beschützen solltest. Höre mich an. Ich habe Dir etwas zu erzählen, daß Dir wahrscheinlich gefallen wird. Du beanspruchst ein Kind Quito's zu sein; wohlan, Quito gebraucht jetzt Deine Dienste. Der General-Prokurator, Don Alonzo Bellido, ist heute auf Befehl der königlichen Audienz verhaftet worden, weil er dem Volke den Rath gegeben hat, sich der Eintreibung der Alcabala zu widersetzen. Noch in dieser Nacht muß er in Freiheit gesetzt werden, verstehst Du mich! Wir werden vor den Palast ziehen, und den Präsidenten, wenn es sein muß mit Gewalt zwingen, einen Freilassungsbefehl Bellido's auszustellen. Ich weiß, Dein Einfluß unter den gewöhnlichen Leuten ist groß und der Cabildo rechnet auf Deinen Eifer. Halte Deine Leute für die Nacht bereit; brauchst Du Geld, hier ist es. Du sollst Geld in Hülle haben, aber mißhandele nicht Deine hülflose Mutter und Schwester."

Juan Castro haßte Roberto Sanchez und er hatte nicht die Absicht, seine Rachegedanken aufzugeben; aber dem Gelde und der Aussicht auf einen Aufstand konnte er nicht widerstehen. Ingrimmig haßte er auch die geborenen Spanier und eine Demonstration gegen die ausländischen Behörden war sein liebster Zeitvertreib. Wie er sich später Sanchez gegenüber stellen sollte, konnte man immer noch überlegen. Allem Anscheine nach war er zu spät gekommen, um seine Schwester vor dem Verderben zu retten. Aber Sanchez hatte ihm Geld gegeben und er hatte Aussicht, aus derselben Quelle noch länger schöpfen zu können, und Angriffe an Sanchez's Börse zu machen, schien ihm jetzt eine viel bessere Politik zu sein, als ihm nach dem Leben zu trachten. Unter allen Umständen mußte die Sache überlegt werden. Für den Augenblick war er befriedigt und deshalb sagte er freundlich: „Tausend Dank Ew. Gnaden. Ich werde mich des Vertrauens des Cabildo würdig zu erweisen suchen. Vorläufig bitte ich Ew. Excellenz um Verzeihung wegen meiner Rohheit. Ich sehe, ich war vollständig im Irrthum. Ew. Gnaden werden in dieser Nacht von mir hören. Nieder mit der Audienz, es lebe der Señor Alonzo Bellido!"

Mit diesen Worten eilte er davon, ohne Mutter und Schwester eines Blickes zu würdigen. Diese fühlten, obschon die Gefahr für den Augenblick vorüber war, daß eine Wolke am Horizont aufstieg, die sich über kurz oder lang zerstörend entladen konnte. In derselben Nacht fiel der erste Streich der Bürgerschaft von Quito und der erste offene Akt der Rebellion wurde durchgeführt. Eine ungeheure Menge versammelte sich vor dem Regierungsgebäude, geführt von Kavalieren in Masken und von Leuten, wie Castro, mit offenem Visir. Der Präsident der königlichen Audienz, Don Manuel Barros de San Millan war vollständig überrascht; man hatte nicht erwartet, daß der Aufstand so früh ausbrechen würde und hatte daher auch keine Vorsichtsmaßregeln getroffen. Die Menge verlangte die sofortige Freilassung des Don Alonzo Bellido und die in Angst gejagten Auditoren gaben ohne Zögern ihre Zustimmung. Der feige Präsident ging sogar soweit, zu versichern, daß irgend Jemand einen Mißgriff gemacht haben müsse, daß seine Befehle überschritten seien und daß er durchaus nicht die Absicht gehabt habe, den General-Procurator zu verhaften. ,Bellido wurde auf den Schultern der Männer nach Hause getragen. Vom Balkon seines Hauses hielt er eine Anrede an das Volk. Er dankte demselben für die Sympathie und Freundlichkeit und versicherte, daß er stets die Rechte des Volkes wahren werde. Er bat Alle dringend, auseinanderzugehen, keine Excesse zu machen und der guten Sache nicht zu schaden. Er schwor, daß ihre Rechte aufrecht erhalten werden sollten, solange er General-Procurator wäre. Zu gleicher Zeit gab er seiner Loyalität gegen den König Ausdruck, der allem Anscheine nach falsch unterrichtet und von gewissenlosen Rathgebern, auf deren Schultern die ganze Verantwortung ruhe, irregeleitet worden sei. Während sie also das Vertrauen auf den Gerechtigkeitssinn des Königs nicht verlieren sollten, sei es nöthig, gleich verständigen Leuten, gegen den fortgesetzten Einfluß der bösen Rathgeber auf der Hut zu sein. Das Volk von Quito habe einen gesetzlichen, aber verhängnißvollen Schritt gethan und es sei jetzt nöthig, sich auf die Folgen gefaßt zu machen. Die Rechte der Municipalität müßten aufrecht erhalten bleiben, aber er glaube nicht, daß dies ohne Kampf geschehen könne. Er hoffe zu Gott, daß der Kampf vermieden werde; aber wenn er unausbleiblich sei, so sei er bereit, bis zum Aeußersten zu gehen und wenn nöthig, sein Leben zu opfern für die Sache des Gesetzes und der Gerechtigkeit, ohne die ja doch das Leben unerträglich sein würde.

Seine Rede electrisirte das Volk und wurde mit donnerndem Beifall begrüßt. Die Stunde hatte geschlagen und ein Mann war erstanden. Die Revolution hatte ein Haupt, einen Führer gefunden, und ein klarer, kaltblütiger, weitsehender und entschlossener Mann war der dem Unglück geweihte Alonzo Bellido.

6. Carmen Duchicela. — Der alte und der neue Glaube.

Wir müssen zurückgreifen auf den Abend, der der in einem früheren Kapitel beschriebene Scene in der Kirche vorangeht. Ein großes Haus auf dem Platze San Francisco, Eigenthum des Klosters, das durch die Liberalität der Carmen Duchicela patronisirt wurde, war der Indianer-Prinzessin während der Zeit ihres Aufenthaltes in Quito zur Verfügung gestellt. Der ganze Adel, Damen wie Herren, und beinahe die ganze Geistlichkeit hatten der Dame kurz nach ihrer Ankunft ihre Aufwartung gemacht und die Besucher boten ihr noch immer in der überschwenglichen spanischen Manier ihre Dienste an. Sie wurde förmlich überschüttet mit Aufmerksamkeiten und mit Einladungen, von denen sie die meisten ablehnen mußte, bestürmt. Die spanischen Kolonisten schauten verächtlich auf die gemeinen Indianer herab; aber Doña Carmen war die Repräsentantin der Königswürde und die Königswürde, selbst die besiegte Königswürde verlor niemals den Reiz in den Augen dieser thörichten Menschen.

In Peru waren die Heirathen zwischen den Siegern und den indianischen Prinzessinnen nichts ungewöhnliches. Der berühmte Geschichtsschreiber Garcilazo de la Vega war ein Sprosse einer solchen Heirath. In Quito konnten derartige Heirathen nicht stattfinden, weil Ruminagui, der Usurpator alle Prinzessinen, die Atahualpa, als er südlich zog, zurückgelassen, ermordet hatte und selbst soweit gegangen war, die Sonnenjungfrauen, die stets den edelsten Familien des Landes angehörten, niederzumetzeln. Der Besuch der Doña Carmen erregte daher in Quito große Aufregung, weil sie und ihr Sohn die letzten bekannten Vertreter des königlichen Blutes der Shyri waren. Ihr Sohn war jedoch nicht mit nach Quito gekommen, da die Verwaltung der Familienbesitzungen zu dieser Jahreszeit ihn zu Hause zurückhielt.

Die Polizeistunde (toque de la queda) nahte heran; alle ihre weißen Besucher hatten sich empfohlen und Doña Carmen fühlte sich etwas ermüdet von den Aufmerksamkeiten, die man ihr erwiesen. Don Sebastian Collahuaso, der Kazike von Ibarra, war bei ihr geblieben und eben jetzt trat auch der alte Indianer ein, den wir bereits in der Kirche kennen gelernt haben. Er trat in das Zimmer ein, nachdem das letzte Bleichgesicht sich entfernt hatte. Ein Indianermädchen stand an der Thür und erwartete die Befehle ihrer Herrin.

„Wie ich diese Menschen hasse," zischelte der alte Mann dem Don Sebastian Collahuaso zu, als sie beide sich ehrfurchtsvoll in der Nähe des Sessels der Doña Carmen aufstellten.

„Der Friede sei mit Ihnen, Fürst Cunduragu; wir müssen warten und ausharren. Unsere Gnädige scheint sehr ermüdet zu sein."

„Ja, mein lieber Don Sebastian, ich fühle matt und erschöpft. Diese Leute sind alle sehr freundlich und liebenswürdig, aber es ermüdet mich, so viele Besuche zu empfangen. Ein solcher beständiger Strom von Besuchern stört meine Andacht. In meinem Alter, an der Grenze der Ewigkeit, haben die Eitelkeiten der Welt für mich ihren Reiz verloren, wie hoch ich sie auch früher geschätzt haben mag. Ich bin Ihnen sehr verbunden für Ihre Freundlichkeit, Don Sebastian. Sie müssen ebenfalls sehr ermüdet fühlen, ich will Sie nicht länger aufhalten."

„Es thut mir leid, Doña Carmen, daß ich Sie noch einige Minuten länger belästigen muß. Aber ich muß mit Ihnen über eine sehr wichtige Angelegenheit sprechen."

„Ist dieselbe so wichtig, daß man sie nicht bis morgen verschieben kann?"

„Sie ist es, Gnädige. Wir sind jetzt allein — ich meine Niemand ist in der Nähe, wie Angehörige unserer Rasse."

„Don Sebastian, wenn Sie den Geist des neuen Glaubens in sich aufgenommen hätten, so müßten Sie wissen, daß es in Wahrheit nur eine Rasse giebt, das ist die menschliche Rasse und daß wir Alle, ja Alle Kinder des himmlischen Vaters und daher Alle Brüder und Schwestern sind."

„Aber eine sonderbare Manier haben die fremden Kinder des himmlischen Vaters, ihre Brüder und Schwestern zu behandeln," höhnte Cunduragu.

„Still, alter Freund. Sie und ich werden niemals in diesem Punkte übereinstimmen. Doch laßt uns hören, was Don Sebastian mir für eine Mittheilung zu machen hat."

„Da ich Ihre Ansichten kenne, hätte ich die Nachricht Ihnen vielleicht vorenthalten können. Aber es ist nöthig, daß Sie wenigstens wissen, was wir zu thun beabsichtigen. Sie werden auf keine Weise kompromittirt werden. Da Sie aber vielleicht selbst wünschen werden, Ihre nächste weibliche—"

„Um des Himmelswillen, Don Sebastian. Sie wollen doch nicht sagen—"

„Daß die Señora Toa in der Stadt ist! Ja, Doña Carmen, das will ich."

Die alte Dame wurde ganz blaß und fühlte sich offenbar sehr unbehaglich. Nach einer Pause sagte sie: „Und weshalb habt Ihr sie hierher mitten in die drohenden Gefahren hinein gebracht?"

„Sie befindet sich in vollständigster Sicherheit, sicherer vielleicht, wie in dem abgelegensten Flecken des Landes."

„Und Sie, Fürst Cunduraqu, ich zweifle nicht daran, daß auch Sie in diese Pläne verwickelt sind, daß Sie von Unmöglichkeiten träumen und gegen das Unvermeidliche ankämpfen."

„Königliche Hoheit," sagte der alte Mann mit Würde, „Señora Toa ist meine Königin!"

„Deren Leben Ihr vernichtet, und die Ihr zu einer Flüchtigen und Heimathlosen gemacht habt, während sie in Frieden und Glückseligkeit hätte leben können. Einer Seifenblase, eines Phantoms wegen—die Fortsetzung des Shyri-Königthums, das auch in dieser Form enden muß wie es in Wirklichkeit ein Ende genommen—habt Ihr dieses unglückselige Mädchen geopfert. Weshalb habt Ihr sie nicht bei mir gelassen, wo sie unbekümmert und sicher war? Die besonderen Privilegien, die der König von Spanien meinem Vater übertragen, sind auch auf mich übergegangen und werden auf meinen Sohn übergehen. Ich hätte sie beschützen können, selbst wenn ihre Abstammung entdeckt worden wäre, namentlich wenn Ihr mich meinen Plan, sie mit meinem Sohne zu verheirathen, hättet durchführen lassen. Aber nein! Ihr habt ihr Herz erfüllt mit Täuschungen und Illusionen und habt sie unfähig gemacht für ein ruhiges, thätiges und häusliches Leben, habt sie verurtheilt, sich in Höhlen und Schluchten und in der Wildniß zu verbergen, nur um den Geist der Unzufriedenheit und der trügerischen Hoffnung unter den Kindern unseres Volkes wach zu halten. Den einzigen wirklichen Trost, den sie haben könnten—den Trost der wahren Religion—raubt Ihr ihnen, indem Ihr im Geheimen das Heidenthum aufrecht zu erhalten sucht, und nichts habt Ihr, daß Ihr ihnen als Gegengabe anbieten könnt, nichts, gar nichts; denn zu welchem Ziele können Eure Pläne jemals führen? Was können unsere Indianer jemals ausrichten gegen die Macht der Spanier? Wenn wir die Eindringlinge nicht vernichten konnten, als wir noch nach Millionen, sie aber nur nach Hunderten zählten, wie könnt Ihr nun daran denken, das Joch abzuschütteln, wo die Hunderte zu Hunderttausenden angeschwollen sind? Ihr dauert mich, meine Freunde, wegen Eurer vergeblichen Anstrengungen und Eurer trügerischen Hoffnungen. Aber wo ist das unglückliche, liebe Mädchen jetzt?"

„Sie ist hier in diesem Hause, Doña Carmen und sehnt sich darnach, ihre Verwandte zu umarmen."

„Hier im Hause! Gott segne sie! Weshalb sagtet Ihr mir das nicht vorher? Wo ist sie?"

„Hier bin ich, liebe Tante," sagte Toa, die den größten Theil der Unterredung in einem angrenzenden Zimmer mit angehört hatte und jetzt mit ausgebreiteten Armen auf die alte Dame zustürzte. Diese aber war bereits von ihrem Sitze aufgestanden. Mächtiger wie der neue Glaube, mächtiger wie ihre religiösen Ueberzeugungen, mächtiger wie ihre Ergebenheit gegen die Autorität der Eroberer, die ihr eigenes Haus so großmüthig behandelt hatten, zeigte sich die Macht des Blutes und der alten Sitte. Carmen Duchicela, die loyale Unterthanin des Königs von Spanien, ein Liebling der Kirche, welche mit Recht die Huldigung ihrer jungen Verwandten, die sie mit Wohlthaten überhäuft hatte, erwarten konnte, vergaß sofort die Gegenwart, sie lebte nur noch in der Vergangenheit und so warf sie sich vor Toa in den Staub nieder und umklammerte die Füße von Atahualpa's Enkelin, der legitimen Repräsentantin indianischer Souveränität.

„Stehen Sie auf, theure Tante," sagte Toa, „nein, Mutter, sollte ich sagen, denn Sie waren mir, dem eigensinnigen, ungehorsamen Kinde eine wahre Mutter, Schutzengel und Wohlthäterin." Mit diesen Worten hob sie die Knieende auf und hielt sie fest mit ihren Armen umschlungen. Lange standen die beiden Frauen da in inniger Umarmung, Niemand sprach ein Wort und die friedliche Stille wurde nur durch leises Schluchzen unterbrochen. Die beiden starken Männer, gestählt in der Schule des Unglücks, wurden weich wie die Kinder und besonders der Fürst Cunduraqu konnte den Strom seiner Thränen nicht hemmen. Doch bald wurde das Schweigen unterbrochen. Die Mitglieder von Doña Carmen's Gefolge und deren zahllose Diener drängten sich in den Saal, warfen sich vor der Königin nieder, küßten den Saum ihres armseligen Gewandes oder ergriffen nach alter indianischer Sitte ihren Fuß und setzten ihn auf ihre Nacken und Schultern.

„Ich danke Euch, Kinder," sagte Toa, die sich vergeblich bemühte, ihre Thränen zurückzudrängen, „aus vollem Herzen danke ich Euch für Eure Liebe, Eure Ergebenheit Eure Anhänglichkeit. Aber verlaßt uns jetzt. Ich habe seit Jahren Doña Carmen nicht gesehen und ich habe Vieles mit ihr zu besprechen. Verlaßt uns jetzt, Kinder. Ich werde Euch wiedersehen und werde mit jedem von Euch sprechen. Der Große Sonnengott wird Euch beschützen, seine Schwester, die Göttin des Mondes wird Euch anlächeln und Pachacamac wird nochmals das Füllhorn seiner Gnade auf unser Volk ausschütten."

„Sprich nicht so zu ihnen, Königin Toa," sagte Doña Carmen, die allmählich ihre Selbstbeherrschung wiedergewonnen und mit einem Ausdrucke tiefen Kummers um sich blickte. „Die Götter, deren Namen ihr auf den Lippen führt, sind falsche Götter und wir sind Christen. Die Sonne und der Mond sind die Werke des wahren Gottes. Wo war die Macht des Pachacamac und der Sonne und des Mondes, als der wahre Gott in dieses Land einzog? Sie waren wie Spreu und dürre Blätter vor dem Sturm. Gehet jetzt, meine Kinder: ich habe jetzt mit der Königin Toa zu sprechen."

Trauernd gehorchten die Indianer diesem Befehle und ließen die beiden Damen allein mit dem Don Sebastian Callahuaso und Fürsten Cunduragu.

„Und jetzt, Kinder," sagte Doña Carmen, „was beabsichtigt Ihr jetzt zu thun?"

„Die Königin Toa," sagte Cunduragu, „muß sich ihrem Volke zeigen. Unser Volk glaubt, daß sie lebt, aber dieser Glaube würde bald aussterben, wenn es sich nicht mit eigenen Augen überzeugen kann. Das Volk muß sie sehen und es soll sie morgen in der Kirche sehen, auf daß es wieder gekräftigt wird in seiner Ergebenheit."

„Und was ist Eure Absicht, Freunde, eine Ergebenheit zu fördern, die, während sie meiner geliebten Toa keinen Nutzen bringt, nur dazu dienen kann, unser Volk noch elender zu machen dadurch, daß es mit seiner gegenwärtigen Lage immer unzufriedener gemacht wird."

„Doña Carmen," erwiederte Cunduragu, „wir verfolgen große Pläne" —

„Ja, die alte, alte Geschichte!"

„Hören Sie! Es ist nicht die alte Geschichte. Wir geben uns nicht länger der Hoffnung hin, daß wir aus eigener Kraft uns befreien können. Ich gestehe es Ihnen gerne zu, daß alle derartige Anstrengungen vergeblich sein würden. Aber wir werden hier bald einen Aufstand gegen den König von Spanien haben. Die Nachkommen unserer Eroberer hassen ihre fremden Tyrannen ebenso wie wir es thun. Wenn sie uns unsere Rechte wiedergeben wollen, werden wir ihre Rebellion unterstützen und sie erfolgreich machen. Millionen von Männern und der unerschöpfliche Schatz stehen uns zur Verfügung und alle Erfordernisse zu einem Kriege liegen in unserem Bereiche. Dieses Land kann das verhaßte spanische Joch abschütteln; es kann ein unabhängiges Königreich unter einem eigenen Herrscher werden, geschützt vielleicht von einer oder mehreren der Mächte, die augenblicklich mit Spanien im Kriege sind. Ich gebe zu, daß der neue König der verhaßten Race unserer Eroberer angehören muß, aber er soll die Königin Toa heirathen, sie soll auf ihn ihre Rechte als die Nachfolgerin von Cacha und Atahualpa übertragen und wird dann im Stande sein, ihr Volk zu beschützen."

„Und wer ist der Gemahl, den Sie für sie ausgesucht haben, Sie ruheloser, unermüdlicher, unverbesserlicher Planemacher?" frug Doña Carmen.

„Wir haben die Einzelnheiten des Planes noch nicht durchberathen; es sind nur einige Umrisse des Planes, auf die wir uns geeinigt und sehr viel hängt von der entscheidenden Macht der Ereignisse ab, die noch bevorstehen."

„Und Du mein Kind, stimmst Du überein mit diesen trügerischen Schattenbildern?"

„Mein Leben und ich, theure Tante, gehören dem Volke. Der Plan des Fürsten Cunduragu mag gelingen und meine Pflicht ist es, mich der Leitung unserer Freunde und der Gnade der Götter anzuvertrauen. Wenn dieser Plan fehlschlägt, verfolge ich einen anderen."

„Mein armes Kind" sagte Doña Carmen, „opfere nicht Dein und Anderer Leben solch fruchtlosem Beginnen. Ich sehe keine andere Hoffnung, als in der Unterwerfung und dem Vertrauen auf den Allmächtigen. Diese Pläne können keinen Erfolg haben. Wie kann dieses arme Land das Joch der größten Macht der Welt abschütteln? und welchen Nutzen würde der Erfolg unserem Volke bringen? Die Krone Spaniens ist stets den Indianern gewogen gewesen; zahllose Gesetze wurden zu unserem Schutze geschaffen, wer aber hat sie mißachtet? wer hat ihre Durchführung verhindert oder wer hat sie als Mittel zur Unterdrückung benutzt? Die Colonisten thaten das; ja die Männer, mit denen Ihr Euch jetzt verbinden wollt. Habt Ihr vergessen die Rebellion des Gonzalo Pizarro? Was war die Ursache? Weshalb erhob sich Peru gegen Spanien? Weil die Regierung wollte, daß die Indianer frei sein und als Menschen behandelt werden sollten. Gegen diese Absicht rebellirten die Colonisten und die Regierung gab nach, um die Rebellion zu unterdrücken. Der geringe Schutz, dessen wir uns noch erfreuen, liegt in den Händen der spanischen Regierung und des Rathes von Indien. Laßt diese Colonien das spanische Joch abschütteln und die Indianer werden ihren letzten und einzigen Freund einbüßen. Wahr ist es allerdings, daß die spanischen Beamten, die hierher geschickt werden, die wohlwollenden Gesetze und Intentionen der Regierung selbst mißachten. Aber das zeigt doch nur, in welch traurige Lage wir versetzt werden würden, wenn der letzte Rückhalt uns genommen würde. Nein mein Kind, Du wirst niemals Erfolg haben und wenn dieses Land unabhängig würde, wäre das der Todesstoß für unser Volk."

„Nicht unter einem König unserer eigenen Wahl mit Toa als seiner Königin" erwiderte scharf Cunduraju.

„Sie sind ein Schwärmer, Fürst Cunduraju" fuhr die alte Dame etwas aufgeregt fort „und Sie führen dieses Kind in's Verderben. Toa! Theure Toa! Fleisch meines eigenen Fleisches — mein Kind! — Gieb dieses abenteuerliche, ruhelose, gefahrvolle und hoffnungslose, Leben auf. Komm wieder zu mir. Du kennst meinen Sohn. Er ist brav, gutherzig und treu. Er wird Dir ein liebender Gatte sein und ein zärtlicher Vater Eurer Kinder. Er wird Dir ein gesegnetes, glückliches Heim bereiten, er wird Dich lieben und schützen und Dein Leben wird zu einem nützlichen und glücklichen sich gestalten. Verzichte auf den leeren Titel, der ja doch nur eine Erbschaft der Niederlage und des Todes ist. Der Glanz unseres königlichen Geschlechts ist für immer erloschen und wird niemals wieder aufleuchten. Ich bin alt und meine irdischen Tage sind gezählt: ich denke an die Vergangenheit und kann darüber urtheilen, was die Zukunft bringen wird. Bei dem heiligen Andenken an unsere Vorfahren, bei dem lebendigen Gott, an den ich glaube und der sich mächtiger erwiesen hat wie die Sonne, der Mond und Pachacamac, bei Allem was mir werth ist auf Erden und im Himmel, beschwöre ich Dich, Toa, zu mir zurückzukehren und Frieden, Behagen und Glückseligkeit für Rastlosigkeit, Elend, Leiden und Tod einzutauschen. Unsere Race ist eine untergeordnete Race, sie hatte die Tage der Macht und des Glanzes, aber die Tage sind vorbei, vorbei für immer und werden nimmer zurückkehren. Wir sühnen die Abgötterei und die Fehler unserer Väter, und nichts anderes bleibt uns übrig, als Geduld und Hoffnung und ein festes Vertrauen auf Ihn, der am Kreuze gestorben ist für die Traurigen, Trostlosen und Unterdrückten, die bei Ihm sein werden im Paradiese."

Toa war tief bewegt. Sie liebte ihre Tante und sie sehnte sich nach der Glückseligkeit, die ihr selbstauferlegtes Martyrerthum ihr bis jetzt versagt hatte. Aber das Zauberbild einer anderen Liebe, die Träume von Größe und Ruhm und der edelmüthige Ehrgeiz, ihr Volk zu befreien, stählten ihren Entschluß. Sie beugte sich über Doña Carmen, küßte sie liebevoll und zärtlich und sagte dann mit vor Bewegung zitternder Stimme: „Tante, Mutter, Wohlthäterin! Wie lieb, wie edel, wie gut sind Sie! Ich danke Ihnen für alle Ihre Liebe, ich werde es nimmer vergelten können. Mein Herz ist bis zum Tode betrübt, daß ich Ihnen nicht folgen kann. Wenn ich je Reue fühle über das, was ich als die Erfüllung einer gebieterischen Pflicht betrachte, so liegt diese Reue in meiner Liebe zu Ihnen. Der Gedanke Sie zu betrüben, ist mir fast unerträglich, und dennoch, Doña Carmen, ich kann nicht anders; die himmlische Macht hat mich zur rechtmäßigen Königin unseres Volkes gemacht. Soll ich davor zurückbeben, nur daß es mir gut geht, daß ich glücklich bin? Soll ich mich der Ruhe und der Sorglosigkeit hingeben und nur an mich denken, während mein Volk niedergedrückt wird durch eine grausame, herzlose Tyrannei? Die Fremden erniedrigen die Armen zu Lastthieren, sie tödten sie zu Tausenden in ihren Fabriken und Minen, sie reiben sie zu Staub auf, und peitschen sie gleich Hunden. Sie hetzen sie wie die wilden Thiere, das Weib reißen sie von der Brust des Gatten, das Kind aus den Armen der Mutter; sie verurtheilen unser Volk zu Leiden und Hunger und tödten es aus Zeitvertreib. Und ich, die rechtmäßige Königin dieser Unglücklichen, sollte ruhig die Augen von ihren Leiden abwenden und sie ihrem Schicksale überlassen? Nein, Doña Carmen! So lange noch ein Hoffnungsstrahl leuchtet und sei er noch so entfernt und schwach, werde ich arbeiten und unermüdlich thätig sein, so lange die ewigen Götter mir Kraft verleihen. Und wenn jede Hoffnung schwindet und unser Unternehmen fehlschlägt auf dieser Seite der Cordilleren, so werde ich wenigstens meine

Rache haben auf der anderen Seite. Dort, an den Quellen des mächtigen Marañon, stützt sich die Herrschaft der Fremden nur auf einer schwachen Grundlage. Ich kann mich mit ihnen nicht messen auf den Ebenen und dem Festland, aber dort in den tropischen Wäldern kommt die wilde Natur mir zu Hülfe. Ich werde sie vernichten, ich werde sie erdrücken, wie sie mein Volk hier erdrückt haben. Nicht eine Spur soll von ihren Städten übrig bleiben und kein Weißer soll übrig bleiben, um die Geschichte des Schreckens erzählen zu können. Ich kenne einen mächtigen Herrscher, Quirruba, den König der Jivaros. Er liebt mich und will mich zu seiner Königin. Ich kann sein Herz anfeuern zur Kühnheit und Rache. Ich kann durch ihn die Jivaros, die Zaparos, die Napos, die Macas, die Hambayos und andere Stämme zu einem großen Bunde vereinigen und mit einem Schlage will ich die spanische Regierung in dem Lande der mächtigen Ströme und der mächtigen Wälder vernichten" —

„Möge der Herr Deiner Seele gnädig sein," unterbrach sie Carmen. „Laß mich Nichts mehr hören. Friede! Friede! Um der Jungfrau Willen sei still! Ich kann, ich darf Dich nicht länger anhören. Toa, Du mein unglückseliges Kind, ich kann nur noch für Dich beten. Möge der Herr Dich erleuchten und Dir die Irrwege zeigen, auf denen Du wandelst. Wenn meine inbrünstigen Gebete und meine brennenden Thränen Ihn bewegen können, wird Er Gnade mit Dir haben und Dich auf den rechten Weg leiten. Toa, mein Kind, ich bin krank an Leib und Seele, so kann ich Dich nicht länger anhören." Mit diesen Worten verbarg die alte Dame ihr Antlitz in ihren Händen.

„Vergeben Sie mir, theuerste Mutter," sagte Toa zärtlich. „Vergeben Sie Ihrem unglücklichen Kinde. Mein Herz schlägt und blutet für Sie; aber ich kann und darf mein Volk nicht im Stiche lassen. Unsere Wege, Mutter Carmen, haben sich getheilt und wir müssen uns trennen. Sollten wir uns, wenn Sie Quito verlassen haben, niemals wiedersehen, so werden doch meine zärtlichsten Gedanken immer bei Ihnen sein. Aber Doña Carmen, anders darf und kann ich nicht handeln. Sie sind in einer anderen Schule erzogen worden. Sie haben die Leiden unseres Volkes nicht kennen gelernt. Ihr Haus und Ihre Vasallen haben sich ganz besonderer Privilegien zu erfreuen gehabt. Ihr Vater war ein Freund der Fremden, während mein Vater und mein Großvater deren Opfer waren. Sie haben die Religion unserer Unterdrücker angenommen und beurtheilen Alles von einem anderen Standpunkte aus. Ich aber halte fest an den alten Traditionen und dem Glauben unserer Väter und nur meines Volkes Leiden bildet für mich die Richtschnur meiner Handlungen. Tante, theure Tante, wie immer auch unsere Ansichten verschieden sein mögen und wie auch Ihre Religion mein Thun verurtheilen mag, so weiß ich doch, daß Sie mich niemals verrathen werden."

Doña Carmen richtete sich jetzt auf aus ihrer Betäubung und sagte ernst:

„Toa! In meinen Augen verletzest Du die Gesetze Gottes und der Menschen. Meine Religion lehrt es mich, daß Diejenigen, die über uns herrschen, ihre Macht von Gottes Hand erhalten haben und daß man Gottes Willen gehorchen muß. Du bist eine Heidin und eine Verrätherin am König von Spanien. Dein Leben ist verwirkt. Mein Geist verurtheilt, mein Herz bedauert Dich. Meine Pflicht, meine Kirche und mein König würden mich dazu zwingen, Dich aufzugeben, nein, Dich Deinen Richtern zu überantworten. Aber Toa, obschon eine Christin und eine loyale Unterthanin des Königs von Spanien, meines Wohlthäters, bin ich doch ein Sproß des Hauses der Shyri-Duchicela. Dieses Haus mag einige unwürdige und schwachherzige Söhne gehabt haben, aber ein Shyri-Duchicela ist niemals ein Verräther gewesen seines Hauses, seines Volkes, seiner Freunde! Toa, ich habe Mitleid mit Dir, ich weine und bete für Dich, aber wenn ich auch alle Hoffnung auf Erlösung in jener Welt und alles Glück in dieser Welt aufgeben müßte, so werde ich Dich doch niemals verrathen. Ich bin jetzt erschöpft, meine Kinder, ich bin abgespannt und müde und Ihr müßt mir erlauben, daß ich mich zurückziehe. Unterdessen betrachte dieses Haus als das Deine; solange ich noch ein Dach über mir habe, soll Toa Duchicela niemals ohne Schutz sein. Aber erzähle mir nichts mehr von Deinen thörichten Plänen und Zielen; ich darf nicht länger darauf hören."

Mit diesen Worten winkte die alte Dame ihrer Dienerin, umarmte und küßte Toa noch einmal und verließ dann, gestützt auf ihre Dienerin, langsam das Gemach.

Die Königin war jetzt allein mit ihren Ministern und eine lange und eifrige Berathung folgte, währenddem Toa von dem Stand der Dinge, der öffentlichen Stimmung und der Gesinnung der einflußreichsten Männer in Quito unterrichtet wurde. Sie erfuhr da, daß nach allen Anzeichen zu urtheilen, wahrscheinlich der alte Alonzo Sanchez und Alonzo Bellido die voraussichtlichen Führer in der zu erwartenden revolutionären Bewegung sein würden und daß besonders Bellido ein Mann von Ansehen und großem persönlichen Muthe sei, der im Stande sein würde, dem Aufstande der Bevölkerung Leben und Halt zu geben. Don Sebastian Callahuaso hielt es daher für sehr wünschenswerth, sich mit einem von diesen, oder vielleicht auch mit beiden sofort in Verbindung zu setzen.

Das Krähen des Hahnes kündete bereits den heranbrechenden Morgen an, als die drei Verschwörer sich in ihre Gemächer zurückzogen, die ihnen von der Doña Carmen angewiesen worden waren.

---

7. Mord-Politik.

Am Tage nach der Scene in der San Francisco Kirche befand sich Graf Valverde beim Don Manuel Barros, dem Präsidenten der Königlichen Audienz, der ihn freundlichst um einen Besuch gebeten hatte, zur Besprechung außerordentlich wichtiger Geschäfte im königlichen Dienst. Als der Graf sich im Palast einfand, erfuhr er, daß die königliche Audienz dort in geheimer Sitzung versammelt war und Stunden vergingen, ehe er bei dem schwachköpfigen und nichtsnutzigen Menschen vorgeladen wurde, in dessen schwachen Händen bei der herannahenden Krisis die Zügel der Regierung liegen sollten. Se. Excellenz entschuldigte sich, daß er den Herrn Grafen so lange habe warten lassen müssen, aber es sei das unvermeidlich gewesen; man habe eben die Angelegenheit besprochen, wegen der er jetzt mit dem Militär-Kommandanten in Unterhandlung treten wolle.

Excellenz frug dann, ob der Herr Graf in seiner Arquebusier Kompagnie zwei Leute habe, denen er einen geheimen Auftrag von großer Verantwortlichkeit und außerordentlicher Wichtigkeit anvertrauen könne.

Der Graf meinte, er könne sich auf alle seine Leute verlassen; jeder von ihnen sei bereits in einem oder dem anderen der von Philip II. geführten Kriege gewesen. Das sei schon recht, aber es sei eigentlich keine militärische Dienstleistung, die man von ihnen verlange. Der Dienst den man von ihnen erwarte, sei derart, daß er Männer verlange, die nicht durch Mitleid beeinflußt werden könnten, und die bereit wären, irgend etwas im Dienste des Königs auszuführen; sie sollten ganz besonders für ihre Dienstleistung bezahlt werden, d. h. wenn sie im Stande wären, reinen Mund zu halten.

Könnte sich vielleicht Se. Excellenz dazu verstehen, den Grafen mit der Natur dieser Dienstleistung bekannt zu machen? Es würde ihm dann jedenfalls die Auswahl der Leute erleichtert werden. Se. Excellenz könnte nicht direkte Mittheilungen machen, aber die beiden Leute müßten ganz vortreffliche Schützen sein. Jetzt verstand natürlich der Graf die Absicht des würdigen Oberhauptes der Regierung, nicht Soldaten, sondern Mörder wollte er. Irgend Jemand war verurtheilt worden und Graf Valverde sollte die Henker stellen. Der Graf war erschreckt, aber nicht besonders überrascht bei dieser Entdeckung. Der Dolch und die Pistole des Meuchelmörders, wie die geheimen mitternächtlichen Besuche des maskirten Henkers bildeten einen wesentlichen Theil des Systems, durch das König Philip das große Reich, in welchem die Sonne nicht unterging, regierte. Und das Beispiel, daß die grausige Spinne im Escurial, im Mittelpunkt des Netzes gab, wurde getreulich von den Vertretern und Kreaturen außerhalb befolgt und nachgeahmt.

Zu irgend einer anderen Zeit würde Graf Valverde, ohne nur eine Frage zu stellen, die Leute gestellt haben. Aber die furchtbare Prophezeiung Mama Rucu's, deren er gedachte, stieg wieder in voller Klarheit vor seinem Geiste auf und so frug er, ob Se. Excellenz alle Verantwortlichkeit übernehmen wolle; Se. Excellenz sei bereit; ob Se. Excellenz den Leuten selbst die nöthige Instruktionen geben wolle, oder ob es der Graf thun müsse. Der Präsident nahm aus einem Schiebfach einen Ring und schlug ihn mit einem Hammer in zwei Stücke, die eine Hälfte gab er dem Grafen und bat ihn, die Leute, die er ausgewählt mit der Hälfte des Ringes in den Palast zu schicken, mit der Instruktion, unter allen Umständen die Befehle des Mannes auszuführen, der ihnen die andere Hälfte des Ringes vorzeige.

Graf Valverde war ein untergeordneter Offizier und der Mann vor ihm war der Präsident der Königlichen Audienz, in seiner Stellung der nächste nach dem Vice-König von Peru und dem Präsidenten der Audienz in Lima; und obschon Graf Valverde gerechte Zweifel darüber hegte, ob die Maßregeln, welche die Regierung hier ergreifen wollte, die richtigen waren, so hielt er es doch für seine Pflicht zu schweigen und zu gehorchen. Er verneigte sich daher und schickte sich an zu gehen, aber der Präsident hielt ihn noch zurück; es sei nöthig, auf alle Vorkommnisse vorbereitet zu sein. In der Nacht vorher habe die Bevölkerung ihn in seinem eigenen Palaste angegriffen und sie habe ihn unvorbereitet und unbeschützt gefunden. Er war hilflos in den Händen eines gesetzlosen Pöbels und er sei gezwungen gewesen, die wahnsinnige Forderung zu erfüllen. Das dürfe nicht wieder vorkommen. Das königliche Ansehen müßte aufrecht erhalten werden. Würde der Graf nicht so freundlich sein, seine ganze Mannschaft in den Palast zu verlegen? Eine bloße Ehrenwache, wie sie der Präsident seither gehabt, sei in Fällen der Noth nicht genügend. Der Präsident habe bereits Befehle ertheilt, die Bureaus, die sich jetzt im unteren Theile des Palastes befinden, zu räumen, um für die Soldaten Platz zu machen.

„Und wann werden diese Zimmer zur Aufnahme meiner Leute eingerichtet sein?"

„Morgen," antwortete der Präsident. „Lassen Sie morgen, sobald es möglich ist, ihre Leute sich in dem Palaste einfinden, denn die königliche Autorität darf nicht nochmals verhöhnt werden."

Nach diesen Instruktionen hatte die Unterredung ein Ende. Der Präsident war offenbar in größter Aufregung und es war ihm ersichtlich viel mehr um seine persönliche Sicherheit als um die Aufrechterhaltung des königlichen Ansehens zu thun.

Dem Grafen gefielen die Befehle, die er erhalten hatte, gar nicht; es war ihm unangenehm, daß er ein comfortables Quartier in der Kaserne gegen irgend ein ungemüthliches Zimmer im Palaste vertauschen sollte, vor allem aber gefiel ihm der Befehl nicht, zwei von seinen Leuten zu einem geheimen Dienste zu detachiren, dessen Zweck offenbar ein Mord war. Er wußte nicht, wer das Opfer sein konnte, oder ob mehr als einer fallen mußte; aber mußte er nicht als Militär-Kommandant verantwortlich gehalten werden für Alles das, was seine Soldaten thaten? Und wenn eine grausame That vollbracht würde, die das Volk in Wuth versetzen mußte, würde sich dann dieser Ausbruch der Wuth nicht direkt gegen ihn kehren? Nur eine einzige Kompagnie Arquebusiers stand ihm gegen einen Volkshaufen von Tausenden zur Disposition, denn er war fest überzeugt, daß er auf die einheimische Miliz auch nicht im mindesten rechnen konnte. Er nahm den halben Ring aus der Tasche und schaute ihn an — war dieses Stückchen Metall ein Vorzeichen des Todes und Zerstörung? Es überkam ihn eine geheime Ahnung, daß der Befehl, den er mit diesem zerbrochenen Ringe übernommen, sein eigenes Verderben sein würde. Der Präsident machte offenbar einen großen Fehler und Valverde setzte nicht das mindeste Zutrauen in die Fähigkeit des Präsidenten. Sollte er seine Leute instruiren, ihm zuerst Bericht zu erstatten, über das, was ihnen anbefohlen wurde, ehe sie diese Befehle ausführten? Er konnte ja eine discretionäre Gewalt ausüben und vielleicht eine verhängnißvolle Thorheit oder eine muthwillige Grausamkeit verhüten. Während er sich so seinen Auftrag hin und her überlegte, war er unbewußt der Gegenstand allerlei Anzüglichkeiten und boshafter Fragen geworden. Eine Bande von Buben und Herumlungerern, zum ärgsten Pöbel von Quito gehörend, sammelte sich um ihn und folgte ihm und, ihr Muth wuchs mit der zunehmenden Zahl.

„Schau, da geht der Chapeton,*" rief Einer.

„Das ist der Mann, der uns Gehorsam beibringen soll," höhnte ein Anderer.

„Nieder mit den Spaniern!" schrie ein Dritter und der Ruf fand sofort Anklang und Wiederhall. „Nieder mit den Spaniern! Nieder mit der Alcabala!"

Graf Valverde blickte unwillig um sich. „Zurück da, ihr Hunde," donnerte er, und legte die Hand an seinen Schwertgriff, „oder ich werde ein Dutzend von Euch niederhauen."

Der Haufe wich erschreckt zurück, sofort aber drängten andere sich wieder vor und ein Hagel von Schimpfwörtern und selbst einige Steine flogen gegen den Offizier.

„Sie verdienen keine Gnade," dachte der Graf erbittert, als er den zerbrochenen Ring in die Tasche steckte. „Sie sind alle Rebellen und Verräther und verdienen zu sterben, sowohl diese niedrigen Hunde, wie auch die vornehmen Herren, welche sie leiten."

Hier traf ein Stein den Hut des Offiziers und knickte die Feder ein, während höhnende Schimpfworte dem Angriff folgten. Dem Grafen hätte es noch schlimmer ergehen können, wenn er nicht in der Nähe der Kaserne gewesen wäre. Drei Soldaten, die an der nächsten Straßenecke sich herumtrieben, sahen die Gefahr, in der er schwebte, und eilten zu seiner Hülfe herbei und mit leichter Mühe gelang es ihnen, mit ihren Schwertern die Bande zu zerstreuen.

Mit den Zähnen knirschend und die Lippen zusammengepreßt trat der Graf in die Kaserne ein. „Der Präsident hat Recht," dachte er, „es ist nöthig, dieses feige Gesindel zur Raison zu bringen," und dann sich an eine Ordonanz wendend, sagte er: „Sag' Juan del Puente und Ildefonso Coronel, sie sollen sofort zu mir kommen. Ich will sie sehen."

Noch zweimal ging an jenem Tage der Ring in andere Hände über.

---

*) Ein Spitzname, den die Creolen den eingeborenen Spaniern geben.

8. Der General-Procurator.

Alonzo Bellido war ein Mann von etwa fünfundvierzig Jahren. Er war ein gelehrter Mann, aber seine Genossinnen waren nicht, wie bei Carrera, die Musen, sondern die Geschichte und die Rechtswissenschaft waren seine Lieblinge. Er war ein tüchtiger Jurist, der mit besonderem Eifer die Geschichte Spaniens studirt hatte. Sein Geist weilte bei den alten Freiheiten, bei den Rechten der Vertretung in den Cortes und deren nachfolgender Größe und Erniedrigung, bei der Geschichte der provinzialen fueros, den Privilegien und Immunitäten der Municipalitäten, der brutalen Verletzung und rücksichtslosen Mißhandlung von Gesetz, Gerechtigkeit und Sitte, womit Carl V. und Philip II. Alles, was an persönlicher Freiheit oder an municipalen und provincialen Rechten im Mutterlande noch übrig geblieben war, vernichtet hatten. Bellido war ein philosophischer Denker von großer Klarheit, ein überzeugungstreuer Verehrer der Gerechtigkeit, dessen ganzes Wesen sich auflehnte gegen Zwangsmaßregeln, die, wie die Alcabala, handgreifliches und offenkundiges Unrecht waren.

An dem Morgen hatte er in der Sitzung der Cabildo einen Vorschlag eingereicht, worin sich die Municipalbehörde zum Widerstande verpflichtete. Der Vorschlag war abgefaßt in Ausdrücken respectvoller Ergebenheit, aber er war zugleich auch bestimmt und entschieden. In demselben wurden des Königs schlechte Rathgeber, die unglücklicher Weise in Sr. Majestät Staatsrath die Oberhand haben, für die Maßregel verantwortlich gehalten; aber man verlangte, daß die Alcabala wenigstens so lange, bis sich Se. Majestät von den wirklichen Verhältnissen überzeugt habe, in Quito nicht eingetrieben werde und daß die königliche Audienz sofort ersucht werden soll, die am Tage vorher bekannt gemachte Proclamation zu widerrufen. Als der Vorschlag einstimmig angenommen war, wandte sich Bellido kaltblütig an seine Kollegen und sagte:

„Meine Herren! Wissen Sie auch, daß Sie soeben Ihr Todesurtheil unterschrieben haben?"

Diese Frage erregte ein allgemeines ungläubiges Lächeln, aber Bellido fuhr fort:

„Ja wohl, meine Herren; Ihr Todesurtheil! Philip II. vergibt niemals und gibt niemals nach. Denkt an Egmont, Horne, Montigny, Oranien, Antonio Perez; denkt an seinen Sohn, an Don Carlos. Denkt an Don Juan d' Austria! Der, der den König Philip beleidigt, setzt sein Leben ein und er büßt es ein, wenn er unterliegt. Sie haben jetzt die Schiffe verbrannt. Alle künftige Reue und Unterwerfung, alle späteren Ausdrücke der Loyalität sind von keinem Werthe; Ihr Todesurtheil ist unterzeichnet und die einzige Frage ist jetzt die, ob König Philip die Macht hat, es auszuführen."

„Was meinen Sie damit, Don Alonzo?" frug Señor Olmos, einer der Räthe.

„Daß wir einen Kampf auf Leben und Tod begonnen haben. Wir sind verurtheilt, wenn wir unter Spanien bleiben. Hier gibt es nur zwei Wege der Rettung, entweder vollständige Unabhängigkeit, oder ein auswärtiges Protectorat, vielleicht auch Beides."

Und jetzt entwickelte Alonzo Bellido seine Pläne, auf deren einzelne Details wir jedoch nicht eingehen können. Spanien liege im Kriege mit Frankreich, England und den Niederlanden. Die beiden letzteren seien Seemächte, deren Schiffe jeden Ocean beunruhigten; man könnte sofort mit den Regierungen beider Staaten in Unterhandlung treten. Die Hülfe Frankreichs würde wahrscheinlich der Bevölkerung am liebsten sein, denn während England und Holland Ketzer-Staaten seien, habe Heinrich IV. Frieden mit der Kirche geschlossen. Doch wenn Frankreichs Hülfe nicht gesichert werden könnte, würde irgend eine andere Hülfe willkommen sein. Der ausgedehnte Schmuggelhandel, der an der ganzen Kolonialküste fast unter der Nase der Behörden getrieben werde, würde hinreichende Kommunikationswege darbieten, währenddeß sollten sofort Deputirte ins Ausland geschickt werden, welche unter den Feinden Spaniens die großartige Bedeutung einer Diversion zu ihren Gunsten in das eigentliche Herz Spaniens, in eine Colonie, von der ein so großer Theil der spanischen Einkünfte abhängig war, verbreiten sollten. In der Zwischenzeit solle die eingeborene Miliz reorganisirt und für den aktiven Dienst vorbereitet werden. Die königlichen Schatzkammern sollten überall mit Beschlag belegt werden. Die Mitglieder der königlichen Audienz sollten verhaftet und als Geißeln zurückgehalten werden. Eine provisorische Regierung sollte eingesetzt werden, welche die Controle über alle Inlandstädte übernehmen und für die Unabhängigen den Besitz der Seestädte Esmeraldas und Guayaquil sichern solle. Der Erfolg der Revolution hänge von der Schnelligkeit ab, mit der man die Schläge austheile. „Wir dürfen nicht warten, bis der Vice-König eine Armee sendet und uns erdrückt; wir müssen den Krieg beginnen und von Cuenca und Loja aus in Peru einfallen, wo die Städte uns mit offenen Armen aufnehmen werden. Wenn diese Pläne durchgeführt werden, werden Peru und Quito unabhängig sein, ehe die Nachricht in Spanien eintrifft. Wenn dann der König ein Heer gegen uns entsendet, werden inzwischen unsere Unterhandlungen mit den fremden Mächten bereits einen Erfolg gehabt haben. Die auswärtigen Mächte werden bereit sein uns zu helfen, sobald wir nur zeigen, daß wir mächtig genug sind, uns selbst zu helfen."

Bellido's Plan war, so kühn und gefährlich er auch zu sein schien, eines großen Staatsmannes würdig, aber die mehr conservativen Mitglieder der Cabildo waren erschreckt und entsetzt, da sie immer noch hofften, daß sie ja durch Petitionen und Remonstrationen, die wenn nöthig durch bewaffneten Widerstand unterstützt werden konnten, einen Vergleich mit dem Spanischen Hofe oder dem Vice-König von Lima erzielen könnten. Arme getäuschte Geschöpfe! Sie kannten Philip II. und seine Creaturen, die er sich für seine Dienste auserkoren hatte, nicht!

Die Debatte wurde lebhaft und zuweilen gehässig und stürmisch und sie hatte bereits mehrere Stunden gewährt, als einer der Boten sich Bellido näherte und ihm, ohne daß er die Sprecher unterbrach, ins Ohr flüsterte: „Im Vorzimmer befindet sich ein alter Indianer, den ich nicht kenne und den ich niemals vorher gesehen habe. Er sagt, er habe eine Mittheilung von größter Wichtigkeit zu machen, entweder dem General-Procurator oder dem Don Alonzo Sanchez; aber er besteht darauf, daß er Ew. Gnaden persönlich und allein sprechen muß."

„Ein alter Indianer! Lächerlich! Hast Du ihm nicht gesagt, daß ich beschäftigt bin?"

„Das that ich, Señor, aber er sagte, das, was er Ew. Gnaden mitzutheilen habe, betreffe dieselbe Angelegenheit, die Sie jetzt unter Berathung hätten."

„Ist dies der Fall, so muß ihn Jemand gesandt haben."

„Ja, er sagte, er habe eine Botschaft zu überbringen."

„Nun wohl, ich denke, es ist besser, wenn ich ihn einen Augenblick sehe, führe ihn in mein Kabinet."

Bellido war beim Anblick des Indianers erstaunt. Es schien, als habe er über ein Jahrhundert gelebt, aber als er sich versichert hatte, daß er mit Bellido allein war, entwickelte er eine Lebhaftigkeit und eine Intelligenz, die den General-Procurator bei einem Manne der verachteten Race in Erstaunen setzte.

„Ich danke Ew. Gnaden, daß Sie gekommen sind, und ich werde Sie nicht lange aufhalten. Ich komme nicht mit leeren Händen. Zur Unterstützung des Planes, den Ew. Gnaden gefaßt haben, bringe ich Tausende von Leuten und einen Schatz von Millionen."

Bellido schaute ihn unsicher an. „Wer sind Sie? Sind Sie verrückt? Was wollen Sie?"

„Ich werde Ew. Gnaden sofort einige Proben dessen geben, was ich zu sagen habe. Ew. Gnaden beschäftigen sich mit einem Plan, dieses Land von Spanien loszureißen —"

„Mensch, Sie sind ein Zauberer. Wie hätten Sie das wissen können, wenn es so wäre?"

„Señor! Gibt es irgend ein Haus in der Stadt ohne indianische Diener? Sie glauben, die Indianer seien nur Vieh und Sie sprechen vor ihnen, ohne auf sie Rücksicht zu nehmen. Es geschieht nichts von Interesse und Wichtigkeit, das diese äußerlich verdummten und verthierten Creaturen nicht hören, sehen und behalten, wenn sie instruirt werden, an — nun, lassen Sie mich sagen an—uns berichten. So kenne ich Ihren Plan und habe ihn schon viel Wochen gekannt."

„Aber, wer sind Sie?"

„Señor, ich bin ein armer Indianer, verachtet und straflos mit Füßen getreten von Denen der weißen Eroberer, die ein Vergnügen daran finden. Weshalb wollen Sie mehr wissen? Ich komme nicht aus eigenem Antrieb und nicht ohne Autorität. Ich komme als Abgesandter meiner Königin."

Bellido war überrascht und sein Interesse erregt. Mit sicherem Scharfblick erkannte er sofort, daß dieser Besuch eine tiefere Bewendung hatte und daß er unerwartete Hülfe von einer ganz unerwarteten Seite bedeutete. „Dann ist, wenn ich es recht verstehe, die Legende von der Indianer-Königin, von der wir so viel gehört, aber noch nichts gesehen haben, keine Mythe, sondern Wirklichkeit."

„Ich bin autorisirt, dieses Ew. Gnaden zu sagen."

„Und Ihre Beglaubigungen?"

„Sind in meiner Hand. Wollen Ew. Gnaden einen Blick auf dieses Papier werfen und es mir dann zurückgeben?"

Bellido nahm das Papier und las:

„Ueberbringer Dieses spricht für mich und in meinem Namen."

„Toa Duchicela,
„Von Quito und Purruhá."

„Dies Alles scheint mir höchst eigenthümlich zu sein," sagte Bellido und gab das Blatt dem Indianer zurück. „Aber es wird mir angenehm sein zu hören, was Sie für uns thun können und was wir als Gegenleistung zu erfüllen haben."

„Don Alonzo! Ich werde mich kurz fassen. Ich vertraue auf Ihre Ehre. In den nächsten wenigen Augenblicken werden mein Kopf, meine Gliedmaßen, mein Leben in Ihrer Gewalt sein, aber nicht mein Geheimniß. Sie mögen mich verhaften lassen und mich auf die Folter spannen, wie es mit so vielen von meiner Race geschah, die in dem Verdachte standen, etwas von Dem zu wissen, was ich Ihnen jetzt freiwillig mittheilen will. Ich weiß es, ich lade die Gefahr auf mich, indem ich es versuche, mit einem Viracocha über diese Angelegenheit zu sprechen. Aber weil das Unternehmen ein etwas gefährliches ist, hat man mich damit beauftragt. Ich bin ein sehr alter Mann, meine Tage sind gezählt, und es macht wenig aus, ob einige hinzugezählt, oder einige abgenommen werden. Ich bin hier unbekannt. Niemand in diesem Gebäude hat mich je gesehen: ich kann meine Spur verbergen. Sie können mich aufs Rad flechten, aber Sie werden Nichts erfahren. Ich kenne dieses Todtenhaus, la casa de la Municipalidad, wo Hunderte meines unglücklichen Volkes zu Tode gefoltert wurden, ehe Ew. Gnaden in diese Stadt kamen, nein, ehe Ew. Gnaden geboren wurden. Ich bin bereit zu leiden, was diese gelitten haben, aber Sie würden nichts dadurch gewinnen, Herr General-Procurator."

„Ich gebe zu," antwortete Bellido, „daß Erfahrungen Ihr Mißtrauen rechtfertigen. Aber Sie täuschen sich in mir. Sie sind zu mir gekommen im Vertrauen und ich werde dasselbe nicht mißbrauchen."

„Ich glaube Ihnen, Viracocha. Ich bin jetzt bereit, Ihre Fragen zu beantworten. Zur Durchführung Ihres Planes können wir Tausende von kräftigen Armen und ergebenen Herzen stellen, die wenn auch ungebildet und undisciplinirt, doch durch ihre Zahl imponiren und die, wenn geleitet und unterstützt durch militärische Taktik eine nicht zu unterschätzende Hülfe durch ihre genaue Kenntniß des Landes, ihre Ausdauer und ihre blinde Ergebenheit für ihre Königin bieten werden. Doch wir können noch mehr thun für Sie Wir können Schätze darbieten, Gold, den Lebensnerv des Krieges. Wir können Ihnen das geben, wonach Ihr Volk drei Generationen hindurch gesucht, es aber niemals gefunden hat und nimmer finden wird, bis wir es herausgeben—den Schatz von Atahualpa und Ruminagui."

Bellido's Augen leuchteten. Er konnte kaum seine Befriedigung verbergen. Diese Mittheilung stellte, wenn sie sich bewahrheiten sollte, den Erfolg des Unternehmens außer aller Frage. Aber er konnte sie kaum glauben. Sie war beinahe zu gut, um wahr zu sein, und deshalb frug er nach einer kleinen Pause: „Existirt denn dieser Schatz in Wirklichkeit?"

„Jawohl, Señor Bellido. Und um Sie zu überzeugen, daß das wahr ist, was ich sage und daß das ausgeführt werden kann, was ich verspreche, werde ich Sie den Schatz sehen lassen. Merken Sie wohl, Sie sollen ihn sehen, nur sehen! Es kann nichts davon genommen werden, außer auf Befehl meiner Königin und diese wird ihn nur verwenden für die Sache unseres Volkes. Denn hier heißt es geben und nehmen. Denn für das, was wir Ihnen geben, verlangen wir ein Gleiches, das für uns werthvoller ist, wie Gold und Edelsteine."

„Und was ist es, was Sie von uns verlangen, mein unbekannter Freund?"

„Zwei Bedingungen giebt es, Herr General-Procurator, die man uns bewilligen muß, bevor das gegenseitige Uebereinkommen, das ich vorgeschlagen, in Kraft treten kann. In erster Linie muß meine Königin Ihre Königin werden; das heißt, sie muß den Mann heirathen, dem Sie die königliche Würde übertragen. Unsere Indianer werden nicht folgen, wenn nicht ein Shyri Inka sie anführt. Sie gehorchen ihrem eigenen Herrscher, der ihr Haupt ist. Ohne dieses Haupt können Sie sich nicht auf sie verlassen. Krönen Sie einen König aus Ihrem eigenen Volke und lassen Sie ihn Toa Duchicela heirathen, und es gibt keinen Indianer, Mann, Weib oder Kind, der nicht für ihn das Leben hingeben würde. In zweiter Linie verlangen wir unsere Rechte, Herr. Wir sind zu Staub getreten und wie Lastthiere behandelt worden, aber wir wollen wie menschliche Wesen behandelt werden. Sie haben Sklaven aus uns gemacht, wir wollen die Freiheit. Geben Sie uns Freiheit und Ihre Bewegung wird Erfolg haben. Die beiden Racen können in Eintracht und Frieden zusammen leben. Der Indianer wird das Land bebauen und die Arbeit für Sie verrichten und das als freier Mann viel williger wie als Sklave, und wenn Einige unter uns sind, deren Intelligenz sie zu höheren Stellen berechtigt, stoßen Sie sie nicht zurück in den Abgrund des Elends und der Entrechtung. Schauen Sie mich an. Spreche ich Ihre Sprache nicht ebenso gut wie einer von Ihnen? und doch habe ich nie etwas von der Existenz Ihres Volkes gewußt, bis Pizarro in Peru landete. Ich verlange nicht sogleich eine Antwort. Ich bitte Sie, über das nachzudenken, was ich Ihnen gesagt habe. Ich bitte Sie, das zu sehen, was ich bereit bin, Ihnen zu zeigen, damit es Ihre Entscheidung beeinflussen kann. Treffen Sie mich in dieser Nacht an der Chorrera Straße, am Berge Pichincha, und wenn Sie bereit sind, mir zu folgen, werden Sie sehen, was unsere Race für Sie thun kann. Ich werde Sie bald nach Dunkelwerden erwarten. Kommen Sie allein und machen Sie keinen Versuch mich zu fangen oder zu betrügen, es würde Ihnen nichts nützen. Wollen Sie kommen?"

„Ganz gewiß und mit dem größten Vergnügen."

In derselben Nacht traf er mit Cunduraju am Berge Pichincha zusammen, dort war auch Carrera und bald gesellte sich die Königin Toa mit einigen Indianern im Gefolge zu ihnen.

---

9. Der verborgene Schatz.

„Sind Sie bereit, mir zu folgen?" fragte die Indianer-Königin.

Die beiden Herren verbeugten sich: „Wir sind bereit."

„Dann werden Sie nichts gegen eine kleine Formalität einzuwenden haben, von der ich Sie unglücklicher Weise nicht dispensiren kann. Sie müssen erlauben, daß man Ihnen die Augen verbindet. Señor Carrera, den ich einige Tage länger kenne, wie Sie, Señor Bellido, hat ausdrücklich das Versprechen abgelegt, mir zu vertrauen, wie ich ihm vertraue, und da nicht der geringste Grund vorliegt, einem von Ihnen, meine Herren, irgend eine Unbill zuzufügen, glaube ich, daß auch Sie, Señor Bellido, seinem Beispiele folgen werden."

„Ich liebe es nicht, auch nur für kurze Zeit des Augenlichts beraubt zu werden," sagte Bellido, „aber ich sehe keinen Grund, weshalb ich Ew. Hoheit nicht gehorchen sollte. Ich bin ja eben deswegen hierher gekommen, um mich dem Befehle Ew. Hoheit unterzuordnen."

„Trefflich gesagt, Señor. Lassen Sie uns daher keine Zeit verlieren. Nehmen Sie Ihre Hüte ab, meine Herren und übergeben Sie dieselben meinen Dienern." Mit diesen Worten warf sie eine Kapuze über Carrera's Kopf und befestigte dieselbe mit einem Bande quer über die Augen. Cunduraju that dasselbe mit Bellido. „Geben Sie mir Ihre Hand, Don Julio," fügte sie hinzu und ergriff seine Hand mit einem sanften Druck.

„Ich werde mir das Vergnügen erlauben, Sie zu führen, Herr General-Procurator," sagte Cunduraju, und die Gesellschaft setzte sich dann sofort in Bewegung; bald stiegen sie Anhöhen hinauf, bald in Schluchten hinab, bald ging es über Felsen und dann durch Sand und Bimsteingerölle, oder man watete durch Bergströme, die von den Höhen herniederrauschten. Körperliche Anstrengung in diesen Höhen ist überanstrengend, und unsere weißen Herren waren oftmals gezwungen, die Schritte ihrer Indianischen Führer zu hemmen, um nur wieder zu Athem zu kommen. Der Weg schien endlos zu sein und war doppelt ermüdend, da kein Wort gesprochen wurde. Zuweilen schien es Bellido, als führe man sie absichtlich im Kreise herum, um sie wegen des Platzes, den sie suchten, in die Irre zu führen. Zuletzt machte der Zug doch Halt.

„Bücken Sie sich, meine Herren," rief dann die silberhelle Stimme Toas, „und schreiten Sie gebückt vorwärts, bis ich Ihnen sage, daß es nicht mehr nöthig ist." Eine ziemliche Strecke ging es jetzt so weiter, bis Toa stillstand und sagte: „So, jetzt sind wir durch und hier können Sie etwas ausruhen." Seit den letzten zwei oder drei Minuten war das Getöse rauschenden Wassers an ihr Ohr gedrungen und jetzt hörten sie es ganz deutlich, wie ein brausender Strom durch ein enges, felsiges Bett dahinstürmte. „Uma! Ist das Wasser abgeleitet?" fragte Toa.

„Jawohl, Shyri!" antwortete eine indianische Stimme, und in der That verlor sich allmählig das Gebrause, bis es ganz aufhörte, oder vielmehr in ein leises Tröpfeln sich verwandelte.

„Doch weiter jetzt," sagte Toa und ergriff wieder Carrera's Hand, „geben Sie Acht, wir steigen aufwärts; halten Sie sich fest an meinen Arm oder Sie fallen; noch ein Schritt und wir sind unten. Jetzt müssen wir noch einmal in die Höhe steigen, aber man soll Sie den Rest des Weges tragen."

Unsichtbare Arme ergriffen die beiden Viracochas und trugen sie noch eine weitere Strecke, man stieg wieder aufwärts, bis man endlich Halt machte und ihnen die Binden von den Augen nahm. Vollständige Dunkelheit umgab sie, sie fühlten, daß sie sich nicht in freier Luft befanden, aber sie hatten keine Ahnung, wo sie sein konnten.

„Ich werde Ihre Augen nicht durch ein zu plötzliches Licht blenden, sondern Sie sollen sich allmählich daran gewöhnen," sagte Toa und so geschah es auch. Eine mattbrennende Fackel tauchte in der Ferne auf; dieselbe näherte sich allmählich und nahm mit jedem Schritt an Helle zu, da und dort tauchten andere Fackeln auf und allmählich war es den Herren möglich, sich etwas besser zu orientiren. Sie befanden sich in einem unterirdischen Gewölbe oder Höhle. Toa stand in der Mitte, gekleidet in ein weißes Gewand und geschmückt mit dem Emblem des Shyri-Königthums, einem funkelnden Smaragd, in einem Diadem befestigt. Neben ihr stand Cunduraxu, angethan in Gewändern, wie sie in den Zeiten des alten Königthums die Edlen des Reiches trugen. Zwei Indianer, ähnlich gekleidet, standen hinter ihm, während fünf oder sechs Fackelträger sich so in den verschiedenen Theilen der Halle aufgestellt hatten, daß dieselbe vollständig erleuchtet war.

Doch den Augen der beiden Herren bot sich jetzt ein ganz anderer Anblick dar, der sie mit Verwunderung und Staunen erfüllte. An den Wänden und in der Mitte der Höhle aufgestapelt, waren riesige Gold- und Silberbarren, zahllose goldene Gefäße, geschmückt mit edlen Steinen und von ganz ausgezeichneter Arbeit, Statuen aus kostbaren Metallen, goldene Sonnen und Monde, schwere goldene Ketten und ein ungeheurer Berg von Goldmünzen, die in der Mitte der Höhle aufgehäuft waren und das Gepräge Carl V. trugen, ein sicherer Beweis, daß die Besitzer dieser Schätze sich die Dienste der Beamten der königlichen Münze zu sichern gewußt hatten. Neben diesem Haufen gemünzten Goldes war ein spanischer Mantel ausgebreitet und auf demselben lag ausgestreckt ein vollständiges Skelett mit einem grinsenden Schädel; ein großer spanischer Federhut lag auf der einen Seite, ein spanisches Schwert auf der anderen. Ganz dicht an einer der Wände der Höhle erhob sich ein goldener Thron, strotzend von Smaragden, und auf demselben saß eine Mumie von erschreckender Häßlichkeit, der augenlose Schädel bedeckt mit einem Diadem, in dessen Mitte ein riesiger Smaragd funkelte; ein goldenes Scepter lag im Schooße des Leichnams. Der Schrecken, der sich durch die grausige Gegenwart des grimmigen Todes über die Scene gelagert hatte, schien den Eindruck zu verspotten, den der Anblick solcher Schätze auf die Besucher gemacht hatte.

Eine lange Pause folgte. Carrera wußte nicht, ob er wachte, oder ob er noch träumend in Mama Rucu's Hütte lag. Selbst die kräftigen Nerven Alonzo Bellido's waren erschüttert und athemlos wartete er auf das, was da kommen sollte.

„Dieses," begann Toa dann in feierlichem Ton, „ist der Schatz meines Urgroßvaters Huaynacapac und meines Großvaters Atahualpa. Der Usurpator Rumiñagui hatte ihn mit Beschlag belegt und ihn hier verborgen, damit er nicht in die Hände der Spanier fallen solle. Nach seinem Tode wurde das Geheimniß dieses Platzes denen mitgetheilt, welche die legitimen Repräsentanten meines Hauses waren. Hunderte meines Volkes endeten auf der Folter oder auf dem Scheiterhaufen, weil sie das Geheimniß nicht verrathen wollten. Viele kannten es damals, Viele kennen es jetzt. Die Meisten von ihnen sind arme, hungernde Unglückliche, die, wenn sie nur eine Hand voll nehmen wollten, sich auf Lebenszeit ein bequemes und sorgenfreies Dasein bereiten könnten, aber selbst der niedrigste meiner Unterthanen würde lieber umkommen, als auch nur ein Goldstäubchen von dem nehmen, was das Eigenthum meiner Nation ist, und dessen Verwaltung in den Händen der legitimen Herrscher liegt. Ich bin die rechtmäßige Eigenthümerin alles dessen, was Sie hier sehen, aber ich schwöre zu Pachacamac dem Großen und rufe die Sonne und den Mond als meine Zeugen an, daß ich lieber den Schatz für immer vergraben und vergessen lassen würde, als daß ich ihn zu einem anderen Zwecke oder mit anderen Absichten, als zur Befreiung meines Volkes verwenden sollte."

Ein langsames und tiefes Murmeln des Beifalls, das von den Lippen ihrer indianischen Zuhörer kam, folgte dieser Anrede.

„Dieses," fuhr sie fort und zeigte auf die Mumie auf den goldenen Thron, „ist mein Vater. Friede seinem Leichnam und Ehre seinem Angedenken. Dieser brave und würdige Mann," auf Cunduraxu zeigend, „rettete ihn, als er noch ein Säugling war, aus den mörderischen Klauen Rumiñagui's, der den grausigen Entschluß gefaßt hatte, den ganzen Stamm aus dem königlichen Blute Atahualpas zu vernichten. Der edle Cunduraxu rettete ihn, hielt ihn versteckt und erzog ihn, und als der Tod ihn abrief, brachte er ihn hierher, um über diese Schätze zu wachen und der Ehre theilhaftig zu werden, die man nach unseren Gesetzen und Sitten der geschiedenen Majestät schuldet. Dieses hier," und dabei zeigte sie auf das Skelett am Boden, war ein spanischer „Corregidor", der ungewöhnlich herzlos und grausam gegen unser Volk war. Unzählig sind seine indianischen Opfer. Hunderte opferte er seiner Habsucht und Raubgier, bis mein Vater den Befehl gab, ihn in diesen Schlupfwinkel zu locken. Einer unserer Leute bot sich an, ihm das Geheimniß des großen Schatzes zu verrathen. Gierig griff der Tyrann zu und ließ sich thörichter Weise hierher führen — und hier blieb er! Als er Alles gesehen hatte, wurden die Fackeln ausgelöscht und Nacht umgab ihn, eine lange, ewige, schreckliche Nacht ohne Mond und Sterne, der nimmer ein Tagesgrauen, nimmer das Tageslicht mehr folgte. Hier liegt sein Leichnam, er starb eines langsamen und qualvollen Todes in Mitten all des Goldes, nach dem ihn so heiß gedürstet hatte. Schauen Sie sich um, meine Herren, Sie finden keinen sichtbaren Ausgang; selbst wenn die Fackeln brennen blieben, würden Sie keinen Ausweg finden. Sie sind meine Gefangenen und Ihr Leben hängt von meiner Gnade ab."

Bellido schauderte, aber Carrera, obschon etwas befangen, schaute mit Zuversicht auf die Sprecherin und lächelte. Er fühlte es instinktiv heraus, daß sein Leben in ihrer Hand sicherer war, wie in der seinen. Sie sah und verstand sein Lächeln, und erwiederte es deshalb durch einen raschen, aber unaussprechlich zärtlichen Blick.

„Doch, meine Herren", fuhr sie fort, „Sie haben uns vertraut, wie wir Ihnen vertraut haben und Sie können sich hier so ruhig und so sicher fühlen wie zu Hause. Die Absicht dieses Besuches ist, Ihnen unsere Macht zu zeigen. Schauen Sie auf diese Schätze und dann urtheilen Sie selbst. Aber das Geld ist es nicht allein, was wir bieten können. Sprechen Sie das Wort aus und Tausende von Herzen und Händen stehen zu Ihrer Verfügung. Alles was wir als Ersatz wollen, ist Freiheit für unser Volk und Anerkennung unserer Rechte als menschliche Wesen. Ich habe diesen vertrauten Freund zu Ihnen gesandt, Señor Bellido, mit der vollen Machtbefugniß, mich und die Interessen meines Volkes zu vertreten. Ich bestätige hiermit die Autorität. Was immer er mit Ihnen und der Municipalität von Quito abschließen wird, hat meine volle Zustimmung, und Alles, was ich unternehme oder verspreche, wird von meinem Volke gehalten werden. Und jetzt, Fürst Cunduruzu, führen Sie unsere Freunde ins Freie, wo ich bald wieder mit ihnen zusammentreffen werde; nur wenige Augenblicke lassen Sie mich allein bei dem Leichnam meines Vaters."

Mit diesen Worten schritt Toa auf den goldenen Thron zu und warf sich der Länge nach vor der grausigen Mumie, ein Trugbild des Königthums, nieder. Kein Wort wurde weiter gesprochen. Cunduruzu näherte sich den beiden Herren und deutete ihnen durch ein Zeichen an, daß sie sich wieder die Augen verbinden lassen müßten. Natürlich hatten diesmal die Herren nichts dagegen einzuwenden. Wiederum wurden sie eine Zeit lang von starken, unsichtbaren Armen getragen und als ihre Füße wiederum den Boden betraten, mußten sie nochmals den beschwerlichen und ermüdenden Marsch zurücklegen. Bergauf, bergab, über Felsen und durch Schluchten, bald durch tiefen Sand, bald wieder watend durch Bergströme, die ihren Pfad durchschnitten.

Carrera's Hand ruhte in der eines kräftigen Indianers, der ihn führte. Plötzlich fühlte er, wie dieser seine Hand losließ, aber im nächsten Augenblicke ergriff sie eine kleinere zartere Hand mit leisem Druck. Er fühlte es, daß Toa ihm zur Seite ging und gab das auch durch Erwiderung des leisen Drucks zu erkennen.

„Glauben Sie mir jetzt?" frug sie.

„Ich habe nie Ihr Wort bezweifelt, Herrin Toa."

„Glauben Sie immer noch, daß meine Hoffnungen trügerisch sind?"

„Ew. Hoheit haben mir Ihre Pläne nicht anvertraut; trotzdem aber erkenne ich völlig die große Macht an, die Ew. Hoheit zu Gebote steht."

„Ja, Don Julio, eine Zeit des Friedens und der Ruhe mag doch noch anbrechen selbst für eine ruhelose flüchtige Wanderin wie ich selbst. Was würde auch das Leben für mich sein ohne diese Hoffnung?"

„Und haben Ew. Hoheit niemals geliebt?" fragte Carrera.

„Meinen Sie die Gegenwart oder die Vergangenheit? In Bezug auf die Vergangenheit lautet die Antwort verneinend. Es giebt nur wenige meines Volkes, die mir gleich sind und diese Wenigen wohnen in Peru. Hier in diesem Theile sind die Sprößlinge der wenigen Edelen, die der Wuth des Ruminagui oder der spanischen Eroberer entgingen, vollständig ohne Bildung; in dieser Beziehung bin ich etwas eigen, da ich, so sonderbar es Ihnen vielleicht auch erscheinen mag, Don Julio, trotz meines ruh- und rastlosen Lebens, nicht ohne Bildung bin. Doña Carmen Duchicela, auf deren Gütern ich im Geheimen erzogen wurde, hat mehr für mich gethan, wie eine Mutter thun konnte. Ich erfreute mich all der Vortheile ihrer eignen Kinder oder vielmehr diese erfreuten sich mit mir der Vortheile, die ihre Liebe und Güte mir zu Theil werden ließ. Gelehrte Männer beider Racen kamen aus Lima herüber, um ihre eigensinnige, undankbare Enkelin zu unterrichten, deren gegenwärtiges Betragen und stolzen Pläne ihr so tiefen Kummer bereiten. Vielleicht, wenn sie mich nicht so erzogen hätte, würde ich mich nicht so abmühen wie ich es jetzt thue und würde dann glücklicher sein. Der jüdische Prophet hat Recht, wenn er sagt: ‚In vieler Weisheit liegt viel Kummer und der, der sein Wissen vermehrt, vermehrt auch die Sorge!' Liebe? wenn Sie von der Vergangenheit sprechen, Don Julio, so hatte ich keine Zeit für die Liebe. Die Sorge für meine eigene Sicherheit und die Angelegenheiten meiner unsteten Regierung würden der Liebe keine Gelegenheit geboten haben, sich in mein Herz hineinzustehlen, selbst wenn ein Gegenstand der Liebe dagewesen wäre."

„Und die Gegenwart?"

„Was kann Sie das interessiren, Don Julio? Was ist die Toa Duchicela für Sie? Ihr Herz ist nicht frei, gehört es nicht der Dolores Solando, der Sie gestern Abend beinahe eine förmliche Liebeserklärung gemacht haben?"

„Señora! Ihre Information ist wunderbar, obschon Ihr Gewährsmann Sie dieses Mal nicht ganz genau unterrichtet hat. Aber wie konnten Sie wissen, daß ich gestern Abend bei Dolores Solando war?"

„Ja, Don Julio, das ist ein neuer Beweis meiner Macht, die beinahe an Allwissenheit grenzt. Es giebt kein Haus in ganz Quito, dessen Geheimnisse ich nicht erfahren könnte, wenn ich Lust dazu hätte. Aber fürchten Sie nichts; das ist keine Zauberkraft, sondern die Lösung des Räthsels beruht einfach in der Ergebenheit meines Volkes und der Bereitwilligkeit, mir zu dienen. Verstehen Sie es jetzt?"

„Ja Señora! und da Sie so viel wissen, sollten Sie auch eigentlich Alles wissen. Vor Jahren liebte ich Dolores; niemals fand ich eine Gelegenheit mich ihr zu erklären und als diese sich doch zuletzt darbot, war sie mir nicht mehr willkommen, sondern versetzte mich fast in eine peinliche Verlegenheit. Vor einer Woche noch hätte ich vielleicht gesprochen, aber gestern Abend schwieg ich; vor einer Woche noch hätte ich ihr einen Antrag gestellt, gestern Abend that ich es nicht."

„Und woher dieser Wechsel?"

„Können Sie fragen, Herrin Toa? Die Augen, die ich niemals vergessen werde, die silberne Stimme, die stets in meinen Ohren wiederklingt, die majestätische und doch so graziöse Erscheinung, die immer meinem Geiste vorschwebt — ja Sie sind es, Shyri Toa, die diese Aenderung hervorgerufen hat."

„Mein armer Freund! Schon einmal sagte ich es Ihnen, daß es gefährlich sei, ein Freund der Toa Duchicela zu sein, zehnmal gefährlicher noch würde es sein, sie zu lieben."

„Was würde ich nicht wagen für Sie? Selbst wenn ich Sie nicht liebte. Bewunderung und Freundschaft würden mich zu Ihrem treuen Diener machen. Aber Sie haben mir mein Herz entrissen und ich glaube nicht, daß ich im Stande bin, es wieder zu erlangen."

„Denken Sie zweimal darüber nach, ehe Sie hastig und vielleicht auch thöricht sich die Hände binden. Der Mann, der mich liebt und den ich wiederliebe, mag der erste, der reichste, der größte Mann dieses Landes werden, aber auch ein Unglücklicher, der dem traurigen Schicksal meines Hauses zum Opfer fällt. Ich habe noch Selbstbeherrschung genug, um solch ein Opfer zurückzuweisen. Reden Sie nicht weiter, Señor Carrera! Wecken Sie nicht die Leidenschaften eines freien, ungezügelten Herzens, denn dann vielleicht könnte ich gezwungen werden, das Opfer zu verlangen."

„Señora Toa, was Sie da von Reichthum und Größe sagen, ist ein Nichts für mich. Toa, ich liebe Dich Deiner selbst wegen und die heimathlos Wandernde, duldend unter dem Unglück ihrer königlichen Geburt, die selbst allen Bequemlichkeiten des Lebens entsagt, und aller Hoffnung auf gegenwärtiges und vielleicht auch zukünftiges Glück sich entschlägt, um — ob nun mit Unrecht oder nicht — ihrem Volke zu dienen, ist meinem Herzen theuerer, wie die mächtige Besitzerin all der Schätze, die Sie mir in dieser Nacht gezeigt."

„Don Julio! Ich will frei und offen sprechen. Schüchternheit mag eine sehr löbliche Eigenschaft sein für eine junge Dame, die unter ihres Vaters Dach beschützt und versorgt wird, ich aber, die Flüchtige und Wanderin, habe keine Zeit, um mit dem Wort zurückzuhalten. Ich muß wahr, offen und einfach sprechen. Du sagst Du liebst mich. Ob Du nun so sprichst unter dem Einfluß meiner Gegenwart und ob Du nicht dasselbe Dolores Solando sagen wirst, wenn ich nicht dabei bin, das weiß ich nicht. Die Männer sind sonderbare Wesen und ich kenne sie nicht genau genug. Aber ob Du mich liebst oder nicht, ob Du mich nun wahrhaft liebst, oder ob Du das gegenwärtige Gefühl des Mitleids, des Mitgefühls und der Freundschaft für Liebe hältst, ich wenigstens kann Dir das Bekenntniß ablegen, daß ich Dich liebe. Weßhalb Du Dich in mein Herz geschlichen, ich weiß es nicht, es ist genug, wenn ich Dir sage, daß ich Dich liebe, daß ich Dich geliebt habe, noch ehe Du etwas von mir wußtest. Verhängnißvoll und unselig mag die Liebe sein, aber ich liebe Dich; Jedoch, Julio de Carrera, bei der großen Aufgabe meines Lebens muß die Liebe der Staatsweisheit Platz machen. Ich habe eine Mission zu erfüllen, ein Ziel zu erreichen. Wäre die Liebe ein Hinderniß, das sich der Durchführung meiner Pläne entgegenstellte, ich würde sie bis zum letzten Funken in meiner Brust auslöschen und sollte auch das Herz verbluten im bitteren Schmerz. Zuerst kommt mein Volk und dann erst ich selbst. Ich liebe Dich Don Julio, mit des Weibes Schwachheit bekenne ich das süße Bekenntniß, aber mit der Willensstärke einer Königin sage ich Dir, daß diese Liebe kein Hinderniß meiner Pläne sein darf, sondern daß sie zur Beförderung derselben dienen muß. Wenn Du mir helfen kannst, wenn du muthig, ergeben und hochherzig genug bist, die Pläne auszuführen, die mein Freund jetzt eben dem Don Alonzo Bellido unterbreitet, so nehme ich Deine Liebe an, und werde sie erwidern mit all der Leidenschaft, Treue und Beständigkeit eines indianischen Herzens. Aber wenn Du nur Toa liebst, die mystische Zauberin, nur Toa das Weib und nicht Toa die Königin, deren Aufgabe es ist, ihr Volk zu retten und wenn Du mit kalter Gleichgültigkeit ihre Pläne als phantastische Schwärmereien ansehen willst, anstatt Dich selbst derselben anzunehmen, dann würde mein Herz brechen, aber ich würde Deine Liebe zurückweisen und meine eigene Schwachheit zu vergessen suchen."

Während dieser Worte hatte sie die Binde ihm von den Augen genommen und jetzt stand sie vor ihm, seine beiden Hände in den ihrigen haltend und schaute ihn weich, ernst und traurig an. „Ja mein Freund," fuhr sie fort, „unter den stolzen Klippen dieser Bergriesen, auf den einsamen Höhen, wo kaum mehr eine Spur des Wachsthums zu entdecken, selbst hier finden Du hie und da unter dem Schnee verborgen eine wundervolle Blume, gleichsam dorthin gepflanzt, um den muthigen Wanderer zu versichern, daß es noch schönere, glücklichere Fluren giebt wie die trockene Einsamkeit der Wildniß. Ich werde meine Liebe zu Dir als die traurige und einsame Blume betrachten, die unter dem Schnee des Chimborazo oder des Antisana blüht, ein verlorener Posten, die Verbannte einer milderen Zone, unerreichbar für mich — ein versetztes, unglückliches Geschöpf, das kein Recht hat, unter wüthenden Stürmen und erstarrendem Schnee zu leben. Ich werde sagen: Mein Leben ist die Bergwüste, die Einsamkeit von Paramo mit seinen Nebeln und Orkanen, seinen Eisfelsen und seiner Sanddürre. Die Blume befindet sich dort, vergraben unter dem Schnee, allein sie blüht umsonst. Kein Menschenauge begrüßt sie, keine Freundeshand pflückt sie, kein liebender Busen nimmt sie auf!"

---

10. Die Warnung.

Die Gesellschaft war beinahe auf derselben Stelle wieder angelangt, von wo aus sie die geheimnißvolle Wanderung angetreten hatte, und die Nacht begann bereits dem Morgengrauen zu weichen, als plötzlich ein eigenthümliches Hinderniß sich ihnen entgegenstellte und sie halten machte. Vier Indianer stellten bei einer plötzlichen Wendung der Straße eine rohgearbeitete Tragsänfte mitten in den Weg und darin saß die eingeschrumpfte Gestalt einer alten Indianerin, mit einem mumienartigen Gesicht, weißen aufgelösten Haaren und funkelnden, wie im Wahnsinn rollenden Augen. Es war Mama Rucu. Toa näherte sich ihr, beugte sich zärtlich über die alte Gestalt und horchte auf das, was sie ihr zu sagen hatte.

„Señor Bellido," sagte dann die indianische Königin, „Sie sind es, zu dem sie sprechen will. Haben Sie genau Acht, bewahren Sie ihre Worte in Ihrem Gedächtniß, denn es sind Worte der Weisheit und Wahrheit."

Bellido hatte die Hexe schon früher gesehen, aber ihr plötzliches Erscheinen hier erfüllte ihn mit abergläubischer Furcht. In ihrem ganzen Wesen lag etwas Uebernatürliches und Mystisches und ihre Erscheinung bildete gewissermaßen den würdigen Abschluß all' des Wunderbaren, das die vergangene Nacht gebracht hatte. Entblößten Hauptes näherte er sich ihr und wartete auf ihre Worte.

„Ja, ja," rief das unheimliche Weib mit heiserem Lachen, „ich kenne ihn. Ich habe ihn schon früher gesehen, aber niemals so klar und deutlich, wie in der Vision der letzten Nacht, als ich den Lebenstrank, das himmlische Samarucu, getrunken. Komm her mein Sohn, komm her! Laß mich Deine Hände fühlen! Möge Pachacamac Dich beschützen in der Stunde der Gefahr, die drohend über Dich hereinbricht. Verstehst Du meine Sprache, mein Sohn?"

„Ich verstehe, Mutter; sprich weiter!"

„So ist es gut. Also Du bist der Mann! Königin Toa! das ist der Mann, dessen Hand den großen Schlag führen muß, er ist das Haupt, das die mächtigen Gedanken denken muß, er ist der Bogen, dessen Pfeil das Ziel treffen wird. Junger Mann," fuhr sie dann fort und wandte sich an Carrera, „hier steht Dein Meister. Folge seinem Rathe und Du wirst sicher sein. Jetzt aber Alonzo, mein Sohn, laß mich Dir sagen, daß eine große Gefahr über Dir schwebt. Ich bin gekommen, Dich zu warnen. Die arme alte Mama Rucu, die so sehr der Ruhe bedarf—die bald die ewige sein wird—hat ihr Lager lange vor Tagesanbruch verlassen, um Dich zu warnen, Dich zu retten! Schaue her, meine Glieder zittern vor Alter; ich hätte diesen Morgen nicht hierher gehen können, denn meine Kräfte schwinden rasch; so haben mich diese Leute hierher getragen und das ist gegen das Gesetz, das unsere Eroberer erlassen haben, die uns diese Bequemlichkeit nicht erlauben. Doch ich konnte nicht anders, ich mußte hierher kommen und Dich warnen. Willst Du auf meine warnende Stimme hören?"

„Ich will, Mutter!"

„Dein Leben ist in Gefahr und wird es auch in den nächsten Wochen sein. Frage nicht nach Grund und Ursache, ich kann sie Dir nicht angeben. Ich hatte ein schreckliches Traumgesicht, ich sah Dich in Deinem Blute wälzen, sterbend—sterbend—todt! Hüte Dich! Hüte Dich! Hüte Dich!"

„Und wovor soll ich mich hüten, Mutter?"

„Vor dem Morde! Die Meuchelmörder liegen im Hinterhalte und nur die Vorsicht kann Dich retten."

„Aber wie, Mutter?"

„Verlasse Dein Haus nicht bei Nacht, und nicht eher, bis es auf den Straßen lebendig geworden ist. Gehe jetzt nicht nach Hause. Warte noch ein paar Stunden und Du magst für dieses Mal entkommen. Die Gefahr ist groß. Zwei Monate wird sie dauern und während dieser zwei Monate mußt Du Dich hüten. Lebe noch zwei Monate und kein Leid wird Dir mehr geschehen. Mißachtest Du aber meine Worte, so wirst Du nicht lebend mehr Dein Haus erreichen. Ich bin fertig; das ist Alles, was ich Dir zu sagen hatte. Dein Leben liegt in Deiner Hand. Du magst es wahren, Du magst es von Dir schleudern." Mit diesen Worten winkte sie den Indianern, sie fortzutragen und ehe Bellido sich von seinem Erstaunen erholt hatte, war sie verschwunden.

„Hüte Dich, Señor Bellido, und beachte die Warnung," fügte Toa ernst hinzu. „Die Mama Rucu irrt niemals."

„Ich danke Ew. Königlichen Hoheit für den Rath. Mama Rucu's Warnung ist offenbar gut gemeint und ich will versuchen, sie möglichst zu beachten. Aber wie kann ich in diesem kritischen Augenblicke, wo meine Gegenwart überall und zu allen Stunden verlangt wird, mich des Nachts hindurch im Hause aufhalten? Ich werde vorsichtig sein. Ich werde ein Panzerhemd unter meinem Kamisol tragen, aber wenn ich von Meuchelmördern verfolgt werde, so fürchte ich, daß Alles vergeblich sein wird. Mein Leben, Königin Toa, steht in Gottes Hand und auf ihn muß ich mein Vertrauen setzen."

„Ihr Leben, Señor Bellido, ist für uns werthvoll geworden. Mein Volk verlangt von Ihnen und meinem Freund hier," auf Carrera zeigend, „den Schutz, den meine eigene Schwäche nicht gewähren kann. Ich werde meinen Leuten den Befehl ertheilen, über Sie zu wachen und Sie bei drohender Gefahr zu warnen. Prinz Cunduraju wird mit Ihnen heute Nachmittag conferiren. Und Sie, Señor Carrera," flüsterte sie leise, „werden Sie heute Abend Dolores Solando besuchen?"

„Shyri Toa!" —

„Genug! Wenn der Tag ohne Unruhe vergeht, werde ich Dich am Abend bei der Kirche De La Merced treffen. Aber wenn wir uns nicht treffen sollten, erhälst Du morgen von mir Nachricht. Nimm dieses, Julio," sagte sie und gab ihm einen kleinen silbernen Mond mit einem Smaragd in der Mitte, „und wenn Du mir einen Brief oder eine Nachricht senden willst, so zeige dieses irgend einem Indianer und sage ihm, daß Dein Brief oder die Botschaft die Shyri Toa erreichen muß. Und ich werde sie erhalten, so sicher wie das Wasser in's Meer läuft."

---

11. Im Hinterhalt.

In den Erdgeschossen der Häuser von Quito befanden sich auch damals wie jetzt die Läden und Werkstätten. Die Werkstätten hatten keine Fenster und erhielten das Bischen Licht und Luft durch die Thür. Alonzo Bellido's Haus lag an der Straße, welche von der Südwest-Ecke des großen Platzes zum Monte Panecillo führt. Carrera wohnte an derselben Straße in geringer Entfernung von Bellido. Der Tag fing kaum an zu grauen und die Straßen lagen öde und einsam, es herrschte absolute Ruhe und nicht einmal der Tritt eines Wächters war zu hören. Die Thüre eines der Läden—es war eine Schnappsboutike—in dem Bellido's Wohnung gegenüberliegenden Hause stand etwas offen und ein Mann, der offenbar im Inneren des Ladens lang ausgestreckt auf dem Boden lag, steckte seinen Kopf durch die Oeffnung und schaute vorsichtig die Straße hinauf und hinab. Es war ein häßlicher Kopf, bedeckt mit buschigen graumelirten Haaren. Das Gesicht war entstellt durch zahlreiche Schmarren und geschmückt mit einem mächtigen Schnurr- und Knebelbart.

Nachdem der Mann sorgfältig die ganze Straße nach allen Richtungen inspizirt hatte, zog er den Kopf wieder zurück und rollte sich gegen die andere Wand, wo ein Lager von Schaffellen und Ponchos improvisirt war.

„Ich glaube beinahe, wir haben hier umsonst auf der Lauer gelegen," sagte er dann. „Er ist noch nicht gekommen und der Teufel mag wissen, ob er überhaupt kommen wird. Ildefonso, Du wirst schläfrig, wie es scheint."

Der Mann, an den diese Worte gerichtet waren, lag an der anderen Seite des Raumes, mit einer leeren Flasche vor sich, die er gelegentlich noch untersuchte, um ja keinen Tropfen umkommen zu lassen. Beide waren Soldaten; sie trugen die Uniform der königlichen Arquebusiers und hatten sich in lange schwarze Mäntel gehüllt, denn in der Nacht war es kühl gewesen und der Morgen war sehr rauh. Auf dem Schenktisch im Hintergrunde des Lokals stand eine niedergebrannte Talgkerze, die am Erlöschen war und einen unausstehlichen penetranten Geruch verbreitete. Zwei Arquebusen standen geladen und mit brennender Lunte in der Mitte des Raumes. Die Werkzeuge des Todes waren bereit und nur das Opfer fehlte noch.

„Es ärgert mich, Juan," antwortete der Andere, „daß diese Tintenwürmer, diese Ritter vom Gänsekiel nicht besser gesorgt haben für Männer, denen man eine Aufgabe von solcher Wichtigkeit anvertraut hat. Mag der Teufel diese Tintenseelen auf der Stelle holen." mit diesen Worten warf der fromme Ildefonso Coronel die leere Flasche, deren Anblick ihn jetzt lange genug geärgert hatte, in eine Ecke der dunkeln Boutike, daß die Scherben nach allen Seiten umherflogen. Im selben Moment erlosch das Talglicht mit einem letzten knisternden Aufflackern und ein schwacher Schein des Tageslichtes fiel in den dunkeln Raum.

„Du kannst Dich eigentlich nicht beklagen, Ildefonso, Du hast mehr wie genug gehabt und bist ja jetzt noch betrunken, Mann."

„Ich wollte, ich wär's," brummte der Andere, „desto besser für meine Arbeit; wenn ich sicher schießen soll, muß ich meinen gehörigen Theil sitzen haben und wenn ich mich nicht mit Rum gestärkt habe, dann zittert meine Hand und dann wird mein Auge unklar. Bei Santiago! Mensch, in wenigen Minuten bin ich wieder vollständig nüchtern und dann kann ich, so wahr mir Gott helfe, keine Kuh treffen. Ich sage Dir, Mensch, ohne eine gute Portion Rum schieße ich auf einen Elephanten vorbei."

„Still da, horch! Ich glaube, ich höre Etwas." Mit derselben Vorsicht streckte Juan del Puente den Kopf wieder durch die Oeffnung und rekognoscirte die Straße. „Es ist wieder Nichts, keine Seele rührt sich."

„Wer bezahlt uns eigentlich für diese Arbeit," fuhr Ildefonso Coronel fort, „und von wem bekommen wir das Geld? Bei der heiligen Jungfrau, ich traue diesen Tintenhechten und Federfuchsern nicht. Sie verwickeln uns in allerhand faule Geschichten und nachher schlüpfen sie durch wie die Aale. Weßhalb gab uns unser Kapitän nicht selbst die Befehle und das Geld? Versprechungen sind ganz gut, aber dafür kauft man sich nichts. Donner und Blitz! Jetzt schießen wir unseren Mann nieder und nachher verfolgt man uns als Mörder, statt uns zu belohnen; so was ist Alles schon dagewesen; man hat Leute zu Meuchelmördern gedungen und diese sind dann von denen, welche sie gedungen hatten, ermordet worden."

„Ildefonso! Du sprichst heute Morgen wie ein Narr. Wieviel Soldaten haben wir hier? Nur ein sehr kleines Häuflein, und jeden einzelnen Mann haben sie sehr nöthig. Hast Du nicht gesehen, wie diese Tintenwürmer und Zungendrescher im Palast für ihr eigenes Leben zittern? In meinem Leben habe ich ein solch feiges Gesindel noch nicht gesehen. Glaubst Du, die könnten solche Scharfschützen, wie Juan del Puente und Ildefonso Coronel, entbehren? Auf den Knieen werden sich die Kerle vor uns krümmen, ehe dieser Revolutionsschwindel vorüber ist. Sieh', Kamerad, ich hatte Angst, daß Du zuviel trinken würdest und deßhalb habe ich eine von den Flaschen, die sie uns „zum Wärmen" gegeben, versteckt; jetzt soll sie uns gut bekommen." Damit that er einen tiefen, kräftigen Zug und reichte die Flasche seinem Kameraden.

„So, die Flasche hast Du zurückbehalten, Du schlauer Teufel," sagte der Andere, „und was hast Du sonst noch zurückbehalten? Diese Manier gefällt mir nicht, Du bist mir viel zu schlau — und wer hat Dich denn zum Hüter über mich gesetzt? Bei allen Teufeln in der Hölle, ich glaube, Du hast noch mehr bei Seite geschafft, wie diesen Rum. Jedenfalls haben sie einen Theil des Geldes bereits bezahlt, das thun sie immer. Wo ist das Geld, weßhalb betrügst Du mich? Hüte Dich vor mir, Juan del Puente, ich werde mich rächen, wenn Du es wagst, mich zu hintergehen!"

„Gieb mir wenigstens die Flasche zurück, wenn Du nicht trinken willst," sagte del

Puente, „und dann bezähme Deine lose Zunge. Gieb mir die Flasche!"

„Damit hat es keine Eile. Wenn Du das zurückhältst, was uns Beiden gehört, dann kann ich das auch thun. Hat nicht dieser Tintenhecht Dich nochmals zurück gerufen, nachdem wir Beide das Zimmer schon verlassen hatten? Was hatte der Dir noch in's Ohr zu flüstern?"

„Mensch, Du bist ja wahnsinnig betrunken. War denn die Thüre nicht sperrweit offen? Konntest Du uns denn nicht Beide deutlich beobachten? Willst Du mich insultiren? Gut, gut, Ildefonso; wenn Du aber nächstens mal wieder im Kothe ausgleiten solltest und wegen Deines schweren Panzers Dich nicht selbst wieder aufrichten kannst, dann stellt Juan del Puente sich nicht nochmals als Schutzwehr auf zwischen Dir und den niederländischen Reitern."

Diese Erinnerung besänftigte den mißtrauischen Ildefonso, und nachdem er einen langen Zug aus der Flasche gethan hatte, sagte er: „Du bist ja furchtbar bärbeißig heute Morgen; es thut mir leid, daß Du keinen Spaß vertragen kannst; wir sind lange genung Kameraden gewesen und Du solltest mich doch besser kennen. Horch, was war das?"

„Indianer, die mit ihren Früchten und Gemüsen in die Stadt kommen. Die Straße wird bald voller Menschen sein. Wenn unser Mann nicht bald kommt, müssen wir die Geschichte bis zum Abend aufschieben."

„Wenn der Mann sterben muß, können wir ihn auch gerade so gut bei Tag umbringen."

„Aber es wird für uns nicht so leicht sein, zu entkommen, wenn die Straßen voll von Menschen sind."

„Von hier bis zum Palast ist nur eine kleine Strecke; wir brauchen ja nicht in die Kaserne zurück, wir beziehen ja Quartier im Palast, denn die Tintenwürmer haben entsetzliche Angst, daß es ihnen an den Kragen geht."

Eine Pause folgte, während welcher die Flasche ein oder zwei Mal herüber und hinüber gereicht wurde; zuletzt frug Ildefonso:

„Was mag wohl mit unserem Kapitän los sein? In der letzten Zeit hat er sich vollständig verändert und niemals vorher habe ich ihn so ernst und niedergeschlagen gesehen."

„Das könnte ich Dir schon erzählen, aber die Geschichte ist sehr lang. Bei Neuß warst Du nicht mit uns?"

„Nein," sagte Ildefonso, „ich hatte einige Gefangene nach Brüssel zu eskortiren."

„Nun, sieh' — aber halt! Ich höre Stimmen." Juan steckte wieder den Kopf durch die Thür, wie er es vorher mehrmals gethan hatte, zog ihn aber sofort wieder zurück.

„Heilige Maria! da ist unser Mann doch noch." Im Augenblick war Ildefonso aufgesprungen.

„Aber er ist nicht allein. Es ist Jemand bei ihm. Da stehen sie an der Straßenecke und unterhalten sich."

„Sollen wir sie Beide tödten, damit der Andere nichts erzählen kann?"

„Unser Befehl lautet dahin, nur den Einen zu tödten."

„Aber wenn wir nur den Einen erschießen, wird sich der Andere gegen uns wenden und dann giebt es einen Aufruhr und wir werden entdeckt. Die Tintenfische im Palast werden dann sagen, wir wären Stümper und sie bezahlen uns wohl gar unseren Lohn nicht aus."

„Da ist Sinn darin. Aber, ich schieße nicht gern einen Mann ohne besonderen Befehl nieder; er kann ja auch ein getreuer Unterthan des Königs sein."

„Den Teufel auch! Weßhalb treibt er sich denn mit diesem Erz Verräther und Rebellen Bellido herum? Laß uns Beide erschießen, dann sind wir damit fertig."

„Da kommen sie. Wir müssen uns rasch entscheiden."

„Aber wie?"

„Gieb mir die Würfel. Ein Wurf; wer die höchste Nummer wirft hat zu entscheiden."

„Ich bin bereit."

„Halt! Jetzt ist es nicht mehr nöthig. Sie reichen sich die Hände und trennen sich. Der Andere schließt ein Haus auf und unser Mann kommt dieses Weges. Ah, ich sehe, ein indianischer Diener ist bereits auf und hat die Hausthüre geöffnet. Wir können ihn niederschießen in dem Moment, wenn er in das Haus eintritt; das wird ganz hübsch sein. Mach' Dich fertig, Mann."

Geräuschlos öffnete Juan del Puente die Thür so weit, um die Mündungen der Arquebusen hinaus zu stecken und dann schmiegten sich die Beide hinter ihre Waffen an. Die Dunkelheit des Ladens verhüllte sie und es wäre unmöglich gewesen, von der anderen Seite der Straße aus die Arquebusen zu sehen. Die Sonne war noch nicht aufgegangen und kein Laut war zu hören, als die Schritte des sich nähernden Opfers.

12. Der Mord.

Bellido hatte lange und ernsthaft mit seinem jungen Begleiter gesprochen. Carrera hatte sich niemals viel um politische Angelegenheiten gekümmert. Er hatte mit den Musen getändelt, wie seine Lehrer es ihm gelehrt und ihn dazu ermuntert hatten, aber er hatte sich niemals mit den schwierigen und ernsten Problemen beschäftigt, die Bellido jetzt vor ihm entwickelte; im gewissen Sinne war ihm alles das vollständig neu und die wichtigen Mittheilungen des Procurators und seine wuchtigen Argumente machten auf den jungen Zuhörer einen tiefen Eindruck.

Ehe sie den großen Platz erreichten, begegnete ihnen der alte Alonzo Sanchez, in einen Mantel gehüllt und schnellen Schrittes nach Hause eilend. Er blieb stehen, als er Bellido erkannte.

„Bei Santiago! Wo kommen Sie her und wo waren Sie während der Nacht!"

„Könnte ich nicht dieselbe Frage an Sie stellen, Don Alonzo?"

„Natürlich können Sie!" erwiderte Sanchez. „Die Cabildo war die ganze Nacht in Sitzung und hat beinahe alle Geschäfte erledigt. Die meisten Ihrer vortrefflichen Vorschläge wurden angenommen, aber Sie selbst haben wir sehr vermißt. Nach allen Richtungen haben wir Boten ausgesandt, aber ohne Erfolg und nun sagen Sie mir um des Himmels willen, wo sie eigentlich gesteckt haben?"

„Sie sollen Alles wissen. Es ist eine lange und aufregende Geschichte, und ich will sie Ihnen erzählen, sobald ich nur für wenige Augenblicke Ruhe gefunden habe. Was ich in der verflossenen Nacht gesehen und gehört, Don Alonzo, sichert den Erfolg unserer Sache. Nach dem Frühstück werde ich Sie besuchen und Ihnen Alles erzählen."

„Nur nicht so eilig, Señor Bellido," sagte Sanchez und hielt ihn zurück, „ich habe Ihnen sehr wichtige und sehr erfreuliche Nachrichten mitzutheilen. Wir haben Ihren Plan, eine bewaffnete Macht zu organisiren, angenommen und haben Sie zum Obercommandeur ernannt."

„Dem Himmel sei Dank, Don Alonzo! nicht für meine Ernennung sondern für den vernünftigen Beschluß und die Energie der Cabildo, sich auf den Krieg vorzubereiten."

„Sie werden natürlich die Ernennung annehmen?"

„Wie könnte ich sie ausschlagen? Nur eine Bedingung muß ich machen. Sie müssen mir Ihren Sohn Roberto als Generalstabsoffizier abtreten; er gleicht einem jungen Kriegsgott. Kann ich ihn haben?"

„Gewiß, ganz gewiß, mein alter Freund; der Junge wird hoch erfreut sein über diese Auszeichnung."

„Und was haben Sie sonst noch gethan?"

„Wir haben an alle Städte von Peru Schreiben gerichtet und schnelle Boten damit abgeschickt; wir haben Alle in größter Eile befördert und die meisten befinden sich schon unterwegs."

„Gut! gut! sehr gut!" rief Bellido und klatschte in die Hände. „Sie hätten keinen besseren Schritt thun können. O, Freund Sanchez, niemals im Leben fühlte ich mich so glücklich und hoffnungsfreudig! Doch ich muß jetzt nach Haus und etwas ausruhen, ich kann mich kaum noch auf den Füßen halten."

„Aber um der Jungfrau willen, was haben Sie denn gethan?"

„Es würde grausam sein, Ihre Neugierde so lange auf die Probe zu stellen; aber fragen Sie mich jetzt nicht weiter. Wir haben den Schatz des Inka und der Shyri Toa in diesem Kampfe auf unserer Seite—Millionen von Gold und Tausende von Kriegern."

Der alte Sanchez schlug die Hände vor Verwunderung zusammen.

„Jetzt aber ein Vermögen für eine einzige Stunde Ruhe! Kommen Sie Don Julio!" Mit diesen Worten nahm Bellido Carrera's Arm und beide ließen den alten Freund starr und sprachlos stehen.

Als sie an die Ecke kamen, die die Straße, in welcher Carrera und Bellido wohnten, mit dem großen Platze bildete, sprang eine schwarze Katze über den Weg und verschwand unter der großen Treppe, die zur Esplanade der Kathedrale führte.

„Das gefällt mir nicht," meinte Carrera.

„Wenn ich ein Römer wäre," sagte Bellido, „würde ich zurückkehren."

„So gehen Sie doch mit mir; hier ist mein Haus; bleiben Sie so lange bei mir, bis Sie sich ausgeruht haben. Denken Sie an Mama Rucu's Warnung und an Ihr Versprechen, sich in Acht zu nehmen."

„Was ist der Unterschied, mein fürsorglicher Freund? Hier ist Ihr Haus und dort ist das meine, ein Unterschied von vierzig bis fünfzig Schritten. Ich habe ganz gewiß die Absicht, vorsichtig zu sein und mich vor den Mördern in Acht zu nehmen, aber für den Augenblick ist doch nichts zu befürchten. Kein Mensch befindet sich auf der Straße und wie ich sehe, ist die Thüre meines Hauses bereits geöffnet, so daß ich eintreten kann, ohne den Diener zu wecken. Der Tag ist erwacht und die Sonne wird bereits auf die Stadt herablächeln, ehe ich mein Lager erreichen kann."

„Und doch thäten Sie besser, mit mir zu gehen. Gehen Sie jetzt nicht in Ihr Haus. Mama Rucu's Warnung hat mich mit bangen Ahnungen erfüllt."

„Sie hat mir gesagt, ich solle nicht vor Tagesanbruch in mein Haus zurückkehren; nun wohl, es ist jetzt Tag und außerdem möchte ich eher zu Hause sein, als meine Frau erwacht. Die Luft draußen ist klar und rein, aber," fügte er mit einem melancholischen Lächeln hinzu, „ich fürchte, daß unter meinem Dache sich die Gewitterwolken angesammelt haben; jede Minute ist kostbar für mich, daß ich eher zu Hause ankomme, wie der Sturm losbricht. Gute Nacht, oder vielmehr guten Morgen, mein junger Freund."

Mit diesen Worten schritt Bellido seinem Schicksal entgegen. Wie oft doch große Männer durch kleinliche Sorgen niedergedrückt werden! Das Gehirn, in welchem die Pläne entstanden waren, die, hätte er sie ausführen können, ihn mit dem Lorbeerkranz der Unsterblichkeit geschmückt hätten, quälte sich jetzt mit dem ungemächlichen Gedanken ab, ob er sein Weib noch schlafend oder schon wach finden werde. Der Mann, der im Begriff stand, einen ganzen Continent in seinen Grundfesten zu erschüttern und der ein politisches Erdbeben von ungeahnter Bedeutung heraufbeschwören wollte, vermochte es jetzt, leise auf den Zehen in sein Schlafzimmer zu schleichen, nur um die Xantippe nicht zu wecken und schon der Gedanke daran machte seinen Muth sinken und die Flügel hängen.

Carrera schaute ihm ängstlich nach, indem er einen Schlüssel hervorzog, um damit eine kleine Thür zu öffnen, die in das große Eingangsthor eingelassen war. Sobald wie Bellido sein eigenes Haus erreicht hatte, drehte er sich um und winkte Carrera mit der Hand, um ihm zu zeigen, daß seine Furcht grundlos und daß er jetzt sicher zu Hause sei. Damit trat Bellido ins Haus ein und Carrera war gerade im Begriff, seinem Beispiele zu folgen, als er plötzlich durch den Knall zweier Arquebusen erschreckt wurde. Zwei Schüsse fielen rasch aufeinander und dann erschienen zwei schwarze Gestalten in lange Mäntel gehüllt und die Gesichter vollständig von breitrandigen Schlapphüten, die sie bis über die Augen gezogen hatten, verdeckt, auf der Straße, als hätte die Erde sie ausgespieen und rannten eilig vom Hause Bellido's davon. Der eine wandte sich links und bog um die nächste Ecke herum, wo er verschwand, der andere lief dem großen Platz zu und mußte an Carrera vorbei. Der Meuchelmörder—denn Carrera fühlte instinktiv, daß er es war—versuchte es auf der anderen Seite der Straße an Carrera vorbeizukommen, doch dieser hatte sein Schwert gezogen und machte einen stürmischen Ausfall nach ihm. Aber Juan del Puente war ein Veteran, der nicht umsonst die Kriegskünste erlernt hatte. Ein spanischer Fußsoldat, der unter Alba und dem Prinzen von Parma gefochten hatte, ließ sich nicht von einem jungen unerfahrenen Creolen einschüchtern, der noch niemals der Göttin des Krieges in die todtbringenden Augen geschaut hatte. Mit einem einzigen Schlage seiner Arquebuse schlug er das Schwert Carrera's in Splitter, wodurch ihm nur noch der Griff in den Händen blieb und sprang dann eilig davon, dem Palaste zu, ehe Carrera sich von seinem Erstaunen erholt hatte; doch dieser hatte genug gesehen; als der Mann zum Schlage ausholt, hatte er die Waffe und die Uniform des Soldaten erkannt.

In diesem Augenblicke hörte Carrera laute Hülferufe in der Richtung des Bellido'schen Hauses, wo die Meuchelmörder jedenfalls ihre feige That ausgeführt hatten. Unbewaffnet, wie er war, wäre es Thorheit gewesen, die bewaffneten Mörder noch weiter zu verfolgen, aber vielleicht konnte er seinem Freunde noch Hülfe leisten und deshalb eilte er schnell Bellido's Hause zu. Das Doppelthor war offen und in der geräumigen Halle lag das unglückliche Opfer auf den Steinfliesen, den Kopf in den Armen des indianischen Dieners, der über ihn kniete. Des Dieners Frau und Kinder standen umher, rangen die Hände und schrien laut auf. Bald darauf erschien auch Bellido's Weib und die übrigen Hausbewohner auf der blutigen Scene und fand ihren Mann dort liegen in stummen Todesschmerzen. Auch die Nachbarn waren durch das Geräusch aufgewacht und in wenigen Minuten waren Straße und Haus lebendig von den zu Tode erschrockenen Menschen.

„Ein Priester! Ein Priester! Holt einen Priester!" schrien die Weiber und einige der Diener stürzten davon, um einen Geistlichen hierher zu holen."

„Sendet um Gottes Willen zu einem Arzt," rief Carrera, „vielleicht kommt die Hülfe noch nicht zu spät." Auch diesem Befehle wurde sofort gehorcht.

„O mein Gemahl, mein theurer Gemahl, Liebling meiner Seele, Du kannst, Du sollst nicht sterben!" jammerte Bellido's Weib, die ihn mit einen Sturm von Vorwürfen empfangen haben würde, wenn er gesund und wohl nach Hause gekommen wäre.

„Herr! Theurer Herr! Unser armer Herr!" jammerten die Diener; Alle wollten helfen, aber Niemand wußte wie.

Sein Weib kniete an der einen Seite des sterbenden Mannes, Carrera an der anderen. Bellido schaute den jungen Mann aufmerksam an und versuchte zu sprechen, aber es gelang ihm nicht. „Machet Platz hier," rief dann Carrera, „drängt Euch nicht so nahe heran; bringt eine Tragbahre herbei, daß wir ihn hinauf schaffen können." Bellido schüttelte das Haupt, als ob er sagen wollte, daß das unnütze Mühe sei. Dann winkte er mit zitternder Hand denen, die ihm am nächsten standen, zurückzutreten und indem er den Finger in sein eigenes Blut tauchte, versuchte er damit etwas auf die Steinfliesen des Hausflures zu schreiben; aber Kraft und Bewußtsein verließen ihn bald; ein Strom von Blut brach aus seinem Munde, ein letztes convulsivisches Zittern, ein letzter verzweifelnder Blick und—Alles war vorüber.

Mama Nucu's Prophezeihung war in Erfüllung gegangen.

Die Revolution hatte ihr Haupt verloren, noch ehe sie eigentlich begonnen hatte.

* * *

Ein Priester erschien, aber er fand nur noch eine Leiche. Das Volk sammelte sich haufenweise vor dem Hause, es drängte in den Eingang und selbst in den inneren Hofraum hinein.

Carrera war außer sich. Sein ganzes Inneres empörte sich gegen dieses bübisch-feige Verbrechen, das hier offenbar auf Befehl der Machthaber verübt worden war; er war bis in das Innerste seiner Seele hinein erschüttert. Wenn er noch gezweifelt hatte, auf welche Seite er in dem bevorstehenden Kampfe treten sollte, jetzt hatte er seinen Entschluß gefaßt. Die Anarchie in ihrem ursprünglichsten Zustande war einer solchen Willkürherrschaft vorzuziehen.

Bellido's Wittwe wurde von den Frauen von der blutigen Leiche fortgerissen und während die Nachbarn und Freunde sich damit beschäftigten, den Leichnam auf eine Bahre zu legen, trat Carrera auf die Straße hinaus, noch immer den Griff seines zerbrochenen Schwertes in der Hand haltend. Noch niemals hatte er öffentlich gesprochen, aber die maßlose Entrüstung verlieh seinen Worten Kraft und Stärke.

„Männer von Quito!" rief er aus. „Ein entsetzliches Verbrechen ist begangen worden. Unser Freund Bellido, den wir Alle geliebt und geehrt, ein Mitglied der Cabildo, der General-Profurator unserer Munizipalität, ist ermordet worden, während er in sein eigenes Haus eintrat. Ich selbst war Augenzeuge des feigen Verbrechens. Ich sah die Mörder entfliehen, nachdem sie ihre grause That vollbracht. Einer derselben eilte an meinem Hause vorbei; ich vermochte ihn aufzuhalten, aber mit seiner Arquebuse zerschlug er mein Schwert und verschwand dann im Palast. Er war in einen schwarzen Mantel gehüllt, aber als er zum Schlage aushob, um meinen Hieb zu pariren, da sah ich, daß er die Uniform eines spanischen Soldaten trug. Weshalb sollen die Soldaten Alonzo Bellido tödten, der Niemandem ein Leid zugefügt, der nichts verbrochen und dessen einziges Verbrechen darin bestanden, daß er versucht hat, die dem Volke von Peru durch König Karl I. garantirten Rechte zu wahren? Die Soldaten haben die feige That nicht ausgeführt, ohne Befehl dazu erhalten zu haben, und so ist es offenbar, daß unseres Freundes Ermordung von denen angeordnet wurde, deren Pflicht es sein sollte, des Königs Unterthanen vor roher Gewalt und Verbrechen zu beschützen. Die Hand, die ihn darniederstreckte, ist nicht mehr verantwortlich für die That, als die Arquebusen, aus denen die zwei tödtlichen Schüsse abgefeuert wurden. Aber die Leute, die die Vollführung dieses Verbrechens anordneten, das sind die wahren Mörder. Erst vor zwei Tagen wurde Bellido auf Befehl der königlichen Audienz verhaftet, aber er wurde wieder befreit durch das Volk. Jetzt liegt Euer Freund, Euer Rathgeber, Euer Vertheidiger vor Euch als blutige Leiche. Wer ist verantwortlich für diese That?"

„Die Audienz! Die Audienz! Der spanische Commandant! Die Chapetones!" raste es in der wuthentflammten Menge.

„Laßt uns Rache nehmen!" riefen ein Dutzend Stimmen aus.

„Zum Palast! Zum Palast!" tönte es wie ein Echo wieder.

„Laßt die Sturmglocken läuten und alarmirt die ganze Stadt!"

„Zu den Waffen! Zu den Waffen!"

„Es lebe Señor Carrera! Er sei unser Führer auf unserem Rachezuge."

Wie ein Lauffeuer verbreitete sich die Nachricht über die ganze Stadt Quito. Die Sonne war kaum aufgegangen, da rasselten schon die Trommeln durch die Straßen, da wimmerten die Sturmglocken und da eilte das Volk zu den Waffen.

Gegen acht Uhr waren alle Straßen, die zum Marktplatze führten, mit Männern, bewaffnet mit Arquebusen, Hellebarden, Lanzen und Knüppeln angefüllt, bereit, den Palast zu stürmen. Aber man hatte sich im Palast auf den Sturm vorbereitet. Valverde's Compagnie hatte die Thüren und Fenster verbarrikadirt und die Läufe der Arquebusen und drei oder vier leichte Geschütze, wie man sie auf Gebirgspfaden verwenden konnte, starrten höhnisch drohend auf die wogende Menschenmenge auf dem Marktplatz hinab.

Der Rubicon war überschritten, die Würfel gefallen—der Krieg hatte begonnen.

Drittes Buch:

Die Revolution.

„Vor dem Sklaven, wenn er die Kette bricht,
Vor dem freien Menschen erzittert nicht."
Schiller.

1. Paredes.

Das Läuten der Sturmglocken und der Tumult auf den Straßen weckten Paredes, der die Nacht in seiner Villa zugebracht hatte. Als er den Abhang des San Juan hinabeilte, bemerkte er Juan Castro nebst einem Dutzend seiner zerlumpten Trabanten. Er donnerte gegen das Thor eines Hauses, um die Bewohner aufzuwecken.

„Auf, auf, ihr schläfriges Gesindel; jetzt giebts blutige Arbeit. Heraus mit Euch, so schnell ihr könnt und bringt Brecheisen und Heugabeln mit."

„Was ist denn los, Don Juan?" frug Paredes, der den Raufbold an sich herangewinkt hatte. Castro erzählte seinem Gönner, daß Bellido ermordet worden und daß die Bevölkerung fest entschlossen sei, den Palast zu stürmen und die Mitglieder der Königlichen Audienz zu ermorden.

Ein tückisches Lächeln flog über die dunklen Züge Manuel Paredes'. Der Palast sollte gestürmt werden? Graf Valverde war sein Nebenbuhler um die Hand der schönen Dolores. Graf Valverde mußte den Palast vertheidigen, aber er konnte ihn kaum halten. Konnte sich Paredes eine bessere Gelegenheit bieten, seinen Rivalen los zu werden?

„Und glaubst Du wirklich, Don Juan," frug er, indem er Castro bei Seite nahm, „glaubst Du wirklich, daß die Mitglieder der Audienz diesen elenden und scheußlichen Mord veranlaßt haben?"

„Wer anders könnte es gethan haben, Ew. Gnaden?"

„Ich habe so meine eigenen Ansichten darüber. Sagtest Du nicht, daß zwei Soldaten den Mord verübt haben?"

„Ja wohl, Ew. Gnaden, so war's."

„Und wer befehligt die Soldaten?"

„Graf Valverde."

„Sehr wohl; glaubst Du denn, daß diese Soldaten eine solche That vollbracht haben würden, ohne den speziellen Befehl von ihrem Kommandanten dafür erhalten zu haben?"

„Das nicht, aber der Graf wird eine Instruktion von der Königlichen Audienz erhalten haben."

„Jawohl, aber würde er darnach gehandelt haben, wenn er sie nicht gebilligt hätte? Seine Pflicht ist, die Unterthanen des Königs zu beschützen, nicht aber, sie zu ermorden. Ich werde Dir meine Gründe auseinandersetzen, weshalb ich Valverde in Verdacht habe. Erinnerst Du Dich der Nacht, in der ich Dich aus den Klauen der Wache befreite?"

„Ja wohl, Ew. Gnaden, und ich werde Ihnen ewig dafür dankbar sein."

„Der Graf stand neben mir auf dem Balkon. Er war ganz blaß vor Wuth. Er sagte, daß Burschen wie Du keine Gnade verdienten und daß der Tag der Abrechnung ganz sicher hereinbrechen werde. Er theilte mir dann mit, daß der Vicekönig Truppen nach Quito gesandt habe, und daß dann, sobald diese einträfen, mit den Rebellen kurzer Prozeß gemacht werden solle; er sagte ferner, daß er eine Liste der gefährlichsten Verräther angefertigt habe und daß Dein Name vor allen andern an der Spitze stehe. Von den Edelleuten, die auf diese Weise aus dem Wege geschafft werden sollten, erwähnte er auch denselben Bellido, der heute Morgen ermordet wurde. Du siehst also, Juan Castro, daß dies Alles ganz natürlich ist. Graf Valverde sagt, daß Bellido sterben muß und — nun ist Bellido todt. Graf Valverde sagt, daß Juan Castro sterben muß, und wie lange wird Juan Castro noch leben?"

„Er wird noch länger leben, wie der Graf Valverde, Ew. Gnaden," sagte Castro blaß vor Wuth und Aufregung.

„Du hättest nur sehen sollen, wie er eifrig bemüht war, seine spanischen Soldaten herauszubringen und auf Euch zu schießen; er war sehr aufgeregt und machte mir Vorwürfe darüber, daß ich mich bis zum nächsten Tage für Dich verbürgte; möglich, daß er auch meinen Namen der Liste beifügt, weil ich für Dich Partei ergriff."

Castro hörte schweigend zu, aber er schaute grimmig und entschlossen drein.

„Wenn er meinen Namen noch nicht aufgeschrieben hat," fuhr der schlaue Creole fort," so wird er das jedenfalls heute oder morgen nachholen, denn ich werde keine Rücksicht nehmen, ich werde diesen infamen Mord öffentlich verdammen und ohne Gnade Diejenigen an den Pranger stellen, die ganz sicher denselben angestiftet haben. Ja, ich werde noch mehr thun, Juan Castro, wenn mein Schwert im Stande ist, diese feige That zu rächen, so wird es nicht in der Scheide bleiben."

„Ruhm und Ehre Ew. Gnaden!" rief Juan Castro aus. „Der Jungfrau sei Dank, daß Sie sich in dieser Frage auf die Seite des Volkes stellen. Was den Grafen Valverde betrifft," fügte er mit einem bedeutsamen leisen Tone hinzu, „so überlassen Sie mir denselben. Er wird seine Liste dem Befehlshaber der Truppen von Lima nicht einhändigen.

2. Die günstige Gelegenheit.

Der Volkshaufe war bereit, auf den Palast loszustürmen und einen regulären Angriff auf die Thüren und Fenster zu machen, die von wenigen, aber resoluten Männern, von denen die meisten schon auf manchem blutigen Schlachtfelde gefochten hatten, vertheidigt wurden. Plötzlich wandten sich die Wogen der Menschenmassen einer anderen Richtung zu. Der Ruf: „Die Miliz! Die Miliz!" wurde von Tausenden von Lippen aufgenommen. Die dem Palast am nächsten Stehenden fragten „Wo?" und die von demselben am weitsten Entfernten gaben die Antwort zurück: „Auf der Plaza di San Francisco" und so ergoß sich der Strom der drängenden Menge nach dieser Richtung hin.

Das Milizregiment „Pichincha" war auf der Plaza di San Francisco aufgestellt und zwar ziemlich direkt gegenüber der eleganten Residenz des Marquis de Solando, der jedoch in dieser Krisis klug genug war, sich nicht auf dem Balkon, oder an einem der Fenster blicken zu lassen. Dolores aber, stolz wie eine Königin und mit einer Kaltblütigkeit und Entschlossenheit, die man nur selten bei Frauen findet, stand auf einem der Balkone und lehnte sich gegen das Haus. Tante Catita stand zitternd hinter ihr in der Balkonthüre. Ihre Dienerinnen drängten sich an die Fenster und baten ihre Herrin, sich nicht so tollkühn der Gefahr auszusetzen. Dolores winkte ihnen verächtlich, daß sie sich zurückziehen sollten und wandte keinen Blick von der Scene unten auf dem Platze. Die jungen Offiziere, Carrera unter ihnen, salutirten mit ihren Schwertern, während sie am Hause vorbeipassirten, um ihre Plätze an den Spitzen der Kompagnien einzunehmen.

Das Regiment Pichincha bestand aus dem besten einheimischen, waffenfähigen Material. Es war zusammengesetzt aus städtischen und Regierungsbeamten niedrigen Ranges, Kaufleuten, Ladenbesitzern und Handwerkern und war befehligt von den Edelleuten der Stadt. Paredes war der Kommandant; er war gerade angekommen und unterhielt sich angelegentlichst mit einem seiner Adjutanten.

Ungefähr zwanzig Schritte von ihnen stand eine Gruppe von Offizieren, die sich im leisen Flüstertone unterhielten und gelegentlich Blicke des Mißtrauens und des Hasses auf ihren Oberst warfen. Einer von ihnen war Roberto Sanchez.

„Wir dürfen keine Zeit verlieren," sagte er, „in dem Augenblick, wo er den Befehl ertheilt, die Volksmassen auseinanderzutreiben oder zum Schutz der Audienz zum Palast zu marschiren, verlangen wir seine sofortige Resignation und wenn er sich weigert, stechen wir ihn nieder."

„Aber jetzt keine Schwachheit und Unentschlossenheit," fügte ein Anderer hinzu, „ein Feigling und Verräther, der da nachgiebt oder zögert."

„Soll ich es auch Carrera sagen?" frug ein Dritter, „seine Kompagnie befindet sich in der Mitte und er steht in unmittelbarer Nähe von Paredes."

„Nein," antwortete Roberto, „sagen Sie es ihm nicht. Ich bin ihm herzlich zugethan und ich weiß sicher, daß er mit uns halten wird Aber, so tapfer er auch ist, er ist kein Mann von Entschlossenheit und er würde vor einer solchen blutigen Arbeit zurückschrecken."

„Achtung!" kommandirte Paredes, der jetzt seine Stellung eingenommen hatte und Jeder eilte auf seinen Platz, mit Ausnahme der fünf Verschwörer, die sich langsam ihrem Obersten näherten.

Paredes schaute auf sie herab und lächelte. Er hatte sie durchschaut, er ahnte, daß sie einen Schlag gegen ihn im Schilde führten und er freute sich bereits über die Enttäuschung, die er ihnen zu bereiten im Begriffe stand. Unterdessen hatten die drängenden Volksmassen den ganzen Platz angefüllt, und Alle lauschten mit Spannung auf das, was kommen sollte.

„Kameraden!" begann Paredes, nachdem er einen Blick zu dem Balkon, auf welchem Dolores stand, emporgeworfen hatte, „Kameraden, ich habe soeben einen Befehl von der königlichen Audienz, contrasignirt vom Grafen Valverde, erhalten,

Euch zum Palast zu führen, um die Regierung zu schützen und die Volksmassen zu zerstreuen".

Roberto Sanchez, gefolgt von dem jungen Olmos und dem jungen Garcia, drängten sich ungemüthlich nahe an ihn heran.

„Kameraden!" fuhr Paredes dann fort, ohne Letztere eines Blickes zu würdigen, „ich werde diesem Befehle nicht gehorchen!"

Ein betäubender Jubel des Beifalles und der Freude machte die Luft erzittern; Tausende von Hüten und Taschentüchern wurden geschwenkt, während die jungen Enthusiasten, die bereit waren, ihren Obersten abzusetzen in maßlosem Staunen sich zurückzogen.

„Wenn Sie verlangen," fuhr der Oberst fort, indem er einen finsteren Blick auf die jungen Verschwörer warf, die nicht in ihren Kompagnien standen, „daß der Befehl der königlichen Audienz ausgeführt werden soll, so werde ich meine Stelle als Oberst niederlegen und das Regimentskommando dem im Range nächststehenden Offizier übergeben."

„Nein! nein! nein!" riefen Offiziere und Mannschaften. „Es lebe Oberst Paredes!" Und wieder wurde der Ruf aufgenommen und über die menschlichen Wogen hinweg drang es von Straße zu Straße, bis es die kleine Garnison im Palast erreichte, die sofort verstand, was das zu bedeuten hatte, da sie es alle schon geahnt und vorhergesagt hatten, daß man der nationalen Miliz nicht trauen könne.

„Aber ich erachte es als meine Pflicht" nahm Paredes, sobald der Tumult sich gelegt hatte, das Wort wieder auf, „Euch die Gründe meiner offenkundigen Auflehnung und Insubordination auseinanderzusetzen."

„Hört! Hört! Stille da! Ruhe!"

„Es ist Euch allen wohlbekannt, daß die königliche Audienz die Eintreibung einer Steuer angeordnet hat, von welcher nach einer speziellen Garantie König Karl's I. glorreichen Angedenkens, das Königreich Peru für einen Zeitraum von hundert Jahren befreit sein sollte. Diese Zeit ist noch nicht verstrichen und die Auflegung einer solchen Steuer ist daher einfach unerlaubt und ungesetzlich. Man hat gesagt, daß unser Herr, der König, Se. Majestät Philip II. den selbstsüchtigen Einflüssen einiger böser Rathgeber Gehör schenkend, die unterthänigsten Vorstellungen und Remonstrationen der peruanischen Municipalitäten nicht beachtet, und Sr. Hoheit dem Vicekönig sowie den Audienzen anbefohlen hat, trotzdem die Alcabala einzutreiben. Uebrigens sind wir noch nicht definitiv darüber unterrichtet, ob Se. Majestät wirklich diesen Entschluß gefaßt hat, es kann so sein, es kann auch nicht so sein. Bis jetzt haben wir noch keine Beweise dafür, bis auf die Versicherung der Männer, welche des Königs Unterthanen ermorden, statt sie, wie es ihre Pflicht ist, zu beschützen."

Kaum waren diese Worte über seine Lippen gekommen, als ein neuer Beifallssturm durch die Lüfte brauste, besonders das gewöhnliche Volk applaudirte ganz rasend, während Roberto, der ganz ruhig seinen Platz in der Kompagnie eingenommen hatte, dem ihm zunächststehenden Offizier zuflüsterte: „Dieser Heuchler! Er wünscht sich in unser Zutrauen einzuschleichen, um uns später betrügen zu können."

„Ja wohl, Kameraden" fuhr Paredes fort, „es war ein Mord, einen anderen Ausdruck habe ich nicht dafür. Don Alonzo Bellido war ein Mitglied des Cabildo, der ihn zum General-Procurator erwählt hatte. Er war ein Mann von großen Fähigkeiten und unantastbarer Rechtlichkeit. Er war kein Eingeborener unserer Stadt, aber die Stadt hat ihn als einen ihrer liebsten Söhne adoptirt. Er war beliebt bei Alt und Jung, bei den Reichen wie bei den Armen. Er war ein guter Mann und liebte die Gerechtigkeit. Kein Unrecht konnte man ihm nachweisen. Als er vor zwei Tagen verhaftet wurde, ward auch nicht die geringste Beschuldigung gegen ihn vorgebracht. Er wurde durch das Dazwischentreten seiner Mitbürger befreit und die königliche Audienz stellte es in Abrede, daß sie irgend etwas mit der Verhaftung zu thun gehabt habe. Er trat ein für die Rechte der Stadt, die ihn so liebevoll aufgenommen hatte. Und wegen seiner Ergebenheit für Eure eigene Rechte und Interessen, liegt er jetzt, als ein blutiger Leichnam, in seinem Hause. Seinem Weibe ist der Gatte, den Kindern der Vater, der Stadt der beste und treueste Freund entrissen worden."

Viele von den Männern zerflossen in Thränen, während andere den Mördern Rache schwuren.

„Ist es möglich, daß Se. Majestät ein solches Verbrechen billigen kann? Es würde geradezu Verrätherei sein, diese Frage bejahend zu beantworten. Sind die Männer, die die Ausführung eines solchen Verbrechens angeordnet haben, werth, daß man ihnen die Regierungsgewalt anvertraut, die Verwaltung der Gerechtigkeit und die Sorge für das öffentliche Wohl!"

„Nein! Nein! Nieder mit ihnen! Tödtet sie!" brüllte die Menge wild durcheinander.

„Soll ich, sollen wir Befehle empfangen

von diesen Männern und ihnen gehorchen, ehe sie uns überzeugt haben, daß sie unschuldig sind an dieser grausigen That?"

„Nein! Nein! Nimmermehr!"

„Aus diesen Gründen, Kameraden, werde ich die Befehle der königlichen Audienz oder des Grafen Valverde nicht eher beachten, bis nicht die leiseste Spur des Verdachtes verschwunden sein wird. Zu gleicher Zeit bin ich nicht gesonnen, mein Schwert gegen den König zu ziehen, so lange noch die geringste Hoffnung vorhanden ist, daß er diese Schreckensthaten mißbilligen und unseren Bitten und Remonstrationen Gehör schenken wird. Unter diesen Umständen ist der einzige Ausweg, zu dem ich als Oberst Eures Regimentes kommen kann, der, nichts zu thun. Ich werde Euch nicht befehlen, Eure Freunde und Brüder niederzuschießen."

Ein neuer Ausbruch des Beifalls unterbrach den Sprecher.

„Aber ich kann und will Euch nicht kommandiren, einen Angriff auf den Palast zu machen und das Gesetz selbst in die Hand zu nehmen und deßhalb befehle ich Euch jetzt, in Eure Quartiere zu marschiren und nach Hause zu gehen." Und um seinen Worten noch größeren Nachdruck zu verleihen, stieß er sein Schwert in die Scheide zurück und schickte sich an, den Platz zu verlassen.

Aber Paredes hatte mit seinen Worten das Herz des Volkes getroffen und der Enthusiasmus kannte keine Grenzen mehr. Während die Trommeln verhallten und die einzelnen Compagnien in ihre Quartiere marschirten, wurde Paredes von braunen Händen ergriffen, auf kräftige Schultern gehoben und dann im Triumph rings um den Platz getragen, und die Zurufe „Viva el Coronel Paredes!" wollten kein Ende nehmen. Diese Ansprache hatte ihn zum Helden des Tages gemacht. Er hatte vollständig das Vertrauen der Bevölkerung gewonnen; er fühlte, daß er bei den Massen den richtigen Ton getroffen hatte und es kam nur noch darauf an, ob er auch bei den Führern gleichen Erfolg haben würde; er sah voraus, daß er damit ungleich mehr Schwierigkeiten haben würde, aber immerhin wollte er es versuchen und das sogleich.

In einem Augenpaar, das ihm folgte, als er im Triumph auf den Schultern einhergetragen wurde, lag ein ganz besonderer Ausdruck der Befriedigung und Bewunderung; das der stolzen Dolores.

---

3. Die Belagerten.

Die menschlichen Wogen rollten jetzt zurück zur Plaza Mayor, wo die Ankunft Juan Castro's und seiner Gesellen sehr rasch die Menge wieder zum Kampf und Angriff lenkte.

Viele der Milizsoldaten erschienen wieder, aber die meisten von ihnen ohne Uniform; auch einige der Edelleute, als Gemeine verkleidet, mischten sich unter die Angreifer, während andere, wie der junge Sanchez und Carrera mit ihren Freunden, den jungen Olmos und Garcia zu stolz waren, um sich zu verkleiden, sondern frei und offen sich unter die Menge mischten und die drängenden Massen ermuthigten und leiteten.

Der Regierungspalast war auf einer Platform erbaut, welche in der Front eine wie die Spanier es nennen, Petril oder Esplanade bildete, welche sich etwa zwölf Fuß über das Niveau der Plaza erhob und die ganze westliche Seite einnahm. An der Südseite der Plaza befand sich die Kathedrale und an der östlichen Seite lag das Municipalitätsgebäude, während an der Westseite Privatwohnungen mit Säulengängen sich erhoben. Zur Esplanade vor dem Palast gelangte man auf einer Treppe in der Mitte und je einer Treppe an jeder Seite.

Fast der ganze Platz wurde von zwei Geschützen bestrichen, die hinter einer Barrikade am Hauptthor des Palastes aufgestellt waren, das offen stand, um den Geschützen freies Feld zu geben. Graf Valverde, den man sehr leicht an den mächtigen wallenden Federn auf seinem Hut erkennen konnte, lehnte sich über die Barrikade und schaute verächtlich auf den Pöbel unter ihm herab. Plötzlich erschien eine Ordonanz und theilte ihm mit, daß der Präsident ihn zu sehen wünsche.

Don Manuel Barros de San Milan erwartete ihn im Audienzsaal. Die vier Auditoren waren ebenfalls zugegen. Sie alle waren leichenblaß und rannten ängstlich im Zimmer umher; wurde ein Ruf laut, so eilten sie ans Fenster, aber beim nächsten Ruf stürzten sie sogleich wieder zurück.

Präsident Barras versuchte vergeblich sich den Anschein der Ruhe und Selbstbeherrschung zu geben.

„Mein lieber Graf" begann er, „was sollen wir thun?"

„Es ist meine Aufgabe, Ew. Excellenz Befehle zu gehorchen" sagte Valverde „wie immer sie auch sein mögen. Ich habe keine Vorschläge zu machen."

„Glauben Sie, daß sie einen Angriff auf den Palast wagen werden?"

„Ich glaube, das werden sie", antwortete Valverde mit kalter Höflichkeit.

„Dann sind wir verloren!" rief Auditor

Meneses, der erst kürzlich von Spanien hier eingetroffen war.

„Können Sie die Gebäude halten?" fuhr der Präsident fort.

„Wenn sie thöricht genug sein werden, uns nur von der Seite der Plaza anzugreifen, so kann ich den Angriff leicht abschlagen. Wenn sie aber die Mauer des Hofes erstürmen werden, dann sind wir von zwei Seiten eingeschlossen und unsere Stellung ist unhaltbar."

„Wir könnten Schutz suchen in der Kirche von La Merced" rief Meneses.

„Aber wie wollen Ew. Excellenz dahin gelangen? Die Straßen sind voll von Leuten, die auch die vielen Eingänge bewachen. Niemand kann den Palast unbemerkt verlassen, ganz gewiß nicht am Tage."

„Aber um Gottes Willen, was sollen wir da thun?" wimmerte der Präsident.

„Wenn Ew. Excellenz die Frage gestern an mich gerichtet hätte, würde ich dazu gerathen haben, den Streich gegen Bellido bis zur Ankunft der Truppen von Lima zu verschieben. Wie die Sachen jetzt liegen, kann ich nur einen einzigen Vorschlag machen."

„Lassen Sie ihn nur hören, lassen Sie ihn nur hören" riefen die Auditoren wie im Chor.

„Ich würde Unterhandlungen anknüpfen, um Zeit zu gewinnen. Ich würde sogar dazu rathen, eine Proklamation zu erlassen, worin jegliche Mitwissenschaft an der Ermordung Bellido's mit Entrüstung abgewiesen und versprochen wird, daß das Verbrechen aufs schärfste untersucht und die Schuldigen ohne Gnade bestraft werden sollen. Ich würde die Eintreibung der Alcabala solange verschieben, bis eine neue Appellation an den Vicekönig und den Madrider Hof gemacht werden kann."

„Gut! gut! vortrefflich!" rief Meneses, „laßt uns das sofort thun."

„Und wenn die Menge sich weigern sollte?"

„Dann müssen wir versuchen, den Palast wenigstens bis zur Nacht zu halten und versuchen, irgend einen geheiligten Zufluchtsort zu erreichen, entweder verkleidet, oder indem wir uns durchschlagen."

„Und wenn das auch nicht möglich sein sollte?"

„Dann mögen wir eben unser Vertrauen auf den Herrn setzen. Ich werde meinen Leuten sagen, daß sie beichten und auf das Schlimmste sich vorbereiten sollen."

„Aber es darf nicht zum Schlimmsten kommen," sagte der Präsident. „Lassen Sie uns Unterhandlungen anknüpfen, laßt uns eine Proklamation ausschicken; wir können ja alle unsere Concessionen wieder annulliren. Sie sind null und nichtig ab initio, weil sie unter Druck von uns erpreßt worden sind. Laßt uns versprechen—"

Er konnte den Satz nicht vollenden. Zwei, drei, vier Schüsse fielen rasch auf einander, dann folgte eine Salve, vermischt mit entsetzlichem Geheul und Gekreisch auf allen Seiten des Palastes. Der Präsident und die Auditoren warfen sich auf die Knie und fingen an zu beten, während Graf Valverde eiligst das Gebäude verließ und auf seinen Posten eilte; er kam gerade noch zeitig genug. Die Volksmenge auf dem großen Platz machte einen plötzlichen Angriff auf die Esplanade in der Front des Palastes mit der Absicht, den Haupteingang zu erzwingen; aber der Angriff wurde schnell zurückgetrieben durch die sichere Salve der Soldaten und Alles stob entsetzt nach allen Richtungen auseinander, Todte und Verwundete auf dem Platze zurücklassend. Die Schnelligkeit der Erfolge ermöglichte dem Grafen, seine Aufmerksamkeit auch auf die Mauern des rückwärts gelegenen Hofraumes zu lenken, wo Juan Castro und seine Leute nahezu einen Eingang forcirt hatten. Der Graf kam auch hier früh genug und auch hier wurde der Angriff im blutigen Gemetzel zurückgeworfen. Der Kampf war in wenigen Minuten vorüber und der Graf Valverde begab sich in den Audienzsaal zurück, um seinen Herrn mitzutheilen, daß sie wenigstens für den Augenblick nichts zu fürchten hätten.

Aber die Ruhe war nicht von langer Dauer; die Rebellen kehrten bald zurück und setzten sich in den umliegenden Gebäuden fest, dadurch die Belagerung in eine viel bedenklichere Blockade verwandelnd. Auf den Parlamentär, der von den geängstigten Beamten abgeschickt wurde, ward vom Volke gefeuert. Das Volk war noch zu aufgeregt, um sich auf Unterhandlungen einzulassen. Der Tod Bellido's und Derjenigen, die bei dem Sturmangriff gefallen waren, war noch nicht gerächt, die Menge dürstete nach einem Opfer — und das Opfer sollte sie haben.

---

4. Eine plötzliche Abreise.

Und wo war Carrera während der Stunden ängstlicher Aufregung und während der Scenen der Unruhe und des Tumultes, die dem fehlgeschlagenen Sturmangriff auf den Palast folgten?

Er fühlte es, daß er nach der schlaflosen Nacht und den aufregenden Scenen des Morgens dringend der Ruhe bedurfte; er hatte sich nach Hause begeben und vollständig angekleidet sich auf's Bett geworfen. Doch seine Ruhe war nur von kurzer Dauer. Im Hofe ertönte Hufschlag der Pferde und unmittelbar darauf trat Lorenzo Viteri, der Mayordomo auf seines Onkels Hacienda in Puembo, blaß und aufgeregt in das Schlafzimmer des jungen Mannes.

„Ich bitte um Entschuldigung, gnädiger Herr, daß ich Ihre Ruhe gestört habe, aber ich bringe traurige Nachrichten. Ihr guter Onkel liegt auf dem Sterbebette. Heute Morgen wurde er plötzlich krank und ich glaube, daß Hülfe nicht mehr nöthig sein wird."

„Um des Himmels Willen, Lorenzo, wie haben Sie mich erschreckt. Wie ist das möglich; er war ein Bild von Leben und Gesundheit, als ich ihn zuletzt sah."

„Und jetzt würden Sie ihn kaum wiedererkennen. Ew. Gnaden müssen sofort mit mir kommen. Mein Herr will Sie noch sehen, ehe er stirbt. Er beschwor mich, mich zu beeilen und befahl mir an, Sie ohne Verzug zu ihm zu bringen. Es ist alles bereit; ich habe fünf bis sechs Pferde mitgebracht und ehe ich hieherkam, habe ich bereits einen Arzt nach Puembo abgesandt. Es war sehr schwierig, einen aufzutreiben, da alle diese Quacksalber vollauf mit den Verwundeten zu thun hatten. Jetzt müssen wir sofort nach und wir werden unsere Gäule anspornen müssen, wenn wir ihn noch am Leben treffen wollen."

In diesem Augenblicke stürzte Roberto in's Zimmer; „Julio!" rief er aus, „der Cabildo hat nach Dir gesandt. Du mußt sofort mit mir kommen."

Carrera theilte ihm mit, welche Trauerbotschaft er soeben erhalten habe. „Ich kann nicht mit Dir gehen, noch in diesem Augenblick muß ich abreisen."

„Aber bei allen Heiligen im Himmel, Du darfst, Du kannst dem Befehl des Cabildo nicht zuwiderhandeln. Dein Onkel ist gewiß ein vortrefflicher Mann, aber er hat doch nur ein Leben zu verlieren, während bei uns das Leben von Hunderten auf dem Spiele steht."

„Roberto! Er ist mein Wohlthäter — mein zweiter Vater, dem ich Alles zu verdanken habe."

„Doch gesetzt den Fall, Du fändest ihn bereits todt, was würde ihm Deine Ankunft nützen, während hier keine Minute verloren werden darf? In diesem Kampfe haben wir unser Leben eingesetzt und wir müssen entweder siegen oder auf dem Schaffot sterben. Willst Du wirklich alle Deine lebenden Freunde für einen sterbenden Onkel hinopfern? Vielleicht ist auch Dein Onkel gar nicht so krank; der Cabildo wird Dich nicht lange aufhalten und Du kannst vielleicht in einer Stunde, möglicher Weise auch schon eher abreisen."

„Junger Herr," sagte Lorenzo, „es ist des sterbenden Mannes letzter und einziger Wunsch, noch einmal seinen Neffen zu sehen. Berauben Sie ihn nicht dieses Trostes."

„Ich muß gehen, Roberto, ich kann nicht anders."

„Und Toa?" fragte Sanchez, seinen Freund bei Seite nehmend.

„Du mußt ihr sagen, wer mich abgerufen hat."

„Wie könnte ich das? Wo kann ich die finden, die Niemand sehen kann?"

„Schreibe ihr einen Brief in meinem Namen, berichte ihr alle die Einzelheiten und nimm dies," sagte er, indem er den silbernen Mond, den sie ihm gegeben, küßte und ihn Roberto einhändigte. „Dieses Zeichen," flüsterte er ihm zu, „wird Dich mit ihr in Verbindung setzen; zeige es Mariano oder irgend einem andern zuverlässigen Indianer und er wird Deinen Brief befördern und die Antwort zurückbringen. Und jetzt, lebe wohl, Freund, möge die Jungfrau Dich in Schutz nehmen.

„Oh Julio," rief Roberto schmerzlich bewegt und drückte ihn an sein Herz, „Du gehest und nimmer vielleicht werden wir uns wiedertreffen."

„Sei nicht kindisch, Roberto. In ein oder zwei Tagen bin ich wieder hier," und noch ehe Roberto sich hinsetzen und den Brief an Toa schreiben konnte, hörte er den Hufschlag der Pferde, die den Freund davontrugen. Es war das letzte Mal, daß sie sich auf dieser Seite des Grabes getroffen hatten.

Schreiben war Roberto's Lieblingsbeschäftigung gerade nicht; es machte ihm einige Schwierigkeiten und er verdarb mehrere Bogen Papier, ehe er es fertig brachte, folgende Epistel zu vollenden, die nebenbei noch von Fehlern gegen die damals anerkannten Regeln der Rechtschreibung der Sprache Castiliens wimmelte.

„Ich bedaure, Ew. Königliche Hoheit mittheilen zu müssen, daß mein Freund, Don Julio de Carrera durch die plötzliche und wahrscheinlich tödtliche Erkrankung seines Onkels und Wohtthäters nach Puembo abberufen worden ist. Sein Abschied wurde ihm schwer; aber er hofft, bald zurück zu sein und sich selbst Ew. Hoheit zu Füßen legen zu können. Seine Abreise war eine so plötzliche, daß er keine Zeit gefunden hat, zu schreiben. Er hat mich daher ersucht, Ew. Hoheit dieses mitzutheilen und Ew. Hoheit zu sagen, wie tief es ihn schmerzt, daß er Quito verlassen mußte. Indem ich hiermit die Aufträge meines Freundes ausrichte, ergreife ich diese Gelegenheit, jetzt meine Dienste Ew. Hoheit zur Verfügung zu stellen. Wenn Ew. Hoheit jemals eines braven Herzens, eines starken Armes und eines guten Schwertes bedürfen, erinnern sich Ew. Hoheit des niedrigen und ergebenen Dieners, der Ihnen die Hand küßt.*)

Roberto Sanchez."

Nachdem er den Brief beendet, nochmals gelesen und sich wegen des glänzenden Erfolges seiner literarischen Thätigkeit selbst gratulirt hatte, rief er Mariano zu sich.

„Kennst Du die Shyri Toa, Bursche?"

„Nein, Herr!"

„Aber kannst Du die Shyri Toa auffinden?"

„Niemand kann die Shyri Toa auffinden, Herr," sagte Mariano.

„Aber ich habe einen sehr wichtigen Brief, der unbedingt in den Besitz der Shyri Toa gelangen muß."

„Wenn Ew. Gnaden mir sagen wollen, wo ich sie finden kann, werde ich den Brief besorgen."

„Ja, mein Junge, wenn ich das wüßte, würde ich ihn selbst abliefern. Aber Du mußt sie finden."

„Das ist unmöglich, Herr. Sie ist weit, weit fort von Quito."

„Diese Indianer sind doch nicht so dumm," dachte Roberto bei sich, dann sagte er laut: „Mariano!"

„Señor!"

„Schau Dir dies mal an!"

Die Wirkung war eine wunderbare. Im selben Augenblicke lag Mariano auf den Knieen und die Thränen liefen ihm über die Wangen, als er den kleinen silbernen Mond, den Roberto ihm gegeben hatte, küßte und hätschelte.

„Was ist denn los, mein Bursche?" frug Roberto gutmüthig lächelnd.

„Den Brief, den Brief!" rief der Knabe. „Geben Sie mir den Brief, Herr, und die Shyri Toa wird ihn noch in dieser Stunde haben. Mariano ist Ew. Gnaden Sklave. Befehlen Sie und senden Sie mich hin, wohin Ew. Gnaden belieben. Mariano geht für Sie in den Tod." Nochmals küßte er den silbernen Mond und gab ihn dann mit allen Zeichen der Ehrfurcht Roberto zurück.

„Jetzt paß auf!" sagte der junge Edelmann. „Wenn ich bei Deiner Rückkehr nicht mehr hier bin, findest Du mich im Municipalitätsgebäude."

*) Die gewöhnliche Schlußphrase in spanischen Briefen.

5. Valverde.

Es war ein langer, langer Tag, aber auch er ging schließlich zu Ende. Die Soldaten erhielten im Palast Lebensmittel und Wein, und da die Revolutionären in ihrer Unthätigkeit beharrten, verlangte auch das spanische Laster seine Rechte. Die Würfel rollten unter den Geschützen, und neben den Arquebusen wurden die Karten gemischt und Summen, größere wie die, welche für die Ermordung Bellido's bezahlt waren, wurden verloren und gewonnen.

Thränen und Verzweiflung im Trauerhause, endlose Discussionen und Debatten im Sitzungssaale des Cabildo, Durst nach Rache, untermischt mit Unentschiedenheit und Furcht unter den drängenden Volksmassen auf der Straße; jämmerliche Feigheit und Rathlosigkeit im oberen Theile des Palastes und Gleichgültigkeit gegen Leben und Tod bei den Soldaten, die ohne Aufhören weiter spielten und die nicht daran dachten, ob sie sich morgen auch noch des Geldes freuen konnten, das sie gewonnen. Derart waren die Scenen während der langen Stunden des Tages, bis die Sonne hinter dem Berge Pichincha verschwunden war und der Tag dem Zwielicht und das Zwielicht den dunklen Schatten der Nacht Platz machte.

„Juan del Puente, seid Ihr ein Christ?"

„Bei Santiago!" erwiderte der Mann, der gerade von einer Inspektionstour zurückgekehrt war. „Ew. Excellenz haben diese Frage an einen Mann gestellt, dessen ganzes Leben dem Krieg für unsere heilige Religion gewidmet ist."

„Daran zweifle ich nicht. Aber sehnt Ihr Euch nicht nach den Tröstungen der Religion? Ihr habt heute Eure Hände in christliches Blut getaucht. Wahr ist es, daß Ihr nur einen erhaltenen Befehl ausgeführt habt, aber die That mag Euch doch schwer auf dem Gewissen liegen. Wir sind in einer verzweifelten Lage und viele von uns, vielleicht Alle, werden zu Grunde gehen. Fühlt Ihr nicht die Nothwendigkeit, das Gewissen durch Bekenntniß Eurer Sünden zu erleichtern?"

„Ja, aber wenn ich auch wirklich wollte, Herr Commandant, was könnte ich thun? Unser Feldkaplan ist nicht mit in den Palast gekommen. Er lag noch zu Bett, als wir die Kaserne verließen und er sagte, er würde uns bald folgen. Dann brach der Aufstand wie ein Donnerwetter auf uns herein und wie es scheint, hat der fromme alte Herr vor dem aufgeregten Pöbel Furcht bekommen."

„Die Lage ist eine ziemlich verzweifelte,

Juan del Puente. Wir müssen uns mit dem Kloster von La Merced oder mit La Compañia in Verbindung setzen. Von dort kann man uns Priester senden und ich glaube nicht, daß der Pöbel da unten ihnen den Eintritt verwehren wird."

„Aber wie soll unser Bote hinkommen? Sie würden jeden Einzelnen in Stücke zerreißen, der es wagen wollte, sich außerhalb des Palastes zu zeigen."

„Die einzige Schwierigkeit ist die, hineinzukommen; ist er einmal im Kloster, so kann unser Bote in einer Kutte verkleidet wieder mit den übrigen Mönchen zurückkehren."

„Vielleicht aber kommt er auch nicht zurück; er kann den Entschluß fassen, im Kloster zu bleiben und das wäre nicht recht, Excellenz. Wir sind jetzt alle beisammen, und Keiner sollte eine bessere Aussicht für sein Leben haben, wie alle übrigen Kameraden."

„Wir können es durch das Loos entscheiden, wer gehen soll. Dann sind die Aussichten gleich."

„Das ist wahr," rief Juan del Puente, der einer Verlockung zu einem Spiel nicht widerstehen konnte.

„Zwei Wege liegen vor uns. Entweder muß ein Bote es versuchen, verkleidet nach dem Kloster durchzudringen, oder wir müssen mit allen irgend entbehrlichen Leuten einen Ausfall machen, uns zum Kloster durchschlagen, den Boten in die Kirche hineindrängen und dann wieder den Palast zu erreichen suchen. Im Kloster kann mein Bote sich überzeugen, wie die Verhältnisse liegen und ob wir auf einen uns günstigen Umschwung rechnen können; wir können auch durch einen der Mönche mit unsern Freunden in der Stadt in Verbindung treten und Eilboten an die andern Garnisonen schicken."

„In diesem Falle möchte ich übrigens Ew. Excellenz vor den Mönchen, den „Barmherzigen Brüdern" warnen. Es sind meistens Eingeborne und ich habe mich überzeugt, daß sie alle mit den Rebellen sympathisiren. Jedenfalls würde es besser sein, sich an die Jesuiten zu wenden. Die sind dem Könige treu."

„Ich habe daran auch schon gedacht; aber es ist zehnmal schwieriger für uns, zur Kirche der Jesuiten zu gelangen als La Merced zu erreichen. Jedenfalls ist der Superior der Barmherzigen Brüder ein Spanier, den ich kenne, und dem ich vertrauen kann. Und gerade weil die Mönche mit den Rebellen sympathisiren, glaube ich desto eher, daß sie die Mönche nicht belästigen werden, wenn sie hierher kommen und uns die Tröstungen der Religion bringen wollen. Ihr kennt jetzt meine Ansichten, Juan del Puente. Ruft jetzt die Sergeanten und einige der zuverlässigsten Leute zusammen und laßt sie entscheiden, was wir thun wollen; haben sie einen Entschluß gefaßt, dann benachrichtigt mich sofort davon; unterdessen werde ich die Herren von der Audienz auffordern, ihre Mittheilungen an die auswärtigen Freunde bereit zu halten."

In ungefähr einer halben Stunde kehrte Juan del Puente zu seinem Commandeur zurück.

„Unsere Leute sind bereit, wie ich es im Voraus wußte, den Plan Ew. Excellenz auszuführen und sie erlauben sich, Ew. Excellenz einige Details zu unterbreiten, die Sie gnädigst in Betracht ziehen mögen. Wir alle sind der Ansicht, daß es rein unmöglich ist, unbeobachtet den Palast zu verlassen, und deßhalb sind wir alle für einen Ausfall, der eine wilde Flucht draußen zur Folge haben wird. Wir können unsern Boten in Lumpen stecken, und wenn wir aus dem Palaste ausbrechen, kann er sich dann unkenntlich unter die Fliehenden mischen, so daß er wahrscheinlich weiter gar nicht beachtet werden wird. Wir können dann den Pöbel so weit wie möglich bis an La Merced drängen, ohne daß uns der Rückzug abgeschnitten wird."

„Sehr gut, Juan del Puente. Soll der Bote durch das Loos bestimmt werden?"

„Das versteht sich von selbst, Excellenz."

„Jeder Name soll in eine Urne gelegt werden?"

„Kameraden im Leben, Kameraden im Tode; jeder Name muß hinein; Ew. Excellenz allein können entscheiden, ob Sie Ihren Namen zurückhalten wollen oder nicht."

„Können Sie lesen oder schreiben, Juan del Puente?"

„Nein, Señor."

„Wer kann es?"

„Ildefonso Coronel kann etwas lesen, aber nicht schreiben; Diego Narvaez kann schreiben."

„Dann laßt ihn und meinen Adjutanten das Schreiben besorgen; und da für mich die größte Gefahr sein würde, wenn mein Name gezogen würde, so legt auch meinen Namen mit den Uebrigen in die Urne."

„Ew. Excellenz Befehle sollen durchgeführt werden."

Ein kleiner Tisch wurde in dem unteren Gange aufgestellt und bei dem flackernden Lichte einer Fackel schrieb der Soldat, Diego Narvaez und Valverde's Adjutant, Guzman de Tapia, jeden Namen auf Stückchen Papiere, die zusammengerollt und in Ildefonso Coronel's Hut geworfen wurden. Jeder, der nicht auf Wache war, stand um den Tisch, und mit dem Schreiben war man noch nicht weit gekommen, als auch schon das Wetten begann.

„Fünf zu eins, daß mein Name nicht gezogen wird."

„Zehn zu eins, daß mein Name nicht herauskommt."

„Wenn Jemand mir zwanzig voraus giebt, so wette ich, daß mein Name gezogen wird."

„Angenommen!" brüllten ein Dutzend Stimmen.

„Wer soll ziehen?"

„Juan del Puente, er ist der Häßlichste!"

Lautes Gelächter und beistimmender Zuruf begrüßten den Vorschlag und dann trat Juan del Puento an den Tisch. Die matte Flamme einer Fackel warf ein unstätes fantastisches Licht auf die pulvergeschwärzten Gesichter dieser wilden und sorglosen Gesellen, als sie sich an den Tisch herumdrängten, um die Entscheidung zu hören.

„Schüttele den Hut noch einmal ordentlich!" rief Ildefonso Coronel, bis an's Ende mißtrauisch.

„Stille jetzt!" kommandirte Guzman de Tapia, Valverde's Adjutant.

Juan del Puente hatte den Zettel gezogen, aber da er nicht lesen konnte, händigte er denselben dem Adjutanten ein, der denselben öffnete, las und leichenblaß wurde. Schweigend händigte er den Zettel dem Diego Narvaez, der ihm beim Schreiben geholfen hatte, ein. Derselbe war ebenfalls so erschreckt, daß er ganz vergaß, den Namen vorzulesen, sondern verdutzt das Papier anstarrte.

„Weshalb liest Du nicht?"

„Was ist los?"

„Der Name! der Name!" so klang es durcheinander.

Diego Narvaez winkte ihnen zu, zu schweigen und dann las er mit zitternder Stimme:

„Se. Excellenz, der Graf Valverde!"

Tiefes Schweigen folgte; kaum ein Athemzug war hörbar. Die Männer schauten erschreckt einander an. Auf dieses Resultat war Niemand vorbereitet. Zuletzt tauchte der Graf aus dem Dunkel des Hofraumes, von wo aus er die ganze Scene beobachtet hatte, auf.

„Kameraden," sagte er, „habet keine Angst, daß ich nicht tapfer sein werde. Der Spruch des Schicksals ist ein gerechter. Eine große Aufgabe, von deren Lösung unsere augenblickliche Sicherheit und vielleicht auch unsere ewige Seligkeit abhängt, ist mir anvertraut. Ich schwöre es Euch bei der heiligsten Dreifaltigkeit, daß ich, wenn ich die Kirche erreiche, nicht dort bleiben werde. Ich werde entweder zurückkommen, oder Ihr möget für meine arme Seele beten. Glaubt Ihr mir?"

„Ja! Ja! lang lebe unser tapferer Kommandant!"

„Und jetzt an die Arbeit. Señor Guzman de Tapia wird als Kommandant des Palastes zurückbleiben. Er ist mein Nachfolger, wenn ich draußen fallen sollte. Juan del Puente wird den Ausfall kommandiren und er wird Señor de Tapia nachfolgen, wenn dieser fallen sollte. Und sollte auch Juan del Puente den Soldatentod sterben, dann mag Diego Narvaez sein Nachfolger sein. Für den Augenblick braucht Niemand zu verzweifeln. Jeder von uns kann es mit zwanzig von dem Gesindel da aufnehmen, und Hülfe muß und wird kommen, wenn wir uns nur für einige Tage halten können. Jetzt werde ich mich zurückziehen, um mich unkenntlich zu machen. Señor de Tapia und Juan del Puente, übernehmen Sie Ihre Kommandos."

„Dreißig Freiwillige vor für Juan del Puente!" kommandirte Tapia. Ungefähr zweimal so viel traten vor; die Soldaten wurden ausgewählt und stellten sich in Linie auf.

„Laßt drei Mann Aexte tragen und bringt Körbe für fünf Mann!" rief Juan del Puente.

„Wozu?" rief Guzman de Tapia.

„Auf dem Wege nach La Merced befindet sich ein Bäckerladen. Vielleicht ist er nicht offen, deshalb die Aexte und die Körbe für das, was wir finden. Wir haben nur noch für ein oder zwei Tage zu leben, aber die Geschichte dauert möglicherweise noch länger, und da ist's viel besser für die Zukunft etwas zurückzulegen."

„Viva Juan del Puente!" riefen die Soldaten.

„Diego Narvaez," kommandirte Tapia, „nehmen Sie zwanzig Leute und folgen Sie Juan del Puente, um seinen Rückzug zu decken. Feuern Sie in die entgegengesetzte Richtung und eilen Sie ihm zur Hülfe wenn er zu hart bedrängt wird. Und jetzt möge Gott und die Jungfrau mit Euch sein."

„Santiago! Santiago!" riefen begeistert die Männer.

---

6. Der Ausfall.

Juan del Puente hatte Recht. Nicht eine Menschenseele hätte unbeobachtet aus dem Palaste entkommen können. Rings um das Gebäude waren Feuer angezündet deren heller Schein die Wände und Fenster erleuchtete. Die Revolutionäre hatten in den angrenzenden Häusern Posto gefaßt und beobachteten jede Straße, die in den großen Platz einmündete. Ungefähr die ganze männliche Bevölkerung befand sich außer dem Hause und obschon die aufrührerischen Massen bewaffneter und unbewaffneter Männer sich nicht in die unmittelbare Nähe des Palastes wagten, so hatten sie doch vollständig alle Wege blockirt, von denen aus man zum Palast hätte gelangen können. Auf dem Platze La Merced war eine Masse Pech aufgehäuft und Männer und Burschen waren eifrig damit beschäftigt, Fackeln daraus zu machen.

Plötzlich wurde eins der Thore in der den Palasthof einschließenden Mauer weit aufgerissen und Juan del Puente drängte hinaus an der Spitze der dreißig rabiaten Teufel, die ein verheerendes Feuer auf die Menschenmenge eröffneten, die in der nur wenig hundert Schritte entfernten, nach der La Merced führenden Straße versammelt war. Unmittelbar darauf folgte Narvaez mit seinen Leuten, die eine entgegengesetzte Richtung einschlugen, nach wenig Schritten Posto faßten und dann ein Feuer auf die unter den Arkaden und Säulengängen des großen Platzes Deckung Suchenden eröffneten. Diese und die an den Fenstern postirten Leute erwiderten das Feuer und das nicht ohne Erfolg, aber in der Straße selbst widerholte sich die alte Erfahrung von der Uebermacht der regulären Truppen über einen undisciplinirten Haufen. Vollständig bestürzt stoben die dem Palast zunächst stehenden Massen auseinander und rissen auch diejenigen, die sonst wohl Widerstand geleistet haben würden, mit sich fort.

Graf Valverde fand in der zerlumpten Verkleidung eines Straßenbettlers bald Gelegenheit, sich unter die Fliehenden zu mischen und rannte wie in tödtlicher Furcht der Kirche La Merced zu. Seine eigenen Leute drängten nach und brachten enthusiastische Hochs auf den König aus; dieser Ruf wurde von der Garnison im Palaste aufgenommen und durch Zurufe, Trompetenfanfaren und Trommelwirbel verstärkt. Einen Augenblick schien es, als ob die ganze Garnison einen Ausfall gemacht. Die erschreckten Bürger in den Straßen schrieen und jammerten, die Frauen auf den Balkonen kreischten und die Schüsse der Arquebusier verbreiteten Tod und Schrecken nach allen Richtungen hin.

Die Bäckerei war noch offen und hatte lebhafte Geschäfte gemacht. Als die Massen sich herandrängten, versuchte der Bäcker die Thüre zu schließen, aber ein wuchtiger Schlag mit der Axt öffnete dieselbe und die Thüre stürzte mit dem Bäcker zusammen zu Boden. Vier oder fünf Soldaten drangen nach und füllten die Körbe mit allem an, was noch vorhanden war.

Die Panik der Belagerer war übrigens nicht von langer Dauer, da man sehr bald sich überzeugte, daß nur eine Hand voll Leute den Ausfall gemacht hatte. Vor dem Palast der Municipalität hatte die disciplinirte Masse der Insurgenten, meistens aus Milizleuten und alten Soldaten bestehend, Posto gefaßt, um das Haus vor einem möglichen Angriff der Royalisten zu vertheidigen. Ein starkes Detachement dieser Leute avancirte und eröffnete, geschützt durch die Säulenhallen der Privatwohnungen ein wirksames Feuer auf die zwanzig Mann des Narvaez, sie bis zum Ausfallsthor zurücktreibend. Mit einem kühnen Vorstoß hätte man die zwanzig Leute des Narvaez gefangen nehmen und den Rückzug Juan del Puentes abschneiden oder hätte auch mit den Leuten des Letzteren durch das offene Thor eindringen können; unglücklicherweise aber machten sie am Ende der Säulenhallen Halt und beschränkten sich darauf, noch einige Schüsse abzugeben. Nichts desto weniger war die Position des Narvaez eine sehr kritische und Guzman de Tapia, der die Vorgänge oben von der Mauer verfolgte, befahl ihm, sich zurückzuziehen und gab auch durch das Signalhorn Juan del Puente den Befehl zum Rückzug. Es war die höchste Zeit. Juan Castro hatte, nachdem der erste Anlauf vorüber, seine Leute gesammelt und an den Häusern sich durchdrängend, versuchte er Juan del Puente von der Seite anzugreifen und die Leute in eine Nebenstraße hineinzudrängen, wo man sie leicht hätte überwältigen können; doch die alten Veteranen ließen sich so leicht nicht fangen. Sie griffen die Verwundeten auf, drängten sie mit fort und es gelang ihnen, die gefährliche Kreuzung zu passiren, ehe Juan Castro's Leute sich blos gesammelt hatten. Letztere konnten auch nicht zu nahe den Soldaten Del Puentos folgen, da sie sonst sich dem Feuer ihrer eigenen Leute unter den Säulenhallen ausgesetzt hätten.

Zwei der Soldaten blieben todt auf dem Platze und drei wurden verwundet zurückgebracht, während der Verlust der Bürger viel bedeutender war. Der königliche Botschafter war abgesandt und fünf Körbe voll Brod waren für die sehr schmalen Proviantvorräthe der Garnison sehr erwünscht.

Die ganze Affaire hatte kaum zehn Minuten gewährt. Valverde hätte die Kirche ohne Mühe erreicht, wenn er hätte vorwärts eilen können, aber das Feuer seiner eigenen Leute, die ihn aus den Augen verloren hatten, zwang ihn für einen Augenblick in einer Seitenstraße Schutz zu suchen. Als er sich dann wieder in die zur Kirche führende Hauptstraße hinein wagte, fand er sich mitten unter Castro's Leuten. Nur eine kurze Strecke trennte ihn vom Sanctuarium, dessen Thor weit offen stand.

Glücklicherweise hielten Castro's Leute Kriegsrath ab.

„Wenn die Narren unter den Säulenhallen dort ihr Feuer eingestellt hätten," meinte der eine, „würden wir die spanischen Hunde gefangen genommen haben."

„Ich begreife eigentlich nicht, weshalb sie den Ausfall gemacht haben," meinte ein Anderer.

„Brod wollen sie," rief Castro. „Sie haben den Bäckerladen geplündert. Donner und Blitz. Sie haben weiter nichts zu essen und da können sie sich nicht länger halten."

„Wer ist denn der da?" fragte ein Anderer, auf Valverde zeigend, der sich scheinbar ganz gleichgültig herangeschlichen hatte.

„Das ist ein fremdes Gesicht. Ich habe es nie vorher gesehen."

Castro drehte sich herum und schaute den Grafen an, der jetzt kühl dem Kirchenthor zuschritt. „Ich kenne den Burschen nicht," sagte der Raufbold, „und doch ist es mir, als hätte ich das Gesicht schon vorhergesehen." Mit diesen Worten folgte er dem Grafen, der seine Schritte verdoppelte, als er sich dem Eingang der Kirche näherte. Er bemerkte, daß er beobachtet wurde, aber er wollte durch Laufen keinen Verdacht erregen, so lange es für seine Sicherheit nicht unbedingt nöthig war. Castro holte ihn aber bald mit einigen seiner Leute ein und zwar gerade in dem Moment, als er in das schutzbringende Gebäude eintrat. Die Verfolger traten mit ihm zugleich in die Kirche. Dieselbe war nur ganz matt erleuchtet, aber die lodernden Feuer auf den Straßen ermöglichten es Castro, dem Grafen direkt ins Gesicht zu schauen. Der Graf hatte seinen langen Schnurrbart, den Stolz jeden spanischen Edelmannes, abgeschnitten und das Haar gestutzt und hatte sich durch Puder das Ansehen eines alten Mannes zu geben gewußt. Aber selbst eine solche Verkleidung schützte nicht vor dem durchbohrenden Auge des Hasses. Als der Graf beim Eintritt in das Heiligthum den Hut abnahm, wußte Castro ganz genau, wen er vor sich hatte.

„Der Feigling!" murmelte er, doch laut genug, daß Valverde es hören konnte. „Er hat seine Leute im Stich gelassen, um sein eigenes elendes Leben zu retten."

Valverde zuckte zusammen unter diesem Stich, aber er durfte sich nicht selbst verrathen. Eine wichtige Mission hatte er zu erfüllen und er trug Briefe bei sich an Personen, die nicht compromittirt werden durften. Er hatte Boten nach Lima und Pasto zu schicken, und Alles lag von seiner Vorsicht und Discretion ab. Er heuchelte daher absolute Gleichgültigkeit, zog sich in die dunkelste Ecke der Kiche zurück, warf sich vor dem Bilde der Jungfrau auf den Boden und begrub sein Antlitz wie im inbrünstigen Gebete in seinen Händen.

„Könnte ich mich vielleicht irren?" murmelte Castro. „Nein, unmöglich! Rodriguez! Laßt den Mann da nicht aus den Augen und ihr Uebrigen bewachet jeden Ausgang der Kirche und des Klosters. Der Mann muß der spanische Kommandant sein. Er ist nicht hierher gekommen um Zuflucht zu suchen, sondern er wird Unheil anrichten. Bewachet ihn ganz genau."

---

7. Die Schreckenszeit von Neuß.

Der Graf war nun glücklich in der Kirche. Wie aber konnte er mit dem Superior zusammenkommen, dem er allein vertrauen durfte? Und wenn der Superior nicht im Kloster anwesend sein sollte? Einige Männer befanden sich knieend und betend in der Kirche. Aber er strengte vergebens seine Augen an, um in dem Halbdunkel einen Mönch zu entdecken. Die kostbaren Minuten vergingen vergeblich und keine Gelegenheit zur Kommunikation bot sich ihm dar. Sollte Valverde in das Kloster gehen? Er zweifelte nicht, daß er beobachtet werde. Allerdings war er im Sanctuarium sicher, aber sollte er sein Unternehmen dadurch gefährden, daß er die Aufmerksamkeit auf sich zog? Zuletzt sah er die weißen Kutten der Mönche der Barmherzigkeit. Jetzt war es Zeit. Augenblicklich erhob er sich und ging den Mönchen entgegen. Das unsichere Licht einer auf dem Altare stehenden Wachskerze zuckte über die Gesichter und dem Himmel sei Dank! Valverde erkannte die ehrwürdige Gestalt seines Landsmannes, den Superior des Klosters.

„Ehrwürdiger Vater!" sagte er, „ich möchte Sie sprechen."

„Ich kann Sie jetzt nicht anhören, mein Sohn. Meine Pflicht ruft mich fort."

„Nur drei Worte habe ich Ew. Hochwürden zu sagen, sie sind von größter Wichtigkeit."

„Sprechen Sie mit dem Vater Alphonso, mein Sohn, er wird Sie anhören."

„Was ich zu sagen habe, ist für Ew. Hochwürden allein," erklärte Valverde bestimmt und fügte dann mit leisem Tone hinzu: „Um der Sache unseres Königs willen hören Sie mich an.“

Der Superior schaute jetzt aufmerksam den Sprecher an und er wurde blaß, als er die Züge erkannte.

„Vater Alphonso,“ sagte er dann, „gehe ohne mich weiter, ich muß diesen Mann anhören,“ und sich dann an Valverde wendend, sagte er: „Folgen Sie mir.“

Durch das Dunkel der Kirche leitete der Superior ihn zu einer Thür, die mit dem Korridor des Klosters in Verbindung stand. Vor weniger denn siebzig Jahren stand an der Stelle, wo sich jetzt die Kirche und das Kloster von La Merced erhob, ein großer Tempel der Sonne. Auf den Trümmern des heidnischen Tempels hatte der christliche Bau sich erhoben und vor dem heiligen Kreuz war die heidnische Sonne verblaßt. Der funkelnde Smaragd war dem Glanze der kastilianischen Krone gewichen. Die peruanische Bronze hatte dem Eisen Platz gemacht, aus welchem die Fesseln für die Besiegten geschmiedet wurden.

Schweigend wandelten die Beiden durch die öden Hallen, deren lautlose Stille in einem eigenthümlichen Contrast mit dem Tumult auf der Straße stand. Ihre Schritte hallten wieder auf den Steinfliesen der mächtigen Korridore. Zuletzt öffnete der Superior eine Thüre, die in seine Zelle führte. Sie war ärmlich ausgestattet in dem rohen Stil einheimischer Handwerkerarbeit und enthielt nur ein großes, an der Wand befestigtes Crucifix, einen Tisch, einige Stühle, einen Bücherschrank, und verschiedene Bilder von Heiligen und der Heiligen Jungfrau. Eine Seitenthüre führte in eine kleinere Zelle, in welcher das Bett des Superiors stand. Der Superior selbst war ein alter Mann, dessen ursprünglicher dunkler Teint durch den Einfluß verschiedener Klimate noch viel dunkler gefärbt war. Er war nicht sehr gelehrt, aber eifrig und enthusiastisch, ein Vorläufer des kirchlichen Zeitalters, das bald dem militärischen folgte, in welchem unsere Geschichte spielt.

Nicht ein einziges Wort war bis jetzt gesprochen worden. Der Superior schloß die Thür und verriegelte sie. Dann wandte er sich um und umarmte den Grafen, der ehrfurchtsvoll seine Hand küßte.

„Und nun, theurer Landsmann, wie kamen Sie hierher?“

„Vater,“ antwortete Valverde, „Sie sind ein Priester, ein Freund und ein Spanier. Ich komme zu Ihnen als meinem Beichtvater, meinem Landsmann und einem treu ergebenen Unterthanen des Königs von Spanien. Um zu Ihnen zu gelangen, ließ ich einen Ausfall machen. Es giebt noch andere Seelen, die Ihres geistigen Beistandes bedürfen und des Königs Sache verlangt Ihre Hülfe.“ Dann erzählte Valverde kurz die Vorgänge im Palast und machte den Superior mit den Hoffnungen bekannt, welche die Belagerten durch des Mönches Vermittelung auf die Verbindung mit ihren auswärtigen Freunden setzten.

Aengstlich und in schmerzlicher Besorgniß lauschte der Mönch auf die Worte seines jungen Freundes. „Mein lieber Sohn!“ begann er dann, nachdem Valverde geendet, „was Du da von mir verlangst, ist mit ganz ungewöhnlichen Schwierigkeiten verknüpft; nicht etwa, daß ich persönlich vor den Gefahren zurückschrecke, sondern weil mir absolut alle Mittel fehlen, Dir beizustehen. Die Brüder unseres Klosters sind alle Eingeborene und, so leid es mir thut, das sagen zu müssen, sie sympathisiren mit ihren Landsleuten draußen. Ich bin ihr Superior und sie müssen mir gehorchen; aber ich gefalle ihnen nicht, vielleicht hassen sie mich, eben weil ich ein Spanier bin. Man kann ihnen keine Aufträge an unsere Freunde mitgeben, denn sie würden uns sicher hintergehen und außerdem ist es sehr zweifelhaft, ob wir uns überhaupt mit Jemandem in Verbindung setzen können. Die Wohnungen derjenigen, von denen man wußte, daß sie Anhänger des Königs sind, wurden heute Morgen geplündert. Den Anfang machte der Pöbel im Hause des Marquis de Solando und nur dem zeitigen Einschreiten Manuel Paredes ist es zu verdanken, daß es nicht vollständig zerstört wurde. Auf seinen Befehl sind Municipal-Wachen vor den Wohnungen der Verdächtigen aufgestellt worden, aber während diese die Häuser beschützen, behandeln sie die Bewohner als Gefangene und lassen Niemanden eintreten, von dem sie nicht wissen, daß er es mit den Revolutionären hält.“

„Und wo ist der Marquis?“

„Er soll die Stadt verlassen haben.“

„Können Sie nicht Couriere an den Vicekönig und die Garnisonscommandanten zu Pasto senden?“

„Wo ist der Eingeborene, dem ich vertrauen könnte, und wenn ich einen Spanier abschickte, so würde er gefangen genommen, durchsucht und vielleicht ermordet werden.“

„Es ist nicht nöthig, daß unsere Boten die Briefe selbst überbringen, mündliche Mittheilungen genügen auch. Die Insurrektion ist noch nicht über die Stadtgrenzen hinausgegangen und sind unsere Boten einmal aus Quito heraus, so können sie den Nachrichten, die sie bringen, voraus-eilen."

„Ich will es versuchen, mein Sohn, ich will es versuchen. Aber zerstöre diese Briefe. Man darf keine Papiere finden, wir wissen ja, was sie enthalten," und mit Valverde's Zustimmung verbrannte er die in Eile geschriebenen Briefe, die der Letztere gebracht hatte.

„Und dürfen wir wirklich nicht hoffen, daß unsere Freunde sich erheben und den Königlichen Ministern im Palaste zu Hülfe eilen werden?"

„Nein — wenigstens jetzt nicht! Wir müssen unser Vertrauen auf den Herrn setzen und darauf rechnen, daß die Zeit einen Umschwung bringen wird. Unsere Freunde zählen nur wenige und diese sind machtlos und eingeschüchtert. Hülfe muß von auswärts kommen."

„Was wird denn aus uns im Palast werden?"

„Ich habe gehört, daß der Cabildo nicht die Absicht hat, die Minister umzubringen. Man will sie nur gefangen nehmen und als Geißeln betrachten."

„Und was wird man mit den Soldaten und mir selbst thun?"

„Ich weiß es nicht, mein Sohn, aber Du bis ja jetzt hier, innerhalb der Mauern des Sanctuariums. Die Kirche wird Dich beschützen; machtlos nach außen, bin ich hier doch noch der Superior und selbst unsere eingeborenen Mönche würden es nicht zugeben, daß Dir innerhalb dieses Heiligthums ein Leid zugefügt würde."

„Nein, Vater, ich kann nicht hier bleiben, ich muß wieder zum Palast zurück."

„Du bist rasend, mein Sohn."

„Mein Vater, hier giebt es keine Alternative. Meine Pflicht ist sehr einfach. Glauben Sie wirklich, ich sollte meine Kameraden in der Stunde der Noth im Stiche lassen? Ich habe versprochen, zurückzukehren und werde zurückkehren oder fallen. Wie könnte ich überhaupt noch leben als ein Geächteter, ein Deserteur, der seinen Posten verlassen und das wichtigste Commando, das jemals in einem solch kritischen Moment in den Händen eines Soldaten lag, im Stiche gelassen hat. Hier zu bleiben würde gleichbedeutend sein mit der Vernichtung meiner Lebenshoffnungen und dem schimpflichen Abschluß einer ehrenvollen Laufbahn; nein, ich kann, ich darf nicht hier bleiben."

„Aber wie willst Du zurückkommen?"

„Sie werden einige von Ihren Brüdern aussenden, um den Soldaten die Beichte zu hören. Das Sacrament wird in Prozession zum Palast gebracht und selbst diese Rebellen werden es nicht wagen, den Zug aufzuhalten; weßhalb sollte ich mich nicht als Mönch verkleidet demselben anschließen? Aber vor allen Dingen müssen Sie das anhören, was ich Ihnen schon lange habe bekennen wollen. Ihren Rath, Ihre Ansicht möchte ich haben, ehrwürdiger Vater, denn mein Innerstes ist in großer Bedrängniß. Ich bin kein Feigling. Gott, dessen heilige Schlachten ich gefochten, weiß das, und doch hat die Furcht mich ergriffen; ich fürchte mich nicht vor den Mündungen der Kanonen, aber eine Prophezeiung ist es, die mich verfolgt, eine furchtbare Prophezeiung, die mir zweimal und zwar von verschiedenen Personen und zu verschiedenen Zeiten gemacht worden ist."

„Sprich Dich deutlicher aus, mein Sohn," sagte der Mönch. „Ich höre und die heilige Jungfrau weiß es, wie bereit ich bin, zu helfen."

„Es war ungefähr vor sechs Jahren, zur Sommerszeit, als ich unter dem Prinzen von Parma vor Neuß, einer befestigten Stadt in den Niederlanden, lag. Sie wurde tapfer von einem holländischen Commandanten, Namens Kloet, vertheidigt. Er war ein ganz schrecklicher Ketzer und Ungläubiger, doch ich muß gerecht sein und hinzufügen, daß er von fast übermenschlicher Tapferkeit war, so daß selbst der Prinz ihm seine unbegrenzte Bewunderung nicht versagen konnte. Aber ich muß mich kurz fassen; die Zeit drängt und ich darf nicht lange hier bleiben — und kann daher auf die Einzelnheiten der denkwürdigen Belagerung nicht eingehen. Eine der Kirchen von Neuß war dem Heiligen Quirinus geweiht. Die Gebeine desselben wurden in einem heiligen Schrein aufbewahrt und das Heiligthum war niemals angetastet worden, selbst nicht von den verruchten Calvinisten, welche die Stadt gegen uns vertheidigten. Da — es war am Santiago's Tage und das ganze Lager beging den Festtag des Patrons Spaniens — verhöhnten uns die Elenden, drangen in die Kirche ein, ergriffen die Gebeine des Heiligen, verhöhnten und verspotteten die heiligen Reliquien und verbrannten dieselben dann auf dem öffentlichen Platze."

„O entsetzlich! Wie können menschliche Wesen sich so weit vergessen? rief der Mönch.

„Aber das war noch nicht Alles. Zwei unserer tapferen Soldaten hatten sie gefangen genommen und aufgereizt von ihrem Herrn und Meister, dem Teufel, rösteten sie dieselben an demselben Feuer, in welchem sie die heiligen Reliquien verbrannt hatten."

„Die Schändlichen!"

„Die letztere That leugneten sie beharrlich, gestanden aber, als wir sie zur Rede stellten, die Verbrennung der Reliquien zu. Nun, die Stadt wurde mit Sturm genommen und ein Blutbad erfolgte, das Allen entsetzlich erscheinen mußte, das aber denen, die schon lange in dem blutigen, langwierigen Kriege gedient hatten, nichts Neues war. Unsere Soldaten dürsteten nach Rache wegen der grausamen Ermordung ihrer Kameraden und der entsetzlichen Verhöhnung der heiligen Reliquien. Der Prinz von Parma wollte den Commandanten schonen und wollte bereits die bezüglichen Befehle ertheilen, aber der Erzbischof Ernst, zu dessen Diöcese die Stadt gehörte, befand sich beim Prinzen und protestirte gegen diese milde Behandlung, die er als eine Blasphemie bezeichnete. Um ihn zu befriedigen, wurden daher die Befehle, Kloet zu schonen, nicht ausgetheilt, sondern man überließ den Tapferen dem Schicksale, was immer es sein mochte."

Valverde hielt einen Augenblick inne, als ob er seine Gedanken sammeln wollte, wischte sich dann die kalten Schweißtropfen von der Stirne und fuhr dann fort:

„Meine Compagnie war es, die zuerst das Haus des Commandanten erreichte und ich wurde mit dem Strom fortgerissen. Sie wissen, daß bei derartigen Gelegenheiten die Offiziere absolut machtlos sind, denn während eine Stadt geplündert wird, hört kein gemeiner Soldat auf das Commando eines Offiziers; ich hatte nebenbei auch gar nicht die Absicht, irgend welches Commando zu geben; ich war ja selbst auf's Höchste indignirt und damals war ich noch sechs Jahre jünger und haßte die Calvinisten eben so sehr, wie diese uns haßten; sie hatten unsere Leute ermordet und jetzt waren wir an der Reihe, mit ihnen abzurechnen. Das ist eben das Schicksal des Krieges! Meine Leute fanden den niederländischen Commandanten im Bett; er war verwundet und seine Frau und seine Tochter pflegten ihn. Als ich in das Gemach eintrat, hatten meine Soldaten einen Strick um seinen Leib gewunden und zogen ihn damit von seinem Lager. „Hängt ihn nicht!" sagte Einer, „das ist ein zu leichter Tod für einen solchen verfluchten Ketzer." „Verbrennt ihn! verbrennt ihn!" schrieen Andere, „gerade so wie er die Gebeine des Heiligen und unsere armen Kameraden verbrannt hat." Kloet stellte jegliche Betheiligung an diesen Vorgängen in Abrede und bat, ihn als Soldaten sterben zu lassen; aber meine Leute ließen sich nicht erweichen. Sie beschlossen, ein abschreckendes Exempel zu statuiren, zogen ihn ganz nackt aus, bestrichen seinen ganzen Körper mit Pech, zogen dann eine Kette um die Brust, hingen ihn aus seinem eigenen Fenster hinaus und steckten dann das Pech in Brand."

Laute Ausrufe von der Straße unten unterbrachen den Sprecher; er sprang von seinem Sitze auf und lauschte aufmerksam hinaus; aber als es bald wieder ruhig wurde, nahm er die Erzählung wieder auf.

„Während die Soldaten mit den Vorbereitungen zur Exekution des verurtheilten Ketzers beschäftigt waren, lagen die Frau und die Tochter vor mir auf den Knieen und baten mich, einzuschreiten. Sie appellirten an mich als Soldaten, Edelmann und Christen, sie flehten mich an, ihn zu retten oder doch wenigstens einen ehrlichen Soldatentod sterben zu lassen. Es waren beides herrliche Frauengestalten und die tödtliche Bläße auf ihren Gesichtern und das lange aufgelöste Haar machten einen ergreifenden Eindruck. Sie boten irgend ein Lösegeld, ihr eigenes Leben und ihre Ehre an, den Vater und Gatten zu retten und obschon mein Herz gegen derartige Scenen gestählt war, war ich doch tief erschüttert. Ihre Klagen waren herzzerreißend, aber derartige Klagen hatte ich schon häufiger gehört, nur eines erfüllt mich bis auf den heutigen Tag mit Besorgniß, obschon ich damals nicht so sehr darauf achtete: Beide erklärten sich nämlich bereit, katholisch zu werden, wenn ich den Gatten und Vater retten würde."

„Das war in der That ein kritischer Fall," warf der Mönch dazwischen.

„Aber was sollte ich thun? Der Erzbischof verlangte den Tod des Mannes, der Prinz hatte seine Zustimmung gegeben, die Soldaten bestanden darauf. Das furchtbare Verbrechen war begangen worden, dasselbe mußte gerächt werden, und er, als Commandant des Platzes, war dafür verantwortlich. Vielleicht würde ich, selbst wenn ich es versucht hätte, gar nicht im Stande gewesen sein, ihn zu retten; ich hätte Kloet für den Augenblick retten können, aber später würde er doch unter allen Umständen hingerichtet worden sein, und ich hätte mich nur compromittirt, ohne dem Verurtheilten Hülfe geleistet zu haben."

„Ich weiß in der That nicht, mein Sohn, was Du unter diesen Umständen hättest thun müssen."

„Als das Pech, mit welchem man ihn bedeckt hatte, in Brand gesteckt wurde und der erste Schmerzensschrei des Opfers im Zimmer laut wurde, da änderte sich plötzlich die Scene. Die Frau ließ meine Kniee, die sie bis dahin umklammert hatte, los; zu gleicher Zeit riß sie auch ihre Tochter von mir fort und ihr ohnmächtig werdendes Kind mit dem einen Arm umschlingend, zeigte sie mit dem andern auf mich. Niemals werde ich den schrecklichen Ausdruck dieses Gesichtes vergessen; noch immer sehe ich die Augen, die aus ihren Höhlen herauszutreten schienen und im Feuer des Wahnsinns rollten, vor mir; in dem weißen Nachtgewand, das aufgelöste Haar wirr über Nacken und Schultern fallend, sah sie aus wie ein Geist und die Stimme, hohl und kreischend, tönte, als komme sie aus der Tiefe des Grabes. „Nicht ein Wort des Flehens mehr, Tochter," rief sie, „nein, nichts mehr, kein Wort mehr! Verlange von diesem Stein da keine Gnade, keine Ehre, keine Menschlichkeit! Gott ist gerecht und Gott wird Rache üben. Ja, der Schleier, der die Zukunft deckt, ist fortgezogen von meinen Augen; mein Blick dringt durch viele, viele Jahre hindurch. Ich sehe Dein Ende vor mir, Du spanischer Henker, ja, Dein Ende und es ist dasselbe wie das meines Gatten! Hörst Du's! Er ist ein Kriegsgefangener, den Du vor Deinen Mordbuben beschützen solltest; aber die Gerechtigkeit wird siegen und die Vergeltung wird kommen. Ja, eine schreckliche Vergeltung. Hörst Du seine Schmerzensschreie? Auch Du, Spanier, wirst sie ausstoßen. Siehst Du, wie er im wahnsinnigen Schmerze sich krümmt? Merke es Dir wohl, denn gerade so wird es auch Dir geschehen. Auch Du wirst, wie er, in die Hände rasend gewordener Feinde fallen. Gierige Flammen werden Dir die Haut vom Fleische und das Fleisch von den Knochen lösen und heulende und jauchzende Feinde werden Dich umtanzen und Dich verhöhnen, während der Tod langsam sich Dir nähert und Augenblicke der entsetzlichsten Schmerzen werden kommen, die Dir wie eine ganze Ewigkeit erscheinen werden. Siehe ihn an, höre ihn an, erinnere Dich an ihn. Sein Platz wird der Deine sein! Du bist es selbst, Du bist es, ja Du bist es!" Mit diesen Worten brach sie in ein heiseres, entsetzliches Lachen aus und stürzte dann plötzlich ohnmächtig zusammen, während die grausigen Schmerzenstöne ihres in Flammen gehüllten Gatten allmählich in dumpfem Stöhnen erstarben."

„Wie blaß und angegriffen Du aussiehst, mein Sohn," sagte der Mönch. „Lasse mich Dir ein Glas Xeres reichen, Du bist krank und gebrochen."

„Nein, Vater, ich danke Ihnen. Lassen Sie mich meine Erzählung beenden. Verschiedene von meinen Leuten, welche die furchtbare Verwünschung gehört, machten den Versuch, die Frau zu ergreifen und sie mit ihren Schwertern zu durchstoßen. „Nie soll sie ihre schlechte Zunge wieder bewegen können," rief der Eine, während er das Schwert zum Stoße emporhob. Ich stieß ihn fort. „Nein, Kameraden," rief ich, „laßt uns Böses mit Gutem vergelten; es sind nur Weiber und laßt uns nur Krieg führen gegen Männer." Ich befahl, daß die beiden Frauen zum Prinzen von Parma geführt werden sollten und erklärte einem der Soldaten, dessen Einfluß auf die Uebrigen mir bekannt war, daß ich ihn persönlich für die Sicherheit der beiden Damen verantwortlich halte, bis der Prinz entschieden habe, was mit denselben geschehen solle. Der Prinz, der, wie ich Ihnen schon erzählte, ein großer Bewunderer des tapferen Kloet war, gewährte denn auch bereitwilligst der Wittwe und Tochter seinen Schutz. Mehrere Wochen später traf ich sie wieder; sie war geistig vollständig gebrochen und hülflos wie ein Kind. Ich sagte ihr, daß ich ihr und ihrer Tochter Leben gerettet, daß ich sehr bedauerte, daß ich das entsetzliche Schicksal ihres Gatten nicht habe abwenden können und dann—nennen Sie es, ehrwürdiger Vater, sündhaft oder abergläubisch — bat ich sie, ihren Fluch zurückzunehmen. Es war sehr schwer, ihr begreiflich zu machen, was ich meinte, sie schien sich gar nicht mehr darauf zu besinnen, was sie gesagt hatte, und als ich die fürchterlichen Worte wiederholte, da schüttelte sie den Kopf und antwortete: „Spanier! Was ich gesprochen habe von dem Momente an, als man meinen Gatten zum Fenster hinaushing, weiß ich nicht mehr. Der zündende Funke ist das letzte, dessen ich mich entsinne; dann verließ mich das Bewußtsein, und wenn ich später wirklich noch sprach, so war es nicht ich, der gesprochen, sondern der Geist des allmächtigen Gottes hat aus mir geredet. Wie kann ich nun das zurücknehmen, was ich nicht selbst gesagt? Ich habe jede Silbe vergessen, aber der allmächtige Gott wird sich derselben erinnern. Er wird ebenso barmherzig sein, wie Ihr es waret gegen meinen Gatten!"

Eine lange Pause folgte, während der Mönch über die Prophezeiung nachzudenken und seine Meinung sich zu bilden schien.

„Doch, ehrwürdiger Vater, dieses ist noch nicht Alles. Ihre Prophezeiung verfolgte mich. Niemals habe ich die Scenen jener fürchterlichen Nacht vergessen und als meine Freunde mir bei Hofe die Gelegenheit verschafften, mein Glück in Amerika zu versuchen, hieß ich dieselbe freudig willkommen und nahm dankbar das Anerbieten an. Die Reise über zwei Ozeane, der Wechsel der Umgebung und der Gesellschaft, die friedliche Ruhe eines Aufenthalts in den Anden, hatten beinahe die Eindrücke der furchtbaren Erinnerung verwischt, als die Prophezeiung nochmals in entsetzlicher Weise und fast genau mit denselben Worten wiederholt wurde."

„Ist das möglich?" rief der Mönch. „Eine Wiederholung hier in Amerika?"

„Hier in Quito!"

„In Quito — Du setzest mich in Erstaunen! Aber durch wen und wo?"

„Mama Rucu wars, die indianische Zauberin."

„Mama Rucu! Aber weßhalb hast Du Mama Rucu besucht? Weshalb hast Du Zuflucht zu Hexen und Zauberern genommen, wo doch die wahre Religion einzig und allein Ruhe und Klarheit bringen kann?"

„Die Begegnung war eine unabsichtliche, würdiger Vater. Niemals hatte ich von ihr gehört—niemals sie gesehen. Nicht im Traume war mir der Gedanke gekommen, von ihr mir Rath zu holen. Mit einem creolischen Freund war ich damit beschäftigt, den Schatz des Inka zu suchen. Wir begaben uns dahin, wo wir aus guten Gründen auf das Vorhandensein eines unterirdischen Ganges schließen konnten. Wir entdeckten auch den Eingang, aber gerade wie wir eintreten wollten, erschien Mama Rucu auf einem Felsen gerade über uns und sprach wild und drohend einige Sätze in der Quichua Sprache, die ich nicht verstand. Als sie verschwunden war, befahl mein Freund einem der Indianer in den Gang hineinzugehen, dieser aber weigerte sich und wollte lieber die schwerste Strafe erdulden, als dem Befehle gehorchen. Mein Freund erklärte mir, daß Mama Rucu ihre indianischen Zuhörer mit abergläubischer Furcht erfüllt habe und um ihnen die Grundlosigkeit ihrer abergläubischen Furcht zu zeigen, ging ich selbst in den Gang hinein und erforschte denselben. Später erfuhr ich, daß Mama Rucu's Fluch gegen den gerichtet war, der zuerst in den Gang eindringen würde und da ich zuerst eintrat, so trifft also mich der Fluch. Und es waren dieselben, genau dieselben Worte, die auch die Gattin des unglücklichen Kommandanten gegen mich geschleudert, nur mit dem einen Unterschiede, daß Mama Rucu die Zeit der Vergeltung genau angab."

Der Mönch schlug staunend die Hände zusammen.

„Ehe die Regenfluthen des Winters abermals auf die Ebenen von Aña Quito niederströmen, werde ich sterben in den Händen erbitterter Feinde und züngelnde Flammen werden die Haut von meinem Fleische und das Fleisch von meinen Knochen verzehren. Wir stehen jetzt im Beginn der heißen Jahreszeit; wenn also die Prophezeiung sich erfüllen soll, so wird das in diesem Sommer geschehen. Dennoch hätte ich mich vielleicht über diesen thörichten Aberglauben erheben können. Aber da kommt diese Revolution. Ich bin der Kommandant der Garnison und ich muß den Palast mit einer Hand voll Leute gegen Tausende vertheidigen. Unter entsetzlichem Blutvergießen ist der erste Angriff zurückgeschlagen; andere Angriffe werden und müssen folgen. Die Verräther sehnen sich nach Rache, sie wollen den Tod Bellido's und Derjenigen, die bei meinem Ausfall getödtet wurden, rächen, und was wird, was kann mein Loos sein, wenn unsere kleine Garnison überwältigt wird? Ich werde als der Urheber dieser Metzelei angesehen, und ich werde das Opfer sein. Es trifft Alles genau so ein, wie es vorausgesagt wurde, Vater. Alles wirkt zusammen, damit mein Schicksal sich erfülle. Die Netze schließen sich um mich herum, und es giebt kein Entrinnen. Aus diesem Grunde bin ich zu Dir gekommen, mein Vater, zu Dir als einem Spanier, einem Landsmann und einem Priester. Die Zeit geht schnell herum. Ich muß nach dem Palast zurückeilen. Die Augenblicke sind kostbar. Höre meine Beichte, ertheile mir Deine Absolution und rathe mir, wie ich meine Seele von der großen Last, die auf ihr ruht, befreie."

---

8 Unterhandlungen.

Doña Carmen Duchicela saß in ihrem Ruhesessel. Der Cacique von Ibarra und der Fürst Cunduraзu standen an ihrer Seite. Während Toa in einem angrenzenden Zimmer einen Brief las, den Mariano, Carrera's Diener, ihr eben gebracht hatte.

„Ja wohl, Don Sebastian," sagte die Dame, „ich werde, sobald meine Vorbereitungen getroffen sein werden, nach Cacha zurückkehren. Dieses ist ein sündhafter Ort und seine Bewohner sind ein gottloses und mordgieriges Volk. Ich sehne mich nach der Ruhe meines Landsitzes, wo ich Gott im Frieden dienen kann, nicht erschreckt durch das Geräusch des Schlachtgewühls in den Straßen und das Geheul des zügellosen Pöbels."

„Theuere Herrin," sagte der Cacique von Ibarra. „Verlassen Sie uns jetzt nicht. Gott mag es wissen, ob wir je wieder zusammentreffen werden."

„Wir werden uns wiedersehen, wenn Sie ein Christ sind, Don Sebastian. Dort werden wir uns wiedersehen mein Freund, wo es keine Trennung mehr und keinen irdischen Jammer mehr giebt."

„Es ist mir nicht lieb, daß Sie Ihren Besuch abkürzen. Wenn Sie gehen, muß ich gehen, da mein Bleiben nach Ihrer Abreise Verdacht erregen und mich der Gefahr aussetzen könnte; und doch wäre ich noch gern länger geblieben."

„Gehen Sie, Don Sebastian! Gehen Sie! Je eher, desto besser. Gehen Sie nach Haus zu Ihrer Frau und Ihren Kindern. Nicht wenn Sie gehen, sondern wenn Sie bleiben, wird Gefahr Ihnen drohen. Glauben Sie mir, Don Sebastian, Ihre Projekte sind Träume und können nur mit Vernichtung enden."

In der Zwischenzeit hatte Toa mit dem ganzen Ausdruck ärgerlicher Ungeduld den Brief gelesen. Nachdem sie ihn gelesen hatte, ging sie in dem Zimmer auf und ab und versuchte es, sich zu beruhigen. Zuletzt blieb sie vor Mariano, der in devoter Unterwürfigkeit ihre Befehle abwartete, stehen. „Warte draußen Freund, bis ich Dich rufen lasse." Dann ging sie zu der Thüre, die in das andere Gemach führte und sagte:

„Tante, können Sie den Fürsten Cundurazu für einen Augenblick entschuldigen?"

Der alte Mann eilte sofort auf sie zu: „Was steht zu Ihrem Befehl, Königin?"

„Lesen Sie dieses!"

Er las und gab dann schweigend den Brief zurück.

„Er verläßt mich," sagte Toa, „jetzt wo ich ihn am dringendsten bedarf. Erst gestern erklärte ich ihm meine Liebe und schon heute verläßt er mich!"

„Er ist ein Viracocha, Shyri!"

„Was räthst Du mir jetzt, mein väterlicher Freund!"

„Deine Frage kommt spät, Shyri."

„War es nicht Dein Plan, Freund, daß ich einen Viracocha heirathen sollte, um ihn zum König über unser Land zu machen?"

„Gewiß, Shyri, aber die Wahl hast Du selbst getroffen!"

„Und Du hast sie gebilligt!"

„Es war nicht meine Sache, ungefragt der Wahl meiner Königin zu widersprechen."

„War er nicht der einzige Viracocha, der jemals ein Schwert zur Vertheidigung für Einen von unserer Race gezogen?"

„Jawohl, Shyri; seine Gefühle sind ehrlich, aber hast Du seine Seele geprüft. Der Glimmerstein glänzt, aber ist er Gold? Der Geier mag über die höchsten Klippen sich erheben, aber ist er ein Condor? Einen Mann von Stahl mußtest Du wählen und weißt Du es nicht, daß dieser Knabe eine Wachspuppe ist? Der Schreiber dieses Briefes, das ist ein Mann von Eisen. Ihn nehme! Der große Viracocha, den sie heute Morgen gemordet, hat für ihn gebürgt."

„O Cundurazu! Du weiser alter Mann! Mit all Deiner Weisheit und Deiner Erfahrung, kennst Du doch nicht das Herz des Weibes. Glaubst Du vielleicht, es gleicht einer goldenen Kette, die man von der Brust eines Mannes nehmen und um einen anderen umhängen kann!"

„Das Herz eines gewöhnlichen Weibes mag ich nicht kennen, Shyri. Nur Ein Weib habe ich geliebt und Dein Großvater Atahualpa nahm sie für sich selbst. Du aber bist eine Königin, und einer Königin Liebe gehört von Rechtswegen ihrem Volke. Wenn die Sache Deines Volkes einen Wechsel oder eine Aufopferung Deiner Gefühle verlangt, so wirst und mußt Du dieses Opfer bringen."

Toa schwieg. Waren Cundurazu's Worte nicht der Widerhall dessen, was sie Carrera bei der Rückkehr von den Bergen gesagt hatte? „Und doch" fuhr sie nach einer Weile fort, „kann er mich noch lieben; sein Onkel ist sein Wohlthäter."

„Wenn des Sohnes Pflicht und Dankbarkeit stärker waren, als seine Liebe, weshalb sollte Deine königliche Pflicht nicht stärker sein, als Deine Zärtlichkeit?"

„Laß uns später darüber sprechen. Was ist jetzt Dein Rath?"

„Laß Deinen jungen Freund kommen. Er bietet seine Dienste an und wir brauchen sie. Der Tod des großen Viracocha hat unsere Pläne zerstört. Wir müssen Jemanden haben, durch den wir mit dem Cabildo in Verbindung bleiben. Laß den jungen Sanchez kommen."

„Aber wo soll ich Ihn empfangen. Wir dürfen Doña Carmen nicht kompromittiren und ihre Güte nicht mißbrauchen. Ich werde ihn in den Bergen treffen."

„Nein Shyri, die Berge sind weit entfernt. Wir müssen ihn in der Nähe des Cabildo treffen. Treffe ihn in der Kirche des heiligen Franciscus, von dort können wir, sollten wir verrathen werden, durch die geheimen Gänge und Schluchten unter der Kirche entkommen."

Mariano fand den jungen Sanchez im Municipalitäts-Gebäude und zwar hatte man ihn im Falle eines möglichen Angriffs vom Palaste aus mit der Vertheidigung desselben betraut. Sein Herz schlug schneller, als er hörte, daß die Königin Toa ihn zu sehen wünsche.

„Wo ist die Shyri Toa?" frug er.

„Ich werde Ew. Gnaden zu ihr führen", antwortete der schlaue Indianer.

„Und wohin sollen wir gehen?"

„Das kann ich Ihnen nicht sagen, Herr, aber seien Sie so freundlich und folgen Sie mir."

„Warte einen Augenblick. Ich werde sofort wieder da sein." Damit eilte er seinem Vater zu, der mit Francisco de Olmos, Diego Nuñez del Arco, Juan de Londoño und anderen Mitgliedern des Cabildo sich unterhielt und mit Denen er bereits das Problem einer Allianz mit der mysteriösen Indianischen Königin besprochen hatte."

„Vater, ich werde jetzt die Shyri Toa sehen. Was soll ich ihr im Namen der Municipalität sagen!"

„Oho!" rief Londoño aus, „Sie werden Sie sehen! Nun meine Herren, würde das nicht ein ganz schöner Streich sein, wenn wir die mystische Person gefangen nähmen und zwängen, das Geheimniß des Schatzes zu verrathen? Ihr Geld können wir besser gebrauchen, wie ihre Indianer."

„Señor Londono!" donnerte der junge Mann, „das würde infam sein!"

„Señor Roberto," antwortete der andere und legte die Hand an den Schwertgriff, „eine solche Sprache verdient eine Züchtigung."

„Friede, Friede!" unterbrachen die Umstehenden.

„Sohn!" sagte der alte Sanchez, „Hüte Deine vorlaute Zunge und lerne erst, wie man mit Vorgesetzten spricht. Entschuldigen Sie den Knaben, Freund Londoño. Er ist zu hastig und impulsiv. In seinem Namen bitte ich Sie um Verzeihung. Aber ich bin der Ansicht, daß wir durch so einen Versuch nichts gewinnen werden und daß wir dadurch alle Vortheile, die wir eventuell durch ein Bündniß mit der geheimnißvollen Königin erzielen können, damit fahren lassen."

„Ich beuge mich Ihrem weisen Rathe, Señor Sanchez," sagte Londoño. „Was ich sagte, war eben nur eine hastig hingeworfene Bemerkung, die man besprechen konnte. Aber ich möchte in Bezug auf die Indianer zur Vorsicht mahnen; wir möchten ein wildes Element entfesseln, das wir später nicht mehr bändigen können. Diese Indianer werden uns Bedingungen stellen, und diese Bedingungen werden mit den Interessen unserer besten Männer in Widerspruch stehen. Solche Concessionen mögen sich verhängnißvoll für die Encomenderos*) gestalten, und wir mögen dadurch uns Leute zu Feinden machen, die jetzt unsere treuesten Freunde sind."

„Ich gebe zu," antwortete Sanchez, „daß dieses Problem außerordentliche Schwierigkeiten darbietet. Wenn ich Beslido verstanden habe, so bietet die indianische Königin uns ihre Schätze und die Dienste ihres Volkes an. Was aber verlangt sie als Gegenleistung und wie viel können wir gewähren?"

„Und wie können wir uns darauf verlassen, daß sie uns wirklich in den Besitz ihrer Schätze setzt?" fuhr Londoño fort. „Und was können ihre Indianer für uns thun? Wenn ich offen sprechen soll, so glaube ich nicht, daß sie im Falle eines Krieges uns von großem Nutzen sein werden."

„Meine Herren," sagte der junge Sanchez, „die Königin Toa wartet darauf, mich zu empfangen. Wenn Sie keine Vorschläge zu machen haben, so werde ich ihr ganz offen mittheilen, daß es unnütz für sie ist, sich mit dem Cabildo in Unterhandlungen einzulassen. Ist es Ihnen lieb, wenn ich diese Botschaft ihr überbringe?"

Und wiederum erhob sich eine lebhafte Debatte, die zu keinem Resultate führte, und die mehreremal von Roberto Sanchez unterbrochen wurde mit der Bemerkung, daß er gehen müsse. Man fühlte es schließlich heraus, daß der leitende Geist der Revolution verschwunden und Niemand da war, ihn zu ersetzen. Zuletzt einigte man sich dahin, daß Roberto mit der Shyri unterhandeln und von ihr eine autorisirte Angabe ihrer Forderungen erlangen solle.

In einem der dunkelsten Winkel der Kirche von San Francisco beugte Roberto Sanchez sein Knie vor der indianischen Königin, und schwor auf dem Kreuze seines Schwertes, daß, wenn immer sie auch Ursache haben könne, anderen zu mißtrauen, Er doch ihr treuer und ergebener Kavalier, ihr getreuer Botschafter beim Cabildo und der Vertheidiger der Rechte ihres Volkes sein würde. Wie verschieden klang diese energische und emphatische Erklärung gegen die ausweichenden und ungewissen Worte Carrera's. Roberto's Worte klangen wie

*) Landbesitzer, denen die Indianer zugewiesen sind, oder um den Ausdruck zu gebrauchen, nach dem das ganze System genannt ist, „empfohlen zu dem Zwecke, um in der christlichen Religion vorbereitet zu werden."

Als Gegenleistung für diese große Wohlthat, die also in nichts geringerem als der Erlösung ihrer Seelen bestand, hatten die Indianer das Land ihrer Eigenthümer zu bebauen oder die religiösen und geistigen Wohlthaten, die sie vorschriftsmäßig empfangen sollten, durch Arbeiten in den Fabriken und Bergwerken wieder gut zu machen. Die Encomenderos kümmerten sich nicht viel (oder überhaupt gar nicht, wenn wir dem edlen Mönch Las Casas glauben, dessen Anklagen nur zu wahrscheinlich lauten) um das Seelenheil ihrer Indianer oder ob sie den nöthigen christlichen Unterricht erhielten oder nicht, sondern sie waren nur darauf auf's eifrigste bedacht, daß die Indianer die Dienste für ihre ewige „Erlösung" ja recht vollständig und gründlich leisteten. „Empfohlen sein" zum Zwecke der christlichen Bekehrung war nur ein anderer Name für Verdammung zur Sklaverei.

Musik in den Ohren des Cundurazu, und die überschwängliche Natur Toa's fühlte sich sympathisch hingeneigt zu der stürmischen Begeisterung des jungen Helden, der ohne Rücksicht auf die Folgen und die Vorurtheile seiner Zeit sich zum Vertheidiger einer Sache aufwarf, an der er bis dahin noch kaum gedacht haben konnte. Aber nicht die Leiden der Völker, sondern die silberne Stimme und die gewinnende Grazie Toa's, wie auch das romantische Dunkel, das sie umgab, waren es, was ihn fesselte. Und als er ihren pathetischen und zündend beredten Worten lauschte und den Reiz ihrer anziehenden Gegenwart fühlte, da schwand das Bild von Mercedes, die seufzend und weinend in dem einsamen Hause der Vorstadt sich nach ihm sehnte, aus seinem Gedächtniß und wurde ausgelöscht in seinem Herzen.

„Ich bitte Ew. Hoheit um Verzeihung über diese einfache Darlegung der Einwendungen, die nicht von mir, sondern von gewissen Mitgliedern des Cabildo erhoben worden sind. Es wurde darauf hingewiesen, daß die Indianer sich unserer Sache gegenüber sehr indifferent benommen oder sie nicht verstanden haben. Kein Indianer, hob man hervor, habe sich an dem Angriff auf den Palast betheiligt."

„Und weshalb hätten sie sich für eine Sache opfern sollen, die sie gar nichts angeht?" antwortete Toa. „Machen Sie Ihre Sache zu ihrer Sache und Sie werden sehen, was die Indianer leisten können."

„Es war der Señor Londoño, der behauptete, daß sie nicht fähig sein würden, uns irgend welche Dienste zu leisten."

„Ich kann ihre Fähigkeit noch in dieser Nacht beweisen. Wollen Sie, daß ich den Palast nehme? Ich kann es. Laßt den Cabildo nur ein Wort sagen und der Palast ist in Ihren Händen. Aber nicht ein Tropfen indianisches Blut soll verspritzt werden, wenn ich es verhindern kann, bis wir eine Garantie unserer Rechte gesichert haben. Welche Fähigkeiten haben die Viracochas gezeigt bei ihrem Angriff auf den Palast? Wie die Llamas auf den Bergwiesen wurden sie auseinandergetrieben. Wenn die Viracochas es ernstlich meinen, weshalb haben sie den Palast nicht sofort genommen?"

„Sie haben nicht die Absicht zu stürmen aus Furcht, auch die Auditoren zu tödten, die sie als Geißeln sich sichern möchten."

„Furcht! Die Viracochas und Furcht! Die Männer von Eisen sind furchtsam. Geißeln wollen sie, um ihr eigenes Leben zu schützen. Wenn die Männer unseres Volkes sich einer Sache annehmen, so fragen sie nicht, was aus ihrem Leben wird. Doch, wenn Sie wünschen, daß diese elenden Folterknechte im Palast geschont werden, so soll es geschehen. Ich kann den Palast nehmen und die Minister in Ihre Hände liefern, ohne ein Haar ihrer sündigen Häupter zu krümmen. Geben Sie uns nur eine Gelegenheit und Sie werden sehen, aus was für Stoff meine Leute gemacht sind. Aber, Don Roberto, ohne meine Befehle werden sie sich nicht rühren, und diese Befehle werde ich nicht eher geben, bis unser Recht gesichert wird."

„Gerade aus diesem Grund hat der Cabildo mich instruirt, von Ew. Hoheit die Angaben Ihrer Bedingungen zu erhalten."

„Fürst Cundurazu wird Sie mit Allem bekannt machen, was wir wünschen. Ich werde Sie mit ihm allein lassen. Und nun, Don Roberto, was immer auch das Resultat unserer Unterhandlungen sein mag, ob sie gelingen, oder fehlschlagen, ich nehme das Anerbieten Ihrer Freundschaft an und werde diese als Schatz in meinem Herzen bewahren. Sie haben das Anerbieten, Don Roberto, wie ein Kavalier einer Dame gemacht u. die Dame wird Sie beim Wort halten. Wenn wir uns auch niemals wieder treffen sollten, merken Sie sich das: Was Sie der Toa Duchicela ihrer selbst willen versprochen haben, war Musik in ihren Ohren, aber es legt Ihnen keine Pflichten auf, aber was Sie zu Gunsten ihres Volkes versprochen haben, davon werde ich Sie niemals, niemals entbinden. Und nun, leben Sie wohl, mein Freund. Rechnen Sie auf mich, wenn Sie im Unglück sind. Ich bin eine heimathlose Wanderin und dennoch eine mächtige Königin. Toa Duchicela wird niemals die Freunde ihres Volkes vergessen und verlassen."

Mit diesen Worten reichte sie ihm die Hand, die er mit feurigen Küssen bedeckte. Dann zog sie sich in eine Seitenkapelle zurück, warf sich vor einem christlichen Altar auf die Kniee und sandte glühende Gebete empor nicht zu Christus oder der Jungfrau oder dem höchsten Wesen der Christenheit, an dessen Existenz sie zum Theil glaubte und dessen Größe sie anerkannte, sondern zu dem unbekannten Gotte, der ihrer Ansicht nach größer und mächtiger war wie die Dreieinigkeit der Fremden, größer wie die Sonne und der Mond, die Götter ihrer eigenen Race, zu Pachacamac nämlich, der Himmel und Erde regierte, lange bevor der Sonnen-Gott sich als erster Inka offenbart hatte; lange bevor die mächtigen Carans die schwachen Fürsten der Quitus entthront hatten, und lange bevor man im Lande der Väter vom christlichen Gotte gehört hatte.

Cunduraju entwickelte vor Sanchez in wenigen Worten den großen Plan, den Bellido bereits gebilligt hatte. Peru sollte von Spanien unabhängig gemacht und von einem eingeborenen Viracocha regiert werden, den Toa heirathen sollte. Dieser Plan sollte jedoch für den Augenblick nicht dem ganzen Cabildo vorgelegt werden, aber der junge Sanchez sollte denselben seinem Vater unterbreiten, der dann die Führer der Revolution darauf vorbereiten und sie dafür gewinnen sollte. Unterdessen sollte das provinziale Amt des Schützers der Indianer, welche das spanische Gesetz als „personas miserables" classifizirte, bestehend aus Minderjährigen, Frauen, Wahnsinnigen, Idioten und Armen, und das jetzt von einem korrupten Werkzeug der Encomenderos besetzt war, auf Carrera oder irgend einen anderen bewährten Freund des unterdrückten Volkes übertragen werden. Das Gesetz, welches verbot, Indianer in Ketten zu transportiren, sollte strikt in Kraft gesetzt werden. Die Gesetze, wodurch ihnen der Besitz und der Gebrauch von Waffen und Pferden untersagt wurde, und alle Gesetze, die einen Unterschied vorschrieben in Bezug auf Kleidung, Eigenthum und Lebensweise, sollten widerrufen werden. Zwangsarbeit in den Fabriken und Bergwerken oder an öffentlichen Gebäuden sollten untersagt werden. Alle von den Indianern geleisteten Dienste sollten freiwillige sein und bezahlt werden. Nach Annahme dieser Bedingungen durch den feierlichen Beschluß des Cabildo wollte die Königin Toa beim Sturm auf den Palast mit dem Cabildo zusammen operiren. Da die Indianer noch unbekannt waren mit dem Gebrauch der Feuerwaffen, und um Leben zu schonen, baten sie um die Unterstützung einiger Arquebusier. Der Angriff sollte noch in dieser Nacht gemacht werden. Mit der Hülfe einiger Arquebusier wollte die Königin Toa den Palast und die Minister vor Tagesanbruch in die Hände des Cabildo liefern. Nach der Verheirathung Toas mit dem künftigen Könige von Quito sollte der Inka-Schatz der neuen Regierung zur Disposition gestellt werden, und zwar zu einem dreifachen Zweck: 1. Zur Aufrechthaltung des königlichen Hofhalts. 2. Zur Durchführung des Krieges mit Spanien bis zur glücklichen Beendigung, und 3. zur Entschädigung der Encomenderos und Besitzer indianischer Sklaven für ihren Verlust durch die Emanzipation, und zur Belohnung der Männer der Revolution für ihre der Sache der Unabhängigkeit geleisteten Dienste.

Mit diesen Informationen kehrte Sanchez zum Cabildo zurück. Innerhalb zweier Stunden hatte er Cunduraju am selben Platze wiederzutreffen, um ihn mit den Beschlüssen der Municipalität bekannt zu machen. Aber er sollte allein kommen, und im Falle Verrätherei versucht werden sollte, verpfändete er sein Wort als Edelmann, die Rathgeber Toa's durch Mariano oder irgend einen anderen intelligenten Indianer zu warnen.

Der Bericht des Roberto Sanchez schleuderte den Cabildo in ein Meer von Zweifeln und Bedenken, und wiederum drohte die Debatte endlos zu werden. Es hatten sich jetzt zwei genau erkenntliche Parteien gebildet. Die eine war die Partei der That und begünstigte ein festes und energisches Einschreiten, sie nahm das ganze Programm Bellido's an und man nannte sie daher die Partei Bellidistas. Die andere Partei hatte kein eigenes Programm, opponirte aber allen entscheidenden und radikalen Maßregeln. Sie sagten, sie seien für energisches Handeln, und doch konnten sie sich zu keinem Schritte entschließen. Ihre Politik war, Zeit zu gewinnen und in bewaffneter Defensiv-Stellung die Ereignisse abzuwarten. Es war die Partei der Zögerer, der sich sehr bald alle geheimen Freunde des Königs und diejenigen, die in der neuen Ordnung der Dinge Gefahr für ihre finanziellen Interessen erblickten, anschlossen. Der nominelle Führer dieser Partei war Londoño, während Paredes sehr bald, natürlich im Geheimen und ohne daß es die meisten Mitglieder der Partei nur ahnten, das eigentliche Haupt derselben war. Offen schloß sich Paredes der Sache der Bellidistas an und schien einer der lautesten und entschlossensten Befürworter derselben zu sein. Die Führer der Partei der That waren Sanchez und Olmos. Da diese Meinungsverschiedenheiten sehr bald in bittere Gehässigkeiten übergingen, theilten sie die Bevölkerung von Quito unter sich selbst, schwächten in kurzer Zeit, untergruben und zerstörten schließlich die Sache der Revolution.

Doch wir wollen zu unserer Erzählung zurückkehren. Wenn Männer in einer Debatte sich nicht einigen können, werfen Ereignisse das Gewicht in die Wagschale. Die endlose Diskussion des Cabildo wurde unterbrochen durch die Ankunft einiger Spione der Municipalität, welche den königlichen Post-Courier eine kurze Strecke vor der Stadt auf seinem Wege von der Küste zur Hauptstadt aufgefangen hatten. Der Postsack wurde ihm abgenommen und dem Cabildo überliefert. Dieser beschloß sofort, denselben zu öffnen und den Inhalt zu untersuchen, und zwar befanden sich darin zwei Dokumente von außerordentlicher

Wichtigkeit. Das eine war eine Depesche vom Vice-König an die Audienz von Quito, welche die alarmirende Nachricht enthielt, daß man mit der Ausrüstung einer militärischen Expedition beschäftigt sei, welche unter dem Kommando des alten Pedro de Arana nach Guayaquil eingeschifft und von dort über Land nach Quito geschickt werden solle. Die Vorbereitungen seien beinahe vollendet, und das Schiff werde in wenigen Tagen absegeln. Wenn Arana bei seiner Ankunft in Guayaquil ausfinden sollte, daß die Stadt Quito sich in die Eintreibung der Alcabala gefügt habe, so werde er nach Callao zurückkehren, wenn nicht, habe er Befehl, nach Quito zu marschiren und auf dem Wege dahin seine Streitkräfte in den Städten und Plätzen auf seinem Wege durch die Anhänger von Gesetz und Ordnung zu verstärken. Er habe die volle Machtbefugniß, Alle, welche gegen den König rebellirten, wie auch diejenigen, welche die Rebellen unterstützt, oder sich geweigert hätten, zur Unterdrückung der Rebellion hilfreiche Hand zu leihen, zu verhaften, zu prozessiren und zu bestrafen. Seine Instruktionen waren derart, daß keines Mannes Leben oder Eigenthum mehr sicher in Quito war. Jeder Einzelne in der Versammlung, der mit athemloser Spannung auf die Vorlesung dieser verhängnißvollen Depesche horchte, war von der Gnade dieses königlichen Commissärs abhängig. Und das schlimmste von Allem war, Arana war ein sehr reicher Mann, den man nicht so leicht bestechen konnte. Executionen und Confiscationen mußten an der Tagesordnung sein, wenn der gefürchtete Spanier, der in der Schule Alba's erzogen war, in die Hauptstadt des alten Shyrireiches einziehen sollte. Selbst Unterwerfung und Gehorsam würden zu spät sein; und wer sollte noch wagen, von Unterwerfung zu sprechen?

Das zweite Dokument war ein Brief des Sohnes des Marquis de Solando in Lima an seinen Vater in Quito. Er enthielt die Ankündigung, daß der junge Edelmann im Stabe Arana's nach Quito zurückkehren würde. Zugleich hieß es darin, daß der Vicekönig ihn mit großer Güte und Herablassung behandelt und ihm mitgetheilt habe, daß in Depeschen vom Madrider Hofe der Marquis in den schmeichelhaftesten Ausdrücken genannt und als der Mann bezeichnet sei, den man bei den Maßregeln zur Pacifizirung der Kolonie und bei den Belohnungen und Züchtigungen der leitenden Männer von Quito zu Rathe ziehen solle.

Diese Dokumente sicherten sofort den Sieg der Partei des energischen Handelns und brachten wenigstens für den Augenblick die Stimmen der Zögernden zum Schweigen. Die Gefahr wurde drohend und kein Tag durfte verloren werden. Der Angriff auf den Palast sollte gemacht werden und man mußte sich sofort der Personen des Präsidenten und der Auditoren versichern. Hülfe mußte von irgend einer Seite, von woher sie sich auch bieten sollte, angenommen werden. Der Cabildo entschied mit Enthusiasmus, die Forderungen der Indianer wenigstens momentan zu bewilligen, was so viel hieß, daß sehr Viele, wenn nicht die Meisten, die jetzt dafür stimmten, es mit dem stillschweigenden Verständniß thaten, alle diese Koncessionen zu widerrufen, wenn immer dies später bequem und wünschenswerth sein sollte. Eine Reihe von Beschlüssen wurde angenommen, wodurch die Forderungen der Königin den municipalen Gesetzen eingereiht wurden. Uebrigens sollte der Angriff auf den Palast den Indianern nicht allein überlassen werden. Die Majorität des Cabildo hegte eine sehr schlechte Meinung von der Verwendbarkeit der Indianer zu militärischen Zwecken. Pedro de Guzman Ponce de Leon sollte das Kommando der Arquebusier der Stadt übernehmen, die von den Säulengängen und den benachbarten Häusern ein Feuer unterhalten und die Soldaten von den Thüren und Fenstern des Palastes vertreiben sollten, während die Indianer den Angriff von der Front und der Südseite her zu machen hatten. Hinter der Front sollten Juan de Castro's Leute die Operationen, die bereits bei der ersten Attacke beinahe erfolgreich gewesen wären, wieder aufnehmen. Roberto wurde an die Königin Toa abgesandt, um ihr die Beschlüsse des Cabildo mitzutheilen und zugleich als ihr militärischer Rathgeber zu fungiren. Nach Verlauf von zwei Stunden sollte der Angriff beginnen und die Glocken der Kathedrale sollten das Zeichen geben.

Unterdessen wurden Befehle ertheilt, zur Verhaftung und Einsperrung des Marquis de Solando. Sein Haus sollte durchsucht werden und wenn man ihn dort nicht fand, sollten berittene Abtheilungen nach seinen Haciendas in Chillo und Tambillo sich begeben, ihn dort suchen und ihn dann vor den Cabildo bringen. Die Besitzungen des Marquis waren eine sehr lockende Belohnung für seine politischen Feinde. Nicht nur der Marquis, sondern auch alle anderen offenen Anhänger Spaniens sollten wegen ihrer Illoyalität gegen die Sache des Volkes schwere Strafen erdulden.

9. Eine Haussuchung.

Paredes war kein Mitglied des Cabildo, er befand sich daher auch nicht im Sitzungssaal, wohl aber im Gebäude und erfuhr dann auch bald, daß einige den Marquis compromittirende Briefe aufgefangen seien. Er sah sofort ein, daß der Cabildo die Verhaftung des Marquis anordnen würde. Es war daher von der größten Wichtigkeit, ihn zu warnen, wenn er zu Hause war, oder einen Boten der berittenen Mannschaft vorauszusenden, falls der alte Herr sich auf einer seiner Haciendas auf dem Lande befand. Das Haus des Marquis wurde von Municipal-Garden bewacht. Diese Leute würden Paredes zugelassen haben, das wußte er, aber sie würden zugleich auch der das Haus durchsuchenden Abtheilung von seinem Besuche erzählt haben und das hätte doch möglicherweise das Vertrauen der Rebellen auf ihn, das er sich trotz aller Schwierigkeiten in so schlauer Weise erworben hatte, zu sehr erschüttert. Was sollte er thun? Nur einen Ausweg sah er und das war ein verzweifelter. Er wollte den Leuten des Cabildo zuvorkommen und auf seine eigene Verantwortung mit auf der Straße aufgegriffenen Freiwilligen eine Haussuchung vornehmen. Eine Zeile an Dolores, die er ihr heimlich in die Hand drücken konnte, und ein paar Worte, die er ihr zuflüstern konnte, würden genügen. Glücklicherweise entdeckte er, als er das Municipalitätsgebäude verließ, in der vor dem Haupteingange angesammelten Menge den Mayordomo. „Don Tomas," sagte er, indem er ihn bei Seite nahm, „lassen Sie mein schnellstes Pferd holen und es auf die Plaza de Santa Clara bringen. Halten Sie es dort für sich in Bereitschaft und dann folgen Sie mir nach dem Hause des Marquis de Solando. Sputen Sie sich, Don Tomas! Sie haben mir schon viele Freundschaftsdienste erwiesen, aber jetzt bedarf ich Ihrer Hülfe mehr denn je. Sie wissen, ich liebe Dolores Solando und um sie zu gewinnen, muß ich ihren Vater retten, ganz einerlei wie er über die Alcabala denkt. Verstehen Sie mich, Don Tomas?"

„Gewiß, Herr, und Sie können auf mich rechnen. Ich werde mich beeilen, die nöthigen Befehle zu ertheilen."

„Aber seien Sie in wenigen Minuten wieder zurück. Sie müssen bei mir sein, um die Señorita zu warnen und von ihr erfahren, wo ihr Vater sich aufhält."

Don Tomas verlor keinen Augenblick Zeit, er ertheilte die nöthigen Befehle und befand sich schon wieder an der Seite seines Herrn, ehe dieser den großen Platz erreicht hatte. Die erste Gruppe Bewaffneter, die sie trafen, redete Paredes folgendermaßen an: „Señors! Briefe, die den Marquis de Solando compromittiren, wurden von den Leuten des Cabildo aufgefangen; er hat sich in eine Verschwörung gegen unsere gute Sache eingelassen und wir müssen ihn zum Gefangenen machen. Ich habe, und wie ich glaube, aus sehr zuverlässiger Quelle die Nachricht erhalten, daß er verkleidet nach Hause zurückgekehrt ist, um gleich bei der Hand zu sein. Wollen Sie mir folgen, um nach ihm zu suchen und ihn festzunehmen?"

„Wir wollen, ja wir wollen!" riefen die Männer, „Nieder mit dem Marquis! Es lebe Señor Paredes!" und weiter gings nach der Plaza de San Francisco hin und mit jedem Schritte nahm die Truppe an Zahl und Aufregung zu.

Paredes wußte ganz genau, daß der Marquis nicht zu Hause war, aber wenn er da sein sollte, so hätte Paredes es schon so eingerichtet, daß er nicht gefunden wurde. Der alte Herr besaß verschiedene Haciendas im Lande und es war nöthig zu wissen, auf welche er sich geflüchtet hatte, um keine Zeit zu verlieren; wenn er seinen Häschern nur um eine Stunde voraus war, dann war er gerettet.

„Eine starke Abtheilung muß an den hinteren Thüren des Gebäudes sich aufhalten, um eine Flucht durch den Garten zu verhindern," befahl Paredes und verminderte dadurch um ein Beträchtliches die Zahl seiner Begleiter. „Untersucht alle Nebengebäude, Ranchos und Ställe, ich werde die Hauptgebäude auf mich nehmen."

Die Municipalgarden am Eingang verweigerten zuerst den Eintritt, aber als Paredes im Namen der Stadt Quito ihnen gegenüber trat, gaben sie nach und gewährten Paredes und den Leuten, die er auswählte, den Eintritt: „Genug, genug, meine Freunde!" sagte der schlaue Creole, als sich noch mehr Bewaffnete in's Gebäude drängten, „wir wollen die Damen nicht erschrecken, wir wollen ja nur einen alten Mann festnehmen" und mit einer befehlenden Geberde winkte er den Municipalgarden, Niemanden mehr einzulassen.

„Nun, meine Freunde, untersucht den unteren Theil des Hauses; es ist leicht möglich, daß er sich in den Räumen der Dienerschaft versteckt hält; ein Dutzend von uns wird genügen, die oberen Räume zu untersuchen."

Trotzdem folgte ihm eine bedeutend größere Zahl und er würde Verdacht erregt haben, wenn er dieselben zurückgewiesen hätte.

Dolores, bleich wie der Tod, aber gefaßt

und muthig erwartete sie auf der obersten Stufe der Haupttreppe. Als sie Paredes erkannte, der möglichst finster und ernst dreinschaute, fühlte sie sich erleichtert.

„Ich bedauere, Señora," begann er in einem allerdings höflichen aber gemessenen und ernstlichen Tone: „ich bedauere, daß es meine schmerzliche Pflicht geworden ist, Ihren Vater zu verhaften."

„Mein Vater hat die Stadt verlassen," erwiderte Dolores, ebenfalls sich das Ansehen stolzer Entschlossenheit gebend.

„Da es in solchen Fällen die Pflicht einer Tochter ist, die Wahrheit zu verbergen, so muß uns das gnädige Fräulein schon verzeihen, wenn wir ihre Worte bezweifeln. Wir müssen das Haus durchsuchen."

„Suchen Sie, wenn's beliebt, ich werde Ihnen den Weg zeigen."

„Wie Sie wollen," sagte Paredes mit einer tiefen Verbeugung und einem bezeichnenden Blick, den sie ängstlich auffing, aber sich nicht zu erklären vermochte. Aber als Paredes, wie ganz zufällig, seinen Mayordomo berührte, der sich etwas vorwärts drängte, wußte sie, daß dieser Blick etwas zu bedeuten habe, und daß sie auf der Hut sein müsse. Die Gesellschaft trat nun in das der Treppe zunächst gelegene Gemach. Dolores ging voran. Es war ein Empfangszimmer, das direkt in den Hauptsalon führte. Tante Catita befand sich in demselben, die beim Eintreten der bewaffneten Soldaten laut aufschrie. Dies führte einige der Leute zu dem Glauben, daß der Marquis sich wirklich im Hause befinde und sie eilten vorwärts, sich nicht um Dolores kümmernd. In diesem Augenblicke befand sich Don Tomas an ihrer Seite, und die Aufregung und den Tumult benützend, lispelte er ihr zu: „Wo ist Ihr Vater, Señorita?" Sie schaute ihn mißtrauisch von der Seite an, dann blickte sie Paredes an, der ein großes Garderobezimmer geöffnet hatte und jetzt zurücktrat, um für seine Begleiter Platz zu machen, die es durchsuchen wollten. Als er sich umwandte, verstand er sofort die Situation und nickte ihr flüchtig zu, so daß Niemand anders es bemerkte. „Ich bin sein Mayordomo," flüsterte Don Tomas, „und muß Ew. Gnaden Vater warnen!" Dolores entfernte sich von ihm, aber als sie an ihm vorbei streifte, flüsterte sie das Wort „Tambillo!"

Drei Stunden später befand sich der Marquis auf dem Wege nach der Küste und eine Stunde später langten die berittenen Mannschaften des Cabildo auf der Hacienda zu Tambillo an, aber das Nest war leer, der Vogel war ausgeflogen.

10. Hatuntaqui, die große Kriegs-Trommel.

Bewaffnete Männer eilten ab und zu. Die Nachricht, daß ein zweiter Angriff auf den Palast unternommen werden sollte, hatte sich wie ein Lauffeuer verbreitet. Die Straßen von Quito, sonst so ruhig und dunkel bei Nacht, waren taghell erleuchtet von lodernden Fackeln. Fackeln waren an den Balkonen der der gemeinsamen Sache freundlich gesinnten Freunde — und wer würde es in diesem Augenblicke gewagt haben, nicht ihr Freund sein — befestigt. Und Fackelträger eilten hin und her oder umstanden die Gruppen Bewaffneter, die in den Straßen postirt waren und mit Eifer und Interesse die bevorstehenden Ereignisse besprachen. Mit ängstlicher Spannung warteten die Wachen auf das Geläute der Glocken, welche das Zeichen zum Angriff geben sollten. Wilde Gerüchte über die beabsichtigte Betheiligung der Indianer flogen von Gruppe zu Gruppe, die geheimnißvolle Indianer-Königin, bisher nur eine mythische Figur, sollte in Wirklichkeit sich in dieser Nacht zeigen. Einige behaupteten sogar schon, sie hätten sie bereits gesehen und zwar gekleidet in einem Gewande glänzend von Gold und kostbaren Steinen. Aber nur wenige Indianer waren zu sehen und die Weisheitskrämer schüttelten bereits ungläubig den Kopf. Plötzlich aber erscholl ein tiefer, dumpfer aber durchdringender Ton, ähnlich dem Grollen eines vulkanischen Ausbruchs, durch die Nacht und machte Jeden zusammenfahren. Niemand hatte einen solchen überirdischen Ton jemals vorher gehört. Bald folgte ein zweiter und ein dritter und jeder einzelne Schlag dröhnte deutlich durch die ganze Stadt. Zur selben Zeit füllten sich die Straßen mit Indianern an. Jedes Haus schien sie auszuspeien, aus jedem Rancho tauchten sie auf. Aus den Gäßchen und Schluchten, die sich durch die Stadt hinzogen und die damals noch nicht bedeckt und dem öffentlichen Blick entzogen waren, wie jetzt, kamen die Indianer und stießen tiefe leidenschaftliche und unverständliche Kehllaute aus. Bewaffnet waren sie mit Knitteln, Messern und Lanzen; alles was ihnen nahe lag, hatten sie ergriffen und diejenigen, die keine Waffen hatten finden können, trugen Steine in ihren Ponchos, bereit, sie gegen die Feinde zu schleudern. Es erschien geradezu unerklärlich, woher diese alle in so kurzer Zeit hergekommen waren. Die Plaza de San Francisco und die zum großen Platz führende Wege waren vollständig damit angefüllt. Die mysteriösen und entsetzlichen Detonationen, welche die Creolen so in Erstaunen gesetzt hatten, wurden gewaltiger und furchtbarer, je mehr sie sich dem großen Platze näherten. Einige Weiße erkundigten sich schließlich bei den Indianern nach diesen fürchterlichen Tönen. „Hatuntaqui! Hatuntaqui!" war die Antwort.

„Hatuntaqui" bedeutet in der Quichua Sprache „die große Kriegstrommel." Und es war in der That eine der großen Kriegstrommeln, die sorgfältig verborgen, der Eroberung entgangen war und jetzt nochmals ihre furchtbaren Tönen erdröhnen ließ, um die Kinder der Sonne zum tödtlichen Kampfe zu sammeln. Sie wußten nicht, gegen wen sie geführt wurden, und wessen Sache sie vertheidigen sollten, aber es kümmerte sie auch nicht. Aber sie wußten, daß ihre Shyri-Königin unter ihnen war und daß sie befehlen ließ, daß die große Trommel aus ihrem Versteck gebracht werde und das genügte ihnen. Nur wenige der Indianer hatten den Schall der großen Trommel früher gehört, denn nahezu zwei Generationen waren schon ins Grab gesunken, seit sie zum letzten Male unter den Bannern des schrecklichen Rumiñagui, dem Mann mit dem steinernen Antlitz, erdröhnt war; aber sie kannten sie durch Ueberlieferung. Sie hatten von ihren Vätern und Müttern, von ihren Großvätern und Großmüttern von der wunderbaren Gewalt dieser großen Trommel erzählen hören, deren Ton man auf eine Entfernung von vielen Meilen vernehmen konnte. Und sie wußten, daß jeder männliche Indianer beim Schalle der Trommel zum Kampfe ausrücken mußte. In ihren Ohren war es das Signal zum Angriff und was sie als Tradition in den niederen Hütten sich hatten erzählen lassen, wurde jetzt zur Wirklichkeit und Wahrheit. Die Hatuntaqui ertönte wieder und die Indianer stürzten geradeso wie in den Tagen Atahualpa's herbei, folgten geradeso, als ob sechzig Jahre der Sklaverei und aller nur möglichen Leiden nicht dazwischen lägen, folgten geradeso willig, als ob gar keine spanische Eroberung stattgefunden, folgten gerade so, als ob sie ganz vertraut mit diesem Tone seien und als ob sie ihn erst gestern gehört hätten. Und als das große riesenhafte Instrument zuletzt sichtbar wurde, getragen auf den Schultern von zwei kräftigen Indianern und von einem dritten geschlagen, da schwangen sie wild ihre werthlosen Waffen und schrieen laut: „Hatuntaqui! Hatuntaqui!"

Bis jetzt war noch keine Ordnung in dieses Gewoge indianischer Köpfe gekommen, sondern ziellos liefen alle hin und her; ihre Anführer waren noch nicht auf der Scene erschienen, aber diese Ungewißheit sollte nicht von langer Dauer sein. Ein sehr alter Mann, in ein weißes wollenes Gewand gekleidet und mit einer bronzenen Waffe in der Hand erschien jetzt auf dem Platze. Nur Wenige kannten ihn, obschon sehr Viele ihn bereits in der San Francisco-Kirche gesehen hatten, als die Königin Toa sich ihrem Volke zeigte. Aber ob sie ihn kannten oder nicht, jedenfalls wußten sie, daß es ein Mann von Ansehn war und sie zögerten auch nicht, ihm zu folgen. Sie wußten es aus den Ueberlieferungen ihrer Race, daß er die Kleidung eines großen indianischen Fürsten trug, der nach Recht und Gesetz ihr Führer war. Bald auch wurde es bekannt, daß es der mächtige Curaca Cunduragu war, der in den Tagen Atahualpas in manch' blutiger Schlacht den verrätherischen Cañares besiegt hatte. Er mochte an die neunzig oder hundert Jahr alt sein, aber er erschien ihnen als der Inbegriff aller vergangenen Herrlichkeit und sie begrüßten ihn mit den Ausrufen herzlicher Freude. Mit einer gebieterischen Bewegung der Hand gebot er Schweigen und indem er sich auf die Schultern zweier Männer, die stolz auf ihre Last waren, schwang, sagte er:

„Kinder, das Königreich der Shyri Inkas wird wieder erstehen. Habt Ihr geglaubt, daß die Hatuntaqui zerbrochen sei und daß Ihr ihren Ruf niemals mehr hören würdet? Dort ist sie wieder! Seht Ihr sie, die große Trommel des Krieges? Hört Ihr ihre wuchtigen Töne? Wißt Ihr was das bedeutet?"

„Hatuntaqui! Hatuntaqui!" riefen tausende von Stimmen.

„Ich bin Cunduragu, der Curaca von Purruhá, ein Nachkomme der alten Herrscher, der großen Könige, durch welche das Haus der Duchicela sich mittelst Heirath verbunden hat mit Toa Caran, der einzigen Tochter des Shyri von Quito. Eure Großväter habe ich bereits in die Schlacht geführt und in dieser Nacht werde ich deren Enkel führen. Ich habe das Leben Autachis, den Sohn Atahualpa's, den Vater der Königin Toa, gerettet und im Geheimen als Euren König aufgezogen. Ich habe über sein Kind Toa gewacht und mit Hülfe unseres Vaters, der Sonne, Eurer kräftigen Arme und unter dem Beistand gleichgesinnter Viracochas werde ich sie wieder auf den Thron der Shyris erheben. Schaut sie an — dort kommt sie!"

Eine Sänfte, auf den Schultern von vier Indianern getragen, erschien auf dem Platze di San Francisco und bog in die Straße ein, die auf den großen Platz führte.

Toa, angethan mit den Gewändern der Inkas, saß auf einem erhöhten Sitz, und ihr zur Seite ritt auf einem mächtigen Kampfroß Roberto Sanchez, den Hut in der Hand. Ihre Stirn schmückte das große Diadem der Shyris, berühmt wegen des großen, glänzenden Smaragds. Ein Gürtel, in Form einer Schlange, reich besetzt mit kostbaren Steinen, umschlang ihre Büste und in der Hand trug sie einen Stab, auf welchem eine große goldene Sonne befestigt war. Die Indianer warfen sich auf die Knie und streckten ihre Arme nach derjenigen aus, die ihnen theuerer war, als selbst ihr Leben. Toa erhob sich von ihrem Sitze und befahl auch den Indianern sich zu erheben, was sie unter enthusiastischem Jubel thaten.

„Kinder von Quito, Purruhá und Caranqui!" sagte sie — „Ihr Alle kennt Toa Duchicela, die Tochter Autachi's, Atahualpa's Sohn. Sie ist gekommen, das Reich ihrer Väter wiederherzustellen. Die guten Viracochas werden ihr beistehen, die schlechten Viracochas müssen gestürzt werden. Die Männer im Palast dort sind unsere Unterdrücker, weil sie die Unterdrücker unserer Viracocha-Freunde sind. Wenn die Glocke der Kathedrale das Zeichen gibt, muß der Palast von Euch, meinen Kindern, gestürmt werden. Die gut gesinnten Viracochas werden uns helfen. Die treulosen Herrscher im Palaste müssen zu Gefangenen gemacht und an unsere Viracocha-Freunde ausgeliefert werden. Der ehrwürdige Curaca von Purruhá, der berühmteste der lebenden Helden unseres Volkes, wird Euch führen und Toa Duchicela, die Shyri-Inka, wird mit ihren eigenen Augen die Tapferkeit ihres Volkes mitansehen. Unsere Viracocha-Freunde haben Euren Heldenmuth angezweifelt, weil sie niemals den Schall der Hatuntaqui gehört, welche die Kinder der Sonne zum Siege führt. Die große Coya-Priesterin, welche von dem Volke Mama Rucu genannt wird, hat es geweissagt, daß unser Reich wieder erstehen und daß eine Vereinigung stattfinden wird zwischen unserem Volke und den gutgesinnten Viracochas, wie das Königreich Purruhá einstens vereinigt war mit dem Quito-Reiche."

Mit diesen Worten wandte sie sich an Roberto Sanchez: „Und jetzt mein Freund, nehmen Sie für einen Augenblick meinen Platz ein, und lassen Sie mich Ihr Streitroß besteigen. Mein Volk ist nicht bewandert in der Kunst der Worte, nur das Symbol ist's, was sie verstehen."

Roberto war in gewaltiger Aufregung und sein Herz jubelte vor Entzücken. Er half Toa von ihrem Sitz und hob sie auf sein Roß. Einen Augenblick zögerte er, ihren Platz einzunehmen, aber ein Blick von ihr gab ihm Muth und er stieg auf den Thron. Unmittelbar darauf streckte sie ihre Hand aus und wenige Sekunden lang hielten sie sich Hand in Hand, während die Luft wiederhallte von jubelnden Ausrufen: „Heil, Heil dem großen Viracocha! Heil dem Viracocha-Shyri! Heil dem Inka-Viracocha!"

Toa ritt dann über den Platz und durch die Straße bis vor die Front des Palastes, um sich allen ihren Unterthanen zu zeigen, daß sie da war. Dann zog sie sich langsam durch die drängende Menge zurück, stieg vom Pferde und nahm ihren Sitz auf dem Throne wieder ein, während Roberto Sanchez wieder sein Pferd bestieg.

Und jetzt schallte die große Glocke der Kathedrale laut und rasch durch die dunkle Nacht. Das Signal war gegeben und der Kampf begann. Der Verabredung gemäß eröffneten die Arquebusiers der Munizipalität ein Feuer auf die Soldaten in den Thüren und Fenstern des Palastes und eins der ersten Opfer war der junge Guzman de Tapia, der Adjutant Valverde's, der an die Barrikade des Haupteinganges gelehnt stand und mit staunender Ueberraschung auf das Thun und Treiben der Indianer blickte, das ihm absolut unverständlich war.

Cundurazu schwang seine Waffe und versuchte vergeblich durch die lebendige Mauer seiner Leute durchzudringen. „Schlagt die Hatuntaqui" rief er aus. „Vorwärts auf den Palast! Laßt Toa Duchicela das Feldgeschrei sein!" Und mit der Schnelligkeit eines Bergstroms ergoß sich die lebende Fluth in den großen Platz hinein bis an die Eingänge des Palastes. Die Garnison eröffnete ein heftiges Feuer auf die Angreifer. Die Kanonen krachten und warfen die ersten Reihen der Indianer zu Boden, aber die Lücken der Stürzenden waren sofort wieder durch die nachdrängenden Massen ausgefüllt, die mit unwiderstehlichem Ungestüm vorwärts drängten und gleichsam unter den Augen ihrer Königin den Tod suchten. Es entstand keine Panik, keine Flucht, kein Wanken, kein Rückwärtsdrängen. Noch ehe die Kanonen zum zweiten Male geladen werden konnten, war die Esplanade genommen, die Barrikaden zertrümmert und durch den Haupteingang ergoß sich der unaufhaltbare Menschenstrom; die Soldaten wurden durch die überwältigende Zahl allein übermannt und bald waren der ganze Palasthof und die unteren Hallen und Corridore angefüllt. Der Angriff war erfolgreich, noch ehe er eigentlich begonnen hatte. Und während der ganzen Zeit dröhnte die Sturmglocke der

Kathedrale und die furchtbare Hatuntaqui toste wie die grollenden Donner des Berges Cotopaxi durch die dunkle Nacht.

---

11. Mama Nucu's Fluch.

Von den in den vorhergehenden Kapiteln beschriebenen Vorbereitungen und Ereignissen war im Kloster La Merced nichts bekannt geworden. Ungefähr fünf oder zehn Minuten bevor die große Glocke der Kathedrale das verabredete Zeichen zum Sturme gab, kam aus der Kirche der Barmherzigen Bruder eine Prozession, die sich langsam dem Palaste zu bewegte. Mönche mit Fackeln und Weihrauchgefäßen eröffneten den Zug, ihnen folgten Mestizen, die den Baldachin trugen, unter welchem der Superior einherschritt, in seinen Händen das Heilige Sacrament, oder wie die Creolen es nannten „La Magestad," tragend. Eine kleine Schelle kündete die Ankunft des Zuges an.

Wo immer er sich zeigte, fiel das Volk auf die Knie, entblößte die Häupter und machte ehrfurchtsvoll Platz. Der Zug hatte sich bereits eine kurze Strecke von der Kirche entfernt, als er auf ein unerwartetes Hinderniß stieß. Juan Castro und einige seiner Leute knieten in Mitten der Straße und hielten den frommen Zug auf und eine kurze Strecke hinter ihnen, dem Palaste zu, staute sich eine dichte Menge bewaffneter und unbewaffneter Bürger. Der Zug selbst war vollständig eingeschlossen von Knieenden.

„Ehrwürdigster Vater," begann Juan Castro mit tiefgebeugtem Kopfe, „wohin beabsichtigen Sie zu gehen?"

„Aus dem Wege, Kinder!" rief der Superior, „wagt Ihr unserem Herrn und Gott entgegenzutreten?"

„Ehrwürdigster Vater" fuhr Juan Castro fort, „Ihr Leben ist in Gefahr, wenn Sie noch einen Zoll vorwärts gehen; in wenigen Minuten beginnt der Kampf und ich möchte nicht wünschen, daß ein Haar auf Ihrem Haupt gekrümmt wird."

„Aus dem Wege, Mensch!" rief erregt der Superior. „Wir tragen das heiligste Sacrament zu den sterbenden Christen im Palaste, wie wir es auch den Christen außerhalb des Palastes bringen. Verflucht sei Der, der sich dieser heiligen Prozession entgegenstellt und sie aufhält."

„Vater!" erwiederte Castro und beugte sein Haupt noch viel tiefer, „fern sei es von mir, Ew. Hochwürden aufzuhalten, mit meinem eigenen Leibe werde ich Sie beschützen. Aber Ihrer eigenen Sicherheit wegen, ehrwürdigster Vater, und wegen der Sicherheit der frommen Männer, die bei Ihnen sind, bin ich besorgt. Ich warne Sie dringend, ehrwürdigster Vater, nicht vorwärts zu gehen, wenigstens für den Augenblick nicht. Das Signal zum Angriff kann im nächsten Augenblick gegeben werden und dann wird auch die Garnison ihr Feuer eröffnen."

„Deine Fürsorge, mein Sohn," sagte der Superior, „ist sehr lobenswerth, aber Du gehst in Deinem Eifer zu weit. Es wird augenblicklich nicht gekämpft und in Gegenwart der Magestad wird auch nicht gekämpft werden. Platz für unseren Herren und Gott! Platz da für das Allerheiligste Sacrament!"

In diesem Momente gab die große Glocke der Kathedrale das erwähnte Signal, sofort begann das Feuer der Angreifer, das dann energisch von der Garnison erwidert wurde. Die Menschenmenge hinter Castro, die sich näher dem Palaste befand, als die Prozession, stob auseinander, um den tödtlichen Geschossen der Belagerten zu entgehen, und so groß auch die Verehrung des Volkes für das heilige Sacrament war, der Trieb der Selbsterhaltung siegte doch über alle anderen Bedenken. Eine Panik kennt keine Gesetze, weder menschliche noch göttliche, und die fliehenden Massen rissen auf ihrem Wege Alles mit sich fort. Juan Castro und seine Leute, die auf den Knieen gelegen hatten, waren sofort aufgesprungen und im nächsten Augenblicke waren die fliehenden Volksmassen und die fromme Prozession zu einem unentwirrbaren Knäuel verschmolzen und alles drängte fort vom Palaste zur Kirche hin. Und nicht eher als sie aus dem Bereiche der Arquebusen von Freund und Feind waren, ließen die Massen sich halten. Die Mönche und ihre Ministranten wurden durch den Druck der in tödtlicher Furcht fliehenden Massen förmlich in die Höhe gehoben und willenlos von den Alles niederwerfenden Menschenwogen mit fortgerissen; verschiedene der Mönche waren niedergestürzt und geriethen unter die Füße der Fliehenden, der Baldachin, unter welchem der Superior gegangen war, fiel nieder und war bald in tausend Fetzen zerrissen, die Mönche waren im Augenblick von einander getrennt, einige wurden gegen die Häuser gepreßt, andere wurden mit fortgerissen und diejenigen, die niedergestürzt waren, versuchten vergeblich sich wieder aufzurichten, andere Flüchtlinge stürzten wieder über sie hin und hielten sie am Boden fest.

Zuletzt gelang es der Stentorstimme Juan Castro's durchzudringen, während er mit seinen herculischen Armen versuchte, die Ordnung wieder herzustellen und die Panik zu beseitigen.

„Bleibt stehen, ihr Feiglinge!" brüllte er. „Bleibt stehen! Laßt die Hasen laufen, aber ihr Männer faßt Euch und sammelt Euch. Wir müssen unseren Angriff machen!" Und als ob er die Männer um sich sammeln wollte, stellte er sich am Eingang des Platzes vor der Kirche auf und musterte mit scharfen durchdringenden Augen jede weiße Robe, die er zu Gesicht bekam. „Helft den ehrwürdigen Vätern! Bringt sie aus der Masse heraus. Tretet sie nicht mit Füßen, ihr Hunde. Habt Ihr denn in Eurer elenden Feigheit keinen Respekt vor den frommen Männern der Kirche? Ha, dort," schrie er und er stürzte auf einen der Mönche los, dessen Robe von den Fliehenden mit Füßen getreten wurde und der vergeblich versuchte, sich wieder aufzuraffen.

Als Castro ihn aufrichtete, versuchte der Mönch die Kapuze, die ihm abgefallen war, wieder über Kopf und Gesicht zu ziehen, um sein Gesicht zu verbergen. Aber es war zu spät; das Auge des Hasses hatte ihn erkannt, es war Graf Valverde.

„Haha, ein sehr heiliger Mann" brüllte Castro und riß die Kapuze wieder zurück und hielt mit eisernem Griff den Gefangenen fest. „Kommt her, ihr Männer von Quito! Kommt her! Geschwind!"

So stark auch der Raufbold war, so gelang es dem Grafen Valverde doch mit der Kraft der Verzweiflung ihn abzuschütteln und er machte einen Versuch, nach der Kirche zu entfliehen. Aber Castro hatte ihn sofort wieder ergriffen und jetzt begann ein furchtbares Ringen, das die Umstehenden Anfangs mit Entsetzen erfüllte — da Juan Castro es gewagt hatte, Hand an einen heiligen Diener der Kirche zu legen. Nur wenige Sekunden noch und die Entrüstung des Volkes würde sich gegen den Verüber eines solchen gotteslästerlichen Frevels gewandt haben. Aber das Gesicht und der Bart des Mannes, mit dem er kämpfte, war nicht das eines Mönches und auf dem Kopfe fehlte auch die Tonsur, das Zeichen der Priesterschaft. „Es ist der spanische Kommandant!" schrie Castro. „Kennt Ihr Narren denn das Gesicht nicht? Es ist der Mörder Bellido's, der Mörder unserer Brüder!"

Das war genug, und ein Dutzend kräftige Männer ergriffen ihn und machten allen Widerstand vergeblich.

„Fort mit dem heiligen Gewand, das er so schamlos entehrt hat" rief der Anführer des Pöbels und im nächsten Augenblick war das priesterliche Gewand in Fetzen von den Schultern gerissen.

„Gebt ihm einen Anzug von Pech" schrie Castro. „Schwarz paßt für seine Verbrechen besser, als die Farbe der Heiligkeit und Unschuld."

Während der ganzen Zeit hatte das Feuern auf dem ganzen Platze nicht aufgehört, die Schläge der Hatuntaqui übertönten die Musketensalven und die Glocke der Kathedrale tönte wie die Todtenglocke in den Ohren des unglücklichen Gefangenen.

Der Tumult, der Skandal und die Verwirrung waren so groß, daß es unmöglich war, in einem Theile des Platzes und der Straße zu beachten, was an anderen Stellen geschah. Die Mönche eilten zur Kirche zurück, sobald sie sich aus der Menge befreit hatten, einige wurden von Männern, die sie vom Pflaster aufgehoben hatten, zurückgetragen und der Superior, der das Sacrament krampfhaft umschlungen hielt, war einer der Letzten, der in die Kirche eintrat; aber auch er hatte nichts von der Scene bemerkt, die wir eben beschrieben haben; und erst als alle Brüder zurückgekommen waren und sich vor ihm versammelten, entdeckte er, daß der Graf nicht da war. Noch einmal verließ er die Kirche, um womöglich seinen Landsmann zu treffen und zu retten; aber die Ausbrüche des Hasses und der Rache wurden erstickt durch die noch lauteren Jubelrufe der Sieger, die vom Palast hinüberdrangen. Die menschlichen Wogen wandten sich jetzt wieder zum Palast, und der besorgte Mönch wurde von einer Welle ergriffen, die ihn unzweifelhaft hülflos mit sich fortgerissen hätte, hätte er nicht mit einer letzten krampfhaften Anstrengung sich rückwärts Bahn gebrochen; langsam und niedergeschlagen kehrte er er dann in die Kirche zurück.

„Laßt uns beten, meine Brüder!" sagte er dann, ergriffen vor Aufregung und banger Ahnung. „Laßt uns beten! Laßt uns beten für den christlichen Cavalier, dessen Seele in diesem Augenblick vor den Richterstuhl Gottes tritt!"

Den Grafen Valverde hatte man unterdessen nach dem Platze geschleift, wo die Fackeln gemacht wurden. Was galt dem Juan Castro jetzt der Angriff auf den Palast? Er hatte jetzt wichtigere Arbeit. Der Mann, der, wie er glaubte, ihn zum Tode verurtheilt hatte, war jetzt in seiner Gewalt und Juan Castro vergab niemals. Joaquin Valverde's letztes Stündlein hatte geschlagen und das wußte er selbst. Der Fluch der holländischen Kommandantengattin und die Wahrsagungen Mama Ruccu's gingen in Erfüllung und sein einziges Gebet war jetzt nur, daß die entsetzlichen Qualen nicht zu lange dauern möchten.

Der Ruf: „Sie haben den spanischen Kommandanten gefangen!" verbreitete sich mit Windeseile von Gruppe zu Gruppe und überall wurde die Nachricht mit lauten Ausrufen der Rache und des Triumphs begrüßt. „Tod ihm, dem Mörder Bellido's! Tod dem Urheber dieses furchtbaren Gemetzels! Tödtet ihn! Reißt ihn in Stücke! Verbrennt ihn! Verbrennt ihn!"

Graf Valverde empfahl Gott seine Seele. Er wußte, daß keine menschliche Macht ihn retten konnte und so tapfer wie er war, so zitterte er doch vor den bevorstehenden Qualen. Blaß wie der Tod, die Kleider in Fetzen vom Leibe gerissen, Gesicht und Brust bedeckt mit Blut stand er da, ausgesetzt den schändlichsten Insulten des wüthenden Pöbels; ganze Hände voll Haare rissen sie ihm aus dem Bart, sie spieen ihm in's Gesicht und stießen ihn in den Rücken; mit Fackeln schlugen sie ihn über den Kopf und sie mißhandelten ihn so, daß er nicht mehr im Stande war, sich aufrecht zu erhalten. Zuletzt war der Pöbel mit seinem Opfer an der Stelle angelangt, wo eine große Quantität Pech aufgehäuft war und wo man die ganze Nacht hindurch Fackeln gemacht hatte. Die Wüthenden rissen ihm noch die letzten Fetzen Zeug vom Leibe und bedeckten ihn dann mit einer dicken Hülle Pech, wie die Römer unter Nero es mit den ersten Christen gemacht haben sollen.

„Eine Kette! Eine Kette!" schrie einer der Anführer. Und eine Kette wurde gebracht und um den Körper Valverdes, gerade unter die Arme, geschlungen. Das andere Ende der Kette wurde dann an einen starken Haken befestigt, der in einer einen Garten oder einen Bauplatz umgebenden Mauer steckte.

Und so mußte der christliche Ritter, der seit vielen Jahren mit dem Prinzen von Parma für die Ausrottung der Ketzer gefochten, selbst den Tod eines Ketzers erdulden. Noch ein Aufflackern vergeblicher Hoffnung, ein letzter Blick die Straße auf und ab, der vergeblich ausschaute nach irgend einer plötzlichen und unerwarteten Rettung und Erlösung, ein letztes stilles und glühendes Gebet zur Mutter Gottes und das Pechgewand, das ihn umschlang, flackerte auf und wildes Gekreisch, das selbst dieser starke und entschlossene Mann nicht unterdrücken konnte, kündete an, daß die furchtbare Prophezeiung erfüllt war, daß „züngelnde Flammen die Haut vom Fleische und das Fleisch von den Knochen zehren werden." Er konnte sich nicht zu Boden werfen, da die Kürze der Kette das verhinderte und indem er sich gegen die Mauer drängte und dort den Körper anpreßte, versuchte er instinctiv die Flammen zu ersticken. Aber diese letzten convulsivischen Versuche vermehrten nur seine Schmerzen und entsetzlichen Qualen.

Die wilden Teufel tanzten um ihn herum, kreischend, höhnend und hohnlachend. Ihre Zahl wuchs, jemehr die Schmerzen des Opfers zunahmen. Selbst Indianer, die gerade von dem Siege im Palast zurückkamen, in Wuth gesetzt durch den Kampf und die Opfer, die er gekostet, vereinigten sich mit dem gräßlichen Pöbel. Für die Unterthanen der Königin Toa war der sterbende Mann die Personifikation der spanischen Eroberer, die Verkörperung der fremden Macht, durch welche ihre Väter zu Sklaven erniedrigt worden waren. Und von der unsinnigen Idee ergriffen, daß sein Tod und der glänzende Sieg in der Nacht der Sklaverei ein Ende machen würde, tanzten sie ebenfalls um den sterbenden Spanier herum und stimmten die monotonen und halbvergessenen Kriegslieder ihrer Race an. Valverde's Tod war für sie die Erfüllung aller ihrer Hoffnungen. Hatte nicht die große Coya-Priesterin, von den Viracochas Mama Rucu genannt, sein Schicksal vorhergesagt? Und hatte sie nicht ebenfalls die Herstellung des Shyri Inka Reiches vorhergesagt? Und war nicht die buchstäbliche Erfüllung der einen Voraussagung Beweis und Garantie dafür, daß auch die andere sich bald erfüllen würde?

Nicht ein einziges mitleidiges Auge lenkte sich auf die unsagbaren Leiden des Grafen. Bloß wüthende Feinde schauten dem mörderischen Opfer zu. Aber nur für einen Augenblick sah er sie, denn wie das Pech angesteckt war, sengten die Flammen seine Augen und er sah nichts mehr, aber er hörte ihre entsetzlichen Zurufe, so lange noch ein Funken Leben in seinem zuckenden, zischenden und brennenden Körper war. Sein Gekreisch ging allmählich in dumpfe Klagen, die Klagen in Seufzer über, dann erstarben auch diese, und nur das convulsivische Zucken der Glieder kündete an, daß das Leben noch nicht ganz entflohen war. Auch das hörte schließlich auf und nichts wie eine unkenntliche, verkohlte und rauchende Masse war alles, was übrig blieb von Dem, was noch vor wenigen Stunden der stolze Körper des Kommandanten war, der den Palast für seinen Herrn, den König von Spanien, vertheidigt hatte. Und nicht eine einzige Stimme hörte man sagen: „Möge der Herr seiner Seele gnädig sein!"

Der Rest ist bald erzählt. Nur mit Mühe gelang es, die entsetzten Auditoren aus ihren Verstecken herauszulocken und sie den Vertretern des Cabildo zu überliefern. Die Freude, die sie empfanden, als sie hörten, daß sie nicht getödtet werden sollten, war grade so groß, wie die Todesangst, die sie vorher ausgestanden. Sie lachten und weinten und schwätzten durcheinander und versprachen, sich Allem zu fügen, was der Cabildo anordnen möchte. Sie wollten die Eintreibung der Alcabala einstellen und die heranrückenden Truppen nach Lima zurückschicken. Sie wollten mit dem Cabildo Hand in Hand gehen, um die spanische Regierung zum Nachgeben zu bewegen und sie waren so folgsam und unterthänig, wie sie hart und tyrannisch in früheren Tagen waren.

Viertes Buch:

Die Reaction.

"Y quando estaua ya, segun barrunto,
Un falso Rey no lèjos de elejirse.
La fuerza del tronido fue de modo,
Que presto se dexo deshecho todo."

PEDRO DE OÑA, EL ARAUCO DOMADO,
Canto XVI, p. 280.

1. Am Morgen.

Die ersten Strahlen der aufgehenden Sonne vergoldeten die Spitzen des Mt. Pichincha, als ein müder Wanderer auf einer abgetriebenen Rosinante langsam die Kapelle des Señor del Buen Viage, am südlichen Eingang der Stadt, passirte. Er schien zu schlafen, oder wenigstens gegen den Schlaf anzukämpfen, denn er nickte mit dem Kopfe und schwankte im Sattel und beinahe wäre er wirklich von seinem Gaul gestürzt, als dieser plötzlich vor einer Schnappsschenke, der allen Reisenden und ihren Thieren wohlbekannten Tienda Doña Mariquita's, der Mutter Juan Castro's, anhielt.

Ohne sich die Mühe zu geben, seinen Gaul anzubinden, der absolut keine Neigung zeigte, weiter zu gehen als er unbedingt mußte, trat der Reisende, der über und über mit Ponchos bedeckt war und Nacken und Gesicht noch der kalten Nachtluft wegen ein gehüllt hatte, in die Schenke ein, deren Thür weit offen stand. Er schaute um sich, konnte aber Niemanden entdecken. Vom Hofe aus hörte er jedoch weibliche Stimmen und eine derselben, eine sehr melodiöse klangvolle Stimme, schien gegen Schluchzen und Thränen anzukämpfen. Der Fremde begann sich derjenigen Kleider zu entledigen, die seit Aufgang der Sonne überflüssig geworden waren, dann streckte und reckte er die müden Glieder und näherte sich der hinteren Thür, um zu hören, worüber die Frauen sich unterhielten.

„Ja, Mutter," sagte Mercedes, „Hand in Hand standen sie vor allem Volke, er saß auf ihrem Throne und sie hatte sein Pferd bestiegen. Auf immer ist er jetzt für mich verloren. Man sagt, sie sei schön, die indianische Königin und sie besitze den Schatz der Inkas. Diese Liebe wird ihn zum reichsten und größten Mann im Lande machen und er wird nimmer zu mir zurückkehren."

„Nun, Kind," antwortete Doña Mariquita, „wenn sie ihn mit Schätzen überhäuft, so wird er als der reichste Mann im Lande ja auch für Dich und Dein Kind Sorge tragen. Du solltest Dich freuen über sein Glück."

„Wie kannst Du nur so sprechen, Mutter? Hast Du jemals gewußt, was Liebe ist? Was gilt mir der Reichthum, wenn ich ihn verliere?"

„Gewiß weiß ich, was Liebe ist und aus diesem Grunde weiß ich auch, daß sie nicht lange währen kann. Jedes Ding nimmt einmal ein Ende und nichts endet so schnell, wie eines Mannes Liebe. Früher oder später mußtest Du ihn verlieren und es ist besser, ihn jetzt zu verlieren, wo er reiche Schätze Dir in den Schooß schütten kann, als wenn er Dich fortgeschickt hätte mit ein paar Worten des Bedauerns oder einer schäbigen Entschädigung, die aufhören wird, wenn er irgend eine von den Señoras heirathet. Sei keine Thörin, Kind! Du bist ja noch immer jung und schön und mancher Kavalier würde ein kleines Vermögen für den Besitz der Blume von Machángara opfern. Ueberlasse den Don Roberto nur mir. Du sollst wegen seiner Rücksichtslosigkeit keinen Schaden leiden, wenn die Gerüchte wahr sind. Aber ich glaube nicht die Hälfte davon. Wer hat jemals so etwas gehört? Ich habe in meinen Tagen mehr Kriege und mehr Revolutionen gesehen, wie Du sie je erleben wirst, aber niemals habe ich von derartigen Geschichten gehört. Aber halt! Da ist ein Kunde im Laden. Geh in Dein Zimmer, Merceditas, und laß uns allmählich an's Frühstück denken. Wo ist denn die kleine Hexe Panchita, die aus dem Laden fortläuft, ohne mir was zu sagen?"

Mercedes' Thränen flossen unaufhaltsam, als sie da auf der Steinbank in dem Hofe saß und über die Nachrichten, die sie gehört, nachdachte. Was kümmerte sie die Revolution? Was gingen sie die Alcabala oder die Rechte der Colonisten an? Selbst der Tod Valverde's und die zahllosen Opfer der verflossenen blutigen Nacht hatten ihr theilnahmsvolles Herz kaum berührt, aber vor ihren Augen stieg eine Scene auf, die entsetzlicher war, wie das blutigste Schlachtenbild. Roberto Sanchez sah sie, ihren eigenen Roberto, den Vater des Kindes, das sie unter dem Herzen trug, wie er auf dem Throne jener indianischen Hexe und heidnischen Betrügerin saß, während diese Roberto's Streitroß bestiegen und seine Hand ergriffen hatte, ihn in's offene Verderben führend. Die ganze Revolution war jetzt in den Augen Mercedes' nichts weiter, wie ein Gewebe von Schlechtigkeiten; mit einem Verbrechen hatte sie begonnen und nur mit einem allgemeinen Verderben konnte sie enden. Weshalb sollten diese Leute auch sich gegen ihren Herrn, den König von Spanien, den Gesalbten des Herrn und gegen die Minister, denen er die Regierung der Kolonie übertragen hatte, erheben? Das war Verrath und Verbrechen und Sünde, und Leute, die sich damit befaßten, schreckten auch nicht davor zurück, Schwüre und Herzen zu brechen. Die Elenden waren von ihren heiligen Schutzpatronen verlassen und den Gefahren indianischer Zauberkraft ausgesetzt. Sie Alle waren dem Untergange geweiht und verloren für diese und für jene Welt. Oh, wenn sie nur ihren Roberto retten und ihn von dem furchtbaren Abgrund, in den er stürzen mußte, zurückreißen könnte!

* * *

„Ah sind Sie es, Don Tomas, schon so früh am Morgen?" sagte Doña Mariquita. „Guten Morgen, Väterchen, guten Morgen. Woher denn schon so früh?"

„Von meines Herren Hacienda in Chillogallo. Gib mir ein Glas Agua Gloriada*), Mütterchen. Das muß ja eine entsetzliche Nacht hier in Quito gewesen sein."

„Schrecklich, Väterchen, ganz schrecklich! Haben Sie schon gehört davon?"

„Um drei Uhr heute Morgen hörten wir die ersten Nachrichten, aber dieselben klangen sehr verworren und waren fast unglaublich."

Und während er sein Agua Gloriada schlürfte, unterhielt ihn Doña Mariquita mit einem ungemein verworrenen und übertriebenen Bericht über die Vorgänge der verflossenen Nacht.

„Ich kann kaum meinen Ohren trauen, Mütterchen. Wenn es so blutige Arbeit gegeben hat, so muß ich doch eilen und sehen, wie es meinem Herren gegangen. Adios, Commadre!" Mit diesen Worten warf Don Tomas Geld für das Getränk hin und nachdem er Doña Mariquita nach spanischem Brauch umarmt, bestieg er wieder sein Pferd und eilte, so rasch wie es auf einem solchen Klepper möglich war, zur Wohnung seines Herrn, Don Manuel Paredes.

Paredes war gerade nach Hause gekommen. So groß auch seine Ausdauer war, so verlangte er doch nach den aufregenden Scenen und Schrecken der letzten Nacht Ruhe. Seine Pläne waren bis dahin mit Erfolg durchgeführt; noch Nichts war ihm fehlgeschlagen und es schien beinahe, als ob auch jetzt das blinde Glück und der Zufall ganz auf seiner Seite ständen. Wenn er die Ereignisse des gestrigen Tages geplant und arrangirt hätte, so hätten sie nicht günstiger für seine Zwecke ausfallen können. In weniger als vierundzwanzig Stunden hatte er sich zum populärsten Manne von Quito gemacht; einer seiner gefährlichsten Rivalen war aus dem Wege; er hatte den Marquis gerettet und dadurch ein vollwichtiges Anrecht auf die Dankbarkeit der Tochter; das Leben der Minister war gesichert und er brauchte jetzt nur die Karten, die er in der Hand hielt, vernünftig auszugeben, so mußte man ihn an Stelle Bellido's zum Kommandanten der bewaffneten Macht des Ortes machen oder ihn doch den Nachfolger bestimmen lassen. Das Letztere schien für Paredes, wenn er genau die Sachlage durchdachte, der bessere Weg zu sein, da er sich dann nicht der Rache Derer, die er als Anführer betrogen hatte, auszusetzen brauchte. Es war entschieden besser für ihn, wenn er diesen Theil seiner Aufgabe anderen Händen übertrug und wenn er sich nicht vollständig täuschte, so war Don Pedro Guzman Ponce de Leon der richtige Mann. Seine militärischen Erfahrungen berechtigten ihn dazu, in erster Linie genannt zu werden. Zudem war er ein Encomendero, der große pecuniäre Interessen auf dem Spiele stehen hatte. Er war verschuldet und brauchte Geld, er gehörte zur Partei der Zögerer, die sich sehr bald in eine Reactionspartei verwandeln mußte; und er war ein Mann ohne Grundsätze und nicht geplagt von Skrupeln und Ueberzeugungen. Don Manuel nahm sich vor, den Mann zu sondiren und wenn er ihn tauglich fand, seine Ernennung vorzubereiten. Derart waren die Gedanken Paredes', als er lange Zeit nach Einnahme des Palastes nach Hause zurückkehrte, um einige Stunden zu ruhen. Er hatte jedoch kaum sein Lager erreicht, als sein Hausmeister in's Zimmer stürmte.

*) Heißes Wasser mit Zucker gekocht und einem starken Zusatz von Rum.

„Der Jungfrau sei Dank, Don Tomas, aus Ihren Augen spricht der Erfolg."

„Ja, Ew. Gnaden, der Marquis ist auf seinem Wege nach der Küste; man würde ihn sicher gefangen haben, wenn wir ihn nicht gewarnt hätten."

„Lassen Sie mich Sie umarmen, Don Tomas, und seien Sie meiner ewigen Dankbarkeit versichert."

„Er sendet Ew. Gnaden seine besten Grüße und er schwor, daß er niemals vergessen werde, was Ew. Gnaden für ihn gethan. Er wollte einen Brief an seine Tochter schreiben, aber ich duldete es nicht. Ich bestand darauf, daß jede Minute kostbar sei und so hat er schnell diese Zeilen, ehe er zu Pferde stieg, auf ein Stück Papier geworfen und mich beauftragt, sie der Señorita einzuhändigen."

Paredes nahm das Papier, welches der Hausmeister ihm gegeben. Es enthielt die Worte: „Nimm meine Stelle zur Erfüllung des königlichen Auftrages ein und bespreche die weiteren Schritte mit Paredes, vor dem Du kein Geheimniß zu haben brauchst. Dein liebender Vater."

2. Das Geheimniß von Dolores Solando.

Die Wachen waren vom Hause des Marquis zurückgezogen; mit Tagesanbruch waren sie fort beordert worden. Eine Sänfte, von vier Männern getragen und gefolgt von Dienern, Mägden und Knechten verließ gerade das Haus in der Richtung der benachbarten Plaza de Santa Clara, als Don Tomas sich dem Hause näherte. Die Marquise hatte sich theilweise aus eigenem Antriebe, theilweise auf Anrathen ihrer Tochter hin entschlossen, in dem Kloster der Heiligen Clara Zuflucht zu suchen. Ihre schwache Gesundheit würde einem neuen Stoß, wie das Eindringen bewaffneter Soldaten, die nach ihrem Gemahl suchten, erlegen sein; sie wollte daher im Kloster bleiben, bis der Sturm sich wieder gelegt hatte. Doña Catita begleitete sie zu Fuß, um zu sehen, daß sie gut untergebracht würde und dann wieder nach Haus zurückzukehren, das Dolores sich positiv weigerte zu verlassen. Doña Catita hätte auch die Ruhe des Klosters vorgezogen, aber da ihre Nichte darauf bestand, unter allen Umständen zu Hause zu bleiben, hielt Tante Catita es für ihre Pflicht, ihre Nichte nicht ganz allein zu lassen. Aber Dolores hatte ihr versprechen müssen, daß sie bei den ersten Anzeichen eines neuen Ausbruchs ebenfalls bei der Marquise im Kloster Schutz suchen wolle.

Das war eine aufregende Nacht für Dolores gewesen, eine Nacht, die ihren Verstand älter und ihr Herz kälter gemacht hatte. Die Nachricht von dem Tode Valverde's hatte sie tief erschüttert. Sprachlos hatte sie der entsetzlichen Erzählung zugehört, die einer von den Wachen ihres Hauses erzählt hatte. Zuerst schien sie ihn gar nicht zu begreifen und erst als er die ganze Geschichte in den einzelnen Details wiederholte, verstand sie erst das Schreckliche. Sie bat den Mann sich zu entfernen und dann saß sie da lange Zeit bewegungslos und in tiefes Hinbrüten versunken, aber sie vergoß keine Thräne. Tante Catita, die bei ihr war, wagte es nicht, das Schweigen zu brechen und wartete bis sie angesprochen wurde. Dolores hatte eine ihrer Hoffnungen begraben und sie fühlte tief ihre Enttäuschung. Wenige Tage vor seinem Tode hatte er sie um ihre Hand ersucht und sie hatte sich Bedenkzeit erbeten. Hochstehend in der Gunst des Vicekönigs würde er in den Colonien sich ein Vermögen erworben haben; er hätte sie zur wirklichen Gräfin gemacht und würde sie mit nach Spanien genommen haben, wo sie vielleicht am Hofe durch ihren Geist und ihre Erscheinung eine große Rolle hätte spielen können. Und diese Hoffnung war jetzt zerstört und der Horizont ihres Daseins blieb wahrscheinlich für immer beschränkt durch die unzugänglichen Berge von Quito. Aber das war noch nicht Alles. Es war ihr zur furchtbaren Gewißheit geworden, daß etwas über ihrem Haupte schwebte, das sie nicht abwenden konnte und daß ihr Lebenslauf bedroht war von einer dunklen und geheimnißvollen Macht, welcher sie nicht widerstehen konnte. „Tante Catita" sagte sie dann nach einer langen Pause und hüllte sich fest in ihren Shawl ein, da die Kälte der Nacht sich in dem Zimmer fühlbar machte, das wie in allen Häusern von Quito ohne Ofen und Heerd war. „Tante Catita, willst Du nicht zu Bette gehen?"

„Wer kann bei all diesen Schrecken an Schlafen denken Kind?"

„Deine Gesundheit wird leiden Tante, Du hast am Abend einen solchen Schrecken ausgestanden, und jetzt wieder die neue entsetzliche Nachricht; Du bist kalt wie Eis, gehe in's Bett Tante und wärme Dich."

„Der arme Graf!" sagte Doña Catita. „Was für ein tapferer Mann er war. Und wie sollte man es für möglich halten; erst vor zwei Tagen war er hier voll von Hoffnung und Zuversicht und voller Liebe für Dich. Und jetzt ist er todt — und solch gräßlicher Tod!"

„Meine Liebe ist tödtlich, Tante Catita" sagte Dolores mit eisiger Kälte. „Erinnerst Du Dich, wie mein Gemahl in dieses

Haus, nein in dieses selbe Zimmer gebracht wurde?"

„Erinnern? Wie, im Namen der Jungfrau, sollte ich das jemals vergessen können?"

„Nun wohl, er war mein Gemahl. Der Graf hätte mein Gemahl werden können und ich bekenne es Dir offen, daß ich oftmals ihn mir als Gemahl gedacht habe — und dann dieses Ende! Ueber mir liegt eine finstre Macht, die ich nicht herausfordern darf. Wenn ich heirathe, darf ich nicht den Mann heirathen, den ich liebe und ich darf den Mann nicht lieben, den ich heirathe."

„Ich verstehe Dich nicht Doloritas. Du redest irre."

„Wirklich, Tantchen? Das ist mir was Neues. Nein, Tante, ich bin mir sehr wohl bewußt, was ich sage und meine es wirklich so. Wenn Du wüßtest, was ich weiß, so würdest Du nicht sagen, daß ich irre rede."

„Kind, Du erschreckst mich. Was meinst Du?"

„Ich meine das, was ich bisher noch niemals einer lebenden Seele entdeckt habe," sagte sie feierlich, „ausgenommen meinem Beichtvater und der sagte mir, ich brauche die Mächte der Finsterniß nicht zu fürchten, solange ich würdig sei, die Hülfe der Jungfrau und der Heiligen anzurufen."

„Um des Himmels Willen, Doloritas, erkläre Dich deutlicher. Du machst mich erzittern vom Scheitel bis zur Sohle." Und blaß und zitternd näherte sich Doña Catita ihrer Nichte und ergriff sie bei beiden Händen: „O, was für eine entsetzliche Nacht ist dies! Horch! Hörst Du?"

„Ich höre nichts, Tante. Beruhige Dich. Der Palast ist gestürmt und die blutige Arbeit scheint vorüber zu sein."

„Ja, aber es gibt andere Dinge zu fürchten, wie Mord und Blutvergießen und ich fürchte jetzt für Dich."

„Nicht für mich, Tante. Ich bin es nicht, die in Gefahr ist, wohl aber der Mann, den ich heirathe oder heirathen möchte."

„Erzähle mir, was das Alles bedeutet." Und an die Seite ihrer Nichte hinknieend, schlang sie die Arme um sie, drückte sie fest an sich und hing erwartungsvoll an ihren Lippen.

„Ich weiß nicht, ob ich ein Recht habe, es Dir zu erzählen; und ganz gewiß hätte ich geschwiegen, wenn nicht die Schrecken dieser Nacht über uns gekommen wären. Höre mich an: Vor vielen, vielen Jahren — ich war noch ein sehr junges Mädchen damals, fast noch ein Kind — streifte ich einst ausgelassen mit einer ganzen Schaar junger Mädchen, gefolgt von ihren indianischen Dienerinnen, in den Bergen umher. Panchita Olmos, Carmen Aguirre, Mariquita Remos, Conchita Valdez und andere mehr waren dabei. Wir hatten in der Cantera gebadet und um uns wieder etwas zu erwärmen, liefen wir den Hügel hinauf, liefen auf der Ebene um die Wette und waren so wild und unbändig, daß wir uns vor uns selbst hätten schämen müssen, wenn Jemand uns beobachtet hätte. Aber Du weißt es ja, in den Bergen ist es immer einsam und nichts störte unsere ungebundene Lust, bis wir uns ganz plötzlich fast unmittelbar vor Mama Rucu's Hütte befanden."

Tante Catita schauderte und schmiegte sich enger an ihre Nichte. Die alte Dame bot in diesem Augenblicke ein Bild des Schreckens und der Furcht dar und kontrastirte eigenthümlich mit der unbeweglichen selbstbewußten Ruhe von Dolores.

„Es entspann sich jetzt ein scherzhafter Disput darüber, wer von uns den Muth haben würde, sich wahrsagen zu lassen. Ich glaube, wenn wir alle zusammen gegangen wären, würde Niemand an Furcht gedacht haben. Aber Carmen Aguirre sagte, sie würde nicht um Alles in der Welt allein in die Hütte gehen. Darauf erwiederte Panchita Olmos (ich erinnere mich der Unterhaltung so deutlich, als ob sie gestern passirt), daß das ganz natürlich sei, da keine Weiße es wagen würde, allein in die Hüte zu gehen. Ich meinte darauf, sie sollte das nicht so gewiß behaupten, da ich eine kenne, die es thun würde. Das erregte allgemeines Gelächter und Panchita nannte mich eine kleine Prahlerin, die doch nicht die Kourage habe, das auszuführen. Nun, li be Tante, Du weißt ja, wenn ich eine Schwäche habe, so besteht sie in dem fast unweiblichen Verlangen, zu zeigen, daß ich keine Furcht kenne."

„Ja leider, und das wird eines Tages Dein Tod sein, wenn Du nicht davon abläßt. Wie leicht hättest Du diesen Morgen getödtet werden können, als Du darauf bestandest, die Läden offen zu halten und hinaus zu schauen, als man mit Steinen gegen unsere Fenster warf. Aber fahre fort, mein Liebling."

„Ich nahm die Herausforderung sofort an und sagte, ich wollte gehen. Die Mädchen sagten, sie glaubten mir nicht und ich anwortete ihnen, daß nicht ich, sondern daß wahrscheinlich sie selbst Feiglinge sein und fortlaufen würden, wenn ich in der Hütte sei, wenn sie aber ein bischen Ehre hätten, so würden sie auf mich warten; mit diesen Worten ging ich vorwärts. Hätten die Mädchen wirklich geglaubt, daß ich hineingehen wollte, so würden sie mich wahrscheinlich zurückgehalten haben, aber sie erwarteten, ich würde am Eingang umkehren und so ließen sie mich gehen. Ich muß gestehen, Tante, ich fühlte sehr schwach, als ich in die Nähe der Hütte der alten Hexe kam, aber lieber wäre ich gestorben, als umgekehrt. Sobald die Mädchen sahen, daß ich Ernst machte, bekamen sie Furcht und riefen mich zurück, nein, sie flehten mich an, zurückzukommen, aber ich machte ihnen nur eine höfliche Verbeugung und trat in die Hütte."

„Die heilige Jungfrau beschütze uns!" rief Tante Catita und bekreuzte sich, „wie konntest Du dies thun, Kind?"

„Zuerst sah ich wenig oder gar nichts, aber als meine Augen sich an den Rauch und die Dunkelheit gewöhnt hatten, sah ich Mama Ruen. Sie stand vor einem kochenden Kessel über einem Feuer von aromatischem Holz. In der einen Hand hielt sie einen Calabash, den sie aus dem Kessel füllte und mit der andern stützte sie sich auf ihren Stock oder Krücke. Sie hatte mir den Rücken zugekehrt, sie konnte mich nicht gesehen oder gehört haben, da ich geräuschlos eingetreten war, aber sie wußte, daß ich da war."

„Heilige Maria!" unterbrach sie Doña Catita, am ganzen Leibe zitternd.

„Zuerst drehte sie sich nicht herum, sondern sagte in Quichuanisch: „Junges Blut! junges Blut! doch kaltes Blut! kaltes Blut! Blut muß fließen! Blut muß fließen!" Ich wußte nicht, daß diese Worte für mich bestimmt waren und so stand ich da unentschlossen, ob ich mich bemerklich machen oder umkehren sollte. Aber mein Muth war bald dahin und ich beschloß, mich leise zu entfernen, als zu meinem Erstaunen die alte Frau, noch immer den Rücken mir zugewandt, sagte: „Bleib'! Du bist gekommen, daß ich Dir die Zukunft offenbare; warte, bis ich Deinen Schicksals-Faden entworren, wie ich ihn jetzt vor mir sehe!" Dann drehte sie sich um. O, Tante, es war entsetzlich, diese brennenden, blitzenden und rollenden Augen auf sich zu fühlen. Ich war einer Ohnmacht nahe, aber sie richtete ihre Krücke auf mich und das schien mich aufrecht zu halten wie durch eine magische Kraft. „Jungfrau," sagte sie dann, „der Tod ruht in Deiner Hand; nicht für Dich, sondern für den, dem Du sie zur Ehe reichst. Selbst Deine Heirathsgedanken tödten den, den Du —"

In diesem Augenblick verfiel Tante Catita in hysterische Krämpfe und mit einem wilden Angstruf, gefolgt von Schluchzen, Thränen und Gelächter, stürzte sie zu Boden. Die Aufregung und die Schrecken der letzten vierundzwanzig Stunden hatten sie überwältigt. Dolores rief die Dienerinnen herbei und mit deren Hülfe wurde die Tante bald zum Bewußtsein zurückgerufen, aber der Faden der Erzählung wurde in der Nacht nicht wieder aufgenommen.

Und jetzt ist auch die Nacht verschwunden und die Sonne ist aufgegangen; Doña Catita hat die Marquise zum Kloster begleitet und Manuel Paredes' Hausmeister macht Dolores seine Aufwartung und empfängt den reichlichen Dank der Tochter, deren Vater er gerettet hat.

3. Wie die Nachricht aufgenommen wurde.

Am selben Tage, an welchem der Cabildo von Guayaquil an der Küste im Begriff stand, eine Proklamation zu erlassen, in der man sich offen für die in Quito eingeschlagene Widerstandspolitik erklärte, wurde die Bewegung sofort im Keime erstickt durch die Ankunft des Don Pedro de Arana, den der Vicekönig abgesandt hatte, um den königlichen Dekreten im alten Königreich Quito Gehorsam zu verschaffen. Arana kam mit einer bewaffneten Macht, klein an Zahl, aber wohl ausgerüstet und genügend, die Unzufriedenen in Guayaquil im Zaum zu halten. Er war gerade zur rechten Zeit gekommen und erfuhr sofort, was man im Sinne führte. Angeber fanden sich in Hülle, denn die lautesten Rebellen von gestern suchten sich heute dadurch sicher zu stellen, daß sie ihre Genossen anzeigten. Aber Arana war zu klug, um durch die Bestrafung einfacher Absichten das ganze Königreich in Aufregung zu bringen. Und so empfing er Jeden außerordentlich freundlich und schien vollständig taub zu sein gegen alle Klätschereien; er trat so auf, als ob überhaupt gar nichts passirt sei und er betrachtete es als selbstverständlich, daß die Bevölkerung rings um ihn herum ganz außerordentlich loyal war. Er glaubte ohne Umstände allen Versicherungen und auf diese Weise sicherte er sich Guayaquil und dadurch eine Basis für seine Operationen. Seine Streitmacht war so unbedeutend, daß er sich nicht Diejenigen zu Feinden machen konnte, auf die er als Freunde gerechnet hatte. Diese Politik trug denn auch die besten Früchte. Die Männer, die noch vor zwei oder drei Tagen gegen ihn ihr Schwert gezogen haben würden, drängten sich förmlich dazu, unter seinem Commando zu dienen.

Wenige Tage nach Ankunft Arana's traf der Marquis de Solando in Guayaquil ein und sein hoher Rang und die Sage seines großen Reichthums gaben der Sache des Königs Nachdruck und festen Halt; dennoch aber war es kein Kinderspiel, die Rebellion zu unterdrücken. Das ganze Innere des Landes in Waffen, geschützt durch die unpassirbaren Straßen und die beinahe unzugänglichen Bergpässe, die eine Handvoll Leute gegen eine ganze Armee vertheidigen konnte, — da waren unter diesen Umständen Politik, Unterhandlungen, Intrigue, Bestechung, Versprechungen und Diplomatie besser angebracht als eine militärischer Feldzug.

* * *

Noch schneller wie in Guayaquil war es mit dem Aufstand in den Städten des eigentlichen Peru zu Ende, südlich vom Flusse Tumbez und außerhalb des Königreichs Quito. Des Vicekönigs Hand ruhte schwer auf Denen, die Widerstand geplant hatten. In Callao, dem Hafenplatz von Lima, hatte der Geist der Unzufriedenheit sich auf die Flotte ausgedehnt. Aber der Vicekönig nahm einige Offiziere und einflußreiche Bürger gefangen und ließ sie sofort hinrichten. In Cuzco, Arequipa, La Paz und in anderen Städten wurden Männer ohne Prozeß und ohne irgend welche Formalitäten des bürgerlichen oder militärischen Rechts hingerichtet. Der Geist des Ungehorsams war gebrochen, noch ehe er sein Haupt erhoben hatte. Von Angst ergriffen, gaben die Peruanischen Colonisten jeden Gedanken an Widerstand gegen die Alcabala auf. Bis dahin war also die Rebellion auf die Stadt Quito allein beschränkt, aber wenn sie sich über die Städte zwischen Quito und Guayaquil ausdehnen und dort erfolgreich sein sollte, war ein Ausbruch in Peru ebenfalls unvermeidlich. Das Fortbestehen der vicekönlichen Herrlichkeit hing also einzig von der Unterdrückung der Rebellion in der Stadt Quito ab. So richtete sich die ganze Aufmerksamkeit auf die Hauptstadt der alten Shyris, wo das Schicksal der Rechte und Privilegien sich entscheiden sollte, die in Spanien unter König Philip's Vater auf dem blutigen Schlachtfeld von Villalar ausgelöscht worden waren.

* * *

Und wie wurde die Nachricht in Puembo aufgenommen, wo Carrera am Sterbebette seines Onkels wachte? Es ist die höchste Zeit, daß wir zu unserem jungen Freund zurückkehren.

Carrera fand den alten Herrn in einem Zustande der Besinnungslosigkeit und die Umstehenden glaubten, daß er aus demselben nicht wieder erwachen würde. Zum allgemeinen Erstaunen kam er aber gegen Abend wieder zum Bewußtsein und begrüßte mit herzlicher Freude seinen Neffen. Der Zustand des Kranken schien sich zu bessern. Stunden lang fühlte er sich frei von Schmerzen und war fähig, sich mit Carrera zu unterhalten, seinem Mayordomo Anweisungen in Betreff der Verwaltung seiner Güter zu geben, die Neuigkeiten von Quito, mit dem man sich durch einen regelmäßigen Botendienst in Verbindung gesetzt hatte, zu hören und zu besprechen, auf die Tröstungen seines geistlichen Rathgebers zu hören und seinen Dienern und Indianern ein Wort des Lobes oder des Tadels zu sagen; dann verfiel er wieder in den Zustand der Besinnungslosigkeit, der mehrere Stunden anhielt. Und so verging Tag um Tag und die Tage wurden zu Wochen und immer noch war Carrera an das Krankenlager des sterbenden Mannes gebunden, der nicht erlauben wollte, daß er das Krankenzimmer verließ, kaum daß er auf wenige Augenblicke ihn verlassen durfte, um frische Luft zu schöpfen.

Am Ende der ersten Woche sandte Carrera einen Brief an seinen Freund Roberto Sanchez, worin er ihn ersuchte, ihm Toa's Silbermond zurückzusenden, da er ihr schreiben wollte. Eine Art Gefühl der Eifersucht hatte ihn doch erfaßt, als er erfuhr, in welcher Weise Toa und Roberto öffentlich vor dem Volke sich gezeigt hatten. Und er hatte keine Erklärung dieser eigenthümlichen Demonstration erhalten; hatte Toa ihn bereits vollständig in Stich gelassen? Hatte sie ihre Zuneigung auf Roberto übertragen? Hatte sie bei Carrera's Abreise von Quito Verdacht geschöpft? Ihre eigene feierliche Erklärung, daß sie ihre Liebe dem unterordnen werde, was sie für ihre Pflicht gegen ihr Volk hielt, schien sich zu bestätigen; nervös aufgeregt wartete er auf eine Antwort von Sanchez; aber diese kam nicht. Der Cabildo hatte Roberto's Vater weiter nach Latacunga, Ambato und Riobamba geschickt, um die Revolution auch dort zu organisiren. Er hatte seinen Sohn als Adjutanten mitgenommen und der letztere hatte keine Nachricht gelassen, wann er zurückkehren würde. Nach einer weiteren Woche endlich kam ein Brief von Roberto voll leidenschaftlicher Vorwürfe und Aufforderungen, sofort nach Quito zurückzukehren, wenn er nicht schon zurück sei. In dem Briefe hieß es zugleich, daß der Schreiber in Latacunga eine Compagnie organisire und dort einige Zeit bleiben werde. Carrera sandte einen Boten mit einem anderen Briefe nach Latacunga, aber Bote und Brief kamen wieder zurück; der Bote meldete, daß Roberto in die Gegend von Ambato hin abgereist sei, um Pferde für ein Kavallerie-Corps, das gebildet werden sollte, aufzutreiben, und da der Bote keine spezielle Instruktion hatte, fühlte er sich auch nicht berechtigt, weiter zu reisen, umsomehr da es sehr ungewiß war, wo und wann er den Gesuchten finden konnte. So ging eine weitere Woche verloren und unterdessen bereiteten sich in Quito große Aenderungen vor und auch in Carrera's Ansichten, Meinungen und Ideen machte sich ein entschiedener Umschwung bemerkbar.

In Bezug auf die ersten Aenderungen können wir kurz sein. Pedro Guzman Ponce de Leon war zum Obercommandanten der bewaffneten Macht der Municipalität ernannt und ließ eine Masse Leute ausheben, die er für den aktiven Dienst vorbereitete. Aber er hielt diese Männer in Quito, wo viele von ihnen des Nichtsthuns müde oder durch die Unthätigkeit und die heftigen Meinungsverschiedenheiten und Conflikte demoralisirt wurden. Die Truppen in Quito hätten nach Riobamba und Guaranda marschiren und die Bergpässe, denen Arana sich näherte, besetzen sollen. Dort hätten sie ihn sicher zurückschlagen können und von dort aus konnten sie ihn in die Ebenen zurückdrängen, wo es ein Leichtes gewesen wäre, in den gefährlichen tropischen Wäldern ein geschlagenes Heer zu vernichten. Guayaquil mußte ihm wieder entrissen werden und war mal die Verbindung mit dem Meere hergestellt, so mußte die Bewegung von Erfolg sein. Pedro Guzman billigte vollständig diese Theorie, aber er handelte nicht im Mindesten darnach. Er war immer am Vorbereiten, aber niemals fertig. Er versprach große Dinge, hielt aber nie etwas. Auch die Indianer wurden in den Hintergrund gedrängt. Die Beschlüsse, welche die Munizipalität in der Nacht des blutigen Confliktes angenommen hatte, waren niemals veröffentlicht worden; endlose Unterhandlungen folgten. Die Leute im Cabildo verlangten Gold unter dem Vorwande, den Krieg durchzuführen, in Wahrheit aber, um sich selbst zu bereichern; die Indianer weigerten sich, das Gold zu liefern, bis ihre Rechte gesichert und die ersten Schritte zur Ausführung des zwischen Cundrazu und Bellido entworfenen Programms gethan waren und zugleich nahmen die Zweifler, die behaupteten, der Schatz existire gar nicht, immer mehr zu. Die tüchtigsten Männer der Revolutionspartei waren auf schlaue Weise von Quito entfernt worden; Sanchez ward in die südlichen und Olmos in die nördlichen Provinzen geschickt, angeblich um die Revolution zu organisiren, in Wirklichkeit aber, um diese bedeutenden Führer aus dem Wege zu halten. Unterdessen vergingen die Tage und Wochen, die kostbarste Zeit wurde vertrödelt und die Reaktionspartei gewann langsam aber sicher die Stellung wieder, die sie verloren hatte und verstand es, ihre Gegner zu demoralisiren. Aber noch war nicht Alles verloren. Ein blutiges Ereigniß von erschütternder Bedeutung führte bald die wohlmeinenden und ehrenhaften Männer zusammen und gab der Sache des Volkes einen frischen belebenden Impuls. Die Natur dieses Ereignisses wird sich in den folgenden Kapiteln entwickeln.

Ebenso verhängnißvoll für die Bestrebungen unserer Heldin war auch der Umschwung in den Ideen und Ansichten Carrera's. Wäre der Onkel bald nach Ankunft seines Neffen in Puembo gestorben, wie ganz anders würden sich die Ereignisse dieser Erzählung gestaltet haben! Aber der Patient lebte und schwebte zwischen Tod und Leben, und des alten Mannes bewährte Ansichten, tiefeingewurzelten Vorurtheile und langjährigen Erfahrungen machten auf das haltlose Gemüth und den wankelmüthigen Charakter Carrera's einen tiefen Eindruck.

Der Onkel gab zu, daß die Ermordung Bellido's ein schweres Verbrechen war. Aber wer hatte es angeordnet? War der Beweis geliefert, daß die Audienz es gethan? Konnte nicht ein Privathaß, die Gegenpartei in einem Rechtsfall oder eine Liebesintrigue die Veranlassung gebildet haben? Diese nichtsnutzigen Soldaten würden irgend Jemand für Geld umgebracht haben. Und selbst wenn der Mord auf Veranlassung der Audienz begangen worden war, folgte dann daraus, daß man gegen den König rebelliren müsse, weil einige seiner Minister die ihnen übertragene Macht mißbraucht hatten? Und was für ein Recht hatte die Volkspartei, sich über den Mord zu beklagen? War nicht die Ermordung Valverde's unendlich grausamer, schändlicher und verbrecherischer, wie die Tödtung Bellido's?

Von diesem Standpunkte aus wies dann Carrera's Onkel auf die absolute Hoffnungslosigkeit der Rebellion hin und unterstützte seine Argumente mit dem schweren Geschütz aus dem Arsenal der Peruanischen Geschichte. In den Zeiten Gonzalo Pizarro's hatten die Colonisten gegen die Regierung des Mutterlandes rebellirt; sie hatten sich nicht den königlichen Verordnungen, wonach man die Indianer als freie Menschen betrachten sollte, fügen wollen. Gonzalo Pizarro wurde zum Protektor von Peru gemacht, die Colonisten schaarten sich um sein Banner und besiegten den Vicekönig, der auf dem Schlachtfeld von Añu Quito erschlagen wurde; als aber der königliche Commissär La Gasca eintraf, allein und mit leeren Händen, hatte derselbe sehr bald eine Streitmacht um sich gesammelt, Gonzalo Pizarro wurde schmählich geschlagen, im kritischen Momente ließ ihn seine ganze Armee im Stich und die Führer büßten ihren Verrath auf dem Schaffot.

Und was war das Ende der Rebellion des Hernandez Jiron, der Alles vor sich niedergeworfen hatte und direkt vor den Thoren Lima's erschien? Das ganze Land war unzufrieden und Hernandez Jiron warf sich selbst zum Repräsentanten der unzufriedenen Volkspartei auf. Er hatte eine Armee unter sich, die aus Männern bestand, welche im Kriege alt geworden waren und in verschiedenen Gefechten hatte er die Regierungstruppen geschlagen. Und doch hatte er keinen Erfolg und starb als Verräther unter den Händen des Henkers. Spanien ist, fuhr Carrera's Onkel fort, die größte militärische Macht der Erde, seine Armeen sind über ganz Europa verbreitet. Seine Hülfsquellen sind unerschöpflich. Wie könnten da die Creolen von Quito, unerfahren in der Kriegsführung und unter sich selbst uneinig, es wagen, sich mit der kolossalen Macht des Mutterlandes zu messen? Das ist ein kindischer Traum, eine lächerliche Vision und ein Wahnsinn, der nur zur Vernichtung führen kann. Selbst ein zeitweiliger Erfolg kann das endliche Schicksal nicht abwenden.

Die Auferlegung der Alcabala war vielleicht ein nomineller Bruch einer königlichen Garantie, aber diese Garantie wurde gemacht, als man die künftige Größe und den unermeßlichen Reichthum Perus noch nicht kannte. Jedes Zeitalter hat seine eigenen Lasten zu tragen und ein König kann keine Gesetze schaffen für die kommenden Geschlechter, weil er die Bedürfnisse seiner Nachfolger nicht kennt. Für seine Zeit mag er weise gehandelt haben, aber die Tage sind vorüber und sein Nachfolger, obschon er verpflichtet ist, das Andenken seines Vorgängers zu ehren, muß seine eigenen Bedürfnisse und seine Zeit selbst beurtheilen.

Eine Allianz mit den Indianern! Lächerlich! Die Alcabala mag eine große Last sein, aber der Verlust der indianischen Sklaven muß ja die Kolonisten vollständig ruiniren. Natürlich würden sie sich tausendmal lieber der Alcabala fügen, als die Indianer preisgeben, die das Land der Kolonisten bebauen, in ihren Minen graben, ihr Vieh hüten und in ihren Fabriken arbeiten. Und welche Hülfe könnten diese Jammermenschen im Falle eines Krieges bieten? Unerfahren im Gebrauch der Feuerwaffen, ein verworfenes, feiges Gesindel, durch eiserne Gesetze zur blinden Unterwürfigkeit verurtheilt, mögen sie Gefangene ermorden, Verwundete erschlagen und Todte berauben können, aber wie sollten sie einem Angriff der Infanterie oder einer Attacke der Kavallerie Widerstand leisten? Aber der Schatz der Inkas, sagst Du? Das ist eine Mythe, Julio, ein Ammenmärchen, womit wir uns in den Tagen unserer Kindheit amüsirt haben, eine Legende, die nur auf Vermuthungen, welche sich niemals bestätigt haben, beruht.

Hier wagte Carrera zu remonstriren; er hatte sich nicht verpflichtet, das Geheimniß des Schatzes zu wahren, und er gab daher seinem Onkel einen detaillirten Bericht über alles Das, was er in der Höhle gesehen. Der alte Herr hörte erstaunt zu, aber allmählich nahm er die Miene des Zweiflers an und ohne weiter auf das Thema über den Schatz einzugehen, frug er ihn, wie er denn mit Toa bekannt geworden sei. Carrera sagte, er habe sie in Mama Rucu's Hütte getroffen. Der Onkel frug ihn dann, was ihn dahin geführt habe. Diese Frage kam ihm sehr ungelegen, aber er beschloß, sein Gewissen einmal von allen Fehlern und Vergehen zu befreien und sich der Verzeihung seines Onkels zu versichern. Trotzdem hielt er sein Versprechen, daß er der Mama Rucu gegeben und erwähnte die Visionen, die er in der denkwürdigen Nacht in Mama Rucu's Hütte gehabt, nicht, aber er zeigte ihm den Brief, den die Königin Toa mit dem Geschenk oder dem Darlehen gesandt hatte. Der alte Mann las den Brief wieder und wieder und verfiel dann in ein tiefes Schweigen, das zuletzt von Carrera unterbrochen wurde, der seinen Onkel um Verzeihung bat, daß er der Versuchung nicht widerstanden und sich an den Spieltisch gesetzt habe.

„Daß Du leichtsinnig und vielleicht thöricht gespielt hast, Julio," sagte der alte Mann nach einer weiteren Pause, „ist nur zu natürlich für einen jungen Caballero von Deiner Stellung. Es war eben eine Probe, die jeder Edelmann durchmachen muß, und ich hoffe, daß die Lehre nicht unnütz gewesen ist. Wenn ich Dich wegen irgend Etwas tadeln soll, ist es deshalb, daß Du in mich, Deinen ältesten und besten Freund, kein Vertrauen gesetzt hast, wie Du es hättest thun sollen. Aber zu meinem Erstaunen ersehe ich jetzt, daß Du Dich in eine sehr gefährliche Situation verwickelt hast, aus der Du Dich nun herausreißen mußt. Jetzt lausche auf den

Rath eines alten Mannes, der Dich wie sein eigenes Kind betrachtet. Du bist mein Erbe. Julio de Carrera. Bis jetzt habe ich Dir aus Gründen, die Du begreifen wirst, diese Thatsache verheimlicht; aber da Du es doch bald nach meinem Scheiden erfahren würdest, so kann ich es Dir gerade so gut auch jetzt schon sagen, daß Deine Zukunft gesichert, und daß Du einer der reichsten Männer im ganzen Königreich Quito sein wirst!"

„Onkel!"

„Keinen Dank! Keine Einwendungen! Wenn Du Deine Dankbarkeit beweisen willst, dann folge meinem Rathe. Das ist Alles, was ich verlange. Dein Weg durch's Leben wird leicht und angenehm sein. Alles, was Du zu thun hast, ist, daß Du in meine Fußstapfen trittst. Nimm Dich selbst der Verwaltung Deiner Besitzungen an und da Du ein Freund von Büchern bist, wird es Dir auch daran in Deinen müßigen Stunden nicht fehlen. Entfliehe den Gefahren, die Deine Thorheit heraufbeschworen hat. Die Schätze dieser indianischen Hexe würden Dich in's unvermeidliche Verderben führen. Du bedarfst derselben nicht. Wo ist der Edelmann in Quito, der Dich nicht um Deine Stellung beneiden möchte? Mit Ausnahme des Marquis de Solando wird es keinen reicheren Mann im ganzen Lande geben. Was verlangst Du noch mehr? Was für Wünsche kannst Du noch hegen, die mein Reichthum nicht erfüllen kann? Den Besitz und den Genuß Dessen, was ich Dir hinterlasse, wird Dir Niemand streitig machen; was sie Dir geben würde, würde Dich nur in unendliche Widerwärtigkeiten verwickeln; man würde es Dir wieder abnehmen und Du würdest schließlich selbst vernichtet werden. Du kannst dieses Weib nicht heirathen, das durch die Forderungen, die es stellt, sich thatsächlich gegen unseren Gebieter, den König von Spanien, und gegen die Sicherheit und Wohlfahrt dieser Kolonie aufgelehnt hat. Ihr Leben ist dem Henker verfallen, und ihre Schätze der Krone, und selbst wenn sie wünschen sollte, wieder in's Dunkel zurückzukehren, würde es für den öffentlichen Frieden zu gefährlich sein, sie leben zu lassen. Bei der Heiligen Jungfrau, Julio! ich zittere bei dem Gedanken an die Gefahr, mit der Du gespielt hast. Und, ich weiß es, Du hast mir noch nicht Alles erzählt. Du hast ihr Deine Liebe erklärt, nicht wahr? Sie behauptet, daß sie Deine Gefühle erwidert, nur um Dich um so sicherer in's Verderben zu stürzen. Erzähle mir Alles, mein Sohn, verheimliche mir Nichts. Die Lippen eines sterbenden Mannes sind versiegelt, Julio. Dein Geheimniß, wenn es ein Geheimniß ist, wird mit mir in's Grab gehen."

Welchen Widerstand konnte Carrera dieser Aufforderung noch entgegensetzen? Er bekannte, wie Toa sein Herz gewonnen und wie sie selbst seine Gefühle erwidert.

„Armer, getäuschter Jüngling," fuhr der Onkel fort, „wie kindisch und thöricht Du bist! Siehst Du nicht, daß sie mit Dir dasselbe Spiel getrieben hat, wie mit Anderen, daß sie auch Andere mit trügerischen Hoffnungen auf ihre Liebe und ihre Schätze erfüllt hat, um sie für ihre ehrgeizigen Zwecke auszunützen? Hat sie sich nicht öffentlich mit Deinem intimsten Freunde, Roberto Sanchez, gezeigt? Würde Sanchez, der ein ganz geriebener Bursche ist, sich wohl zu einer solchen Demonstration hergegeben haben, wenn sie nicht mit seinen Neigungen gespielt und sein empfängliches Herz in Feuer und Flammen gesetzt hätte? Ihre Kniffe mögen junge Leute täuschen können, aber für mich sind sie so klar wie die Sonne. Sie will einen Anhang unter dem Adel haben und sie versucht dies dadurch, daß sie den jungen Caballeros die Köpfe verdreht, und die Alten durch Versprechungen ihres Goldes ködert. Niemand aber wird das Ziel erreichen, denn sie wird sie Alle betrügen und ruiniren."

Hier fiel der alte Mann wieder in den Zustand der Bewußtlosigkeit, und Carrera hatte Zeit, sich das, was er gehört hatte, wohl zu überlegen. Die Worte des Onkels hatten einen tiefen Eindruck auf sein Herz gemacht; sie hatten das Gift ausgestreut, das jetzt weiter wirkte.

Am nächsten Tage wurde die Unterredung wieder aufgenommen. „Ich fürchte, Julio," sagte der Kranke, „daß Du noch in große Ungelegenheiten kommen wirst. Sobald diese Revolution unterdrückt sein wird — und, glaube mir, sie wird unterdrückt — werden gründliche Nachforschungen vorgenommen über die Veranlassung derselben und das Verhalten Derjenigen, die direkt oder indirekt dabei betheiligt waren. Du bist Einer von diesen. Die aufrührerische Rede, die Du nach der Ermordung Bellido's gehalten, wird nicht vergessen werden. Deine Feinde — und Jeder hat seine Feinde — werden sie nach Kräften ausnützen. Sie werden behaupten, daß Du den Befehl gegeben hast, den Palast zu stürmen. Du hast mit der Rebellin und Prätendentin Toa in Verbindung gestanden. Du hast ihre Schätze gesehen und hast Geld von ihr erhalten. Es ist so sicher, wie nur etwas sein kann, daß Du deswegen verfolgt werden wirst. Du schwebst in einer großen Gefahr, mein armer Junge, und die Gefahr sollte vorsichtig abgewendet werden."

„Aber wie kann diese abgewendet werden, Onkel?" fragte Carrera, der, so tapfer er auch war, doch bei dem Gedanken, wegen Hochverrathes prozessirt zu werden, in Angst gerieth.

„Zunächst solltest Du Dich zeitig genug unterwerfen. Du solltest auf die Seite der Königlichen treten und, wenn möglich, Deine Loyalität durch einen öffentlichen Akt dokumentiren."

„Onkel!" rief erregt der junge Mann.

„Laß mich fortfahren. Zweitens solltest Du Deine Stellung durch eine kluge Heirath festigen. Ich hatte lange für Dich eine Verbindung in Aussicht, und bis ich Deine thörichte Liebelei mit dieser indianischen Prinzessin erfuhr, glaubte ich, daß Deine eigene Neigung mit meinen Wünschen übereinstimmte. Die Frau, mit der Du Dich augenblicklich verloben solltest, ist Dolores Solando" —

Carrera schreckte freudig zusammen, sodaß der alte Mann, der seinen Neffen bei Nennung des Namens Dolores genau fixirt hatte, Muth bekam. „Ja," fuhr er fort, „Dolores Solando! Ihr Vater ist das Haupt und die Stütze der Loyalisten, nicht vielleicht durch persönlichen Einfluß, sondern weil sein Name und sein großer Reichthum der königlichen Sache Lebenskraft verleihen; er ist beinahe zum Märtyrer dieser Sache geworden — er war in Gefahr, sein Haus wurde durchsucht, und das Leben seiner Gemahlin wäre beinahe geopfert worden. Er hat sich mit Arana vereinigt und er wird an der Spitze der königlichen Kommission einen geradezu ununschränkten Einfluß ausüben. Wer würde es wagen, seinen künftigen Schwiegersohn anzutasten? Verlobe Dich mit Dolores und Du bist gerettet. Aber auch ganz abgesehen von diesen Bedenken würde die Verbindung in jeder anderen Beziehung eine glänzende sein. Sie würde Deinen Reichthum, Namen, Stellung und Einfluß vermehren und Du würdest der Gründer der ersten und stolzesten Familie im Königreich sein und hier denselben Rang einnehmen, wie ein Grande in Spanien."

Und so fuhr der alte Mann fort, zu argumentiren und zu predigen, und jedes Wort, das er sagte, war gewichtig und klang glaubhaft und überzeugend. Seine Logik war unwiderstehlich und wies alle Einwände zurück. Und wenn Zweifel und Bedenken in der Seele Carrera's aufstiegen, wenn er in dem Obstgarten des Hauses auf- und abging, wie schnell wurden dieselben gelöst, sobald er sie dem erfahrenen alten Manne zur Prüfung vorlegte.

Und zuletzt kam denn auch der letzte Tag heran und der sterbende Mann erhielt Versprechungen, die der dankbare Neffe nicht gut verweigern konnte. Er versprach, Verzicht zu leisten auf die heidnische Toa und ihre verrätherischen Schätze, und um die Hand von Dolores anhalten zu wollen; er versprach, gegen seinen König ebenso loyal zu sein, wie gehorsam gegen seinen Gott. Und mit dem Crucifix in der Hand und einer letzten Aufforderung an Julio durch Blick, Wort und Geberde athmete der alte Mann in den Armen seines Neffen den letzten Seufzer aus. Und der Jesuitenpater, der während seiner Krankheit bei ihm gewesen war, erschien auf der nach dem Hofe führenden Veranda, wo die Diener und Sklaven und ihre Weiber versammelt waren, und indem er die Hände emporhob, bewirkte er, daß Alle niederknieten.

„Laßt uns beten, Kinder!" rief er aus. „Laßt uns beten für Euren guten Herrn, Don Ramiro de Carrera y Pareja, dessen Seele soeben vor den Thron Gottes getreten ist."

4. Das Legen der Mine.

Spät am Nachmittag des Tages, welcher der feierlichen Beerdigung von Carrera's Onkel folgte, saß Dolores in ihrem Zimmer und schrieb einen langen Brief an ihren Vater, der durch einen geheimen Boten ihm zugesandt werden sollte, während Tante Catita ganz vertieft war in die Lektüre der wundersamen Abenteuer und Heldenthaten des Ritters Amadis von Gallien, als Paredes angemeldet wurde.

„Tante!" sagte die junge Dame, „es thut mir leid, aber Du mußt Dich an das eine Ende des Zimmers zurückziehen, während ich meinen Besuch an das andere Ende führen werde. Ich habe mit demselben Geschäfte zu verhandeln, die von sehr großer Wichtigkeit für meinen Vater sind."

„Ich kann ja in das angrenzende Zimmer gehen, Doloritas."

„Nein, Tante, das würde sich nicht passen; außerdem möchte ich wünschen, daß Du nahe genug bleibst, um mich nicht mit ihm allein zu lassen, aber entfernt genug, um nicht unsere Unterredung anhören zu können. Vergieb mir, Tante, aber es geschieht des Vaters wegen. Es giebt keine Liebeserklärung, darüber kannst Du ruhig sein!"

Mannel Paredes trat ein und nach einer kurzen allgemein geführten Unterhaltung über die Ereignisse des Tages folgte er Dolores in eine entlegene Ecke des Saales, wo sie sich auf ein Sofa setzte, während er auf einem Stuhle, ihr zur Seite, Platz nahm.

Tante Catita setzte sich auf eine Ottomane in der gegenüberliegenden Ecke des Saales und indem sie sich in ihren Shawl einhüllte, schien sie b ld zu schlafen.

„Ich habe überraschende Nachrichten von äußerster Wichtigkeit," sagte er flüsternd.

„Erzählen Sie!" sagte sie in einem ruhigen, gewissermaßen befehlenden und geschäftsmäßigen Tone, als sei sie zur Leitung von Staatsgeschäften geboren und erzogen worden.

„Der alte Sanchez ist, nachdem er die Revolution in Latacunga und Ambato organisirt, mit nur wenigen Bewaffneten nach Riobamba gegangen und wollte dem Cabildo seine Pläne vorlegen als er vom Corregidor ergriffen und in's Gefängniß geworfen wurde. Seine Begleiter die seine Verhaftung erfuhren und nicht zahlreich genug waren, um ihn zu befreien, eilten zurück nach Ambato, wo sein Sohn sich aufhielt, und dieser brach sofort mit hundert Berittenen auf und eilte zur Befreiung seines Vaters herbei. Unterdessen hatte aber der Corregidor angeordnet, daß der alte Mann wegen Hochverraths hingerichtet werde."

Paredes hielt inne, um zu sehen, welchen Eindruck die Nachricht auf die schöne Zuhörerin machen würde; aber keine Muskel zuckte in ihrem Gesichte; sie saß da, kalt und bewegungslos wie eine Marmorstatue, und flüsterte nur: „Fahren Sie fort!"

„Der junge Sanchez langte zwei Stunden später an und nahm sofort Besitz von der Stadt. Er wollte den Corregidor hängen lassen, doch der Beamte hatte sich noch i n letzten Augenblicke aus dem Staube gemacht. Sanchez ließ darauf zwei der Männer, die als Beisitzer des Kriegsgerichts seinen Vater zum Tode verurtheilt hatten, aufhängen. Dann ließ er vierzig Mann als Wache und zur Organisation des Rebellenelementes zurück und machte sich mit den Uebrigen zur Verfolgung des Corregidor auf. Sie ritten Tag und Nacht, tra fen aber schließlich mit der Avantgarde Arana's zusammen, der seine Macht getheilt hatte, was meiner Ansicht nach ein verhängnißvoller Fehler war. Roberto's Pferde waren abgetrieben, als die beiden Truppentheile aufeinanderstießen, und nur diesem Umstande haben wir die Rettung der Arana'schen Abtheilung zu danken. Das Zusammentreffen schien für beide Parteien eine große Ueberraschung zu sein. Aber dieser junge Sanchez ist ein Tollkopf! Er stürzte sich mit solchem Ungestüm auf die Königlichen, daß diese gleich in wilder Flucht auseinanderstoben, ohne zu bemerken, daß der Angriff auf sie nur von einer Handvoll Leute gemacht worden war. Der kommandirende Offizier der Königlichen versuchte vergeblich, sie zu sammeln. Er wurde dabei leicht verwundet, nur sehr leicht, Señorita, Sie brauchen sich nicht zu beunruhigen" —

„Weshalb sollte ich das überhaupt?" frug Dolores kalt.

„Weil — nun — weil" — sagte Paredes zögernd — „weil es" —

„Vielleicht mein Bruder war."

„Ja, aber er hat nur eine Schramme erhalten, ich versichere Sie. Die Stärke und Schnelligkeit seines Pferdes retteten ihn." Hier machte Paredes wieder eine Pause, und wiederum sagte Dolores, ohne ihre Stellung zu ändern, im ruhigsten Tone: „Fahren Sie fort!"

„Verstärkungen waren bald zur Stelle, aber Roberto, der die Uebermacht der Feinde erkannt hatte, kehrte nach Riobamba zurück, — auf dem Rückwege nahm er den Privatsekretär des Corregidor, der sich auf dem Wege nach dem königlichen Lager befand, gefangen und ließ ihn an dem nächsten Baume aufknüpfen."

„Er ist ein Mann von Energie," sagte Dolores ruhig.

„Ich erhielt diese Nachrichten durch einen speziellen Boten vor zwei Stunden und theilte sie sofort dem Cabildo mit, wo sie sogleich bemerkten, daß die Bellidistas wieder die Oberhand gewonnen. Man mißtraut jetzt Jedem, der zur Zögerung und Mäßigung gerathen hat. Die Partei der That ist jetzt wieder die herrschende und sobald die Nachrichten öffentlich bekannt werden, haben wir einen neuen Aufstand zu gewärtigen, bei dem möglicher Weise, oder vielmehr ziemlich sicher das Leben des Präsidenten und der Auditoren gefährdet sein kann. Die Majorität des Cabildo ist jetzt entschieden gegen jeden Aufschub. Unglücklicher Weise ist der alte Olmos mit seinen Truppen von Ibarra zurückgekehrt und die Extremisten haben wieder einen Führer. Er verlangt die sofortige Erklärung der Unabhängigkeit, die Erwählung eines Königs und seine Ver heirathung mit der Toa Duchicela, der Shyri-Königin."

„Und wer soll für diese entwürdigende Verspottung des Königthums auserwählt werden?"

„Im Namen der Shyri Toa haben ihre Vertreter den Namen unseres jungen Freundes, Don Julio de Carrera vorgeschlagen."

Dolores drückte leicht die Lippen aufeinander und eine leichte Röthe flog für einen Moment über ihre Züge, um aber sofort einer plötzlichen Blässe Platz zu machen. Das war das erste unwillkürliche Zeichen ihrer Bewegung und es entging auch nicht den forschenden Augen Paredes'. Aber sie gewann sehr bald ihre Selbstbeherrschung wieder und sie bemerkte mit einem leisen, ironischen Lächeln: „Sie sehen, ich bin ein Prophet, Señor Don Manuel. Ich hatte unserem liebenswürdigen Freunde königliche Ehren vorausgesagt."

„Sein Name wurde von einigen Männern der Partei der Entschlossenen günstig aufgenommen, da sie von seiner Jugend, seiner Unerfahrenheit und seinem weichen Charakter annehmen, daß er in ihren Händen wie Wachs sein wird, und sie glauben, daß sie im Stande sein werden, durch ihn und in seinem Namen herrschen zu können."

„Und wird er diese Krone des Wahnsinns annehmen?"

„Er muß erst sondirt werden. Wenn er ablehnt, muß ein Anderer gewählt werden. Aber," fügte Paredes mit besonderem Nachdruck hinzu, „man glaubt, daß er sie annehmen wird, da er schon seit geraumer Zeit mit der indianischen Prinzessin ein Liebesverhältniß angeknüpft hat. Er soll sterblich in sie verliebt sein und hat bereits einen Theil ihrer Schätze erhalten. Das Geld, mit dem er seine enormen Spielschulden bezahlt hat, kommt von ihr."

Dieses Mal verrieth Dolores ihre Aufregung nicht, sondern sie frug sarkastisch: „Und wo ist Ihre Majestät jetzt?"

„Sie ist noch immer in Puembo, aber aus bester Quelle habe ich erfahren, daß sie in dieser Nacht nach Quito zurückkehren wird."

„Und hegen Sie irgend welche Befürchtung, daß solch' eine lächerliche Farce aufgeführt werden wird?"

„Ganz gewiß thue ich das. Und wenn es geschieht, wird unser Einfluß vernichtet sein. Die Führerschaft der Revolution wird in die Hände der Männer übergehen, die die Absicht haben, sie erfolgreich zu machen. Das Oberkommando wird aus den Händen Guzman's genommen und dem alten Olmos, mit dem jungen Sanchez zur Seite übertragen werden. Die Indianer werden sich in allen Provinzen erheben. Der Inka-Schatz wird zur Disposition der Rebellen gestellt und die Männer der That, die ihre Schiffe hinter sich verbrannt und ihren Rückzug abgeschnitten haben, werden für ihr Leben kämpfen, mit dem Schaffot vor, sich im Falle sie unterliegen, und ungeahntem Reichthum, Ehre und Macht, wenn sie siegreich sind. Die Situation ist eine sehr ernste und kritische, Señorita!"

„Aber wenn Carrera sich weigert, was er sicher thun wird?"

„Desto schlimmer! Denn alsdann ist es wahrscheinlich, daß Sanchez erwählt wird, und Sanchez ist ein Löwe, Carrera aber ein Lamm."

„Was gedenken Sie in diesem Falle zu thun?"

„Ich habe einen Plan, der meiner Ansicht nach erfolgreich sein wird, wenn wir versichert sein können, daß Carrera sich weigern wird, sich zu diesem Spiel der Rebellen herzugeben."

„Lassen Sie hören!"

„Erlauben Sie zuerst, daß ich die Thür dort schließe," sagte Paredes, indem er sich erhob. „Ich habe Angst vor indianischen Horchern. Ihr Gehörsinn ist außerordentlich scharf und sie sind Alle Spione der Shyri-Königin." Paredes ging zur Thür und trat in die Halle hinaus, wo er zu seinem größten Aerger Mama Santos traf, die Amme, deren Bekanntschaft unsere Leser bereits gemacht haben. Er hegte keinen Zweifel, daß sie den Versuch gemacht hatte, zu lauschen, aber er fühlte sicher, daß sie bis jetzt noch nichts von der Unterredung gehört haben konnte, da sie im leisen Flüsterton gehalten worden war. Mama Santos verbeugte sich vor ihm und trat dann in den Saal ein.

„Señor Ortiz," sagte sie dann in ihrer ruhigen und würdevollen Weise, „wünscht der gnädigen Frau seine Aufwartung zu machen."

„Sage ihm," antwortete Dolores, „daß ich außerordentlich bedauere, ihn nicht empfangen zu können. Sage ihm, daß ich die ganze Nacht krank war, aber daß es mir morgen oder irgend eine Zeit ein Vergnügen sein würde, ihn zu sehen."

Mama Santos verließ den Saal so ruhig, wie sie gekommen war und Paredes schloß hinter ihr die Thür.

„So, nun sind wir sicher," sagte er. „Ihre gute alte Amme ist eine Spionin, Señorita. Ich hege nicht den geringsten Zweifel, aber sie hat uns unmöglich hören können."

„Fahren Sie mit Ihrem Plan fort!"

„Das gefährliche Ereigniß, das wir unter allen Umständen zu fürchten haben werden, kann meiner Meinung nach nur dadurch unschädlich gemacht werden, daß wir es zu früh heraufbeschwören und es gleich von vornherein durch einige verunglückte Versuche der Lächerlichkeit Preis geben."

„Erklären Sie sich deutlicher, Don Manuel."

„Ich habe einen großen Einfluß auf den Pöbel, nicht so sehr durch die Stellung, die ich am Tage des Ausbruchs als Oberst meines Regiments einnahm, als vielmehr hauptsächlich durch das elende Subjekt,

Juan Castro, den König des Gesindels. Ich habe ihm sagen lassen, daß er mich heute in meinem Hause besuchen soll und wenn Sie meinen Plan billigen, Señorita, werde ich alle nöthigen Vorbereitungen treffen für eine morgige Demonstration, vorausgesetzt, daß Carrera nach Quito zurückgekehrt ist oder im Laufe der Nacht zurückkehren wird. Wir dürfen ihm keine Zeit lassen, mit den Führern der Entschlossenen zu berathen oder sich von ihnen beeinflussen zu lassen. Seine Rückkunft wird nicht bekannt werden und die Wahrscheinlichkeit ist, daß er im Laufe der Nacht Niemanden sehen wird. Ich werde ihn selbst besuchen und bei ihm bleiben, so daß er nicht in andere Gesellschaft geräth. Ich werde sein fügsames Gemüth gegen den beabsichtigten Plan vorbereiten und wenn ich Erfolg haben werde, wird die verunglückte Demonstration, die Castro morgen organisiren wird, der ganzen Geschichte ein Ende machen."

„Was soll der Zweck dieser Demonstration sein?"

„Carrera zum König zu proklamiren.*) Der Pöbel soll ihm die Krone anbieten und zwar mit solchem Ungestüm und in solch unanständiger Weise, daß die Versuchung für ihn nicht sehr groß sein wird. Die ganze Geschichte wird lächerlich erscheinen und seine Weigerung, die Krone anzunehmen, wird die ganze Bewegung im Keime ersticken und sie als Farce erscheinen lassen. Die öffentliche Meinung wird dadurch gegen alle derartigen Versuche eingenommen und der Reaktion, die wir ja Alle wünschen, wird in entschiedener Weise Vorschub geleistet. Billigen Sie meinen Plan, Señorita?"

„Vollkommen. Er macht Ihrem Geiste alle Ehre. Nur eine Aenderung möchte ich vorschlagen."

„Ich warte auf Ihre Befehle, Señorita."

„Ich werde die Angelegenheit persönlich unterstützen. Sie, Señor Paredes, mögen Juan Castro mit seinem Gesindel vorbereiten, den Señor Carrera überlassen Sie mir. Ich bürge dafür, daß er ablehnt."

„Niemals! Niemals!" rief Paredes aufspringend.

„Und weshalb nicht?" frug Dolores, ebenfalls sich erhebend, ihn mit einem gebieterischen, durchdringenden Blick ansehend.

„Señorita," drängte Paredes, „Sie haben vergessen, daß ich Sie liebe, und daß er mein gefährlichster und jetzt vielleicht mein einziger Nebenbuhler ist. Nein, dazu kann und will ich meine Zustimmung nicht geben. Lieber möchte ich, daß die Revolution Erfolg habe, als daß ich erlauben sollte, daß er mit Ihnen über diese Angelegenheit spricht. Wie könnten Sie ihn anders beeinflussen, als daß Sie selbst ihm Ihre Liebe und Ihre Hand anbieten?"

Dolores hatte ihm ruhig zugehört, ohne ihre Blicke von ihm abzuwenden.

„Sind Sie zu Ende, Señor?"

„Jawohl!"

„Haben Sie nichts weiter zu sagen, nichts zurückzunehmen?"

„Nichts!"

„Wenn ich Sie also recht verstanden habe, drohen Sie mit Ungehorsam gegen des Königs Befehle und mit Illoyalität gegen des Königs Sache?"

Paredes fühlte sich verletzt durch den befehlenden strengen Ton, in welchem sie zu ihm sprach; für einen Augenblick blitzten seine Augen auf, und er begegnete ihrem Blicke ernsten Staunens mit einem Blicke der Herausforderung; aber es war nur ein Moment. Er krümmte sich förmlich unter den durchdringenden Strahlen der kalten Augen und sagte dann in entschuldigendem Tone: „Ich habe keine Befehle von Sr. Majestät dem König, meine Gewalt ist discretionär."

„Unter wessen Befehl handeln Sie denn? An wen war der Brief des Königs gerichtet?"

„An Ihren Vater, den Marquis."

„Richtig. Und alle Gewalt, die Sie beanspruchen, hat mein Vater Ihnen übertragen und er mag dieselbe zurückziehen, wenn des Königs Dienst es erheischen sollte. Wollen Sie das in Abrede stellen, Señor Don Manuel Paredes?"

„Nein, gewiß nicht."

„Und wer repräsentirt meinen Vater, seit er abgereist ist? Wer steht an seiner Stelle kraft der Macht, die ich in Ihre Hände gelegt habe?"

„Sie sind es, Señorita."

„Und Sie, Señor, haben die Thatsache dadurch anerkannt, daß Sie in Betreff aller Angelegenheiten, die Ihre Aufgabe und

---

*) In Bezug auf dieses Ereigniß habe ich mich an den Bericht des Padre Velasco in seiner Geschichte von Quito, der auch von Lorente in seiner Geschichte von Peru adoptirt ist, gehalten. Mein gelehrter Freund jedoch, Dr. Pablo Herrera, früher Minister der auswärtigen Angelegenheiten in Ecuador, bezweifelt die historische Wahrheit dieser Episode, da er in seinen Durchsuchungen der alten Archive nichts gefunden hat, was dieselbe bestätigt hätte. Aber Pedro de Oña, der ein Gedicht, „El Arauco Domado", wenige Jahre nach diesen Vorgängen geschrieben hat, spricht ausdrücklich von dem Versuche, einen „falschen König" zu proklamiren. Unter diesen Umständen bin ich der historischen Wahrheit nicht zu nahe getreten, wenn ich die betreffende Episode meiner Erzählung beigefügt habe. Ueberhaupt habe ich es versucht, die historischen Ereignisse so genau wie möglich einzuhalten, wobei man speziell das mehr wie ärmliche Material, das mir als Quelle zu Gebote stand, in Erwägung ziehen muß.

Ihre Autorität betreffen, zu mir gekommen sind. Werden Sie das zugestehen?"

„Jawohl!" sagte Paredes, der bei der beißenden Schärfe dieses Kreuzverhörs schon ganz mürbe geworden war.

„Dann geben Sie also auch zu, daß ich jetzt des Königs Majestät repräsentire, und daß ich jetzt seine Commissärin bin und Sie mögen ferner verstehen, daß ich mit mir nicht spielen lasse."

„Aber, Doloritas" —

„Kein Wort weiter, bis wir uns vollständig verstanden haben. Ihr Plan hat meine Billigung und ich befehle Ihnen im Namen des Königs, den Theil desselben, den ich Ihnen bezeichnet habe, auszuführen. Werden Sie sich also weigern, das zu thun?"

„Erlauben Sie mir nur ein Wort."

„Sie wollen sich also weigern? Sie drohen also, dem Befehl zuwiderzuhandeln, den ich im Interesse unserer Sache für unbedingt nöthig halte?"

„Gesetzt, ich thäte es?"

„Dann würde ich Ihre Vollmacht sofort zurückziehen und meinen Vater davon in Kenntniß setzen."

„Und wenn ich nun vorziehe," sagte Paredes, wieder auffahrend, „mich den vielleicht wohlgemeinten, aber eben unrichtigen Ideen Ew. Gnaden nicht zu unterwerfen; wenn ich es nun vorziehe, die Sache des Königs nicht mit einer Liebesintrigue in Verbindung zu bringen, wenn ich mit aller schuldigen Hochachtung vor der großen Intelligenz und dem wunderbaren Genie Ew. Gnaden dennoch mich weigere, einen gewissen Theil meines Planes nach den Ansichten von Ew. Gnaden auszuführen, sondern darauf bestehe, daß dieses Unternehmen von Männern besorgt werden muß —"

„Dann werde ich einfach dem Cabildo Mittheilung machen und Don Manuel Paredes wird, bevor morgen die Sonne untergeht, das Loos des Grafen Valverde theilen."

Paredes wurde bleich, aber es gelang ihm, seine Selbstbeherrschung zu bewahren. „Sie scherzen, Señorita. Die Tochter des Marquis von Solando wird des Königs Sache und den Mann, der ihres Vaters Leben rettete, nicht verrathen."

Diese Mahnung machte Dolores stutzen, aber sie war schon zu weit gegangen, jetzt hieß es siegen oder besiegt werden und ihr Entschluß war gefaßt. Ihren Shawl fester um ihre Schultern ziehend, sagte sie schneidend: „Diese Unterredung ist zu Ende, Señor Paredes; ich erwarte Ihre Abbitte, oder daß Sie sich sofort entfernen."

„Doloritas!" begann Paredes bittend.

„Lassen Sie mich zufrieden!"

Paredes zögerte. „Nein, Señorita, wir dürfen uns nicht im Zorn trennen."

„Verlassen Sie mich, Señor, oder ich werde Sie dazu zwingen."

Der Kampf nahte sich dem Ende. Der stärkere Wille siegte. Dolores wandte sich ab.

„Vergeben Sie, wenn ich unüberlegt gesprochen."

Keine Antwort.

„Wenn es ein Verbrechen ist, Sie wahnsinnig zu lieben, dann bin ich ein Verbrecher."

„Beschränken Sie sich darauf, was sich auf des Königs Dienst bezieht," sagte sie, ohne sich nach ihm umzuwenden. „Wir sprechen hier nicht von Liebe. Stimmen Sie mit meinem Vorschlag überein, was geschehen soll?"

Keine Antwort.

„Seien Sie so gut und beantworten Sie meine Frage; es ist die letzte, die ich an Sie stellen werde."

„Ich bin Ihr Sklave, Dolores, selbst wenn Sie mich opfern und zurückweisen."

„So ist Ihre Antwort eine zustimmende?" frug sie und wandte sich wieder zu ihm.

„Sie ist es!"

„Ihre Hand, Don Manuel! Lassen Sie uns vergeben und vergessen."

„Vergessen?" sagte er bitter, „vergessen, daß die Dienste, die mir Ihren Besitz sichern sollten, die Ursache sind, daß ich Sie für immer verliere?"

„Don Manuel, jetzt da Sie wieder wie ein Vernünftiger sprechen, werde ich auch Ihnen gegenüber offen sein. Ich liebe Julio de Carrera nicht!"

„Der Jungfrau sei Dank! Gott segne Sie für diese Worte."

„Ich liebe ihn nicht und werde ihn niemals lieben."

„Und werden Sie ihm keine Veranlassung geben, zu glauben, daß Sie ihn lieben?"

„Ich habe Ihnen bereits gesagt, daß ich ihn nicht liebe. Das Uebrige müssen Sie mir überlassen."

„Und werden Sie ihm niemals angehören?"

„Können Sie sich nicht damit zufrieden geben, was ich Ihnen bereits gesagt habe?"

„O, das ist nur ein Strohhalm für einen Ertrinkenden."

„Und werden Sie niemals lernen, Geduld haben, Señor Paredes? Lassen Sie uns zuerst die Interessen des Königs und meines Vaters Geschäfte besorgen. Zur Zeit können wir Alles arrangiren. Lassen Sie uns nicht jetzt die kostbaren Augenblicke vergeuden, während das Schicksal der Kolonie an einem Haare schwebt. Gehen Sie und führen Sie Ihren Theil des Planes aus, ich werde den meinigen ausführen. Gehen Sie jetzt, Don Manuel, und wenn ich nicht bis um zehn Uhr heute Abend einen Boten sende, der Ihnen Gegenbefehle bringt, so lassen Sie morgen die Mine springen. Und jetzt gehen Sie. Gute Nacht, mein Freund!"

Paredes küßte ihre Hand und wandte sich langsam um, um zu gehen. Dolores folgte ihm einige Schritte. Ehe er die Thüre erreicht hatte, wandte er sich nochmals um. Ihre Blicke trafen sich und Beide schauten dann auf Tante Catita, die jetzt wirklich eingeschlafen war; wiederum begegneten sich die Augen und im nächsten Augenblicke hielten sich Beide fest umarmt und Lippe hing an Lippe.

„Gehen Sie jetzt," flüsterte Dolores und drängte ihn fort. „Gehen Sie jetzt! Sie wissen jetzt genug und müssen jetzt gehen."

Paredes ging, aber ehe er den Saal verließ, rief sie ihn zurück.

„Don Manuel," frug sie, „sagen Sie mir die Wahrheit, ist mein Bruder schwer verwundet?"

Paredes zögerte.

„Antworten Sie mir!"

„Ja, Señorita, er ist schwer verwundet."

„Ist mein Bruder todt?"

Er antwortete nicht.

„Sagen Sie mir die Wahrheit. Mein Bruder ist todt?"

„Er ist todt!"

„Verlassen Sie mich!"

---

5. Der Wendepunkt.

Minutenlang stand Dolores bewegungslos in der Mitte des Zimmers. Eine Welt von Gedanken blitzte durch ihr Hirn, aber ihre Augen blieben ohne Thränen. Die Kugel, die ihren Bruder getroffen, hatte ihre Stellung im Leben mit einem Schlage geändert. Jetzt war sie das einzige Kind des großen und reichen Marquis de Solando. Nicht mehr war sie von ihrem Bruder abhängig und sie war die reiche Erbin geworden, deren Hand den edelsten Häusern Peru's willkommen sein mußte. Sie konnte sie dem Manne ihrer Wahl reichen und sei er auch noch so arm, oder sie konnte die Hand austauschen gegen einen Rang und eine Stellung, höher als die ihre. Die kühnsten Träume ihres Ehrgeizes konnten jetzt in Erfüllung gehen. Dachte sie an den Schmerz ihres tiefgebeugten Vaters? Vergegenwärtigte sie sich die schrecklichen Folgen, die diese Nachricht auf die schwache und kranke Mutter haben konnte? Wer kann in eines Weibes Herz hineinblicken und wer kann des Herzens Tiefen messen? Hatte sie ihren Bruder geliebt? Fand in diesem kalten Herzen, das noch vor wenigen Minuten gegen Paredes' Brust geklopft hatte, noch ein Anderer Platz, wie sie selbst? Liebte sie selbst Paredes, oder war ihre Zuneigung zu ihm nur eine Begierde, eine wilde Leidenschaft, die sie nur ihrer selbstwegen zu befriedigen suchte? Malte sie sich den ungestümen Angriff des jungen Sanchez aus und die zusammenbrechende Gestalt ihres Bruders, wie er blutend von seinem Pferde stürzte und mit einer Kugel in der Brust von den Hufen des wild gewordenen Rosses getreten wurde, oder war es ihre eigene Zukunft, die ihre Gedanken beschäftigten, als sie da schweigend und bewegungslos inmitten des großen und eleganten Gemaches stand, das so oft Zeuge ihrer gesellschaftlichen Triumphe gewesen war?

Zuletzt drehte sie sich um und ging auf die Thüre zu. Vorsichtig öffnete sie dieselbe und blickte hinaus. Die Halle war leer. „Guambra!" rief sie aus. „Guambra!" keine Antwort. Sie ging den Korridor entlang und fand ihr kleines Indianermädchen auf dem Boden kauernd, den Kopf auf die Kniee gestützt und den Shawl über den Kopf gezogen, fest eingeschlafen. Es war jetzt beinahe dunkel. Dolores weckte das schläfrige Kind und befahl demselben Licht zu bringen und Raimundo, den weißen Verwalter des Hauses, zu ihr hinaufzuschicken.

„Raimundo!" flüsterte sie. „Gehen Sie nach dem Hause des Don Julio de Carrera und sehen Sie nach, ob er von Puembo zurückgekehrt ist. Wenn nicht, warten Sie bis er kommt und sagen Sie ihm, daß er mir einen sehr großen Gefallen erweisen würde, wenn er sofort zu mir käme. Sagen Sie ihm, ich wünsche ihn wegen einer Angelegenheit von außerordentlicher Wichtigkeit zu sprechen. Aber seien Sie schnell und lassen Sie die Indianer nicht merken, was Sie vorhaben."

Langsam und äußerlich ganz ruhig, aber im Innern voll Ungeduld und leidenschaftlicher Aufregung, ging sie in dem Zimmer auf und ab und wartete auf die Rückkehr ihres Boten. Derselbe blieb nicht lange aus. Der Señor de Carrera war gerade zurückgekehrt, aber er bedauerte, daß er nicht im Stande sei, der Dame seine Aufwartung zu machen. Ueberwältigt von Schmerz und Müdigkeit, und leidend unter einer nicht unerheblichen Verletzung, die er sich bei einem Sturz mit seinem Pferde zugezogen, sei es ihm absolut unmöglich, noch am Abend das Haus zu verlassen, er würde sich aber bemühen, bald nach dem Frühstück am nächsten Morgen der Dame seine Aufwartung zu machen.

Dolores biß sich in die Lippen und kehrte in den Salon zurück. Sie mußte noch den Mann zu ihren Füßen sehen und dann wollte sie sich rächen. Ihr Entschluß war sofort gefaßt. In einer solchen Krisis gab es keinen Aufschub. Wenn er nicht zu ihr kommen wollte oder konnte, mußte sie zu ihm gehen.

„Tante Catita!“ sagte sie und berührte die Dame mit der Hand, die erschreckt aus dem Schlafe auffuhr.

„Wie hast Du mich erschreckt? Was ist geschehen? Ist Dein Besucher fort?“

„Ja, Tante er ist gegangen und wir müssen auch gehen.“

„Zu Bett gehen, meinst Du. Es ist noch sehr früh und ich möchte dieses Buch noch heute auslesen.“

„Lege es fort, Tante. Ich muß Dich bitten, mir heute noch bei einem sehr unpassenden Vorhaben zu helfen, aber ich kann es nicht anders einrichten.“

„Ich verstehe Dich nicht, was meinst Du?“

„Du mußt Dich anziehen und mit mir ausgehen.“

„Ausgehen — wohin?“

„In die Wohnung eines jungen Herrn.“

„Dolores, ich hoffe, Du bist bei richtigem Verstand.“

„Vollkommen! Und wenn ich Dir alle meine Gründe auseinandersetzen würde, so würdest Du mit mir übereinstimmen, daß ich gehen muß. Es betrifft meinen Vater. Komm, Tante, und während wir uns ankleiden, erzähle ich Dir soviel, als ich kann, ohne das Geheimniß des Vaters zu verrathen.“

* * *

Carrera befand sich in seinem Schlafzimmer. Sein Pferd war mit ihm gestürzt, als er auf dem Rückwege von Puembo durch eine tiefe Schlucht ritt, und er fühlte sich physisch, moralisch und geistig ganz zerschlagen. Und das war auch der Grund, weßhalb er, allerdings mit tiefem Bedauern, den Besuch bei Dolores aufgeschoben hatte, obschon sein Herz vor geheimer Freude aufjubelte, als er ihre Botschaft empfing.

Carrera fühlte, daß es vielleicht ein großer Fehler gewesen, daß er sich nicht dennoch, trotz seiner physischen Schwäche aufgerafft und zur Residenz Solando's sich begeben hatte. Dolores mußte beleidigt sein; am nächsten Tage würde er eine sehr demüthige Abbitte leisten müssen. Vielleicht konnte er sich doch noch von seinem Lager erheben und sofort hingehen. Aber würde sie ihn noch erwarten und würde sie ihn nach dieser gedankenlosen Zurückweisung überhaupt noch empfangen?

Er dachte noch darüber nach, als Mariano in großer Aufregung in das Gemach trat und meldete, daß zwei maskirte Damen sich im Hause befänden und den Caballero zu sehen wünschten. Sie warteten im Empfangssalon. Zwei maskirte Damen? Wer konnten die sein? Er dachte auch nicht im Traume daran, daß Dolores eine derselben sein könnte. Es mußte Toa sein. Es konnte kein Zweifel herrschen. Aber wie sollte er ihr gegenübertreten? Was sollte er ihr sagen? Wenn es Toa war, so war er verloren, das fühlte er. Er hatte ihr seine Liebe verpfändet und sie war gekommen, ihn an sein Versprechen zu mahnen. Noch einmal unter dem Zauber ihrer Gegenwart würde es ihm nicht möglich sein, mit ihr so ohne weiteres zu brechen. Er mußte Zeit gewinnen und doch hatte er seinem sterbenden Onkel versprochen, daß er auf sie Verzicht leisten wolle. Das war eine fatale Lage! Weshalb war sie gekommen? War es nicht im höchsten Grade schlecht und unpassend, auf diese Weise in eine Privatwohnung einzudringen? Und dennoch, nach Allem, was zwischen ihnen beiden vorgefallen, wie konnte er es ihr sagen, daß er sie nicht mehr liebe?

Gemartert durch diese verwirrenden Zweifel machte er eilig Toilette und begab sich dann in den Empfangssaal. Die beiden maskirten Damen standen an dem in der Mitte des Zimmers befindlichen Tische. Carrera fühlte beruhigt und doch wieder verwirrt, als er dieselben zu Gesicht bekam. Keine von ihnen hatte die Gestalt Toa's, aber wer konnten sie sein? Wo war sein Gedächtniß geblieben? Hatte er die Vision in Mama Rucu's Hütte ganz und gar vergessen?

Die schlankere der beiden Damen zeigte auf seinen Diener Mariano, der, auf Befehle wartend, an der Thür stehen geblieben war. „Verlaß uns, Mariano,“ sagte sein Herr. Mariano gehorchte und schloß die Thür hinter sich.

Die Dame nahm darauf die Maske ab und zu Carrera's maßlosem Erstaunen erschienen Dolores Solando's herrliches Antlitz.

„Señorita Dolores!“ rief er aus.

„Ja, Don Julio. Da Sie in dieser Nacht Ihr Haus nicht verlassen konnten oder wollten, mußte ich mich selbst zu dieser unverzeihlichen Taktlosigkeit und diesem sehr unbesonnenen Einfall entschließen und bitte dringend deswegen um Verzeihung. Aber was ich Ew. Gnaden zu sagen habe, duldet keinen Aufschub. Morgen würde es zu spät und deshalb bin ich heute gekommen, um Sie zu warnen, vielleicht zu retten."

Carrera hatte sich von seinem Erstaunen noch nicht erholt und wußte nicht, was er antworten sollte. Dolores ging auf eine der Fensternischen zu, während Tante Catita einen Stuhl gegen die Eingangsthüre lehnte, sich darauf setzte und ihrer Nichte und Julio den Rücken zukehrte. Julio bot Dolores einen Stuhl an, doch diese lehnte ihn ab.

„Danke Ihnen," begann sie. „Ich will Ihre Zeit nicht länger in Anspruch nehmen, als es absolut nöthig ist. Wissen Sie, welche Ueberraschung man Ihnen morgen bereiten wird?"

„Nein, Señorita. „Ich bin erst vor kurzer Zeit hier angekommen und noch Niemand hat mich besucht."

„Das ist gut. Und da Sie also noch nicht über die kommenden Ereignisse unterrichtet sind, werde ich es Ihnen sagen. Sie sollen morgen zum König proklamirt werden und man erwartet dann von Ihnen, daß Sie die Toa Duchicela, die indianische Prinzessin, als Ihre Königin heirathen werden.

„Bei der Heiligen Jungfrau, Señorita, das ist ja unmöglich."

„Ich weiß, was ich sage. Meine Information ist eine zuverlässige, wie Sie selbst erfahren werden, ehe vierundzwanzig Stunden vergehen. Nun, Señor Don Julio, ich weiß nicht, auf welcher Seite Sie in diesem Kampfe stehen, aber aus den Thatsachen, daß Sie ein so intimer Freund von Roberto Sanchez sind und daß man Ihnen die Krone anbietet, möchte ich schließen, daß Sie mit den Männern des Cabildo sympathisirt, vielleicht gar sie unterstützt haben. Desgleichen habe ich keine Ahnung über die Art Ihrer Beziehungen zur Toa Duchicela. Es gab freilich eine Zeit, wo ich glaubte, den Gegenstand Ihrer Zuneigung zu kennen, aber die Zeit ist vorbei und ich will nicht mehr daran erinnern."

„Und weshalb sollte sie vorüber sein, Doloritas?" unterbrach sie Carrera und versuchte ihre Hand zu ergreifen, die sie ihm aber wieder entzog.

„Unterbrechen Sie mich nicht. Ich bin nicht hierhergekommen, um von Liebe zu sprechen oder mich vor einem zu erniedrigen, der sich bemüht hat, mir seine Gleichgültigkeit zu zeigen. Ich bin keine indianische Prinzessin und habe keine Schätze und keine Königreiche zu vergeben. Ich weiß, Sie haben der Toa Duchicela Ihre Liebe erklärt. Sie sind ein Mann; Männer sind veränderlich und sie beanspruchen das Recht, ihre Gefühle von einem Weibe auf das andere übertragen zu können. Aber ich möchte Ihnen den Beweis liefern, daß der Wechsel in Ihrem Herzen die Gefühle der Freundschaft, die ich stets für Sie gehegt, und die ich selbst jetzt noch für Sie hege, nicht geändert hat. Deshalb bin ich hierhergekommen, Sie zu warnen. Es war keine Zeit zu verlieren. Morgen würde es zu spät sein. Schenken Sie ihr Ihre Liebe, heirathen Sie sie, wann Sie wollen, aber opfern Sie sich nicht selbst, Ihre Carriere, Ihr Leben, indem Sie sich für die verlorene Sache der Rebellion in die Breche werfen."

„Hören Sie mich an, Señorita."

„Nein, hören Sie m i ch an! Ich werde Ihnen Geheimnisse anvertrauen, die Sie nicht verrathen dürfen. Mein eigenes Leben lege ich in Ihre Hände, aber ich vertraue auf Ihre Ehre als Cavalier. Sie werden nicht Diejenige hintergehen, die ihre Reputation, vielleicht ihr Leben auf's Spiel gesetzt hat, nur um Sie zu retten."

„O, wie können Sie glauben —"

„Ich fürchte es nicht, ich würde ja nicht hier sein, wenn ich Furcht hegte. Aber hören Sie mich an. Diese Rebellion muß fehlschlagen. Es ist ihr bestimmt, zu unterliegen und Diejenigen, die sich daran betheiligt haben, werden ganz sicherlich auf dem Schaffot sterben. Die Anführer selbst betrügen die Rebellen und des König's Freunde kontrolliren die Rebellion. Der Kommandant der bewaffneten Macht, Don Pedro Guzman, steht im Geheimen auf des Königs Seite; alle seine Bewegungen, die er macht, sind zu Gunsten der Interessen des Königs. Die am ungestümsten Widerstand predigen, sind im Geheimen auf unserer Seite. Es giebt Leute im Cabildo, die, während sie mit den Insurgenten cooperiren mit Arana in Verbindung stehen. Ich könnte Ihnen die Männer nennen, wenn es nöthig wäre. Aber darauf kommt es ja nicht an. Es giebt ohne Zweifel Viele, die es mit der Stellung, die sie genommen, ehrlich meinen. Ich bedauere sie, denn sie sind betrogen und verloren. Die Aeußerungen, die sie ihren vertrautesten Freunden gegenüber thun, wird man als Beweise gegen sie gebrauchen. Und jetzt, Señor Don Julio, können Sie jetzt auch nur für einen Augenblick glauben, daß die Insurrektion Erfolg haben wird?"

„Gewiß nicht, Señorita!"

„Und werden Sie sich selbst opfern, werden Sie sich der Insurrektion anschließen?"

„Bin ich nicht bereits geopfert? Habe ich mich nicht selbst durch die Rede an Bellido's Leiche kompromittirt? Man sagt, daß ich durch meine Worte das Signal zum Angriff auf den Palast gegeben und sie sagen auch, daß König Philip niemals etwas vergiebt."

„Das überlassen Sie mir, Don Julio. Mein Vater steht bei Arana in hoher Gunst und steht in Verbindung mit dem Vicekönig in Lima und dem Hofe in Madrid. Er hat genügende Macht, Sie zu schützen und ich, Dolores Solando, sage es Ihnen, daß kein Haar auf Ihrem Haupte gekrümmt werden soll. Und selbst ohne meine Hülfe haben Sie hinlänglich Gelegenheit, sich wieder zu rechtfertigen. Morgen wird man Ihnen die Krone anbieten."

„Das ist unmöglich, Señorita. Wer sollte so wahnsinnig sein und das thun? Und weshalb hat man gerade mich als Opfer auserlesen?"

„So werden Sie dieselbe nicht annehmen?"

„Annehmen? Glauben Sie, daß ich den Verstand verloren habe?"

„Geben Sie mir Ihr Ehrenwort, daß Sie dies Anerbieten zurückweisen werden?"

„Ich gebe es!"

„Und daß Sie keinen Theil nehmen werden an dieser hirnverbrannten Rebellion?"

„O, Dolores! Träume ich oder wache ich? Ich kann kaum meinen Sinnen trauen. Ist es die Wahrheit, daß Sie soviel um mich geben?"

„Fragen Sie mich nicht, Don Julio. Lassen Sie meine Gegenwart Antwort auf Ihre Fragen sein. Ich habe jetzt Ihr Wort," fügte sie hinzu und reichte ihm ihre Hand, die er mit glühenden Küssen bedeckte.

„Dolores, lieben Sie mich?"

Sie antwortete nicht, aber schaute ihn liebevoll an.

„O, sprechen Sie dies eine Wort? Sie lieben mich, Doloritas?"

„Genug, wir müssen gehen. Tante Catita wird ungeduldig."

„Nein! nein! ich lasse Sie nicht gehen," sagte er und ergriff ihre beiden Hände, „bis Sie das Wort gesprochen, das mir Tod oder Leben giebt."

„Denken Sie doch an ihre indianische Prinzessin," antwortete sie mit einem schelmischen Lächeln. „Sie wankelmüthiger, treuloser Mann."

„Seien Sie gnädig, seien Sie barmherzig, seien Sie wieder Sie selbst, Dolores. Ich mag von der List der Indianerin und ihrer geheimnißvollen Macht bezaubert worden sein, aber ich habe sie niemals geliebt. Nur Du bist meine erste, meine einzige Liebe. Ich wußte es nicht, wie glühendheiß ich Dich liebte, bist Du zu mir kamst in dieser Nacht."

„Lassen Sie mich gehen, Don Julio! Ich darf keine weitere Ungehörigkeiten denen hinzufügen, die ich bereits begangen. Bitte lassen Sie mich gehen, Julio. Jedes Ding hat seine Zeit; von Liebe können wir später sprechen. Jetzt muß ich gehen."

„Aber ich lasse Dich nicht gehen, Du Leben meiner Seele. Nicht jetzt! Nur eine Minute warte noch und sage mir, ob ich hoffen und leben kann für Dich."

„Wie einfältig Sie sind!" sagte sie und machte eine schwache Anstrengung des Widerstandes. „Lassen Sie mein Betragen Antwort sein auf Ihre Fragen. Und jetzt habe ich genug gesagt."

„Die Engel des Himmels segnen Dich, Dolores. Und willst Du mein sein?"

„Wollen Sie denn niemals aufhören zu fragen?"

„Nur diese eine Frage noch, dann will ich schweigen. Willst Du mein sein, Dolores?"

„Ich muß gehen!" Und sie versuchte zu gehen, aber er umschlang sie mit seinen Armen, drückte sie an sein Herz und bedeckte ihr Antlitz mit glühenden Küssen, die sie jedoch nicht erwiderte.

„Willst Du mein sein, Geliebte Du?"

„Vielleicht werde ich die Ihrige," flüsterte sie und riß sich los, „aber nur unter der Bedingung, daß Sie mich sogleich gehen lassen. Dann drehte sie sich nochmals um und mit einem Blicke, der ihn hoch aufjubeln machte, sagte sie zärtlich: „Gute Nacht, Julio!"

Er begleitete die Damen, die ihre Masken wieder vorgenommen hatten, die Treppe hinunter, und er würde sie nach Hause begleitet haben, wenn sie sich das nicht bestimmt verbeten hätten. Raimundo wartete auf sie mit einer ganzen Schaar von Dienern und im nächsten Augenblick waren sie in der Dunkelheit verschwunden. Und noch immer nicht war die Vision in Mama Rucu's Hütte in Carrera's Gedächtniß zurückgekehrt.

---

6. Die Katastrophe.

Carrera war jetzt von der Hoffnungslosigkeit der Revolution völlig überzeugt und der Gedanke drängte sich ihm auf, daß es seine Pflicht sei, seinen Freund Roberto Sanchez zu warnen und ihn zu retten, falls es noch nicht zu spät war. Er beschloß, Quito zu verlassen, um den heißblütigen Enthusiasten aufzusuchen und ihm solange nachzureisen, bis er ihn fand. Mit diesem Entschluß erhob er sich früh am Morgen, der nach dem Besuche von Dolores folgte und gab Mariano Befehl, die Vorbereitungen zur Reise zu treffen und ihn selbst zu begleiten. Aber das spanische Amerika in jenen Tagen unterscheidet sich nicht viel von dem heutigen spanischen Amerika. Die Vorbereitungen zu einer Reise nehmen so lange Zeit in Anspruch, daß das spanische Sprichwort ganz am Platze ist: „Aus dem Wirthshaus herauszukommen, ist die halbe Reise." Trotz allen ungeduldigen Drängen Carrera's war der Tag schon sehr weit vorgeschritten, ehe Alles in Ordnung war. Und jetzt wollte er noch ausgehen, um die neuesten Nachrichten zu erfahren und Erkundigungen über seinen jungen Freund einzuziehen. Ebenso wollte er auch von Dolores Abschied nehmen, da er durch diese Expedition seinen Eifer für des Königs Sache beweisen wollte. Der wahnsinnigen Idee, ihm selbst die Krone anzubieten, wenn es überhaupt geschehen sollte, wollte er durch ein paar Worte mit dem alten Olmos, oder Sanchez, dessen Tod er noch nicht erfahren hatte, zuvorkommen. Und Toa! sollte er sie sehen? Nein! Wie konnte er ihr gegenübertreten? in was für einem Lichte mußte er jetzt vor ihr erscheinen? Hatte doch, um die Wahrheit zu sagen, die Furcht vor einem solchen Zusammentreffen ebenfalls zu seinem Entschlusse beigetragen, die Stadt zu verlassen. Er wollte die Summe, die sie ihm geliehen hatte, ihr wieder zustellen, sobald er in den unbeschränkten Besitz seines Erbes kam. Er vermochte es, sich selbst einzureden, daß sie ihn behext hatte und daß der Trank, den Mama Rucu ihm gegeben, ein sogenannter Liebestrank gewesen, dessen Wirkungen jetzt, wie er fest vertraute, vollständig verschwunden waren. Es schien ihm, wie ihm jetzt zu Muthe war, unmöglich zu sein, daß Toa's List ihn gefangen genommen hätte, wenn er seiner gesunden Sinne mächtig gewesen wäre. Jetzt aber war der Zauber gebrochen und er wurde sich vollständig der Gefahr der Täuschung bewußt, in der er geschwebt hatte. Carrera stand unten am Thorweg und ertheilte Mariano seine letzten Befehle, als seine Aufmerksamkeit auf einen wilden Tumult in der Straße gelenkt wurde. Ein ungeordneter Haufen, den niedrigen und niedrigsten Volksklassen angehörend, kam von der Plaza hermarschirt und erfüllte die Luft mit wilden Zurufen. Als die Leute ihn zu Gesicht bekamen, brachen sie in laute und enthusiastische Vivas! aus, eilten auf das Haus zu, blockirten die Straße vollständig und drangen theilweise in den Eingang und den Vorhof ein.

"Viva el gran Señor de Carrera! Lang lebe unser König! Lang leben unser Shyris Carrera und Duchicela!"

Dolores hatte also doch recht; bis dahin hatte er noch immer Zweifel gehegt.

„Was wünscht Ihr, meine Freunde?" sagte er dann mit freundlichem Lächeln und klopfendem Herzen. Er hatte nicht erwartet, daß ihm die Krone durch einen Pöbelhaufen angeboten werden sollte. Er hatte sich auf eine Auseinandersetzung mit den Häuptern der Revolution vorbereitet, aber diese Demonstration war für ihn eine peinliche Ueberraschung.

„Lang lebe der erste Edelmann von Quito, der über dieses Königreich herrschen und uns vor unseren Feinden schützen soll," rief eine Stimme und ein tausendfaches Viva! folgte der Ankündigung.

„Ich verstehe Euch nicht, meine Freunde," sagte Carrera, der sich aus dem ihm umringenden Haufen auf die ersten Treppenstufen zurückgezogen hatte. „Seid so gut und tretet zurück und laßt einem von Euch mir erklären, was Ihr eigentlich wollt."

„Castro wird für uns sprechen!" riefen verschiedene Stimmen.

„Das werde ich mit Ew. Hoheit Erlaubniß thun!" sagte Castro als er sich mit seinen Ellbogen Platz machte und dann, den Hut in der Hand, vor Carrera stand.

„Das wäre mir sehr lieb, Don Juan," sagte Carrera freundlich, „da ich den Sinn dieser Zurufe nicht verstehe."

„Das Volk, hochedler Herr!" begann dann Castro, „will einen König! Wir wollen einen Führer, der uns schützt, der uns rettet vor unseren Feinden. Die Alcabala-Männer morden unsere Freunde. Sie haben den guten Sanchez getödtet, wie sie Bellido gemordet haben. Arana's Truppen nähern sich der Hauptstadt; sie werden uns Alle ermorden; unsere Führer sind nicht einig in ihren Plänen, es giebt deren zu viele, um eine Uebereinstimmung zu erzielen. Wir müssen ein einziges Haupt haben, das uns leitet und befiehlt. König Philip hat seine Ansprüche auf uns eingebüßt, da er unsere Fueros vernichtet und uns unserer Privilegien beraubt hat. Wir sind Amerikaner und keine Chapetones. Einen Amerikaner wollen wir, der über uns herrscht und wir wollen eine Nation für uns selbst sein. In dieser Bedrängniß blickt das Volk auf Ew. Excellenz, den großherzigsten und beliebtesten Caballero von Quito. Ew. Excellenz soll unser König und der Gemahl der Toa Duchicela, der Shyri-Königin, sein und wir werden Eure Majestäten mit unserem letzten Blutstropfen vertheidigen. Wollen wir nicht?"

„Ja! Ja!" brüllte der Haufen. „Lang leben die Majestäten!"

„Freunde, hört mich an!" rief Carrera. „Ich bin Euch sehr verpflichtet für Eure

Freundlichkeit und Eure gute Meinung, und das Vertrauen, welches Ihr in mich setzt, ist für mich sehr schmeichelhaft, aber ich bedauere die Art und Weise, wie Ihr dieselben ausgedrückt habt."

„Nein! Nein! Nein!"

„Laßt mich ausreden, meine Freunde! Ich bin ein junger Mann, ungeübt und unerfahren in Staatsangelegenheiten, um die ich mich niemals gekümmert. Nicht zu mir solltet Ihr mit Euren Wünschen und Sorgen kommen; legt dieselben dem Cabildo vor, der wird dann das Nöthige entscheiden. Ihr solltet wissen, meine Freunde, daß ich nicht im Stande bin, irgend etwas für Euch zu thun. Der Cabildo ist es, der über die Armee verfügt und die Staatsgeschäfte verwaltet."

„Der Cabildo wird unsere Wahl billigen," fügte Castro bei, „wenn Ew. Excellenz sich bereit erklären."

„Ja! Ja!" schrieen diejenigen, die am nächsten standen, während die Entfernteren immer näher herandrängten, bis Carrera's Stellung immer ungemüthlicher und bedrängter wurde; einige waren sogar die Treppenstufen hinaufgedrängt, so daß er sich nicht zurückziehen konnte.

„Wurdet Ihr vom Cabildo hierhergeschickt?" frug Carrera.

„Das macht keinen Unterschied, hoher Herr!" erwiederte Castro. „Der Cabildo wartet nur auf Ew. Excellenz Entschluß."

„Aber bringt Ihr mir eine Botschaft vom Cabildo?"

„Ich garantire diese Billigung und Uebereinstimmung!" antwortete Castro würdevoll.

„Es kommt hier nicht auf Billigung und Uebereinstimmung an," fing Carrera wieder an, der zögerte, das entscheidende Wort auszusprechen, das höchst wahrscheinlich die Wuth des Pöbelhaufens gegen ihn gekehrt haben würde. „Alles was ich wünsche ist dieses, daß Ihr in dieser für Eure Zukunft so bedeutungsvollen Angelegenheit Euch mit denen in Verbindung setzt, die auch die Macht haben, Euch dienlich zu sein."

„Wir fügen uns der Ansicht Ew. Hoheit" erwiderte Castro.

„Wir werden Ew. Excellenz begleiten und vom Balkon des Gebäudes herab soll die Proklamation gemacht werden."

„Auf zum Cabildo!" schrieen verschiedene Stimmen. „Laßt uns unseren König auf die Schultern nehmen!" Und ehe Carrera ein Wort sagen konnte, wurde er umringt und auf die Schultern zweier kräftiger Männer gehoben. Jetzt war der kritische Augenblick da.

„Nicht einen Schritt weiter, meine Freunde!" rief der junge Mann, der leichenblaß geworden war. „Es muß nicht, es kann nicht sein."

„Was kann nicht sein?" frug Castro, sein Benehmen und den Ton seiner Stimme ändernd.

„Ich kann nicht Euer König sein. Wenn ich Euer Vertrauen und Euere Zuneigung genieße, so bitte ich Euch von dieser unmöglichen Idee abzutreten und mich gehen zu lassen." Und mit diesen Worten versuchte er, sich von den Männern, die ihn trugen, loszureißen, aber seine Anstrengungen waren vergeblich.

„Aber Ew. Excellenz müssen annehmen," zischelte Castro. „Wir haben unser Leben für Ew. Excellenz gewagt und Sie können und Sie sollen uns nicht im [illegible]tiche lassen."

„Aber meine Freunde," remonstrirte Carrera, „sehet Ihr denn nicht ein, daß ein solch tolles Unternehmen keinen Erfolg haben kann?"

„Setzt ihn nieder!" rief Castro den Männern zu, die Carrera trugen, während der Pöbel schreiend und gestikulirend immer näher herandrängte; dann legte Castro die Hände auf die Schultern seines Opfers und flüsterte ihm zu: „Ablehnen ist für Sie der Tod. Sie müssen annehmen oder sterben." Und als er dann in wilder Wuth ihn anstarrte, kehrte plötzlich der Traum in Mama Ruca's Hütte in Carrera's Gedächtniß zurück. Ja, das waren die entsetzlichen Augen, die ihn in seinem Traume angestarrt hatten; sein Herz sank, denn jetzt verstand er die Idee dieses Traumes. Er wußte, daß eine schreckliche Scene ihm bevorstand und er bat Gott und die Jungfrau, ihn zu beschützen.

„Juan Castro," sagte er dann, „seid Ihr ein Christ!"

„Das ist hier nicht die Frage," antwortete der Raufbold immer noch in einem Flüsterton. „Sie haben sich auf der Stelle zu entscheiden, ob Sie uns oder sich selbst opfern wollen. Geben Sie Ihre Zustimmung und Sie sind gerettet; weigern Sie sich, so ist Ihr Leben kein Maravedi werth. Entscheiden Sie sich schnell!"

„Heilige Maria, Mutter Gottes, deiner Gnade empfehle ich mich."

„Dann sind Sie wohl ein Verräther an der Sache des Volkes?" fing dann Castro mit lauter und ärgerlicher Stimme an.

„Ich bin kein Verräther, Juan Castro, ich bin Euer Freund, der Freund des Volkes, ein wahrer Christ und ein loyaler Unterthan des Königs von Spanien!"

„Hört es, Männer von Quito! Hört es!" rief Castro mit lauter Stimme, „dieser Mann, für den wir unser Leben hergeben wollten, weist die Ehren zurück, die wir ihm angetragen haben. Er erkennt offen, daß er ein loyaler Unterthan des König Alcabala, des Mörders Bellido's und Sanchez', ist. Er will der Sache unserer Vaterstadt und unseres Landes nicht bei stehen. Was wollen wir mit ihm machen?"

„Nehmen Sie an, Señor Carrera! Nehmen Sie an! Nehmen Sie an!" schrieen einige der Männer. „Verlassen Sie uns nicht in der Stunde der Gefahr. Ein König allein kann uns retten, und Sie sollen unser König sein!"

„Aber wollt Ihr mir denn keine Bedenkzeit geben?" frug Carrera wieder an. Das Anerbieten kam mir vollständig überraschend. Ich kann es nicht annehmen, ohne es in Erwägung zu ziehen, gebt mir wenigstens eine kurze Bedenkzeit." Und seine Augen schweiften über die See von Köpfen, die ihn umfluthete, in der trügerischen Hoffnung, von irgendwo her Hülfe und Rettung zu entdecken. Aber nichts weiter sah er wie den tobenden Haufen seiner Angreifer. In demselben befanden sich auch eine Anzahl bewaffneter Soldaten, aber dieselben schienen mit dem Volk zu sympathisiren.

„Auf diese Weise entwischen sie uns nicht, Señor Don Julio de Carrera," erwiderte Castro. „Sie müssen sich jetzt gleich entschließen."

„Ich habe nicht die Absicht zu entfliehen. Lassen Sie mich nach Hause zurückkehren" — man hatte ihn inzwischen auf die Straße herausgeschleppt — „und Sie können mit mir hineingehen und alle Thüren und Fenster bewachen lassen. Ich gebe Ihnen mein Ehrenwort, daß ich keinen Fluchtversuch machen werde."

„Die Zeit ist zu kostbar, Señor," sagte Castro, „Arana marschirt auf Quito und kein Augenblick darf versäumt werden."

„Nehmen Sie Ihre Hände fort," rief Carrera, der vergeblich versuchte, sich loszumachen. „Ist das eine Manier, Euren König zu behandeln?"

„Aber Sie weigern sich, unser König zu sein."

„Ich muß!" rief der junge Mann, der sich jetzt in das Unvermeidliche gefügt hatte und entschlossen war, durch Energie zu imponiren. „Euer Vorgehen ist Verrath und Gotteslästerung. Die Hände fort und stehet zurück!"

Mit diesen Worten riß er sich von Castro los und versuchte sein Schwert zu ziehen. Aber es war umsonst, im nächsten Augenblick war er von einem halben Dutzend kräftiger Männer ergriffen und entwaffnet und befand sich dann wieder unter dem eisernen Griff Castro's.

„Männer von Quito!" schrie letzterer. „Der Verräther wollte ein Schwert gegen uns ziehen; er wollte das Volk erschlagen, das ihm eine Krone anbot."

„Tödtet ihn! Tödtet ihn!" schrieen die Nächststehenden und der furchtbare Ruf wurde von den entfernt Stehenden aufgenommen."

„Niemandem von Euch bin ich zu nahe getreten — ich habe Euch immer wohl gewollt," rief Carrera, aber seine Stimme verlor sich in dem Tumult.

In diesem Augenblicke versuchte ein Arriero, mit einer Heerde Esel und Maulesel die nächste Straße zu kreuzen, konnte aber wegen der sich stauenden Menge nicht durchdringen.

„Laßt uns ihn auf einen Esel setzen und ihn zum Faschingskönig machen, wenn er kein wirklicher König sein will."

„Ja wohl! Ja wohl! Und Spießruthen laufen soll er auch!"

„Hinauf mit ihm! Bindet ihn auf den Esel fest; das ist das richtige Roß für ihn."

Im nächsten Augenblick hatte man ihm seinen Rock abgerissen; auch Weste und Hemd wurden vom Rücken gerissen und in Streifen zerfetzt und dann wurde er bis zur nächsten Ecke gezerrt. Der Arriero versuchte seine Thiere zurückzutreiben, aber der Pöbel ergriff einen der Esel, durchschnitt die Stricke, womit die Ladung befestigt war und brachte das Thier bis zu Carrera. Einige lösten die Stricke von den am Boden liegenden Waarenballen und riefen: „So, jetzt laßt uns ihn auf den Esel festbinden;" und das geschah denn auch ebenso rasch, wie es gesagt wurde.

„Hier ist eine Krone für ihn!" sagte ein Anderer, riß einem armen Indianer den Hut vom Kopf und stülpte ihn auf Carrera's Haupt.

„Und jetzt die Peitschen! Bezahlt ihm seine königlichen Abgaben."

Dann bewegte sich der Zug vorwärts und der Mob machte sich über das unglückliche Opfer lustig und schrie, heulte und fluchte. Einige bewarfen ihn mit Koth, andere mit Steinen, wieder Andere bearbeiteten seinen bloßen Rücken mit Stöcken und Peitschen. Man kam an einen Garten, der mit einer Aloehecke umgeben war. Der Pöbel durchbrach dieselbe und riß die dicken, langen, und wie der Leier weiß, in Dornen endenden Blätter ab und damit schlugen sie erbarmungslos auf ihn ein. In wenigen Sekunden war die Haut auf dem Rücken zerrissen und das Blut floß in Strömen und bespritzte diejenigen, die ihm zunächst standen. In wenigen Minuten war Carrera's Rücken eine unkenntliche Masse von rohem Fleisch und Blut, an dem Fetzen zerrissener Haut hinunter hingen. Und immer weiter wälzte sich der Zug und immer lauter ertönte das Geheul und Geschrei und das Wuthgebrüll. Keine Hülfe ließ sich sehen. Keine Rettung kam von irgend einer Seite. Die Geschäftsleute schlossen ihre Tiendas, sobald der lärmende Zug sich näherte. Die Bürger hatten Thüren und Fenster verbarrikadirt, aus Furcht vor Gewaltthätigkeiten gegen sie und ihre Familien.

Jetzt hatte der Zug die Vorstädte erreicht und näherte sich den steilen Ufern des Machangara, hinter dem Nonnenkloster von Santa Clara. Carrera hatte das Bewußtsein verloren und hing anscheinend leblos vom Esel herunter. Der Pöbelhaufen hatte seine Wuth erschöpft, und einige hatten sich dieses Treibens geschämt und entfernt. So war das Häuflein ziemlich zusammengeschmolzen, als es Halt machte. Auch Castro, der sicher war, daß sein Opfer todt war, hatte sich gedrückt und sobald die Bande sich ohne Führer sah, wurde sie ängstlich und hielt an.

„Er ist todt!" sagte der Eine.

„Wir wollen ihn in den Fluß werfen!"

„Nein, laß ihn hier an der Gartenhecke liegen," sagte ein Anderer. „Es ist mit ihm vorbei. Laßt uns zur Stadt zurückkehren, wir wollen mal sehen, was dort los ist.

„Kommt mit!" schrie ein anderer, der athemlos vom Laufen, eben angekommen war. „Das Volk verlangt die Auslieferung des Präsidenten der Audienz. Er soll zunächst an die Reihe; da gibt's Arbeit für Euch! Kommt mit!"

„Schneidet den todten Verräther ab! Schneidet ihn ab!"

Das geschah. Die Stricke, mit denen Carrera festgebunden war, wurden zerschnitten und schwer, ohne Lebenszeichen, stürzte er zu Boden und blieb dort blutend und regungslos liegen.

Als das Bewußtsein ihm zurückkehrte, fand er sich in einer großen Blutlache liegend. Er versuchte sich zu erheben, aber dieser Versuch verursachte ihm schreckliche Schmerzen im Rücken und warf ihn wieder nieder. Ein zweiter Versuch hatte denselben Erfolg; der Schmerz war so heftig, daß er wieder in Ohnmacht fiel. Als er wieder zu sich kam, versuchte er, ohne sich zu erheben, sich zu orientiren. Sein Kopf ruhte auf dem Erdwall einer Gartenhecke. So weit als er, ohne sich zu bewegen, sehen konnte, befand er sich an demselben Platze, den er in der ersten Vision in Mama Rucu's Hütte gesehen hatte und jetzt kam auch diese Vision mit erschreckender Deutlichkeit ihm ins Gedächtniß zurück; soweit sein Auge suchte, konnte er kein menschliches Wesen entdecken; alles war still und einsam um ihn herum. War seine Lage Wirklichkeit, oder war es eine andere Vision? Wenn nicht die furchtbaren Schmerzen, die ihn quälten, gewesen wären, so hätte er die ganze Geschichte für einen Traum gehalten. Indem er aber sehr genau die Umgebung prüfte, kam er zu der Ueberzeugung, daß er sich in der Nähe der Quebrada von San Diego befinde und daß die Gartenmauer über ihm zum Nonnenkloster von Santa Clara gehören müsse.

Zuletzt hörte er Stimmen, weibliche Stimmen. Zwei Damen, gefolgt von vier oder fünf männlichen Dienern näherten sich ihm, allem Anschein nach sehr ängstlich. Sie bewegten sich sehr vorsichtig, aber möglichst schnell und blickten sich fortwährend um. Jetzt ging ein Mann vorüber, aber nahm nur wenig oder gar keine Notiz von ihm. Der Mann eilte auf die Damen zu. „Sie können jetzt vollständig sicher eintreten," sagte er. „Die Superiorin hat angeordnet, daß das Thor offen bleibt, so daß Sie hineinschlüpfen können. Aber machen Sie schnell um der Heiligen Jungfrau willen! Die Dämonen der Hölle sind losgelassen, sie haben unser Haus geplündert und sie stehen jetzt vor dem Cabildo-Gebäude und verlangen, daß man ihnen den Präsidenten und die Auditoren ausliefert."

„Ist Niemand unten in der Straße und auf der Plaza von Santa Clara?" fragte einer der Damen, die offenbar nicht wagte, weiter zu gehen.

„Die Plaza von Santa Clara ist leer. Nicht eine Seele ist darauf zu sehen; aber Gott weiß, wie es in fünf Minuten aussehen wird. Die Damen haben keine Minute Zeit zu verlieren."

„So laßt uns denn eilen," sagte die andere Dame und Carrera erkannte Dolores' Stimme. „Aber was ist das dort, unten am Boden?" frug sie dann und zeigte auf Carrera.

„Irgend ein Mann, der getödtet, oder schwer verwundet ist, er wird Euer Gnaden nicht belästigen; aber Sie müssen an ihm vorübergehen, ohne einen Blick auf ihn zu werfen. Der Anblick möchte Euer Gnaden krank machen."

Und jetzt näherte sich die Gruppe dem hilflosen Manne. Aber die Frauen wandten sich ab, als sie bei ihm vorübergingen. Tante Catita bedeckte ihre Augen sogar mit dem Taschentuch und die Arme von Dolores ergreifend, drängte sie sich soweit von dem blutigen Anblick ab, als der enge Weg es gestattete. Carrera erkannte jetzt, daß dieses die einzige Gelegenheit für seine Rettung war. Wenn sie nur einen Blick auf ihn geworfen hätte! Aber nein! mit abgewandten Augen ging sie an ihm vorbei. Aber unbekümmert um die furchtbare Schmerzen, die in seiner jetzigen Lage geradezu übermenschlich waren, erhob er sich auf die Ellbogen, und die letzten Ueberreste seiner Lebenskraft zusammenraffend brach er in den verzweifelten Ruf aus: „Dolores!“ und fiel dann wieder ohnmächtig zurück.

„Der Mann muß mich kennen,“ sagte Dolores, als sie sich beeilten, das Klosterthor in Sicherheit zu erreichen. „Er nannte mich bei Namen. Auch die Stimme kam mir nicht unbekannt vor. Wer es wohl gewesen sein mag?“

„Beeile Dich, Doloritas, um des Himmels Willen,“ sagte Tante Catita, „laß uns in Sicherheit kommen, so schnell wir können.“ Und wieder ging es vorwärts, bis sie fast athemlos das Klosterthor erreichten, wo sie von der Superiorin und mehreren ihrer Nonnen erwartet und mit sympathischen Liebkosungen überhäuft wurden.

„Ihre Mutter erwartet Sie in fieberhafter Aufregung,“ sagte die Superiorin, „Sie müssen sofort zu ihr. Ihre Diener können bei den unsrigen bleiben; vielleicht haben wir sie Alle nöthig.“

Die Damen eilten darauf in die Gemächer, die für die Marquise eingerichtet waren. Die Mutter hatte die Nachricht von dem Tode ihres Sohnes noch nicht gehört; Niemand im Kloster schien etwas davon zu wissen und auch Dolores hielt es für besser, die Nachricht vorläufig noch für sich zu behalten. Sie wollte die Superiorin bitten, dieselbe solange wie möglich vor der Marquise zu verheimlichen. Es war so wie so schwierig genug, die alte Dame bei der gegenwärtigen Aufregung zu beruhigen; sie bejammerte den Verlust ihres Eigenthums und beklagte die Abwesenheit ihres Sohnes und ihres Mannes.

Etwa fünfzehn Minuten später, als Dolores und Tante Catita in den Mauern des Klosters der heiligen Clara Schutz gefunden hatten, erinnerte sich Tante Catita des verwundeten und sterbenden Mannes draußen. Man berathschlagte, ob man irgend etwas für ihn thun könne oder ob es überhaupt rathsam sei, nur einen Versuch dafür zu machen. Zuletzt beschloß die Superiorin, wenn auf der Plaza und in den angrenzenden Straßen sich keine Menschenwesen zeigten, zwei Leute mit einer Tragbahre hinauszuschicken und den Mann hereinzuholen. Die Plaza und die Straßen waren still und öde und die Männer wurden ausgeschickt, aber sie kehrten zurück ohne den Verwundeten. Der Platz, wo er gelegen, hatten sie sehr leicht gefunden, eine große Lache Blut bezeichnete denselben, aber der Mann selbst war verschwunden und keine Spur von ihm nah und fern zu entdecken.

---

7. Ein Einverständniß.

Dem stürmischen Tag war eine unruhige und lärmende Nacht gefolgt. Gegen neun Uhr erschienen drei vollständig bewaffnete und wie zur Reise ausgestattete Reiter vor dem Kloster der heiligen Clara und einer derselben stieg ab und zog die Glocke. Es war Manuel Paredes. Der Klosterpförtner öffnete das Guckloch und fragte nach seinem Begehr.

„Ich muß die Señorita Dolores Solando sehen.“

„Es ist zu spät,“ antwortete der Diener, es verstößt gegen die Regeln dieses Klosters, zu dieser Stunde noch Besucher einzulassen.“

„Aber ich muß die Señorita in einer für sie und ihren Vater ungewöhnlich wichtigen Angelegenheit sehen. Lassen Sie mich nur die Mutter Superiorin sprechen und ich werde dieselbe überzeugen, daß mein Geschäft keinen Aufschub duldet.“

„Meine Befehle sind sehr strikt.“

„Aber wir haben eine außerordentliche Zeit. Menschenleben stehen auf dem Spiel. Die Señorita Dolores ist kein Mitglied dieses Ordens und ich weiß, die Mutter Superiorin wird in diesem außergewöhnlichem Falle eine Ausnahme machen.“

Nach sehr langen, im Innern des Klosters geführten Berathungen wurde endlich das Thor geöffnet und Paredes eingeladen, einzutreten. Er befahl seinen Begleitern langsam vorwärts zu reiten, er würde sie schon wieder einholen; dann führte er sein Pferd in den Klosterhof, band dasselbe an einen Pfosten und folgte der Pförtnerin, die ihn in das Empfangszimmer führte, wo Dolores und ihre Tante ihn erwarteten und zwar hinter einem hölzernen Gitterwerk, das den Theil des Zimmers, das für die Besucher bestimmt war, von dem für die Klosterbewohner bestimmten Theil trennte. Eine dunkle Kerze brannte auf einem Tische in der Nähe der Thür und ließ die Damen hinter dem Gitter in äußerster Dunkelheit. Paredes konnte die Gesichter nicht unterscheiden, aber er hörte Dolores' Stimme, die ihn einlud, Platz zu nehmen.

„Ich komme um Abschied zu nehmen, Señorita,“ sagte er, „und Ihre Befehle entgegenzunehmen. Ich habe keine Minute Zeit zu verlieren.“

„Sie erschrecken mich, Don Manuel,“ sagte Dolores. „Ich hoffe nicht, daß sich irgend etwas ereignet hat, das Ihre Stellung gefährdet.“

„Nicht im geringsten. Ich habe eine diplomatische Sendung zu erfüllen, die bald beendet sein wird. Ich hoffe, daß ich in einer Woche zurück sein und mich Ew. Gnaden zu Füßen werfen kann."

„Und wohin gehen Sie?"

„In Arana's Lager, mit Depeschen von der königlichen Audienz und vom Cabildo. Ich werde Ihren Vater, den Marquis, sehen und werde irgend welche Briefe oder Mittheilungen von Ew. Gnaden an ihn befördern."

„Das trifft sich ja gerade gut, Don Manuel. Ich habe ihm einen ausführlichen Brief geschrieben. Tanta Catita, ach sei so gut und bringe ihn her; er liegt auf auf meinem Tische und," fügte sie leise hinzu, „bleibe lange fort oder halte Dich so lange wie möglich draußen, ohne Aufsehen zu erregen."

„Und nun, theuerer Freund, was ist denn geschehen?" fragte Dolores, sobald sie allein waren. „Zu welch' gräßlicher Tragödie hat Ihr Plan geführt!"

„Aber er ist erfolgreich gewesen. Die Absicht der Verschwörer ist vereitelt. Man wird keine weiteren Anstrengungen eines falschen Königs wegen machen, wenn nicht unvorhergesehene Ereignisse die Sachlage ändern werden. Die Reaktion hat begonnen. Die Aktionspartei ist noch muthig und verspricht große Dinge, aber sie ist nach allen Richtungen hin auf die schlimmste Weise dupirt worden und des Königs Diener werden sehr bald wieder im Vollbesitze ihrer Macht sein."

„Aber was ist es mit Carrera? Es überläuft mich kalt, wenn ich an sein Schicksal denke."

„So lieben Sie ihn doch! Sogar im Tode wird er mir noch im Wege sein."

„Ist er todt? Um des Himmels Willen, Señor Paredes, sagen Sie mir's! Sein Tod würde unser Werk sein, und die heilige Jungfrau weiß es, daß ich das nicht beabsichtigt habe."

„Ich weiß nicht, ob er todt oder lebendig ist. Seine Leiche ist nicht gefunden worden. Die Stadt ist nach allen Richtungen durchsucht worden, man hat die genauesten Nachforschungen angestellt, aber ohne Erfolg. Niemand hat den Körper gesehen, Niemand weiß, was aus ihm geworden ist."

„Das ist entsetzlich, mein Freund. Das ist entsetzlich, doppelt entsetzlich, weil ich vermuthe, daß Ihre thörichte Liebe zu mir die vernichtenden Schläge gegen ihn veranlaßt hat."

„Ich schwöre es Ihnen, Señorita, ich bin unschuldig, ein solches Resultat konnte ich nicht vorhersehen, nicht mal ahnen. Aber der Pöbel von Quito ist blutdürstig und grausam, und nicht zu bändigen, wenn er einmal in Wuth gerathen. Aber wenn in des Königs Dienst Opfer nöthig oder unvermeidlich sind, so müssen sie gebracht werden. Wenn ich es nochmals wiederholen müßte, würde ich keine Minute zögern, selbst wenn ich wüßte, daß die Leben von Tausend Carrera's geopfert werden müssen. Aber die Zeit drängt, Señorita. Wir wollen sie nicht vergeuden. Was vorbei ist, ist vorbei, und was geschehen, kann nicht ungeschehen gemacht werden. Ich habe Ihnen Neuigkeiten mitzutheilen, sind sie bereit, sie anzuhören?"

„Fahren Sie fort!"

„Die Offiziere und Mannschaften, welche Olmas von Ibarra und Cotocachi hergebracht, haben Besitz vom Hause ergriffen. Dieselben werden große Verwüstungen anrichten, aber das kann man jetzt nicht helfen und Ihr Vater wird mit den Gütern der verurtheilten Rebellen entschädigt werden. Glauben Sie, daß die Leute Papiere oder Documente finden werden, die in irgend einer Weise des Königs Freunde comprimittiren könnten?"

„Ich denke nicht, Señor Paredes. Fahren Sie fort!"

„Der Pöbel versammelte sich, nachdem er Carrera für todt hatte liegen lassen, auf dem großen Platze und verlangte den Präsidenten und die Auditoren als Opfer. Doch dieses Vorhaben wurde vereitelt. Der Audienz wurde die Erlaubniß ertheilt, an Arana einen Befehl auszustellen, worin derselbe aufgefordert wird, nach Guayaquil zurückzukehren und dort zu bleiben, bis die ganze Angelegenheit dem Vicekönig und dem Hofe in Madrid behufs einer Verständigung, falls eine solche möglich ist, unterbreitet worden ist. Der Präsident und die Auditoren werden als Geißeln für Erfüllung dieses Befehles zurückbehalten und ich, den man für den vertrauenswürdigsten Anhänger des Cabildo hält, bin beauftragt, die Befehle persönlich dem königlichen Kommandanten zu überliefern.."

„Schon gut! Natürlich wird er sich nicht darum kümmern."

„Wenn seine Streitmacht stark genug ist, wird er bestimmt die Befehle verlachen; sonst aber, gebietet es die Klugheit, wenigstens scheinbar dem Befehle nachzukommen. Aber wenn ich mit Ihrem Vater und Arana zusammen bin, so glaube ich, daß wir im Stande sein werden, uns auf einen Plan zu einigen, der uns in kürzester Zeit zum endlichen Ziele führen wird."

„Und hat dieses Arrangement die Billigung des Volkes gefunden?"

„Mit der bestimmten Versicherung, daß

die Auditoren sterben müssen, sobald Arana sich weigert, nach Guayaquil zurückzukehren, war es leicht, den Pöbel zu beruhigen. Wenn Arana sich weigert, wird den Ministern Gelegenheit geboten, sich in ein Sanctuarium zu flüchten; ich habe Alles aufs Beste arrangirt und vorbereitet. Sie werden sich Ihres Zöglings nicht zu schämen haben, Señorita. Nur eine Schwierigkeit ist noch da. Roberto Sanchez hat um Verstärkungen nachgesucht. Er hat Botschaft auf Botschaft geschickt und ersucht bittet, verlangt, bestürmt, uns um Truppen. Er erklärt, daß, wenn die Truppen in Quito vor vier Wochen abmarschirt wären, daß Arana jetzt in den Händen des Cabildo und der alte Sanchez noch am Leben sein würde. Des jungen Mannes Muth und Erfolg haben ihm die Herzen des Volkes gewonnen und der Cabildo hat dem Willen des Volkes nachgegeben und angeordnet, daß ihm Truppen zur Unterstützung gesandt werden, im Falle Arana sich weigern sollte, sich zurückzuziehen."

„Diese Truppen werden aber nicht abgeschickt?"

„O ja, Señorita, das mußte geschehen. Wir mußten uns den Anschein geben, Truppen zum Kriegsschauplatze abzuschicken, wenn wir uns nicht selbst schaden wollten. Aber diese Truppen werden unter dem Kommando des Juan de Londoño stehen, der unter den Unseren ist. Er wird Quito morgen mit einer kleinen Abtheilung verlassen; aber es wird ihm sicher sehr lange Zeit nehmen, bis er nach Ambato kommt und er wird niemals dahin gelangen, wo der junge Sanchez ihn nöthig hat. Wenn Arana die Befehle der Audienz mißachtet, wird Guzman de Leon dem Londoño mit unserer ganzen Truppenmacht folgen. Aber darin liegt keine Gefahr. Guzman hat bis jetzt seine Rolle ganz vortrefflich gespielt und wird sie auch weiter spielen, so lange es nöthig ist."

„Und Toa mit ihren Indianern?"

„Der Fehlschlag des Planes, einen Pseudo König aufzustellen, mit der ehrgeizigen Toa als Königin, wird die Indianer dem Cabildo abwendig machen. Unsere Freunde haben die Indianer mit Unterhandlungen und Argumenten ermüdet, desgleichen Versprechungen gemacht, die sie niemals halten werden und so starke Forderungen an Gold gestellt, die die Indianer niemals erfüllen können oder wollen. Nein, Señorita, keine Gefahr bedroht uns und wir befinden uns auf dem sicheren Wege zum Siege. Die einzige noch vorhandene Schwierigkeit bietet der unbändige junge Mann, Roberto Sanchez, aber der ist fern von hier und kann uns keinen Schaden zufügen. Ich lasse Alles in den besten Verhältnissen zurück und bedaure nur die Nothwendigkeit, mich von Ihnen trennen zu müssen."

„Meine Gedanken und besten Wünsche werden Sie begleiten, Don Manuel."

„Auch ihre Liebe, Dolores?"

„Auch meine Liebe."

„Dann darf ich hoffen, daß, wenn Alles glücklich beendet ist, Sie mir zum Altar folgen werden?"

„Nein, Don Manuel, Ihrer selbst willen darf ich Sie nicht heirathen."

„Dolores, ich verstehe Sie nicht."

„Lassen Sie mich offen sprechen und Sie werden sehen, Manuel Paredes, wie sehr ich Sie liebe. Ja, Manuel, ich liebe Sie, mehr wie ich selbst meinen Gatten geliebt, weil ich Sie hochachte und bewundere, wie ich nie vorher einen Mann bewundert habe. Sie sind ein Mann, Manuel Paredes. Ihnen gleich ist Niemand im ganzen Königreich. Sie haben meinen Vater gerettet, Sie haben mich gerettet und geschützt und werden die Sache des Königs retten. Liebe zugleich und Dankbarkeit zieht mich zu Ihnen."

„Und doch weigern Sie sich, mich zu heirathen."

„Hören Sie mich an! Sie haben keine Nebenbuhler. Der Graf ist todt. Carrera ist todt. Aber Sie, Manuel Paredes sollen leben. So wissen Sie denn, daß ich unter einem furchtbaren Bann lebe, der wie es scheint, nicht gebrochen werden kann. Glauben Sie an die Prophezeiungen der Mama Ausa? Hat Sie nicht den Tod des Grafen Valverde in Ihrer Gegenwart vorausgesagt? Sie hörten ihren Fluch und Sie wissen wie grausig er erfüllt ward?"

„Ich verstehe Sie nicht, Dolores."

„Sie sollen mich sofort verstehen. Auch auf mir ruht der Fluch einer ihrer Prophezeiungen. Meine Hand bringt den Tod dem, dem ich sie zur Heirath reiche. Selbst meine Gedanken an Heirath sind tödtlich. Das war ihre Prophezeiung. Und jetzt bedenken Sie, wie dieselbe in Erfüllung gegangen. Ich glaubte nicht an die Prophezeiung, achtete nicht darauf und heirathete. In weniger wie einem Jahre wurde der entstellte blutige Leichnam meines Gatten in meines Vaters Haus gebracht. Ich dachte daran, den Grafen Valverde zu heirathen; das Bekenntniß darf ich Ihnen jetzt ablegen. Ich liebte ihn nicht, aber der Gedanke, die langweilige Eintönigkeit des Lebens in der Provinz gegen die Freuden und den Glanz des spanischen Hofes vertauschen zu können, war für mich ein sehr verführerischer. Sie kennen das Ende. Graf Valverde ist todt; denn auch meine Gedanken an Heirath sind todtbringend. Und kein natürlicher Tod! Die indianische Hexe hat einen blutigen, gewaltthätigen, grausamen Tod dem vorausgesagt, den ich heirathe oder den ich nur zu heirathen beabsichtige. Und jetzt Carrera! Ehe ich Sie lieben und bewundern lernte, Manuel Paredes, dachte ich mir mitunter Carrera als meinen Gatten und jetzt sehen Sie sein fürchterliches Ende! Zürnen Sie mir jetzt, weil ich Sie nicht opfern mag, indem ich Ihnen meine Hand reiche, oder an Sie nur als Gatten denke? Nein, Manuel Paredes, ich liebe Sie, und weil ich Sie liebe, sollen Sie leben und glücklich sein. Ihr Herz nehme ich an. Ich liebe Sie zu sehr, um Sie zurückzuweisen; aber Ihre Hand schlage ich aus."

In diesem Augenblicke kehrte Tante Calita mit dem Briefe zurück, den Dolores an ihren Vater geschrieben. „Geschwind, um des Himmels Willen, eilt zur Mutter!" rief sie aus. Durch die Dummheit einer ihrer Dienerinnen, die unsere Anweisung nicht beachtete, hat sie den Tod ihres Sohnes erfahren und ist ohnmächtig geworden."

Noch ehe Paredes das Kloster verließ, hatte die Marquise de Solando den letzten Seufzer ausgehaucht und Don Manuel mußte seinem Freund und Schutzherrn im Lager der Königlichen diese Trauerbotschaft überbringen.

8. In den Bergen.

Mehrere Wochen waren seit den in den vorhergehenden Kapiteln erzählten Begebenheiten verflossen.

Arana hielt sich nicht für stark genug, sofort gegen Quito zu marschiren, denn er hätte einen Kampf mit Roberto Sanchez bestehen müssen, der seine Schaar durch Mannschaften aus Ambato, Mocha und Riobamba ergänzt hatte, woselbst er sich der königlichen Kassen bemächtigte und den Familien der Colonisten, die sich dem königlichen Kommissär angeschlossen, schwere Kontributionen auferlegte. Unter solchen Umständen hielt der Kommissär es für gerathen, sich gehorsam gegen die Schein-Befehle der Audienz zu stellen und mit seinen Truppen sich jenseits der Cordilleren zu begeben, um daselbst die Verstärkungen abzuwarten, die aus Cuenza, Loja und von der Küste zu ihm stoßen sollten. Sanchez folgte ihm mit seinem kleinen selbstgeschaffenen Heere. Er hatte vom Cabildo Befehl, die Manöver des königlichen Kommissärs sorgfältig zu überwachen und beim ersten Anzeichen einer feindlichen Gesinnung dreinzuhauen; aber so lange keine feindliche Absicht zu bemerken war, sollte er den durch Vermittelung der Quitoer Audienz abgeschlossenen Waffenstillstand respektiren, bis die Entscheidung des Vicekönigs erfolgt sei. Sanchez' feuriger Geist bäumte sich gegen die Fesseln, welche diese Befehle ihm auferlegten, denn er erkannte, daß sie der revolutionären Sache verhängnißvoll werden mußten; aber er, als junger und unerfahrener Mensch wagte es nicht, Befehle zu widerrufen, auf welche ältere und weisere Köpfe sich vereinbart hatten.

Der schlaue Arana aber stellte die Ungeduld seines jungen Gegners durchaus nicht auf eine allzulange Probe. Durch neue Aushebungen verstärkt und von seinen drückendsten Sorgen durch die gelegene Ankunft eines Schiffes voll Kriegsvorräthen aus Peru befreit, stahl sich der alte Fuchs von Sanchez weg. Des Waffenstillstandes gänzlich uneingedenk, drang er gegen die Cordilleren vor und trachtete auf einem Seitenpfad über die Berge zu gelangen, während Sanchez ihn auf der Hauptstraße [camino real] erwartete, auf welcher er einige der schwierigsten Bergpässe hatte befestigen lassen.

Durch diese Manöver mitten in den Bergen isolirt und in Gefahr, von seiner Verbindung mit Quito abgeschlossen zu werden, wenn es dem Arana gelingen sollte, nach Riobamba zu gelangen, beschloß Sanchez in die Tafelländer zurück zu eilen, von dort schleunigst die Cordilleren wieder hinanzusteigen und den königlichen Kommissär in den Bergpässen abzufangen, ehe er seinen mühseligen und beschwerlichen Marsch bewerkstelligt hätte. Wenn Sanchez den Arana in der Gebirgs-Wildniß einholen konnte, war Letzterer der Gnade der rebellirenden Gebirgsbewohner preisgegeben, welche durch geschickte Benutzung der schlechten Wege, der engen Pässe, der steilen Abhänge und sonstiger Gelegenheiten, wie sie ein Kampf auf solch ungünstigem Boden den des Terrains Kundigen bietet, das Schicksal des Feldzuges ohne die Hülfe der Saumseligen in Quito entscheiden konnten. Der Plan war glänzend erdacht und versprach guten Erfolg; aber es hing Alles von der Schnelligkeit in der Ausführung ab. Unglücklicher Weise hatten sich die Elemente gegen den jungen Helden verschworen. Oertliche Regengüsse, welche in dieser Jahreszeit ganz ungewöhnlich waren, machten die Straßen so schwer gangbar, daß die Mannschaften und Pferde nur mit großer Schwierigkeit sich fortbewegen konnten.

Auf solche Weise gingen zwei Tage verloren, während jeder Augenblick kostbar war. Der Uebergang über den letzten Gebirgskamm, der gewöhnlich in wenigen Stunden bewerkstelligt wurde, hielt ihn einen ganzen Tag auf und ermüdete die Leute derart, daß sie eine kurze Rast in einem der kleinen Dörfer machen mußten, welche in den Schluchten der Andes versteckt lagen. Inzwischen schickte er Kundschafter auf frischen Pferden nach Riobamba und Umgegend, um nach den Verbleib Arana's auszuschauen.

Es war eine kalte, wolkenfreie, schöne Nacht,—eine dieser zaubervollen Sommernächte unter dem Aequator, wenn der schneeige Gipfel des Chimborazo sich scharf von dem dunkelblauen, sterneglanzenden Himmel abzeichnet. Roberto Sanchez stand in einen schweren wollenen Poncho gehüllt auf der Veranda des einzigen bewohnbaren Hauses im Dorfe, das Haus des Alcalden, und flüsterte süße Liebesworte in die nicht unwilligen Ohren der Tochter des Alcalden, die, gegen einen Pfeiler der Veranda lehnend, mit den Augen die funkelnden Gestirne betrachtete, während eine ihrer Hände sorglos zwischen denen Roberto's ruhte.

„O! redet nicht von morgen, Señorita," sprach er etwas traurig. „Morgen bin ich fort von hier. Morgen gedenke ich in der Feldschlacht zu stehen und vielleicht giebt's dann kein morgen mehr für mich."

„Die heilige Jungfrau wird Euch beschützen, Señor. Ihr seid zu jung und zu schön, um zu sterben. Ich werde Euch ein Amulet geben, welches ich seit meiner Kindheit getragen. Ich habe es von meinem Großvater, dieser erhielt es von einem Mauren in Granada, dem er einen großen Dienst erwiesen. Es wird Euch vor Bleikugeln und Stahl und Zauberei, aber nicht vor Wasser schützen. Ihr müßt es nie zur See nehmen, wo seine guten Eigenschaften sich in Unglück und Gefahr verwandeln." Mit diesen Worten nahm sie das Amulet von ihrem Halse und hing es ihm um.

„Quien vive!" rief einer der Schildwachen und man hörte den Schall von Pferdehufen durch die Stille der Nacht.

„La Patria" antwortete eine dem Sanchez bekannte Stimme.

„Wer kommandirt hier?"

„Roberto Sanchez."

„Gott sei Dank! Ich muß ihn sehen!"

„Bringt Ihr Verstärkungen?" fragte die Schildwache.

„Nein, aber Nachrichten und Depeschen. Wo ist der Kommandant?"

„Dort, im Hause des Alcalden."

Zwei Reiter, ein Caballero und sein Diener erschienen sofort vor dem Hause und stiegen ab. Im nächsten Augenblick lag Roberto Sanchez in den Armen seines jungen Freundes Carlos de Olmos, der Sohn des Cabildo-Mitgliedes, Señor Olmos, einer der wenigen zuverlässigen Führer der Actions-Partei. Señor Olmos hatte seinen Sohn mit wichtigen Nachrichten an Sanchez abgeschickt. Eine Minute darauf war das ganze Lager wach und brannte vor Begierde, die Nachrichten aus Quito zu hören. Der junge Olmos folgte seinem Chef ins Haus, woselbst zwei von Roberto's Offizieren sich zu ihnen gesellten. Der Eine war sein Stellvertreter, der Veteran Pedro Perez, und der Andere war Garcia, der Adjutant Roberto's.

„Willst Du nicht erst eine Erfrischung zu Dir nehmen, amigo?" fragte Sanchez. „Wir haben nur noch wenig zur Hand, aber es steht zu Deiner Verfügung."

„Danke, nicht eher, bis ich Dir meine Nachrichten unterbreitet habe," sagte der junge Olmos und legte Shawl, Poncho, Schwert und Sporen ab. „Tag und Nacht bin ich geritten, um Dich zu finden und auf ein Haar wäre ich von den Spionen Arana's erwischt worden."

„Von den Spionen Arana's?" wiederholte Sanchez, starr vor Schrecken. „Von woher kommst Du denn?"

„Von Riobamba."

„Von Riobamba?" fuhr Sanchez fort. „Mensch, was bedeutet das? Ist Arana auf dem Wege nach Riobamba?"

„Er traf gestern dort ein und wird morgen seinen Marsch auf Quito fortsetzen."

„Gerechter Himmel! dann ist er mir entkommen und alle meine Hoffnungen werden zerstört! Ich hatte geglaubt, ihm in die Seite fallen zu können, während er von den Bergen herabstieg und zwischen den Cañons hätte ich ihn zerdrückt. Jetzt ist Alles vorbei! Mit meiner Handvoll Leute kann ich i n in der Ebene nicht angreifen. Wie stark schätzt man seine Streitmacht?"

„Nach dem, was ich gehört, rechnet man sie auf etwa fünfzehnhundert bis zweitausend Mann; aber das scheint mir übertrieben zu sein."

„Unzweifelhaft!" sagte Sanchez. „Mit einer so großen Macht hätte er die Cordilleren nicht so schnell überschreiten können. Und was ist aus unserer Armee geworden? Existirt sie noch und wird sie sich jemals in Bewegung setzen?"

„Da berührst Du gerade den Punkt, weßwegen ich hierher gekommen bin, Roberto," sagte Olmos. „Ich bin nicht vom Cabildo hierher geschickt; die Herren haben keine Ahnung von meiner Reise hierher. Mein Vater hat mich gesandt und ich soll Dir sagen, daß er fürchtet, daß wir betrogen sind."

„Bei allen Teufeln der Hölle!" knirschte der alte Pedro Perez, während Sanchez ängstlich aufhorchte und bleich wurde. „Das erklärt mir auch, weshalb wir keine Verstärkungen erhielten und das erklärt die niederträchtige Unthätigkeit der Behörden in Quito."

„Mein Vater fürchtet," fuhr der junge Mann fort, „daß diejenigen, in deren Händen die wichtigsten Kommandos liegen, im Geheimen mit den Ministern des Königs in Verbindung stehen."

„Und wen hat er im Verdacht?"

„Vor allen Dingen den Ober-Kommandanten Pedro Guzman, und was meinem Vater verdächtig erscheint, ist für mich klar wie die Sonne. Guzman, meine Herren, ist ein Verräther; ein gemeiner elender Verräther. Er hat unsere Zeit und unsere Hülfsmittel vergeudet, ohne auch nur Anstalten zu einem Schlage zu treffen. Er hat unsere Energie gelähmt und unsere Mannschaften demoralisirt. Seit er das Kommando übernommen, hat er stets den Feinden in die Hände gespielt."

„Gerade, wie ich schon längst vermuthet habe," unterbrach ihn Sanchez, „aber weßhalb läßt man ihm das Kommando? Dieser Schuft! Ich kenne ihn und habe ihn stets verachtet!"

„Weil es scheint, daß die Partei der Bellidistas, zu der Dein Vater und der meinige gehörte, ihre Macht eingebüßt hat. Unsere besten Truppen sind gegen Norden geschickt worden, um Widerstand gegen einen eingebildeten Feind, der von Bogota kommen soll, zu leisten. Die Truppen, die Londoño mit sich südlich genommen hat, um Dich zu verstärken, bestanden ebenfalls aus tüchtigen und zuverlässigen Leuten; aber die in Quito zurückgelassenen Mannschaften sind unzuverlässig; auf eine große Anzahl, vielleicht auf die Hälfte, könnte man noch Vertrauen setzen, aber die übrigen stehen mehr auf Seite Guzman's und der Verräther, wie auf der des Cabildo. Es liegt auf der Hand, daß die Soldaten bestochen worden sind."

Sanchez begrub sein Gesicht in den Händen und rief schmerzbewegt aus: „O, mein Vater! mein armer Vater! Also umsonst hat man Dich geopfert?"

„Unter diesen Umständen erblickt mein Vater nur einen Ausweg. Er wünscht, daß Du, wenn möglich, mit Deiner ganzen Macht nach Quito kommst; oder wenn das nicht angeht, daß Du mit wenigstens fünfzig zuverlässigen Männern unangemeldet und unerwartet erscheinst und mit Hülfe der treuergebenen Führer und Soldaten durch einen coup d'état einen Umschwung herbeiführst, Guzman und seine Verräther absetzest und gefangen nimmst, den Cabildo von seinen verderblichen Elementen reinigst, die Kriegsmaßregeln rasch und energisch und nach dem ursprünglichen Plane Bellido's und Deines edlen Vaters aufgreifst und durchführst. In dem Erfolg dieses Coup liegt unsere einzige Hoffnung. Schlägt er fehl, so sind wir verloren und werden vom Henker wie Schafe zur Schlachtbank geführt. Deine Kühnheit, Dein Muth und Dein großes Ansehen und die Popularität, die Du erlangt hast, befähigen Dich speziell für das Unternehmen. Willst Du es wagen? Willst Du die Verantwortlichkeit übernehmen und ohne Befehl handeln?"

Sanchez hatte sein Haupt vom Tische erhoben, während er auf den Vorschlag lauschte. Die Worte des jungen Olmos hatten ihm neues Leben gegeben, seine Augen strahlten und jeder Nerv, jede Fiber zitterte vor Aufregung, und von seinem Sitze aufspringend, drückte er den Freund stürmisch an seine Brust. „Gott segne Deinen edlen Vater!" rief er aus. „Natürlich werde ich es thun oder bei dem Versuche zu Grunde gehen."

„Santiago! Santiago!" schrien Perez und Garcia. „Auf nach Quito und Tod den Verräthern!"

„Ich werde meine Vorbereitungen sofort treffen. Unsere Pferde sind zu ermüdet, um in der Nacht aufzubrechen, aber bei Tagesanbruch müssen wir marschiren."

„Aber Eins ist noch zu bedenken," sagte Olmos. „Arana befindet sich jetzt zwischen Euch und Quito und Ihr müßt auf dem Wege an ihm vorbei marschiren."

„Er marschirt auf dem Hauptwege," sagte Sanchez. „Wir werden den Bergpfad über ihm oder den Weg durch die Thalschluchten unter ihm einschlagen. Arana wird ein oder zwei Tage in Ambato verlieren; aber wir werden nirgends Zeit einbüßen. Bei allen Heiligen des Himmels, ich schwöre, daß wir eher in Quito sein werden, wie er."

Ein Tumult draußen störte die Unterredung. Einige von Roberto's Spionen waren zurückgekehrt. Sie hatten Freunde des Cabildo getroffen, die gerade mit wichtigen Nachrichten von Riobamba angelangt waren. Arana hatte eine Abtheilung von zweihundert Reitern unter Anführung eines spanischen Veteranen, Namens Juan del Puente ausgeschickt, um Sanchez Streitmacht aufzusuchen, sie abzuschneiden und ihn gefangen zu nehmen.

„Wir werden dem Señor del Puente unseren Gruß überbringen!" sagte Sanchez, nachdem er die Spione entlassen. „Wenn wir können, lassen wir ihn durchschlüpfen, da wir unsere Leute für eine wichtigere Arbeit aufsparen müssen. Wenn aber nicht, so wollen wir amerikanische Tapferkeit sich mit spanischer Brutalität messen lassen."

---

9. Aus den Bergen abwärts.

„Vergesset nicht," sagte des Alcalden Tochter früh am nächsten Morgen, als Roberto einen Abschiedskuß auf ihre schwellenden und nicht widerstrebenden Lippen drückte, „hütet Euch vor dem Wasser, während Ihr das Amulet traget. Vor allen anderen Gefahren wird es Euch beschützen."

Und jetzt begann der Marsch und vorwärts ging es, bergauf, bergab, über Höhen und durch Schluchten, über schlüpfrige und enge Wege mit gähnenden Abgründen an der einen Seite und steilen Felswänden an der anderen; jetzt durch Defileen, kaum breit genug, um einen einzelnen Mann passiren zu lassen, dann wieder durch die einsamen Paramos, ermüdend, öde und verlassen. Zuletzt erblickten sie die Ebene von Riobamba zu ihren Füßen mit ihren Städten und Dörfern, fast verhüllt von den Weidenbäumen und umgeben von grünen Kleefeldern.

Aber die Truppen Sanchez' hatten keine Zeit und auch keine Neigung in der Scenerie vor ihnen die Größe und Erhabenheit der Natur zu bewundern, sondern wenn sie ihre Augen anstrengten und sie über die weite Ebene schweifen ließen, so geschah es deshalb, um die Reiter Del Puente's zu entdecken, welche Arana gegen sie ausgeschickt hatte.

Ehe sie den letzten Abhang hinabstiegen, wodurch sie wenigstens für den Augenblick des Schutzes der rauhen Wildniß entbehren mußten, ließ Sanchez nochmals Halt machen, um seine Leute und die Pferde sich ausruhen zu lassen und auf die Spione zu warten, die er vorausgeschickt hatte. Die Leute hatten sich auf einem engen Plateau gelagert, das die Spanier Meseta nennen, das durch einen vorspringenden Berg gebildet wurde und das den engen sich zur Ebene hinunterwindenden Pfad beherrschte. Hier verzehrten sie ihre letzten Vorräthe, sie verließen ja jetzt die Wildniß und das fruchtbare Land, in das sie jetzt hinabstiegen, konnte alle ihre Bedürfnisse befriedigen. Auch die Flasche ging hier von Hand zu Hand und die müden Glieder streckten sich behaglich aus nach dem langen Ritt. Einige, die bald den ewigen Schlaf schlafen sollten, hatten sich hingelegt und schliefen so ruhig, wie in den Tagen ihrer glücklichsten Kindheit. Andere vergaßen beim Würfelbecher und schmutzigen abgegriffenen Karten die Gefahr, der sie entgegengingen. Andere besprachen die politische Situation und zuckten die Schultern über die wenig erfreulichen Aussichten der Sache des Volkes und da machten sich Zweifel und Hoffnungslosigkeit geltend. Blindlings hatten sie ihrem Führer vertraut und waren ihm gefolgt, so lange der Erfolg und das Glück sich an sein Banner hefteten; aber seit sie wußten, daß Arana ihnen entschlüpft war und daß der Feind jetzt zwischen ihnen und ihren Freunden in Quito stand, war ihr Vertrauen erschüttert und dunkle Ahnungen zogen vor ihnen auf. Sanchez fühlte das, als er von Gruppe zu Gruppe ging, wohl heraus an dem veränderten Ton, an der Stimmung, dem Lächeln, dem Gelächter und dem Auftreten seiner Leute. Die Wildniß der Berge hielt die Leute noch zu ihm, aber würde er im Stande sein, die Leute fest zusammenzuhalten, wenn er in die Ebene hinabgestiegen war? nein! wenigstens nicht eher, als bis das Vertrauen auf seinen Erfolg, das er durch das Entkommen Arana's eingebüßt hatte, wieder hergestellt war. Von der Wiederherstellung dieses Vertrauens hing seine eigene ganze Zukunft ab, das fühlte er und deßhalb machte sich auch bei ihm die Ueberzeugung geltend, daß er Del Puente angreifen mußte, statt an ihm, wie er es ursprünglich beabsichtigt hatte, vorbei zu schleichen.

„Quien vive!" rief einer der Posten.

„Ein armer Indianer und ein Freund," war die Antwort, die ein Mann in indianischer Kleidung, mit einem Bündel auf dem Rücken, gab, der langsam den Bergpfad hinaufstieg.

„Passirt!" sagte der Posten, der wohl wußte, daß die Indianer im Lager Sanchez' stets willkommen waren und gut behandelt wurden, weil sie, ganz gegen ihre sonstige Gewohnheit freiwillig Nachrichten brachten und die Truppen mit Lebensmitteln versorgten. Sanchez war für alle Indianer ein höheres Wesen geworden, seit die Königin Toa in jener blutigen Nacht in Quito ihm so große Gunst und Ehre erwiesen hatte.

„Ich habe mit dem Viracocha, der die Soldaten befehligt, zu sprechen," sagte der Ankömmling.

„Da bin ich, mein Freund. Bringst Du gute Nachrichten?"

„Kann ich Ew. Gnaden allein sprechen?"

„Ja wohl, lieber Mann," sagte Sanchez und nahm ihn bei Seite.

„Ist Ew. Gnaden im Besitz von Königin Toa's silbernem Mond?"

„Ja wohl, mein Freund!" antwortete Sanchez, indem er ihm das Zaubzeichen zeigte, das er um seinen Nacken trug, „und ich bin ein Diener der Toa Duchicela und ein Freund ihres Volkes."

„Die große Sonne wird Ew. Gnaden beschützen!" sagte der Indianer, indem er den silbernen Mond küßte. „Ich habe an Ew. Gnaden einen Brief von der Shyri Toa zu überliefern. Hier ist er!"

„Gott segne die Shyri Toa," sagte Sanchez, indem er hastig den Brief öffnete. Er lautete wie folgt:

„Señor Don Roberto Sanchez!

„Sie sind der einzige treue Freund, den ich unter den Männern Ihrer Race gefunden habe—der einzige, der mich nicht hintergangen und betrogen hat. Die Männer des Cabildo haben kein Vertrauen zu mir, und ihre Sache ist nicht länger die Meinige. Das Blut meines Volkes soll nicht umsonst verspritzt werden. Sie werden in diesem Augenblicke ebenfalls wissen, daß Sie und Ihre Sache von denselben Leuten verrathen worden sind, die auch mich und meine Kinder verrathen haben. Man hat Sie aufgefordert, nach Quito zurückzukehren und ich weiß, Sie werden kommen. Ich flehe zu Pachacamac, daß Sie Ihrer selbst und Ihrer und auch meiner Sache wegen nicht zu spät eintreffen, und um ein solches Unglück zu verhüten, sende ich meinen treuen Diener Uma zu Ihnen. Er kennt das Land besser, wie irgend einer meiner Unterthanen. Er kennt jeden Bergpfad und ist vertraut mit allen Nebenwegen, die nur dem Indianer bekannt sind. Er wird im Falle der Gefahr Ihnen den kürzesten und nächsten Weg zeigen und seine Dienste werden für Sie unentbehrlich sein. Sie können auf ihn ein ebenso unbedingtes Vertrauen setzen, wie auf mich. Kommen Sie so schnell wie möglich und führen Sie ohne Zögern den Streich aus. Während Ihres Marsches wird es Ihnen an nichts mangeln, was mein Volk Ihnen verschaffen kann.

„Nur noch ein Wort habe ich zu sagen, obwohl es wohl kaum mehr nöthig ist. Mißtrauen Sie Manuel Paredes. Er zeigt großen Enthusiasmus für Ihre Sache, aber er ist falsch wie die Schlange in den Wäldern. Ich hätte ihn schon lange ermorden lassen können, wenn ich nicht den Wunsch hätte, ihn leben zu lassen, um durch ihn mich zu rächen an Einem, der mich schändlicher wie alle Anderen betrogen hat, damit er dieselben Qualen erduldet, die er mich hat dulden lassen.

„Ihre treue und wahre Freundin
„Toa Duchicela."

„In der Ebene unter uns," bemerkte dann Uma mit jener Würde und anspruchslosen Ruhe, welche den alten Adel seiner Race charakterisirt, „ungefähr eine halbe Meile von dem Punkte, wo dieser Berg in die Ebene verläuft, liegt die große Hacienda von San José, zu der über dreihundert Indianer gehören. Das Hauptgebäude ist sehr groß und ringsumher liegen mehrere Nebengebäude. Das Hauptquartier des spanischen Kommandanten Juan del Puente befindet sich jetzt in jener Hacienda. Hier wartet er auf Ew. Gnaden, um Sie anzugreifen, sobald Sie in die Ebene hinabsteigen. Er hat Detachements vorgeschickt, um die zwei anderen Auswege von diesem Plateau zu beobachten und hat dadurch sich selbst um nahezu die Hälfte seiner Truppen geschwächt. Ew. Gnaden müssen diese Straße verlassen. Ungefähr hundert Ruthen von hier befindet sich eine unterirdische Schlucht, die von dem Berge hinab durch die Ebene führt und zwar an den Wirthschaftsgebäuden von San José vorbei. Sie ist überwachsen mit Gesträuch und Bäumen, aber sie ist tief und weit genug, daß zwei Männer sie neben einander passiren können. Ihre ganze Streitmacht kann hindurchgeführt werden, wenn Sie die Pferde unter sicherm Schutz zurücklassen. Ich habe in der Schlucht chasquis (Eilboten verborgen, welche die Indianer auf der Hacienda von meinem Herannahen benachrichtigen; dieselben werden sich der Pferde der nichts ahnenden Spanier bemächtigen, während Sie über die Soldaten herfallen. Ew. Gnaden kann sie überraschen und tödten. Wenn Ew. Gnaden meinem Rathe folgen wollen, bürge ich mit meinem Kopfe für den Erfolg."

„Ich verstehe Sie, Uma. Ein Engel hat Sie zu mir gesandt. Ist die Schlucht trocken?"

„Gestern war sie voll Wasser, aber jetzt ist sie beinahe trocken."

Eine halbe Stunde später war die Hauptmannschaft Sanchez' in der Schlucht. Schnell stiegen sie in die Ebene hinab und vorsichtig avancirten sie gegen die Hacienda vor. Nicht eine Silbe wurde gesprochen, als sie vorwärts eilten, sie waren vollständig vor allen Blicken geborgen. Ein dichtes Gebüsch von Unterholz und Sträuchern deckte den Eingang zu dem Abgrund; zuweilen stießen die Seiten oben zusammen und hüllten den unterirdischen Weg in völlige Dunkelheit. Solche

Schluchten sind in den Anden nichts ungewöhnliches; sie werden gebildet und erweitert von den stürmenden Gewässern, die in Folge des Regens und des schmelzenden Schnees von den Bergen niederstürzen.

Das Wasser war noch nicht ganz aus der Schlucht abgelaufen. Die Soldaten mußten hindurchwaten und strauchelten mitunter über die Felsblöcke, die im Bette des Stromes lagen; so kamen sie natürlich nur langsam vorwärts. Plötzlich hörten sie über sich Pferdegetrappel und einige der Soldaten wurden dadurch erschreckt und dachten bereits, daß sie betrogen worden wären.

„Was bedeutet das?" fragte Sanchez den Uma.

„Lassen Sie mich auf die Schultern eines Ihrer Leute klettern und ich werde nachsehen," antwortete der Indianer. Dies geschah und Uma, der sorgfältig das Gesträuch auseinanderbog, steckte den Kopf durch die Oeffnung und recognoscirte die Umgebung.

Eine Minute später stieg er wieder herab. „Eins der Detachements, die ausgesandt wurden, um die zwei anderen Wege zu observiren, kehrt zur Hacienda zurück. Sie müssen die Leute wieder fortbringen, ehe Sie losschlagen."

„Aber wie kann ich dies?"

„Sehr einfach."

Auf Uma's Veranlassung sandte Sanchez jetzt an die Leute, die er bei den Pferden zurückgelassen hatte, den Befehl, langsam wieder den Berg hinaufzusteigen, aber wiederum in die Ebene zu Sanchez hinabzusteigen, sobald sie zwei Feuersäulen, je eine an beiden Seiten der Wirthschaftsgebäude von San José, bemerken würden.

„Um des Himmels Willen, sagte Pedro Perez, als er diesen Befehl hörte, „thun Sie das nicht. Sie senden die einzigen Hülfsmittel zur Rettung und Flucht hinweg. Angenommen nun, dieser Mann betrügt uns?"

„Kein Indianer wird den Freund der Toa Duchicela hintergehen," sagte Sanchez. „Diese Pferde sind für uns, ob sie nun nah oder weit sind, von keinem Nutzen. Wir könnten sie doch nicht erreichen, wenn unser Angriff fehlschlägt."

Sanchez schrieb dann einen Brief, den Uma diktirte und wir werden sofort mit dem Inhalte desselben bekannt werden.

10. Die Ueberraschung.

„Hol Dich der Teufel!" rief Ildefonso Coronel und warf grimmig den Würfelbecher hin, mit welchem er mit seinem vorgesetzten Offizier und Kameraden Juan del Puente auf der Veranda der Hacienda von San José gespielt hatte. „Mein ganzes Geld hast Du mir genommen und die Ehren hast Du mir gestohlen, zu denen ich berechtigt war."

„Was fällt Dir ein, Du undankbares Vieh?" schrie Juan del Puente, „Du bekommst wieder einen Deiner verrückten Anfälle!"

„Mein ganzer Verdienst steckt in Deiner Tasche. Du hast mich meines Geldes und meines Avancements beraubt. Habe ich nicht ebenso viel gethan wie Du? Habe ich nicht so tapfer gefochten wie Du? Und Dich hat man jetzt zum Kommandeur dieser Abtheilung gemacht — was aber bin ich?"

„Ildefonso Coronel, Du bist ein Narr! Hast Du vergessen, wie oft Du von mir gewonnen hast? Und selbst wenn Du heute verloren hast, wessen Geld hast Du verloren? Wer hat Dich mit Geld versorgt, seit wir in Amerika sind? Wer hat Dir die Gelegenheiten gewiesen, die Du selbst in Deiner Dummheit nicht auffinden konntest? Wie oft habe ich Dein elendes Leben gerettet? Und bist Du nicht der erste Offizier meines Stabes? Mach' daß Du fortkommst, Ildefonso, meine Geduld ist jetzt erschöpft. Noch in dieser Nacht sollst Du in Arana's Lager zurückkehren. Es ist besser, Du versuchst Dein Glück unter Fremden, da Du mit Deinem besten Kameraden und treuesten Freund nicht zufrieden bist. Mache Dich bereit. Ich werde Rodriguez an Deine Stelle setzen."

„Nun! nun!" sagte Ildefonso, dessen Anfall von Aerger bereits halb vorüber war, „wie kannst Du nur so grob sein. Wenn ein Kerl soviel Geld verloren hat wie ich, kann er nicht die Geduld eines Lammes zeigen."

„Aber Du beleidigst fortwährend den Mann, dem Du Dein Leben und Alles was Du jetzt bist, verdankst."

„Fange nur nicht wieder an zu predigen. Du weißt, daß ich es nicht so meine. Komm, laß mich noch einmal mein Glück versuchen," und damit nahm er den Würfelbecher wieder auf und schüttelte die Würfel zum neuen Wurf.

„Nein, es ist genug! Hier ist das Geld, das Du heute verloren hast. Ich habe es jetzt nicht nöthig. Bleibe es mir schuldig bis zum nächsten Zahltag, oder bis wir wieder spielen. Aber jetzt ist es Zeit, daß wir uns fertig machen. In ungefähr einer Stunde werden die Rebellen in die Ebene hinabsteigen und da müssen wir unsere Vorkehrungen treffen. Rodriguez! Sind die Pferde gefüttert?"

„Nein, Señor Kapitain! Diese niederträchtigen Indianer sind verteufelt langsam, wenn sie die alfalfa bringen sollen."

„Nimm zwei oder drei von ihnen und peitsche sie zu Tode, als Warnung für die Anderen und dann drohe ihnen Allen mit dem Tode, wenn sie nicht binnen fünf Minuten sämmtliche Pferde gefüttert haben."

Die wilden Flüche der Soldaten und die wimmernden Hülferufe der Indianer kündeten bald Del Puente an, daß sein Befehl erfüllt worden war.

Wenige Minuten später ritt die Abtheilung Reiter, von der wir im vorigen Kapitel gehört haben, in den Hofraum ein. Zwei der ersten Reiter schleppten einen Indianer zwischen sich, es war Uma.

„Was bringen Sie Neues, Antonio?" fragte Del Puente.

„Die Rebellen befinden sich nicht auf der San Pedro Straße. Ich habe mich zur Genüge davon überzeugt und deshalb beschloß ich zurückzukommen. Auf dem Rückwege sah ich sie oben auf dem Plateau campiren, unmittelbar in unserer Front, und deshalb habe ich mich beeilt."

„Und was soll es mit diesem Indianer?"

„Wir sahen denselben neben der Straße durch die Büsche kriechen. Er suchte sich erst zu verbergen, als er aber sah, daß er entdeckt war, wollte er fliehen. Sein Betragen kam mir verdächtig vor und ich gab Befehl, ihn zu fangen. Als meine Leute ihn ergriffen hatten, steckte er hastig ein Stück Papier in den Mund und versuchte es zu verschlucken, aber wir drückten ihm den Hals zu und hier ist es, Señor Kapitain. Da ich kein Gelehrter bin, kann ich es nicht lesen."

„Ruft den Hausmeister," sagte Del Puente. „Dort ist er, der kann lesen."

Der Hausmeister der Hacienda, ein geborener Spanier, nahm den Brief und las ihn laut vor; er enthielt folgende Zeilen:

„Die Spanier stehen uns gerade gegenüber in San Jojó. Ich kann mich im Augenblick nicht auf ein Gefecht einlassen. Ich werde daher die Berge wieder hinaufsteigen und an der andern Seite auf der La Palma Straße wieder hinabsteigen. Treffen Sie mich an der Hacienda des Marcos Echerri, die ich noch heute Nacht unter dem Schutze der Dunkelheit zu erreichen hoffe, und bringen Sie allen Proviant mit, den Sie erhalten können. Wir sind vollständig erschöpft und durch Ueberarbeitung ermüdet.

„Ihr Freund,
„Roberto Sanchez."

„So ist's recht!" rief Juan del Puente. „In dieser Nacht werden wir ihn fangen."

„Dort sind sie," rief Ildefonso Coronel, indem er nach den Bergen hinzeigte. Und in der That sah man auf einige Entfernung eine lange Reihe von Pferden, einige mit und einige ohne Reiter, langsam den engen, von dem unteren Plateau zum Berge hinaufwindenden Pfad hinansteigen.

„Die werden vollständig erschöpft sein, ehe sie an der anderen Seite wieder hinabsteigen können," sagte Del Puente. „Sind Ihre Pferde gefüttert, Antonio?"

„Jawohl, ich trieb sie in ein Kleefeld, während ich die Ankunft meiner Kundschafter abwartete."

„Kennen Sie diese Gegend?"

„Wie meine eigene Tasche, Señor Kapitain. Seit ich in diesem miserablen Lande bin, war ich stets in Riobamba stationirt."

„Gut denn, so reiten Sie mit Ihren Leuten gleich los. Ich werde wieder bei Ihnen sein noch lange bevor die Rebellen in die Ebenen hinabsteigen. Ich werde noch einige Stunden hier bleiben, vielleicht kann die ganze Geschichte eine Hinterlist sein. Vielleicht wollen sie uns hier fortlocken, um ungehindert hier niedersteigen zu können; wir müssen auf alle Fälle vorbereitet sein. Wenn Sie auf Ascásubi's Abtheilung stoßen, nehmen Sie dieselbe mit sich, und jetzt vorwärts. Den Indianer überlassen Sie mir."

Antonio ritt mit seinen Leuten davon und zwar über eine aus Querbalken und Kies konstruirten Brücke, die über dieselbe Schlucht führte, in der Sanchez' Leute sich verborgen hielten; diese jubelten auf vor Freude, als sie merkten, wie hübsch ihr Plan gelungen war.

„Und jetzt," sagte Del Puente zu einem seiner anderen Offiziere, „senden Sie einige Kundschafter dort auf den Berg und läßt sie die Augen offen halten. Unterdessen werde ich mal sehen, was mit dem Indianer los ist. Bringt ihn hier her."

Der arme Uma wurde auf die Veranda geschleppt und umgeben von Soldaten stand er da mit gut gespielter tödtlicher Angst vor dem spanischen Kommandanten.

„Wie heißest Du, Mann?"

„Mariano!" antwortete der Indianer.

„Aus welchem Orte kommst Du her?"

„Aus dem Dorfe auf der anderen Seite des Berges."

„Wer gab Dir dieses Papier?

„Der Señor Roberto Sanchez."

„Kennst Du ihn?"

„Ich habe ihm nie vorher gesehen, aber seine Leute nannten ihn so."

„Wem solltest Du den Brief bringen?"

„Einem Herrn in Riobamba, der mich dafür bezahlen sollte."

„Wie heißt derselbe?"

„Aurelio Perez!"

„Kennst Du ihn?"

„Nein, Señor."

„Wo solltest Du ihn denn finden?"

„Auf der Hacienda von La Palma, in der Nähe von Riobamba."

„Weißt Du es auch, daß es Hochverrath gegen den König ist, diese Briefe zu befördern?"

„Ich schwöre bei allen Heiligen, ich wußte nicht, was der Brief enthält."

„Du wußtest aber, daß Sanchez ein Rebell ist?"

„Ich habe vorher nie etwas von ihm gehört. Seit fünf Jahren bin ich nicht aus meinem Dorfe herausgekommen und wäre auch jetzt nicht gegangen, wenn man mich nicht gezwungen hätte."

„Wie so?"

„Er sagte, er würde mich zu Tode peitschen, wenn ich mich weigerte, und dann versprach er mir, daß Perez mich gut bezahlen werde."

„Also Geldgier ist es, die Dich zum Verräther des Königs gemacht hat?"

„Misericordia, Señor, ich kannte den Inhalt des Briefes nicht."

„Wie viel Leute hat Sanchez bei sich?"

„Zwischen fünfundsiebzig und hundert."

„Hast Du sie gezählt?"

„Nein Señor. Ich habe das so ungefähr abgeschätzt an dem Haufen Heu, den wir für sie schneiden mußten."

„Befinden sie sich in guter Verfassung?"

„Mehrere klagten über Krankheit, Señor."

„Gut; das ist ungefähr Alles, was ich wissen will. Und jetzt zu Dir Mann! Du bist ein Verräther des Königs!"

„Gnade! Señor, Gnade!"

„Wer ist Dein Herr?"

„Der Señor Alvarez."

„Alvarez von Riobamba?"

„Ja, Señor."

„Nun, das ist ein getreuer Unterthan Sr. Majestät, und nur aus diesem Grunde werde ich Dir Dein elendes Leben schenken. Aber als warnendes Beispiel für die Anderen und um Dich künftig davon abzuhalten, verrätherische Korrespondenzen zu befördern, wirst Du dreihundert wohlgezielte Peitschenhiebe erhalten."

„Gnade, Señor!" schrie Uma und warf sich auf die Knie. „Ich wollte nicht gehen, ich wollte ja mein Weib und meine Kinder nicht verlassen, man zwang mich dazu."

„Ganz einerlei! Sobald die Indianer das Futter gebracht haben, Rodriguez, rufen Sie Alle in den Hofraum zusammen, und in Gegenwart der ganzen Bande lassen Sie diesen Mann an einen Pfahl binden und sorgen Sie dafür, daß er seine dreihundert Hiebe bekommt."

„Um der Jungfrau Willen, Gnade, Gnade, Señor!"

„Führt ihn fort!"

Uma wurde fortgeführt, sein Rücken wurde entblößt und er an einen Pfahl gebunden, und von den Rosensträuchen im Garten wurden die Peitschen für die blutige Arbeit zurechtgemacht. Einige der indianischen Arbeiter wurden gezwungen, bei den Vorbereitungen zu helfen und einem derselben flüsterte Uma in einer Sprache, die selbst ein der Quichuanischen Sprache Mächtiger nicht verstanden hätte, zu: „Steig auf das Dach des Hauses, und sobald der chasquis ankündigt, daß die Fremden die quebrada von San Marco überschritten haben, gieb das Zeichen."

Die quebrada von San Marco war eine der tiefen und breiten Schluchten, die häufig die Ebenen der Anden in der Nähe der Berge durchschneiden. Die Seiten waren sehr abschüssig und es nahm einem Reiter lange Zeit, die eine Seite hinabzusteigen und an der anderen wieder zur Ebene hinaufzusteigen. Uma's Absicht, den Angriff von Sanchez' Leuten etwas zu verschieben, war die, Antonio's Truppen zu verhindern, im Galopp wieder zur Hacienda zurückzukehren, sobald sie die Schüsse hörten. Er vermuthete mit Recht, daß die Musketenschüsse ihn zurückbringen würden. Die Entfernung zwischen der Hacienda und der quebrada von San Marco war nicht bedeutend und Antonio's Truppen konnten wieder zurückkehren, ehe Sanchez den Del Puente überwältigt hatte. Aber einmal auf der anderen Seite der quebrada von San Marcos mußte es ihnen wenigstens eine halbe Stunde nehmen, dieselbe wieder zu durchschreiten. Sie konnten dort nicht galloppiren, langsam und vorsichtig mußten sie die eine Seite hinabsteigen und dann mit noch größeren Schwierigkeiten die andere Seite wieder hinaufklettern. Und um seinen Viracocha-Freunden diesen Vortheil zu verschaffen, setzte der edle Indianer seinen bloßen Rücken den grausamen Qualen aus und verzögerte das Signal, das er die Macht hatte, zu geben.

Die Pferde waren gefüttert und die Indianer wurden in den Hofraum getrieben. Zwei Neger, Diener der Spanier—in diesen Tagen fungirten die Neger stets als Nachrichter—stellten sich an jeder Seite von Uma auf. Ein spanischer Soldat stand dabei, um die Schläge zu zählen. Uma's Augen waren starr auf den Mann auf dem Dache des Gebäudes gerichtet. Jetzt wurde das Kommandowort gegeben und die Neger begannen zu schlagen; abwechselnd fielen die Streiche, und da man die Dornen an den Peitschen gelassen hatte, wurde gleich bei den ersten Schlägen die Haut des Opfers aufgerissen. „Eins—zwei—drei—vier—" begann der Zähler, aber nicht ein Laut kam von den Lippen des Indianers. „Einundzwanzig — zweiundzwanzig —" zählte der Soldat. Uma's Augen waren auf das Dach gerichtet. Einige der Peitschen zerbrachen und wurden durch neue ersetzt, und diese neuen Peitschen thaten jetzt wieder ihre Schuldigkeit. „Vierzig!" Das Blut floß in Strömen, aber noch immer hing Uma an dem Ring des Marterpfahles ohne zu zucken; seine Augen waren auf das Dach gerichtet. „Achtzig!" Der Mann auf dem Dache saß dort bewegungslos, aber seine Augen waren nicht auf die Scene unten im Hofraum gerichtet, sondern sie schweiften weit in die Ferne. „Einhundert!"

„Macht eine Pause!" befahl der die Aufsicht führende Offizier. Jetzt erst begann der Mann auf dem Dache sich zu bewegen. „Vorwärts! Eins — zwei" In dem Augenblick warf der Mann auf dem Dache seine Arme empor und mit einer lauten, durchdringenden Stimme, die im Echo von den Bergen wiederklang, schrie er. „Duchicela!"

„Duchicela!" schrie Uma und entwandte sich dem letzten Schlag.

„Duchicela!" riefen alle Indianer und im nächsten Augenblick lag der Soldat, der die Execution befehligte, zuckend am Boden.

„Duchicela!" wiederholten die Indianer, und in der nächsten Sekunde waren die beiden Neger von ihrem Opfer gerissen und niedergetreten und Uma befreit, und das Echo tönte das wilde Schlachtgeschrei wieder: „Duchicela! Duchicela!"

Die Spanier waren wie vom Donner gerührt über diese unerwartete kühne That der Indianer, und sie würden sich mit ihrer ganzen Wucht auf die armen unbewaffneten Geschöpfe gestürzt haben, wenn nicht ein anderer Feind ihre Aufmerksamkeit auf sich gelenkt hätte. Einer der spanischen Posten kam auf das Thor des Hofes zugelaufen, aber der Schuß einer Arquebuse fiel und der Soldat stürzte todt zusammen. Und dann fiel Schuß auf Schuß und die Leute Sanchez' drangen jetzt durch das offene Thor ein.

„An die Gewehre, Leute!" schrie Del Puente. „Bringt die Pferde in Sicherheit!"

„Die Pferde sind in Sicherheit gebracht, Señor Del Puente, und Sie ebenfalls," sagte da eine Stimme unmittelbar hinter ihm. Es war Roberto Sanchez, der mit einer anderen Abtheilung seiner Soldaten, nachdem die Vorposten niedergemacht oder Fenster in das Gebäude eingedrungen war. „Sie sind mein Gefangener." in die Flucht geschlagen waren, durch die

Widerstand war nutzlos; sowohl Del Puente wie Coronel wurden entwaffnet, noch ehe sie sich von ihrem Staunen erholt hatten.

Der Kampf innerhalb und außerhalb des Gebäudes war bald beendet. Die Spanier liefen nach allen Richtungen auseinander und wurden von den Leuten Sanchez' verfolgt, welche die Pferde der Spanier sich angeeignet und bestiegen hatten. Und jetzt begann die entsetzliche Blut-Rache der Indianer. Das Herzblut der spanischen Gefangenen galt als Sühnung des Blutes, das Uma verloren. Mit Keulen, Beilen, Schaufeln, Messern und allen nur möglichen Waffen stürzten sie sich auf die Gefangenen und viele wurden buchstäblich in Stücke gerissen von den wuthentbrannten Indianern, deren wilde Natur, durch die Jahre lange Unterdrückung noch mehr erbittert, jetzt alle Schranken durchbrach. Ehe der Befehlshaber der Revolutionäre dem Blutbad Einhalt gebieten oder es nur bemerken konnte, war der größte Theil der blutigen Arbeit geschehen. Zur selben Zeit stiegen zu beiden Seiten des Hauptgebäudes zwei Feuersäulen auf, das Signal für die Leute in den Bergen, die man denn auch bald darauf wiederum den engen sich windenden Pfad in die Ebene hinabsteigen sah, von welchem sie erst vor Kurzem verschwunden waren.

„Um des Himmels Willen!" rief Sanchez, als er den blutenden Uma umarmte, „was hat man mit Ihnen angestellt?"

„Ich bin in Sicherheit, Ew. Gnaden!" antwortete der Indianer, den stürmischen, zärtlichen Gruß des Kommandanten erwiedernd. Verlieren Sie nicht meinethalben die kostbarsten Augenblicke. Sammeln Sie Ihre Leute, denn die Truppen, welche wir durch unsere List fortgesandt haben, werden bald wieder hier sein."

„Ich weiß, mein Freund. Lassen Sie die Trompeten erschallen, Garcia. Wir müssen sofort in Bereitschaft sein. Aber vor allen Dingen müssen wir jetzt Ihre Wunden verbinden."

„Ueberlassen Sie das nur den Medizin-Männern meiner Rasse," sagte Uma. „Ich werde bei Ihnen sein, sobald Sie wieder meiner Hülfe bedürfen." Mit diesen Worten zog er sich zurück, ruhig und gemessen, und keine Muskel im Gesicht ließ die furchtbaren Schmerzen, die ihm seine Wunden machen mußten, erkennen.

„Jetzt müssen wir diese Gefangenen bewachen lassen," sagte Sanchez zu seinem Lieutenant Perez.

„Würde es nicht besser sein, sie umzubringen?“ meinte der alte Haudegen. „Ein todter Feind kämpft nicht mehr.“

„Denken Sie nicht daran, Freund Perez. Diese zwei sind Offiziere und sind für uns werthvolle Geißeln, besonders da von unserer Seite sehr bald eine Auswechselung der Gefangenen höchst erwünscht sein wird. Man muß alle Gefangenen hierher bringen und sie bis nach der Schlacht in sicherem Gewahrsam halten.“

Die Pferde von Del Puente's Reitern waren in vorzüglichem Zustande, aber sie reichten nicht aus für die Leute Sanchez', und da seine eigenen Pferde nicht bis zum bevorstehenden Gefecht da sein konnten, suchte er seine besten Leute zum Scharfschützendienst aus. Es ist eigenthümlich, mit wie geringer Truppenzahl in den ersten peruanischen Bürgerkriegen die Schlachten geschlagen wurden, welche die wichtigsten Entscheidungen lieferten.

Die Leute Sanchez' hatten sich vor dem Wirthschaftsgebäude versammelt, als ihr Kommandant bei ihnen erschien. Die Luft schallte wieder von jubelnden Zurufen, sobald sie ihn erblickten. Die ängstliche Muthlosigkeit vom Morgen hatte frischem Muth und Enthusiasmus Platz gemacht. Der Führer, dem sie folgten, hatte sich wacker bewährt, wieder hatte er Erfolg gehabt und nochmals hatte er das wankend gewordene Vertrauen wiedergewonnen und gekräftigt. Der spanische Veteran, der gegen sie ausgesandt war, um sie gefangen zu nehmen, war jetzt selbst ihr Gefangener; dies war fast zu gut, um wahr sein zu können.

„Kameraden und Landsleute!“ sagte Sanchez, als er vor die Front ritt. Das ist keine Zeit, um Reden zu halten. Dieses Mal haben wir den Feind überrumpelt. Jetzt müssen wir ihm auch zeigen, daß wir kämpfen können. Wir sind ihm an Anzahl überlegen und laßt uns jetzt auch zeigen, daß wir es auch an Muth sind. Bis dahin sind wir noch nicht unterlegen und ein neuer Sieg winkt uns bereits. Bedenkt, daß unser Leben von unserem Erfolge abhängt. Noch in dieser Nacht werden wir in Riobamba zu Abend essen. Und jetzt vorwärts! „Duchicela!“ soll der Schlachtruf sein. Wir wollen sie angreifen, sobald sie aus der Schlucht gekommen sind.“

Diese Anrede wurde mit lautem Beifall aufgenommen, und dann wurden die letzten Dispositionen getroffen. Eine Avantgarde wurde unter dem jungen Garcia vorausgeschickt; Sanchez selbst führte die Hauptcolonne und Pedro Perez übernahm das Kommando des Nachtrabs.

Die Revolutionstruppen waren noch nicht weit vorgeschritten, als die ersten von Antonio's Reitern der Schlucht von San Marcos entstiegen. Das gab Sanchez einen gewaltigen Vortheil und der Feind war vollständig in seiner Gewalt. Ein Theil der Royalisten stieg an der, der Hacienda zugelegenen Seite hinan, während ein anderer Theil noch die abschüssige andere Seite der Schlucht hinabstieg. Die wenigen, die schon aus dem Défilé heraus waren, hatten keine Zeit sich zu formiren, ehe die Insurgenten an sie herankamen. Die Royalisten konnten dem Stoß nicht widerstehen und ihre Niederlage war vollständig.

Bevor die Schatten der Nacht sich auf die Ebene niedersenkten, befand sich Sanchez mit den Gefangenen in Riobamba und hielt die Stadt nochmals als Führer der Revolution in seinem Besitz. Der Aufstand selbst aber war schon im Verfall begriffen. Es wäre besser für den Kommandanten gewesen, wenn er seinen Soldaten nicht den Luxus einer Nachtruhe unter den schützenden Dächern einer großen Stadt gegönnt hätte. Hier in Riobamba erfuhren sie erst alles das, was sie bisher nur theilweise gehört oder nur geahnt hatten. Man erzählte ihnen von der hülflosen Lage der Quitoer Behörden, von dem unersetzlichen Verlust an Zeit, Muth und Thatkraft, von der offenbaren Hoffnungslosigkeit der Sache des Volkes und der imponirenden Stärke und der glänzenden Ausrüstung von Arana's Truppenmacht. Das demoralisirte und entmuthigte sie, trotz des glänzenden Sieges, den sie soeben erfochten. Als die Signalhörner am nächsten Morgen zum Sammeln bliesen, erschienen kaum die Hälfte der Sieger, die noch gestern auf den Ruf geantwortet hatten. Die anderen waren während der Nacht oder beim ersten Morgengrauen entflohen und hatten sich in oder in der Umgegend von Riobamba versteckt. Einige hatten sogar ihrem Pferde die Sporen gegeben, um Arana einzuholen, hoffend, daß ihre Unterwerfung vor dem Kampfe und die Informationen, die sie geben konnten, ihnen Verzeihung sichern würden. Tiefer Schmerz erfüllte Roberto's Herz, als er seine Truppe auf ein so kleines Häuflein zusammengeschmolzen sah. Konnte er sich auf die verlassen, die bei ihm blieben? Würden sie nicht versuchen, goldene Schätze zu erndten, indem sie ihren Führer, den Erzverräther, in die Hände des königlichen Kommandanten lieferten? Eine solche Verrätherei war nichts ungewöhnliches in den Bürgerkriegen von Peru. Aber er mußte es darauf ankommen lassen, denn ihm blieb weiter keine Wahl. Seine zeitige Ankunft in Quito, und sei es auch nur mit einem Dutzend entschlossener Männer, war die letzte Hoffnung, an der sein Glück und sein Leben hingen.

Und Arana? Sollte er umkehren gegen den Feind in seinem Rücken und ihn vernichten, ehe er seinen Marsch nach Quito fortsetzte?

Der Marquis de Solando und andere Royalisten riethen zu dieser Taktik. Aber der alte Fuchs achtete nicht darauf. Quito war das Haupt und die Seele der Rebellion und das Haupt mußte er treffen. Sanchez war nur ein entferntes Glied, das nicht leben und sich nicht bewegen konnte, wenn das Haupt gefallen war. Befand sich Arana im Besitz Quitos, so mußten sich seine Truppen von selbst auflösen. Deshalb drängte der alte Kriegsmann vorwärts und kümmerte sich nicht um den jungen Enthusiasten in seinem Rücken. Während Arana durch die Ebenen und die Thäler vorwärts marschirte, überstieg Sanchez die Berge und versuchte es, die Royalisten zu überholen und vor ihnen Quito zu erreichen. Die Royalisten hatten den Vortheil einer bequemen Straße, die durch volkreiche an Lebensmitteln überreiche Distrikte führte; aber die Rebellen wurden durch Uma und seine Leute geführt, die alle Schleichwege und Pässe der Cordilleren kannten, und während Guzman Ponce, Paredes, Londoño und andere Verräther sich in dem sicheren Glauben wiegten, daß Arana's Armee eine sichere Barriere zwischen ihnen und Sanchez' Guerrillas bildete, erschienen die letzteren, ermüdet und erschöpft, halb verhungert und halb erfroren auf den kalten Bergpässen und Ebenen, aber ungebeugt und festhaltend an den beiden Hauptgefangenen Del Puente und Coronel, vor dem südlichen Thore Quitos. Und Arana war immer noch eine volle Tagesreise von der Hauptstadt entfernt.

11. Mariquita.

„Was hat dieser Lärm zu bedeuten, Mutter," fragte Mercedes, während sie sich liebevoll über die Wiege ihres Kindes beugte. „Reiter sprengten jauchzend und schreiend auf und ab, während Du in der Kirche warst. Einige pochten an unsere Thüre, aber das Mädchen war ausgegangen und ich fürchtete mich, zu öffnen. Außerdem konnte ich das Kind nicht allein lassen."

Doña Mariquita, die gerade in das Zimmer getreten war, legte ihre Hände auf die Schultern ihrer Tochter, drückte sie an sich heran und küßte sie auf die Stirne. „Er ist zurückgekommen, mein Kind."

„O Mutter!" schrie Mercedes auf, und ohne ein weiteres Wort sprang sie auf, warf sich der Mutter in die Arme und fing an zu weinen.

Und wiederum klang von der Straße der Hufschlag der Pferde und die Reiter riefen: „Viva el Señor Roberto Sanchez! Tod der Audienz! Tod den Verräthern!"

„Hast Du ihn gesehen, Mutter?" fragte das Mädchen mit ängstlicher Spannung.

„Nein, mein Kind, ich habe ihn nicht gesehen."

„Wann traf er hier ein?"

„Heute Morgen in aller Frühe, und heilige Maria! welche Aufregung hat das hervorgerufen. Die ganze Stadt ist in Aufruhr. Sie sagen, er sei gekommen, um die Auditoren, die Anführer und mehr wie die Hälfte der Mitglieder des Cabildo zu tödten."

„O Mutter, Mutter! Das kann nicht wahr sein!"

„Aber Alle glauben es, Guzman Ponce de Leon, der Oberkommandant, ist in's königliche Lager entflohen; einen der Auditoren, den Señor Cabeza de Meneses, hat er mit sich genommen. Der Präsident und die übrigen Auditoren haben sich in die Kirche des Heiligen Franziskus gerettet, die jetzt von einer wilden Menge aufgeregter und wuthentflammter Männer umgeben ist, die geschworen haben, daß Niemand den unglücklichen Ministern Speise und Trank bringen soll. Kleinere Abtheilungen von Soldaten durchsuchen jetzt die Häuser der Verdächtigen; sehr eifrig forscht man nach Juan de Londoño und Manuel Paredes, die Roberto hängen lassen will."

„Heilige Jungfrau, habe Erbarmen!"

„Die Revolutionären sind vollständig verrückt geworden vor Enthusiasmus über Deinen Liebhaber. Er ist jetzt Herr der Stadt und er thut Alles, wie es ihm beliebt. Ein Bataillon hat er entwaffnet und über fünfzig Offiziere und Soldaten eingesperrt; die Leute sagen, daß er morgen auf der Plaza de Santa Clara zwanzig Mann erschießen lassen will."

„Mutter, Mutter! Das kann nicht sein!"

„Nach allen Richtungen hin sendet er schleunigst Truppen. Sie befestigen den Monte Panecillo und die Brücke in der Nähe unseres Hauses. Sie sagen, daß Roberto seit seiner Rückkehr erst einmal aus dem Sattel gestiegen; er ist stets zu Pferde und leitet Alles persönlich. Die Freunde des Königs sind entsetzt, die Bellidistas herrschen wieder unumschränkt und sie schwören darauf, daß es in der ganzen weiten Welt keinen zweiten Mann gibt wie den jungen Sanchez."

„Und wie soll all dieser Schrecken enden?"

„Laß uns zu Gott beten, daß er uns Alle beschützen möge. Sei ruhig, Merceditas, und setze Dein Vertrauen auf die Jungfrau. Du mußt Dich auf das Schlimmste gefaßt machen."

„O mein Kind! Mein armes kleines Kind!"

„Diese Revolution kann keinen Bestand haben. Wer kann sich gegen den König von Spanien auflehnen, vor dem die Monarchen der Welt erzittern? Arana soll mit einer großen Armee in Machachi sein. Er wird bald hier sein und jeder Widerstand ist vergeblich. Er wird in die Stadt einrücken."

„In die Stadt einrücken, und dann?"

„Und dann, meine arme Merceditas, wird Dein Kindchen keinen Vater mehr haben. Es ist entsetzlich, aber es kann nicht anders sein, und die Jungfrau wird Dir Kraft geben, Alles zu ertragen, denn Du darfst nicht vergessen, daß Dein Kind einer Mutter bedarf, wenn der Vater nicht mehr da ist."

Mercedes hatte sich den Armen der Mutter entwunden und lag jetzt gebrochen und laut schluchzend über die Wiege gebeugt.

„Wie froh würde ich sein, mein Kind, wenn ich Dir besseren Trost gewähren könnte; aber ich weiß, daß es so kommen muß, und meine Pflicht erheischt es, Dich darauf vorzubereiten. Sei stark, Mercedes, und denke an Dein Kind. Roberto hat sich selbst in sein eigenes Verderben gestürzt und für ihn ist keine Rettung."

Draußen wurde an die Thüre des Ladens geklopft. „Ich muß hinuntergehen und sehen, wer da ist," sagte Doña Mariquita und zündete eine Kerze an. „Sei vernünftig, Merceditas, vielleicht geht Alles noch besser, als wir fürchten; aber Du mußt auf das Schlimmste gefaßt sein."

Mit diesen Worten verließ Doña Mariquita das Zimmer und stieg in den Laden hinunter. Die Thür nach der Straße hin war verschlossen und verriegelt, und ehe sie öffnete, frug sie laut: „Wer klopft da?"

„Ich bin es, Commadre!" sagte eine männliche Stimme.

„Wer ist dieses Ich? Nennt Euren Namen!"

„Kennen Sie mich denn nicht, Doña Mariquita, Ihr Compadre, Tomas Jaramillo? Um der Liebe Gottes willen öffnen Sie die Thüre, so schnell Sie können."

„Ich wage es nicht, in der Nacht diese Thüre zu öffnen."

„Aber Sie müssen mich einlassen, ich bin in Gefahr, Commadre!"

„Dann gehen Sie herum an das Hinterthürchen; ich werde dasselbe für Sie öffnen."

Dies geschah. Mariquita führte den späten Gast durch das Thürchen und den Hofraum in den Laden, und dort saßen die Beiden bei dem trüben und flackernden Lichte einer Talgkerze.

„Sie müssen mich ein oder zwei Tage hier aufnehmen, Commadre," sagte der Hausmeister des Señor Paredes. „Ich wüßte nicht, wohin ich mich wenden sollte, wenn Sie mir Aufnahme verweigern."

„Aber weßhalb wollen Sie sich verbergen, Don Tomas, Sie haben doch Nichts verbrochen?"

„Die Rebellen sind hinter meinem Herrn her, und wenn sie mich auffinden, werden Sie mich ausfragen. Sie können mich auf die Folter spannen, um ihnen das zu verrathen, was ich selbst nicht weiß. Bei meinem Seelenheil, Commadre, ich weiß nicht, wo mein Herr augenblicklich ist. Noch im letzten Moment wurde er gewarnt; fünf Minuten später, und man hätte ihn ergriffen. Roberto Sanchez haßt ihn; zwischen Beiden besteht noch ein alter Streit; ich weiß das, Commadre, und häufig war ich bei ihren Streitereien zugegen. Mein Herr würde jetzt ein todter Mann sein, wenn Roberto Sanchez ihn gefangen hätte."

„Per Dios! Welch' entsetzliche Zeiten!" rief Doña Mariquita aus und schenkte dem Besucher ein Glas Liqueur ein. „Und wer hat ihn gewarnt?"

„Das ist eben das wunderbarste Ereigniß während der ganzen Rebellion. Die Warnung kam von einer Seite, von der er die bitterste Feindschaft, aber keine Wohlthat hätte erwarten können. Sie kam von der indianischen Königin!"

„Sie setzen mich mehr und mehr in Erstaunen, Don Tomas, wie kam das? Erzählen Sie, erzählen Sie."

„Wenige Augenblicke, bevor Sanchez' Leute auf unser Haus losstürmten, stellte sich ein Indianer, den ich nie vorher gesehen hatte, meinem Herrn vor. Es ist wirklich wunderbar," sagte Don Tomas, als er eine Pause machte und seinen Liqueur schlürfte, „es ist wirklich wunderbar, aber der Indianer sprach gerade so, als sei er ein Weißer und ein Edelmann. ‚Señor Paredes!' sagte er mit einem Tone, als betrachte er sich meinem Herrn völlig ebenbürtig, ‚Señor Paredes, ich bin gekommen, Böses mit Gutem zu vergelten. Ich bin gekommen, um Ihr Leben zu retten Ich bin ein Abgesandter der Königin Toa. Sie hat gerade in Erfahrung gebracht — Sie brauchen nicht zu wissen, auf welche Weise —, daß Roberto Sanchez, der in diesem Augenblick in die Stadt eingerückt ist, entschlossen ist, Sie innerhalb dreißig Minuten nach seiner Ankunft zu hängen, und sie hat mich abgesandt, Sie zu warnen. Sie müssen ohne Verzug fliehen und keine Minute ist zu verlieren. Wechseln Sie Ihre Kleider. Hüllen Sie sich in das Gewand eines Mestizen und verlassen Sie sofort das Haus. In wenigen Minuten werden Sanchez' Reiter hier sein.' Und mit diesen Worten ließ uns der Indianer, wie vom Donner gerührt stehen. Mein Herr wollte zuerst nicht daran glauben, aber ich drängte ihn in mein Zimmer, ließ ihn die Kleider wechseln und wir Beide verließen dann das Haus. Noch ehe wir die nächste Ecke erreicht hatten, waren Sanchez' Leute vor unserem Hause. Bei allen Heiligen, das war ein knappes Entkommen!"

„Und wo ist Ihr Herr jetzt?"

„Ich weiß es nicht. Möglicherweise ist er noch in der Stadt, er kann Zuflucht in einem Sanctuarium gesucht haben, oder er kann auch in Arana's Lager geflohen sein."

„Und was haben Sie gemacht?"

„Durch Höfe, Gärten und Seitengäßchen gelangte ich zur Recoleta di San Domingo und dort hielt ich mich bis zur Nacht verborgen. Dann faßte ich allen Muth zusammen und kam hierher. Und jetzt geben Sie Acht, Commadre. Hier ist ein Goldstück für Sie. Nehmen Sie es für die Mühe, die ich Ihnen jetzt mache. Und hier," fügte er hinzu, indem er die blanken Stücke vor den blitzenden und gierigen Augen der Doña Mariquita spielen ließ, „sind noch zwei Stücke, die Sie haben sollen, wenn Sie mir so lange hier Schutz gewähren, bis die königlichen Truppen die Stadt genommen haben. Ich komme hieher, weil ich dieses Haus von allen Häusern in Quito als das sicherste halte. Die Rebellen werden das Haus nicht belästigen, in welchem ihres Anführers Schätzchen wohnt."

„Mein bester Compadre," sagte Doña Mariquita, und änderte plötzlich den Ton ihrer Stimme, „Sie haben keine Idee, wie froh ich bin, Ihnen zu Diensten stehen zu können. Sie sind vollständig sicher hier; Niemand soll erfahren, daß Sie hier sind."

„Sie werden natürlich auch Ihrer Tochter nichts sagen."

„Ei, ei, Don Tomasito, glauben Sie denn, daß ich verrückt bin! Das Mädchen erfährt gar nichts. Sie würde es Sanchez sagen, denn sie ist noch ganz vernarrt in ihn und würde kein Geheimniß bewahren können."

„Das ist es eben, was ich erwartet hatte, Commadre," sagte Tomas, „und um Ihnen zu zeigen, wie fest ich Ihnen vertraue, werde ich Ihnen den Rest des Geldes jetzt gleich geben. Hier, nehmen Sie! Es ist kein Funke Mißtrauens in mir und ich hoffe, daß auch Sie mir vertrauen werden; es soll Ihr Schade nicht sein."

„Gott segne Sie, Compadre," antwortete das Weib, als es das Geld fest in ihre Hand preßte, „Sie sind der beste Mann, und ich möchte lieber sterben, als Sie betrügen. Sie werden hier so sicher sein wie im Palais des Bischofs. Aber sagen Sie mir doch, Compadrecito, wie kommen Sie zu dem vielen Geld? Sie scheinen ja im Besitz eines königlichen Vermögens zu sein?"

„Ja, Doña Mariquita," sagte Tomas und zwinkerte listig mit den Augen, „bei solchen unruhigen Zeiten kann man Geld machen; wo das hergekommen, ist noch mehr zu holen," fügte er hinzu und ließ in seiner Tasche die Gold- und Silberstücke erklingen.

„Natürlich sind Sie auf ehrliche Weise dazu gekommen," sagte die Frau.

„Ich hoffe doch nicht, daß Sie mich für einen Schurken halten," rief der Hausmeister mit dem Ausdruck beleidigter Würde. „Was ich hier habe, habe ich dadurch verdient, daß ich meinem Herrn, dem Könige, gedient habe, und meine Pflicht ist es, demselben zu gehorchen. Gott hat es so befohlen, daß der Unterthan seinem König dienen und gehorchen soll."

„Natürlich soll er das," stimmte das Weib bei, „und es ist eine Sünde und Schande, wenn man es nicht thut. Ach, wenn ich nur ein Mann wäre!"

„Weßhalb, Commadre?"

„Nun, Sie sind ein Mann, und ich höre das Gold in ihrer Tasche klimpern. Würden Sie dasselbe bekommen haben, wenn Sie keine Gelegenheit dazu gehabt hätten? Und würde Ihnen diese Gelegenheit geboten worden sein, wenn Sie als Weib geboren worden wären?"

„Wie, Commadre, ich würde Alles darum geben, was ich hier habe, für die große Gelegenheit, die sich jetzt einer Frau bietet, die ich ganz gut kenne. Ich würde genug bekommen, um den Rest meiner Tage im Ueberfluß leben zu können."

„Was meinen Sie damit?" frug Mariquita mit großer Spannung.

„Was ich damit meine, Commadre? Ich

meine, daß einige Leute Augen haben und doch nicht sehen können, daß sie Ohren haben und nicht hören, Hände haben und nicht das ergreifen können, was man ihnen nahe legt."

„Um der Liebe Gottes willen, erklären Sie sich deutlicher, Compadre!"

„Wollen Sie wirklich noch deutlichere Erklärungen, Commadre? Wo ist denn Ihre gewöhnliche Schlauheit geblieben? Ich habe Sie nie vorher so vernagelt gefunden. Ist es möglich, daß Sie die Gelegenheit nicht zu benutzen wissen, die Ihnen gerade vor der Nase steht?"

„Halten Sie einen Augenblick ein, Compadre," sagte Doña Mariquita, „ich will sehen, ob unser Dienstmädchen zurückgekommen ist; sie könnte lauschen."

Doña Mariquita verließ den Laden, schaute sich im Hofe um, horchte an der Treppe und kehrte dann zu ihrem Besuch zurück, indem sie die Thüre hinter sich schloß.

„Niemand kann uns jetzt hören, Compadre. Und jetzt erklären Sie mir, was Sie meinen."

12. „Zwischen Lipp' und Kelchesrand."

Am Tage nach den im vorigen Kapitel beschriebenen Scenen erschien die Vorhut Arana's in der Ebene südlich von Quito. Seine Spione kamen bis an die Thore der Stadt. Sanchez hatte sich übermenschlich angestrengt, aber seine Vorbereitungen waren noch nicht beendet. Er hoffte jedoch, am nächsten Tage schon einen Offensivstoß machen zu können, und wollte von den Dörfern und anderen wichtigen Punkten zwischen Quito und Tambillo Besitz nehmen; an letzterem Platze hatte der königliche Kommissär temporär sein Hauptquartier aufgeschlagen.

Aber jetzt verlangte die Natur ihre Rechte. Statt nach dem ermüdenden und erschöpfenden Marsche durch die unwirthlichen Berge und die obdachlosen Einöden Ruhe zu suchen, hatte Roberto eine Riesenarbeit auf sich genommen. Er hatte die Zügel der Regierung an sich gerissen, die Truppen des Cabildo reorganisirt, alle Diejenigen, die verrätherische Gesinnungen hegen konnten, ausgeschieden und in aller Eile seine neugesammelten Bataillone auf den entscheidenden Kampf vorbereitet. Er arbeitete vom frühen Morgen am Tage seiner Ankunft bis zum Abend des nächsten Tages; dann aber war seine Kraft gebrochen. Sein Lieutenant, Pedro Perez, war bereits durch die übermenschlichen Anstrengungen niedergeworfen worden und lag in einem Anfall äußerster Ermattung zu Bett, und das diente Sanchez zur Warnung. Der junge Held ließ den alten Señor Olmos als Kommandant zurück und betrat dann mit seinem Adjutanten Garcia und einigen seiner besten Leute, die gewissermaßen seine Leibwache bildeten, das väterliche Haus, zum ersten Male seit dem Tage, als er es mit seinem armen Vater bei ihrer Abreise nach Ambato und Riobamba verlassen hatte. Die Thränen des jungen eisenstarken Helden flossen reichlich, als er in den zitternden Armen seiner Mutter ruhte, die schon eine lange, bange Nacht gewacht hatte, ängstlich ihn jede Minute erwartend und bei jedem Fußtritt auf der Straße aufspringend, in der Hoffnung, es sei ihr Herzensliebling.

„Aber jetzt, Mutter, muß ich schlafen. Ich könnte zehn Jahre meines Lebens für eine Stunde Schlaf hergeben. Sei so gut, Mutter, und sorge für die Bequemlichkeit dieser Herren; ich werde mich jetzt zurückziehen."

Da lag er nun im gesunden Schlaf der Jugend, und über ihn gebeugt seine ängstliche, abgehärmte Mutter; ihn weckten nicht die brennenden Thränen, die niederträufelten auf sein sonnenverbranntes Gesicht, gebräunt durch die Stürme und die Regengüsse der Paramo. Da lag er, ungestört von den drohenden Gefahren, die schwarzen Wolken gleich rings um ihn aufzogen; ungestört von der Ungewißheit, was der nächste Augenblick bringen werde. Der Mutter Auge wachte über ihn; das unglückliche Weib hatte ihren Gatten verloren, konnte ihr Sohn gerettet werden? War es möglich, daß diese Revolution Erfolg haben konnte, und was mußte das Schicksal ihres Lieblings sein, wenn sie fehlschlug?

Roberto's Ruhe war nicht von langer Dauer. Zwei oder drei wichtige Depeschen kamen, die keinen Aufschub zuließen und so wurde sein Schlaf wiederholt unterbrochen. Erst nach Sonnenaufgang verfiel er in einen Schlaf, der erfrischend für ihn gewesen wäre, wenn nicht ein schrecklicher Traum ihn unterbrochen hätte. Er glaubte sich von unsichtbaren Händen ergriffen, denen er sich vergeblich zu entringen versuchte. Er wurde durch ein furchtbares Gewicht zu Boden gedrückt, so daß es ihm bald unmöglich war, Arme und Beine zu bewegen. Er versuchte laut aufzuschreien, aber die Stimme versagte ihm. Nicht einen Laut konnte er von sich geben und als er endlich unter übermenschlichen Anstrengungen laut aufstöhnte, da erwachte er, mit kalten Schweißtropfen auf der Stirn und in seinem Herzen ein drückendes, ängstliches Gefühl dunkler Ahnungen.

„Garcia! Garcia! Sind Sie wach?“

Nein; der junge Mann lag ausgestreckt auf dem Sopha, auf das er sich geworfen hatte, sobald er in das Zimmer getreten war. Dort lag er in derselben Lage, wie er sich in der Nacht hingeworfen hatte, und Sanchez dachte, es sei doch grausam, ihn zu wecken.

„Posten!“

Die Thür öffnete sich und der Posten salutirte.

„Wie viel Uhr ist es?“

„Neun Uhr.“

„Das ist sehr spät; wartet Jemand auf mich?“

„Ja Señor. Es ist ein Weib unten, das Ew. Gnaden zu sehen wünscht; desgleichen ein alter Indianer, der sagt, er sei bestellt worden.“

„Ja, ganz recht!“ rief der junge Mann, indem er vom Bett sprang und sich anzukleiden begann. „Laß ihn kommen.“

Es war Cunduraзu. Er hatte sich sehr verändert. Getäuschte Hoffnungen hatten mehr gewirkt, wie das Alter allein hätte ausrichten können. Sie hatten sein Haupt niedergedrückt und seine edle Gestalt gebeugt. Sein Schritt hatte die frühere Elasticität verloren und sein Auge den gewohnten Glanz. Er war tief bewegt, als er die herzliche Umarmung erwiderte, mit der Sanchez ihn bewillkommnet hatte.

„Zuletzt kommen Sie doch noch, werther Freund. Wo ist die Shyri Toa und wann werde ich sie sehen?“

„Ew Gnaden werden sie nach dem Siege sehen, wenn wir überhaupt noch auf einen Sieg hoffen dürfen. Sie ist nach Tambillo gegangen, um den königlichen Kommandanten in die Hände Ew. Gnaden zu liefern.“

„Wie, Fürst Cunduraзu, das könnte sie wirklich?“

„Ja, sie kann es, doch halt! Kein menschliches Ohr darf es hören, was ich Ihnen jetzt zu sagen habe. Wir leben in einer verrätherischen Zeit und außer Ihnen traue ich Niemand. Des Löwen Stärke ist nichts gegen der Schlange Biß; der junge Mann dort könnte uns hören.“

„Das ist mein Adjutant, er schläft fest.“

„Ganz einerlei! Laßt uns auf den Balkon treten und die Thür hinter uns schließen. Hier sind wir sicher. Wenn das Ohr nicht hört, bleibt der Mund geschlossen. Jetzt geben sie Acht! Arana befindet sich in Tambillo. Sein Hauptquartier befindet sich in einer Hacienda am Fuße eines wilden Berges. Seine Leute liegen in und um das Dörfchen zerstreut; nach allen Richtungen hin hat er die Straßen besetzt, aber er hat es sich nicht träumen lassen, daß auch die bergige Wildniß über ihm drohende Gefahren birgt. Gegen Luchse und Panther hat er sich vorgesehen, aber an den Condor über ihn hat er nicht gedacht. In den Schluchten des Berges befindet sich ganz in der Nähe der Hacienda eine große Höhle, deren Zugänge nur uns bekannt sind. Die Shyri Toa wird in dieser Nacht in der Höhle zweihundert der entschlossensten Indianer von Chillogallo und Tambillo verbergen. Nach Mitternacht müssen Sie mit fünfzig tapferen Männern mit ihr zusammentreffen, wenn die Fremden eingeschlafen sind und sich sicher wähnen. Wir werden in die Hacienda hineinschleichen, die Posten tödten, Arana ergreifen und ihn mit uns fortschleppen; unterdessen werden Sie mit Ihren fünfzig Mann von den Bergen aus eine Attaque machen, die Feinde werden im ersten Schreck glauben, es sei eine ganze Armee und werden nach allen Richtungen auseinanderstieben. Dann kehren Sie wieder in die Berge zurück und halten die Feinde davon ab, uns zu verfolgen und uns den Kommandanten wieder zu entreißen. Sie können uns nicht in die Berge folgen, und wir werden Arana als Gefangenen nach Quito bringen. Er verbleibt in unserem Verwahrsam — in dem Ihrem und meinem — und am Tage darauf werden Ew. Gnaden im Stande sein, den entscheidenden Schlag gegen die demoralisirte und kopflose Armee auszuführen.“

„Möge der Himmel Sie belohnen für diesen ruhmwürdigen Plan!“ sagte Sanchez und ergriff die beiden Hände des alten Mannes. „Derselbe wird und muß Erfolg haben.“

„Wenn Ew. Gnaden ihn geheim halten. Verrathen Sie ihn auch Ihrem besten Freunde nicht. Suchen Sie Ihre Leute aus, nehmen Sie dieselben mit sich, aber verrathen sie ihnen nichts!“

„Und wann werde ich abmarschiren müssen?“

„Um sieben Uhr wird es dunkel sein. Senden Sie die Hälfte der Leute voran. Lassen Sie dieselben ruhig und unbeobachtet die Stadt verlassen. Uma wird dieselben führen. Eine Stunde später folgen Sie mit der letzten Hälfte und ich werde Ihnen den Weg zeigen. Der Pfad ist etwas rauh und beschwerlich für Ihre Leute, aber er führt zum Sieg und zur Erlösung. Wir werden den Sammelplatz um ein Uhr erreichen. Wenn wir Erfolg haben, werden Sie König von Quito und die Shyri Toa wird Ihre Königin sein.“

„Könnte sie mich lieben, könnte sie wirklich die meine werden, Fürst Cunduraзu?“

„Sie gehört dem Befreier und Beschützer ihres Volkes und Sie, Señor Roberto sind der Mann."

Das war eine glänzende und bezaubernde Aussicht. Des jungen Mannes Herz füllte sich mit Glückseligkeit und glänzenden Hoffnungen. Seine Brust hob sich, die Augen leuchteten und sein Puls schlug rascher. Ehre, Macht und Ansehen, ein Thron, Liebe und Reichthum tauchten im Augenblicke vor seinen geistigen Augen auf, wo noch bis vor wenigen Augenblicken die grausigen Conturen des Schaffots sich abgezeichnet hatten. Es war die letzte und glänzendste Vision in dem kurzen Traum seines Lebens und das grausame Erwachen war schon nahe.

„Ich fürchte hier nur eine Schwierigkeit," sagte der junge Mann nach einer Pause. „Ich habe Furcht, die Stadt zu verlassen. Verrath lauert in jeder Ecke und die Verräther werden nur niedergehalten durch die Furcht, die meine Gegenwart ihnen einflößt. Wenn ich gehe, so liegt die Gefahr einer Reaktion nahe. Die Royalisten versuchen immer noch, meine Leute zu bestechen; wenn nun während meiner Abwesenheit die Wachsamkeit anfängt nachzulassen, mögen sie sich gegen uns auflehnen und den Cabildo überwältigen."

„Ihre Abwesenheit kann für eine Nacht geheim gehalten werden. Morgen früh werden meine indianischen Chasquis die glorreiche Nachricht nach Quito bringen, daß Ew. Gnaden den Königlichen Kommandeur gefangen genommen haben. Die Nachricht eines solchen Erfolges wird für immer die Pläne der Verräther niederwerfen und wenige Stunden später werden Sie im Triumph mit Ihrem Gefangenen wieder in die Stadt einziehen."

„Sie haben Recht, Fürst Cunduruzu. Es ist meine letzte, meine beste und vielleicht meine einzige Hoffnung. Ich bin in den Händen Gottes und sein Wille geschehe. Ich habe während des Tages noch viel zu besorgen, aber Arana läßt uns Gott sei Dank Zeit, um Athem zu schöpfen. Er hätte mich erdrücken können, wenn er gestern auf mich eingedrungen wäre. Morgen werde ich vollständig vorbereitet sein, wenn er mich heute nur in Ruhe läßt."

„Das wird er, Ew. Gnaden. Von dem, was unsere Kundschafter berichtet haben, ist nicht anzunehmen, daß er schon in einigen Tagen an einen Angriff denkt."

„Dann wollen wir das beste hoffen; ich werde die Leute, die Uma zu führen hat, um sieben Uhr nach San Diego schicken; zwischen halb neun und neun Uhr treffe ich Sie mit meinen Leuten bei San Roque. Wird das genügen?"

„Ja wohl!"

„Dann leben Sie wohl, theuerster Freund."

„Möge die große Sonne Ew. Gnaden beschützen. Noch eins! Diesen Ring sendet die Shyri Toa dem großen Viracocha als ein Zeichen ihrer Freundschaft und ihres Bündnisses. Sie hofft den Träger des Ringes in dieser Nacht begrüßen zu können."

„In dieser Nacht werde ich mich Ihrer Majestät zu Füßen werfen."

Damit endete die Unterredung. Unterdessen war es im Hause lebendig geworden von Abtheilungs-Kommandanten, Mitgliedern des Cabildo und Anderen, die gekommen waren, um Befehle zu empfangen, oder mit dem jungen Führer zu consultiren. Der Hofraum unten erklang von den Hufen der Pferde und die Treppen und Corridore vom Klirren der Sporen, Schwerter und Arquebusen. Sanchez fertigte seine Besucher mit großer Artigkeit ab, aber er verstand es, mit möglichster Schnelligkeit die Geschäfte zu erledigen. Sein Frühstück wurde, von der Mutter selbst arrangirt, hereingebracht und er nahm dasselbe zu sich, während er Berichte entgegennahm, oder Befehle ertheilte.

„Die zwei Kompagnien von Otabalo sind als unzuverlässig berichtet worden," sagte der alte Señor Olmos „Bis dahin waren sie in bester Stimmung, aber in den letzten Stunden haben sie Anlaß zum Verdacht gegeben."

„Das muß näher untersucht werden," antwortete Roberto. „Behalten Sie dieselben in der Kaserne. Lassen Sie dieselben keine wichtige Positionen einnehmen, so lange wir uns nicht völlig von ihrer Loyalität überzeugt haben. Man löse sie auf, wenn es nöthig ist; wo sind sie jetzt?"

„Ich glaube, sie sollten heute an der Machángara Brücke postirt werden."

„Das darf nicht geschehen. Sie müssen die Ordre widerrufen Señor Olmos. Lassen Sie eine Kompagnie der Pichinchas und eine der Ambatos für diese Nacht an die Brücke senden. Werden Sie dieses besorgen, mein väterlicher Freund?"

„Ganz gewiß!"

„Und was machen die Minister?"

„Sie befinden sich noch im Sanctuarium, während das Volk alle Eingänge zur Kirche besetzt hat."

Die Geschäfte waren alle erledigt und Sanchez stieg in den Hof hinab, um sein Pferd zu besteigen und eine Inspektionstour zu machen. Sein Fuß stand bereits im Steigbügel, als eine Hand sich auf seine Schulter legte, und als er sich herumdrehte, erblickte er Doña Mariquita, die Mutter seiner Mercedes.

„Gott grüße Sie, Doña Mariquita,“ sagte er nach der üblichen Umarmung. „Ich hoffe, daß es Ihnen gut geht, und was macht Mercedes?“

„Wie können Sie fragen, Señor Don Roberto? Das arme Kind stirbt beinahe vor Verlangen, Sie zu sehen und sie ist in Verzweiflung über Ihre Gleichgültigkeit.“

„Laßt sie nur Muth fassen, Doña Mariquita,“ antwortete Roberto und schickte sich an, au zusteigen, „in ein paar Tagen werde ich sie sehen, wenn ich noch am Leben bin. Inzwischen grüßen Sie sie recht herzlich von mir.“

„Aber Señor, kann ich Sie nicht auf einen Augenblick allein sehen?“

„Jeder Augenblick ist kostbar, Doña Mariquita, Sie haben keine Ahnung, in welcher Eile ich bin.“

„Um der Liebe Gottes Willen, nur eine Sekunde und nicht in Gegenwart dieser Herren.“

„Nun ja,“ sagte er, „Damen gegenüber muß man stets artig sein“ und damit führte er sie in eins der Zimmer der Dienerschaft. Ich vermuthe, Sie haben Geld nöthig, Doña Mariquita. Ich hätte eigentlich schon gestern an Ihre Bedürfnisse denken sollen.“

„Geld! Don Roberto, Geld!“ rief das alte Weib mit gut geheuchelter Entrüstung aus. „So arm und hülflos wie ich bin, würde ich doch sagen, behalten Sie Ihr Geld, wenn Sie mich fortsenden wollen ohne ein Krümchen Trost für das arme und verlassene Geschöpf, das jetzt aufsitzt und auf Sie wartet, seit Sie in der Stadt angelangt sind; nicht einen Augenblick hat sie in der vergangenen Nacht geschlafen und nicht einen Moment hat sie auf dem Bette gelegen. Sie ging umher, ruhe- und rastlos, bald horchte sie am Fenster, bald eilte sie zur Thüre, weil sie sich einbildete, Ihre Schritte zu hören. ‚Ganz gewiß Mutter, er wird kommen,‘ sagte sie, ‚ich weiß es, er wird wenigstens sein Kind sehen wollen, wenn er auch vielleicht nichts um die Mutter giebt.‘“

„Die Jungfrau segne meine arme Mercedit is, aber ich habe jetzt keine Minute zu entbehren. Dies ist ein Kampf um's Leben. Ich kämpfe mit der Schlinge um den Hals, Doña Mariquita, und ich muß jeden Nerv anstrengen, um Diejenigen, die sich mir anvertraut, zu schützen. Uebermorgen werde ich in Ihr Haus kommen.“

„Aber können Sie nicht heute Abend nur auf eine Minute kommen, wenn Sie die dringendsten Geschäfte erledigt haben? Man sagt, Sie seien immer im Sattel, ritten von Platz zu Platz und inspizirten jeden Posten und alle Positionen. Sie haben die Brücke in der Nähe unseres Hauses befestigt. Wollen Sie dieselbe nicht inspiciren und dann nur auf einen Moment vorsprechen und das Leben des zu Tode bekümmerten Weibes, der Mutter Ihres Kindes, retten?“

„Die Brücke von Machángara! Sie haben Recht. Ja, Doña Mariquita; ich werde die Brücke im Laufe des Tages inspiciren. Und jetzt lassen Sie mich gehen.“

„Aber tödten Sie das arme Kind nicht, das Sie in dieser Ungewißheit lassen. Sie wird den ganzen Tag hindurch keine Ruhe haben. Jedes Pferd wird sie aufschrecken und jedes Geräusch sie zittern machen. Setzen Sie eine Zeit fest, wann Sie kommen können und womöglich kommen Sie am Abend, da das arme Kind am meisten während der Nacht leidet.“

„Lassen Sie mich sehen,“ sagte Sanchez und rechnete in Gedanken nach, „sieben, acht, neun. Ja, das geht, sagen Sie ihr, daß ich kurz vor acht Uhr da sein werde, aber nur wenige Minuten. Doch jetzt muß ich gehen.“

Im nächsten Moment saß er zu Pferde und sprengte zum Thorweg hinaus, gefolgt von seinen Adjutanten und seiner Leibwache. Doña Mariquita schaute ihm nach mit einem langen, eisigkalten Blick, und selbst als er schon längst aus ihren Augen entschwunden, blickte sie noch lange starr auf den Thorweg, durch den er eben fortgeritten war.

---

13. Die Brücke von Machangara.

Es war ungefähr acht Uhr am Abend, als Sanchez, gefolgt von ungefähr dreißig Reitern sich der Brücke von Machángara näherte.

„Quien vive?“ rief der erste Posten, auf den er in einer Entfernung von etwa zwei Häusergevierten von der Brücke stieß.

„El Cabildo!“

„Wer kommt?“

„Der Oberkommandant!“

Der Posten salutirte.

„Zu welcher Kompagnie gehörst Du?“ fragte Sanchez und hielt sein Pferd an.

„Zur ersten Otabalo, mein General!“

„Und wann wurdet ihr hierhergeschickt?“

„Heute Nachmittag!“

„Sonderbar!“ sagte Roberto zum jungen Olmos, langsam weiter reitend und dann, als sie außer Hörweite des Postens anhielten. „Sehr sonderbar! könnte Dein Vater es vergessen haben, den Befehl zu widerrufen, diese

Kompagnie an die Brücke zu senden? Es geschah auf seine eigene Empfehlung hin, daß ich mich entschloß, sie nicht hierher zu schicken. Man hegt Zweifel an ihrer Loyalität, und dieser Posten ist so wichtig, daß er nur von den zuverlässigsten Leuten besetzt werden darf."

„Mein Vater hat es nicht vergessen, General. Er sprach während des Tages mehrfach darüber, und sagte mir, daß er die dritte Pichincha und die erste Ambato Kompagnie an die Brücke gelegt habe. Ich versiche es in der That nicht, wie die Otabalos hierherkommen."

„Das ist ein Räthsel, das sofort gelöst werden muß. Galoppire zum Cabildo zurück, Olmos, und theile Deinem Vater das Mißverständniß mit. Laß ihn die Sache untersuchen und ausfinden, wer verantwortlich ist, und laß ihn den Betreffenden verhaften, wer immer er sein mag. Ich versichere Dich, der Erfolg liegt in unserer Hand, Olmos, und wir dürfen ihn uns nicht durch Verrätherei entreißen lassen. Spute Dich und bringe einen genauen Bericht zurück. Unterdessen eilen Sie, Señor Rodriguez, zu der Kaserne und bringen Sie die zwei Kompagnien hierher, die für diese Position bestimmt waren. Bringen Sie irgend eine verfügbare Kompagnie; aber verlieren Sie keine Minute. Mir gefällt dieses Mißverständniß durchaus nicht und ich werde hier bleiben, bis Alles in Ordnung ist. Vorwärts."

Diese Worte waren in einem Flüstertone gesprochen, so daß selbst Sanchez' eigene Leibgarde sie nicht hören konnte. Olmos und Rodriguez sprengten in die Stadt zurück, während Sanchez zur Brücke eilte, wo er mit lebhaften Demonstrationen der Ergebenheit und des Enthusiasmus begrüßt wurde, was ihn einigermaßen wieder beruhigte. Er wechselte ein Paar freundliche Worte mit den Soldaten, ritt dann, gefolgt von seinen eignen Leuten wieder der Stadt zu und hielt vor dem Hause der Doña Mariquita. Hier stieg er ab und sich an seine Leute wendend, sagte er; „Señor Dávila, seien Sie so gut und halten Sie mein Pferd. Ich werde in wenigen Minuten wieder da sein. Guten Abend, Doña Mariquita"—das Weib war am Eingange ihrer Tienda erschienen—„wollen Sie so freundlich sein und für diese Herren einige Erfrischungen besorgen, während ich zu Merceditas gehe?" Mit diesen Worten trat er in das Haus und stieg die Treppe hinauf zu dem ihm bekannten Zimmer von Mercedes.

Sanchez war kaum abgestiegen, als drei oder vier Männer von der Brücke her auf die Soldaten von Sanchez, die in verschiedenen Gruppen umherstanden, herangeritten kamen und sich im Flüstertone mit ihnen unterhielten. Zur selben Zeit konnte man eine eigenthümliche Bewegung unter den Otabalo Soldaten an der Brücke wahrnehmen, einige von ihnen stiegen rasch zu Pferde, während sich andere vor und hinter dem Hause Mariquita's aufstellten. In wenigen Minuten war der Posten an der Brücke verlassen und aufgelöst. Nicht die Brücke, sondern das Haus schien besetzt zu sein. Unterdessen hatte sich zwischen Sanchez' Leuten und den Fremden, die von der Brücke gekommen waren, ein Streit erhoben. Schwerter wurden gezogen, das Wort „Verräther" wurde laut und ein Kampf begann, während aus dem Innern des Hauses ein lauter gellender Schrei ertönte, es war eine weibliche Stimme und ein Augenblick später hörte man auch Sanchez' Stimme, aber nur für einen Moment: „Dávila! Zu Hülfe! zu Hülfe!" Dann war alles still im Innern, während draußen der Tumult zunahm. Sanchez' Leute waren jetzt vollständig von den Otabalos umzingelt, einige von diesen versuchten die Cabildo Leute von ihren Pferden zu zerren, während andere die Pferde hielten und mit den Reitern unterhandelten. Die Leute des Sanchez schienen unentschlossen; vollständig überrumpelt und ohne Führer waren sie machtlos gegen ihre wohlvorbereiteten Angreifer, die ihnen auch an Anzahl, vier gegen einen, überlegen waren. Einige vereinzelte Schüsse vermehrten die Verwirrung. Ein oder zwei von Sanchez' Leuten war es gelungen, sich durchzuhauen und sie schrieen laut: „Verrath! Verrath! Zu den Waffen! Zu den Waffen!" Andere wurden von den Pferden gerissen und von ihren Angreifern umgebracht, während einige sich den Gründen der Ueberredung und Gewalt fügten und sich mit dem Strome fortreißen ließen, der sich jetzt der Brücke zuwälzte. Zu gleicher Zeit tauchten von der hintern Seite des Hauses ein Dutzend Reiter auf, einen Gefangenen zwischen sich, mit dem sie über die Brücke sprengten, gefolgt von ihren Mitschuldigern, der Otabalo Kompagnie und einigen Leuten des Sanchez, die in weniger wie drei Minuten ihre Gesinnung gewechselt hatten, um ihr Leben zu retten und an den Früchten dieser verrätherischen That Antheil zu haben.

Und jetzt wirbelten von der Stadt her die Trommeln, bald klangen die Sturmglocken dazwischen und zwei Kompagnien, Olmos und Rodriguez an der Spitze, kamen ganz außer Athem angestürmt. Aber es war zu spät, um den Kommandanten zu retten, der in diesem Augenblick, auf ein Pferd festgebunden, in fliegender Eile dem Lager Arana's zugeführt wurde.

Aber hätten sie ihn nicht retten können, wenn sie sofort hinter den Verräthern hergesprengt wären? Vielleicht! Aber der leitende Geist war gewichen, und das wankende Gebäude, das er allein nur gestützt hatte, brach mit einem plötzlichen vernichtenden Krach zusammen. Die Nachricht von der Entführung Sanchez' fuhr wie ein Blitzstrahl unter die Cabildo Leute. Der Schlag kam so plötzlich, daß alle Geistesgegenwart dahin war und Demoralisation, Schrecken, Ungewißheit und schließlich eine allgemeine Panik waren die ersten Folgen dieses Schlages. Vergeblich versuchten die beiden Olmos und andere sich den Wogen der Entmuthigung und Verzweiflung entgegenzustemmen. Ein Gefühl absoluter Hoffnungslosigkeit hatte die Revolutionspartei ergriffen. Der Ruf „Viva el Rey," so lange unterdrückt, wurde wieder laut; zuerst etwas schüchtern, aber bald klang er wieder von Mund zu Mund, bis er die in Furcht gejagten Rathsherrn des Cabildo in ihrer Halle erschreckte, aber freudige Hoffnung in den Herzen der noch immer im Sanktuarium verborgenen Minister erweckte.

Und jetzt wurde das Zusammenbrechen der Sache der Revolution beschleunigt, wie die Niederlage Gonzalo Pizarro's bei Xapizoguano durch massenhafte Desertionen zu den Königlichen. Hunderte von leitenden Rebellen wetteiferten gegenseitig in dem Bemühen, ihre plötzliche Bekehrung zur Loyalität gegen den König, gegen den sie rebellirt hatten, durch irgend eine auffallende That zu bekräftigen. Jeder Einzelne bemühte sich der Erste zu sein, seine frühere Haltung vergessen zu machen. Die ungestümsten Rebellen von gestern wurden die lautesten Befürworter der Unterwerfung und zeigten, daß weiterer Widerstand absolut hoffnungslos sei, oder versuchten ihre früheren Kameraden dem Henker zu überliefern, um ihr eigenes Leben zu retten. Die Royalisten, die sich bis dahin verborgen gehalten oder verkleidet sich umhergetrieben hatten, traten jetzt wieder öffentlich hervor und trieben die Wellen der Reaktion noch höher empor. Manuel Paredes, der den ganzen Plan arrangirt hatte, dem der arme Sanchez zum Opfer fiel, und Juan de Londoño erschienen an der Spitze bewaffneter königlicher Truppen im Cabildo und Paredes sprach mit einer Stimme halb überredend und halb drohend: „Meine Herren! Wir sind verrathen worden! Widerstand ist nutzlos. Unsere einzige Rettung liegt darin, Frieden mit den Auditoren zu machen, um uns dann auf Gnade oder Ungnade zu ergeben. Laßt uns sofort zur Kirche San Francisco gehen und die Auditoren in den Palast zurückbringen." Die zitternden Rathsherrn hatten keine andere Wahl und sie befolgten den Rath. Dieselben Männer, die vor wenigen Monaten die Zügel der Regierung an sich gerissen hatten, gingen jetzt an der Spitze eines Zuges, der sich, gefolgt von einer zerknirschten Menge, zum Sanktuarium begab und ersuchten in tiefster Demuth die Minister, die Regierung wieder zu ergreifen und glimpflich mit denen zu verfahren, die sich gegen sie aufgelehnt hatten. Im Triumph wurde der Präsident der Audienz mit seinen drei Kollegen — der vierte hatte sich mit Guzman Ponce de Leon in Arana's Lager geflüchtet — noch in derselben Nacht durch die erleuchteten und geschmückten Straßen der Stadt in den Palast zurückgeführt, gerade als wenn die Stadt selbst einen glänzenden Sieg feierte. Die neueingesetzte Regierung lächelte freundlich in jener Nacht den neugewonnenen Anhängern entgegen. Es wurden keine Verhaftungen vorgenommen. Der Präsident fühlte sich, so lange Arana's Truppen noch acht Meilen von der Hauptstadt entfernt waren, noch nicht so recht sicher. Aber einen ominösen Befehl erließ er doch, während er freundlich lächelnd seinen bisherigen Feinden die Hand schüttelte — es war der Befehl, sämmtliche Ausgänge der Stadt zu besetzen und Niemanden durch zu lassen, der nicht ein von der Audienz oder dem Präsidenten unterzeichnetes Erlaubnißschreiben vorzeigen könne. Zur selben Zeit wurde ein Bote zum königlichen Kommandeur in Tambillo gesandt, um ihm zu verkünden, daß Quito wieder eine loyale Stadt und daß des Königs Regierung wieder hergestellt sei. Der Kommandeur wurde zugleich benachrichtigt, daß ein glänzender Empfang ihn erwarte, wenn es ihm Vergnügen mache, im Triumph in die Stadt einzuziehen.

Dieser vollständige und vernichtende Umschlag war also nur dem Umstande zuzuschreiben, daß ein einzelner Mann vom Pferde gestiegen und in eine niedrige Hütte am Wege eingetreten war. Wäre Sanchez der verrätherischen Thür fern geblieben, wäre er mit Olmos und Rodriguez in's Hauptquartier zurückgesprengt, um die treuergebene Kompagnie als Bewachung der Brücke heranzuführen, oder hätte er nur ihre Ankunft ohne abzusteigen, abgewartet, so wäre der königliche Kommissär vor Anbruch des nächsten Tages in seiner Gewalt gewesen. Die Verräther an der Brücke würden nicht gewagt haben, den gefürchteten Führer an der Spitze seiner

Leibwache, während Verstärkungen in nächster Nähe waren, anzugreifen. Aber das ist des Lebens Glücksspiel. Deine Finger berühren das große Loos, während du sie in die Urne tauchest, aber es entschlüpft Dir, wenn du die Finger schließest und du greif'st eine Nummer, die dir verhängnißvolles Verderben bringt.

Gefesselt und gebunden war Roberto Sanchez aus dem Zimmer der Mutter seines Kindes gezerrt worden. Der Schlag war so plötzlich und entsetzlich, daß er Mercedes erstarren machte aber nicht zu Boden warf. Ihr war zu Muthe, als erwache sie aus einem Traume und sei nicht im Stande, sich zurecht zu finden, wo sie eigentlich war, und fortwährend klangen nur die entsetzlichen Worte an ihr Ohr: „O du elende Schlange, die ich an meinem Busen erwärmt, du also bist es, die mich verkauft hat!" Und den Blick, den er ihr zugeworfen! Sie bedeckte ihre Augen mit den Händen, aber immer noch sah sie diesen Blick. Sie hüllte den Kopf tief in den Shawl ein, aber immer noch war der Blick auf sie gerichtet. Er war wie die brechenden Augen Abels, die auf ewig sich in die verzweifelte Seele Cains einbrannten. O diese Augen! Sie mußten sie wahnsinnig machen.

Im diesem Augenblick trat ihre Mutter ins Zimmer.

„Nein, Mutter!" schrie das Mädchen. „Ich bin nicht die Schlange, die ihn verrathen. Mutter! Wenn er verrathen ist, wenn dieses ein Hinterhalt und eine Falle war, dann möge Gottes Fluch Die treffen, die sie gelegt. Möge der Schuldige zur ewigen Verdammniß verurtheilt werden, ganz einerlei, wer es gewesen, ganz einerlei—auch wenn Du es warst! Wenn Du dieses that'st, Mutter, oder wenn Du davon wußtest, dann bin ich Dein Kind nicht mehr und ich verfluche Dich, ja Fluch Dir, Fluch auf ewig! Möge jeder maravedi des blutigen Sündenlohnes, für den Du ihn verkauft, sich in feurige Flammen oder giftige Kröten verwandeln, wenn Du ihn in Deiner verruchten Hand hältst. Mögest Du sterben ohne Beichte und Sakrament, umgeben und verspottet von Ketzern und Mauren. Für jeden Heiligen, den Du anrufst, soll der Teufel Dir zur Seite sein. Mögen die Planeten Dich treffen, die Zauberkraft Dich lähmen. Wenn Du es that'st Mutter, so wünsche ich Dir Aussatz und Pest, daß Du leben sollst wie eine Ausgestoßene, bettelnd an den Kirchenthüren, und verstoßen, wie Juden und Lutheraner, vom bischöflichen Palast. Du sollst nicht Ruhe und Rast haben, und die Dämonen sollen Dich von den Kirchen und Kapellen vertreiben. Ich verleugne Dich; noch in dieser Stunde, in diesem Augenblick verlasse ich Dein Haus!"

Und ihr Kind greifend, mit aufgelöstem Haar und fliegenden Kleidern, eilte das unglückliche Weib in Nacht und Dunkel hinaus.

„Um der Jungfrau willen!" schrie die Mutter. „Eilen Sie, Don Tomas, hinter ihr her und helfen Sie mir, sie zurückbringen."

Das Mädchen eilte in der Richtung der Brücke davon, aber der Anfall war nur von kurzer Dauer. Sie war kaum zwanzig Schritt vorwärts geeilt, als sie in die Kniee sank und über ihr Kind gebeugt, in convulsivisches Schluchzen und eine ganze Fluth von Thränen ausbrach. In dieser Lage wurde sie von ihrer Mutter und Don Tomas, dem Hausmeister Manuel Paredes' angetroffen. Der Sturm war gebrochen und dem fürchterlichen Ausbruch war eine niederschmetternde Reaktion gefolgt. Sanft wie ein Lamm, ließ sie sich wieder in's Haus zurückgeleiten. Sanft wie ein Lamm, hörte sie auf die feurigen Versicherungen ihrer Mutter, daß sie vollständig unschuldig sei und gar nichts von dem Ueberfall auf Sanchez gewußt habe. Und das arme Mädchen glaubte schließlich der Mutter und bat sie noch um Verzeihung wegen der fürchterlichen Verwünschungen, die sie in einem Anfall von Verzweiflung und Wahnsinn gegen sie ausgestoßen. Was sollte sie thun? Die Eiche muß stehen oder fallen; der Epheu muß sich an etwas anklammern, und sei es auch nur an einen vermoderten Balken einer eben eingestürzten Mauer. Arme Merceditas! An Jemanden muß sie sich anschließen. Allein kann sie nicht stehen in der Welt. Und so aufgelöst in Thränen, umklammerte sie den Nacken des elenden verrätherischen Weibes, das ihrer Tochter in diesem Augenblicke das geraubt hat, was sie am meisten in der Welt liebte. Und heute frug Doña Mariquita ihre Tochter nicht, wie sie es vor wenigen Monaten gethan hatte: „Merceditas, warum weinst Du?"

Fünftes Buch:

Der Werth des Lebens.

Que horcas eran dellos ocupados,
Que jaulas de cabezas bastecidas,
Que de soberbias casas abatidas
Y por su corupcion de sal sembradas,
Que prosperas haciendas confiscadas,
Que plaga de las honras, y las vidas,
Castigo merecido y justa pena
Del que contra su Rey se desenfrena.

Pedro de Oña, Arauco Domado,
Canto XVI, p. 280.

1. Arana.

Ruhe herrschte in Quito. Arana war im Triumph in die Stadt eingezogen. Unter Glockengeläut und Kanonendonner war er bewillkommnet worden. Die Audienz und der Cabildo waren ihm entgegengekommen und hatten ihm das Geleit gegeben. In der Kathedrale war ein feierliches Tedeum gesungen worden und Diejenigen, die noch kurz zuvor Rebellen waren, krümmten und beugten sich vor ihrem neuen Herrn. Der königliche Kommissär hatte sein Hauptquartier im Hause des Marquis de Solando, dessen Gast er war, aufgeschlagen. Der Marquis und Dolores, die in tiefer Trauer waren, konnten keine öffentliche Festlichkeit veranstalten, wie sie es unter günstigeren Umständen gethan haben würden, aber sie hatten den größten und elegantesten Theil des Hauses an ihren hohen Gast abgetreten und ihn mit Aufmerksamkeiten überhäuft. Dolores hatte, wie leicht begreiflich, den alten Herrn, der noch keine Dame wie sie in Amerika gesehen hatte, vollständig für sich eingenommen.

Wie Arana's Politik sich gestalten würde, konnte man noch nicht ermessen. Wie in Guayaquil, trat er Jedem mit wohlwollendem Lächeln entgegen. Zwei Wochen waren bereits seit seiner Ankunft verflossen und bis dahin war erst Einer zum Tode verurtheilt, nämlich Roberto Sanchez, der Erz-Rebell und Verräther und der Mörder so vieler treuer Diener des Königs. Roberto war verurtheilt worden, auf einer Karre zum Richtplatz — der Plaza de Santa Clara—geschleift zu werden, dort sollte ihm der Henker die Hände abhacken und die Augen ausstechen und ihn dann mit der Garrotte erdrosseln. Die Besitzungen der Sanchez Familie sollten konfiszirt, die Familienwohnung dem Erdboden gleichgemacht, Salz und Asche auf die Stelle gestreut werden, wo sie gestanden und dort eine Tafel mit der Inschrift angebracht werden, daß dieses der Platz sei, wo einstens die Verräther Sanchez gewohnt, die von dem Schicksal aller Verräther ereilt worden seien. Der junge Sanchez war von Tambillo, wo er in die Hände des königlichen Commissärs abgeliefert worden war, nach Quito zurückgebracht worden. Er lag jetzt in den Barracken und zwar—das ist des Krieges Schicksal—unter der speciellen Aufsicht seiner früheren Gefangenen, Juan del Puente und Ildefonso Coronel.

Niemand war durch diesen Urtheilsspruch überrascht. Niemand hatte etwas anderes erwartet, aber die wahre Ursache des Staunens war die offenkundige Milde des königlichen Kommissärs. Nur wenige Verhaftungen waren vorgenommen. Der Präsident der königlichen Audienz war abgesetzt und der älteste Auditor Don Estevan Marañon, damit beauftragt, die residencia seines früheren Vorgesetzten zu beziehen, was nach spanischem Rechtsgebrauch so viel bedeutet, daß der betreffende Beamte die Amtsführung seines Vorgängers genau zu untersuchen hat. Dieser Schritt gegen den jämmerlichen Präsidenten hatte die Volkspartei mit der leisen Hoffnung erfüllt, daß der königliche Kommissär doch noch zu guter Letzt die begangenen Verbrechen in einem sehr milden Lichte betrachten werde. Bis dahin waren in der Municipal-Regierung nur zwei persönliche Aenderungen eingetreten. Juan de Londoño und Guzman Ponce de Leon waren an Stelle von Olmos und Garcia zu Alcalden ernannt worden. Dieser Wechsel war allerdings, das gab man zu, ein sehr rücksichtsloser, da die Alcalden stets durch den Cabildo erwählt und nicht von den Repräsentanten des Königs ernannt wurden, aber da diese Ernennungen ausdrücklich als nur temporäre bezeichnet wurden, waren sie nicht weiter aufgefallen und hatten keinen Verdacht erregt. Die eigentliche Absicht von Arana's augenblicklicher Politik war offenbar die, die Bevölkerung zu beruhigen. Diejenigen von seinen Opfern, die in Quito waren, hielt er in seinen Händen, sie konnten ihm nicht entgehen. Sie waren seine Gefangene, selbst wenn er ihnen erlaubte, umher zugehen. Die Zugänge zur Stadt waren streng bewacht und Jedem war es bei Todesstrafe untersagt, die Stadt ohne einen Paß vom Kommandör zu verlassen. Aber auch außerhalb der Stadt befanden sich noch Rebellen, reiche Landeigenthümer und angesehene Leute, die sich während der Rebellion kompromitirt hatten, es wäre nicht leicht gewesen, sie gefangen zu nehmen, hätten sie sich in die Berge zurückzogen. Aber Arana wollte sie in einem Netz haben und nicht ein Einziger sollte ihm entgehen. Es war also nöthig, sie in Sicherheit einzuwiegen und sie zu veranlassen, in die Hauptstadt zu kommen. Die Art und Weise, wie Alba Egmont und Horne gefangen genommen, hatte Arana sich zum Vorbild genommen. Kein zweiter Oranien sollte ihm entschlüpfen, wenn er es möglich machen konnte. Im Augenblicke, wenn er sie alle in seinem Netze hatte, würde es ja für ihn ein Leichtes sein, die Politik der Milde fahren zu lassen und mit rücksichtsloser Strenge aufzutreten.

Es war an einem Vormittag. Ein großer Volkshaufen hatte sich vor dem Hause des Marquis de Solando angesammelt und bildete Gruppen auf den Seitenwegen und auf dem Platze in der Front des Gebäudes. In diesem Zeitalter, wo es noch keine Zeitungen gab, hatten diejenigen, die auf Neuigkeiten versessen waren, keinen anderen Ausweg, als sich persönlich nach dem zu erkundigen, was sie gern erfahren wollten. Die Bevölkerung von Quito, stets geschwätzig und aufgeregt, trieb sich jetzt beim Hauptquartier des königlichen Kommissärs herum, wie sie während der Revolution das Municipalitätsgebäude umlagert hatte, um gierig Neuigkeiten und Gerüchte aufzufangen und zu verschlingen.

„Haben sie Juan Castro gefangen?" frug ein Halbblut-Indianer, der in einer Gruppe von Schlachtern und Krämern der Carniceria, eins der unruhigsten und gefährlichsten Distritte des alten und neuen Quito, stand.

„Nein, den haben sie nicht!" antwortete man aus der Gruppe. „Wenn es ihm gelungen ist, sich aus der Stadt fort zu machen, so werden sie ihn nicht wieder einfangen. Er ist schlau genug und wird sich solange in den Bergen aufhalten, bis der Sturm vorüber ist."

„Ja, aber wenn er noch in der Stadt steckt, so wird die Belohnung ihn herausbringen. Das ist ein ganzer Haufen Geld und selbst sein bester Freund wird ihn dafür verrathen."

„Stille! wer ist das?"

Es war eine ältliche Dame, ganz in Schwarz, gefolgt von zwei Frauen und einem Diener.

„O ich weiß es!" sagte ein Anderer, „Siehst Du nicht, wie sie weint? Das ist die Mutter von Sanchez. Sie will um Gnade für das Leben ihres Sohnes flehen."

Die Leute wurden jetzt im Augenblick ruhig und starrten die unglückliche Dame an, wie sie durch den Thorweg des Hauses ging oder vielmehr wankte, so daß ihre Frauen ihr Beistand leisten und sie aufrecht halten mußten. Die meisten dieser rohen Menschen fühlten instinktiv Mitleid mit ihr und entblößten ihre Häupter, als sie für die Dame Platz machten.

„Da kömmt noch eine Frau in Schwarz, sie ist noch jung."

„Das ist die Blume von Machángara. Mercedes Castro, dieselbe die ihren Liebhaber, Roberto Sanchez an die Königlichen verrathen hat."

„Was mag die hier wollen?" nahm der erste Sprecher wieder das Wort.

Mercedes war bei ihnen vorbeigegangen und trat in den Thorweg ein.

„Jetzt hebt sie ihren Schleier und spricht mit dem Caballero."

„Wie bleich und schuldbewußt sie aussieht. Vielleicht will sie Buße thun wegen ihrer Verrätherei und um sein Leben flehen."

„Pfui!" schrie ein altes Weib, das einen kleinen Kramladen hielt, „diese Hexe, diese Natter! Es ist schon recht, daß wir unserem Herrn dem König dienen müssen und die Rebellion taugte nichts, aber das ist keine Entschuldigung für die gleißende Schlange. Kein ehrliches christliches Weib würde ihren Liebhaber und den Vater ihres Kindes verrathen, ob er ein Rebell oder kein Rebell ist. Ihr Gesicht sollte mit Bilsenkraut gesengt werden, diese elende kleine Schlange!"

Unterdessen hatte diejenige, der diese liebevollen Bemerkungen galten, den Marquis de Solando angeredet, der gerade das Haus verließ, umgeben von einigen Offizieren Arana's, und gefolgt von einer

Schaar von Dienern. Mercedes hatte sich vor ihm niedergeworfen und den schwarzen Shawl über die Schulter werfend enthüllte sie ihr auch in qualvoller Angst noch schönes Gesicht den verwundert d'reinschauenden spanischen Begleitern des Marquis, denen die Blume der Sierra noch unbekannt war.

„Was wünschst Du, meine gute Frau?" fragte der Marquis. „Um Gotteswillen und bei Allem, was Ew. Excellenz heilig ist, flehe ich Ew. Excellenz an, mir Einlaß zum königlichen Kommissär zu verschaffen."

„Und weshalb willst Du mit Sr. Gnaden sprechen, mein Kind?" frug der Marquis in einem viel freundlicheren Tone, wie gewöhnlich, denn es schmeichelte ihm offenbar, daß ein so schönes junges Weib in Gegenwart der fremden Offiziere ihn um Hülfe ansprach.

„Möge es Ew. Excellenz gefallen!" antwortete Mercedes noch auf den Knien. „Ich will ihn um Gnade und Barmherzigkeit anflehen um Gnade für einen, der morgen hingerichtet werden soll.

„Mein armes Kind? Dein Begehren ist nutzlos. Die Señora Sanchez ist augenblicklich bei Sr. Gnaden und auch sie wird ihn umsonst um Barmherzigkeit anflehen. Se. Gnaden ist geneigt, Milde walten zu lassen, wo immer es möglich ist, aber in dem Falle dieses verzweifelten jungen Mannes ist es unmöglich."

„O nein! nein! Señor Marquis. Sagen Sie nicht, daß es unmöglich ist. O! führen Sie mich nur zu Sr. Gnaden."

„Und was würdest Du dem Kommissär sagen? Hast du schon jemals mit solch hochstehenden Personen gesprochen."

„Nein, Ew. Excellenz; aber Gott wird meine Worte leiten, um sein Herz zu rühren. Ich habe die Heilige Jungfrau angerufen, wie noch kein Weib vor mir es gethan. Sie wird mich in dieser ernsten Stunde nicht verlassen. Und wenn ich sein Leben nicht rette, wird mir Se. Gnaden doch jedenfalls erlauben, ihn zu sehen, ehe er stirbt." Und damit brach das arme Mädchen wieder in ein krampfhaft hysterisches Schluchzen aus.

„Ich sollte denken, daß Du diese Erlaubniß erhalten könntest, ohne Se. Gnaden zu belästigen."

„Nein, Excellenz; sie haben mir den Zutritt verweigert. Ich habe die Thür seines Gefängnisses belagert; seine Wächter habe ich auf den Knieen gebeten, mich zu ihm zu lassen, aber es war Alles vergeblich. Ohne Erlaubniß von Sr. Gnaden, sagten sie, dürften sie mich nicht einlassen. Und ich muß ihn sehen, Ew. Excellenz, und sollte es mich mein Leben kosten."

„Nun wohl" sagte der Marquis. „Was meinen Sie, Caballeros? Sollen wir dem Wunsch des jungen Mädchens willfahren? Ich fürchte, Se. Gnaden ist durch Bittgesuche schon genugsam belästigt und ich wünsche daher, ihm diese Unannehmlichkeit zu ersparen."

„Wenn Ew. Excellenz mir erlauben wollen" sagte einer der jungen spanischen Offiziere „werde ich mich dieses jungen Mädchens annehmen und ihr die Audienz verschaffen, um die sie so stürmisch gebeten hat; ich bin fest überzeugt, daß der letzte Theil ihrer Bitte gewährt werden wird. Kommen Sie, Señorita!"

Der Offizier führte sie fort und Mercedes folgte ihm die Treppe hinauf. Das Haus war im neuesten und elegantesten Style jener Zeit erbaut. Eine unbedeckte Gallerie, von wo aus man den Hof übersehen konnte, zog sich an der einen Seite des Hauses hin. Dieses war ein sonniger Platz am Vormittag und Pedro de Arana hatte denselben für sich ausgesucht, weil die Nächte und Morgenstunden in Quito kalt sind, das Innere der Häuser gewöhnlich kühl ist und der königliche Kommissär ein alter Mann war, der sich noch nicht an die eigenthümlich fröstelnde Luft der Sierra gewöhnt hatte. Dort saß er in einem bequemen Lehnstuhl, gegen die Balustrade gelehnt, mit einem großen Mantel bedeckt und einen Poncho über den Knieen, sich in den angenehmen Strahlen der leuchtenden Sonne von Quito erwärmend. Er war ein eigenthümlich aussehender Mann von kleiner Gestalt, gedrungen gebaut und ziemlich beleibt. Sein eisengraues Haar war kurz geschnitten und stand aufrecht, wenn er die schwarze Sammetkappe abnahm, die er jetzt auf dem Kopfe hatte. Sein Schnurrbart war kürzer wie ihn sonst die spanischen Edelleute zu tragen pflegen, und aufwärts gedreht, wodurch die listigen und mitunter mephistophelischen Züge, die um seinen Mund spielten, noch deutlicher hervortraten. Wenn der Don Quixote in jenen Tagen erschienen wäre, so würde die ganze Erscheinung Arana's, Viele, die ihn sahen, unwillkürlich an Sancho Panza erinnert haben. Er schien ein Mann von etwa fünfzig zu sein, obschon er in Wahrheit älter war. Er machte den Eindruck eines cynischen Menschen, aber wenn es die Gelegenheit verlangte, konnte er sich auch ein sehr würdevolles Ansehen geben und sprechen wie ein Prediger. Er war kein gebildeter Mann, sondern ein Mann von großer

Schlauheit und natürlichem Menschenverstand. Die sprüchwörtlichen Redensarten, an denen die spanische Sprache so reich ist, lagen ihm immer im Munde und verliehen seiner Redeweise Kraft und Geläufigkeit. Er hatte seine geistige und moralische Ausbildung in Lagern und Kasernen erhalten und war in der Schule Albas und solcher Leute, die Philip II. zu seinem Dienste heranzog, erzogen worden. Pedro de Arana schien eine gemüthliche alte Seele zu sein, eine gutangelegte und treumüthige Natur, ein Freund guter Laune und Behaglichkeit, noch mehr eines guten Scherzes; aber er besaß nicht die Feinfühligkeit, die den Schmerz mitfühlt, den man anderen zugefügt. Die Leiden Anderer hatten niemals seinen Schlaf gestört und ebensowenig verdarb es ihm den Appetit zum Mittagessen, wenn er über einen Rebellen das Todesurtheil aussprach.

Mercedes bekam die gefürchtete Persönlichkeit nicht sofort zu Gesicht. Der Offizier führte sie in eine bedeckte Gallerie, die in einem rechten Winkel in die Gallerie mündete, auf der der alte Kommissär saß. Hier mußte sie sich nach Anordnung ihres Protectors niedersetzen und seine Rückkehr abwarten; er wolle zuerst mit Sr. Gnaden sprechen. Mehrere Minuten vergingen, ehe Mercedes es nur wagte, die Augen aufzuschlagen. Zuletzt blickte sie doch auf und da bot sich ihr ein Anblick dar, der ihr Herz sinken und alle ihre Hoffnungen verschwinden machte. Roberto's Mutter, mehr todt wie lebendig, das Gesicht bedeckt mit leichenhafter Blässe, die Kniee zusammenbrechend, ihre Kleider zerrissen und in Unordnung gebracht, wurde fast besinnungslos von der Doña Calita und der Mutter Santos' fortgeführt. An der Treppe angekommen, wendete sie sich nochmals dahin um, wo der Kommandant saß und mit aufgehobenen, zum Gebet gefalteten Händen fiel sie nochmals auf die Knie und schrie laut auf: „Gnade! Gnade! Um der Liebe Gottes Willen, Gnade!“

Eine ihrer eigenen Dienerinnen, welche unten an der Treppe gewartet hatte, eilte jetzt hinauf und mit Hülfe der beiden anderen Frauen hob man sie von den steinernen Fliesen auf und trug sie in eins der Zimmer der Dienerschaft, wo man vergeblich sie zu beruhigen versuchte, bis das arme Weib sich endlich soweit wieder erholt hatte, um zum Gefängniß ihres Sohnes gehen zu können, den sie zu einem letzten Abschied besuchen durfte.

Mercedes war es jetzt zur entsetzlichen Gewißheit geworden, daß ihr Flehen umsonst sein würde, nachdem der Mutter Bitten vergeblich gewesen. Aber hofft das menschliche Herz nicht das Unmögliche und klammert es sich nicht fest an trügerische Hoffnungen, wenn jeder wirkliche Hoffnungsstrahl bereits verlöscht ist?

Der junge Offizier kehrte zurück. Se. Excellenz wollte Mercedes sprechen. Ihre Schönheit hatte ihr diese Audienz gewährt, die die Señora Sanchez nur durch den ganzen Einfluß des Marquis, eines alten Freundes der Familie, erlangt hatte.

Der Kommandant schien in bester Laune zu sein. Die aufregende Scene mit der Mutter seines Opfers hatte ihn nicht besonders irritirt. Er kostete einen Schluck süßen Chicha, den die Señora Dolores geschickt hatte, um ihn zu überzeugen, daß man ein ganz leidliches Getränk aus dem Nationalgebräu herstellen könne, wenn man dasselbe nur richtig bereite und die nöthigen Zuthaten hinzusetze.

Der alte Herr nickte dem jungen Offizier zu, als sich derselbe mit seiner Schutzbefohlenen näherte.

„Bei Santiago! Dieser Taugenichts Ramirez hat doch immer Glück!“ beliebte Se. Excellenz schmunzelnd dem Offizier zuzuflüstern, der neben ihm stand und auf einem silbernen Teller ihm den Becher präsentirte. „Ein schönes Gesicht; Doña Inez von Ambato wird jetzt bald vergessen sein. ‚Aus den Augen aus dem Sinn.‘ ‚Junges Blut leichtes Blut.‘“

Die Umstehenden lachten pflichtschuldigst über den Witz ihres Vorgesetzten.

„Nun, Ramirez,“ fuhr der alte Herr dann fort, „wir sind bereit, Ihre neue Flamme zu inspiziren. Caramba! Da haben Sie ja einen wahren Schatz geerbt. Nehmen Sie unsere Glückwünsche entgegen, wenn Sie der glückliche Erbe sind und nach Ihrem augenblicklichen Erfolge zu urtheilen, kann das ja nicht ausbleiben; ja, ja, ‚glücklich geboren ist besser wie reich geboren.‘“

Währenddeß hatte der zitternde Gegenstand der rohen Scherze Sr. Excellenz sich vor dem alten Mann auf die Knie geworfen und stammelte: „Gnade, Señor, Gnade.“

„Nun! Nun!“ sagte Arana, angenehm berührt durch die Erscheinung des Mädchens, „das also war der hübsche Köder, mit dem unsere Freunde den Rebellenführer gefangen haben. Bei Santiago! Wenn ich nicht so alt wäre, ich wäre selbst in diese Falle gegangen. Wir sind Dir sehr großen Dank schuldig, meine allerliebste Amerikanerin für die werthvollen Dienste, die Du und Dein Haus der Sache des Königs geleistet haben.“

Der erste Gedanke der Mercedes war, die furchtbare Anklage, die so schwer auf ihrer Seele lastete, obschon sie selbst ihrer Unschuld sich bewußt war, von sich abzuweisen, aber im selben Momente kam ihr wieder der Gedanke durch den Sinn, daß Arana's Irrthum ihr vielleicht Anrecht auf seine Gnade geben könne. Daher sagte sie nach einigen Augenblicken Nachdenkens:

„Auf meinen Knieen danke ich Ew. Excellenz für die freundlichen Worte und wenn die Dienste, die meine — meine — Mutter geleistet hat wirklich von Ew. Excellenz als so wichtig angesehen werden sollte —"

„Sprich jetzt nicht von Deiner Mutter, mein kleines Täubchen. Deine Mutter hat ihren Lohn erhalten; jetzt ist es die Tochter, der wir Anerkennung schuldig sind. Wenn Du jetzt irgend eine Bitte hast, die ich zu erfüllen im Stande bin, so sei sie gewährt. Spreche ohne Furcht und Scheu, aber fasse dich kurz. Du weißt ja, lange Reden machen die Suppe überlochen."

„Nun denn, Ew. Excellenz. Ein einziges Wort drückt Alles aus was ich an dieser Seite des Grabes noch zu erflehen habe. Es ist das Leben von Roberto Sanchez. Gnade, Señor, misericordia!"

Der Kommandeur hatte einen Schluck aus dem Becher gethan, den er noch immer in der Hand hielt und gab dann denselben mit einer Grimasse dem hinter seinem Stuhl stehenden Offizier zurück und sagte: „Mit aller nöthigen Achtung und Bewunderung vor unserer vortrefflichen Wirthin, der Señorita Dolores, muß ich doch sagen, daß dieses Nationalgetränk schauderhaft ist. Natürlich werden wir ihr das nicht sagen, aber bringen Sie mir einen Schluck christlichen aguardiente, um diesen scheußlichen Geschmack aus dem Munde zu bekommen." Sich dann an das Mädchen wendend, fuhr er fort: „Du bist ein sonderbares Mädchen! Wenn Du nicht wünschtest, daß er sterben soll, weshalb hast Du ihn denn in die Falle gelockt? Eifersucht, vielleicht! Ja, ja, ich sehe schon! Der junge Mann hat anderen jungen Damen den Hof gemacht und da sind wir wahnsinnig geworden vor Eifersucht, haben nach Rache gedürstet und jetzt bereuen wir es wieder. O die Weiber, die Weiber! Sie sind sich alle gleich."

Alle Gedanken und kluge Berechnung, die Mercedes eben noch gehegt hatte, verschwanden jetzt plötzlich und ehe noch der Graf seine Rede ganz beendet hatte, rief sie dazwischen: „Aber ich habe ihn nicht verrathen, Ew. Excellenz. Ich bin unschuldig an dieser Verrätherei!"

„So! So!" erwiderte Arana. „Aus welchem Grunde willst Du denn eigentlich von mir eine Gnade beanspruchen?"

„Um der Barmherzigkeit willen, Señor, im Namen Gottes und der Liebe Jesu Christi wegen. Gott ist barmherzig und er hat den König über uns gesetzt, dessen getreue Dienerin ich bin. Weshalb sollte der König nicht barmherzig sein! Gott vergiebt uns unsere Sünden, weshalb sollte der König nicht vergeben können? Ew. Excellenz nehmen die Stelle des Königs ein, weshalb sollen Ew. Excellenz nicht barmherzig sein? Was ist ein Menschenleben für den König, der über Millionen herrscht? Wer kann die Macht des Königs überwältigen? Der König kann Diejenigen begnadigen, die einen Irrthum begehen, wie der Gott im Himmel uns unsere Sünden vergiebt."

„Das Mädchen spricht gar nicht übel," sagte Arana, halb belustigt; „aber wir müssen ihr doch eine kleine Lektion in den Lehren unserer Religion zukommen lassen. „Aber Du bedenkst nicht, daß der König die Herzen und den Sinn der Menschen nicht ändern kann. Der König ist nicht allmächtig und der König muß bestrafen, wo Gott vielleicht vergeben kann. Barmherzigkeit gegen die Schlechten ist Grausamkeit gegen die Guten. Löwen und Tiger müssen getödtet werden, sie lassen sich nicht zähmen. Der Mann, den Du liebst, hat ungefähr jedes Verbrechen begangen, zu dem ein Sterblicher fähig ist. Er ist ein Rebell und ein Hochverräther, er hat Gott verlassen; Mord auf Mord hat er begangen und er wurde schuldig befunden der Tyrannei und des Raubes. Sein Leben schonen würde Andere aufreizen, dasselbe zu thun. Nein, nein mein Kind! Gott mag ihm vergeben, aber ich muß ihn verurtheilen. Dank Ihnen, Olivarez," fügte er dann hinzu, als er ein großes Glas Rum, das ihm der Offizier hinreichte, nahm und auf einen Zug leerte; „das ist doch besser wie jenes indianische Teufelszeug."

2. Im Gefängniß.

Juan del Puente und Ildefonso Coronel hatten in den Barracken drei ineinanderlaufende Zimmer inne. Die Zimmer gingen auf die Straße hinaus und Thüren führten auf einen bedeckten Corridor, der an den Seiten eines großen viereckigen Hofes entlang lief. Die nach außen führende Thür des dritten Zimmers und das einzige Fenster waren in der letzten Zeit zugemauert worden, denn dieser Raum bildete das Gefängniß Roberto Sanchez'. Das Bischen Licht und Luft, das überhaupt darin war, erhielt dasselbe durch eine Zwischenthüre, die in das zweite Zimmer führte und stets offen stand. Dies war Juan del Puente's Zimmer, der somit seinen Gefangenen stets im Auge halten konnte. Das dritte und äußere Gemach bildete die augenblickliche Wohnung des Ildefonso Coronel. Wachtposten gingen in den Corridoren, dem Hofe und auf der Straße draußen auf und ab, und der größeren Sicherheit wegen war Sanchez noch mit dem Fuße an einen Ring im Fußboden angekettet und die Kette war gerade lang genug, daß er sich auf seinem Strohlager, bedeckt mit Schaffellen und einigen Poncho's ausstrecken konnte. Die Handgelenke waren durch eine Kette verbunden, die aber so kurz war, daß sie ihn beständig belästigte. Seit Arana's triumphirendem Einzug hatte er in diesem Gefängniß geschmachtet. Niemand war zu ihm gelassen worden; Del Puente und Coronel bildeten seine einzige Gesellschaft, mit Ausnahme eines spanischen Priesters, dem es erlaubt war, Roberto zu besuchen, seit er zum Tode verurtheilt war.

Am Tage vor seiner Hinrichtung aber hatte Roberto's Mutter, wie wir bereits wissen — Dank der Bemühung des Marquis de Solando — die Erlaubniß erhalten, den Sohn im Gefängniß besuchen zu dürfen. Sie war jetzt bei ihm und hatte ihn in schmerzlicher Bewegung an ihr Herz gedrückt, als ob sie die hastig dahinfliehende Zeit aufhalten oder das Rinnen des Sandes, der immer rascher durch das Stundenglas rieselte und ständig die armselige Lebensfrist verkürzte, aufhören machen könnte.

„Señor del Puente!" sagte Sanchez, nachdem er sich aus ihrer ersten ungestümen Umarmung losgemacht. „Darf ich Sie um eine Gunst bitten? Ich habe Ihnen bis jetzt keine Ungelegenheiten gemacht und habe mich willig allen Anordnungen gefügt, deßhalb möchte ich Sie jetzt um eine Gnade bitten."

„Was ist es, Señor Don Roberto?"

„Nehmen Sie meine Handschellen ab — nehmen Sie sie ab nur für wenige Minuten. Ich könnte ja nicht entfliehen, wenn ich auch wollte und während Sie mir einen Dienst erweisen, würde ich auch nicht, wenn ich könnte."

„Ich bedaure, es Ihnen sagen zu müssen, Señor Don Roberto, daß ich keine Befugniß dazu habe."

„Befugniß? Sie befehlen ja hier, Don Juan. Ihr Wille ist hier Befugniß; ich mag Sie nicht daran erinnern, daß Sie einst — und das vor sehr kurzer Zeit — mein Gefangener waren. Ich rettete Ihr Leben, das meine Kameraden opfern wollten und ich überlasse es Ihnen, zu beurtheilen, ob ich Sie nicht so behandelt habe, wie ein christlicher Ritter es einem Kriegsgefangenen gegenüber nur thun konnte."

„Was Sie da sagen, Señor Don Roberto, ist gewiß wahr, tausend Dank dafür, Ew. Gnaden. Aber Ew. Gnaden müssen bedenken, daß Sie damals Ihr eigener Herr waren, während ich der Diener meines Herrn bin. Ew. Gnaden ertheilten Befehle, anstatt sie zu empfangen. Ich erhalte meine Befe le und muß denselben gehorchen. Wenn ich nicht befürchten müßte, mich selbst des Hochverraths schuldig zu machen, möchte ich sagen, daß wenn der König von Spanien nicht mein Herr wäre und mir die Wahl, einen Herrn auszusuchen, freistände, ich mir keinen besseren wie Ew. Gnaden wünschen möchte. Aber der König von Spanien ist einmal mein Herr und das erledigt Alles."

„Aber was ich verlange, ist ja eine lächerliche Kleinigkeit. Hier ist meine Mutter, der ich zum letzten Mal auf ewig Lebewohl sagen muß. Lassen Sie sie mich nur für wenige Augenblicke an meine Brust drücken; das kann ich nicht mit den Handschellen. Sehen Sie, wie kurz die Ketten sind und haben Sie Mitleid mit uns Beiden. Niemand wird etwas davon erfahren, Señor Del Puente."

„O Señor Don Roberto, wie kann ein Soldat und ein so vortrefflicher Soldat wie Ew. Gnaden, so zu einem Soldaten sprechen, der nur Befehle auszuführen hat! Bedenken Sie, wenn Ew. Gnaden einem Ihrer Leute einen Befehl ertheilt hätte, würden Sie es gutheißen, wenn der Soldat den Befehl nicht ausführt, und zwar in der Voraussetzung, daß Ew. Gnaden nichts davon erfährt?"

„Ich werde Sie nicht weiter belästigen," sagte Sanchez und wandte sich ab. „Komm, Mutter, setze dich hierher auf's Bett und laß uns von Dir sprechen, Mutter. Meine Angelegenheit ist bald erledigt und ich fürchte den Tod nicht, denn wenn ich ihn gefürchtet hätte, würde ich jetzt nicht hier sein. Aber deinethalben, theure Mutter, bin ich besorgt, und das ist mein einziger Kummer. Unter gewissen Umständen ist es ja doch besser zu sterben, als zu leben. Was soll aus Dir werden, Mutter? Unsere Güter haben sie confiscirt und sie treiben Dich aus unserem Hause fort, um es dem Erdboden gleich zu machen. Dieser Gedanke, Mutter, ist schrecklicher für mich als der grausame Tod, den ich morgen zu erdulden haben werde."

Doch lassen wir den Vorhang fallen über diese qualvolle Scene. Jedes Ding hat sein Ende und wo die Zeit am kostbarsten ist, da entflieht sie am schnellsten.

Die Thüre zwischen Del Puente's Zimmer und dem daranstoßenden Zimmer Coronels war geschlossen und ein Posten davorgestellt. Die Zeit, die für den Besuch der Señora Sanchez bewilligt war, war verstrichen. Sie bat, am nächsten Morgen wieder kommen zu dürfen, aber Sanchez bestand darauf, daß sie das nicht thun solle. Zugleich wieder mußte sie ihm versprechen, daß sie nicht zusehen wolle, wenn er hinaus geführt werde, sondern in seinen letzten irdischen Stunden solle sie Gebete für ihn zum Himmel emporsenden. Del Puente führte sie aus dem Gefängniß hinaus. Er öffnete die Thüre für sie und trug sie beinahe in das Zimmer Coronels. Dieser Biedermann war nicht da, aber die Begleiterinnen der Señora warteten auf sie. In der dunkelsten Ecke saß ein Weib in tiefe Trauer gekleidet, und in einen schwarzen Schleier gehüllt und neben ihr ein junges Mestizo-Mädchen, das mit einem Säugling spielte, den sie im Arme hielt.

Die Señora Sanchez war für längere Zeit so außer sich, daß sie sich nicht zu beruhigen vermochte. Sie warf sich auf einen Stuhl nieder, begrub ihr Antlitz in ihren Händen und weinte, bis ihr Schluchzen sich zu einem herzerschütternden Stöhnen steigerte. Zuletzt gelang es ihren Begleitern, sie zum Aufstehen und zum Gehen zu bewegen. Zur selben Zeit kehrte Del Puente, der eine Weile im Hofe auf und ab gegangen war, zurück und sagte dem in der Ecke sitzenden Weibe, daß er sie jetzt dem Don Roberto anmelden würde. Mercedes — denn es war Mercedes — erhob sich zitternd und trat ein paar Schritte vor, um vor gelassen zu werden. In diesem Augenblicke fielen die Augen von Roberto's Mutter auf sie und erkannten sie trotz des sie verhüllenden Schleiers. Die alte Dame zog hurtig ihre Kleider zusammen, als ob sie sich vor einer Berührung fürchtete und mit der andern Hand den Arm einer ihrer Begleiterinnen ergreifend, drängte sie vorwärts, indem sie ausrief: „Fort! fort von hier! Laßt uns nicht dieselbe Luft athmen mit dieser Schlange, dieser elenden feigen Mörderin!"

Diese Worte fielen zerschmetternd auf Mercedes nieder und sie sank in den Stuhl zurück, von dem sie sich erhoben hatte.

„Ich will sie nicht sehen!" sagte Roberto, als Juan Del Puente ihm mittheilte, daß Mercedes draußen sei.

„Aber sie hat einen Befehl vom königlichen Commissär, worin ihr erlaubt wird Sie zu sehen!" antwortete der Spanier.

„Erlaubt, mich zu sehen, ja wohl. Aber Del Puente, hat sie denn auch einen Befehl, der mich zwingt, sie zu sehen?"

Der Spanier schien überrascht. „Mein Befehl lautet, sie einzulassen."

„Sie mögen Sie einlassen, Señor Del Puente, wenn ich sie zu sehen wünsche. Der königliche Commissär hat nichts dagegen, daß ich sie sehe, aber ich will sie nicht hier empfangen, als bis der königliche Commissär mich zwingt, auch diese weitere Strafe noch über mich ergehen zu lassen. Gehen Sie, Señor Del Puente! Martern Sie Ihren Gefangenen nicht noch mehr. Sie haben sich geweigert, mir diese Handschellen abzunehmen, weil Sie keinen Befehl dazu hatten. Halten Sie jetzt auch an Ihren Befehlen fest. Sie haben keinen Befehl, einen Besuch bei mir einzulassen, den ich nicht sehen will. Dort kommt mein Ehrwürdiger Vater. Stören Sie mich jetzt nicht in meinen Gedanken, Señor Del Puente und lassen Sie mich mit ihm allein."

Del Puente verließ das Zimmer, kehrte aber bald wieder zurück.

„Das Mädchen ist wahnsinnig, Ew. Gnaden. Sie schwört, daß Sie Ew. Gnaden nicht hintergangen habe, und sie fleht Ew. Gnaden an, bei allem was heilig ist, sie einzulassen."

„Señor Del Puente, muß ich denn noch die letzten Stunden, die mir vom Leben übrig bleiben, so gequält werden? Ich habe mich entschlossen und die Augenblicke sind zu kostbar, um sie zu vergeuden."

„Nun denn, dann bittet Sie Ew. Gnaden, daß Sie wenigstens das Kind sehen und es segnen."

„Das Kind! Wessen Kind? Wie kann ich es wissen, daß es mein Kind ist? Kann ich dem Weibe glauben, das mich verkauft hat? Sie wird mich auch vorher hintergangen haben, wie sie mich nachher verrathen hat."

„Mein Sohn! mein Sohn!" unterbrach ihn hier der Mönch, der kein Geringerer war wie der Superior von La Merced. „Hast Du vergessen, daß Christus am Kreuze seinen Feinden vergeben hat? Ich finde Dich nicht in der Gemüthsstimmung, in der ich Dich gestern verlassen. Du mußt diesem Mädchen vergeben!"

„Das thue ich auch, Ehrwürdiger Vater. Ich vergebe ihr. Es ist schwer, schmerzlich schwer, ihr zu verzeihen, wenn ich daran denke, daß der Sieg in meiner Hand lag, daß, wenn Sie nicht gewesen wäre, der königliche Commissär mein Gefangener geworden wäre, daß ich König dieses Reiches und der glückliche Gatte einer schönen und liebevollen Prinzessin, der Besitzer unermeßlicher Reichthümer und der Anführer einer von mir organisirten Armee hätte werden können und daß, selbst wenn dieß

Wagniß zuletzt noch fehlgeschlagen wäre, mein Name doch für immer berühmt geworden wäre: wenn ich bedenke, daß Erfolg, Ruhm, Glück, Größe auf meiner Seite gewesen wären, wenn mich diese Natter nicht in's Verderben gestürzt hätte — o es ist beinahe zu schwer, das zu vergeben."

„Denke an den Erlöser, mein Sohn. Die Zeit flieht, die Stunde naht, Du mußt vor Deinem Gott erscheinen."

„Ich weiß es, Ehrwürdigster Vater, und ich vergebe—ich vergebe ihr."

„Von ganzem Herzen?"

„Von ganzem Herzen, Vater; aber ich kann sie nicht sehen. Dies würde mich zu sehr aufregen, meine Gedanken verwirren und mich aus der Fassung bringen. Ihre beruhigenden Worte würden spurlos an mir vorübergehen. Ja, ich vergebe ihr und Sie mögen es ihr sagen. Legen Sie mir jede Strafe auf, aber zwingen Sie mich nicht, sie zu sehen. Alles, nur das nicht! Ich will und kann sie nicht sehen!"

Eine Stunde später trat Juan Del Puente in den Hofraum und sah sich nach Ildefonso Coronel um. Da er ihn nicht sah, frug er einen der Posten, wohin der Biedermann gegangen sei. Der Soldat sagte, der Señor Ildefonso habe gesagt, er würde in kurzer Zeit zurück sein, um den Señor Capitano abzulösen.

„In der That," dachte Del Puente bei sich, „ein Vergnügen ist es nicht, den Gefangenwärter zu spielen. Ich sehne mich nach etwas frischer Luft und nach einem gemüthlichen Geplauder mit der Doña Panchita, wenn man den ganzen Tag eingeschlossen gewesen ist."

Zuletzt kam Ildefonso doch zurück, knurrend wie immer.

„Mann, wo hast denn Du gesteckt?" frug Del Puente.

„Zum Teufel mit Deiner Unverschämtheit!' brummte der biedere Kamerad. „Bin ich etwa auch ein Gefangener, weil wir Beide einen bewachen müssen?"

„Ich möchte Dich nicht gerne an einen Umstand erinnern, den Du ganz vergessen zu haben scheinst. Weißt Du es nicht, daß ich Dein Vorgesetzter bin?"

„Ja und weßhalb das? Wie ist es gekommen, daß Du mein Vorgesetzter bist? Dadurch, daß Du mir das vor der Nase fortgeschnappt hast, was mir gehörte. Du drängst Dich überall vor, während ich stets bescheiden zurückstehe."

„Ich sehe schon, Ildefonso, ich bin Dir wieder im Wege. Wenn ich nicht da wäre, würdest Du in der Welt ein bedeutender Mann werden. Es ist gut so. Du wirst nicht länger bei mir bleiben. Morgen werde ich mich an den Commandeur wenden, Dir einen unabhängigen Posten zu geben — dich irgendwo hinzusenden, nur daß Du von mir fortkommst."

„Gehe zum Teufel, Del Puente!" unterbrach ihn der Andere. „Du willst mich niemals verstehen. Da bin ich zurückgeeilt, nur um Dich abzulösen, in der That, ich bin ja kaum fortgewesen. Ich bin förmlich hierher gelaufen, damit Du nur in die Arme Deiner Doña Panchita eilen kannst und jetzt brummst und krakehlst Du über meinen guten Willen und schiltst mich, weil ich bereit bin, hier allein mit einem Gefangenen zu sitzen, bis Du mit Deinen Liebesgeschichten fertig bist."

„Dein guter Wille! Deine Bereitwilligkeit! Laß es Dir jetzt ein für alle Mal gesagt sein, Ildefonso Coronel, daß ich Dein ewiges Brummen, Deine Undankbarkeit, und Deine Insubordination vollständig und gründlich satt habe. Ich bin jetzt im Ernst, Ildefonso. Entweder begreifst Du jetzt und für immer Deine Stellung als mein Untergebener und handelst danach, oder wir werden uns morgen trennen. Du kannst die Nacht mal darüber schlafen. Sprich jetzt kein Wort mehr. Ich bin durchaus nicht dazu aufgelegt. Adios!"

„Se. Gnaden sind nicht aufgelegt, auf Ildefonso Coronel zu hören," brummte Ildefonso in den Bart hinein, als er in das Zimmer trat. „Se. Gnaden haben mich satt bekommen, sind vollständig müde meiner Insubordination, beliebten Se. Gnaden zu bemerken. Ja, ja, der Schweinehirt, der Bettler, der gedungene Mörder ist des Mannes überdrüssig, der ihn zu etwas gemacht hat. Nun, wir werden ja sehen! Für jede Sünde giebt es ja einen Ablaß.*) Wir werden ja sehen, wer der bessere und reichere Mann ist, wenn wir nach Spanien zurückkehren. Ist der Gefangene allein, Posten?"

„Nein, Señor. Se. Hochwürden, der Pater Superior ist bei ihm."

„Es ist gut!" Jetzt trat Ildefonso in Del Puente's Gemach und schloß die Thüre hinter sich. Roberto und der Mönch waren in vertrautem Gespräch. „Ich hoffe, daß der Mönch geht," sprach Coronel zu sich selbst, „ehe Del Puente zurückkommt. Ich muß den jungen Rebellen vorbereiten. Aber zuerst den Becher, den muß ich vor allen Dingen bereit halten. Zehn Tropfen werden einen Mann in einen todtenähnlichen Schlaf versenken, der zehn Stunden dauern wird. ‚Keine Macht der Erde,' behauptete der Mann, ‚wird Den aufwecken können, bevor die Zeit um ist. Aber,' sagte

*) Ein bekanntes spanisches Sprüchwort: "Contra este pecado hay una bula."

er dann wieder, ‚wenn Sie wollen, daß er überhaupt nicht mehr aufwacht, geben Sie ihm zwanzig Tropfen, dann schläft er ein für immer.‘ Nun laß mal sehen, ob ich es recht verstehe. Zehn Tropfen sind für mich, da ich wieder aufwachen und zum schönen Spanien zurückkehren will, um dort die große Summe, dieses mir in den Schooß gefallene Glück auch genießen zu können. Zehn Tropfen für mich, um allen Verdacht abzulenken. Ich werde sie vorsichtig zählen und nicht eher mischen, bis Del Puente eingeschlafen ist. Aber Del Puente's Becher muß zuerst in Ordnung gebracht werden. Da geht's! Eins, zwei, drei, fünf, sieben, acht, neun, elf, zwölf, — o, welch ein Unglück! Die Tropfen kamen heraus, ohne daß ich sie zählen konnte! H'm! was sagte er? Er hat meine Unverschämtheit satt! Ich soll nicht vergessen, daß ich sein Untergebener sei, oder er will mich anderswo hinschicken! Da fällt ein anderer Tropfen! Dreizehn! Nein, so meinte ich es doch nicht. Meine Absicht war es nicht. Aber ich kann diese kostbare Flüssigkeit nicht wieder ausschütten, da würde nicht genug für die Posten übrig bleiben. Er will meine Gehässigkeit nicht länger ertragen — der große Mann, der sich gefangen nehmen ließ, wie eine Memme und das von einer Handvoll halbverhungerter Rebellen — will es nicht? Nun, wie wär's, wir gingen voneinander? Wie wäre es, Juan del Puente, wenn ich jetzt an die Reihe käme, ich der brummende, undankbare, unverschämte, unfähige, neidische und subordinationslose Ildefonso Coronel, der alle harte Arbeit gethan, alle schweren Schläge auszuhalten hat, während Du die Ehren und die Belohnungen davongetragen hast? Vierzehn, fünfzehn! Nein, Juan del Puente, ich will den Teufel nicht um seinen Antheil betrügen. Mein Gewissen würde das nicht zugeben. Der Teufel holt Dich doch zu guter Letzt und je eher er Dich holt, desto besser für alle Christen. Sechszehn, achtzehn, zwanzig — so und noch einer in den Kauf, der besseren Sicherheit wegen. Das wird ein gesunder guter Schlaf sein, Señor Capitano! Du wirst sicher Deine Freude daran haben! Und jetzt den Wein her! Welche seine Blume! Da fließt er hin! Auf Dein Wohl, Señor Del Puente!"

3. Die unsichtbare Beschützerin.

Der Graf Arana stand früh auf. Während des Tages machte er zwei oder drei kleine Schläfchen, aber des Morgens stand er stets vor fünf Uhr auf, um seine Privatgeschäfte und seine Korrespondenzen zu besorgen, so daß er den übrigen Tag militärischen Angelegenheiten und dem Vergnügen widmen konnte. Darin war er, wie in allen anderen Dingen, systematisch pedantisch und seine Civil- und Militär-Bediensteten waren gezwungen, sich dieser unbequemen Zeiteintheilung zu fügen.

Die Post von Lima und der Küste war am Abend vorher eingetroffen und Arana's Sekretäre hatten die halbe Nacht damit zugebracht, Auszüge und Abkürzungen zu machen, um dem Chef am nächsten Morgen den Inhalt in einer kurzen Uebersicht vorlegen zu können. Heute war Arana noch früher wie gewöhnlich aufgestanden, um ja für die bevorstehende Exekution bereit zu sein. Er war jetzt mit seinen Sekretären an der Arbeit, während er dabei eine Tasse heißer Chocolade mit einem erheblichen Zusatz von Rum schlürfte. Zwei oder drei Wachskerzen brannten auf dem Tische, deren Flammen bei der hereinbrechenden Tageshelle immer matter wurden.

„Hier sind verschiedene längere Mittheilungen mit Bezug auf den Señor Julio de Carrera", sagte einer der Sekretäre, „Die Gesellschaft von Lima ist ganz enthusiasmirt über sein Märtyrerthum. Die Dichter haben sein Lob gesungen. Señor Odriozola hat auf besonderen Befehl Seiner königlichen Hoheit von allen diesen poetischen Lobgesängen Exemplare sammeln lassen und übersendet sie hiermit Ew. Excellenz."

„Bei Santiago! Aber nicht, um sie zu lesen!" platzte der alte Herr heraus.

„O nein, Excellenz," antwortete der Sekretär, ohne ein Lächeln unterdrücken zu können, „sondern damit sie unter die Verwandtschaft des jungen Herrn verbreitet werden sollen, denen Se. Hoheit auf diese Weise ein ganz besonderes Zeichen seiner Achtung zu erzeigen wünscht."

„Hatte der junge Mann hier Verwandte?"

„Nein Excellenz, nur einen Onkel und der ist gestorben."

„Wissen Sie, wer seine besondere Freunde waren, oder in welchem Hause er seine tertulia*) machte."

„Er war ein regelmäßiger und beständiger Besucher dieses Hauses, Excellenz."

„Nun, dann wollen wir die Papiere dem Marquis übergeben. Die Señorita Dolores wird schon wissen, wie darüber zu disponiren ist."

„Die Damen von Lima tragen Carrera-Bänder und Carrera Kämme und im Theater wird die Geschichte dramatisirt werden.

*) Seine regelmäßigen Besuche.

Se. königliche Hoheit, der Vice-König, ist fest überzeugt, daß unser Herr, der König, Carrera's hochherzige Selbstaufopferung durch einen ganz besonderen Akt einer Gnade, entweder an dem Edelmann selbst, wenn er jemals wieder aufgefunden werden sollte, oder an seiner Familie, belohnen wird. Unterdessen ersucht Seine königliche Hoheit Ew. Excellenz, besondere Anstrengungen zu machen, um über den Verbleib Carrera's etwas genaueres zu erfahren, und wenn kein Zweifel an seinem Tode herrschen sollte, sein Andenken durch irgend ein Denkmal mit einer passenden Inschrift zu ehren, bis man eben Gewißheit darüber erlangt hat, wozu Se. Majestät sich entschlossen haben."

„Sehr wohl!" sagte Arana. „Die Instruktionen Sr. Hoheit müssen bis auf den Buchstaben erfüllt werden. Ich denke, es würde das Beste sein, eine Belohnung für die Entdeckung und Identifizirung der Leiche Carrera's und eine genügende Aufklärung des Geheimnisses auszusetzen. — Wenn irgend etwas es heraus bringen kann, so ist es Geld. Ich finde, daß die Amerikaner geradeso versessen darauf sind, wie unsere Leute zu Haus. Ramirez!"

Dieser Offizier, der an der Thür gestanden hatte, eilte auf seinen Herrn zu.

„Lassen Sie Juan del Puente sofort zu mir kommen. Ich werde ihm persönliche Instruktionen für seine heutigen Dienstleistungen mittheilen. Das ist unsere erste Hinrichtung und sie muß so eindrucksvoll wie möglich gemacht werden. Nicht um Alles in der Welt möcht' ich haben, daß hier irgend eine Dummheit gemacht wird. Es ist besser, Señor Ramirez, wenn Sie selbst del Puente herbeiholen und sich auf dem Wege hin und zurück davon überzeugen, ob alle Vorkehrungen richtig getroffen worden sind. Untersuchen Sie auch das Schaffot, wenn ich bitten darf. Ich wohnte mal einer Hinrichtung bei, wo der Sitz des armen Sünders nicht gehörig befestigt war, er brach unter dem Gewicht zusammen und die ganze Geschichte sah geradezu lächerlich aus. Heute dürfen wir keinen Zusammenbruch haben, meine Herren, keinen Zusammenbruch; heute wird ein Genick und kein Stuhl gebrochen." Und wie gewöhnlich wurde über den „Witz" des alten Herrn pflichtschuldigst gelacht.

„Fahren Sie fort, Herr Sekretär!" sagte Arana, als Ramirez das Zimmer verlassen hatte.

„Der Fiscal des Kriegsgerichts unterbreitet Ew. Excellenz fünf Todesurtheile und Confiskationen."

„Fünf? welche Thorheit! Konnten sie nicht vier oder sechs daraus machen. Ich hasse diese ungraden Zahlen, sie geben immer noch dem Teufel eine Chance. Wenn wir Sie zu hängen haben werden, Herr Sekretär, so können Sie sicher sein, daß wir für einen Collegen sorgen werden." Ueber diesen neuen brillanten Witz lachte Excellenz so unbändig, daß das Gelächter sich schließlich in einen Hustenanfall umänderte, der hinwiederum mit einem Fluch endete. „Und wer sind sie?"

„Die Señores Garcia, Vater und Sohn, die Señores Olmos, Vater und Sohn, und der alte Pedro Perez, Lieutenant des Roberto Sanchez. Der alte Perez war zu krank, um sich zu vertheidigen."

„Ist auch nicht nöthig, wenn er so krank ist, können wir ihm das Sterben ersparen, indem wir ihm den Kopf abschlagen. Wir werden bei ihm selbst den Doktor spielen. Ha! ha! ha! ha! Geben Sie mir die Urtheile. Ich werde dieselben gleich unterzeichnen, doch dürfen dieselben nicht eher publizirt werden, als bis wir die Herren haben. Fliegen kann man nicht mit Essig fangen. Das müßte ein entsetzlich dummer Fisch sein, der die Lockspeise verschlingen würde, nachdem er die Angel gesehen hat. Nein, meine Herren, wir wollen langsam aber sicher vorgehen. Schlauheit ist mehr werth, wie Stärke. Wir müssen die Urtheile geheim halten, bis der geeignete Zeitpunkt gekommen ist. Es soll mich wundern, ob es Señor Paredes gelungen ist, die Aengstlichkeit wegen dieser Herren zu verscheuchen."

„Er sagte, daß er hoffe, Ew. Excellenz heute Morgen einen günstigen Bericht vorlegen zu können."

„Ganz gut, aber weshalb ist er nicht gekommen? Wo steckt er? Er weiß, daß ich die Pünktlichkeit liebe. Füttere ein Pferd regelmäßig und Du sparst das halbe Futter!"

„Aber Ew. Excellenz fingen heute Morgen eine halbe Stunde eher an zu arbeiten, wie gewöhnlich."

„Das stimmt; das hatte ich ganz vergessen. Nun lassen wir das gehen. Können Sie glauben," fügte er dann hinzu, sich über den Tisch beugend und seine Stimme zum Flüsterton hinabdämpfend, „können Sie glauben, daß dieser Mann eine geheime Korrespondenz mit den Behörden in Lima und Madrid unterhält, selbst jetzt noch, nachdem ich hier die Regierung übernommen?"

„Ich weiß es nicht, Ew. Excellenz. In der That, ich möchte es nicht glauben, daß er das wagen könnte, jetzt noch, nachdem sein oder vielmehr des Marquis Antrag durch das Eintreffen Ew. Excellenz erledigt ist. Und wie könnte er es wagen, ohne daß wir durch die königlichen Postbehörden davon benachrichtigt worden wären?"

„Das ist schon wahr! Aber er ist ein Mann, dem alle Hülfsmittel zu Gebote stehen und den man — ich erkenne das auf's bereitwilligste an — außerordentlich gut gebrauchen kann. Aber das Ei soll nicht versuchen, klüger zu sein, wie die Henne. Während ich am Deck bin, will ich Kapitän sein und ich erlaube Niemandem, in meine Angelegenheiten die Nase hineinzustecken. Männer, die werthvolle Dienste geleistet haben, werden oft eingebildet und aufdringlich, oder sie halten sich für unentbehrlich und meinen, die Welt würde still stehen, wenn sie nicht da wären. Diese Leute irren sich, Herr Sekretär. Die Welt geht nicht aus den Fugen, wenn sie gehen. Zeit und Stunde rollen weiter, Herr Sekretär, auch wenn Sie und ich längst nicht mehr sein werden. Aber da kommt der große Mann ja selbst!"

„Ich küsse Ew. Excellenz die Hand," sagte Paredes, als er eintrat, „und ich bitte Ew. Excellenz um Verzeihung, wenn ich mich verspätet habe."

„O ganz gewiß nicht, Freund Paredes. Wir fingen heute etwas früher, wie gewöhnlich an. Welche gute Neuigkeiten hat unser Freund uns heute Morgen mitzutheilen?"

„Ich denke, Ew. Excellenz, daß es mir sehr bald gelingen wird, den Aufenthaltsort des Raufboldes und Mörders, Juan Castro, des Führers des Quitoer Pöbels auszufinden."

„Castro! Castro!" wiederholte Arana, „Wer ist der?"

„Er war der Anführer bei der entsetzlichen Ermordung meines beklagenswerthen und edlen Freundes, des Grafen Valverde."

„Auch ja, ich erinnere mich. Wir haben eine Belohnung auf seine Gefangennahme ausgesetzt."

„Jawohl, Excellenz, eine bedeutende Summe ist ausgesetzt worden. Aber Castro ist ein ganz verzweifelter Charakter, der durch seinen Terrorismus den ganzen Pöbel beherrscht. Ich zweifle nicht daran, daß viele seiner früheren Genossen gern bereit sein würden, die Belohnung zu verdienen, aber sie haben Angst vor ihm. Er ist eben so tapfer, wie er schlecht und mordsüchtig ist. Die Schwierigkeit liegt darin, ihn lebendig einzufangen. Er würde nicht zugeben, daß man ihn lebend gefangen nimmt und wenn diejenigen, die ihn gefangen nehmen wollen, ihn während des Kampfes tödten sollten, so würden sie Leben und Mühe umsonst gewagt haben. Wenn Ew. Excellenz es nicht als einen vorwitzigen und vermessenen Vorschlag meinerseits ansehen wollen, möchte ich dazu rathen, die Belohnung dem zu versprechen, der ihn todt oder lebendig einliefert."

„Señor Paredes," antwortete der Graf, „ist ohne alle Frage ein sehr geriebener Mann, der den Interessen des Königs nach bestem Ermessen zu dienen sich bestrebt, aber wie diesen Interessen am besten gedient werden kann, das müssen Ew. Gnaden meinem Urtheil überlassen. Der Tod dieses Schurken nützt uns nichts, wir wollen mit seiner Hinrichtung ein Exempel statuiren. Niemand wird sich darüber entsetzen, wenn man seinen Leichnam bringt. Nein Señor, wir wollen ihn auf den öffentlichen Richtplatz schleifen und dort soll er in Gegenwart von Hunderten seiner entsetzten Genossen seine Strafe empfangen. Das ist der Weg, auf dem man in Spanien Gerechtigkeit übt. Ihr Herren hier in Amerika mögt Eure eigenen Wege haben; aber diese Wege sind falsch, wie die letzten Unruhen und Eure Hülflosigkeit gezeigt haben."

Paredes biß sich auf die Lippen, aber verbarg, rasch sich fassend, seinen inneren Zorn. Ein amerikanischer Edelmann, und sei er auch noch so fähig und nützlich, war ein lächerliches Nichts in den Augen dieser hochmüthigen Spanier, die herkamen, um die Kolonien auszusaugen. Mit all seinem Takt und Verschlagenheit war es Paredes nicht gelungen, die Gunst des königlichen Kommissärs zu erwerben. Paredes hatte sein Bestes versucht, sich in das Vertrauen des alten Herrn hineinzuleben, aber es war ihm nicht gelungen. Vielleicht hatte die wirkliche Bedeutung, der Werth der Dienste, die Paredes geleistet, die Eifersucht und den Mißmuth Arana's erweckt.

„Aber glauben Ew. Excellenz denn nicht," fuhr der Creole fort, „daß es besser ist, ihn todt als gar nicht zu haben?"

„Und auf welche Weise wollen Ew. Gnaden den Tod herbeiführen?"

„Ich dachte," sagte Paredes etwas befangen, „daß ein oder der andere seiner alten Genossen, die sein Versteck kennen, bereit sein würden, ihn preiszugeben und auszuliefern, im Falle sie es ohne Gefahr für sich thun könnten."

„Aber weiß Oberst Paredes auch, daß diese Leute wirklich so gesinnt sind?"

„Ich denke, ich kann dafür bürgen."

„Aber, weshalb ergreift man denn diese Leute, die im Verdacht stehen, daß sie sein Versteck kennen, nicht und m a c h t sie sprechen. Die spanischen Stiefeln und die Daumenschrauben würden bald ihren Mund öffnen. Wissen Sie, Señor Paredes, wir haben so kleine Mittelchen, die sie augenblicklich bereit machen, das zu sagen, was sie wissen. Es ist nichts besser, wie eine gemüthliche Ueberredung. Ha! ha! ha! Geben Sie mir die Namen, Freund Paredes, und ich bürge dafür, daß sie uns Rede und Antwort stehen."

„Ich habe keine direkte Mittheilungen, Excellenz, aber mir sind nur dritter und vierter Hand indirekte Andeutungen und Nachrichten zugekommen, dahinlautend, daß, wenn die Belohnung auch für den todten Castro bezahlt werden würde, die Leiche bald abgeliefert werden könnte."

„Nun wohl, wenn Ew. Gnaden nächstens wieder eine derartige Andeutung erhalten, so würden Sie mich sehr verpflichten, wenn Sie die Quelle ausfindig machen —"

Arana's Worte wurden durch einen Tumult draußen unterbrochen. Wilde Ausrufe, eilige Schritte und Klirren der Schwerter klangen in der Halle und auf der Treppe wieder und Ramirez, gefolgt von fünf oder sechs Offizieren und eben so viele Soldaten erschienen vor dem Eingang. Eine Anzahl Bürgerlicher, an der Spitze der Marquis de Solando, Juan de Londoño, Ponce de Leon und andere drängten sich ebenfalls in den Saal.

„Nun meine Herren," rief Arana aus, „Was hat denn diese ungewöhnliche Aufregung zu bedeuten?"

„Ich wage es kaum," sagte Ramirez, mit einem Stück Papier in der Hand vortretend, „ich wage es kaum, Ew. Excellenz mitzutheilen, was sich ereignet hat."

„Reden Sie, Herr, was ist geschehen?"

„Roberto Sanchez ist entflohen!"

Arana starrte den Sprecher an, als hätte er ihn nicht verstanden. Seine Augen traten aus ihren Höhlen heraus und seine Haare, die immer aufwärts zu stehen schienen, richteten sich anscheinend noch mehr empor, wenn das möglich war. Lautlose Stille herrschte im Saal. Die Bürgerlichen, die zugegen waren, wagten kaum zu athmen, während die Soldaten vor Staunen und Furcht lebenden Bildsäulen glichen.

Die Stille war peinlich, sie wurde zuletzt von Arana gebrochen, der mit einem wilden Fluch ausrief: „Was haben Sie da gewagt zu sagen? Wiederholen Sie es, Herr!"

Arana hatte sich von seinem Sitz erhoben und sich vorgebeugt, um sich zu überzeugen, ob er auch recht gehört.

„Der Gefangene Roberto Sanchez ist, es thut mir leid, Ew. Excellenz —"

„Zur Hölle mit Eurem leid! Sie wollen mir sagen, daß er entflohen ist?"

„Ja, Ew. Excellenz!"

„Bei allen Heiligen des Himmels!" schrie der Kommissär und schleuderte den kostbaren Becher, aus dem er die Chocolade geschlürft, zu Boden, daß er klirrend zersprang, „das soll mehr Köpfe kosten, wie Haare auf dem Haupte dieses erbärmlichen Rebellen sind."

Dabei bekam der alte Herr einen neuen Hustenanfall, während dessen die Personen im Zimmer schweigend und bewegungslos dastanden. „Berichten Sie, Herr, weshalb berichten Sie nicht. Was drehen Sie denn da in Ihrer Hand herum?"

„Das Papier, das man heute Morgen in der leeren Zelle fand; es war mit einem Nagel durch die Mitte an die Wand befestigt."

„Lassen Sie es mich sehen," sagte Arana und griff mit zitternden Händen danach. Es nahm einige Zeit, bis er sich genugsam gefaßt und das Blatt in das richtige Licht und in die richtige Entfernung für seine bereits alt werdenden Augen gebracht hatte und da er in der Wissenschaft des Lesens so wie so nicht besonders bewandert war, las er langsam und stammelnd: ‚So beschützt Toa Duchicela ihre Freunde!' Die Pest auf die indianische Hexe! Aber wo ist Juan del Puente? Sein Kopf soll dafür fallen. Dieser elende Schwachkopf! Zuerst läßt er sich durch eine Handvoll Wichte gefangen nehmen und jetzt läßt er sich seinen Gefangenen gerade vor der Nase fortstehlen!"

„Ich fürchte, Excellenz, daß Juan del Puente's Haupt nicht mehr in Gefahr ist. Wir fanden ihn in einer todesähnlichen Betäubung, nur noch schwach atmend und er wird jetzt wahrscheinlich wohl todt sein."

„Das ist sein Glück. Er verdient nicht zu leben. Und wo war Ildefonso Coronel?"

„Er wurde in seinem Zimmer am Boden liegend gefunden, im selben Zustande, nur etwas freier athmend. Man that Alles, um ihn zu wecken, aber es war unmöglich. Sie stachen, brannten, schnitten ihn, aber sie konnten ihn nicht zum Bewußtsein bringen, und die Aerzte haben ihn jetzt in Behandlung."

„Stand den Niemand draußen, keine Wachtposten?"

„Jawohl, Excellenz. Im Inneren standen zwei Soldaten, aber auch diese fand man besinnungslos auf dem Boden liegen und man versucht auch diese jetzt zum Bewußtsein zu bringen. Die äußeren Posten berichten, daß Señor del Puente kurze Zeit nach Mitternacht bei ihnen passirte, das richtige Losungswort gab und auf die Straße ging. Da er nicht zurückkam, dachten sie, er sei zu einer Frau von zweifelhaftem Rufe gegangen, die er zu besuchen pflegte. Aber als man ihn heute Morgen in seinem Zimmer auffand, entdeckte man, daß sein Hut, Mantel, Schwert, Stiefel und Sporen ebenfalls verschwunden waren. Der Mann, der nach Mitternacht die Kaserne verließ, muß also der Verräther Sanchez in dem Mantel und mit dem Hute Juan del Puente's gewesen sein?"

„Aber wie ist er zum Losungswort gekommen?"

„Wir werden nicht eher etwas über das Geheimniß erfahren, bis einer oder mehrere der vergifteten Soldaten wieder aufgeweckt sind. Auf einem der Tische standen zwei Flaschen, in denen ein ausgezeichneter Xeres gewesen sein mußte. In einer der Flaschen blieb noch ein kleiner Rest."

„Man lasse die Sache ganz genau untersuchen; namentlich finde man aus, von wem der Wein herrührt."

Am Eingang entstand wieder eine Bewegung. Ein Offizier trat mit neuen Nachrichten ein.

„Nun," sagte Arana „was muß ich sonst noch hören, Señor Luzarraga?"

„Juan del Puente ist todt, ebenso die beiden Soldaten; aber die Aerzte hegen Hoffnung, Ildefonso Coronel wieder zum Bewußtsein bringen zu können; er zeigt bereits Symptone zur Besserung."

„Nun wohl," sagte Arana, „Del Puente war ein tapferer Mann und ein guter Soldat. Möge der Herr seiner Seele gnädig sein. Wenn er sich einer Nachlässigkeit schuldig gemacht hat, so hat er mit seinem Leben dafür bezahlt. Aber ich glaube, die Ursache dieser Flucht war eine Zauberei und keine Nachlässigkeit. Um welche Zeit entdeckte man die Flucht?"

„Zwischen fünf und sechs, Excellenz," fuhr Luzarraga fort. „Die äußeren Posten wurden alle zwei Stunden abgelöst, die inneren Posten wurden durch zwei Unteroffiziere abgelöst, die von Mitternacht bis Tagesanbruch beim Kapitän Del Puente bleiben sollten. Als der Tag anbrach und Niemand hinaustrat, obschon um fünf Uhr die Reveille geschlagen war, trat ich hinein und entdeckte das Schreckliche."

„Und was hat man gethan, um den Verräther wieder einzufangen?"

„Wenn Ew. Excellenz gütig erlauben," antwortete Lieutenant Luzarraga, „ich sandte sofort nach allen Richtungen Kavalleriepatrouillen aus mit den Instruktionen, genau alle Nebenwege und Gebirgspfade zu untersuchen. Jeder Posten innerhalb und außerhalb der Stadt wurde notifizirt und im Augenblick wird die ganze Gegend von unseren Soldaten durchschwärmt. Ich that dieses auf meine eigene Verantwortung und ehe mein Bote Ew. Excellenz erreichen konnte, um ja keine Minute der kostbaren Zeit zu verlieren."

„Das war ganz Recht, Luzarraga. Sie sollen das Kommando in der Kaserne übernehmen. Fahren Sie fort, ihre Leute auszuschicken, lassen Sie die ganze Stadt durchsuchen, jedes Nest durchstöbern, wir müssen den Mann wieder haben. Gehen Sie!"

Der Lieutenant verließ mit einigen Soldaten das Zimmer.

„Habe ich es Ihnen nicht heute Morgen schon gesagt, daß ungrade Zahlen stets dem Teufel eine Chance geben, Herr Sekretär? Wir hätten Sanchez einen Todeskameraden geben sollen?" Mit diesen Worten verließ der alte Kommandant seinen Platz hinter dem Tisch und trat an die Gruppe der Bürgerlichen in der Mitte des Zimmers heran. „Und nun, meine Herren, was ist Ihre Ansicht? Haben Sie in Bezug auf dieses traurige Ereigniß irgend einen Vorschlag zu machen?"

„Ich denke," sagte Juan de Londoño ganz demüthig, „der Plan Ew. Excellenz ist der beste und unter den Umständen einzig mögliche. Man lasse nicht nach mit Suchen und besonders habe man die indianischen Dörfer im Auge."

„Sie haben Recht, Señor Alcalde. Und Sie, Freund Ponce, was ist Ihre Meinung?"

„Mit der Zustimmung Ew. Excellenz werden wir die Municipalgarden beim Suchen helfen lassen, um das Durchsuchen möglichst allgemein und gründlich zu machen."

„Besten Dank! Ich nehme diese Unterstützung an. Und Sie Señor Paredes, haben Ew. Gnaden keinen Vorschlag zu machen?"

Diese Versuchung war doch zu stark, um selbst die Vorschriften der Klugheit aus den Augen zu lassen und so antwortete er im artigsten Ton: „Ew. Excellenz wissen ja, wie das in Spanien gemacht wird, wo sie es so viel besser verstehen, ich könnte nur irgend einen plumpen amerikanischen Weg einschlagen, der ja, wie Ew. Excellenz bereits zu bemerken beliebte, doch ein falscher Weg sein würde. Ich habe den Verräther einmal gefangen und in die Hände Ew. Excellenz geliefert, aber in der bekannten Rathlosigkeit der Creolen, möchte es mir schwer werden, ihn wieder zu ergreifen. Nichtsdestoweniger stehen meine Dienste zu Ew. Excellenz Disposition. Ew. Excellenz mag darüber nach Belieben verfügen."

„Wir werden davon schon bald Gebrauch machen, Señor Paredes," sagte Arana schlagfertig, „um die Leute ausfindig zu machen, die Ew. Gnaden mit indirekten Winken und Nachrichten über den Erzverräther Juan Castro belästigt haben; es ist die höchste Zeit, der Wirthschaft dieser indianischen Zauberkünste in diesem Königreiche ein Ende zu machen. Da existirt namentlich eine Hexe, die, wie ich mir habe sagen lassen, bei den letzten Unruhen eine hervorragende Rolle gespielt hat und das ist die Zauberin Mama Rucu. Ich habe gehört, daß Personen von hoher Stellung sich vor ihr fürchten, weil sie im Verdacht steht, jedes Einzelnen Geheimnisse zu kennen. Es ist ganz offenbar, daß man sie mit einer unverzeihlichen Langmuth behandelt hat. Nun, der alte Arana fürchtet sich nicht vor ihr. Die Hexe kennt meine Geheimnisse nicht und zwar deßhalb, weil ich keine habe außer denen, die sich auf des Königs Dienst beziehen. Ich habe beschlossen, sie verhaften und prozessiren zu lassen. Wenn sie irgend welche Geheimnisse hat, bin ich dafür, daß sie sie bekannt giebt. Ich habe nicht die Absicht, diejenigen zu schützen, die ein schlechtes Gewissen haben. Alles was ich von Ihnen wünsche, meine Herren, ist, daß Sie meinen Soldaten den Weg zu ihrer Hütte zeigen. Señor Londoño, haben Sie die Güte, dieses zu besorgen. Und nun, meine Herren, wünsche ich Ihnen einen guten Morgen. Ramirez! Lassen Sie mein Pferd vorführen, ich werde ausreiten.“ Und ohne ein weiteres Wort oder eine Verbeugung, drehte Arana der Gesellschaft den Rücken zu und ging in ein anderes Gemach.

4. NOS PATRIAM FUGIMUS.

Wir müssen wieder zurückkommen auf die Nacht, die der im letzten Kapitel bekannten Scene voranging. Es war eine dunkle sternenlose Nacht, bereits ein Vorbote der nahenden Regenzeit. Die Wolken hingen niedriger und einige berührten sogar die Dächer der öffentlichen Gebäude in der Stadt. Hie und da zuckte ein Blitzstrahl durch die tiefe Finsterniß und hörte man in der Entfernung rollenden Donner, aber es regnete noch nicht. Die Ruhe des Berges Pichincha wurde kaum unterbrochen durch das Murmeln der Stimmen rings um Mama Rucu's Hütte. Eine Anzahl Indianer lagerte dort und andere kamen und gingen. Sie huschten dahin wie die Schatten der Nacht und ihre Gesichter konnte man in der Dunkelheit nicht erkennen. Nur in einer einzigen Gruppe und zwar in der nächsten bei der Hütte wurde gesprochen, die übrigen verhielten sich schweigend, schweigend wie die Bergöde rings herum.

Die Shyri Toa saß auf einer kleinen steinernen Bank, auf der Mama Rucu saß, als sie zuerst bei dem Leser eingeführt wurde. Vor ihr kniete oder stand der, dem sie gerade Audienz gab, während die übrigen sich in respektvoller Entfernung hielten, um nicht das zu hören, was ihre Königin nicht für ihre Ohren bestimmt hatte. Sie waren ja schon glücklich, wenn nur die musikalisch klangvolle Stimme ihrer geliebten Königin an ihr Ohr schlug. Toa's Kleidung war nicht verschieden von der ihrer Umgebung, aber auf dem Haupte trug sie das Diadem mit dem Smaragd-Emblem ihres unglücklichen Hauses. Das war das einzige königliche Abzeichen und es leuchtete auf und verschwand, wie die Blitze mit dem undurchdringlichen Dunkel der Nacht kämpfen.

„Erhebe Dich, Mariano!“ sagte sie zu einem Indianer, der vor ihr ausgestreckt lag und den Saum ihres Kleides an seine Lippen drückte.

„O, nimm mich mit Dir, Shyri, nimm mich mit!“ antwortete er, ohne seine Lage zu verändern. „Laß nicht den treuesten Deiner Sklaven zurück!“

„Armer Knabe! Hast Du auch bedacht die furchtbare Anstrengung, die schneidige Kälte, den nagenden Hunger, den durchdringenden Regen und die obdachlosen Nächte der Reise? Hast Du bedacht das tödtende Klima, die giftigen Schlangen, die wilden Bestien der tropischen Wälder, die ich jetzt aufsuchen muß? Du Kind dieser herrlichen Hochebenen, dieses Paradieses auf Erden, Diener eines Viracocha, Du bist erzogen und gewöhnt an Ruhe und Bequemlichkeit und die tropischen Wälder an den Ufern der Riesenströme mit ihrer schwülen Hitze und brennendem Fieber sind nicht für Dich!“

„Aber Du wirst dort sein, Shyri, und wohin Du gehst, dahin will ich auch gehen. Zu sterben, wo Du weilst, ist Seligkeit. O, schlage die Bitte Deinem treuesten Diener nicht ab.“

„Mariano!“ sagte Toa ernst aber voll Güte. „Ich muß alle meine Kinder gleich behandeln. Sie würden mir alle folgen und das Land unserer Väter, das sie hinter sich lassen, entvölkern. Zu Tausenden würden sie mir folgen, um zu Tausenden auf dem Wege zu Grunde zu gehen. Wir haben eine ungastliche Wildniß zu durchwandern, die nichts zum Lebensunterhalt darbietet. Wir können unmöglich Lebensmittel für die Tausende, die mir folgen wollen, mitnehmen. Deßhalb habe ich beschlossen, daß nur fünfhundert gehen sollen und ich habe sie ausgewählt aus den Arbeitern in den Fabriken, den Bergwerken und auf den Feldern; Du aber bist der Diener eines Edelmannes und Deine Stellung ist eine angenehme und bequeme, wenn man sie vergleicht mit dem grausamen Loose Deiner Brüder. Aber Deine Ergebenheit hat mein Herz gerührt und wenn Du unter den fünfhundert Einen finden kannst, der für Dich hier bleiben will, so erlaube ich Dir gern, dessen Stelle einzunehmen."

„Dank, tausend Dank Dir hochherzige Shyri!" antwortete der Indianer Mariano, dem der Leser schon früher als Carrer 's Diener begegnet; noch einmal küßte er leidenschaftlich den Saum ihres Gewandes, sprang auf und eilte davon.

Toa schlug jetzt die Hände zusammen und auf dieses Signal hin erhob sich geräuschlos vor der Hütte eine dunkle Gestalt und stand gebeugten Hauptes vor der Königin.

„Rufe Santos!" sagte sie. Die dunkle Gestalt verschwand und unmittelbar darauf kniete eine Indianerin vor der Königin.

„Santos!" begann Toa mit großer Würde, „Enkelin Cozopangui's, vom edelsten Blute unseres Volkes! Toa Duchicela hat Dich rufen lassen, um Dir für immer Lebewohl zu sagen." Mit diesen Worten legte sie zärtlich ihre Hände auf des Weibes Haupt, zog sie zu sich heran und küßte sie auf die Stirn, während Santos in Schluchzen und Thränen ausbrach.

„Sei ruhig, Mama Santos! Trockne Deine Thränen und fasse Dich. Weißt Du nicht, daß Du der Wächter meiner Rache sein mußt? Ich spreche jetzt nicht zu Dir als Deine Königin. Das Weib Toa ist es, das zum Weibe Santos spricht. Toa spricht nicht zu Santos, ihrer Unterthanin, sondern zu Santos, ihrer Freundin. Dir habe ich die Rache meines gebrochenen Herzens überlassen."

„O, sprich Shyri!" frug die andere mit der Raschheit des brennenden Eifers. „Willst Du, daß ich den Dolch der Viracochas zur Hand nehmen und ihn mit unfehlbarer Sicherheit in das kalte Herz stoßen soll?"

„Nein, Santos!"

„Oder willst Du, daß ich das unfehlbare Gift gebrauchen soll, das ich gelernt habe aus Pflanzen und Früchten zu bereiten und das keine Zeichen und keine verdächtige Spuren zurückläßt?"

„Nein, Santos! Ich sagte Dir schon, was ich will. Nicht der Tod, sondern das Leben soll eine Strafe sein. Der Tod ist kurz und dann ist Alles vorüber. Aber es giebt ein Leben, das schlimmer ist wie der Tod und dieses Leben soll er leben. Gebrauche kein Messer von Eisen oder Stahl, aber ein Messer, das in's Herz dringt und nicht tödtet; ein Messer, das verwundet und sticht, Tag für Tag, Jahr aus Jahr ein; ein Messer, dessen Wunden nicht bluten, aber unsägliche Schmerzen verursachen. Nimm Gift, das nicht den Leib, sondern die Seele ergreift, ein Gift, das nicht den Tod, sondern Elend und Herzensjammer verursacht, ein Gift, das nicht die Ruhe giebt, sondern sie verscheucht. Eine brennende Wunde im Herzen, die Krallen der Eifersucht, unerwiderte Liebe, bittere Enttäuschung, vereitelte Hoffnungen, vergebliche Reue, gedemüthigter Stolz, betrogenes Vertrauen und endlose Erniedrigung: ein solches Leben Jahre lang ohne Aenderung, ohne Rettung, ohne Hoffnung wird eine härtere Strafe sein als tausendmal der Tod. Und wenn er eine Ewigkeit leben sollte, es wäre noch nicht Rache genug für das Herzeleid, die Enttäuschung und die Niederlage, die er mir und meinem Volke bereitet. Und um ihn zu bestrafen, muß das elende Weib am Leben bleiben, Santos! Hörst Du es, Santos! Sie muß leben! Deßhalb, tödte Sie nicht, Enkelin Cozapangui's, sondern wache über sie, bewahre Sie, schütze sie, bis meine Rache vollbracht ist!"

„Verlaß Dich auf mich, Shyri, Deine Befehle sollen vollzogen werden."

„Ja, Santos, und vollziehe sie mit Geschick. Gebrauche alle Deine Klugheit und Weisheit. Du stammst aus einer klugen Familie und Dein Großvater war einer der weisesten Männer seiner Zeit. Sei weise! Sei wachsam! Laß nichts Deiner Aufmerksamkeit entgehen. Sammle alle Thatsachen und Umstände, die Verdacht erregen können und flöße dieses Gift ein langsam, vorsichtig und beständig und mit unwiderstehlicher Gewalt wie das Schicksal. Und jetzt, Santos, Lebewohl! ich habe noch mit Anderen zu sprechen und die Stunden verfliegen eilig. Es ist die letzte Nacht in der Hauptstadt meiner Vorfahren und leider! leider! nur eine kurze Nacht!"

„O, edle Königin, Leben meiner Seele, laß Deine niedere Dienerin noch um eine Gunst diesseits des Grabes Dich bitten!"

„Was ist es, Santos?"

„Drücke Deine Lippen noch einmal auf meine Stirn, wie Du es vorhergethan."

„Komm in meine Arme, Santos!" sagte die Königin, unfähig die Thränen, die ihr in die Augen traten, zurückzuhalten. „Möge der große Pachacamac Dich bis zum letzten Augenblick beschützen!" Mit diesen Worten küßte Toa sie auf beide Wangen und entließ sie dann.

Die dunkle Gestalt näherte sich wieder

und sagte: „Dein Diener Uma ist bereit, seine letzten Befehle zu empfangen."

„Laß ihn kommen."

„Es ist Alles in Bereitschaft, Shyri!" sagte Uma. „Wenn Alles gut geht, wird er nach Mitternacht frei sein. Soll ich ihn zu Dir bringen?"

„Nein, Uma, er darf keine Minute verlieren. Führe ihn sofort in die Berge auf den Weg zur Küste. Ich habe Dich mit Gold versehen, daß er dieses unglückliche Land verlassen und den Rest seiner Tage ohne Sorgen leben kann. Sage ihm, daß Toa Duchicela ihn niemals vergessen wird und daß von allen Viracochas auf Erden er der einzige ist, den sie im dankbarem Andenken halten wird. Sage ihm, daß seine Mutter und sein Kind nicht verlassen bleiben oder vergessen sein sollen. Sage ihm, daß er Mercedes Unrecht gethan, denn sie ist unschuldig an dem Verrath. Sage ihm, daß Sonne und Mond fortwährend meine Gebete für sein Glück hören werden."

„Das werde ich, Shyri! Hualpa wird die Nachricht unseres Erfolges bringen. Wenn es mißlingt, werde ich Dir selbst die Nachricht überbringen."

„Bringe ihn an die Küste. Verlasse ihn nicht eher, bis er in Sicherheit ist und wenn Du Dein Werk vollbracht, dann treffe mich wieder an den Ufern des Napo, wenn Du noch immer Dein Geschick mit dem meinen verbinden willst. Wenn Du aber nicht länger dem erbleichenden Sterne, dem erblassenden Smaragd folgen willst, dann bist Du frei, Uma, und kannst gehen, wohin immer Dein Herz verlangt und so viel von meinen Schätzen, wie Du für Deine Zukunft brauchst, ist Dein!"

„Wo Toa Duchicela ist," antwortete Uma langsam und in gemessenem Ton, „dort wird auch Uma sein. Er wird folgen ihren Pfaden; wandern wird er, wo sie wandert, weilen, wo sie weilt, und wo sie schläft, da wird er wachen!"

„Ich danke Dir, Uma! Ich wußte es, daß Du mir treu sein würdest bis an's Ende. Dein Haus und unser Haus haben in den Tagen der Größe und Herrlichkeit fest zusammengestanden. Die Nachkommen werden zusammenhalten in der Verbannung und im Unglück. Lebe wohl, Uma; wir sehen uns wieder!"

„Wenn ich leben werde, werde ich bald wieder bei Dir sein!"

Mit diesen Worten ging er davon, ruhig, gemessen, würdevoll wie immer. Toa schaute ihm nach, bis die Umrisse seiner Gestalt in der Dunkelheit verschwanden. Dann stützte sie den Ellbogen auf das Knie und das Haupt auf die Hand und versank in düstere Gedanken. Dunkler wie die sternenlose Nacht wurde es in ihrer Seele. „Tausende von Herzen," seufzte sie, „hängen sich an mich und doch bin ich nichts für sie, wie eine machtlose Schattenkönigin, die Dienste verlangt und Opfer annimmt; tausende dieser Unglücklichen würden mir folgen durch Armuth und Elend bis zu einem frühen Tode; nur er, der einzige, nach dessen Liebe ich geschmachtet, der Mann, den ich mit Größe, Ruhm und Glück überschüttet hätte, nur er hat sich von mir abgewandt. Diejenigen, die nichts von mir erhalten, wollen für mich sterben; er aber, dem ich Alles gegeben hätte, will nicht einmal für mich leben."

„Das ist die gerechte Strafe, Shyri Toa," sagte eine Stimme ihr zur Seite.

„Strafe? wofür, Fürst Cundurazu?"

„Für den Leichtsinn und die gedankenlose Selbstsucht, mit der Du Deine heilige Mission den trügerischen Wünschen eines Weiberherzens geopfert hast."

„Cundurazu!"

„Erhebe Deine Stimme nicht im Zorn, denn ich will sprechen und Du sollst mich hören trotz Deines Sträubens. Meine Tage auf Erden sind gezählt. Ich kann Dir nicht folgen in das Land der Wildniß. Die wenige Kraft, die mir noch geblieben ist, habe ich nöthig, um diesen alten müden Leib nach Purruhá, in das Land meiner Väter zu tragen. Dort, wo Deine Vorfahren lebten und starben, sowohl wie die meinen, in den Schluchten des Berges, dessen Namen ich trage, sollen meine Gebeine bleichen. Dort, in den unnahbaren Klüften, noch von keinem Eindringling entweiht, wird dieser müde Wanderer den letzten Schlaf schlafen, nicht gestört durch den Traum und die Hoffnung meines langen Lebens, dieser glorreichen Hoffnung, die Du zertrümmert hast."

„Ich" —

„Ja Du, Shyri Toa, Du! Schwer ist es, die Last der Niederlage zu tragen; aber eine selbstverschuldete Niederlage, Unglück, das man selbst geschaffen, ein Fehlschlag aus eigener Wahl, das ist die bitterste der Niederlagen, allen Unglück's und jeglichen Fehlschlags. Ich kann Dir den Schmerz nicht ersparen, Shyri Toa. Du hast die Sache Deines Volkes geopfert und ich muß Deiner Seele einen Spiegel vorhalten, um Dir zu zeigen, was Du gethan."

Toa beugte ihr Haupt und sagte nichts.

„Habe ich Deine Erlaubniß, fortzufahren, Du Tochter Autachi's, den ich den blutigen Klauen Rumiñagui's entriß — Autachi's, den ich verborgen hielt, ihn nährte und ihn großzog, bis er Dein Vater war, Toa Duchicela?"

„Du hast! Ich bin ein Weib, dessen Herz gebrochen und zermalmt ist, Cunduraznu! So fahre denn fort und versuche der Last des Elends und der Enttäuschung, die mich bereits erdrückt, noch mehr hinzuzufügen.“

„Ich kann Dich nicht verschonen für das Unrecht, das Du Deinem Volke gethan. Nachdem Du dem großen von Collohuaso und mir entworfenen Plane zugestimmt, mußtest Du ihn auch im vollen Ernste ausführen. Du hättest Dich nicht von dem ersten hübschen Gesicht, das Dir gefiel, abwendig machen lassen sollen. Einen Mann von Eisen gebrauchtest Du, aber Deine Eitelkeit wählte sich eine Puppe von Wachs. Du hättest das zukünftige Wohlergehen Deiner Race, den Zweck Deiner königlichen Mission bedenken sollen, und nicht die thörichten Wünsche eines unerfahrenen weiblichen Herzens. Deine Wahl fiel auf den schwächsten, statt auf den stärksten, den unbeständigsten, statt auf den energischsten der Viracocha's. Statt weise und vorsichtig zu wählen, wähltest Du überhaupt nicht. Hunderte gab es, die Du hättest wählen können und die für die Ehre, den Ruhm und den Reichthum, die Deine Hand verleihen konnte, gestorben wären. Weshalb hast Du nicht gesichtet und die Spreu vom Weizen getrennt? Weshalb hast Du das Metall des Mannes nicht geprüft und Dich überzeugt, daß er werth ist Deiner Gunst, ehe Du, wie ein thörichtes Mädchen, den großen Schatz Deiner Liebe vor die Füße eines Narren gelegt, der es nicht der Mühe werth fand, sich zu bücken und ihn aufzuheben?“

„Es ist grausam, Cunduraznu, den Fehler zu tadeln, den ich begangen. Habe ich nicht dafür gelitten? Und würde ich ihn nicht wieder gut gemacht haben, wenn die Götter mir die Gelegenheit geboten hätten?“

„Nein, Toa Duchicela! Mache nicht die Götter für das Verbrechen verantwortlich, an dem Du Schuld trägst. Du hattest die Gelegenheit; die Götter hatten sie Dir gnädig gewährt; Du aber, Toa Duchicela, unwürdige Enkelin Atahualpa's, unwürdige Tochter Antachi's, hast sie thöricht vorübergehen lassen. Die große Gelegenheit hast Du geopfert, verschleudert und mit Füßen getreten. Die Götter hatten den Mann von Eisen gesandt als Retter unserer zu Grunde gehenden Sache. In seinen Händen lag der Sieg und sein Herz war treu. Er kam und unsere Verzweiflung verwandelte sich in Freude — die gewisse Niederlage in einen gewissen Sieg. Hättest Du ihn nur gewähren lassen! Aber nein! Deine kopflose, rücksichts- und schamlose Einmischung zerstörte unsere letzte Hoffnung. Du nahmst es auf Dich selbst, ihm in die erhobene Hand zu fallen. Er würde die Natter zertreten haben, bevor sie ihn an der unbeschützten Stelle stechen konnte, würde sie vernichtet haben, wenn Du Dich nicht unbefugt hineingemischt hättest! Weshalb hast Du Manuel Paredes, den Feind unseres Volkes, gewarnt? Wäre er nicht gewarnt worden, so mußte der Verräther sterben, und unser edeler Viracocha-Freund würde den Anführer der Fremden gefangen genommen und uns mit einem einzigen glänzenden Schlage frei gemacht haben. Deine Einmischung schürzte den Verräther und opferte unseren Befreier. Deshalb mache nicht die Götter verantwortlich, Toa Duchicela, nicht Sonne und Mond für Deine eigenen Verbrechen. Du bist es, die uns betrogen hat, Du, die uns geopfert hat und auf Deinem schuldigen, unbesonnenen und pflichtvergessenen Haupte ruht der Fluch unseres Volkes.“

Toa saß da, schweigend, entsetzt und vernichtet.

„Ich weiß es, weshalb Du dieses rücksichtslose Verbrechen begangen. Ich kann in Deinem thörichten Herzen lesen und entdecke die Motive dieser leichtsinnigen That. Rache ist es für Deinen unbeständigen, treulosen Liebhaber, die für Dich wichtiger war, als der Erfolg unseres großen Planes. Millionen sollen geopfert werden, nur um Einen zu bestrafen, dessen Schuld Deiner Thorheit entspringt. Die tapferen Männer, die Du auf das Schaffot gebracht, die Freunde, die Du preisgegeben, Dein eigenes Volk und Deine königliche Stellung, die Du leichtsinnig verschleudert, werden gegen Dich aufstehen, die Sonne mit Sorgen verdunkeln und dem geliebten Monde Thränen entlocken. Kein Weib auf Erden hat jemals so viel geopfert, um so wenig zu erlangen — die Bestrafung eines Liebhabers, für den ein Messer, ein Dolch, ein Stein, genügt hätte.“

Ein blendender Blitz erleuchtete für einen Augenblick die Scene und zeigte Toa's Antlitz in Thränen gebadet. Rollender Donner, wiederhallend von den Bergen und endend in einen betäubenden Schlag, machte der feurigen Beredtsamkeit Cunduraznu's ein Ende. Des alten Mannes Zorn war von selbst erloschen, er versank in ein schweigendes Nachsinnen und Alles war wieder still und dunkel.

---

5. Die Coya Cisa.

Toa erhob sich zuletzt und trat ohne ein Wort zu sagen in die Hütte. Cunduraznu folgte ihr. Wir sind mit der inneren Einrichtung der Hütte bekannt und nichts war seit unserem letzten Besuche anders geworden. Ein in dem einzigen Raum aufgespannter Vorhang sonderte denselben noch immer in zwei Theile. Der Kessel mit dem Samaruen kochte wiederum über dem Feuer von aromatischem Holze. Mama Nucu saß davor, rührte wie immer den kostbaren Trank und füllte den Calabasch, aus dem sie trank. Ihr Rücken war wie gewöhnlich der Thüre zugekehrt, doch erkannte sie die, die eintraten.

„Enkelin," sagte sie, ohne sich umzuwenden, „die große Sonne sei gepriesen. Noch einmal wieder stehe ich unter dem Einflusse des göttlichem Trankes. Seit vielen Wochen hatte er seine Wirkung auf mich verloren und ich fürchtete bereits, daß ich hätte sterben müssen, ohne nochmals seine Segnungen zu kosten. Aber jetzt ist es wieder über mich gekommen; noch einmal ist der Schleier gelüftet, die dünnen Nebel zertheilen sich vor mir und bei dem klaren Lichte unseres großen Vaters, des Sonnengottes, sehe ich wieder wie früher. Die Zukunft liegt wieder vor mir ausgebreitet. Was die nächsten Stunden, die nächsten Jahre bringen werden, das Alles sehe ich. Ich sehe Alles!"

Einen Augenblick war Alles still, während dessen Mama Nucu nochmals einen Schluck des kostbaren Getränkes nahm.

„Enkelin," sagte sie dann nach einer Pause, „und Du Cunduraju, der beste, treueste und einzige Freund, den ich habe, die Coya Cisa, die Wittwe Atahualpa's, die Mutter Antachi's, die Prophetin, die unsere Besieger Mama Nucu nennen, hat nur noch sechs Stunden zu leben. Die lange, mühsame Pilgerfahrt naht sich ihrem Ende. Sie geht jetzt zu ihrem ewigen Ruheplatz an der Seite ihres Sohnes Antachi in der Höhle des Pichincha, des Berges, der ihr in den letzten sechzig Jahren Obdach gewährt hat. Sechs kurze Stunden und die Coya Cisa ist nicht mehr."

Ein tiefer Seufzer Cunduraju's war die Antwort auf die Trauerbotschaft.

„In zwölf Stunden von jetzt an werden die Soldaten der Ausländer in dieser Hütte erscheinen, um Mama Nucu gefangen zu nehmen und sie vor den Richterstuhl unserer Unterdrücker zu schleppen. Sie werden sie nicht mehr finden. Der Tod ist für die Coya Cisa barmherziger wie die Unterdrücker ihres Volkes. Sechs Stunden sind mir noch auf dieser Erde vergönnt. Großer Pachacamac! ich preise Deine Güte. Du hast mir ein längeres Leben verliehen wie Tausenden und Du gewährst mir sechs Stunden zur Vorbereitung, wo ich nur eine nöthig habe. Fürst Cunduraju, Großer Curaca von Purruhá, höre auf die Worte der sterbenden Cisa."

„Coya! ich höre."

„Wieder sehe ich sie vor mir, die glücklichen Tage meiner Kindheit. Ich sehe noch einmal das blühende Kind, das sie Cisa nannten. Ist es möglich, daß diese lieblichen Züge verwittern und erstarren, daß das lange, weiche, schwarze Haar grau und weiß wird, daß diese lächelnden Augen sich in wild rollende Feuerräder verwandeln konnten? Aber dieser abstoßende Wechsel ist nur ein schwaches Bild von der entsetzlichen Wandlung, die mein Volk hat durchmachen müssen. Unsere kostbaren Kleider von Wolle haben sich in Bettlerlumpen verwandelt; die goldenen Geschmeide unserer Edlen in eiserne Ketten; unsere Paläste in Gefängnisse; unsere Tempel in Gräber unseres Glücks; unsere freigeborenen Kinder in Lastthiere; unsere Könige in Sklaven. Die großen Männer unseres Landes sind gegangen, sind alle gegangen, mit einer letzten Ausnahme — Du Fürst Cunduraju, Curaca von Purruhá."

„Der bald in die Fußtapfen seiner Vorgänger treten wird."

„Curaca von Purruhá! Erkenne ich Deine edlen Züge in diesem verwitterten, abgehärmten Gesicht wieder, die Züge, die zuerst das wunderbare Gefühl der Liebe in dieser jetzt versteinerten Brust erweckten? Wo ist das Herz, das sonst so stürmisch klopfte, wenn Du Dich nähertest? Hier ist es, es klopft nur schwach, schwach; bald hat es aufgehört, zu schlagen."

Toa warf sich auf einen niedrigen Stuhl in der Nähe der Thür und begrub das Gesicht in ihre Hände. Cunduraju stand bewegungslos da, das weiße Haupt auf die Brust gebeugt.

„Ich danke Dir, Curaca, für alle Deine Liebe. Eine Zeit gab es, in der ich von Glückseligkeit träumte. Aber der Traum wurde niemals wahr — die Hoffnung niemals erfüllt — ein schöner Sonnenstrahl auf dem eisigen Páramo, ein Sonnenstrahl, der bald erlosch in Nebel, Wolken, Sturm und Schnee. Ach nur zu kurz war der Tag unseres Hoffens, ewig lang unseres Elends Nacht. Dir, Curaca, hoffte ich einstens zu gehören, aber unser schrecklicher Inka, der dem Verderben geweihte Sohn der unglücklichen Pacha wollte es anders. Die Coya Cisa fand Gnade in seinen blutunterlaufenen Augen und der Inka hob mich empor auf sein königliches Lager. Groß war die Ehre, die er mir erwies, aber ein gebrochenes Herz war der Preis, den ich zahlte. Und Du, edler Curaca, hörtest niemals auf, mich zu lieben und zu beweinen, was Du verloren. Und als Rumi-

Ruguí, der Schreckliche, der Tyrann, der Usurpator, auf meinen Tod sann, weil ich einen Erben Atahualpa's unter meinem Herzen trug, da warst Du es, Curaca, dem ich meine Rettung, meine Erlösung verdankte. Dir, nur Dir, verdanke ich mein und meines Sohnes Autachi's Leben. Noch einmal, Curaca, meinen Dank! Ich war das treuergebene Weib Atahualpa's, des Vaters meines königlichen Kindes. Aber mein Herz blieb Dir treu, bis die sanfte Liebe für einen Mann in die gewaltige Leidenschaft der Liebe für unser schmachtendes und blutendes Volk sich verwandelte. Aber jetzt, wie ich hier stehe auf der Schwelle des Todes, blüht die alte Zärtlichkeit noch einmal auf in dem sterbenden Busen. Um eine letzte Gunst, Cunduraju, möchte ich Dich bitten."

„Rede, Coya!"

„Deine Hand hat mich vom Tode gerettet und mir ein Leben fast endloser Jahre geschenkt. Laß' Deine Hand mich dem Schweigen des Todes zurückgeben, dem Du mich vor sechzig Jahren entrissen."

„Was soll ich thun, Coya?"

„Du sollst mich in meinen Bergsessel setzen. Deine treue Hand soll mich tragen helfen zur Höhle des Pinchincha. Meinen letzten Ruhesitz werde ich an der Seite Autachi's, meines Sohnes, einnehmen. Und wenn ich den letzten Athemzug gethan, soll Deine Hand auf meinem schweigenden Haupte ruhen und Deine Lippen sollen das große Gebet für die Sprossen des königlichen Hauses der Shyris beten. Erinnerst Du Dich der Worte dieses Gebetes, Curaca von Purruhá?"

„Ja, Coya."

„Dann spreche sie für mich, wenn ich geschieden und erweise mir die letzten Ehren in der Höhle Autachi's. Und noch eins. Du mußt Dein Herz nicht erhärten in Groll gegen die Shyri Toa. Du hast ihr Unrecht gethan. Bedenke, daß es unser Plan war, den wir sie anzunehmen überredeten, und nicht der ihre. Es mag ja sein, daß ich mich bei der Deutung meiner Visionen geirrt habe und jetzt, wo der Schleier nochmals gelüftet ist, wo ich deutlicher sehe, wie jemals zuvor, bin ich überzeugt, daß ich mich geirrt. Sieh, Cunduraju, ich träumte von einer Vereinigung der beiden Racen, wie in den Tagen der ersten Toa, der Tochter des letzten Shyri und der Duchicela von Purruhá. Toa sollte u n s e r e Race vertreten — ein befreundeter Viracocha die Race unserer Eroberer. Das war mein Irrthum, nicht der ihre. Nicht durch eine Verbindung mit einem Viracocha, sondern durch eine Vereinigung mit einem der mächtigen Herrscher in dem Lande der undurchdringlichen Wälder und der Riesenströme, dort wo der Samaruca wächst, wird mein Traum in Erfüllung gehen. Diese Vereinigung wird die Indianer frei machen in dem Lande, wo die Sonne aufgeht, dort jenseits eurer Berge. Dort werden wir uns an unseren Unterdrückern rächen können. Die Ströme werden rothgefärbt von dem Blute ihrer Leute. Die Wälder werden erzittern von dem Angstgeschrei ihrer Weiber. Der Puma wird die Knochen ihrer Kinder zermalmen; ihre Städte werden von der Oberfläche der Erde vertilgt und die Nacht wird erhellt werden von dem leuchtenden Feuerschein ihrer Wohnungen. Ein großes Reich freier Indianer wird die Folge dieses Aufstandes sein und Toa wird darüber herrschen als Königin."

„Zu herrschen über ein paar armselige Stämme nackter Wilden!" höhnte Cunduraju. „Was ist das für mich? Was ist das für die leidenden Kinder Purruhá's, für die blutenden Söhne Quito's, für die in Sklaverei gerathenen Nationen von Otabalo und Caranqui? Die wilden Stämme jenseits der Berge kümmern uns nicht. Ihre Freiheit löst nicht u n s e r e Knechtschaft. Ihre Unabhängigkeit lockert nicht u n s e r e Ketten. Fremde sind sie für uns, fremd im Blut, in Sitten und Angehörigkeit. Niemals schlang sich das Band gemeinsamer Interessen und Zugehörigkeit um uns. Getrennt von uns durch fast unüberschreitbare Felswände und Einöden, haben sie niemals an den Segnungen unserer Civilisation Theil genommen. Wilde waren sie und Wilde werden sie bleiben und Toa wird die Königin sein über nackte Barbaren, während sie über das Reich ihrer Väter hätte herrschen können und über die Nachkommen unserer weißen Eroberer, unsere Fesseln brechend und das Unrecht an unserem Volk wieder gut machend. Was kann sie von diesen Wilden erwarten? Ihr Palast sind die vier Pfähle einer Hütte, bedeckt mit Palmblättern. Eine Hängematte von Bast ist ihr Thron. Ihr Garten ist der heiße Urwald mit seinen Schlangen, wilden Thieren und Fieberdünsten. Ihre Verbündete sind Leute, die in Menschenfleisch schwelgen und die ihre abschreckenden Gesichter und Glieder mit Farbe bemalen. Eine Fremde wird sie sein unter Fremden, die ihrer Bildung keine Befriedigung gewähren können. Getrennt von Allem, das ihr werth und theuer war, wird sie in der Wildniß dahinleben an der Seite eines Barbaren, der sie bald von sich stoßen wird, ohne Ehren wird sie sterben, ohne Ruhm und ohne sich selbst und ihrem Volke genützt zu haben, geweinigt von dem nagenden Bewußtsein dessen, was hätte sein können und von der ewigen, qualvollen Erinnerung an das, was sie verscherzt."

„Nun ist's genug, Cunduracu," unterbrach ihn jetzt Toa, und erhob sich von ihrem Sitz mit der ganzen Würde einer Königin. „Ich werde nicht die wenigen Tage, die Dir auf Erden noch bleiben durch Gegenanschuldigungen Dir verbittern. Ich war jung und Du warst alt. Mich blendete die Liebe, Du aber hattest Deine Augen. Ich hatte keine Erfahrungen, die Du in Hülle und Fülle hattest. Ich war ein thörichtes, liebendes Weib und Du warst ein weiser, alter Mann. Ich war eine Königin, Du aber warst mein Berather. Ich werde Dir keine Vorwürfe machen, Cunduracu; ich werde großmüthiger sein gegen Dich wie Du gegen mich. Wahr ist es, ich gehe zu den Wilden. Wahr ist es, mein Leben wird freud- und trostlos sein, selbst wenn ich Erfolg haben werde. Wahr ist es, ich begrabe meine stolzen Hoffnungen und die Träume meines Lebens, ich bin zufrieden mit einem Loose, wenig besser wie das der Thiere in den Wäldern, in denen ich wohnen werde. Aber kennt Dein kaltes, liebeleeres Herz auch die Gefühle der Rache nicht mehr? Unsere—nein Deine—Pläne sind fehlgeschlagen und was geschehen, ist vorbei! Ich kann mein Volk nicht befreien, aber ich kann das Unrecht rächen, das so viele ihm zugefügt. Ich kann sie nicht Alle bestrafen für die Verbrechen, die sie an uns begangen, aber Tausende von ihnen kann meine Strafe treffen. Geschlagen bin ich und betrogen, aber noch kann ich mich rächen! Ich weiß es wohl, diese Rache ist gleichbedeutend mit Selbstaufopferung, aber — sie bleibt doch Rache! Als meine Tante, Carmen Duchicela, Lehrer von Lima kommen ließ, um ihre störrische Nichte in den Geheimnissen des neuen Glaubens zu unterrichten, da lehrten sie mich die Geschichte eines alten Kriegers, dessen Namen ich jetzt vergessen habe. Seine Feinde hatten ihn gefangen genommen, sie hatten ihm die Augen ausgestochen und ihn gezwungen, in dem Tempel des Gottes, der nicht sein Gott war, ein musikalisches Instrument zu spielen und dadurch ihre religiösen Feste zu verherrlichen. Er war ein Mann von unglaublicher Stärke, der wahre Wunder damit verrichten konnte. Und als Tausende seiner Feinde in dem Tempel und auf dem Dache desselben versammelt waren, da ergriff er die beiden Grundpfeiler des stolzen Baues und mit der wunderbaren Kraft seiner Arme riß er sie zusammen und begrub sich selbst mit seinen Peinigern unter den stürzenden Trümmern. Siehst Du, Cunduracu, so wird auch meine Rache sein! Gebrochen bin ich und hoffnungslos ist mein Leben wie das des blinden hebräischen Kriegers, von dem die Geschichte erzählt. Was ist das Leben für mich? Aber die Trümmer des Tempels kann ich auf Tausende meiner Feinde herabstürzen und wenn ich zu Grunde gehe, so wird es sein in dem aufglühenden Flammenschein der Rache!"

„Und außerdem", fuhr sie nach einer Pause fort, in der man nichts hörte wie das Brodeln des Wassers in Mama Rucu's Kessel, „außerdem Fürst Cunduracu, warst Du es, der mich zur Königin machen wollte. Zu diesem Zwecke hast Du ja seit meiner Kindheit mich auferzogen und vorbereitet. Dein Wunsch soll erfüllt werden. Ich werde eine Königin sein. Und wenn ich nicht über unser eigenes Volk und die Viracochas unseres Landes herrschen kann, nun dann werde ich gebieten über tätowirte Wilde. Die Záparos und Jívaros sind nicht so ganz fremd unserem königlichen Hause. Mein Ur Großvater besiegte sie und mein Großvater hielt sie in seiner Botmäßigkeit. Die Nachkommen unserer mitimaes* wohnen noch unter ihnen. Meine Herrschaft mag nicht die des Ruhmes und der Herrlichkeit sein, sie wird nicht die erhabenen Träume und Ziele meines Lebens erfüllen; aber ich werde doch eine Königin sein und das ist besser, als ein Wanderer ohne Heimath oder ein Gefangener in den Händen der Spanier."

Mit diesen Worten trat sie an das Feuer heran, ergriff ein brennendes Stück Holz und zündete damit eine Kerze an, die auf dem Tische stand. Dann verschwand sie hinter dem Vorhang, wo sie für die nächsten fünfzehn Minuten verweilte. Cunduracu setzte sich auf den Stuhl, von dem sie aufgestanden war, bedeckte das Haupt mit seinem Capisayo und das Gesicht mit seinen Händen und war bald in tiefes Nachsinnen versunken. Mama Rucu traf unterdessen mit Ruhe und Gelassenheit die Vorbereitungen zur Reise nach ihrer letzten Ruhestätte. Ein großer irdener Krug mit langem Halse von indianischer Arbeit stand neben dem Feuer und in dieses Gefäß füllte sie vorsichtig und langsam die Flüssigkeit aus dem Kessel, statt des Löffels gebrauchte sie den Calabasch, an dem sie von Zeit zu Zeit nippte. Als der Kessel geleert war, pfiff sie auf einer kleinen silbernen Pfeife, die ihr an einem Bande um den Hals hing. Der Narr, dessen unsere Leser sich noch erinnern werden, erschien sofort.

*Kolonisten.

„Nimm diesen Kessel mit und trage ihn zu Mama Guantu, die ihn zum Andenken an mich behalten soll. Trage ihn fort und dann komm zurück."

Der Narr verließ das Gemach mit einem eigenthümlichen Ausdruck des Staunens und die alte Frau schürte das Feuer und richtete sich empor; aber ihre Kräfte schwanden dahin und sie sank wieder zurück auf ihren Sitz.

„Meine Kräfte schwinden rasch," murmelte sie. „Die Glieder weigern sich, dem Kopf zu gehorchen und doch ist dieser Kopf," fügte sie hinzu, „so klar, so klar!"

Der Narr kehrte zurück.

„Nimm diese Kräuter und wirf sie in das Feuer."

Der Narr schaute sie an, zögernd und verwundert.

„Thue, was ich Dir sage. Niemandem können sie Nutzen bringen, wenn ich nicht mehr da bin. Und es ist besser, daß unsere Kinder die Zukunft nicht erfahren und nicht das Elend sehen, das sie erwartet."

„Aber Coya, wie kannst Du leben ohne Samarucu?"

„Siehe dieses Gefäß an; es ist voll. Das reicht für Jahrhunderte lang."

„Das Gefäß des Todes?"

„Es ist gefüllt und fertig und Du wirst es in meine Tola* tragen."

Der Narr brach in Thränen aus.

„Sei nicht kindisch, Mensch. Ich habe lange genug gelebt, thue, wie ich Dir geheißen."

Schluchzend und seufzend nahm der Narr Bündel um Bündel der an der Wand aufgeschichteten trockenen Kräuter und warf sie in das Feuer. Mit einem plötzlichen Schein schlugen die Flammen auf und gossen ein eigenthümliches Licht durch die Hütte, gespensterhafte Schatten auf die Züge der lebenden Mumie werfend, die dieses Brandopfer angeordnet hatte.

Toa erschien jetzt wieder hinter dem Vorhang.

„Und unser Patient, Großmutter? Gebraucht er nichts weiter?"

„Gar nichts. Er wird schlafen, bis die Soldaten kommen."

„Wird er sicher genesen?"

„Er wird ganz gewiß genesen. Ich habe seine Natur gestählt gegen die Gifte, die die Viracocha-Aerzte ihm eingeben werden."

„So bleibt er sicher am Leben?"

„Er bleibt sicher am Leben."

„Jahre lang?"

„Jahre lang; und ich kann Dir noch mehr sagen. Du wirst ihn wiedersehen."

*Grabhügel.

Toa fuhr erschreckt empor. „Großmutter, was meinst Du damit?"

„Ich meine das, was ich gesagt habe. Du wirst ihn noch einmal sehen und ihn sprechen."

„Wo?"

„In dem Lande der Riesen-Wälder und Ströme, über das Du als Königin herrschen wirst."

„Und wann?"

„Am Tage seines Todes."

6. Treu seinem Glauben.

Mama Rucu's Geist war entflohen. Cunduraztu hatte das große Gebet für die Verstorbenen des königlichen Hauses gesprochen und einige ergebene Indianer hatten ihre Ueberreste einbalsamirt und auf einen Thronsessel neben ihren Sohne Autachi gesetzt, mit dem Kruge voll Samarucu ihr zur Rechten. Toa lag in Gebet und Betrachtungen vor dem geisterhaften Skelett ihres Vaters; vor dem einen Todesthrone, der von ihrer Großmutter eingenommen war, hatte sie schon gekniet. Nur noch ein direkter Nachkomme des Hauses der Shyri-Duchicela-Inka war übrig geblieben und dieser eine stand im Begriff, dem Lande ihrer Väter auf ewig Lebewohl zu sagen. Und um sie herum in der Höhle Autachi's waren Berge von Gold und Silber aufgehäuft und in Mitten aller dieser Reichthümer fühlte sie sich arm und elend. Voll von Liebe und Hoffnung war sie vor wenigen kurzen Monaten hier gewesen mit dem Mann ihrer Wahl und jetzt, ach! war ihr Herz gebrochen und ihr Leben trostloser Verzweiflung geweiht.

Als Alles vorüber war, verließ das Leichengefolge schweigend, wie es eingetreten war, die Höhle. Der Tag begann schon zu grauen, als sie aus dem Innern der Erde an die Oberfläche kamen. Die Dunkelheit der stürmischen Nacht war verschwunden und hatte einem trüben Morgen Platz gemacht.

Sie hatten jetzt die Stelle erreicht, wo das Wasser des Bergstroms abgedreht werden konnte, um den Durchgang durch eine Schlucht zu ermöglichen, durch welche man zur Höhle gelangen konnte. Toa schwang sich auf einen vorspringenden Felsen und rasch von Felsblock zu Felsblock springend, folgte sie dem Laufe der Schlucht auf eine kurze Strecke aufwärts, dann blieb sie stehen und prüfte aufmerksam einen Block, gegen den das Wasser mit großer Gewalt anstürmte Cunduraztu folgte ihr offenbar überrascht, und gab genau, halb erstaunt und halb mißtrauisch auf alle ihre Bewegungen acht.

„Wenn ich den Befehl geben würde, diesen Felsen zu entfernen" sagte sie dann nach einer Pause, „so würde der Strom sich ein neues Bett schaffen und der Eingang zur Höhle Autachis würde für immer geschlossen sein."

„Und weshalb sollte er für immer geschlossen sein?"

„Weshalb sollte er nicht für immer geschlossen sein? Die Hoffnungen unseres Hauses sind für immer vernichtet. Weshalb soll ein königliches Grab bestehen bleiben, wenn die königliche Würde selbst todt ist! Wer sollte hier noch begraben werden?"

„Du selbst, Toa Duchicela, wenn Du nicht mehr sein wirst. Wenn Du würdig Deines Namens und Deiner Familie bist, so mußt Du Vorkehrungen treffen, daß man Deine Leiche hierher bringt und daß man Dich zur Ruhe bestatte an der Seite Deines Vaters."

„Meine Leiche wird wohl begraben werden müssen, nach den Sitten und Gebräuchen der Nation, deren Häuptling mein Gebieter sein wird."

„Aber Angehörige Deines eigenen Volkes werden Dir in jene Wälder folgen. Einige von diesen werden noch am Leben sein, wenn die Zeit gekommen sein wird, daß man die Toa Duchicela nach den Gebräuchen ihres Hauses zur Ruhe bestattet, nachdem man sie todt in das Land ihrer Väter zurückgebracht, über das sie lebend hätte herrschen können. Du redest thöricht, Shyri Toa! Den Eingang zur Höhle Autachi's verschließen? Das wäre ein Sacrilegium! Hast Du vergessen, daß diese Höhle den großen Schatz von Quito enthält?"

Toa brach in ein verächtliches Lachen aus. „Elendes, verächtliches Gold, werthlos wie Staub und Asche Mit all diesen Millionen konnte ich nicht die Freiheit erkaufen für mein Volk, nicht Ruhe und Frieden für mein eigenes armes Herz. Laß den Schutt zu Grunde gehen. Laß ihn begraben sein im Schooße der Erde, aus dem er gekommen."

„Hättest Du weniger an Dein selbstsüchtiges Herz, als an die Sache Deines Volkes gedacht, so würde der Schatz Großes vollbracht und reichen Segen gebracht haben, statt daß er jetzt nutzlos und vergraben im Schatten des Todes ruht."

„Willst Du nochmals dieselben Vorwürfe mir machen. Ich will sie nicht mehr anhören und der Fels soll entfernt werden!"

„Er soll nicht entfernt werden!"

„Und wer will es hindern?"

„Ich, Cundurazu, Curaca von Purruhá, der nächste in der Königswürde nach Dir, Toa Duchicela — Ich, der die Zügel unserer geheimen Regierung ergreifen und sie dem übertragen wird, den ich im Falle Deines Todes, Deiner Abdankung oder wenn Du Dich durch eine Treulosigkeit gegen die Sache Deines Volkes des Thrones verlustig gemacht hast, für den Würdigsten halten werde. Du kennst mich noch nicht, Toa Duchicela. Dieser alte Mann mag in der großen Aufgabe seines Lebens keinen Erfolg gehabt haben; er mag ein Phantast sein, wie ihn Deine Tante Carmen, des Abtrünnigen Tochter, nennt, aber er hält fest mit starrer Ausdauer an seinem Glauben oder seinen Visionen, und er wird selbst dem leeren Schatten dieses Glaubens treu bleiben, so lange noch ein Tropfen rothen Blutes in seinen ausgedörrten Adern fließt. Dieser Schatz ist die große Hoffnung unseres Volkes."

„Hat nicht die Coya Cisa verkündet, daß Jahrhunderte hoffnungslosen Elends folgen werden? Und hat sie jemals sich in ihren Prophezeiungen geirrt?"

„Aber auch nach diesen Jahrhunderten wird noch eine Zeit sein. Die Liebe für mein Volk ist nicht die Liebe für mich oder für die, die ich auf Erden gekannt habe. Ich liebe mein Volk in seinen kommenden Generationen. Ihnen, den entferntesten unserer nachwachsenden Geschlechter möge dieser Schatz zu gute kommen. Zwei Familien dieser Provinz sollen die Hüter dieses Geheimnisses sein, das der Vater seinem Erstgeborenen von Generation auf Generation anvertrauen wird. Als eine Ueberlieferung verschwundener Größe wird die Existenz dieses Schatzes Tausenden bekannt sein; die genaue Lage desselben sollen zur selben Zeit immer nur zwei Menschen kennen. Aber zwei sollen sie immer kennen, bis die Zeit kommen wird, wo man ihn gebraucht, und wenn die Zeit nimmer kommen sollte, so wird dieser Schatz doch als ein heiliges Geheimniß bewahrt werden, das dazu dienen kann, die Ketten unseres Volkes zu brechen, oder wenigstens zu erleichtern. Wenn Du ihn nicht vertheidigen und beschützen willst, Toa Duchicela, so will ich es. Du mußt zuerst den Mann ermorden lassen, der Deine Großmutter und Deinen Vater gerettet hat, ehe es Dir gelingen wird, den Eingang zur Höhle Autachi's zu vernichten. Befehle meinen Tod, Du künftige Königin bemalter Wilden! Es ist sehr zweifelhaft, ob die Männer, die jetzt hinter Dir stehen, diesen Befehl ausführen werden."

Toa beugte schweigend ihr Haupt und brach zuletzt in Thränen aus. „O Cundurazu, Du grausamster, erbarmungslosester aller meiner Freunde, hättest Du mich doch sterben lassen, als ich noch ein Kind war. Hätte ich niemals Dich gekannt und hättest Du niemals mich mit dem trügerischen Phantom eines Thrones verfolgt! Die niedrigste Dienerin Carmen Duchicela's ist glücklicher, wie dieses lächerliche Trugbild einer Königin. O Carmen, Carmen, weshalb folgte ich Deiner warnenden Stimme nicht, als es noch Zeit war?"

„So spricht ein Weib, dessen Thränen natürlich, obgleich einer Shyri Inka nicht würdig sind. Dann willst Du also den Tod Cunduraзu's oder die Zerstörung des Eingangs dieser Höhle nicht anordnen?"

„Ich will es nicht, Cunduraзu. Du hast Recht. Jene Schätze gehören der königlichen Würde, auf die ich durch Auswanderung Verzicht leiste. Laß das Geheimniß bewahrt werden, wie Du es nach Deiner Weisheit am besten hältst. Bist Du nun zufrieden?"

„Ich danke Dir, Shyri Toa, für diese letzte Gunst, die Du dem alten Mann erwiesen, dem es nicht möglich ist, auch nur eines Haares Breite von dem Glauben seines Lebens, von dem Glauben seiner Väter abzuweichen. Und jetzt, Shyri Toa, trennen sich unsere Wege. Du gehst gen Norden und gen Osten, ich werde nach Süden zurückkehren, zur Wiege meiner Familie. Dieses ist unsere letzte Zusammenkunft, Shyri Toa. Lebe wohl!"

„Und willst Du Dein Antlitz auf ewig von mir wenden, ohne ein letztes freundliches Wort oder ein Zeichen der Liebe. Wo ist Dein Herz, Cunduraзu, und ist es soweit gekommen, daß ich ein Nichts für Dich bin?"

„Die Shyri Toa war für mich Alles. Das Weib Toa ist nicht mehr für mich, wie jede edle Frau unseres Volkes. Schau dorthin auf den schneeigen Gipfel, den jetzt die ersten Strahlen unserer großen Sonne küssen. Selbst der Kuß des großen Sonnen-Gottes schmilzt nicht das ewige Gewand von Eis und Schnee. Ich habe mich überlebt, Toa Duchicela und die gewöhnlichen Gefühle des menschlichen Herzens sind längst in mir gestorben — todt! — todt!"

Und mit diesen Worten schritt der alte Mann von dannen, ohne sich umzublicken und war bald in den Bergen verschwunden.

Toa fühlte sich gebrochen, verlassen, hoffnungslos, allein. Mit Cunduraзu war ein Theil ihres früheren Selbst verschwunden. Der glorwürdige Traum, den er ihrem Herzen vorgezaubert, war verflogen. Nicht länger mehr war sie eine Königin, nur ein Weib war sie jetzt und es ist so unsäglich bitter und traurig für ein Weib, allein zu stehen in der Welt, ein Fremdling unter Fremden, mit allen Hoffnungen ihres Herzens getäuscht ohne freundliche Blicke in die Zukunft und für die Vergangenheit nur die Reue!

Und als sie jetzt niederblickte auf die Stadt Quito ihr zu Füßen, da drang der Schall der christlichen Glocken hinauf zu ihrer einsamen Höhe und riß sie empor aus ihrer Lethargie und erinnerte sie daran, daß es für einen flüchtigen Wanderer keine Ruhe und Rast giebt.

---

7. Aus den Klauen des Todes.

Paredes hatte Dolores die Scene zwischen ihm und Arana mitgetheilt. Dolores vermochte es sofort, den Frieden zwischen ihrem Freund und dem königlichen Kommissär wieder herzustellen. Am selben Tage, wo das Zerwürfniß stattgefunden, begann sie nach dem Diner bei dem Grafen im Interesse Manuel Paredes sich zu verwenden. Ihr Vorhaben erwies sich nicht als besonders schwierig. Die Verdienste Paredes' sollten nicht außer Acht gelassen werden. Die Confiskation der Besitzthümer der Sanchez, Olmos, Garcias, Perez und anderer Führer der Rebellion boten hinreichende Mittel dar, um die ergebenen Führer des Königs zu belohnen. Zu gleicher Zeit rieth Arana seiner liebenswürdigen Wirthin an, ihrem Schützling etwas Bescheidenheit und Zurückhaltung anzuempfehlen, denn Alles in Allem genommen, habe er doch nur seine Pflicht gegen seinen Herrn, den König, erfüllt. Es war schon richtig, daß er dieselben treu und vollständig erfüllt hatte, aber war er nicht dazu verpflichtet gewesen, sie mit allen ihm zu Gebote stehenden Fähigkeiten auszuführen? Und obschon der König großmüthig sich solcher Dienste erinnern und sie anerkennen würde, habe ein Unterthan keine Rechte oder Ansprüche an den König für die treue Erfüllung einer Pflicht zu machen, deren Nichterfüllung oder Vernachlässigung man als Verbrechen ansehen könne und den Verüber straffällig mache. Der König sei Manuel Paredes **nichts schuldig**, aber wenn er in der Fülle seiner Gnade sich bewogen fühlen würde, Diejenigen, die ihm treu gedient, zu belohnen, so sei das ein königliches Privilegium und ganz gewiß würde er in seiner Hochherzigkeit sich auch dazu bewogen fühlen, so zu handeln. Von diesen Grundsätzen aus würde er, der Graf Arana, der Kommissär und Stellvertreter des Königs, bei Vertheilung der confiszirten Encomiendas und Grundbesitze auch ausgeben. Verpflichtet sei er keinem Einzigen und würde auch nicht dulden, daß Jemand seine Ansprüche geltend mache, aber er hege gegen Paredes weder Vorurtheil noch Abneigung und wenn derselbe seine

Angelegenheit in den Händen seiner schönen Vertheidigerin lassen wolle, statt persönliche Mahnungen von sehr fraglicher Zulässigkeit zu versuchen, würde seinen Interessen am besten gedient werden. Das waren die Worte, die, wenn auch nicht direkt an ihn gerichtet, doch bestimmt waren für den Mann, durch dessen unscrupulöse Schlechtigkeit und außerordentliche Schlauheit die Königreiche von Peru und Quito der Krone Spaniens erhalten waren, oder der wenigstens einen nothwendiger Weise langwierigen und kostspieligen Krieg vermieden hatte. Er hatte den königlichen Ministern das Leben gerettet und hatte den leitenden Geist der Rebellion dem königlichen Kommissär in die Hände gespielt; und jetzt ließ man ihm einfach sagen, er habe nur seine Pflicht erfüllt, deren Nichterfüllung man als Verbrechen angesehen haben würde. Die bloßen Drahtpuppen Juan de Londoño, Pedro Guzman, Ponce de Leon und Andere, die er, Paredes, gelenkt und vorgeschoben hatte, erwärmten sich jetzt im Sonnenschein der kommissärlichen Gunst, während er, dessen Genie die Hoffnungslosigkeit in Erfolg und Triumph verwandelt hatte, mit eisiger Kälte behandelt und ignorirt wurde.

Dolores hatte auf Anordnung Arana's durch ihren Vater alle die Schriftstücke erhalten, die auf Carrera Bezug hatten und von Lima herübergeschickt waren. Sie hatte sich mit denselben in ihre Gemächer zurückgezogen und las die langschweifigen und schwülstigen Eulogien in Versen und Prosa, mit denen die Literati von Lima sein edles Martyrium in den Himmel erhoben hatten. Sie las auch die Versicherungen des großen Interesses, das der Vicekönig an dem Schicksale des jungen Helden genommen und die Ankündigung, daß Carrera's Heroismus anerkannt und königlich belohnt werden solle, wenn er am Leben, und sein Andenken unsterblich gemacht werden solle, falls er todt sei. Hatte sie seinen Tod verschuldet? Vielleicht ja! Aber hatte sie seinen Tod gewollt? Ganz gewiß nein! Hätte sie vorhersehen können, daß man ihn so behandeln würde, so hätte sie sicher anders gehandelt, wie sie wirklich gethan. Und doch — weshalb nicht? War es nicht ihre Pflicht gewesen, so aufzutreten? Zur Zeit der Krisis handelte sie als Vertreter ihres Vaters. War es nicht ihre Pflicht, um die königliche Sache zu retten, Carrera, wenn es nöthig war, zu opfern, wie ihr Bruder geopfert war und wie sie sich selbst geopfert haben würde, wenn des Königs Dienst es erheischt hätte? Die Niedermetzelung Carrera's war sicher zu bedauern und wer hatte ihn inniger bedauert, wie gerade Dolores Solando? Viele Seufzer und viele Thränen hatte sie, namentlich in Gegenwart Anderer, dem Andenken ihres unglücklichen Liebhabers geweiht. Aber ihr Gewissen sprach sie von aller Schuld an seinem Tode frei. Hatte sie durch sein Opfer einen Vortheil gehabt? hatte sie vielmehr nicht selbst den schwersten Verlust erlitten? Nein, Dolores Solando brauchte sich wegen des Todes Carreras, durch den sie persönlich nichts gewonnen, aber viel verloren hatte, keine Vorwürfe zu machen.

Während sie so noch in den Schriftstücken las, erhob sich plötzlich in und außer dem Hause ein Wirrwarr von Stimmen. Der Platz vor ihren Fenstern füllte sich mit Leuten an, die sich um den Haupteingang herumdrängten. Aber sie waren nicht aufgeregt und tobend, sondern sprachen im Flüsterton und mit dem Ausdruck der Ueberraschung und Neugier auf den Gesichtern.

Dolores erhob sich, um die Ursache dieser Aufregung auszufinden, als Tante Catita in's Zimmer stürzte.

„O Doloritas! Doloritas!" rief die Tante und rang nach Athem.

„Was ist's, liebe Tante? Was macht Dich so blaß und aufgeregt?"

„Doloritas, sie haben ihn gefunden! Sie haben ihn in dieses Haus gebracht!" mit diesen Worten sank Tante Catita auf einen Stuhl.

„Wen?" rief Dolores aus, während ihr Herz zu klopfen begann.

„O, wie schrecklich und abgefallen er aussieht! Es ist ein Jammer, ihn so zu sehen."

„Aber Du hast mir noch nicht gesagt, wer es ist. Ist es Carrera?"

„Natürlich ist es Carrera, vom Tode erstanden und selbst ein Bild des Todes."

Dolores stand da wie vom Donner gerührt. Für einen Augenblick schien ihre gewöhnliche Selbstbeherrschung sie verlassen zu haben.

„Die Soldaten," fuhr Tante Catita fort, „die abgesandt waren, Mama Nucu zu verhaften, fanden ihn in ihrer Hütte. Dort lag er in einer dunklen Ecke hinter einem Vorhang, schwach und besinnungslos und oh! so hager und abgefallen; er sieht beinahe aus wie ein Skelett."

„Und Mama Nucu?" fragte Dolores schaudernd.

„Konnte man nirgends finden. Sie haben die Berge nach allen Richtungen hin durchsucht, aber sie war verschwunden."

„Wo ist Carrera?"

„Noch immer im Thorweg. Sie brachten ihn auf einer rohen, mit Schafsfellen bedeckten Planke und jetzt wissen sie nicht, was sie mit ihm thun sollen. Graf Arana ist ausgegangen; der Marquis ist nicht zu

Hause; Carrera's Haus ist geschlossen und ohne Comfort und Diener, so weiß Niemand, was geschehen soll und deshalb bin ich die Treppe hinaufgeflogen, um Deine Ansicht zu hören, Doloritas."

„Unter diesen Umständen kann nur Eins geschehen," sagte Dolores rasch entschlossen; „er muß nach oben gebracht und in dem besten Zimmer, das wir entbehren können, untergebracht werden. Unser Haus ist allerdings überfüllt jetzt, aber so lange, wie sein Zustand anhält, werde ich ihm mein Zimmer einräumen. Du wirst mir schon erlauben, daß ich so lange bei Dir bleibe. Laß Alles sofort arrangiren, Tante."

„Aber, Dolores, was wird Dein Vater dazu sagen?"

„Er wird sehr erfreut darüber sein, darauf kannst Du Dich verlassen. Laß uns keine Zeit verlieren, wo ein Menschenleben auf dem Spiele steht;" mit diesen Worten schlug sie den Shawl um sich und eilte, gefolgt von der Tante, die Treppe hinunter.

Die Soldaten hatten Spalier gebildet, um die gegen den Haupteingang andrängende Menge zurückzuhalten. Ein Theil des Pöbels hatte sich beim ersten Anlauf eingedrängt und füllte die Halle und den unteren Theil der Treppe, um besser sehen zu können, was vorging. Die Offiziere trieben gerade das Volk in den Hofraum, als Dolores die Treppe hinunter kam. Ein anderes Weib war ruhig ihr vorangeschritten, kniete am Kopfende des Lagers, auf dem Carrera sich befand, nieder, hob seinen Kopf empor und legte die Decke zurecht. Es war Mama Santos. Der Narr, die Hände auf dem Rücken gefesselt, stand zwischen zwei Soldaten, die ihn bewachten. Er war das leibhaftige Bild von Unbehagen und Trostlosigkeit.

Carrera's Wunden waren geheilt, aber die erschütterten Nerven hatten sich noch nicht von dem furchtbaren Stoß am Tage des Aufstandes beruhigt. Sein Geist war noch immer umnachtet. Seit Wochen und Monaten lag er im Delirium, nachdem man ihn in Mama Nucu's Hütte gebracht. Selbst als das Fieber sich gelegt, kehrte sein Bewußtsein nur hie und da und auf kurze Momente zurück, worauf er sofort wieder in Schlaf oder eine Art Betäubung zurückfiel, die absichtlich durch Mama Nucu's Tränke genährt wurde. Was er während seiner kurzen, lichten Momente sah und hörte, vermischte sich in seinen Gedanken mit den fieberhaften Träumen und Visionen, die durch den Samarucu und andere Flüssigkeiten, mit dem die indianische Prophetin ihn am Leben erhielt, hervorgerufen werden. Seine Augen waren geöffnet, als Dolores sich ihm näherte, aber sie waren mit einem eigenthümlichen Ausdruck der Verwunderung und des Bedauerns auf den Narren gerichtet.

„Señor de Carrera — Don Júlio!" rief Dolores aus und kniete ihm zur Seite. „Die heilige Jungfrau sei gepriesen, daß Sie wieder gesund und wieder bei uns sind."

Carrera's Augen wandten sich ihr zu, aber ohne den Ausdruck des Erkennens. Er starrte sie einen Augenblick an und dann suchten seine Blicke wieder den Narren auf.

„Kennen Sie mich nicht mehr, Don Julio? Dolores Solando — haben Sie die vergessen?"

Keine Antwort erfolgte, kein Strahl in dem bleichen, eingefallenen Gesicht, beschattet von langen, wirren Haaren und bedeckt mit einem struppigen, verwahrlosten Bart, kündete ein Erkennen an.

„Er erkennt mich nicht, der arme Liebling! Sein Geist irrt umher. Lassen Sie ihn sofort die Treppe hinaufbringen, Señor Ramirez. Man bringe ihn in mein eigenes Zimmer, das ich ihm abgetreten habe, bis sein Zustand erlaubt, daß er anderswo hin transportirt werden kann."

Carrera's Züge nahmen einen Ausdruck von Unbehaglichkeit an, als man ihn aufhob; aber als sie anfingen, ihn fortzutragen, stieß er einen kläglichen Schrei aus. Die Träger blieben stehen und Dolores beugte sich über ihn, um zu erfahren, was ihm Schmerzen mache. Er gab aber keine Antwort auf ihre Frage, doch als die Träger wiederum den Versuch machten, ihn weiter zu tragen, hob er ängstlich den Kopf empor, streckte seine rechte Hand in der Richtung aus, wo der Narr stand und begleitete diese Bewegung mit einem tiefen Seufzer. Keiner der Umstehenden konnte begreifen, was ihn so aufregte.

„Er scheint zu phantasiren," sagte Dolores nach einer Pause. „Bringt ihn die Treppe hinauf, dort kann er ruhig liegen." Als man ihn aufhob, stieß er nochmals einen lauten Schrei aus und fiel wieder in einen besinnungslosen Zustand zurück.

---

8. Zweifel und Schwierigkeiten.

Seit den in unserem letzten Kapitel erzählten Ereignissen sind neun Monate verflossen. Für Quito waren es Monate der Trauer und des Schreckens gewesen. Hinrichtungen folgten auf Hinrichtungen. Die beiden Olmos, Vater und Sohn, die beiden Garcias, Vater und Sohn, der alte Pedro Perez und eine ganze Anzahl anderer Patricier, nebst einer noch größeren Anzahl Plebejer waren auf dem Platze di Santa Clara, auf dem Platze de San Domingo und auf dem freien Platze in der La Carniceria garottirt worden. Andere wurden in die Strafkolonien am Napo-Fluß geschickt und trotzdem steckten die Gefängnisse noch voll von Männern, die der Vollstreckung ihres Urtheils harrten oder die auf das Resultat ihrer Appellationsgesuche warteten, die sie als besondere Gunstbezeugung an den Vicekönig hatten richten dürfen. Einige der schönsten Häuser Quito's waren dem Erdboden gleichgemacht. Salz war auf ihre Stellen gestreut und steinerne Tafeln eingegraben mit Inschriften, welche die Verbrechen und die Bestrafung der früheren Eigenthümer enthielten. Die Hinrichtung des jungen Olmos und des jungen Garcia waren besonders herzzerreißend gewesen. Schön, feurig, tapfer und allgemein beliebt waren sie die Opfer, die am meisten beklagt wurden. Hunderte von Frauen wohnten der Hinrichtung der jungen Offiziere bei und erfüllten die Luft mit ihrem Jammergeschrei; viele der vornehmsten Damen der Stadt hatten die äußersten Anstrengungen gemacht, ihre Begnadigung zu erlangen, aber Nichts konnte das steinerne Herz des königlichen Kommissärs rühren, der kein Erbarmen kannte. Reich und kinderlos war er den Bestechungen nicht zugänglich, denen seine Vorgänger und die, die nach ihm folgten, nur zu gern unterlagen. Es schien, als ob er sich an menschlichen Leiden ergötze. Er fand Geschmack an den Vorbereitungen für die Hinrichtungen und leitete persönlich dieselben in ihren kleinsten Details. Nur ein Mann war seinem Grimme entkommen, aber Arana hatte geschworen, daß dies niemand Anderem gelingen sollte und der Vertreter König Philips hatte Wort gehalten. Für Die, die einmal in seinen Krallen waren, gab es keine Hoffnung mehr und viele Köpfe waren gefallen für den einen, der entkommen war. Viele Todesurtheile waren statt leichterer Strafen gefällt worden, nur weil dieser Eine sich außerhalb des Bereiches des königlichen Kommissärs befand.

Es ist unnöthig zu sagen, daß alle Bemühungen, Sanchez wieder einzufangen, vergeblich waren. Niemals hörte man etwas von ihm, selbst nicht einmal eine Spur von ihm wurde aufgefunden. Das ganze Land von den nördlichen Grenzen des Königthums bis zu den Küsten von Buenaventura, Guayaquil, Esmeraldas und Tumbez war nach allen Richtungen durchforscht worden, aber keine Spur konnte entdeckt werden und Niemand konnte die Möglichkeit seiner Flucht begreifen. Schließlich fand der Glauben Grund und wurde geflissentlich von Arana und seinen Anhängern verbreitet, daß Sanchez auf elende Weise, während er die Gebirgskette überstieg, auf den Paramos zu Grunde gegangen sei oder in den tropischen Wäldern und Dickichten am Fuße der Cordilleren seinen Tod gefunden habe.

Nachdem Arana die Rebellion unterdrückt, die legitimen Behörden wieder eingesetzt und Ordnung und Ruhe — die Ruhe des Kirchhofes — wieder hergestellt hatte und als er im Begriffe stand, die Austheilung der Belohnungen und die Vertheilung der confiscirten Güter zu verkünden, sehnte er sich darnach, nach Lima und von da nach Spanien zurückzukehren. Unter allen Umständen wollte er von Quito fort, wo sein Leben bedroht war von den Verschwörungen Derjenigen, deren Väter, Brüder und andere Verwandten er hatte hinrichten lassen oder die er durch seine Confiscationen zu Bettlern gemacht hatte. Er war bemüht, der Undankbarkeit und der Enttäuschung Derer, die er für die der königlichen Sache geleisteten Verdienste zu belohnen hatte, auszuweichen. Es war natürlich, daß sie enttäuscht sein würden. Enttäuschungen und Beschwerden waren stets der Vertheilung confiscirter Güter in Peru gefolgt. Alle beanspruchten das, was nur wenige erlangen konnten. Und selbst was vorhanden war, konnte nicht Alles vertheilt werden, da vor allen Dingen die vicekönglichen Kassen wieder gefüllt werden mußten, um die Auslagen, die Arana's Expedition gekostet hatte, wieder zu ersetzen.

Aber der königliche Kommissär hatte nicht die Absicht, die Stadt Quito zu verlassen, ehe er durch seine distinguirte Gegenwart die Hochzeit Julio de Carrera's und Dolores Solando's verherrlicht hatte. Die Hochzeit sollte sofort nach Ablauf des dem Tode der Mutter und des Bruders der Dolores gewidmeten Trauerjahres stattfinden. Die Auszeichnungen und Ehrenbezeugungen, die der König und Vicekönig großmüthig auf Carrera gehäuft hatten, waren bis jetzt nur dem Grafen Arana bekannt, der sie ihm am Tage vor der Heirath als Hochzeitsgeschenk überreichen sollte. Beide Höfe waren außerordentlich liberal gewesen und das um so mehr, da in diesem Falle die Liberalität dem Schatze nicht zur Last fiel. Als der Erbe seines Onkels und der voraussichtliche Erb des Marquis von Solando würde Señor Carrera der reichste Edelmann des alten Königreichs Quito und vielleicht der reichste Mann des ganzen Vice-Königreichs von Peru werden. Reichthümer und Geschenke waren daher wohl kaum nöthig, um sein Märtyrthum und seine ergebene Selbstaufopferung zu ehren. Der Titel einer Gräfin mußte für die Ohren Dolores viel bezaubernder klingen, wie die Ankündigung, daß ihrem Reichthum noch größere irdische Schätze beigefügt seien. Deßhalb wurde Carrera in den Grafenstand erhoben und erhielt durch eine königliche cedula die Erlaubniß, in seinem Wappenschild einen Aloezweig zu führen, da er ja mit den Blättern dieser Pflanze von dem rasenden Pöbel so grausam mißhandelt worden war. Außerdem sollte noch die hohe und erhabene Würde eines königlichen Standartenträgers ihm übertragen werden und die Würde sollte für seine männlichen Nachkommen erblich sein. Er sollte berechtigt sein, Spanien, oder irgend eine andere Colonie zu besuchen, ohne zuerst um eine besondere Erlaubniß einzukommen, wie andere Unterthanen es thun mußten. Die königliche Standarte, die er bei allen festlichen und kriegerischen Gelegenheiten zu tragen hatte, sollte in Spanien von den Künstlern am Hofe angefertigt, vom Erzbischof von Toledo eingeweiht und von einem besonderen Botschafter nach Amerika gebracht werden, der zugleich Ueberbringer der Kette und des Kreuzes war, das der König Carrera verliehen hatte. Der Vice-König sandte ein prächtiges Schwert mit Gürtel und Wehrgehäng von künstlerischer Ausführung, wie man es nie vorher in Quito gesehen. Die Patente aller dieser Bewilligungen befanden sich in den Händen Arana's, und die Ueberreichung derselben sollte zu einer großen öffentlichen Feierlichkeit in der Kathedrale und im Palast Veranlassung geben. Das waren Ehrenbezeugungen genug, um den Kopf irgend eines gewöhnlichen jungen Edelmannes zu verdrehen, aber Carrera nahm sie bescheiden und schüchtern entgegen und mit einer unbestimmten und geheimen Ahnung, daß nicht Alles in Ordnung sei, mit einem Bewußtsein des Bedauerns und mit einem Verdacht, der sich irgendwo in das Innerste seines Herzens hinein schlich. Zu Zeiten war es ihm, als ob ein Unglück ihn bedrohe, oder es müsse sich irgend etwas ereignen, das seine Sicherheit stören oder ihn selbst in Gefahr bringen würde. Er konnte sich über diese Gefühle keine Rechenschaft geben, obschon er theilweise sie der nervösen Aufregung, die er erduldet zuschrieb. Und hierin konnte er vielleicht Recht haben. Die Schwäche und Ermattung, die einer langen und schweren Krankheit folgt, haben oftmals diese unerklärlichen Anwandelungen moralischer Angst im Gefolge, die uns wie klägliche Vorahnungen eines Unglücks aufschrecken. Aber Carrera's physischer Zustand war nicht der einzige und nicht der Hauptgrund dieser Anfälle, die er Niemandem anvertraute und die er kaum sich selbst einzugestehen wagte. Toa's Bild war seinem Gedächtniß noch nicht entschwunden; noch immer beschäftigten sich seine Gedanken mit ihr. Sie hatte Böses mit Gutem vergolten. Er hatte sie verachtet und von sich gestoßen und sie hatte sein Leben gerettet. Daran konnte er nicht zweifeln. Ohne ihren Befehl wäre er nicht in Mama Rucu's Hütte gebracht worden. Er hatte in seinen Träumen Toa's Antlitz sich über ihn beugen sehen, während er hilflos auf seinem Lager lag. Er hatte sie in seinen lichten Momenten, wenn er wach war, gesehen. Er wußte nicht, wie sie kam und wie sie verschwand, aber er wußte, daß sie da war. Während keinem der Besuche hatte sie zu ihm gesprochen. Ihr Antlitz beugte sich oftmals über ihn, nicht im Zorn und Aerger, sondern mit einem Ausdruck der Trauer und Entsagung. Ihre Augen, wie sie stetig und forschend auf ihn gerichtet waren, nicht in Bitterkeit, aber auch nicht verzeihend, waren tief in sein Herz eingedrungen und hatten dort ein unauslöschliches Andenken zurückgehalten, ein quälendes Problem, einen zehrenden Zweifel, ein stets wiederkehrendes Bedauern, bald zu seinem Gewissen sprechend mit kaum vernehmbaren Lispeln, bald in Tönen des tiefsten Kummers und der Ermüdung.

Während seiner Krankheit hatte er die Gewohnheiten der Einsamkeit angenommen. Er hatte gelernt, sich mit sich selbst einzuschließen und Besucher zu scheuen und er war ein Freund stillen Nachdenkens geworden. Es gab so manche Dinge, die er bei sich selbst erwägen mochte, so viele Fragen, die er sich allein vorlegen mochte und die Niemand beantworten konnte. Wie so selten lassen sich diejenigen um uns herum träumen, welche weite Welt sich in den Herzen und Gedanken derer ausspannt, von denen sie so viel zu kennen glauben, während sie sie in Wahrheit gar nicht kennen. Diese Welt geheimer Gedanken und Gefühle können kaum durch Worte ausgedrückt werden; und selbst wenn es geschehen könnte, würden wir nicht davor zurückschrecken, sie selbst denen zu entdecken, die uns nah und theuer sind, als wie vor einer Profanation und einem Sacrilegium? Nein! Wie groß und wunderbar, wie einsam und unaussprechlich, wie reich an Liebe und unverstandener Sehnsucht, oder an Trauer und Enttäuschung, an Hoffnungen und Luftschlössern, oder an bangen Zweifeln und zusammenstürzenden Ruinen, an aufflammendem Licht oder tiefer Dunkelheit diese verborgene innere Welt auch sein mag, laß sie verborgen und undurchdringlich bleiben für Alle, außer für unser eigenes geistiges Auge, das allein sie begreifen und verstehen und ihre Schätze und Schönheiten wie ihre Tiefen und ihr Elend ermessen kann.

Jetzt, als Toa für immer ihn verlassen, fühlte er in sich den Wunsch, daß er sie nicht durch sein eigenes unwürdiges Betragen, seine Undankbarkeit und seinen Wankelmuth verloren hätte. Sie hatte sich selbst so groß und edel gezeigt, während er sich so unedel und kleinlich bewiesen hatte. Erhaben, treu und selbstlos erschien sie ihm; kleinlich, treulos und selbstsüchtig mußte er in ihren Augen sein. Sie war eine Heldin, physisch und moralisch, während seine große That der Tapferkeit und der Selbstaufopferung im Grunde genommen doch weiter nichts war wie ein Akt moralischer Feigheit. Er fühlte, daß sie ihn verachten mußte, doch wünschte er, daß es nicht der Fall wäre. Was für ein Recht hatte er, sie zu hintergehen. Er hatte ihre Liebe angenommen, er hatte versprochen, sie zu lieben. Hatte er im guten Glauben gehandelt? Er hatte das Schlimmste gethan, was man einem Weibe zufügen konnte, sie hatte ihn aus den Klauen des Todes gerettet und ihn dann mit stiller Verachtung in die Welt zurückgeschleudert; zu erbärmlich war er für ihre Rache. Dieser Gedanke demüthigte ihn bis auf's Aeußerste. Er hatte die stolze Hoffnung ihres Lebens vernichtet und Gott allein wußte, was er von sich gestoßen, das er durch sie hätte erlangen können. Sein Onkel hatte ihn glauben machen, daß die Rebellion hoffnungslos gewesen sei, von Anfang an; Dolores hatte ihm gezeigt, daß die Sache der Rebellion verrathen war von Anbeginn und die Erfahrung hatte gelehrt, daß Beide Recht hatten; wenn er aber wieder bedachte, wie Großes die thatkräftige Energie eines einzelnen muthigen und entschlossenen Mannes bewirkt hatte und daß Roberto Sanchez, wenn er nicht in die Falle gerathen wäre, dennoch die Sache der Rebellion hätte retten können, verfiel Carrera in eine Reihe von Betrachtungen, die plötzlich die beiden eigenthümlichen Visionen, die Mama Rucu's Trank in ihrer Hütte in der Nacht vor seiner ersten Begegnung mit Toa ihm gezeigt, in seinem Inneren wachriefen. Hatte er nicht den Sieg erschaut und war Toa ihm nicht als eine königliche Gemahlin erschienen? Hatte er nicht Sanchez an seiner Seite, seine Schlachten kämpfend, gesehen? Es war nur eine Vision gewesen, aber Mama Rucu's Visionen waren, wie ihre Prophezeiungen, stets die Ankündigungen wirklich eintretender Thatsachen gewesen. Der Angriff des Mobs auf ihn selbst, um ihn zu zwingen, König zu sein und die entsetzliche Behandlung, die er in den Händen des Gesindels erdulden mußte, — hatte er nicht Alles Monate vorher bis in die kleinsten Details schon gesehen? Mama Rucu hatte versprochen, ihm zu zeigen, was folgen würde, wenn er den rechten Weg einschlüge und was aus ihm werden würde, wenn er den falschen Weg ging. Er hatte sich entschieden und die Vision hatte sich dann auch demgemäß erfüllt. Wenn die eine in Erfüllung gegangen war, würde nicht auch die andere ebenso eingetroffen sein, hätte er selbst sich anders entschieden? Alles wurde ihm jetzt klar und er brütete und grübelte über das, was er verloren hatte.

Aber weshalb sollte er brüten und grübeln, er der angesehenste, der reichste, der am glänzendsten belohnte und der am meisten beneidete Mann im alten Königreich Quito. Die übermüthigsten Träume seiner Jugend hatten ihn niemals eine so glänzende Höhe ahnen lassen, wie die, auf der er jetzt stand. Aller Gefahr entronnen, überschüttet mit Ehren und Auszeichnungen, verlobt mit seiner ersten Liebe, der gebildetsten Dame Amerikas — was konnte sein Herz noch mehr verlangen? Aber Carrera war einer jener Charaktere, die sich selbst aufreiben für das, was sie nicht erreichen können, und die das, was sie erlangt haben und besitzen, bis in die minutiösesten Details untersuchen und kritisiren. In dem Augenblicke, als der Besitz Dolores für ihn eine unbestrittene Thatsache geworden war, verließ ihn die Blindheit der Liebe und er begann ihre Züge, ihre Manier, ihren Charakter und ihr Auftreten zu beobachten, zu studiren und zu analysiren; er achtete auf jedes ihrer Worte, auf ihre Blicke, Bewegungen und Ausdrücke, und wog sie ab, nicht auf der Wagschaale eines thörichten Verliebten, sondern mit der selbstquälenden Nüchternheit eines Mannes, der zu rasch in ein unbedachtes Verhältniß eingetreten war. Nachdem er sich ein Weib gesichert, sehnte er sich wieder darnach, eine freie Wahl zu haben. Liebe und Sehnsucht hatten zuerst ihn ergriffen, Zweifel und Mißtrauen beherrschten ihn jetzt. Solche Naturen verdoppeln ihre Anstrengungen und ihre Kräfte, wenn der Erfolg noch in der Ferne liegt; die Sicherheit des Erfolges aber läßt sie zusammenbrechen und sogar in zweifelndes Zögern und bedauernde Enttäuschung umwandeln. Die Einwürfe und unwillkommenen Verhältnisse, die kluge Männer bedenken und erwägen, bevor sie eine Verbindung eingehen, kommen bei Männern wie Carrera erst in Betracht, nachdem sie die Verbindung eingegangen sind. Aber dann fallen diese Mängel nicht blos durch ihre eigne Schwere ins Gewicht, sondern sie drücken doppelt schwer durch das mahnende Bewußtsein, daß es unklug und thöricht war, sie zu übersehen.

Es gab so Manches bei Dolores, das er nicht beobachtet hatte, als er jeden Abend als Besucher in ihr Haus kam, aber das sich seiner Beobachtung aufdrängte, seit er unter einem Dache mit ihr lebte, und zwar waren es manche Züge, die sein feineres Gefühl verletzten. Am meisten aber fühlte er sich beunruhigt durch einen gewissen vertrauten Ton mit Paredes, der Carrera viel zu denken gab. Diese Vertraulichkeit offenbarte sich nicht in Worten oder Werken, selbst ihre Blicke boten niemals einen Anhaltspunkt zum Verdacht dar. In ihrem gegenwärtigen Auftreten war absolut nichts Ungehöriges zu bemerken, nichts, das entweder auf Familiarität schließen ließ oder auch auf ein Bestreben, den allgemeinen Verdacht der Familiarität von sich abzulenken; dennoch aber fühlte Carrera instinktiv heraus, daß zwischen den Beiden irgend eine Art von Einverständniß existirte, von dem er ausgeschlossen war. Er hatte seinen Verdacht niemals Dolores merken lassen, nur einmal hat er in halb scherzhaftem und halb verweisendem Ton darauf hingewiesen, aber Dolores hatte ihm so geschickt, treuherzig und unterwürfig geantwortet, daß er vollständig entwaffnet und selbst beschämt war. „Dieser Mann" sagte sie „Julio, hat das Leben meines Vater gerettet und er hat Anspruch auf meine ewige Dankbarkeit; wenn aber die Art und Weise, wie ich ihn behandele und die er als alter bewährter Freund der Familie und wegen seiner großen Dienste, die er meinem Vater erwiesen, wohl verdient, Dir nicht gefallen sollte, so werde ich mich natürlich von ihm fern halten, obschon ich mir nicht bewußt bin, durch irgend ein Wort, irgend eine Handlung oder auch nur irgend einen Gedanken etwas gethan zu haben, wodurch ich meiner Würde als Dame und als Deine künftige Frau irgend etwas vergeben hätte."

Nach dieser Erklärung wagte Carrera es nicht mehr, darauf zurückzukommen, aber für sich setzte er seine Beobachtungen fort, fügte eifersüchtig Atom zu Atom und bewahrte in seinem Gedächtniß die unbedeutendsten Kleinigkeiten, jede Bewegung, jede Zufälligkeit und pflegte im Geheimen das, was seine schweigende Wachsamkeit gesammelt hatte.

Er hatte, sobald er sich stark und kräftig dazu fühlte, die einsamen Spaziergänge wieder aufgenommen, denen er schon früher so sehr zugethan war. Sehr häufig suchte er die einsame Bergschlucht auf, wo Toa ihm zuerst erschienen war und wo er mit Valverde und Paredes nach dem verborgenen Schatze gesucht hatte. Stunden lang saß er an jener Stelle, wo er Toa, Cunduraza und Bellido in der Nacht, in der sie die Höhle besuchten, getroffen hatte. Gewöhnlich lag ein Buch auf seinen Knieen und mit dem Rücken lehnte er sich gegen einen Felsen, aber seine Augen ruhten nicht auf den gedruckten Buchstaben vor ihm, sondern starrten ziellos in's Weite. Er durchstreifte die Berge nach allen Richtungen, verfolgte jede Schlucht und jedes Gewässer bis zu ihrem Anfang und hoffte zugleich und fürchtete, sie noch einmal wiederzusehen, die noch immer in seinen Gedanken fortlebte. Bei diesen Gelegenheiten war der Narr sein steliger Begleiter. Er war nicht aufdringlich, sprach niemals, wenn er nicht gefragt wurde und hielt sich stets in einer respektvollen Entfernung. Carrera hatte mit vieler Mühe Arana bewogen, von einer peinlichen Inquisition des armen Teufels abzustehen und hatte ihn dann aus Gnade und Barmherzigkeit als seinen Diener angenommen. Carrera's alter Diener, Mariano, war verschwunden, während sein Herr besinnungslos in Mama Nucu's Hütte lag. Niemand wußte, wohin er gekommen war. Zu gleicher Zeit waren viele indianische Hausdiener, Feldarbeiter und Fabriksklaven verschwunden und man berechnete ihre Zahl auf zwischen sechshundert und tausend. Man verfolgte ihre Spur bis zu den östlichen Gebirgsketten und so weit es die wilde und ungastliche Natur der Sierra zuließ, wurden dieselben von den Leuten des Alguacil del campo, deren Pflicht es war, die flüchtigen Indianer und Neger wieder einzufangen und den Eigenthümern wieder zuzustellen, nach allen Richtungen verfolgt. Aber es war nicht möglich, den Aufenthalt der vermißten Indianer auszufinden. Ihre Flucht war ein schwerer Verlust für ihre Eigenthümer, namentlich da durch die letzten Unruhen und die Auflegung einer neuen und drückenden Steuer eine allgemeine Verarmung eingetreten war.

Der königliche Kommissär schien sich mit Manuel Paredes wieder versöhnt zu haben. Dolores hatte das Versprechen des Grafen, daß der Mann, der ihrem Vater das Leben gerettet hatte, bei der schließlichen Vertheilung der Belohnungen gebührend berücksichtigt werden solle. Paredes wußte, daß er sich auf dieses Versprechen verlassen konnte und er fürchtete nicht mehr, daß Andere ihm ungerecht und unverhältnißmäßig vorgezogen werden könnten. Aber abgesehen davon, war es sehr kränkend für ihn, wenn er sehen mußte, daß er absolut gar keinen Einfluß auf Arana hatte, der systematisch jeden Rath und alle Vorschläge, die von Manuel Paredes ausgingen, ignorirte und niemals auf seine Vorstellungen einging. Diese unfreundliche Gesinnung war für Manuel Paredes sehr ungemüthlich und in gewisser Beziehung sogar beunruhigend. Es war ihm niemals gelungen, den Grafen dazu zu veranlassen, der Proklamation, worin eine Belohnung für die Gefangennahme Juan Castro's ausgesetzt war, die Worte „todt oder lebendig“ beizufügen. Paredes hatte es bei verschiedenen Gelegenheiten versucht, die Versuche jedoch schließlich aufgegeben, da er befürchten mußte, dadurch beim Kommissär Verdacht zu erregen. Und doch war es von großer Wichtigkeit, daß Juan Castro nur als Leiche den Behörden überliefert werde. Derselbe wußte eben zuviel von Manuel Paredes. Allerdings war es nicht wahrscheinlich, daß die Behörden den verläumderischen Erfindungen des verlogenen Raufboldes Glauben schenken würden, aber es würde außerordentlich unangenehm, wenn nicht gefährlich für ihn sein, wenn diese „Erfindungen“ bekannt, verbreitet und besprochen werden würden. Wenn Castro lebend gefangen werden sollte, würde er zu Paredes als zu seinem Beschützer aufblicken und wenn ihn dieser im Stiche ließ, könnte der rücksichtslose Raufbold sich dadurch rächen, daß er die Verantwortlichkeit seiner eigenen Verbrechen seinem vornehmen Patron in die Schuhe schob. Juan Castro durfte unter keinen Umständen lebend gefangen werden. Und doch hing dieses lediglich von Manuel Paredes ab, der nicht nur den Schlupfwinkel des Elenden kannte, sondern ihm thatsächlich dazu verholfen hatte. Wenn es jemals bekannt werden sollte, daß der Anführer der Mörder Valverde's von Manuel Paredes selbst in einem Schlupfwinkel, der zu einer seiner eigenen Haciendas gehörte, verborgen wurde, so war er verloren. Unter diesen Umständen beruhte Paredes einzige Hoffnung, sich aus dieser unangenehmen Lage herauszuwickeln, auf Arana's Abreise, denn dessen Nachfolger, der Präsident der königlichen Audienz, würde jedenfalls einem wohlgemeinten Rath und einem schlauen Vorschlage mehr zugänglich sein.

Die Sachen hatten sich übrigens ganz anders gestaltet, wie Paredes es gehofft und erwartet hatte, als er vom Marquis de Solando auf des Königs Anordnung den geheimen Auftrag übernahm.

---

9. Im Lande des Jamarucu.

Endlos sind die Wälder, die sich längs der Flüsse, die das große Stromgebiet des Amazon bilden, hinziehen. An dem linken Ufer eines dieser Flüsse, reich an ebenso romantischen wie gefährlichen Stromschnellen und Fällen, hatte das Machete,*) das die Indianer von den weißen Corregidors und ihren Handelsagenten einkaufen, auf eine ziemliche Strecke das Unterholz von Gesträuchen und Gebüschen gesäubert und so den Platz als primitive Wohnstätte für die Kinder der Wildniß hergerichtet. Die jungfräulichen Bäume waren zu einer riesigen Höhe emporgewachsen und die sich ausbreitenden dichten Blätterkronen gewährten Schutz gegen die sengenden Sonnenstrahlen und die dichten Regenschauer, die auf den östlichen Abhängen der Cordilleren täglich eintreten und die ganze Atmosphäre mit feuchten Dünsten erfüllen, die gleich gefährlich sind für Kleidungsstücke wie für Lebensmittel.

An dieser einsamen Stelle, in einer beträchtlichen Entfernung nordöstlich von den spanischen Ansiedlungen—Logroño, Mendoza und Sevilla de Oro — hatte Toa sich mit ihrem Gefolge niedergelassen, um demselben nach dem mühsamen und gefahrvollen Marsche über die Berge und dem ebenso aufreibenden Niedersteigen in die Ebenen Ruhe zu gönnen. Dort gab es wieder Lebensmittel, tropische Früchte, Fische in den Strömen und Vögel und Affen auf den Bäumen. Für die Zeit, die man noch brauchte, um diese Ebenen zu erreichen, mußten die Mundvorräthe auf dem Rücken der Indianer mitgenommen werden, da die Fußwege, oder vielmehr Pfade, die als Straßen dienen mußten, vollständig unpassirbar für Lastthiere waren; und da eine viel größere Zahl ihres Volkes, als Toa beabsichtigt und befohlen hatte, ihr gefolgt war, hatten die Vorräthe nicht lange genug vorgehalten, deshalb mußten Einschränkungen gemacht werden, denen viele der Flüchtlinge unterlegen waren. Die abgehärteten Kinder der Sierra waren gewöhnt an die Kälte und den Schnee der Bergpässe, die sie zu passiren hatten, aber nicht an die Hitze und die Fieberdünste der tropischen Ebenen, die ihre Kraft und Ausdauer, bereits geschwächt und ermattet durch die beschwerliche Reise, brachen. Zu denen, die während des Niedersteigens in die Ebene zu Grunde gegangen waren, kamen jetzt noch Viele, die durch den Aufenthalt in den feuchten Wäldern ihren Tod gefunden hatten, und viele Andere lagen noch jetzt an Ruhr und Fieber darnieder, unfähig, ihren Weg fortzusetzen. Toa hatte nicht die Absicht, sie im Stiche zu lassen, und da ihr

*) Schwert-Messer.

augenblickliches Vorhaben keine Ueberstürzung oder Eile erheischte, hatte sie eine Rast angeordnet, um den Kranken Zeit zu geben, sich zu erholen, und den Gesunden Gelegenheit, sich an das ungewohnte Klima zu gewöhnen.

Dieses war die sechste Woche, seitdem sie sich hier gelagert hatten, und während dieser ganzen Zeit hatte Toa für Alle, die in Noth und Elend waren, wie ein wahrer Engel gesorgt. Die Abgesandten Quirruba's, des Häuptlings der Jivaros, hatten sie getroffen, als sie die Cordilleren hinabstieg, und sie auf diesen Platz geführt. Sie hatten ihr eine geflochtene Hängematte als Geschenk ihres Führers mitgebracht; ebenso brachten sie Bogen und Pfeile für die Jagd und Bogen und andere Waffen für den Krieg, nebst Gift, in das sie die Spitzen der tödtlichen Pfeile tauchten.

Quirruba's Leute waren dabei behülflich gewesen, das Lager für Toa und ihre Begleiter aufzuschlagen. Die Hütte der Königin ruhte auf Pfählen, die in den Boden eingetrieben waren, und hatte ein Dach von Bijao Blättern und einen Fußboden von wildem Rohr. Die Hängematte, welche zwischen zwei Pfählen schwebte, diente ihr, wie Cunduragu es vorhergesagt hatte, als Thron, als Staatssessel und Bett. Ihr Gefolge kampirte unter dem niedrigen Schutz von Schilf und Rohr, worüber getrocknete Blätter und Gräser als temporäre Dächer ausgebreitet lagen. Die bescheidenen Wünsche dieser Naturkinder waren leicht zu erfüllen und wenn nicht das tödtliche Klima gewesen wäre, das ihre Lebenskräfte untergrub, so würden sie in der Gegenwart ihrer Königin und in dem Bewußtsein, ihren grausamen spanischen Herren entflohen zu sein, glücklich gewesen sein.

Es war früh am Vormittag. Der Boden war noch naß und die Bäume und Büsche träufelten noch von dem Thau und den Regenschauern der Nacht. Toa saß in ihrer Hängematte. Eine Anzahl ihres Gefolges umstand sie im Halbkreis und Quirruba's halbnackte und tätowirte Abgesandte standen vor ihr; vier derselben standen im Begriff, zu ihrem Häuptling zurückzukehren, während zwei zurückbleiben sollten, um als Führer durch die Wildniß zu dienen. Die ersteren waren bereit, ihre letzten Befehle entgegen und Abschied von der Shyri-Inka zu nehmen.

„Nehmet diese Geschenke für Euren mächtigen Herrn,“ sagte Toa in der Sprache der Jivaros, die nur Wenige aus ihrem Gefolge verstanden, „und versichert ihn meiner Freundschaft und Achtung. Seine Feinde sind meine Feinde. Die Fremdlinge, die in sein Land eingedrungen sind, sind dieselben, die auch mein Volk geknechtet haben. Sagt ihm, daß ich zu ihm kommen werde, um gemeinsam mit ihm die Pläne zur Vertreibung der Fremdlinge aus dem Lande der Riesenströme und Wälder durchzuführen. Auf meinem Wege werde ich die Länder anderer Völker und Nationen besuchen und sie alle sollen sich an dem gemeinsamen Werke betheiligen.“

„Sehr wohl, Shyri Toa; aber mein Herr, der edle Quirruba, wünscht, daß Du Deine Reise möglichst beschleunigst, da er sich nach der Vermählung mit der großen Königin sehnt, die er schon seit Jahren geliebt hat.“

„Sage ihm, daß ich in diesem Punkte unwiderruflich meinem gefaßten Entschlusse treu bleiben werde. Unter allen indianischen Nationen an beiden Seiten der Gebirgskette lebt nur ein Mann, dem Toa als Gemahlin angehören wird. Dieser Mann ist Euer Häuptling, Quirruba! Aber Toa hat vor dem großen Gotte Inti, dem Sonnengott, ein feierliches Gelübde abgelegt, daß sie keinen Mann heirathen wird, der dem Eroberer unterthan ist. Sie wird in keinem Lande leben, das die Herrschaft der Fremdlinge duldet. An dem Tage, an welchem unsere großen Pläne in Erfüllung gehen, an dem Tage, wo die bärtigen Unterdrücker unserer Nationen von dem Lande, das Quirruba und seinen Verbündeten gehört, vertrieben sind, an dem Tage, wo die spanischen Städte im Herzen dieser majestätischen Wälder von der Erdoberfläche vertilgt und ihre Einwohner entweder todt sind oder in wilder Flucht in die Tafelländer an der anderen Seite der Cordilleren zurückeilen — an jenem Tage der Vergeltung und Rache wird Toa das Weib Quirruba's, aber nicht eher!“

„Mein hoher Herr hatte gehofft, große Shyri Toa, daß die Hochzeit bei Deiner Ankunft in seinem Lande stattfinden würde, und daß dann durch vereinigte Anstrengungen das große Werk zu einem glücklichen Abschluß gebracht werden sollte.“

„Ich habe gesprochen. Wenn Toa Duchicela ein Gelübde abgelegt hat, dann sind nur zwei Dinge möglich, Toa Duchicela hält ihr Gelübde, oder sie stirbt, indem sie versucht, es zu halten. Niemals bricht die Shyri Toa ihr gegebenes Wort. Sie hat sich selbst den Diensten Deines Herrn, Quirruba, geweiht und so lange noch Leben in ihr weilt, wird sie ihm treu bleiben. Tag und Nacht wird sie arbeiten, um ihn zu einem großen Könige zu machen. Er soll der Beherrscher aller Nationen der Ströme und Wälder werden und diese Nationen sollen frei sein vom Joche der Eroberer. Bis dahin muß Quirruba sich gedulden. Jetzt kennt Toa nur die Liebe zu dem Völkerstamme, zu dem wir Alle gehören, wenn wir auch in viele Nationen und Stämme getheilt sind. Wenn aber unser großes Werk erfüllt ist, dann kennt sie nur eine Liebe, die Liebe für den Mann, der das Werk vollbracht hat. Sage ihm alles Dieses und bitte ihn in meinem Namen, sofort mit der Arbeit zu beginnen. Laß ihn die Stämme im Osten und im Süden besuchen, während ich die Stämme des Westens und Nordens aufsuchen will. Und jetzt geht! Möge die Sonne und der Mond Eure Schritte leiten und Euch sichere und willkommene Heimkehr gewähren."

Die Abgesandten warfen sich zur Erde nieder und küßten ehrfurchtsvoll den Boden, bevor sie sich erhoben und Abschied nahmen. Beinahe Alle, die gesund genug waren, begleiteten sie bis an den Fluß, um zu sehen, wie sie sich in zwei kleinen Canoes einschifften, die rasch von der reißenden Strömung fortgerissen wurden und bald aus den Augen verschwunden waren.

Die Abgesandten hatten sich noch nicht lange entfernt, als von dem anderen Ende des Lagers ein eigenthümlicher Ruf laut wurde. Toa hatte das europäische System der Verwendung eines Theiles der verfügbaren Leute zum Vorposten- und Patrouillendienst eingeführt. Diese Leute waren auf kleinen Hügeln, Felsen oder Bäumen postirt, von wo aus sie einen Theil des vor ihnen liegenden Landes überblicken konnten. Der Ruf war von einem dieser Posten ausgestoßen und von denen, die sich in der Nähe des Flußufers befanden, aufgenommen worden. Sie hatten einen langen Baumstamm mit drei Männern darauf entdeckt. Derselbe trieb am Ufer entlang; der Eine leitete ihn mit einer Stange, während die beiden Anderen zum Zeichen der Erkennung ihre Hüte schwenkten. In wenigen Sekunden war das ganze Lager in Aufregung. „Es ist Uma! Es ist Uma!" so klang und flog der freudige Ruf von Mund zu Mund. Und in der That war es Uma, der mit seinen beiden Begleitern an's Ufer springend stürmisch von den Flüchtlingen umarmt und mit großem Jubel als Bote aus der theuren Heimath, die sie verlassen hatten, begrüßt wurde. Im Triumph führten sie ihn zur Hütte ihrer Königin, wo er sich, den Sitten der Väter gemäß, ihr zu Füßen warf.

„Erhebe Dich, Uma, Du treuester meiner Diener. Toa begrüßt Dich und ruft Dir ein dreifaches Willkommen zu in dem Lande der Riesenströme und Wälder."

Uma erhob sich nicht, sondern blieb bewegungslos liegen.

„Weshalb verbirgst Du Dein edles Antlitz? Weshalb erhebst Du Dich nicht? Bringst Du böse Nachricht?"

„Ja, Shyri; aber es ist nicht meine Schuld. Meine Aufgabe habe ich erfüllt; aber die Götter waren gegen mich."

„Eine böse Nachricht ist nichts Neues mehr für Toa Duchicela. Sie ist es nicht gewohnt, Angenehmes zu hören. Sprich! wie ist es mit unserem Viracocha Freund?"

„Er ist todt!"

„Todt!" wiederholte Toa und beugte schweigend ihr Haupt. Eine Pause folgte, während der man nichts hörte, wie die dumpfen Klagen der Umstehenden, die um so tiefer ergriffen waren, als sie die zwei Thränen sahen, die langsam über die Wangen ihrer Königin hinabliefen.

Aber Toa hatte sich bald wieder gefaßt. Sie wischte die Thränen ab, erhob sich und sagte: „Weshalb sollte ich weinen eines Mannes wegen, eines Fremden, wo Tausende unseres Volkes gestorben sind. Aber er war ein guter Mann — der edelste, beste, treueste der Viracocha's. Erhebe Dich, Uma, und erzähle mir, wie Alles sich ereignet."

„Alles ging vortrefflich. Ich traf ihn, als er aus der Kaserne trat und führte ihn in die Berge. Wir kamen an Coya Cisa's Hütte vorbei wenige Minuten später, ehe Du sie verlassen hattest. Die Füße unseres Freundes aber waren von den Ketten, die er getragen, angeschwollen und die lange Haft hatte ihn so sehr abgeschwächt, daß er unmöglich in derselben Nacht noch den beschwerlichen Marsch antreten konnte. So ruhten wir den Rest der Nacht und den ganzen folgenden Tag in einer der Höhlen aus. Es war schon beinahe dunkel, als wir die furchtbaren Klippen des Rucu Pichincha erstiegen und in die Wildniß an der anderen Seite des Gebirges hinabstiegen. Der Sturm heulte, die Nebel hüllten uns ein und ich fürchtete bereits, daß wir wieder umkehren müßten, doch der große Mond war uns gnädig; er zerstreute die Wolken und sandte uns hinlängliches Licht, um über die gefährlichsten Pässe zu gelangen. Es war eine lange und beschwerliche Reise. Unser Freund war sehr schwach und wir machten so oft Rast, daß unsere Vorräthe zu Ende gingen und wir lange Zeit hindurch ohne Lebensmittel waren, ehe wir aus den Paramos entkamen. Oftmals glaubte ich in diesen Tagen der Mühsal und Noth, daß ich niemals Dein Angesicht wieder erblicken würde. Einer meiner Leute erlag dem Hunger und der Kälte und wir legten ihn auf einen geschützten Platz, wo die Geister des Berges sein Fleisch erstarren machen und seine Haut vor Verwesung schützen werden. O, daß unser Viracocha Freund alle diese Gefahren und Mühsale überstehen mußte, um in dem Augenblick zu sterben, in welchem der Erfolg seiner Flucht gesichert war!"

„Und wie starb er?"

„Ich führte ihn durch die Gebirgsschluchten und die Wälder zur Küste von Esmeralda. Dein Bote war schon vor uns angekommen und hatte sich mit den Schmugglerschiffen, die mit den Dörfern jener Gegend Handel treiben, in Verbindung gesetzt. Dein Diener Hualpa, der das Geheimniß der Smaragd-Minen kennt, leitete die Unterhandlungen und der Kapitain eines dieser Schiffe erklärte sich bereit, unseren Freund an Bord zu nehmen und ihn in ein Land außerhalb der spanischen Besitzungen zu bringen. Für diesen Dienst sollte der Kapitain zwei Hüte voll Smaragden erhalten; den einen sofort und den zweiten, wenn er wieder an die Küste von Esmeralda zurückkehrte und zwar mit einem Briefe, worin unser Freund Deinen Dienern seine Ankunft und glückliche Landung an einer sicheren Stelle mittheilen würde. Alles war vor unserer Ankunft arrangirt. Das Schiff hatte bereits länger wie zwei Tage gewartet und das war unser Unglück, denn die Schmuggler fürchteten sich, noch länger zu bleiben. Die Schiffe Arana's kreuzten in der letzten Zeit vielfach an jener Küste und der Piraten-Kapitain, der fürchtete, daß er verfolgt würde, bestand darauf, daß unser Freund noch in derselben Nacht sich einschiffen sollte. Es war eine dunkle und stürmische Nacht. Der Regen goß in Strömen herunter und die See ging hoch. Aber das Boot der Schmuggler hatte sich leicht zwischen Fahrzeug und Küste durchgeschmiegt und wir träumten von keiner Gefahr. Er umarmte mich lang und zärtlich, ehe er in das Boot stieg. Er ersuchte mich, Dich seiner ewigen Dankbarkeit zu versichern. Ich half ihm in das Boot. Beim Lichte unserer Fackeln sah ich, wie das Boot davonglitt. Ich hörte seine aufmunterde Stimme zu mir hinüberschallen durch Sturm und Dunkelheit; plötzlich aber traf eine mächtige Sturzwelle das Boot von der Seite, warf es um — ich sah es, als gerade ein heller Blitz aufleuchtete — und unser Freund war verloren. Die beiden Matrosen, wohlvertraut mit dem Element und seinen Gefahren, retteten sich selbst und sogar das Boot, aber der Señor Sanchez war verloren. So ist Alles gekommen, Shyri Toa und ich schwöre Dir bei der großen Sonne, daß es nicht meine Schuld war."

„Ich weiß es, Uma, ich weiß es! Du hast Deine volle Schuldigkeit gethan. Und vielleicht," fügte sie nach einer Pause hinzu, „war es besser für ihn, so zu enden, als das traurige Elend der Verbannung unter fremden Menschen, deren Sprache er kaum verstand, zu erdulden. Hat man seinen Leichnam gefunden?"

„Zwei Tage später wurde er an's Ufer gespült. Wir retteten ihn vor Entdeckung und gaben ihm ein anständiges Begräbniß. Sein Schwert und ein Amulet, das man an seinem Halse fand, wird Hualpa der Señora Sanchez nach Quito schicken, sobald es in Sicherheit geschehen kann."

„So ist es recht! Heute wollen wir hier in den Wäldern ihm eine Leichenfeier veranstalten und ihm alle die Ehren erweisen, wie wir sie einem der großen und tapferen Männer unseres Volkes erweisen würden. Und was für Neuigkeiten bringst Du mir von Purruhá und Quito?"

„Ich bringe Dir Botschaft von Purruhá, wo ich verweilte, um Deine Großtante, Carmen Duchicela, zu sehen. Sie sendet Dir Grüße und bittet Dich, von diesem herumstreifenden und elenden Leben, wie sie es nennt, abzustehen und zu ihr zurückzukommen."

„Das gute edle Weib! Bedenkt sie nicht, daß es ihr sicherer Tod sein würde, eine Geächtete und eine Verrätherin, auf deren Kopf die spanische Regierung eine Belohnung gesetzt hat, bei sich aufzunehmen?"

„Sie sagt, Niemand würde es erfahren. Ihre Besitzungen seien groß und würden nicht überwacht, sie besitze Häuser in den Bergen, die niemals von den Viracocha's besucht würden und die sie gar nicht mal kennten. „Laß sie kommen," sagte sie, „und sie wird in Sicherheit sein. Toa weiß, daß meine Indianer lieber sterben, als sie verrathen würden."

„Und Cunduragu?"

„Er blieb bei Deiner Tante Carmen ungefähr eine Woche lang, dann begab er sich in die Berge und seit der Zeit hat man nichts mehr von ihm gehört. Doña Carmen wollte, daß er bei ihr bleiben solle, aber er sagte, daß seine Stunde gekommen sei und daß er sich schlafen legen müsse zwischen den Felsen, wo auch seine Vorfahren, deren Namen er trägt, ewige Ruhe und Obdach gefunden hätten."

„Schlafen legen zwischen den Felsen," wiederholte Toa langsam, als spreche sie zu sich selbst, „und ich bin hier in der Wildniß der Ströme und Wälder und das ist s e i n Werk."

Eine Pause folgte und dann sagte Toa zu ihren Leuten: „Geht, meine Kinder, und bereitet Uma ein Mahl, von dem Wenigen was noch übrig geblieben. Er wird müde und hungrig sein, nachdem er diese lange und mühsame Reise zurückgelegt, um zu uns zu gelangen. Bleibe noch hier, Uma, während sie Dir Dein einfaches Mahl bereiten. Ich habe noch andere Fragen an Dich zu richten."

Die Leute zogen sich zurück. Toa und Uma blieben allein, aber im vollen Anblick des ganzen Lagers.

„Und er?" fragte Toa nach einer Weile.

„Ist verheirathet mit Dolores Solando!"

Die Königin blickte schweigend vor sich hin. Keine Muskel in ihrem Antlitz verrieth ihre Bewegung. Niemand sprach ein Wort und man hörte nur das gedämpfte Geräusch des Lagers und das Rauschen des Windes in den Bäumen über ihnen.

„Hast Du Santos gesehen?" fragte Toa schließlich.

„Ja, Shyri!"

„Nun?"

„Sie vollbringt ihre Arbeit."

Toa's Augen blitzten einen Augenblick auf mit dem Ausdruck triumphirender Wildheit.

„Mit Erfolg?" fragte sie.

„Ja, Shyri. Dieses sind die Worte, die die Enkelin Cozopangui's Deinem Diener anvertraute: „Sage der Shyri Toa, daß der, der ihr Unrecht gethan und sie betrogen hat, jetzt seinen Lohn erhält. Sein Leben ist eine trostlose Wüste und jede Stunde hat ihre Qualen und ihr Elend."

Sechstes Buch.

Des Lebens Unwerth.

When shall I meet thee?
After long years.
How shall I greet thee?
In silence and tears.
BYRON.

Las ojas del arbol caidas
Juguetes del viento son.
Las ilusiones perdidas
Ai! son las ojas caidas
Del arbol del corazon.
ESPRONCEDA.

1. Sieben Jahre später.

Beinahe sieben Jahre sind verflossen, seit unsere Geschichte in den tropischen Wäldern am östlichen Abhang der Cordilleren schloß. Sieben Jahre — eine kurze Spanne Zeit in der Geschichte einer Nation, aber eine lange und ereignißreiche Zeit im Leben eines Einzelnen, von dem sie oft den schlechtesten oder den besten Theil bilden. Gewaltig und immerwährend sind die Aenderungen, die sieben Jahre in der äußeren Umgebung eines einzelnen Mannes hervorbringen, aber ungleich größer sind die Aenderungen und Wandlungen, die sieben Jahre in seinem Innern hervor bringen; Aenderungen, die er selbst und Andere kaum merken, und Aenderungen, die ihn selbst schmerzlich oder freudig berühren und die mit Bedauern oder Staunen von denen, die ihm nahe stehen und ihn daher am besten kennen sollten, beobachtet werden. Diejenigen, die vor sieben Jahren ihm nahe und am nächsten standen, können todt oder abwesend sein oder was noch schlimmer ist, sie können, wenn auch persönlich nahe, doch in Gedanken und Gesinnungen ihm am fernsten stehen. Die Verwüstungen, die der Tod anrichtet, brechen das Herz, aber sie lassen ein süßes Andenken zurück, das uns theurer und theurer wird, je mehr wir uns selbst der dunklen Stunde nähern. Aber für diejenigen, die uns entfremdet sind, verändert sich die Süßigkeit meistens in Galle, Freundschaft und Liebe in Kälte und Haß, Rücksicht in Mißachtung. Und wenn zwei solcher Wesen mit Ketten aneinander gefesselt sind, die auf dieser Seite des Grabes nicht mehr gesprengt werden können; wenn das eine krank und hoffnungslos im Herzen, ernüchtert, enttäuscht und vielleicht betrogen sich durch das Leben hinschleppen muß an der Seite des anderen Wesens, dem man den besten Theil seines Lebens, sein Streben, seine Hoffnungen auf Glückseligkeit, seine Gegenwart und Zukunft geopfert hat, ohne daß dieses Wesen das Opfer anerkennt, oder vielleicht nicht einmal versteht, und wenn so, es nicht mit Freundlichkeit, vielweniger mit Dankbarkeit belohnt; wenn die Berührung der Seelen, die gegen einander unsympathisch, nein, abstoßend geworden sind, schärfer wird durch tausenderlei Unannehmlichkeiten, durch Thorheit und Eigensinn auf dieser, Empfindlichkeit und Entrüstung auf jener Seite, Trotz und Selbstsucht hier, tiefen Schmerz, Reue, Verdacht und Qualen dort; wenn Jedes seine eigenen Wege geht und beständig mit denen des anderen zusammenkommt und in Konflikt geräth — was muß dann am Ende dieser sieben Jahre für eine Aenderung eingetreten sein in dem Herzen des einen, das am meisten in diesem stummen, aber erbarmungslosen Kampfe gelitten — welch' ein Kontrast zwischen dem hoffnungsvoll lächelnden Morgen und der langen dunklen Nacht des Elends und der Verzweiflung.

Die Plaza Mayor — der große Marktplatz der Stadt — wo wir Zeugen waren des blutigen Konfliktes zwischen den Stürmern des Palastes und seinen heldenmüthigen Vertheidigern, bietet ein lebhaftes Bild dar. Trommelwirbel erschallt und lustig schmettern die Hörner dazwischen. Zwei Kompagnien, zusammengesetzt aus Regulären, Milizen und Rekruten, exerziren auf der Plaza und eine große Anzahl Damen und Herren schauen zu. Der Marquis von Solando, durch Alter gebeugt und seine schwankenden Schritte durch ein kräftiges Rohr unterstützend, aber immer noch würdevoll und imponirend, unterhält sich mit dem Präsidenten der königlichen Audienz und einigen der Minister, umgeben von einer Anzahl Civil- und Militär-Beamten und Geistlichen. Der Bischof sitzt auf einem der

Balkone seines Palais, während die Alcalden und einige ihrer Kollegen vom Cabildo von den Fenstern des Munizipalgebäudes auf die Scene herabblicken. Der Pöbel von Quito, stets müssig und neugierig, ist in großer Anzahl durch das militärische Schauspiel angelockt worden, wird aber durch die Munizipal-Garden in respektvoller Entfernung gehalten. Und der Himmel unter dem Aequator ist so glänzend und schön und die ganze Scene macht einen so freundlichen und festlichen Eindruck, daß wir versucht sind, die dunkle Seite des Bildes, die unterdrückten Seufzer und den unter lächelnden Gesichtern verborgenen herzzerreißenden Kummer zu vergessen. Die Leute, die jetzt unter den Zurufen der Menge einexerzirt werden, haben einen langen und mühsamen Marsch vor sich, der sie für die nächsten Monate ihrer Heimath und ihren Familien entreißen und sie nicht allein den gefährlichen Einwirkungen des tödtlichen Klimas und unzähligen Mühen und Entbehrungen, sondern auch den Gefahren einer drohenden Insurrektion oder Revolution aussetzen wird.

Belehrt durch frühere Erfahrungen, will die königliche Audienz nicht mehr dulden, daß der Same des Aufruhrs emporwuchere, indem er nicht zeitig und energisch im Keim erstickt wird. Jeder Versuch zur Auflehnung mußte sofort unterdrückt werden, damit er nicht in eine Insurrektion schlagen und auf diese Weise eine Wiederholung der Unruhen vor sieben Jahren ermöglichen könne. Daher diese Vorbereitungen, daher noch dieser militärische kriegerische Pomp nach sieben Jahren friedlicher Ruhe.

Die neue Wolke war an der östlichen Seite der Cordillera aufgestiegen, in der Provinz Macas, die vier ausgedehnte Bezirke und die Städte Logroño, Sevilla de Oro und Mendoza umfaßte. Die Schwierigkeiten waren auf folgende Weise entstanden. Philip II, der herzlose Despot, war zuletzt gestorben und Philip III. war ihm auf den Thron gefolgt. Die Nachricht von seiner Krönung war in Amerika eingetroffen und in allen Colonien und Provinzen wurden große Feste zur Erhöhung der pomphaften Ceremonie — Jura del Rey — der dem neuen König zu leistende Huldigungseid, veranstaltet. Der Gouverneur von Macas hatte für diese Gelegenheit ebenfalls seine Befehle ausgegeben und suchte mit der gewöhnlichen Habgier der spanischen Statthalter diese Gelegenheit zu seiner eigenen Bereicherung zu benutzen. Er hatte eine Proklamation erlassen und unter dem Vorwande einer Schenkung eine riesige Steuer aufgelegt, angeblich um die Kosten für die Feste, die in den zu seiner Jurisdiktion gehörenden Departements gefeiert werden sollten, zu decken. Diese Steuer sollte hauptsächlich von den Land- und Minenbesitzern, von den Kaufleuten und Handwerkern in den Städten und von den Caziken und Häuptlingen der Indianerstämme aufgebracht werden. Es war in der Proklamation mitgetheilt, daß der Gouverneur die drei Hauptstädte seiner Domaine besuchen würde, um das Geld in Empfang zu nehmen und den Festlichkeiten beizuwohnen. Seinen ersten Besuch wollte er in Logroño machen, der jungen Stadt, die durch ihr rasches Aufblühen und ihren Fortschritt ihre Schwestern im Königreich überflügelt hatte. Logroño und Sevilla de Oro, hatten durch den Ruf ihrer Goldminen Ansiedler und Abenteurer aus allen Theilen Peru's angelockt. Meilenweit rings um diese Städte waren die Wälder gelichtet und viele öffentliche und private Gebäude, geschmackvoll und bequem; und Kirchen und Klöster hatten sich dort erhoben, wo noch vor dreißig Jahren die Einsamkeit der Wälder nicht durch die Tritte der herrannahenden Civilisation gestört war.

Die unverschämte Habsucht des Gouverneurs erregte allgemeine Entrüstung. Es war allgemein bekannt, daß nicht der zwanzigste Theil des Geldes, das er verlangte, wirklich für die Festlichkeiten ausgegeben werden würde. die Ansiedler wußten es gut genug, daß Letzteres nur ein bloßer Vorwand war und daß es dem Gouverneur nur um seine eigene Bereicherung zu thun sei. Unter diesen Umständen würden sie auch gegen die Erhebung der Steuer rebellirt haben, selbst wenn die verlangten Summen nicht alle Möglichkeit, sie zusammenzubringen, überschritten hätten. Aber in einem neuen Lande, wo der Kampf um die Civilisation gegen die furchtbaren Kräfte der tropischen Natur gerade begonnen hatte, mußten die Ansiedler allen Goldstaub und alles fertige Geld, das sie zusammenbringen konnten, selbst gebrauchen. Das königliche Fünftel aus dem Ertrag der Minen war schon an und für sich eine schwere Last, die sie vollständig niederdrückte. Die Entfernung von der Küste, von der sie durch beide Ketten der Cordilleren getrennt waren und die traurige Beschaffenheit der Wege hatte die Preise aller importirten Bedürfnisse so in die Höhe getrieben, daß der Profit aus allen einheimischen Unternehmungen auf eine kläglich kleine Summe reducirt wurde und so blieben die Ansiedler arm, trotz der reichen Goldmassen, die sie in den Bergen gruben und aus den Strömen herauswuschen. Als daher die habsüchtigen Absichten des Gouverneurs bekannt wurden, wurde noch einmal der Geist des Widerstandes, der unter dem eisernen Fußtritt Arana's niedergebrochen war, angefacht. In den Haupthaciendas wie in den Städten wurden Versammlungen abgehalten und eine Liga wurde gebildet zur gegenseitigen Unterstützung und zum bewaffneten Widerstand. Der Gouverneur zitterte, als er von diesen Bewegungen hörte. Er hatte kein Militär zur Disposition, um den Geist des Aufstandes zu unterdrücken. Die Miliz, die er hätte aufrufen können, bestand aus und wurde befehligt gerade von den Männern, die er unterdrücken wollte. Er dachte daher, daß Vorsicht der bessere Theil der Tapferkeit sei und ließ den hervorragenden Kolonisten entweder persönlich, oder durch Vertrauenspersonen sagen, daß sie seine Proklamation ganz falsch verstanden hätten. Er habe nicht die Absicht gehabt, eine bestimmte Summe von ihnen zu verlangen. Es solle ja nur ein freiwilliges Geschenk sein, eine Bitte, die Jeder nach Belieben und je nach seinen Mitteln oder gar nicht zu erfüllen brauche. Das Minimum, von dem in seiner Proklamation die Rede sei, sei nur deshalb festgesetzt, damit die indianischen Kaziken wüßten, wieviel man von ihnen erwarte. Um diesen Indianern einen Begriff von ihrer Pflicht beizubringen, bemerkte der Gouverneur schlau berechnend, sei die Proklamation hauptsächlich erlassen worden. Die indianischen Einwohner dieser Wälder hätten ihren Nacken noch nicht so demüthig und willig vor den Spaniern gebeugt, wie die Indianer auf den Hochebenen. Die Macas Indianer lebten noch immer in getrennten und unabhängigen Stämmen, die ihren Tribut nur unregelmäßig entrichteten und ihren Antheil an Feld- und Minen Arbeitern nur ungern und zögernd stellten. Es sei nöthig, den Geist der Unabhängigkeit zu brechen und sie sich dadurch vollständig unterwürfig zu machen, daß man sie in Schulden stürzte. Das zu erzielen, sei sein Hauptzweck gewesen. Er sei der Ansicht, daß wenn die indianischen Kaziken unfähig oder nicht bereit seien, den verlangten Betrag zu bezahlen, so würden sie ihm statt des Geldes mit Peons bezahlen, was für die Kolonisten selbst von großem Vortheil sein würde. Durch derartige Vorstellungen, die der Habsucht der weißen Kolonisten schmeichelten, gelang es dem Gouverneur bald, ihre Entrüstung zu beruhigen und ihren Verdacht zu bannen. Wenn seine Habgier allein gegen die Indianer gerichtet war, und wenn auf diese Weise die Zahl der Sklaven in den Kolonien vermehrt werden sollte, so war die Maßregel ja für die spanischen Kavaliere und ihre plebejischen Anhänger nicht so schlimm, und anstatt Opposition zu finden, wurde sein Plan mit Beifall und Zustimmung aufgenommen.

Aber der perfide Spanier hatte seine Rache nur verborgen. Es war nicht seine Absicht, Denen zu verzeihen, die ihm gedroht und seiner Autorität Trotz geboten hatten; für ihren Ungehorsam sollten sie doch noch bezahlen. Er hatte daher im Geheimen Boten zur königlichen Audienz nach Quito gesandt, und zwar mit Briefen, in denen er die Stimmung in seinen Provinzen mit erschreckenden Farben schilderte. Der Geist des Aufruhrs, sagte er, sei reif. Die hervorragenden Männer in den vier Departements hätten sich von ihm losgesagt und ihm den Gehorsam verweigert. Eine große Anzahl verbannter und flüchtiger Rebellen von 1592 her, hätten auf den Farmen und in den Bergwerken seines Regierungsbezirks Schutz gefunden und reizten jetzt die Anderen zum Widerstand und zur Rebellion auf. Er aber, der Gouverneur, habe keine Macht, um ein Unglück zu verhüten, oder die Uebelthäter zur Rechenschaft zu ziehen. Er sei ohne Truppen und die Miliz würde gegen ihn Partei nehmen, wenn er thöricht genug sein würde, sie aufzubieten. Es sei kaum möglich, sagt er dann in seiner Vorstellung weiter, den königlichen fünften Theil von dem Ertrage der Bergwerke ohne bewaffnete Macht einzutreiben. Die Kolonisten wollten weder Steuern noch Beiträge bezahlen und selbst die Bitte um eine unbedeutende Donation, um die er gebeten habe, um die Kosten für die bei Gelegenheit der Thronbesteigung des neuen Königs zu veranstaltenden Festlichkeiten zu decken, habe man ihm abgeschlagen. Unter diesen Umständen, schloß der Gouverneur, sei der Ausbruch einer neuen Revolution nur eine Frage der Zeit, es sei denn, daß die Audienz eine genügende Anzahl von Truppen sende, um es ihm möglich zu machen, das königliche Ansehen wieder herzustellen.

Das also war die Ursache des militärischen Schauspiels auf dem Hauptplatze der Stadt Quito. Die beiden Kompagnien, die hier unter dem hellen und lachenden Himmel Quito's einexerzirt wurden, sollten dem Gouverneur von Macas zugesandt werden, um den Geist des Aufstandes in dem Lande der Riesenströme und Wälder am östlichen Abhang der Cordilleren und Anden zu ersticken.

„Und was für einen Offizier," fragte der Marquis von Solando den Präsidenten der Audienz, „werden Ew. Excellenz zum Anführer dieser Expedition designiren?“

„Wir haben darüber noch keinen definitiven Entschluß gefaßt, mein theurer Marquis,“ antwortete der Präsident, „ob wir das Kommando dem älteren Kapitain übergeben, oder ob wir beide Kapitäne unter den Befehl eines Regimentsoffiziers stellen sollen, um Eifersüchteleien zu vermeiden. Offen gestanden,“ fügte der Präsident hinzu, indem er seine Hand auf die Schulter des Marquis legte, und ihm leise ins Ohr lispelte, „offen gestanden würde ich lieber die Expedition einem Civil Kommissär übertragen, denn ich hege ernstlichen Verdacht, daß in der Regierung von Macas nicht Alles mit rechten Dingen zugeht und daß das Thun und Treiben des Gouverneurs selbst untersucht werden muß. Natürlich müssen wir durch unsere militärische Machtentfaltung imponiren und die Gemüther der Uebelthäter in Schrecken versetzen, aber ich denke, ein Mann von Einsicht und Geriebenheit, mit civiler und militärischer Machtbefugniß, wird bald Alles wieder in Ordnung bringen.“

In diesem Augenblick sprengte ein Reiter im Reiseanzug, gefolgt von einem Diener und beide Reiter und Rosse mit Koth bespritzt, über das jenseitige Ende der Plaza, als sei er gerade in der Stadt angekommen. Für einen Augenblick hielt er sein Pferd an, warf einen Blick auf das militärische Schauspiel, und ritt dann weiter.

„War das nicht Ihr Herr Schwiegersohn, mein theurer Marquis?“ frug der Präsident.

„Meine Augen sind sehr schwach geworden,“ antwortete der alte Mann. „Ich konnte sein Gesicht nicht erkennen, aber es sollte mich gar nicht wundern, wenn es der Herr Graf war, da wir ihn heute von seiner Hacienda in Puembo, wo er zwei Wochen lang aufgehalten wurde, zurück erwarten.“

„Es scheint, daß er sehr häufig sich außerhalb der Stadt aufhält,“ fuhr der Präsident mit erheuchelter Unbefangenheit fort.

„Unzweifelhaft, Excellenz, denn neben der Sorge, die er mit der Verwaltung seiner eigenen vom Onkel geerbten Besitzungen hat, liegt ihm noch die Aufsicht über meine Haciendas ob, da ich zu alt und abgelebt bin; und Ew. Excellenz wissen ja gut genug, daß es nicht angeht, die Verwaltung bedeutender Besitzungen ganz allein den Mayordomos und anderen Angestellten zu überlassen.“

Unterdessen ritt Carrera — denn der Reiter, den der Präsident bemerkt hatte, war in der That Carrera — zur Plaza de San Francisco und hielt vor dem Hause seines Schwiegervaters. Hier wohnte er, da der Marquis unter keinen Umständen seine Tochter hatte fortlassen wollen. Die Diener, mit denen Carrera stets auf gutem Fuße stand, bewillkommneten ihn freudig, als er die Treppe zu den Gemächern hinaufstieg, die er und Dolores bewohnten. Die Hunde, groß und klein, sprangen in tollen Sätzen um ihn herum und bewillkommneten laut bellend ihren Herrn. Die Papageien kreischten und ein kleiner Peroquet flog lustig auf seine Schulter und kletterte von da auf seine Hand, ohne Aufhören die beiden einzigen Worte, die er kannte, wiederholend: “Periquito — chiquitito.” Und der Lieblingsaffe, der an einen Ring und Riemen im Hofe angebunden war, schnatterte ganz entsetzlich darauf los. Jedes lebende Wesen im Hause, Thier und Mensch, begrüßte den zurückkehrenden Herrn, nur die eine nicht, die ihn zuerst hätte willkommen heißen müssen. Carrera fühlte den Stich, um so mehr, da er seine Frau brieflich Tag und Stunde seiner Rückkunft hatte wissen lassen und er wußte, daß der Brief richtig in ihre Hände abgeliefert worden war.

Mürrisch warf er sich auf's Sopha und ließ sich von seinem Diener die Sporen und Reitstiefel ausziehen und es verging eine geraume Zeit, bis er sich zu der Frage entschließen konnte: „Wo ist die Señora?“

„Sie ist ausgegangen!“ antwortete einer der Diener.

„Aus?“ frug Carrera zurück, „und mit wem?“

„Mit der Señora Calita.“

„Wohin gingen sie?“

„Zur Plaza Mayor, um Se. Excellenz, den Marquis zu treffen, der noch dort das Exerciren ansieht. Ew. Gnaden müssen sie getroffen haben; sie gingen erst vor kurzer Zeit fort.“

Carrera biß sich auf die Lippen. Sie wollte nicht mal den wahren Schein wahren? War es recht, war es einer Frau, einer Dame würdig, auszugehen, da sie doch wußte, daß er nach längerer Abwesenheit zurückkommen würde und zudem die Diener es wußten, daß sie die Stunde seiner Ankunft kannte.

„Waren heute irgend welche Besucher da?“ frug er nach einer weiteren Pause, indem er sich den Staub aus den Haaren und Bart bürstete.

Die Diener schienen in Verlegenheit und warfen sich scheue Blicke zu, sagten aber nichts.

Carrera wiederholte seine Frage.

„Die Señora Ramirez war hier,“ sagte Mama Santos.

„Schön — schön, ist sie wieder wohl?“

„Ja wohl, Ew. Gnaden."

„Das ist mir lieb," fuhr Carrera fort, und fügte dann, indem er versuchte, einen höchst gleichgültigen Ton der Stimme anzunehmen, hinzu: „war noch jemand Anders hier?"

„Ja wohl, Ew. Gnaden", antwortete Mama Santos. „Der Señor Paredes!" Und wiederum wechselten die Diener verstohlene Blicke miteinander, während Carrera innerlich zusammenzuckte, aber kein Wort sagte.

Als er seine Toilette beendigt hatte, frug er, ob keine Briefe und Schriftstücke für ihn angekommen seien. Dieselben wurden ihm gebracht, er überflog sie hastig und schloß sie dann in sein Pult ein; darauf verließ er das Haus, um sich auf die Plaza zu begeben. Sein Weib hatte ihn vor seinen Dienern erniedrigt, daß sie nicht auf seine Rückkunft gewartet hatte, ja nicht einmal eine Botschaft für ihn hinterlassen, wohin sie gegangen war, aber er wollte sie und sich nicht bloßstellen, sondern ihr entgegengehen, um seinerseits den Schein zu wahren.

Er hatte nicht weit zu gehen, sondern traf die Gesellschaft, wie sie nach Haus zurückkehrte — Dolores und ihre Tante, den Marquis, Juan de Londoño, Manuel Paredes und zwei oder drei andere junge Herren. Dolores kam einige Schritte vorwärts und umarmte ihn in sehr kühler, förmlicher Weise. Sie küßte ihn aber nicht, sondern bot ihm ihre Wange dar, die er nur des äußeren Scheines wegen mit gleicher Kälte mit seinen Lippen berührte. Viel herzlicher war die Begrüßung der Tante Catita und noch herzlicher die Umarmung des alten Marquis, der außerordentlich stolz auf seinen Schwiegersohn war. Die Herren näherten sich der Reihe nach, um den zurückgekehrten Freund zu begrüßen und Niemand bewillkommnete ihn herzlicher und cordialer wie Manuel Paredes. Carrera war es, als drücke er eine Natter an seinen Busen, als er Paredes zu der gebäuchlichen spanischen Umarmung die Arme öffnete.

Der Marquis lud die ganze Gesellschaft ein, mit ihnen zu diniren, da er eine Sendung ganz ausgezeichneten Weines von Lima erhalten habe. Sie alle nahmen die Einladung an und probirten den Wein, derselbe war sehr stark und feurig und machte die ganze Gesellschaft ausnehmend lustig, mit Ausnahme von Carrera, der sich mürrisch zeigte und offenbar ungemüthlich fühlte, wenig sagte, aber ziemlich viel trank. Aber während er so in Gedanken verloren war, und nur kurze und unzusammenhängende Antworten auf an ihn gestellte Fragen gab, beobachtete er verstohlen aber sehr scharf Paredes und Dolores, die fühlten, daß seine Augen auf ihnen ruhten und in Folge dessen sich außerordentlich vorsichtig betrugen.

Eine größere Anzahl von Herren sprachen nach dem Diner vor, um Carrera ihre Aufwartung zu machen, auch Damen kamen, um Dolores zu sehen und die Lustigkeit nahm zu, je später es am Nachmittag wurde. Carrera hätte sich gern entfernt, er sehnte sich darnach, mit seinen Gedanken allein zu sein; aber es war unmöglich für ihn; die meisten der anwesenden Personen waren speziell gekommen, um ihn zu besuchen, und so mußte er aushalten, ein Lächeln auf seine Lippen zwingen und ungezwungen plaudern, während sein Herz krank und elend war. Die Lustigkeit führte schließlich, wie gewöhnlich zum Kartenspiel und bald war ein Monte-Tisch aufgestellt, der die Aufmerksamkeit Aller auf sich zog. Die Aufregung des Spieles brachte Carrera einige Erholung und er spielte und trank, um die Schmerzen in seinem Innern zu betäuben. Einmal bemerkte er, während die Spieler von dem Buffet ab- und zugingen, daß Paredes und Dolores sich in der Mitte des Saales begegneten und daß sie, während sie an Paredes vorbeiging, diesem plötzlich ein paar Worte zuflüsterte, Worte die Niemand hören und bemerken konnte und Worte, die auch Carrera nicht verstehen konnte, aber er sah oder glaubte wenigstens den verständnißvollen und erwidernden Blick Paredes' erkannt zu haben und das war ihm genug. Der Verdacht, daß zwischen Dolores und Paredes ein Einverständniß bestehe, kehrte mit unwiderstehlicher Gewalt in das Herz des Ehemannes zurück; auch Andere hatten dies offenbar schon bemerkt. Schon mehrfach schien es ihm, hätte er Gruppen in kurzer Entfernung von dem Spieltische stehen oder sitzen sehen, die die beiden, wenn sie zufällig zusammenstanden, anschauten und dann sich gegenseitig Blicke zuwarfen und mit einander flüsterten. Was konnten diese Leute denken? Bezogen sich ihre Blicke und ihr Geflüster thatsächlich auf seine häuslichen Angelegenheiten? War es schon so weit gekommen? War er schon Gegenstand des Bedauerns geworden und dem Fluch der Lächerlichkeit anheimgefallen? Wenn er nur Gewißheit hätte! Aber er konnte doch nicht fragen und außerdem würden ihm die Leute ihre Gedanken nicht verrathen haben oder ihn mit den ihn entehrenden Gerüchten und Vermuthungen bekannt gemacht haben, selbst wenn er sie gefragt hätte. Ein solches Leben war entsetzlich. Selbst die Gewißheit seiner Schande würde weniger unerträglich gewesen sein, wie dieser quälende, aufreibende, nagende Zustand des Zweifelns und des Verdachtes.

Die Gesellschaft brach dieses Mal zeitig auf, um nach Hause zu gelangen, ehe die Glocke der Polizeistunde erklang, eine Einrichtung, die wir in den ersten Kapiteln unserer Erzählung beschrieben haben. Bis dahin hatten sich Mann und Weib noch nicht gesprochen. Nachdem die Besucher das Haus verlassen, blieb Carrera noch eine Weile mit dem alten Herrn zusammen und gab ihm die gewünschten Informationen über den Stand der Ernte, die Beschaffenheit der Herden und andere für einen Grundbesitzer interessante Angelegenheiten. Zuletzt zog sich der Marquis zurück. Dolores begleitete ihn in sein Zimmer, um zu sehen, ob auch alles für seine Bequemlichkeit hergerichtet war, während Carrera sich in den von ihm bewohnten Theil des Hauses zurückzog. Bald darauf kam auch sein Weib und jetzt begann wieder die entsetzliche Zeit für die, die zu einem solchen Leben zusammen geschmiedet sind, die Zeit, wo sie miteinander ganz allein sind, nicht geschützt durch die Gegenwart Anderer und durch gesellschaftlichen Zwang.

---

2. Mann und Weib.

Dolores sprach kein Wort und ohne ihren Gemahl nur eines Blickes zu würdigen, begann sie Shawl, Kamm und Schmuckgegenstände abzulegen. Carrera hatte nur einen einzigen Blick erhascht, aber dieser genügte, um ihn zu überzeugen, daß sie vorbereitet auf einen Konflikt war. Was ihren Aerger erregt haben konnte, der sich im Augenblick noch hinter die Maske gezwungener Gleichgültigkeit barg, wußte Carrera nicht. Sie hatte seine Liebkosungen erwidert, als er vor seiner Abreise nach Puembo von ihr Abschied nahm und ein temporärer Friede war vor seiner Reise aus der Stadt abgeschlossen worden. Was konnte diesen Frieden wieder gestört haben? Wenn sie irgend einen Grund hatte, sich über ihn zu beklagen, weshalb sprach sie sich nicht darüber aus, der Grund konnte ja beseitigt, richtig gestellt und erklärt werden. Weshalb sollten zwei menschliche Wesen elend gemacht werden, wenn ein paar freundliche Worte der Verständigung Alles in Ordnung bringen konnten? Seiner Frau häufige Anfälle mürrischen Schweigens gehörten mit zu den schrecklichsten Qualen seines verheiratheten Lebens. Sie quälten ihn entweder wie langsam nagende Zahnschmerzen, oder sie erfüllten ihn mit Wuth und Indignation, die ihn oft seine Selbstbeherrschung verlieren machten und gerade dann, wenn er die krampfhaftesten Anstrengungen machte, dieselbe zu bewahren.

Sollte er zuerst sprechen? Aber was sollte er sagen? Er hatte oft, wenn er von Quito abwesend war, in Gedanken die Worte wiederholt, die er bei Erörterung gewisser Punkte mit ihr gebrauchen wollte, welche Gründe er anführen wollte und wie er durch freundliche Worte und sanften Zuspruch versuchen wollte, sich einen neuen Weg zu ihrem Herzen zu bahnen. Aber er konnte jetzt unmöglich diese feingedrechselten Redewendungen gebrauchen, wo sie ihn mit so offenbarer kalter Verachtung behandelte, wo sie ohne jegliche Ursache ihm feindlich entgegentrat und wo er überzeugt war, daß das erste Wort, das über seine Lippen kam, das Zeichen zum Beginn eines Wortgefechtes sein würde, das ihm furchtbar zuwider war, da derartige Konflikte vollständig seinem Charakter entgegen waren, der auf freundliches Entgegenkommen und Versöhnung angelegt war, und sich fast krankhaft nach Erwiderung der Freundlichkeit und Zuneigung sehnte, die gerade ihm, der sie am meisten benöthigte, das Leben versagt zu haben schien. Er wußte ganz genau, daß ein Wortgefecht folgen würde, wenn er den Mund aufthat, und doch, — konnte er jetzt stillschweigen? Sein Herz begann zu pochen, wenn er den Versuch machen wollte, zu sprechen. Er wußte es, daß seine verhaltene Aufregung seiner Stimme einen eigenthümlichen und scharfen Ton geben mußte, der auch die versöhnendsten Worte Lügen strafen würde. Und so kam es, daß er mehrmals den Mund öffnete, um zu sprechen, daß er aber sofort zögernd innehielt und im Schweigen verharrte; seine Stimme weigerte sich, den Worten seiner Gedanken Ausdruck zu verleihen.

Carrera stand an seinem Tische und wartete auf irgend-etwas, das ihn aus dieser qualvollen Lage erlösen würde, aber Nichts kam ihm zu Hülfe. Endlich entschloß er sich, alle vorher eingeübten Reden und Argumente fallen zu lassen und einen Versuch zu machen, sie durch demonstrative Freundlichkeit zu entwaffnen. Es war ja der Friede, den er vor allen Dingen haben wollte. Wenn sie ihn auch nicht liebevoll behandeln würde, so wollte er doch wenigstens den Frieden wieder herstellen. Er wußte es, daß er denselben nur durch Demüthigung und Selbsterniedrigung erkaufen konnte, aber Friede und Ruhe war nöthig für sein blutendes Herz. Das war das Beste, was er unter irgend welchen Umständen erzielen konnte, und noch einen ehrenhaften Versuch wollte er machen, dieses Ziel zu erreichen.

So näherte er sich Dolores, als ob nichts vorgefallen wäre, bereit, die Beleidigung, die sie ihm am Morgen zugefügt, zu vergessen und zu vergeben, und versuchte sie an seine Brust zu ziehen. Aber sie stieß ihn verächtlich von sich und begab sich auf die andere Seite des Zimmers, wo sie sich niedersetzte und anfing, ihre Haare aufzulösen.

„Was hast Du denn?" frug er mit einer übermenschlichen Anstrengung sich selbst zu beherrschen.

Keine Antwort. Er wiederholte seine Frage, aber auch jetzt antwortete sie nicht. Aber getreu seinem Entschluß, um jeden Preis Frieden zu schließen, fuhr er fort: „Weshalb trittst Du so auf, Doloritas? Muß denn stets Zwietracht und Bitterkeit zwischen uns herrschen? Können wir denn nie in Frieden und Eintracht mit einander leben, wie andere verheirathete Leute?"

Noch immer keine Antwort. Langsam aber unabwendbar begannen Aerger und Indignation die weisen und friedlichen Absichten Carrera's in den Hintergrund zu drängen.

„Du scheinst darüber ärgerlich zu sein, daß ich zurückgekommen bin", sagte er. „Du wolltest jedenfalls, daß ich länger, vielleicht für immer fortgeblieben wäre und Du hättest Deiner Enttäuschung bei meiner Rückkehr kaum einen deutlicheren Ausdruck verleihen können, wie durch den Empfang, den Du mir heute Morgen bereitet."

„Du magst vielleicht Recht haben," sagte sie nach einer Pause.

Carrera war bestürzt. Auf ein solches Zugeständniß war er nicht vorbereitet. Es überraschte und ärgerte ihn. „Dann war also," frug er, „Dein Betragen heute morgen ein absichtliches?"

„Ich muß Dir die schmeichelhafte Genugthuung geben und Dir sagen, daß das nicht der Fall war, obschon es gerade so gut wäre, wenn es wirklich der Fall gewesen wäre. Ich wollte die Soldaten auf der Plaza sehen, aber ich glaubte, ich würde vor Deiner Ankunft zurück sein. Nicht etwa, daß ich meine, Du hättest diese Aufmerksamkeit meinerseits verdient, aber ich weiß, was ich mir selbst schuldig bin. Ich habe nicht die Absicht, Dich und dadurch selbstverständlich auch mich vor den Dienern zu beschimpfen, wie Du mich in Gegenwart anderer Leute beschimpft hast.

„Ich?" fragte Carrera erstaunt.

„Ja Du!" rief Dolores, die nach Frauen-Manier sofort aus der Defensive heraustrat.

„Würdest Du nicht so freundlich sein," sagte Carrera mit steigendem Erstaunen, „mir zu erklären, wodurch ich Dich in Gegenwart anderer Leute beschimpft habe?"

„Ja natürlich, was Du thust, ist immer recht. Es fällt Dir nimmer ein, daß auch andere Leute Gefühle haben können. Du kennst nur Deine eigenen Grillen und Verdächtigungen."

„Verdächtigungen?"

„Jawohl, Verdächtigungen," antwortete Dolores hastig. „Deine grundlosen und insultirenden Verdächtigungen haben mich bereits zum Gegenstand des Stadtklatsches und der Lächerlichkeit gemacht. Die Art und Weise, wie Du mich in Gesellschaft überwachst, ist geradezu scandalös. Oder glaubst Du etwa, ich merke das nicht, was fast jeden Anderen Veranlassung gegeben hat, sich darüber zu amüsiren und lustig zu machen? Wenn der Señor Paredes zufällig bei mir zu Besuch ist, ruhen Deine Augen beständig auf mir. Wohin ich gehe, folgen sie mir. Du siehst mich gerade so stier an, als sei ich ein wildes Thier, dessen Bewegungen Du ganz genau beobachten mußt. Glaubst Du etwa, daß das mir so großes Vergnügen bereitet? Bist Du in der That so einfältig, daß Du nicht einsehen kannst, daß ein solches Betragen von Deiner Seite mich in's Gerede bringen muß? Die Leute haben es bereits ausgefunden, daß Du mich entsetzlich in Verdacht hast. Wird ihre Neugier sich mit dieser einen Thatsache zufrieden geben? Ganz gewiß nicht. Sie werden weiter gehen. Sie werden so kalkuliren: Wenn der Graf Carrera seine Frau so in Verdacht hat, daß er sich sogar in Gesellschaft vergißt, und die Rücksichten, die er ihr und Anderen schuldig ist, außer Acht läßt, so müssen wohl Veranlassungen für einen Verdacht, Gründe für seine Eifersucht da sein. Er würde sie nicht so rücksichtslos kundgeben, wenn sie ihm nicht Veranlassung dazu gegeben hätte? So werden die Leute denken und sprechen. Wenn solche entwürdigende Gerüchte über mich und Paredes in Umlauf sind, so ist es lediglich Dein Betragen, wodurch sie entstanden sind. Denkst Du vielleicht, ich sei Dir dafür dankbar. Nein, in der That nicht, ich hasse Dich dafür."

Carrera stand da wie niedergedonnert. Seine Selbstbeherrschung war verschwunden. Er wußte absolut nicht, was er sagen sollte. Durch diesen vernichtenden Angriff war seine ganze Position verändert; er war nicht mehr der Ehemann, der fürchtete, durch sein Weib entehrt zu werden, sondern er war ein Verbrecher, der sie selbst beleidigt und entehrt hatte. Da unsere besten Gedanken stets die Nachgedanken sind, so fiel Carrera in dem Augenblicke auch nicht ein einziger Umstand von größerer oder geringerer Bedeutung ein, den er als Beweis gegen seine Frau im Gedächtniß aufbewahrt hatte. Sie hatte ihn überrumpelt, indem sie den Punkt selbst berührte, vor dem er zurückschreckte. Ihr Thun und ihr ganzes Wesen waren das der beleidigten Unschuld. Und vielleicht war sie unschuldig. Es war klar, daß sie ihn nicht so liebte, wie er sich sehnte geliebt zu werden. Aber sie war eine kalte Natur, in der die Liebe keine tiefen Wurzeln schlagen konnte, auch war sie stolz und ehrgeizig und ihr Hochmuth konnte das bewirkt haben, was ihre Tugend allein nicht erzielt haben würde.

Sie bemerkte den Vortheil, den sie errungen hatte und beschloß ihn auszunutzen. „Ein und für alle Mal Julio, ich sage Dir, daß ich dieses unsinnige Betragen vollständig satt habe. Ich habe es so lange ertragen, wie es nur möglich war und ich kann und will es nicht länger dulden. Wenn Du keine Rücksichten auf meine Gefühle nehmen willst, so solltest Du doch wenigstens das einsehen, daß Du durch Deine fortgesetzten Insulte unser ganzes Haus, und was das Schlimmste ist, Dich selbst entehrst. Welche Veränderung in meinen Gefühlen gegen Dich auch vorgegangen sein mag, ich bin Dein Weib, Julio, und kenne meine Stellung als solches. Die Gräfin Carrera wird niemals sich und ihrer Familie Schande machen. Ich kenne meine Pflichten als Weib. Kennst Du Deine als Ehemann? Du hast geschworen mich zu beschützen, aber statt mich zu beschützen, entehrst Du mich.“ Und mit diesen Worten bedeckte sie ihre Augen mit dem Taschentuch und begann zu schluchzen.

Carrera war schon beinahe besiegt. Er sann auf eine Antwort, aber kein passendes Wort, keine vernünftige Idee kam ihm in den Sinn.

„Ich weiß gewiß,“ sagte er schließlich in einem entschuldigenden Tone, „daß Du gewaltig übertreibst, Doloritas. Aber selbst wenn einige Deiner Anschuldigungen wahr sein sollten, so würden sie doch nur meine Liebe beweisen. Ohne Liebe kann ja keine Eifersucht entstehen.“

„Lächerlich! Ich weiß es besser! Ich habe die großen Männer unserer Stadt gesehen und weiß, woher deren Eifersucht kommt. Es ist die beleidigte Selbstsucht und nichts anderes; sie können sogar eifersüchtig sein auf ein Weib, das sie schon verlassen haben. Du magst aufgehört haben, mich zu lieben, Du magst mich hassen, dabei aber quält und martert Dich der Verdacht, daß ich einem Anderen die Liebe schenke, die Du zurückgestoßen.“

„Aber wie ungerecht Du bist. Du scheinst ganz zu vergessen, daß Dein Betragen Paredes gegenüber doch nicht ganz so ist, wie ich es wünschen könnte. Seine Besuche sind unaufhörlich—“

„Ja er besucht meinen Vater und meine Familie, gerade wie er es that, bevor wir verheirathet waren.“

„Nein, Dolores, er besucht Dich, er hat während meiner Abwesenheit Eintritt zu unseren Gemächern.“

„Aber niemals wenn ich allein bin,“ unterbrach ihn Dolores. „Ich habe ihn niemals hier empfangen, wenn nicht Tante Catita, Mama Santos oder eine der Dienerinnen im Zimmer war. Wo ist das Wesen, das behaupten kann, ich habe ihn jemals ohne Zeugen empfangen. Wo ist der Mann oder das Weib, das mir eine Schlechtigkeit oder auch nur eine Ungehörigkeit vorwerfen kann? Was habe ich denn gethan? Weshalb werde ich durch grundlose Verdächtigungen entehrt und mit Insulten von meinem eigenen Gatten verfolgt? Nein, Julio, Dein Betragen gegen mich ist hassenswerth und es ist nur zu natürlich, daß ich Dich deswegen hasse und Deine falschen Liebkosungen von mir abweise.“

Sie hatte ihn gründlich besiegt und er mußte absolut nicht, was er sagen sollte. Aber die Frauen begehen stets den einen großen strategischen Fehler, daß, wenn sie sich einmal auf dem Kriegspfade befinden, sie nicht zur rechten Zeit aufhören können, und daß sie nicht auf ihren Lorbeern ausruhen können, wenn sie einen Sieg erfochten haben. Mit ihrem scharfen Verstande hätte es ihr klar werden müssen, daß ihr Gemahl in dem Gefecht vollständig geschlagen war, und daß seine sanfte sensitive Natur bereit war, unter allen Bedingungen Frieden zu schließen. Sie hätte ihn dazu bewegen sollen, denn dadurch hatte sie wieder vollständig die Oberherrschaft erlangt. Nachdem sie den Feind geschlagen und gefangen genommen hatte, hätte sie davon abstehen sollen, den Gefangenen noch zu martern. Aber das ist eine Versuchung, der Frauen von zänkischer und herrschsüchtiger Disposition kaum widerstehen können. Es ist ihnen nicht genug, den Feind zu Boden zu werfen, er muß noch scalpirt und verstümmelt werden, um ihn dafür zu bestrafen, daß er überhaupt Widerstand geleistet hat. Als daher Carrera sanft um Versöhnung und gegenseitiges Vergeben und Frieden bat, hörte sie nicht auf, auf den gewissermaßen hülflos Daliegenden herumzutreten und vergaß dabei, daß es keines großen Gewichts, sondern nur eines Strohhalms bedarf, den Rücken eines überladenen Kamels zu brechen. Nicht durch den schnellen Stoß, sondern dadurch, daß sie das Messer in der Wunde langsam umdrehte, preßte sie ihrem Mann zuletzt den Schmerzensschrei aus, mit dem der gequälte Sklave schließlich seine Ketten bricht und seinen Peinigern zu entkommen sucht.

Carrera hatte aufgehört zu argumentiren und mit Gründen zu kämpfen. Er wollte nur Frieden und den verweigerte sie ihm. Ihre wirkliche oder nur angenommene Unversöhnlichkeit machte ihn unsagbar elend. Der Tod war solchem Leben vorzuziehen. Das sagte er ihr auch, aber sie antwortete darauf mit Hohn. Zuletzt sagte er, langsam mit dem Kopfe nickend und mit sich selbst redend, während er sich in Gedanken an jene glückliche Zeit zurückversetzte, wo er noch frei hatte wählen dürfen: „Das also ist das Weib, dem ich so viel geopfert habe!"

„Was geopfert, Señor?" antwortete sie ihm scharf. „Hast Du denn auch in der Selbstsucht Deines Herzen bedacht, wer eigentlich das größte Opfer gebracht hat? Du denkst vielleicht an die indianische Zauberin und Abenteurerin, in die Du verliebt warst und mit der Du verrätherische und gottlose Beziehungen unterhieltst, die Dich auf's Schaffot oder in die Gefängnisse der heiligen Inquisition gebracht hätten — und das mit Recht — wenn meine Hand und meines Vaters Stellung Dich nicht gerettet hätte. Deine Unverschämtheit, Julio, kann nur durch Deine Undankbarkeit übertroffen werden. Was hast Du mir zum Opfer gebracht? Dein Kopf würde die Thore der Stadt geschmückt haben, wenn ich nicht gewesen wäre. Ich setzte meine Reputation auf's Spiel, als ich in der Nacht vor dem Krawall Dich warnte. Ich sagte Dir, was am nächsten Morgen kommen würde; aber Du wartetest darauf wie ein Narr, statt daß Du Dich in Sicherheit gebracht hättest. Und wer verpflegte Dich Tag und Nacht, als man Dich, beinahe eine Leiche, hier in's Haus brachte? Statt des fabelhaften Schatzes jener Hexe, der wie ein Phantom Dir aus den Händen verschwunden wäre, habe ich Dir soliden Reichthum zugebracht. Ich habe Ehren und Auszeichnungen auf Dein leeres Haupt gehäuft, statt des Sanbenito den Du getragen haben würdest, wenn ich nicht gewesen und Dich zu dem gemacht hätte, was Du jetzt bist. Und jetzt wagst Du von Opfern zu sprechen, weil Du einst der Günstling einer indianischen Betrügerin und Vagabundin warst."

„Kein Wort mehr!" rief Carrera und erhob sich von ihrer Seite, wo er sich niedergelassen hatte, als er um Versöhnung und Verzeihung bat. „Verhöhne nicht das Andenken eines Weibes, das ungleich edler, reiner und treuer ist, wie Du. Ich habe die Perle für eine Muschel, den Edelstein statt einer elenden Nachahmung fortgeworfen, und jetzt erhalte ich die gerechte Strafe für meine Verrätherei und Thorheit. Eine kurze Spanne Zeit des Glückes und des Ruhmes an der Seite Toa's, der großen, guten und treuen, selbst mit dem Schaffot als Abschluß, würde ich unendlich, ja unendlich dem langen und traurigen Leben des Elends an der Seite Dolores, der schlechten, grausamen und falschen, vorgezogen haben. Ein König hätte ich sein können, wenn Du nicht gewesen wärest."

„Und weshalb warst Du es nicht?" frug sie, indem sie ebenfalls von ihrem Sitze aufstand und sich ihm gegenüberstellte, die langen, prachtvollen Haare über die Schultern wallend, und ihren Augen Funken entsprühend vom Feuer des Hasses und der Wuth, schön wie Medusa, aber immer noch schön, selbst in dieser Entstellung. „Und weshalb bist Du es nicht, Du feiger Sklave? Weshalb warst Du ein Feigling? Glaubst Du, daß ich Achtung vor einem Elenden haben kann, der zu kleinmüthig ist, um Ruhm und Unsterblichkeit zu erobern? Einen Mann will ich! Die Mannhaftigkeit ist es, die ich bewundere. Du aber, Julio, bist ein Weib und ein Sklave. Wäre ich ein Mann an Deiner Stelle gewesen, ich wäre ein König geworden, was immer es hätte kosten können, und wenn es nur für einen Tag, dessen Ende den Tod gebracht hätte, gewesen wäre, ich wäre ein König geworden!"

Carrera wußte nicht ob er träumte oder wachte. Er stand da, die weitgeöffneten Augen auf sie gerichtet wie der Vogel auf die Schlange, und, nachdem sie schon lange geendet hatte, schaute er immer noch sie an, unfähig von dem Erstaunen, das ihn überwältigt, sich zu erholen. Zuletzt rang er die Hände und mit einem kläglichen, ungläubigen und fast aufkreischendem Tone der Stimme rief er aus: „Dolores habe ich recht gehört? Das Alles sagtest Du — Du — Du zu mir?"

„Ich sollte denken, ich habe deutlich genug gesprochen!" antwortete sie höhnisch und ging auf die andere Seite des Zimmers, aber Carrera folgte ihr.

„Du also brauchtest diese Worte, Dolores. Du, dasselbe Weib, für das ich alles Das im Stich ließ? Dolores, Du kamst zu mir, um mich zu warnen, mich zu bitten, nicht der Versuchung zu unterliegen, und jetzt machst Du mir Vorwürfe, weil ich das that, worum Du mich batest."

„Ich that meine Pflicht meinem König, meinem Vater und Dir gegenüber, den ich damals noch als meinen Freund betrachtete. Ich hatte damals Recht in dem, was ich sagte und Du handeltest vorsichtig und weise, daß Du meinen Rathschlägen folgtest. Aber bist Du als Held aufgetreten? Hast Du wie ein Mann gehandelt? Hast Du Dich wie ein Edelmann der indianischen Prinzessin gegenüber betragen, die vorgab, Dich zu lieben und Dich vielleicht wirklich liebte und der Du ganz gewiß Versprechungen gemacht hast, um sie zu den Vorschlägen, die sie Dir gemacht, zu ermuthigen? Hast Du gegen Roberto Sanchez, Deinen besten Freund, ehrlich gehandelt. Er hätte Dich mit dem versorgen können, was Dir fehlte, Muth, Entschlossenheit, Energie und Ehrgeiz. Deine Toa war eine Königin und besaß Schätze, die Du, wie Du selbst sagst, mit eigenen Augen gesehen hast. Die öffentliche Meinung stand auf Eurer Seite, hunderte von bewaffneten Männern waren bereit, loszuschlagen. Arana hätte in den Bergschluchten zerdrückt werden können. Deine Aussichten, die sich Dir darboten, waren günstig genug, aber Du warst zu thöricht, sie zu sehen, zu ängstlich, sie zu ergreifen und auszunutzen. Ich verachte einen Feigling!"

„Allmächtiger Gott!" rief Carrera aus, noch immer die Hände ringend, „und das von einem Weibe, das mich anging, so zu handeln und für die allein ich that, was ich gethan!"

Nun aber trat die Reaction ein. Was in seiner Natur noch männliches und edles war, bäumte sich gegen diese herzlose Grausamkeit auf. Er ergriff einige Ponchos, und sich zur Thür wendend, sagte er: „Ich werde Dich von der Gegenwart des Mannes, den Du hassest und verachtest, befreien. Was ich während der langen Jahre meiner unglücklichen Ehe durchlebt, vermag keine Sprache auszudrücken. Aber heute hast Du das letzte Band zerrissen, das Dich noch mit meinem Herzen verband, jetzt ist's vorbei. Möge Gott Dir das Leben, das Elend und die Verzweiflung verzeihen, die Du mich hast leben lassen!"

Mit diesen Worten verließ er das Zimmer. Die Dunkelheit, in die er kam, als er die Thür hinter sich schloß, war geradezu undurchdringlich. Die Nacht war so dunkel, wie die Trostlosigkeit seines blutenden Herzens. Alles war still im Hause. Einmal war es ihm, als ob ein Schatten an ihm vorbeihuschte, aber er war so verwirrt, daß er auf nichts achtete, als auf die Wunden, aus denen sein armes Herz blutete; er suchte einen Weg aus dem Korridor in die Haupthalle. Die Bewohner des Hauses lagen Alle im festen Schlaf und ließen sich wohl kaum etwas von den Qualen ihres künftigen Herrn träumen, der in der Dunkelheit nach der Thür zum Empfangszimmer herumtastete. Er fürchtete, daß dieselbe verschlossen war, doch glücklicherweise war sie offen. Geräuschlos trat er ein, schloß die Thüre hinter sich, stolperte über einige Sessel und Stühle, bis er ein Sofa erreichte, auf das er sich niederwarf, und seine Glieder, kalt und zitternd vor Aufregung, mit den Ponchos, die er mitgebracht, bedeckend. Hier wollte er die Nacht zubringen, nicht schlafen, denn der Schlaf war von ihm gewichen. Er hatte die bittere Frucht vom Baume der Erkenntniß gekostet. Seine Augen waren offen, ganz offen, und sein Herz war todt.

3. Enthüllungen.

Er mochte ungefähr eine Stunde gelegen haben, während der die Spannung seines Nervensystems und zugleich auch ein kühner Entschluß neuen Zweifeln, Zögerungen und Befürchtungen Platz gemacht hatte. War es nicht ein zu gewagter Schritt, den er beabsichtigte. Carrera war kein Mann der That und er schrak zurück vor den Schwierigkeiten und Unannehmlichkeiten, die mit der Ausführung seines Entschlusses verbunden waren. Er befand sich in einer ganz hülflosen Lage. Was würde der alte Marquis sagen? Würde nicht er und Doña Catita und alle Verwandten und Freunde mit ihrem ganzen Einfluß, durch Vorstellungen, Bitten und Befehle ihn bestürmen, um dem Skandal einer Trennung vorzubeugen? Und welche Gründe konnte er denn anführen. Durch welche Thatsachen konnte er diesen unglücklichen Schritt rechtfertigen? Seine Anschuldigungen entsprangen lediglich Gefühlen, die er nicht an die Oeffentlichkeit bringen konnte, und die man als kleinlich und theilweise unbegründet ansehen würde, sollten sie wirklich bekannt werden. Es gab ja keine Ehe ohne Streit; und seine Religion wie auch die Welt geboten ihm, sein Kreuz mit Geduld zu tragen, und zu vergeben und zu vergessen. Aber war es nöthig, die Trennung öffentlich zu machen. Er konnte sich auf eine seiner Haciendas begeben und von dort auf die anderen. Die Ertragfähigkeit der Besitzungen seines Schwiegervaters wie auch seiner eigenen hing von seiner persönlichen Aufsicht und Leitung ab und je mehr Zeit er diesen Geschäften widmete, desto besser mußte das Resultat sein. Aber konnte er fortwährend von Quito fortbleiben? Würde nicht Dolores und seine Familie von ihm verlangen, wenigstens einen Theil der Zeit bei ihnen zu wohnen, um wenigstens den Schein zu wahren! Seine häufige und ausgedehnte Abwesenheit war doch schon so wie so von den bösen Zungen Quito's unnöthiger Weise commentirt worden. Aber dennoch, wie konnte er zu einem Wesen zurückkehren, das ihn mit einer solchen unnatürlichen, gehäßigen Grausamkeit behandelt hatte, ein Wesen, das sein Herz mit Füßen getreten und an seinen Schmerzen sich ergötzt hatte. Konnte sie in der That ein solches Ungeheuer sein? War es möglich, daß ein menschliches Wesen so aller Zärtlichkeit und Liebe bar existirte?

Nein. Es konnte nicht sein.

Sie war offenbar furchtbar aufgereizt; in Betreff Paredes' hatte er ihr Unrecht gethan und sie beleidigt; wenn sie wirklich schuldlos war, hatte sie gerechte Ursache dazu, empört zu sein und in dem stolzen Bewußtsein ihrer Unschuld auf's empfindlichste verletzt durch seine insultirenden Verdächtigungen, war sie weiter gegangen, wie sie beabsichtigte und hatte Dinge gesagt, die sie nicht meinte und nicht gemeint haben konnte. Wenn das der Fall war, war sie in gewisser Beziehung zu entschuldigen, während er im Unrecht war, war es nicht seine Pflicht, das Unrecht wieder gut zu machen? Hatte er nicht Abbitte geleistet und sie um Verzeihung geben? Sollte es denn gar kein Ende nehmen mit dieser Selbsterniedrigung? Vielleicht hatte er auch die Thatsache nicht genügend bedacht, daß Weiber nicht so leicht wie Männer mit einem Kampf fertig werden können. Ein Mann kann in diesem Momente Feuer und und Flammen sein, aber im nächsten hat er sich wieder abgekühlt. Ein Weib bringt das nicht fertig; ihre Aufregung hält länger an, sie bedarf mehr Zeit, um sich zu beruhigen, um wieder den Gründen der Vernunft und Milde zugänglich zu werden. In diesem Augenblick würde sie sich wahrscheinlich schon beruhigt haben und es würde ihr das, was sie gethan, schon leid thun. Aber weshalb rief sie ihn dann nicht zurück? Vielleicht weil sie erwarten konnte, daß er zurückkommen würde, da er ja durch einen Anfall von Eifersucht die erste Veranlassung zum Streite gegeben? Ja wohl — noch einen Versuch wollte er machen. Er wollte noch einmal an ihr Bett treten, und wenn sie ihn dann nochmals zurückstieß, nun dann sollte das letzte Band für immer zerrissen sein.

Er stand schon im Begriff, sich zu erheben, um sein Vorhaben auszuführen, als der Gedanke in ihm aufstieg, daß er durch einen solchen Schritt vollständig jegliche Kontrole über sie verlieren und alle Macht, die er doch als Mann behaupten konnte, einbüßen würde. Dieses Bedenken rief nun eine Reihe von Gedanken in ihm wach und warf neue Zweifel auf das Problem, mit dem er zu Rathe ging. Sollte er —

Sein Grübeln wurde unterbrochen durch ein knarrendes Geräusch, das durch das Oeffnen der Thüre entstand. Eine weiße Gestalt erschien auf der Schwelle. War es Dolores? Wer anders konnte es sein? Ja, es mußte sein Weib sein, das wieder zur Besinnung gekommen, zuletzt doch ihr Bett verlassen hatte und ihn aufsuchte, um den Frieden, nach dem er sich so sehr sehnte, wieder herzustellen. Trotz all' seines Elends schlug sein Herz hoch auf vor Freude, als die Erlösung sich nahte, die ihn, und selbst wenn auch nur auf kurze Zeit von den Schwierigkeiten und den Leiden, die ihn umgaben, befreien sollte. Aber weshalb brachte sie kein Licht mit? Wie konnte sie ihn in der Dunkelheit finden? Plötzlich fiel es ihm auf, daß die Gestalt nicht die Figur Dolores hatte. Dolores war eine der größten Damen von Quito, während die weibliche Erscheinung auf der Thürschwelle viel kleiner erschien. Seine Augen hatten sich jetzt an die Dunkelheit gewöhnt und außerdem war es auf dem Corridor draußen jetzt etwas heller, da die schwarzen Sturmwolken, die die Nacht so finster gemacht hatten, als er sein Zimmer verließ, sich verzogen hatten. So war es ihm jetzt vollständig klar, daß die Gestalt auf der Thürschwelle nicht Dolores war, wer aber konnte es sein? Abergläubische Furcht überkam ihn, zwar hatte er noch niemals einen Geist gesehen, aber er hatte von Anderen gehört, die behaupteten, Geister gesehen zu haben, an die er, wie jeder Anderer auch, fest glaubte. Das Haar der Gestalt in der Thür schien lang und dicht zu sein, wie das einer Indianerin. Konnte es Toa sein, die gestorben war und ihm jetzt in der qualvollsten Stunde seines Lebens erschien und ihn anklagen wollte, daß er sie verrathen und verlassen? Er hatte sich auf seinen Ellbogen aufgerichtet und starrte sprachlos auf die stille, weiße Gestalt vor ihm.

Die Erscheinung stand für einige Augenblicke still da und begann dann auf ihn zuzuschreiten. Der kalte Angstschweiß trat ihm auf die Stirn und sein Herz begann hörbar zu klopfen. Tapfer war er in

Gefahr, aber hülflos angesichts dessen, was er für etwas Übernatürliches hielt.

Näher und näher kam die Erscheinung, bis Carrera unwillkürlich und kaum hörbar einen leisen Aufschrei des Schreckens ausstieß. In dem Augenblicke hielt die Gestalt an. Carrera hatte jetzt Zeit genug, sich zu erholen und den Allmächtigen Gott, die Jungfrau und alle Heiligen zum Schutz gegen das Gespenst anzurufen.

„Sind Sie das, Ew. Gnaden?“ frug die Gestalt zuletzt und Carrera athmete aus tiefster Brust auf, als er die tiefe und klangvolle Stimme Mama Santos erkannte.

„Was willst Du denn hier, Mamita?“

„Ich hoffe, Ew. Gnaden sind nicht krank!“ fuhr die Indianerin, ohne von seiner Frage Notiz zu nehmen, fort.

„Nicht krank am Körper, Mamita!“ sagte er halb träumend, „aber ich bin krank am Herzen.“

„Ich weiß das Amo (Herr)!“ sagte sie. „Ich habe das schon seit Jahren gewußt.“

„Ja, ich erinnere mich,“ sagte Carrera mürrisch, „ich vergesse Dich, Weib, und das Gift, das ich von Dir empfing, nicht.“

„Von mir, Amo?“

„Ja von Dir! Du warst es ich weiß es wohl, von der ich alle Andeutungen erhielt, die langsam aber sicher den scharfen und giftgetränkten Dolch des Zweifels und des Mißtrauens in mein Herz senkten. Was immer meine Seele beunruhigte und mir Ruhe und Frieden raubte, das hörte ich von Dir. Ich erinnere mich an Alles.“

„Ew. Gnaden sind ungerecht!“ erwiderte Santos, „grausam ungerecht gegen eine treue Dienerin dieses Hauses. Die Niña Dolores ist meine Herrin und Ew. Gnaden mein Herr. Ich gehöre zu der unterdrückten Race und Gehorsam ist meine Pflicht. Wenn man mir befiehlt, so muß ich thun, was man mir sagt. Wenn man mich fragt, muß ich antworten. Ich mache nicht freiwillige Mittheilungen und trage keine Schwätzereien herum. Nur was Ew. Gnaden mich gefragt haben, ist Alles, was ich jemals erzählt habe.“

„Aber hast Du mir auch die Wahrheit gesagt? Waren deine Antworten stets so, wie sie sein mußten?“

Keine Antwort.

„Weshalb schweigst Du?“

„Ich bin die Enkelin Cozopangui's, des Gouverneurs von Quito unter Atahualpa und Rumiñagui. Ich kam aus einer edlen Familie, die nicht durch Lüge und Verrätherei sich befleckt hat. Ew. Gnaden brauchten mir ja nicht zu glauben. Ew. Gnaden frugen und ich antwortete. Ew. Gnaden frugen sehr viel, ich antwortete niemals mehr wie nöthig. Weshalb will man mich tadeln, weil ich zuviel oder vielleicht zu wenig sagte?“

„Willst Du damit andeuten, daß es noch mehr giebt, was Du noch nicht erzählt hast? Soll ich glauben, daß Du noch etwas im Rückhalt hast, was noch nicht gesagt ist? Antworte! Sage mir die Wahrheit um der Liebe Gottes willen. Ich bin zu Tode gehetzt durch die Ungewißheit. Gewißheit ist es, die ich haben will. Kannst Du sie mir geben?“

Wiederum keine Antwort.

„Sprich, Weib! Willst Du mich wahnsinnig machen?“

„Ich bin eine Dienerin dieses Hauses,“ sagte Santos mit indianischer Zurückhaltung und Kälte. „Ich habe mich niemals geweigert, die Fragen meines Herrn zu beantworten.“

„Ganz gut so, aber weshalb hast Du mir nicht Alles gesagt? Siehst Du nicht, daß mein Herz gebrochen ist, und ich elend bin?“

„Das weiß ich, ohne es zu sehen. Ich wußte es, daß es so kommen würde, lange bevor Ew. Gnaden als der Gatte der Niña Dolores in dieses Haus kamen.“

Carrera sprang jetzt auf, und bei beiden Armen sie ergreifend, schüttelte er sie fieberhaft erregt. „Was wußtest Du, ehe ich in dieses Haus kam? Sprich, Weib, oder ich ermorde Dich!“

„Beruhigt Euch, Herr! Die Enkelin Cozopanguis läßt sich nicht durch Drohungen oder Gewalt bezwingen. Aber wenn man ihr freundlich entgegenkommt, wird sie den Befehlen ihres Herrn prompt gehorchen, den sie verehrt, da er der Einzige in diesem Hause ist, der ihrem Volke freundlich gesinnt ist.“

Carrera ertrug diesen Vorwurf, der ihn wieder zur Besinnung brachte. „Vergieb mir, Mamita! Ich wollte Dich nicht beleidigen. Ich war so aufgeregt und bin so elend. Setze Dich zu mir, Mamita, und erzähle mir Alles. Wie wußtest Du es, noch ehe ich in dieses Haus kam, daß ich elend werden würde.“

Eine Pause folgte, während der Carrera ruhig auf eine Antwort wartete; zuletzt kam sie: „Weil die Niña Dolores niemals den Mann geliebt hat, dem sie ihre Hand zur Ehe reichte.“

„Bist Du dessen gewiß, Mamita?“

„Gewiß!“

„Woher weißt Du das?“

„Weil ich weiß, daß sie einen Anderen liebt.“

„Wer ist dieser Andere?“

„Ew. Gnaden weiß das ebenso gut, wie ich.“

„Wie weißt Du aber, daß sie ihn liebt?“

„Gebet mir Eure Hand, Herr." Mit diesen Worten ergriff sie seine linke Hand, hob dieselbe über seinen Kopf empor und drückte sie fest gegen die Wand. „Hier, Amo," fuhr sie dann fort, „fühlet mit Euren Fingern über die Tapete! Drücket fest! Bemerket Ihr etwas?"

„Jawohl, hier gibt es dem Drucke nach, hier ist eine Oeffnung."

„So ist es, Herr. Niña Catita hat sie gemacht, um die Leute im Empfangszimmer belauschen zu können. Ich entdeckte die Oeffnung in der Garderobe und benutzte sie bei mehrfachen Gelegenheiten."

„Nun, und dort hörtest und sahest Du?"

„Ja, ich hörte und sah!"

„Sprich!" rief Carrera, obschon es ihm schauderte, zuzuhören.

„Ich hörte sie in der Nacht vor dem Riot, in welchem Ew. Gnaden beinahe von dem Pöbel getödtet wurden."

„Nun, und?"—

„Sie stritten sich. Die Niña Dolores sagte, daß sie in Eure Wohnung gehen und Ew. Gnaden dazu veranlassen wolle, das Anerbieten der Krone zurückzuweisen. Er wollte das nicht zugeben. Er sagte, er wolle selbst gehen und Euch davon abhalten. Sie bestand auf ihrem Willen und dann wurde er eifersüchtig, furchtbar eifersüchtig, und sie geriethen in Streit. Zuletzt aber einigten sie sich wieder."

„Und wie?"

„Sie sagte ihm, daß sie Euch nicht liebe und auch niemals lieben würde; und dann umarmten und küßten sie sich."

„Genug! Genug! Ich will nicht mehr hören. Zum Wenigsten jetzt nicht mehr. Wenn Du gelogen, Weib, so würde der qualvollste Tod keine genügende Strafe für Dich sein. Wenn Du aber die Wahrheit sprachst, dann ist es zuviel für mich auf einmal. Ich kann nicht Alles auf einmal fassen. Es ist zu entsetzlich, sich betrogen und verrathen zu wissen. Mein Kopf schwindelt. Ich fühle gebrochen und machtlos. Verlaß mich, Mamita, verlaß mich! Ich muß jetzt allein sein mit meinen Gedanken. Geh! Geh! Mamita! Ich will Dich morgen sehen, wenn ich stark genug fühle, auch das Letzte zu hören."

„Ihr werdet krank werden, Herr."

„Nein, ich werde nicht, aber man soll mich allein lassen."

„Ihr werdet mich nicht verrathen, Amo?"

„Auf mein Wort als Edelmann, ich werde es nicht. Aber jetzt verlaß mich; um der Liebe der Jungfrau willen, verlaß mich!"

4. Der Entschluß.

Die entsetzlichen Stunden der langen Nacht schienen für Carrera kein Ende nehmen zu wollen, als er da auf dem Sofa lag und Gott und die Jungfrau anflehte, ihm einen rettenden Weg aus diesem Labyrinth zu zeigen. Er schämte sich, nochmals Mama Santos, das Weib, das direkte und positive Beweise seiner Schande besaß, aufzusuchen. Er schämte sich seiner selbst und der lächerlichen Rolle, die er Angesichts von ganz Quito gespielt. Was war sein Titel, was waren seine Auszeichnungen und sein Reichthum jetzt ihm — ihm, dem Hahnrei, auf den man verächtlich mit Fingern zeigen und hinter dessen Rücken man höhnisch lachen und wohlfeile zweideutige Witze machen würde? Sollte er den Schurken Paredes tödten? Vielleicht sollte er es. Einer jener „Gedankendolche" nahm in Carrera's Einbildung eine bestimmte blutige Gestalt an. Aber würde es nicht ruchlos sein, nur auf solches Zeugniß hin einen Mord zu begehen? Selbst angenommen, Alles das, was Mama Santos gesagt, sei wahr, so war dennoch kein genügender Beweis da. Dolores konnte ja mit Paredes geliebelt haben, ehe sie Carrera heirathete; Paredes war ja bekannt als einer ihrer ersten und bevorzugten Anbeter, und sie konnte zu dem Entschluß gekommen sein, daß er doch nicht der Mann war, den sie allen anderen vorziehen möchte. Carrera's Heroismus und seine Leiden, zusammen mit seinen Titeln und Auszeichnungen, mochten die Wagschaale zu seinen Gunsten umgeschlagen haben. Sie hatte vielleicht Paredes gewisse Freiheiten gestattet, ehe sie eines Anderen Weib wurde, und dieses Betragen konnte doch, wenn auch ungehörig, nicht geradezu so ausgelegt werden, als sei es mit der späteren treuen Ergebenheit gegen ihren Gatten unvereinbar. Thatsachen und Umstände, die unbedingt auf das Verbrechen des Ehebruchs hinwiesen, lagen vorläufig nicht vor, ausgenommen etwa die Behandlung, die sie ihm zu Theil werden ließ. Aber — ließ nicht gerade ihr Auftreten gegen ihn annehmen, daß sie unschuldig war? Wenn sie wirklich schuldig wäre, würde sie ihn dann nicht eher mit Liebenswürdigkeiten und Freundlichkeiten überschüttet haben, um dadurch den Verdacht der Untreue von sich abzulenken? Doch schuldig oder nicht schuldig, das Leben, das sie ihn leben ließ, war nicht zu ertragen. Irgend eine Erlösung, und sei es der Tod, würde nach diesen jahrelangen Qualen und Schmerzen willkommen sein. Und hatte er nicht Mama Santos befohlen, zu schweigen, ehe sie ihre Angaben vollendet? Sie wußte offenbar noch mehr, wie sie Carrera gesagt hatte, er aber hatte nicht darauf hören wollen. Es lag noch mehr vor, aber er war zu feige gewesen, um die ganze Wahrheit zu hören.

Endlich begann der Tag zu grauen, aber er brachte keinen Trost, und kein Lichtstrahl erhellte die Dunkelheit seines Herzens. Die Diener begannen im Hause aufzuräumen und mußten bald auch in das Empfangszimmer kommen. Was mußten diese denken, wenn sie ihren Herrn auf dem Sofa liegend fanden, bedeckt mit Ponchos und dadurch anzeigend, daß er die Nacht fern von seiner Frau zugebracht? Er stand schnell auf und kehrte in sein Zimmer zurück. Geräuschlos öffnete er die Thür und trat ein. Dolores schlief. Carrera zog sich an, nahm Federhut, Schwert und Mantel, und stand gerade im Begriff, das Zimmer zu verlassen, als er sich nochmals umwandte und einen letzten Blick auf sein Weib warf. Dolores war jetzt wach. Ihre Augen waren weit offen und schauten ihn mit kalter Gleichgültigkeit an. Carrera stand im Begriff, sich von ihr zu trennen; er wußte allerdings noch nicht, welchen Weg er einschlagen sollte, aber sein Entschluß stand fest. Trotzdem wollte er ihr noch eine letzte Gelegenheit bieten, zu ihren ehelichen Pflichten zurückzukehren. So machte er, noch immer Federhut, Schwert und Mantel haltend, ein oder zwei Schritte nach ihrem Bette hin und sagte dann: „Dolores! Hast Du mir nichts in Betreff unseres Streites in der vergangenen Nacht zu sagen?“ Sie starrte ihn einen Augenblick an und sagte dann kalt: „Nichts!“

„Auch nichts in Bezug auf die Zukunft?“

„Nichts, ausgenommen Dieses: Ich bin bereit, äußeres Aufsehen zu vermeiden, wenn Du es bist. Spiele nicht vor der Stadt den Narren, sondern betrage Dich wenigstens verständig.“

„Ist das Alles, was Du mir zu sagen hast—weiter gar nichts?“

„Gar nichts!“

„Dann ist es gut!“ Damit wandte er sich um und verließ das Gemach.

Den Hut in die Augen gedrückt und in seinen Mantel gehüllt, war er die ersten Stufen der Haupttreppe hinabgestiegen, als Jemand ihn hinten am Mantel faßte. Es war Mama Santos. „Ein Wort noch, Herr!“ sagte sie, indem sie mit ihm hinabstieg. „Ich fand dieses Pap er heute morgen in der Sala; ich weiß nicht, wer es hat fallen lassen und von wem es kommt.“ Carrera nahm es und las folgende Zeilen: „Der Präsident besteht darauf, daß ich wenigstens bis Riobamba gehe. Ich muß morgen früh die Stadt verlassen und werde Dich in mehreren Wochen nicht wiedersehen.“ Carrera wurde blaß, als er diese Zeilen las, die, daran zweifelte er nicht, nur Paredes geschrieben haben konnte. Und an wen waren sie gerichtet? Nun, natürlich an Niemand anders, als an Dolores.

„Ich danke Dir, Mamita,“ sagte er, als er eilig die Treppe hinablief. „Es ist gut so.“

Er eilte davon und wußte nicht wohin. Fortwährend durch Zweifel und Unruhen verfolgt, wußte er nicht, welchen Weg er einschlagen sollte. Was sollte er thun? Wo, wo zeigte sich ihm ein Ausweg? Der Morgen war kalt. Die Sonne war noch nicht aufgegangen. Carrera—zitternd vor Kälte und Aufregung — schritt rasch vorwärts, um wenigstens eine physische Reaction hervorzurufen. Plötzlich erschreckte ihn das Wirbeln der Trommel. Er stand still und lauschte. Ein Gedanke zuckte ihm plötzlich durch den Kopf. Fast mit Begeisterung hörte er auf die Töne, die ihm Erlösung brachten. Zugleich kamen von der Kaserne aus marschbereite Soldaten heran, gefolgt von Packthieren, die Lebensmittel und Kriegsutensilien nachtrugen. Der Weg zur Rettung lag jetzt vor ihm. Hier bot sich ihm eine Gelegenheit und warum hatte er nicht schon vorher daran gedacht? Sobald wie es anging, mußte er den Präsidenten der Königlichen Audienz sehen. Se. Excellenz pflegten nicht sehr früh aufzustehen, und Carrera konnte kaum seine Ungeduld bezähmen. Zwei bis drei Stunden mußte er immer noch warten: das half nichts. Er mußte also sehen, daß er irgendwo ein Frühstück bekomme, denn am Abend vorher hatte er wenig gegessen. Aber er hatte nicht die Absicht, nach Hause zurückzukehren, ehe Alles unwiderruflich abgeschlossen war. Er mißtraute seiner eigenen Schwäche. Er wußte es zu gut, wie rasch er beeinflußt und von einem Entschluß abgebracht werden konnte. Er wollte daher zum Frühstück nicht nach Hause gehen, ebensowenig wollte er irgend einen Freund aufsuchen, um nicht durch neugierige Fragen belästigt und zum Sprechen gezwungen zu werden, wo er lieber schweigen wollte.

Er schlug daher die Richtung nach der Brücke von Machángara ein, und begab sich in die jenseits derselben gelegene, jetzt berühmt gewordene Tienda der Doña Mariquita, der Mutter von Juan und Mercedes Castro. Doña Mariquita hatte sich in den sieben Jahren wenig geändert. Ihre Züge waren etwas schärfer, ihr Antlitz starrer und ihr Haar etwas weißer geworden, aber sie hatte den Nacken noch nicht gebeugt und ihre Haltung war noch ebenso stolz und ihr Schritt ebenso elastisch wie früher. Ihre Lage hatte sich seit jener gewinnbringenden Nacht, in der Sanchez unter ihrem verrätherischen Dache ergriffen und als Gefangener in die Hände Arana's abgeliefert wurde, ganz bedeutend verbessert. Aber die Abzahlung dringender Schulden, die Reparaturen an ihrem fast verfallenen Hause und die Verluste, die sie durch Unkenntniß und schlechte Geschäftsführung erlitten hatte, hatten die goldenen Schätze, die ihr für die Rolle, die sie in dem Complot gespielt, zu Theil geworden waren, bedeutend reduzirt. Außerdem hatte sie sich sehr in ihrer Tochter Mercedes getäuscht. Die biedere Mutter hatte gehofft, daß Mercedes im Laufe der Zeit und der Ereignisse ihren todten Liebhaber vergessen und sich mit einem lebendigen Nachfolger trösten würde, durch dessen Liberalität sie die Ausgaben des Haushalts zu decken gedachte. Aber darin täuschte sich die Doña Mariquita ganz gewaltig. Mercedes vergaß niemals den verlorenen Roberto und niemals vergab sie es sich, daß sie das unschuldige und unfreiwillige Werkzeug bei dem elenden Verrath hatte spielen müssen. Ihr Leben war Gott und ihrem Kinde geweiht, einem schönen, aufgeweckten Knaben von sieben Jahren, das einzige Band, das die Mutter noch an irdische Dinge knüpfte. Außer für diesen Knaben hatte sie für die Vergnügungen und Freuden dieser Welt weder Augen noch Ohren. Die Kirche war ihre einzige Zufluchtsstätte. Stunden lang lag sie dort vor irgend einem Bilde der heiligen Jungfrau auf den Knien. Die Fasten, die sie sich auferlegte, die Pilgerfahrten, die sie unternahm, die Anzahl der Messen, die sie anhörte, und die Bußübungen, die sie vornahm, hatten sie in den Augen der Menge, die zuerst so hart und lieblos über sie geurtheilt hatte, bereits zu einer Beata gemacht. Ein Jeder hatte jetzt Mitleid mit der blassen, Engel gleichen Dulderin, wenn sie ruhig auf ihrem Wege von oder zur Kirche oder Kapelle durch die Straßen wanderte, den Kopf gebeugt und die Augen zu Boden geheftet, mit Niemanden sprechend, der sie nicht anredete; aber wenn angesprochen, für Jeden eine artige und bescheidene Antwort bereit haltend, die Jedem angenehm sein mußte, aber jede familiäre Annäherung ausschloß. Wenn ihr Knabe bei ihr war, ging ihr ganzes Wesen in ihm auf. Er war ihre Vergangenheit, ihre Gegenwart und ihre Zukunft, in dem und für den sie einzig und allein lebte. War der Knabe nicht bei ihr, so schwebten ihre Gedanken und Hoffnungen weiter in eine andere Welt, wo sie eines Tages, wenn die Sorgen und trüben Leiden dieser Erde vorbei waren, mit ihrem Roberto vereinigt werden würde, der dann, wenn er es jetzt noch nicht wissen sollte, erfahren würde, daß sie ihn im Leben nicht verrathen und daß sie ihm treu und ergeben geblieben war bis zu ihrem Tode. Unterdessen betete sie glühend, heiß und unausgesetzt für seine Erlösung aus dem Fegefeuer, und soviel Geld sie nur ersparen konnte, verwandte sie dazu, Messen zu seiner Ruhe und seiner Erlösung lesen zu lassen. Die Zeit, die sonst Alles ausgleicht, konnte die glühende Liebe dieses edlen Wesens nicht verwischen für den todten Helden, der in ihren Armen geruht, als sie den herrlichen, aber ach nur kurzen Traum des Glückes geträumt, dem ein so grausames und entsetzliches Erwachen gefolgt war.

Doña Mariquita gerieth in gewaltige Aufregung, als eine solch hohe Persönlichkeit, wie der Graf Julio de Carrera in ihre niedere Tienda eintrat. Sie kroch förmlich vor ihm, überhäufte ihn mit lächerlichen Schmeicheleien und flog wie der Blitz hin und her, um die Befehle und Wünsche Sr. Excellenz zu erfüllen. Eine solche Ehre war ihrem niederen Hause nicht widerfahren seit dem Tage, als der Graf Arana hier abgestiegen war, um das Zimmer, in welchem Roberto Sanchez gefangen genommen worden, zu besichtigen. Allerhand spekulative Gedanken über wiederholte und profitable Besuche Carrera's stiegen bereits im Gehirn der Doña Mariquita auf, die trotz siebenjähriger Erfahrung noch immer ihre Tochter nicht genügend kannte. Graf Carrera's unglücklichen häuslichen Verhältnisse bildeten bereits ein öffentliches Geheimniß; er war der reichste Mann im Königreich; Mercedes war noch jung und ihre Schönheit hatte zugenommen, statt verblüht zu sein. Vielleicht war der Herr Graf gekommen, um intimere Beziehungen anzuknüpfen.

Zu welch anderm Zwecke hätte er kommen können. Mercedes hatte sich allerdings bis dahin vollständig unnahbar gezeigt; aber Carrera war der beste Freund Roberto Sanchez' gewesen, das war allgemein bekannt und das wußte auch Mercedes. Vielleicht sah sie den vertrauten Freund ihres verstorbenen Liebhabers mit freundlicheren Blicken an, wie die Cavaliere, die es versucht hatten, Roberto's Nachfolger in ihrer Gunst zu werden. Der Mutter war es höchst unangenehm, daß sie nicht zu sehen war. Sie war mit ihrem Knaben zur Messe gegangen, und sie war so fromm geworden, daß man unmöglich sagen konnte, wann sie zurückkommen würde.

Mariquita's unaufhörliches Geschwätz

war Carrera sehr peinlich, aber es war doch dem vorzuziehen, was er in anderen Häusern hätte erdulden müssen. Ihre Geschwätzigkeit enthob ihn der Qual, antworten zu müssen, er hörte kaum auf das, was sie sagte und gab nur kurze unzusammenhängende Antworten. Aber ein mürrisches Wesen schreckte die würdige Mutter nicht zurück, die dasselbe so deutete, daß Carrera enttäuscht war, Mercedes nicht zu Hause getroffen zu haben und deshalb entschuldigte sie auch beständig ihre Abwesenheit und hoffte, daß sie in kurzer Zeit zurückkommen würde. Selbst das Frühstück, das Carrera bestellt hatte, wurde absichtlich verzögert, um Mercedes Gelegenheit zu geben, zurückzukehren, ehe der distinguirte und vielversprechende Besuch sich entfernen würde.

Mariquita hatte ihren Gast in das beste Zimmer des Hauses geführt, den Staub und die Unordnung in der frühen Morgenstunde entschuldigend und daß er es ganz anders gefunden haben würde, hätte er zu irgend einer anderen Tageszeit vorgesprochen. Carrera fühlte sich sehr erleichtert, als die Wirthin endlich in die Küche ging, um selbst die Aufsicht bei der Bereitung seines Frühstückes zu führen. Er nahm das Papier, das Mama Santos ihm gegeben hatte, nochmals heraus und studirte es aufmerksam. Er war nicht bekannt genug mit der Handschrift Paredes', um überzeugt zu sein, daß er die Zeilen geschrieben haben konnte. Aber er wollte es bald erfahren. Wenn Paredes in der That nach Riobamba gegangen war so herrschte kein Zweifel mehr, daß er die Zeilen geschrieben hatte. Und an wen anders konnten dieselben gerichtet sein, wie an Dolores? Er konnte das Papier auf den Boden haben fallen lassen, als er den Versuch machte, es in ihre Hand zu schieben, oder sie konnte es unabsichtlich haben fallen lassen als sie es, nachdem sie die Zeilen gelesen, in ihre Tasche stecken wollte.

Carrera's Gedanken wurden schließlich wieder unterbrochen durch den Eintritt der Doña Mariquita und der Dienerin, die das Frühstück hereintrug.

„Es muß hier in der letzten Zeit ein ziemlich lebhafter Verkehr gewesen sein," begann Carrera, „und zwar wegen der Sendung der Truppen von hier nach Macas."

„O ja, Ew. Gnaden, ich war bereits vor Tagesanbruch auf, um alle Geschäfte besorgen zu können."

„Ist bereits irgend eine bekannte Persönlichkeit heute Morgen hier vorbeigekommen?"

„Jawohl Herr Graf, der Señor Manuel Paredes passirte hier heute Morgen auf seinem Wege nach Riobamba, wo er Arrangements für das Herbeischaffen von Lebensmitteln und zur Beschaffung indianischer Lastträger für die Expedition nach Macas treffen soll."

Carrera wurde leichenblaß und konnte kaum den Bissen, den er im Munde hatte, hinunterwürgen, als er die direkte Bestätigung seines Verdachtes vernahm. Doña Mariquita, die die Verwirrung ihres Gastes nicht bemerkte, fuhr fort: „Sein Mayordomo, Don Tomas befindet sich jetzt in meiner tienda. Er begleitete den Señor Paredes bis Turubamba und ist eben zurückgekehrt. Der Señor Paredes, sagte er, hätte das Kommando über die Macas Expedition haben können, aber er habe die Ehre wegen der furchtbaren Anstrengungen einer solchen Kampagne ausgeschlagen; es sei sehr gefährlich über die Cordilleren in die Wüsten auf der anderen Seite zu steigen, wo die Wege so schlecht seien, daß die Reisenden während der Hälfte der Zeit von den Pferden keinen Gebrauch machen können, sondern durch Morast, Sumpf und Dickicht durchdringen müßten. Außerdem soll das Land sehr ungesund, voll Fieber und Insekten und die Atmosphäre so dumpf und feucht sei, daß die Kleider an den Leibern der Reisenden verfaulten. Sie sagen freilich, die Minen seien überreich an Gold und Smaragden, aber der Señor Paredes ist, seitdem ihm die Hälfte der Sanchez'schen Besitzungen zugefallen, so wohlhabend geworden, daß er nicht mehr nöthig hat, sein Leben in den Bergwerken der Gefahr auszusetzen. Aber Ew. Excellenz essen ja nicht; habe ich die Wünsche Ew. Excellenz nicht getroffen? Das ist das beste Frühstück das wir hier haben fertig bringen können, aber freilich, Ew. Excellenz werden wohl an eine so glänzende Lebensweise gewöhnt sein, daß selbst unser Bestes dem Herrn Grafen ungenießbar vorkommt."

„Ganz das Gegentheil, Doña Mariquita. Das Frühstück ist ganz vortrefflich, aber um die Wahrheit zu sagen, ich bin krank, schon seit mehreren Wochen habe ich mich schlecht befunden und Ruhe ist für mich nöthiger wie Nahrung. Würden Sie so freundlich sein und ließen mich hier eine halbe Stunde ausruhen? Ich würde Ihnen sonst weiter keine Mühe mehr machen."

Doña Mariquita war entzückt. Carrera wollte offenbar die Rückkehr Mercedes abwarten. Wenn das Mädchen nur schnell nach Hause kommen wollte! Weshalb mußte sie auch so lange fortbleiben? Das alte Weib legte ein Kissen auf das Sopha und eilte dann wieder in den Laden, wo sie eine lange Unterredung mit ihrem Freund und compadre, dem Mayordomo von Manuel Paredes hatte. Als sie aber in das Zimmer zurückkehrte, entdeckte sie zu ihrem größten Erstaunen, daß der Besucher es bereits verlassen hatte. Er hatte ein Goldstück auf den Tisch gelegt, aber das ganze Frühstück stand noch da beinahe unberührt.

5. Die Ernennung.

Eine Stunde später befand sich Carrera in der allerhöchsten Gegenwart des Präsidenten der Königlichen Audienz.

„Ich bin gekommen," begann der Erstere, „um Ew. Excellenz an ein altes Versprechen zu erinnern. Ich hatte allerdings sehnlichst gehofft, daß die Nothwendigkeit nicht eintreten würde, Ew. Excellenz mit der Bitte um Erfüllung dieses Versprechens zu belästigen."

„Ich würde es sehr bedauert haben, wenn Sr. Majestät treuester und hervorragendster Unterthan in diesem Königreich mir niemals Gelegenheit gegeben hätte, ihm einen Dienst zu erweisen."

„Als ich vor vielen Jahren mir die Freiheit nahm, an die Gnade Ew. Excellenz wegen der Señora Sanchez und Anderer, die durch die Revolution von 1592 schwer gelitten hatten, mich zu wenden, bedauerte Ew. Excellenz, daß die Regierung nicht im Stande sei, dieses Gesuch zu gewähren, erklärte aber, daß Ew. Excellenz bereit sei, irgend eine Bitte zu erfüllen, die ich jemals aussprechen würde. Bis dahin hatte ich noch keine Gelegenheit, von der Freundlichkeit Ew. Excellenz Gebrauch zu machen; aber jetzt ist die Gelegenheit da; ich fühle in mir das Streben, mich auszuzeichnen; ich sehne mich nach Thätigkeit. Ich bin unzufrieden mit mir selbst und muß irgend etwas unternehmen, das verschieden ist von dem eintönigen Leben auf der hacienda. Es geht jetzt eine Expedition nach Macas ab, der Kommandeur derselben ist noch nicht ernannt und so bitte ich darum, daß mir diese Stellung gewährt werde."

„Ihnen, mein lieber Graf?" rief der Präsident mit ungeheucheltem Erstaunen aus. „Ihnen? Sie wollten wirklich ein Leben des Luxus, der Behaglichkeit und des Vergnügens mit den Mühsalen, Unbequemlichkeiten und Gefahren eines solchen Kommandos vertauschen?"

„Ich wünsche mir nichts besseres und ich hoffe sehnlich, daß Ew. Excellenz meine Bitte nicht abschlagen werden."

„Aber wissen Sie denn nicht, amigo, daß ich die Stellung schon einer ganzen Reihe von prominenten Edelleuten, Spaniern sowohl wie Eingeborenen, angeboten, aber Alle dieselbe ausgeschlagen haben?"

„Dann werden ja, wie ich nun wohl hoffen darf, Ew. Excellenz von einer großen Sorge befreit, vorausgesetzt natürlich, daß Ew. Excellenz mich für fähig halten, die Stellung auszufüllen."

„Nun, davon kann keine Rede sein, theurer Graf; aber ich bin ein zu großer Freund Ihrer Familie, um zugeben zu dürfen, daß Sie ein solches Opfer bringen. Was würde der alte Marquis sagen? Es würde sein Tod sein, wenn er Sie verlöre. Er liebt Sie wie seinen wirklichen Sohn; Sie sind seine Hauptstütze; Sie sind sein Factotum und ohne Sie würde er ja vollständig hilflos sein. Und dann Ihre Frau Gemahlin, die bezaubernde Señorita Dolores. Sie würde verzweifeln, wenn ich Sie zu einem so gefährlichem Posten ernennen sollte."

„Im Gegentheil, Ew. Excellenz, sie wünscht eben so sehnlich wie ich, daß ihr Gemahl sich in irgend einer civilen oder militärischen Stellung auszeichne."

„Natürlich ja, aber nicht durch eine solche. Die Wahrscheinlichkeit, daß Sie nicht zurückkehren, im Falle es in Macas wirklich zum Ausbruch kommen sollte, würde wie neun zu eins sein."

„Ich will nur noch hinzufügen, daß ich die Ausgaben meiner eigenen Ausrüstung selbst bestreiten werde, daß ich meine Dienste ohne irgend welche Vergütung anbiete, und daß ich bereit bin noch heute, oder wenn die Truppen marschbereit sind, die Stadt zu verlassen."

„Ich kann nicht daran denken, Herr Graf. Ihre Gemahlin müßte mich ja für ein Ungeheuer halten, das sie ihres Gatten beraubte."

„Nun, und wen würden Ew. Excellenz ernennen, wenn mein Gesuch nicht berücksichtigt werden sollte?"

„Wir würden wahrscheinlich auf unsere erste Idee zurückkommen und einen der beiden Kapitäne, die die Expedition begleiten, zum Kommandeur der ganzen Streitmacht machen. Das ist der einzige Weg, im Falle kein Mann von Prominenz und Ansehen aufgefunden werden könnte."

„Ich weiß nicht, welchen Grad von Prominenz und Ansehen Ew. Excellenz verlangen, aber ohne unbescheiden zu sein, darf ich wohl auf etwas von Beiden Anspruch machen. Prominent wurde ich durch den Angriff, der vor sieben Jahren auf mich gemacht wurde, und zu Ansehen bin ich gelangt durch die Gunst und Gnade meines hochherzigen Herrn, des Königs, obschon ich nur wenig gethan habe, sie zu verdienen. Und gerade darin liegt der Grund meines Ehrgeizes. Ich will die Ehrenbezeugungen, die man mir erwiesen, auch verdienen und ich sehne mich darnach, meinem patriotischem Eifer Ausdruck zu verleihen. Wenn Ew. Excellenz mich für das Kommando ernennen, werde ich nicht nur, wie ich schon gesagt habe, meine eigenen Unkosten decken, sondern ich werde auch meinen Antheil zu den allgemeinen Kosten der Expedition beitragen, indem ich Ew. Excellenz innerhalb einer Stunde tausend Unzen Gold zur Disposition stelle, die einzig und allein für den Dienst des Königs und zwar lediglich für diese Expedition verwendet werden sollen."

Dieses Anerbieten beseitigte sofort alle Bedenken des habsüchtigen Spaniers. In der That, er hatte darauf gewartet. Er würde natürlich Carrera die Ernennung ohne irgend welche Vergütung übertragen haben und sogar froh gewesen sein, wenn er sie angenommen hätte, aber als er sah, wie eifrig Carrera sich darum bemühte und wie verschwenderisch er mit Geld zu sein schien, hielt der schlaue Präsident sich zurück, um eben das gewünschte Resultat zu erzielen. Als ihm das denn auch schließlich gelungen war, fiel er Carrera mit affectirtem Pathos um den Hals, umarmte ihn ganz begeistert und rief aus: „Graf, Sie sind in Wirklichkeit ein Patriot. Der König hat in seinem ganzen Reiche keinen besseren Unterthan. Sie verdienen es, was Sie wirklich sind, der erste Edelmann des Königreichs zu sein. Gott segne Ihr loyales Herz. Solch' hochherziger Geist der Selbstaufopferung ruft in mein Gedächtniß die schönsten Tage des klassischen Griechenlands und Roms zurück. So sehr ich es auch bedauere," fügte er hinzu, indem er Carrera's Schultern freiließ und beide Hände desselben ergreifend sie enthusiastisch schüttelte, „Ihren patriotischen Wunsch erfüllen zu müssen, so habe ich doch unter diesen Umständen nicht das Recht, denselben zurückzuweisen. Sie haben jetzt meine Zusage zu einer zwingenden Pflicht gemacht, deren Erfüllung jetzt der Dienst des Königs verlangt. Sie sollen die Ernennung haben. Sie sind der königliche Standartenträger dieses Königreichs und es ist auch ganz in der Ordnung, daß dieses Kommando Ihnen anvertraut werde. Ich werde Ihr Patent sofort ausstellen lassen; die Instruktionen für den Kommandanten sind längst fertig und ich kann Sie Ihnen sofort einhändigen."

„Ich habe noch eine zweite Bitte, um deren Gewährung ich Ew. Excellenz ersuchen muß."

„Sprechen Sie."

„Meine Gemahlin wünscht, wie ich Ew. Excellenz bereits gesagt habe, daß ich gehe." Diese Angabe, dachte Carrera ist buchstäblich wahr, wenn auch gerade nicht in dem Sinne, in dem sie der Präsident aufnehmen würde. „Ihr Ehrgeiz wird sie sicher mit meiner Abwesenheit versöhnen. Aber ich glaube, daß die Befurchtungen Ew. Excellenz in Betreff des alten Herrn, meines Schwiegerpapas, wohl begründet sind. Ich möchte nicht wünschen, daß seine Gefühle verletzt werden und deshalb bitte ich Ew. Excellenz es nicht öffentlich bekannt werden zu lassen, daß ich persönlich um die Ernennung nachgesucht habe. Lassen Sie es so verstanden werden, als sei mir der Antrag ohne vorherige Verständigung gestellt worden."

„Ich verstehe, ich verstehe; verlassen Sie sich ganz auf mich, theuerster Graf. Ich verstehe nicht allein, sondern weiß auch die zarten Rücksichten, die Ihnen alle Ehre machen zu würdigen. Ueberlassen Sie den alten Herrn nur mir, ich werde die Angelegenheit, soweit er in Betracht kommt, schon in bester Weise arrangiren."

Ehe eine Stunde vergangen war, befanden sich die tausend Unzen Gold in den Händen des Präsidenten der Königlichen Audienz, der sie sofort nicht etwa in den königlichen Schatz, sondern in seiner eigenen schweren Schatulle deponirte, aus der sie erst mehrere Jahre später, als Sr. Excellenz nach Spanien zurückgekehrt waren, wieder zum Vorschein kamen. Es wurden auch trotz der Carrera'schen Schenkung keine Abzüge gemacht in der Berechnung der Ausgaben, die diese Expedition verursachte, und die aus dem königlichen Schatze bezahlt wurden.

Ein Detachement der beiden Kompagnien, aus denen die Expedition bestehen sollte, hatte Quito am Tage vor Carrera's Ernennung verlassen; ein anderes Detachement war am Morgen desselben Tages abmarschirt und der noch übrig bleibende Theil der Truppen erhielt von ihm Marschordre, fast ehe die Tinte trocken war, mit der sein Patent unterzeichnet wurde. Carrera beschloß sofort abzuziehen. Als Dolores von einigen Besuchen, die sie bei befreundeten Damen gemacht hatte, zurückkehrte, fand sie ihren Vater, die Tante Catita und sämmtliche Diener weinend um Carrera, der im Hofe stand, gestiefelt und gespornt und bereit aufzusitzen, da er seine Abreise so lange aufgeschoben hatte, bis seine Gemahlin zurückkehrte.

Fest entschlossen wie er war verließ ihn der Muth doch im entscheidenden Augenblick. Sein Gesicht war leichenblaß geworden und sein Herz klopfte beinahe zum Zerspringen gegen die Brust als er auf sie zutrat, und so, daß alle um ihn es hören konnten, in einem raschen Ton, als wolle er Dolores keine Zeit lassen, sich von ihrem Erstaunen zu erholen, ihr zurief: „Dolores! Der Präsident der Königlichen Audienz hat sich bewogen gesehen, mich zum Kommandanten der Expedition nach Macas zu ernennen. In Anbetracht der vielen Gunstbezeugungen, die mir von meinem Souverain und seinem Vertreter zu Theil geworden sind, hatte ich kein Recht, dem Ruf der Pflicht mich zu entziehen. Ich habe die Ernennung angenommen."

„Julio!" rief sie aus, fast überwältigt vor Erstaunen; aber ob es geheime Freude oder wirkliches Erstaunen war, das sie zittern und beben machte, konnte Carrera nicht entscheiden.

„Ich habe die Ernennung angenommen," fuhr er fort, „und es ist von der äußersten Wichtigkeit, daß ich sofort abreise. Ich habe nur gewartet, um Dir Lebewohl zu sagen. Bald wirst Du von mir brieflich hören. Adios, Dolores!"

Dann folgte die gebräuchliche Umarmung. Beide Theile schienen stark bewegt, während die Umstehenden in lautes Schluchzen ausbrachen.

„Was bezweckst Du hiermit?" flüsterte Dolores, als sie in seinen Armen lag.

„Du hast es selbst gewollt und es ist Dein Werk," antwortete er in gleichem Tone. „Heute Morgen hättest Du mich noch halten können, aber jetzt ist es zu spät!"

„Und was beabsichtigst Du?" lispelte sie noch immer in seinen Armen und der anwesenden Zeugen wegen fest sich an ihn schmiegend.

„Dies ist ein Lebewohl für immer! Lebewohl Dolores für immer!" gab er leise zur Antwort zurück, worauf sie ihn losließ.

Er hatte bereits zwei Schritte sich von ihr entfernt, als er sich plötzlich wieder umkehrte, ihre Hand ergriff und sie einige Schritte weit von der Gruppe fortführte. „Dieses Papier," sagte er dumpf, indem er ihr die Zeilen von Paredes einhändigte, „mußt Du wohl verloren haben oder Du hast es nicht bekommen. Ich kenne den Schreiber und werde ihm persönlich Deine Antwort in Riobamba überreichen. Lebewohl!"

Wenige Sekunden später saß er zu Pferde und sprengte zum Thorwege hinaus. Ihm folgte ein berittener Diener und der Narr zu Fuß, der unter keinen Umständen seinen Wohlthäter im Stiche lassen wollte.

Als der Graf Carrera auf der Plaza vor dem Hause erschien, wurde er von einem Dutzend berittener Soldaten und einer noch größeren Zahl Freunde begrüßt, die als sie von seiner Ernennung und bevorstehenden Abreise hörten, gekommen waren, um ihm bis über die Stadtgrenze hinaus das Geleit zu geben, eine Sitte, wie sie noch jetzt in Süd Amerika gebräuchlich ist. Die Soldaten und Cavaliere schwenkten ihre Hüte um ihn zu begrüßen und riefen: „Viva el Señor Commandante!"

Carrera grüßte in derselben Weise wieder und rief: „Viva el Rey!" („Lang lebe der König!")

Dann ritt die Cavalkade mit dem alten spanischen Kriegsgeschrei, „Santiago! Santiago!" von dannen.

---

6. Eine alte Bekanntschaft und neue Gefahren.

Paredes, der allein war, reiste sehr schnell, aber Carrera konnte nur sehr langsam vorwärts kommen, wenn er für die Bequemlichkeit der unter seinem Kommando stehenden Truppen sorgen wollte. So kam es, daß Ersterer Riobamba in drei Tagen erreichte, während es dem Letzteren drei Mal mehr Zeit nahm, um dahin zu gelangen. Als Carrera endlich eintraf, befand Paredes sich bereits auf dem Rückwege nach Quito. Er hatte sofort, als er die ihn überraschende Nachricht von Carrera's Ernennung zum Kommandanten der Expedition vernahm, Riobamba verlassen, denn aus mehr wie einer Ursache vermied er ein Zusammentreffen mit Carrera. Die Ausrüstung und die Vorräthe, die Paredes für den Unterhalt der Expedition während des Marsches über die Cordilleren und durch die unwirthlichen Abhänge an der anderen Seite zu kaufen beauftragt war, waren sowohl in Quantität wie Qualität so miserabel wie möglich. Paredes hatte das billigste und schlechteste gekauft, für das der Regierung natürlich enorme Preise angerechnet waren und der Profit dieser betrügerischen Transaktion wurde zwischen dem Präsidenten der Königlichen Audienz und dessen Agenten getheilt. Die meisten der angeschafften Waaren erwiesen sich als absolut werthlos und Carrera mußte persönlich noch weitere Geldopfer bringen, um nur das Nothwendigste für die unter seinem Kommando stehenden Leute anzuschaffen. Die Königliche Audienz von den Schwindeleien Paredes' in Kenntniß zu setzen, würde nicht allein nutzlos, sondern auch gefährlich für den Ankläger gewesen sein. Obschon dieses die erste Erfahrung Carrera's im öffentlichen Leben war, hatte er doch genug gelernt, um zu wissen, daß die Hauptschuld nicht die Uebelthäter selbst, sondern diejenigen traf, die im Falle einer Klage sich als gnädige Richter gegen ihre

Mitschuldigen erweisen würden. Außerdem wollte Carrera gegen Paredes nicht das Schwert der Gerechtigkeit richten lassen, denn er hoffte immer noch, daß er eines Tages sein eigenes Schwert in das Blut dieses Schurken tauchen könnte.

Unterdessen befand sich der Letztere wohl und munter in Quito und erfreute sich des stets zunehmenden Wohlwollens und der Gunst seines mächtigen Gönners des Präsidenten der Audienz, der sich Manuel Paredes gegenüber viel dankbarer zeigte, als es der Graf Arana gewesen war.

Paredes war zeitig genug zur Stadt zurückgekehrt, um schlauer Weise auch seinen Theil zu dem vernichtenden Urtheil, das die öffentliche Meinung über Carrera gefällt hatte, beizutragen, der ja abwesend und deßhalb nach einem französischen Sprüchwort unzweifelhaft im Unrecht war. Seine häuslichen Unannehmlichkeiten wurden des Langen und Breiten in allen Familienkreisen Quito's, auf der Straße, in den Häusern der Vornehmen sowohl wie der Geringen besprochen. Es wurde überall versichert, daß er schon seit langen Jahren seine Frau mit beleidigender Kälte und abscheulicher Gleichgültigkeit behandelt hatte. Die meiste Zeit hatte er fern von ihr auf seinen Haciendas im Lande zugebracht, wo er sich mit untergeordneten Menschen und halbblütigen oder Indianer-Weibern abgab. Während der kurzen Zeiträume, die er bei seiner Frau zubrachte, hatte er die liebenswürdigste, gebildetste und eleganteste Dame von Quito mit grundloser Eifersucht und ungerechten Vorwürfen, die wahrscheinlich nur seine eigenen Verirrungen verdecken sollten, gequält. Er hatte beinahe das Herz seines alten Schwiegervaters gebrochen, der ihn so zärtlich liebte, als sei er sein eigener Sohn. Er hatte sich das Kommando für die Expedition nach Macas nur für den Zweck ausgebeten, um sich selbst aller Fesseln zu entledigen und nach Belieben seinen niedrigen und unmoralischen Leidenschaften fröhnen zu können. Daß er absolut untauglich für die Stellung war, die er erhalten, bezweifelte Niemand. Er hatte auch nicht die geringste Erfahrung und hätte eine Stellung nicht annehmen dürfen, zu der verschiedene Eigenschaften nöthig waren. Da waren wenigstens ein Dutzend Männer, erfahrene und geübte Soldaten, denen man statt Carrera's das Kommando hätte übertragen sollen, dessen Ehrgeiz ohne Erfahrung man ihre weit gerechteren Ansprüche geopfert hatte. Natürlich wußte es Niemand und Niemand hätte es auch geglaubt, daß man allen diesen Leuten die Ernennung angetragen hatte und daß sie Alle aus Bequemlichkeit und Unlust das Anerbieten ausgeschlagen hatten. Lügen und Verläumdungen reisen mit der Schnelligkeit des Blitzes, während die Wahrheit wie eine Schnecke fortkriecht und sie selten einholen kann. Ebenfalls wurde es bekannt, daß Carrera am Morgen seiner Abreise von Quito im Hause der Doña Mariquita Ycaza gewesen war und zwar ohne einen anderen Grund, als um dort sein Frühstück einzunehmen. Weßhalb er dorthin gegangen, um zu frühstücken, statt in seinem eigenen Hause, war nur unter einer einzigen Annahme erklärlich. Doña Mariquita hatte eine sehr schöne Tochter, Mercedes Castro, die Carrera wahrscheinlich auf seine Expedition nach Macas hatte mitnehmen wollen. Es mußte ihm ja ein Leichtes gewesen sein, dafür die Zustimmung der Mutter, die ja erwiesenermaßen käuflich war, zu erhalten, aber die Tochter hatte seit dem Tode ihres Verführers, Roberto Sanchez, ein so zurückgezogenes und gottesfürchtiges Leben geführt, daß es offenbar war, daß sie das unehrenhafte Anerbieten Carrera's mit indignirter Verachtung zurückgewiesen haben mußte.

So hatte sich allmälig die öffentliche Meinung in einen sehr hohen Grad tugendhafter Indignation gegen das abwesende Opfer hineingearbeitet, das man ganz allgemein verurtheilte, während jeder Einzelne mit Dolores sympathisirte, sie als die Beleidigte und Mißhandelte bedauerte und Mitgefühl für den bejahrten Vater hatte, dessen Liebe und Freigebigkeit durch solche Kälte und Undankbarkeit belohnt worden war. Carrera, der stets die Einsamkeit dem öffentlichen Geschwätz und die Bücher den Stiergefechten und Hahnenkämpfen vorgezogen hatte, und der nicht die Angewohnheit hatte, seinen eingebildeten wie wirklichen häuslichen Kummer vom Dache seines Hauses herab in die Welt hinauszuposaunen, blieb in den eleganten Gesellschaften der Hauptstadt ohne einen Vertheidiger. Es war mal so Mode geworden, ihn zu verurtheilen und so fällte wie gewöhnlich die Gesellschaft auch über diesen Fall ihr unfehlbares Urtheil, von dem sie nur erst die eine Seite gehört hatte. Diejenigen, die ihn am wenigsten kannten, verurtheilten ihn am rücksichtslosesten, und diejenigen, die selbst in einem sehr zerbrechlichen Glashaus wohnten, warfen die schwersten Steine auf ihn.

Doch jetzt müssen wir Carrera's Expedition durch die fast undurchdringlichen Wälder an den östlichen Abhängen der Andischen Cordilleren folgen. Wir finden ihn langsam und mühsam sich fortbewegen auf einer miserablen Straße, die, kaum ihren Namen verdienend, von Sevilla de Oro nach Logroño führte. Beide Städte sind seit der Zeit längst von der Erdoberfläche verschwunden. An den Stellen, wo sie früher standen, haben sich die tropischen Wälder wieder geschlossen und nur ihre Namen sind als Erinnerungen in der blutbefleckten Geschichte Perus zurückgeblieben.

Carrera hatte Sevilla de Oro nach einem langen und anstrengenden Marsche über die Cordilleren, die Abhänge herunter und durch die Wälder erreicht. Wie gewöhnlich auf derartigen Expeditionen hatte er eine beträchtliche Anzahl seiner Soldaten und eine noch größere Anzahl seiner indianischen Lastträger verloren. Sie waren dem Klima erlegen und in der Wildniß gestorben, wo keine menschlichen Wohnungen waren, sie aufzunehmen und wo keine Mittel vorhanden waren, Nahrung, Obdach oder irgend welche Bequemlichkeiten zu erlangen.

Bei seiner Ankunft in Sevilla de Oro erfuhr Carrera, daß der Gouverneur nach Logroño gereist war und Befehle für die Expedition zurückgelassen hatte, ihn dort zu treffen. In Logroño trieb er die „Geschenke" ein, die er den unter seiner Jurisdiktion stehenden Häuptlingen der Indianer-Stämme als „freiwillige Beiträge" aufgelegt hatte, zur Deckung der Unkosten für die großen Festlichkeiten, die er zu Ehren der Thronbesteigung Philip III. zu veranstalten die Absicht hatte. Die weißen Einwohner von Logroño hatten sich sehr aufsässig gezeigt und deßhalb wollte er, so dachte der Gouverneur, diesen zuerst seinen militärischen Gruß schicken, sobald er allen Goldstaub, den er von den Indianern erpressen konnte, in Sicherheit gebracht hatte.

Carrera's Leute bedurften der Ruhe und Erholung. Nachdem sie Wochenlang sich mühsam durch die einsame Wildniß geschleppt hatten, bedurften sie vor allen Dingen des heiteren, aufregenden und belebenden Verkehres der menschlichen Gesellschaft. Aber die Befehle des Gouverneurs lauteten peremptorisch und die Bedingungen, unter denen Carrera nach seinen Instruktionen die Macht hatte, ihn abzusetzen und einen anderen anzustellen, waren noch nicht zur Genüge vorhanden. Deßgleichen wollte auch Carrera nicht eher von seiner Macht Gebrauch machen, bis er den Gouverneur getroffen und von ihm die Darlegung des Sachverhalts gehört hatte. Carrera beschloß daher, diejenigen von seinen Soldaten, die zu krank und erschöpft waren, ihm zu folgen, in Sevilla de Oro zurückzulassen und mit dem Rest seiner Macht den Marsch nach Logroño fortzusetzen. Der Rest seiner Macht! Derselbe bestand etwa nur mehr aus einem Drittel der Leute, die mit ihm Riobamba verlassen hatten. Das Klima der Wälder war ein zu gefährlicher Feind, gegen den die liebesvollste und selbstaufopfernde Aufmerksamkeit Carrera's nichts ausrichten konnte.

Zwei oder drei Tage waren seit seinem Abmarsch von Sevilla de Oro vergangen. Der Marsch war ermüdend und beschwerlich bis zum Aeußersten. Die Straßen waren thatsächlich kaum zu passiren — „Straßen für die Vögel aber nicht für die Menschen", wie ein spanisches Sprüchwort sagt—während das Land völlig entvölkert zu sein schien. Seit den letzten vierundzwanzig Stunden hatte die Expedition kein menschliches Wesen getroffen, ausgenommen einige tätowirte Wilde, die bei Annäherung der Truppen die Flucht ergriffen und in dem Dickicht der Wälder verschwanden. Nach der ersten Tagereise von Sevilla de Oro traf man auf dem Wege auf keine Haciendas mehr. Die Stille und Einsamkeit der Urwälder war ermüdend bis zur Erschöpfung. Die Regengüsse vermehrten sich, je weiter die Truppen in das Innere der Wälder eindrangen und es war für die Soldaten absolut unmöglich, ihre Waffen vor Rost zu schützen und ihr Pulver trocken zu halten.

Gegen Ende des dritten Tagemarsches, als nach den Versicherungen der Führer die Thürme von Logroño bald in Sicht kommen sollten, entdeckten die an der äußersten Spitze marschirenden Patrouillen vier oder fünf Männer, die aus einem Gebüsch am Wege aufsprangen und die Soldaten mit jubelnden Freudenbezeugungen begrüßten. Die Soldaten in der Vorhut ritten auf dieselben zu und bald gesellte sich Carrera zu ihnen, der gerade von einer Inspektion des sich sehr lang ausdehnenden Zuges zurückkehrte.

Als die Fremden den steilen Abhang zur Linken der Straße herniederstiegen, wurde Carrera durch die Erscheinung eines dieser Männer auf's Höchste überrascht, denn trotz des Haares und des Bartes dieses Mannes, die ungewöhnlich lang und verwildert waren, und trotz der Zerissenheit, Zerlumptheit und Verkommenheit des Burschen, erkannte er doch die ihm in ihrer ganzen entsetzlichen Wildheit unvergeßlichen Augen Juan Castro's.

„Laßt diese Leute nicht aus den Augen!" flüsterte er dem ihm zunächst befindlichen Soldaten zu. „Laßt keinen derselben sich entfernen, ich habe meine guten Gründe dafür!"

Unterdessen hatte der Anführer der Vorhut angefangen, die Leute zu examiniren: „Wer seid Ihr und woher kommt Ihr?"

„Um der Liebe Gottes Willen!" rief Juan Castro aus, „gebt uns etwas zu essen, wir sind nahe daran zu verhungern."

„Woher kommt Ihr?" frug der Führer weiter, während einige der Soldaten ihre Satteltaschen öffneten, zur unaussprechlichen Freude der Fremden, die auf jede Bewegung der Reiter mit dem Ausdruck hungriger Gier, die geradezu peinlich anzusehen war, achteten.

„Seit den letzten achtundvierzig Stunden haben wir uns in den Wäldern, in Dickichten, Schluchten und hohlen Bäumen verborgen gehalten und haben seit nahezu drei Tagen nichts zu essen gehabt."

„Weßhalb habt Ihr Euch denn versteckt?" frug der Führer weiter; aber er erhielt keine Antwort. Die Stücke Brod und getrocknetes Fleisch, welche die Soldaten aus ihren Satteltaschen hervorgezogen hatten, riefen unter den verwilderten Burschen einen Kampf hervor. In ihrer Hast, den ersten Bissen zu erhalten, waren zwei zu Boden gefallen und da sie zu schwach waren, um sich wieder auf die Füße zu erheben, erhoben sie ein klägliches Geheul, während ihre glücklicheren Kameraden die Stücke, die sie erbeutet hatten, mit wahrem Heißhunger verschlangen.

Einige Soldaten zu Fuß, die jetzt die Vorhut eingeholt hatten und die Fremden aufhoben, welche zu Boden gefallen waren, gaben diesen Aguardiente zu trinken, aber die armen Teufel hörten nicht auf zu wimmern, bis man ihnen auch etwas zu essen gegeben hatte.

Der Soldat, an den Carrera sich zuerst gewandt hatte, sagte jetzt: „Ew. Excellenz brauchen nicht daran zu denken, daß diese Leute fortlaufen werden, sie sind mehr todt wie lebendig."

„Das ist sehr auffallend!" antwortete Carrera. „In der That sehr auffallend! Jaramillo! fahren Sie mit Ihren Fragen fort, sie können während des Essens antworten."

Der Führer wiederholte die Frage: „Weshalb habt Ihr Euch versteckt?"

„Aus Furcht vor den Indianern, Señor."

„Den Indianern?"

„Ja, Ew. Gnaden, die Indianer-Stämme haben sich unter der Führung der Jivaros erhoben. Sie haben alle Niederlassungen im weiten Umkreise zerstört und sämmtliche Bewohner umgebracht."

„Das ist ja eine entsetzliche Nachricht," sagte der Offizier und wandte sich an Carrera, der sich jetzt für verpflichtet hielt, die Examination selbst fortzusetzen. „Hattet Ihr denn keine Zeit," frug er daher, „noch Zuflucht in Logroño zu suchen?"

„Möge der Himmel unseren Seelen gnädig sein," rief einer der Fremden schaudernd. „Von Logroño ist ja nichts mehr übrig geblieben."

Ein allgemeiner Aufschrei des Erstaunens und Entsetzens folgte dieser Mittheilung und die Soldaten drängten sich ängstlich um die Fremden herum, die mit ungestillter Gefräßigkeit weiter aßen, und ohne sich um irgend etwas zu kümmern, gleichgültig gegen Alles waren bis auf die Brodbissen, die ihre Augen noch schneller zu verschlingen schienen wie der Mund.

„Mensch, Du redest irre!" rief Carrera. „Was meinst Du damit?"

„O, es ist wahr, Ew. Gnaden," sagte Castro, „Logroño ist zerstört. Die Indianer haben die Stadt während der Nacht überrumpelt und nicht eine Seele ist entkommen."

„Und der Gouverneur?"

„Sein Schicksal war entsetzlich. Sie ergriffen ihn und banden ihn auf einer Bank fest. Dann schmolzen sie das Gold, das sie für die Festlichkeiten herbeigeschleppt hatten, öffneten ihm mit einem Knochen den Mund und gossen langsam die flüssige Masse in seinen Schlund, bis er starb."

Lautlose Stille trat ein; Carrera und seine Soldaten standen da wie vom Donner gerührt, während Castro und seine Genossen weiter aßen, als gelte es das Leben.

„Wohntet Ihr, Leute, in Logroño?" frug Carrera dann nach einigen Sekunden weiter.

„Nein, Señor, wir sind vogelfreie Verbrecher," antwortete Castro ohne Rückhalt oder Furcht, „Flüchtlinge vor dem Gesetz. Ich zweifle nicht daran, daß Ew. Excellenz jetzt einen von uns erkannt haben wird. Wir konnten nicht in den Städten leben, sondern mußten uns in der Nähe der Grenzposten aufhalten, wo wir sicher waren und, wenn es nöthig wurde, uns verstecken konnten. Aber vor wenigen Tagen, als wir in den Wäldern auf die Jagd gegangen waren, sahen wir den Rauch unserer brennenden Hütte, hörten das Geheul der Wilden und wußten ganz genau, was das zu bedeuten hatte. Wenn wir keine flüchtigen Verbrecher gewesen wären, würden wir ebenfalls in die Hände der Wilden gefallen sein. Aber da die Kunst des Versteckens unsere Lebensbeschäftigung ist, entkamen wir, namentlich da wir die Wälder besser kannten wie die Indianer, die aus der Ferne kamen. Wir hatten einen geheimen Fußpfad von unserer Hütte bis an die Stadtgrenze von Logroño, wo wir Freunde hatten, gute Freunde, die uns oft geholfen haben. Aber um der Jungfrau willen, gebt mir noch einen Schluck Aguardiente. Mir wird ganz schwach zu Muthe."

Er erhielt das Verlangte und dann begann er wieder mit neuer Kraft darauf los zu essen.

„Aber wenn Ihr nicht in Logroño lebtet," frug Carrera weiter, „wie habt Ihr denn erfahren, was sich dort zugetragen hat?"

„Das wollte ich Ihnen gerade erzählen, Excellenz," antwortete Castro. „Wir hatten die Absicht, nach Logroño zu gehen. Trotzdem wir flüchtige Verbrecher waren, würde man uns doch wohl als Leute, die kämpfen konnten, aufgenommen haben. Aber die Indianer waren schon vor uns da und hatten die Stadt zerstört. Nichts ist übrig geblieben wie verkohlte Ruinen und dampfende Asche. Es war ein Abschlachten ohne Widerstand. Die wilden Thiere und Raubvögel schwelgen jetzt an den Leibern der Bewohner. Als wir die Stelle, wo Logroño gestanden hatte, erreichten, waren die Indianer bereits abgezogen, wahrscheinlich nach Sevilla de Oro, und nur diesem Umstande schreibe ich es zu, daß wir entkommen sind. Wir suchten in in den Ruinen umher, fanden aber nichts wie Leichen. Zuletzt suchten wir die Hütte eines unserer Freunde auf und fanden diesen hilflos und schwerverwundet, aber noch am Leben. Die Feinde hatten ihn als todt liegen lassen, und er war dann in ein Dickicht gekrochen; sie hatten ihn, wie so viele Andere, Zeuge des qualvollen Todes des Gouverneurs sein lassen, den sie getödtet hatten. Unser Freund hatte aus einer Unterredung erfahren, daß der Aufstand sich über die ganze Regierung von Macas erstreckte. Sie hatten sich mit einander verabredet, überall zu gleicher Zeit sich zu erheben und alle Städte zu zerstören. Der Häuptling des Bündnisses ist Quirruba der König der Jivaros. Aber mein Freund hörte, wie sie der Toa, der Shyri, zujauchzten, die also auch zur Verschwörung gehört."

Carrera fühlte einen stechenden Schmerz in der Brust, als hätte ein Pfeil ihn durchbohrt. Toa hier und im Kampfe gegen die Spanier, und er als Anführer gegen sie! Die Visionen in Mama Rucu's Hütte kamen wieder in sein Gedächtniß zurück und machten es ihm fast zur furchtbaren Gewißheit, daß er niemals lebend diese Wälder verlassen würde. Er hatte es oft gefühlt, gedacht ja mitunter fast gehofft, daß er auf dieser Expedition seinen Tod finden würde, aber als er jetzt die entsetzliche Gewißheit seines Schicksals vor Augen sah, da traf es ihn wie ein vernichtender Schlag, vernichtend, weil er so plötzlich und unerwartet gekommen war.

„Was ist aus Euerem Freunde geworden?" frug er dann nach einer Pause.

„Er ist todt!"

„Ihr habt ihn umgebracht?"

„Was blieb uns Anderes übrig, Excellenz? Der arme Teufel konnte ja nicht mit uns gehen. Sollten wir ihn liegen und eines grausamen Todes sterben lassen, oder daß die Indianer ihn fanden und ihn peinigten? Es war Christenpflicht, ihn aus dieser Welt zu schaffen."

„Du sagst, die Indianer hätten die Umgegend von Logroño verlassen?"

„Ja, Señor?"

Unterdessen war die Hauptmannschaft Carrera's ebenfalls herangekommen. Der Aufenthalt der Vorhut hatte die ganze Mannschaft zu einem Halt gebracht. Die Leute, die Castro zugehört hatten, hatten die Neuigkeiten den Nachkommenden mitgetheilt, und es dauerte nicht lange, da kannten Alle die Nachricht, die Bestürzung und Entmuthigung unter Allen hervorrief.

„Jaramillo!" sagte Carrera zu dem Offizier an seiner Seite, „wenn das, was diese Männer berichten, wahr ist, müssen wir sofort wieder umkehren. Wir kommen zu spät, um irgend Jemanden noch in Logroño schützen zu können; aber vielleicht kommen wir noch zeitig genug zur Rettung unserer Freunde in Sevilla de Oro oder in Mendoza. Und was habt Ihr eigentlich vor?" fügte er hinzu, indem er sich an Castro und seine Kameraden wandte.

„Um der Liebe Gottes willen! Ew. Excellenz wollen uns doch nicht in dieser Wildniß allein lassen. Misericordia! Señor! Nehmen Sie uns mit um der Liebe des Heiligen Kreuzes willen. Wir können kämpfen, Ew. Excellenz, und wir kennen die Wege in diesem Lande."

„Es würde eine gerechte Strafe für Dein Verbrechen sein, Juan Castro, Dich allein in der Wildniß bei Wilden und wilden Thieren zu lassen."

„Ich weiß das, Excellenz, und will es auch nicht in Abrede stellen. Gott ist gerecht und ich kann meiner Strafe nicht entgehen. Die Schuldlosen und die Schuldigen werden in gleicher Weise zu leiden haben, denn unser Schicksal ist derart, daß wir Alle vernichtet werden können. Ew. Excellenz Kommando wird wahrscheinlich von den Wilden überfallen und wir Alle getödtet werden. Aber lassen Sie mich mit Ew. Excellenz und Ihren Leuten sterben! Lassen Sie mich nicht allein zu

Grunde gehen! Lassen Sie mich nicht allein in der Wildniß zurück. Lassen Sie mich bei meinem eigenen Volke bleiben, bei weißen Männern und bei Christen. Wenn wir entkommen, bin ich in den Händen Ew. Excellenz und Ew. Gnaden mag mich nach meinen Verbrechen bestrafen; aber bei allen Heiligen im Himmel, treiben Sie uns nicht fort. Auf unseren Knieen flehen wir Ew. Excellenz um diese Gnade an."

„Wie steht es mit unseren Vorräthen, Jaramillo?" frug Carrera, ohne sich allem Anscheine nach um die Verbrecher zu kümmern, die vor ihm auf den Knieen lagen.

„Sehr traurig, Señor Commandante," erwiderte der angeredete Offizier. „Da wir glaubten, daß wir in dieser Nacht Logroño erreichen würden, hatten wir nur Vorräthe für drei Tage mitgenommen."

„Dann werden wir unsere Pferde tödten müssen, wenn wir nichts zu essen finden," bemerkte Carrera. „Auf diesen elenden Wegen können uns die Pferde doch nichts nützen." Sich dann zu Castro wendend, fügte er hinzu: „Juan Castro, wenn es auf der ganzen weiten Erde einen Menschen gibt, der verdient, an den ersten besten Baum aufgeknüpft zu werden, so bist Du dieser Mensch; und wenn es auf der ganzen weiten Erde einen Mann gibt, der den Befehl geben sollte, Dich an den ersten besten Baum zu hängen, so bin ich dieser Mann."

„Ich weiß es, ich weiß es, Ew. Excellenz," wimmerte Castro.

„Aber da Gottes Gericht über uns Allen schwebt, will ich nicht versuchen, Dein Richter zu sein. Gott hat Dich in meine Hände geliefert, aber ich will dem Urtheile Gottes nicht vorgreifen. Jaramillo, Sie mögen diese Leute im Dienst verwenden, wie Sie es am Vortheilhaftesten finden. Vielleicht werden wir sie nöthig haben. Doch jetzt wieder zurück! Die Lichtung, die wir vor etwa einer Stunde passirt haben, wird ein passender Platz sein, um daselbst die Nacht zu kampiren."

Aber es gab in der kommenden Nacht für Carrera's Leute keinen Platz der Sicherheit. Der Befehl des Rückmarsches war kaum gegeben, als die Stille des Waldes durch einen Schuß aus einer Arquebuse unterbrochen wurde, und zwar von der Seite her, die bis jetzt die Rückzugslinie gebildet hatte. Zu gleicher Zeit schienen die Gebüsche zu beiden Seiten der Straße lebendig zu werden von Wilden, deren schauerliches Kriegsgeheul plötzlich die tropischen Wälder erzittern machte. Ein Hagelsturm tödtlicher Pfeile prasselte auf die Truppen Carrera's nieder, die sofort in die heilloseste Verwirrung geriethen. Es war einer der Angriffe, bei welchem eine Flucht unmöglich ist, da die Truppen von allen Seiten umzingelt waren. Sie konnten nicht vorwärts, nicht rückwärts; sie waren eingeschlossen und vollständig machtlos gegen den fast unsichtbaren Feind. Das Pulver war naß und unbrauchbar und in Folge dessen konnten nur wenige Schüsse abgefeuert werden, die zudem wenig oder gar keine Wirkung thaten.

Zuletzt kamen die Elemente ihnen zu Hilfe. Ein furchtbarer Regenschauer, ein förmlicher Wolkenbruch brach über ihren Häuptern los; der machte wenigstens auf einige Zeit den feindlichen Angriffen ein Ende und bot Gelegenheit, die Truppen wieder zu ordnen und einen kurzen Kriegsrath zu halten. Aber der Regen erwies sich als eine sehr trügerische Hilfe und schadete schließlich mehr wie er genützt hatte. Durch denselben wurde nämlich der Boden so schlüpfrig für die Leute und die Pferde, daß es ebenso schwierig war, vorwärts zu kommen, wie sich auf der Stelle, wo man stand, zu halten. Die Kleider der Soldaten hingen ihnen so schwer an den Gliedern hinunter, daß sie kaum ihre Waffen und die Equipirung tragen konnten. Sie konnten ihre Arquebusen nicht wieder laden, da sie befürchten mußten, das wenige Pulver, das sie noch hatten, zu verschütten. Und so standen sie da wie die Schafe vor der Schlachtbank, hilflos, hoffnungslos und alle Qualen der Verzweiflung erduldend.

Nach einer Stunde theilten sich die Wolken und der Regen hörte auf. Es war jetzt Zwielicht und Schwärme von Muskitos eröffneten die Schrecken der nahenden Nacht. Es war unmöglich, die Lichtung, von der Carrera gesprochen hatte, zu erreichen, da die Leute und die Pferde bei jedem Schritt, den sie machten, strauchelten oder im Koth stecken blieben, während sie beständig von den Pfeilen der Indianer beunruhigt wurden. Die Leiden der entmuthigten Männer nahmen noch zu, als es völlig Nacht wurde, als Müdigkeit, unbeschreibliche Müdigkeit und Hunger den Schrecken der Lage sich zugesellten. Unter solchen Umständen verliert das Leben seinen Werth und wird eine Last, und der Tod wird freudig als Retter und Erlöser von den hoffnungslosen Duldern begrüßt.

7. Das letzte Lager.

Nach Tage langem Kämpfen, Marschiren und Hungern erreichte das kleine Häuflein der Flüchtlinge, ungefähr ein Drittel von denen, die von Sevilla de Ora abmarschirt waren einen freiliegenden kleinen Hügel, wo sie sich von den Anstrengungen durch das Dickicht vorzudringen, erholen und neue Kräfte für einen Weitermarsch durch die tropischen Wälder sammeln konnten. Hier konnten sie wieder für eine kurze Weile frei athmen, da sie hier nicht von den indianischen Pfeilen und den Musquitos, die in dem Dickicht unerträglich waren, belästigt wurden. Die Wolken hatten sich getheilt und man durfte sich der Hoffnung hingeben, daß die furchtbaren Regengüsse für einige Zeit aufhören würden. Die Sonne, die in den langen hoffnungslosen Tagen stets verhüllt gewesen war, lächelte noch einmal auf die Flüchtlinge herab und versprach noch einmal die aus aller Form gebrachten Kleidungsstücke, die halbvermodert von den Gliedern der Soldaten herabhingen, zu trocknen. Am Fuße des Hügels vorbei, auf dem sie sich gelagert hatten, floß ein Bergstrom mit klarem erquickendem Wasser.

Hoffnungslos hatten sie sich bis zu diesem schönen Punkte durchgeschlagen. Das Gefühl der Selbsterhaltung, die Liebe zum Leben und die Hoffnung auf Rettung waren längst verschwunden und vergessen. Ihre Kameraden, die ermattet oder vergiftet von den tödtlichen Pfeilen am Wege niedergesunken waren, hatten den Tod als das Ende ihrer entsetzlichen Leiden freudig begrüßt. Die Sorge um die Erhaltung des Lebens hatte einer völligen Gleichgültigkeit Platz gemacht. Der Tod hatte für diese Aermsten allen Schrecken verloren, sie waren erschöpft, ermattet und vom Fieber ergriffen, blutend aus eiternden Wunden zitterten ihre Glieder von übermäßiger Erschöpfung. Worte sind nicht im Stande, den entsetzlichen Marsch durch den pfadlosen Urwald mit seinen Morästen und dornigen Schlingpflanzen zu beschreiben und die Ruhe im Grabe war jedenfalls solchen grausamen Anstrengungen vorzuziehen. Nur die Furcht vor größeren Qualen, die Furcht gefangen genommen zu werden und den qualvollen langsamen Tod am Marterpfahl der Wilden sterben zu müssen, hatte den Soldaten Kraft verliehen, die bangen Nächte ohne Schlaf, die Tage ohne einen Augenblick Ruhe hinzubringen.

Jetzt aber hatte das Aufhören des Regens, das Wiedererscheinen der Sonne, das plötzliche und unerklärliche Verschwinden ihrer Verfolger und die Entdeckung einer Lichtung im Walde, die Ruhe und Sicherheit brachte, den letzten Funken der schwindenden Hoffnung wieder zu neuem Leben angefacht; die Liebe zum Leben zog wieder ein in die verzweifelnden Herzen und die Hoffnung, doch noch die Stätten der Civilisation zu erreichen, hatte sie noch einmal der dumpfen Verzweiflung entrissen.

Noch eine andere Entdeckung erfreute ihre Herzen; in dem Bergstrom am Fuße des Hügels befanden sich Fische. Seit mehreren Tagen waren sie fast ohne Nahrung geblieben; Geflügel und Wild gab es im Ueberfluß, aber sie hatten kein Pulver. Sie hatten es entweder im Kampf mit dem schleichenden Feinde verbraucht oder es war durch den Regen untauglich geworden. Die Leute hatten an Wurzeln genagt und die Stengel und Zweige der Pflanzen gegessen, aber dadurch wurden sie nicht gesättigt und gestärkt. Diejenigen also, die noch Kraft genug hatten, sich zu bewegen, zogen zum Flusse hinunter und mit rasch improvisirten Netzen fingen sie Fische, die sie in ihrem Heißhunger gleich roh verschlangen. Nachdem sie dann ihren eigenen Hunger halbwegs gestillt hatten, fingen sie mehr für ihre Kameraden und als Vorrath für den nächsten Tag. Diejenigen, die zu schwach waren, um zu gehen, versuchten die wenigen Lumpen, die ihnen noch übrig geblieben waren, um ihre Blöße zu verdecken, in der Sonne zu trocknen oder versuchten sich eine Art von Sandalen zu machen, die sie mit starken Schlingpflanzen oder Lederriemen von ihren Schwertgürteln um ihre geschwollenen und blutenden Füße befestigten.

Die Indianer waren, nachdem sie Logroño zerstört hatten, auf Sevilla de Oro abmarschirt; aber die Macas und Huambayas Stämme, die sich den Jivaros und deren Verbündeten bei diesem Angriff anschließen sollten, hatten diese enttäuscht und waren nicht auf dem bestimmten Rendezvous Platz erschienen. Sie hatten den Anschlag nicht den Spaniern verrathen, da sie eine tödtliche Furcht vor den Jivaros hatten, aber sie hatten sich in die Cordilleren zurückgezogen, um dort das Resultat des Kampfes abzuwarten. Einen ganzen Tag warteten die Jivaros auf sie in den Wäldern nahe bei Sevilla de Oro und dann entschlossen sie sich, den Angriff allein zu unternehmen. Diese Verzögerung wurde aber für den vollständigen Erfolg ihres Unternehmens verhängnißvoll. Hätten sie den Angriff, wie sie es ursprünglich beabsichtigt hatten, durchgeführt, so würden die Einwohner von Sevilla de Oro dasselbe Schicksal erfahren haben, wie die von Logroño. Nicht Einer von ihnen wäre dem Blutbad entronnen. Aber während des Tages, den die Jivaros verloren, hörten die Spanier in Sevilla, daß eine große Anzahl Indianer im Anzuge sei, die unmöglich in friedlicher Absicht gekommen sein könnten und in Folge dessen traf man hastig Vorkehrungen, sich zu vertheidigen. Als daher am nächsten Tage die Jivaros vor der Stadt erschienen, war ihre Ankunft keine Ueberraschung. Aber trotzdem waren die Spanier schlecht vorbereitet, sie hatten fast gar keine Waffen und waren nicht organisirt. Sie versuchten einen Angriff auf die Wilden im offenen Felde, eine Strecke vor der Stadt, aber statt daß sie die Wilden in die Flucht schlugen, wurden sie selbst geschlagen und unter einem fürchterlichen Gemetzel in die Stadt zurückgetrieben. Die Wilden drangen gleichzeitig mit in die Stadt ein, steckten die Häuser in Brand und umzingelten dann die Kirche auf dem großen Platze, in die die Einwohner sich geflüchtet und als letzte Zufluchtsstätte sich verbarrikadirt hatten.

Hätten die Jivaros nur ausgehalten so würden sie ihren Plan doch durchgeführt haben; aber aus irgend einer Ursache, welche die Geschichtsschreiber jener Tage nicht ermittelt haben, zogen die Indianer sich plötzlich zurück und gaben dadurch den Spaniern Gelegenheit, den Platz zu verlassen und sich auf die andere Seite der Cordilleren zu flüchten. Die Einwohner kehrten nimmer wieder in die verlassene Stadt zurück und sie blieb verlassen und verödet für immer, geradeso wie Logroño.

Nach dem Rückzuge von Sevilla de Oro theilten die Indianer ihre Macht in zwei Hälften. Der eine Theil marschirte auf Mendoza zu, dessen Einwohner jedoch noch zeitig genug Wohnungen und Eigenthum im Stich ließen und die Flucht ergriffen. Die andere Abtheilung stürzte sich auf Carrera, wie wir gesehen haben und bedrängte ihn Tag und Nacht, als er versuchte, sich durchzuschlagen, um auf die andere Seite der Cordilleren sich zu retten und von dort möglicher Weise mit Riobamba in Verbindung zu kommen. Aber sein heroischer Widerstand nützte nichts. Er konnte nothwendiger Weise nur langsam vorwärts kommen und die Entfernung, die ihn noch von den Bergen trennte, war so groß, daß er unmöglich hoffen konnte, sie mit seinen Häuflein von Siechenden und Sterbenden zurückzulegen Wenn aber keine Hülfe, keine unerwartete Hülfe von anderer Seite her kam — und das war eine Hoffnung ohne Hoffnung — so war die Stellung, die er jetzt eingenommen hatte, auf dem kleinen Hügel, sein letzter Haltepunkt und hier also mußte der Platz sein, wo sein Traum in Mama Rucu's Hütte in Erfüllung ging.

Carrera lag unter dem Schutze eines Felsens und ruhte sich aus. Seit mehreren Tagen hatte er keinen Augenblick Ruhe gehabt und es war ein so wonniges Gefühl, noch einmal die müden Glieder ausstrecken zu können. Wie erquickend müßte da die ewige Ruhe sein, die all' diesen Qualen und diesem Elend ein Ende machen würde! Er hatte sich in einiger Entfernung von seinen Kameraden hingelegt. Es war ein gefährlicher Posten, da er sich näher bei dem Walde befand, wie auf irgend einem anderen Platz im Lager. Carrera hatte den Posten für sich selbst reservirt, da er physisch sich bedeutend wohler und kräftiger befand wie alle übrigen Kameraden. Diese hatten stets geschwankt zwischen überschwänglicher Hoffnung und muthlosester Verzweiflung, während er, nicht länger mehr gequält durch Ungewißheit, sich längst in sein unvermeidliches Schicksal gefügt hatte. Er wußte, was kommen mußte und je eher es kam, desto willkommener, desto besser für ihn.

Seine Augen waren auf den Wald gerichtet und er gab scharf Acht, um sofort das Alarmzeichen geben zu können, sobald die Indianer ein neuen Angriff machen würden. Viele von seinen Leuten lagen im tiefsten Schlaf. Sie hatten sich gesehnt und geseufzt nach einer Stunde ruhigen Schlafes; dieser Augenblick war jetzt gekommen und Carrera that Alles, was in seinen Kräften stand, diesen Augenblick der kostbaren und erquickenden Ruhe nicht zu stören. Einige konnten nicht schlafen. Während des Marsches waren sie vor Müdigkeit und Mangel an Schlaf beinahe umgefallen, jetzt aber, da ihnen Gelegenheit zum Ausruhen geboten, war der Schlaf entflohen und ruhelos wälzten sie sich auf dem Boden hin und her. Andere lagen da in Fieberphantasien und verfielen bald in förmlichen Wahnsinn und es war schwer sie zu beruhigen. Glücklicher Weise, oder auch unglücklicher Weise waren sie zu schwach, um den Schlaf ihrer glücklicheren Kameraden stören zu können.

Die Sonne war im vollen Glanze untergegangen und versprach einen klaren wolkenlosen Tag. Die bleichen Strahlen des Mondes kämpften mit dem Zwielicht und spielten zärtlich auf Gras Bäumen und Dickicht. Obschon er sich fest vorgenommen hatte, wach zu bleiben und für seine Kameraden zu wachen, war Carrera doch zu erschöpft, um der überwältigenden Versuchung Widerstand leisten zu können. Die Müdigkeit erwies sich stärker wie der Wille, eine unwiderstehliche Lethargie überkam ihn und bald lag er in jenem unerklärbaren Zustand der Erstarrung auf der Grenze zwischen Schlaf und Wachen, wo alles verschwimmt und wo die Wirklichkeit

Träume, Träume Wirklichkeit zu sein schienen.

Er glaubte oder träumte, daß er den Narren, der ihm gleich beim ersten Angriff der Indianer im Stich gelassen und von dem er seit der Zeit nichts wieder gehört oder gesehen hatte, vor sich sehe, wie er sich über ihn beugte, um zu sehen, ob sein Herr todt oder lebendig sei und wie er sich dann umwandte und irgend Jemand im Walde ein Zeichen gab.

„Undankbarer!" murmelte Carrera in seinem wachenden Traume. „Du hast Deinen Wohlthäter im Stich gelassen. Willst Du ihn jetzt auch noch verrathen?"

„Nein! Amo," antwortete der Narr. „Ich bringe Hülfe—Rettung—Erlösung!"

„Für mich gibt es keine Rettung mehr" fuhr Carrera im selben Tone müder Hülflosigkeit fort: „Ich muß sterben in der Wildniß."

Während dieser ganzen Zeit hatte Carrera eine Gestalt im Auge behalten, die, nachdem sie den Wald verlassen, langsam und vorsichtig sich zu ihm heranzuschleichen suchte. Es war ein Indianer, aber nicht einer der wilden Stämme der Jivaros. Instinctiv und unbewußt legte Carrera seine Hand ans Schwert und murmelte vor sich hin: „Solange sich nur ein Mann nähert, will ich meine Kameraden nicht aufwecken." Und er träumte, daß er sein Schwert zog und es gegen den sich nähernden Feind schwang. Aber das war sicherlich nur ein Traum, denn sein Arm lag bewegungslos da und seine Hand hatte sich nicht einmal um den Griff des Schwertes geschlossen; er war wieder in den Zustand der Bewußtlosigkeit zurückgesunken.

Dann erwachte er durch eine lispelnde Stimme; Jemand hatte sich über ihn gebeugt und sagte: „Amo! Amo! erkennt Ihr mich nicht?"

Er schlug die Augen auf und erkannte das Gesicht über sich. „Mariano!" rief er zum Zeichen, daß er ihn erkannt hatte, aber ohne Erstaunen oder Verwunderung. Er war eben noch zu betäubt und schlaftrunken, um darüber nachzudenken, wie Mariano dort hin, und namentlich wo er hergekommen sein konnte.

„Ja, Amo, es ist Mariano, der gekommen ist, Sie zu retten. Oeffnen Sie Ihre Lippen und trinken Sie dieses" und während der Narr Carrera's Haupt emporhob, goß Mariano den Inhalt der Flasche seinem Herrn in den Mund. Carrera schluckte den Trunk gierig herunter. Er erwärmte ihn und belebte seinen ganzen Körper. Ein köstliches ermattendes Gefühl überkam ihn, ähnlich wie das, das ihn ergriffen, als er den ersten Becher Samarucu in Mama Nucu's Hütte getrunken hatte.

„Jetzt schlafen Sie, Amo, schlafen Sie ohne Furcht. In dieser Nacht wird kein Angriff gemacht werden. Nach Mitternacht wird die Shyri Toa kommen, um Sie zu sehen. Sie will Sie treffen am Bergstrome da unten unter den großen Bäumen. Ich werde das Geschnatter eines Affen nachmachen, gefolgt von dem Gekrächze eines Papagei's. Wenn Sie das Zeichen vernehmen, kommen Sie und sehen Sie die Shyri. Sie werden so sicher sein wie in Ihrem Hause in Quito. Kein Unheil wird Ihnen widerfahren, so lange wie sie in der Nähe ist."

Nachdem Mariano also gesprochen, wurde Alles ruhig, alle Visionen verschwanden und Carrera verfiel in einen langen traumlosen Schlaf. War es sein letzter Schlaf auf Erden?

8. Lebewohl.

Carrera fühlte wie neugeboren, als er erwachte; seine Müdigkeit war verschwunden, seine Glieder gestärkt und selbst ein Gefühl körperlicher Kraft war zurückgekehrt. Ohne Beschwerden erhob er sich und warf einen Blick auf sein Lager; fast alle seine Leute schliefen, mit Ausnahme derer, die das Fieber wach hielt. Selbst die Wachen schliefen wie die übrigen Außenposten. Durfte er das zugeben, daß die Wachen schliefen? Weshalb nicht? In dieser Nacht sollte ja kein Angriff stattfinden. Hatte er das geträumt, oder hatte es ihm Jemand gesagt? War es nicht Mariano? Ja, er mußte von Mariano geträumt haben, der ihm gesagt hatte, daß er nach Mitternacht die Shyri Toa sehen sollte. Und doch war dieser Traum so lebenswahr, so faßlich gewesen. Konnte es wirklich nur ein Traum gewesen sein? Carrera hatte den Trank genossen, den sie ihm gereicht hatten und er hatte noch immer den Geschmack davon im Munde. Wenn es ein Traum gewesen, so war es jedenfalls der lebhafteste Traum, den er je geträumt.

Während er noch so darüber nachdachte, wurde er aus seinem Sinnen aufgeweckt durch das Schnattern eines Affen ganz in der Nähe der hohen Bäume am Fluß. Das war das Signal; wenn jetzt das Gekreisch eines Papageien folgte, dann war es kein Traum, dann mußte er gehen. Und in der That—da kreischte auch ein Papagei laut auf. Scharf und schrill brach der Ton durch die Stille der Nacht; es war kein Zweifel mehr, es war die Wirklichkeit. Nochmals sollte er von Angesicht zu Angesicht dem Weibe gegenübertreten, das ihn geliebt und das er betrogen hatte und das er Preis gegeben für das Weib, das ihn nicht geliebt und das ihn betrogen hatte. Er ging.

Dort, im Schatten der hohen Bäume stand sie und wartete seiner Ankunft, angethan in eine Tunica von grobem dunkelbraunem Lailich, wie es die Napo Indianer tragen; die Arme und Füße entblößt und ohne allen Schmuck mit Ausnahme des Goldreifs mit dem Smaragd auf der Stirn. Gegen einen der Bäume hatte sie Lanze und Bogen gelehnt und den Schild von hartem Holze, überzogen mit Thierfellen, wie ihn die Jivaro Indianer zu tragen pflegen. Den Köcher für die Pfeile hatte sie auf den Rücken geschoben. Dort stand sie, ihr schönes Antlitz noch immer voll Geist und Anmuth, aber aus ihren Zügen sprachen, deutlicher wie früher eine gewisse Härte, Hoffnungslosigkeit und Strenge. Sein Verrath hatte diese schärferen Linien auf ihrem Antlitze eingegraben, aber sie waren nur schwache Andeutungen der Verwüstung, die er in ihrem Herzen angerichtet. Aus einer Prinzessin, die sich einstens durch ihren Edelsinn und ihre geläuterten und edlen Gefühle ausgezeichnet hatte, hatte seine Treulosigkeit eine wilde Jivaro-Kriegerin gemacht. Er hatte ihre Hoffnungen getäuscht, ihre Existenz zerstört und den großen Endzweck ihres Lebens vernichtet. Seine Strafe war eine gerechte. Er hatte ihr Leben ruinirt und als Ersatz mußte auch er sein Leben lassen. Er hatte sie in die Wildniß getrieben und jetzt ging er selbst in dieser Wildniß zu Grunde. Er hatte ihre ehrgeizigen Pläne zerstört und die Sache ihres Volkes zusammengebrochen und jetzt war er in ihren Händen, ein hülfloses Opfer derer, die sie befehligte. Es war gerechte Vergeltung.

Schweigend wartete Toa auf seine Ankunft. Als er nahe genug war, um ihre Züge erkennen zu können, und noch einmal wieder in die wunderbaren Augen sah, die einstens ihn so liebend angeschaut und die jetzt mit solchem Ernst, nicht vorwurfsvoll, aber mitleidig und sanft auf ihn gerichtet waren, da wurde er vollständig übermannt und sich ihr zu Füßen werfend brach er in lautes convulsivisches Schluchzen aus, das seinen matten abgezehrten Körper schüttelte, wie der Sturmwind das Schilfrohr.

Toa war ebenfalls sprachlos vor Erregung. Ihre Brust hob sich schwer und Thränen erstickten ihre Stimme. Aber sie war stärker wie Carrera. Sie hatte nicht gehungert und Mühsalen ausgestanden wie er und so gelang es ihr zuerst, sich zu fassen.

„Als wir am Berge Pichincha von einander Abschied nahmen,“ begann sie leise und in traurigem Tone, „nach unserer Rückkehr von der Höhle, in die ich Dich geführt, konnte keiner von uns träumen, daß wir so das nächste Mal uns treffen würden.“

Carrera weinte noch immer bitterlich.

„Damals sprachst Du Worte der Liebe zu mir, Julio. Ich habe sie nicht vergessen. Diese Worte bilden den kurzen und süßen Traum meines Lebens und noch jetzt bin ich dem dankbar, der sie gesprochen.“

„Nein, nein! Toa, nicht das!“ rief Carrera in qualvoller Herzensangst. „Nimm jene Lanze dort und durchbohre mich. Den Todesstreich will ich segnen, den ich von Deiner Hand erhalte. Aber sprich nicht freundlich, liebevoll zu mir. Sage mir, daß Du mich verachtest, ich verdiene es! Verhöhne mich, verfluche mich, tritt mich mit Füßen! Aber sprich nicht in diesem liebevollen Tone mit mir. Die Strafe ist zu furchtbar, sie ist schlimmer wie alle Schmerzen, die ich bis jetzt erduldete.“

„Erhebe Dich, Julio!“ sagte sie dann, sich über ihn beugend, „und vergeude nicht die kostbaren Augenblicke durch eitle Klagen. Was geschehen ist, ist geschehen und kann nicht ungeschehen gemacht werden. Die Vergangenheit kehrt nicht wieder und die Wogen der Zeit rauschen nicht rückwärts. Anders würdest Du handeln, wenn Du nochmals handeln müßtest. Ich weiß es gewiß und ich habe Dir vergeben.“

„Gnade, Toa, Gnade! Du zerreißest mein Herz.“

„Würde ich nicht selbst anders handeln, wenn ich die letzten sieben Jahre wieder zurückrufen könnte? Wer bin ich jetzt? Mit Schaudern denke ich daran, was ich gethan habe. Ich habe die spanischen Colonien an den Ufern dieser Ströme vom Erdboden vertilgt und ich habe die Unabhängigkeit der Eingeborenen dieser Wälder gesichert. Aber um das zu erzielen, habe ich Blut wie Wasser vergossen. Männer, Weiber und Kinder habe ich hingeschlachtet. Wie die Furie des Todes und grauser Zerstörung habe ich mich auf diese Niederlassungen gestürzt und unter meinen Opfern befindet sich auch der Mann, den ich treu, hingebend, leidenschaftlich, ja bis zum Wahnsinn geliebt habe! Doch nein! Es soll nicht sein, Julio. Ich kann Dich retten und ich will Dich retten. In der Verkleidung eines Indianers werde ich Dich durch meinen treuen Diener Uma aus diesen Wäldern hinausführen lassen. Du sollst leben und an mich denken.“

„Und meine Kameraden, edle Shyri,“

frug Carrera, der noch immer am Boden lag, „was soll aus ihnen werden?"

„Ich kann sie nicht retten," antwortete Toa ruhig. „Jenseits der Berge, in meiner eigenen theuren Heimath, da war ich unumschränkte Königin und mein Wille war Gesetz. Aber unter den Wilden sind selbst die Häuptlinge Sklaven, Sklaven des eisernen Brauches, der Ketten, die sie nicht zerbrechen können, ohne ihr eigenes Ansehen zu vernichten. Das Schicksal Deiner Leute ist besiegelt. Sie werden alle sterben, entweder in der Schlacht oder als Gefangene. Besser für sie ist es, wenn sie mit dem Schwerte in der Hand sterben."

„Und giebt es für sie keine Rettung mehr?" drängte Carrera und versuchte sich zu erheben, aber ein plötzlicher Anfall von Ohnmacht, verursacht durch die innere Aufregung und Erschütterung bei seiner schwachen und gebrechlichen körperlichen Beschaffenheit warf ihn wieder zu Boden.

„Du bist schwach!" seufzte Toa. „Ich habe Früchte hierher bringen lassen. Dort stehen sie hinter Dir. Iß! Es sind genug für Dich und Deine Leute für eine Mahlzeit. Das ist Alles, was ich Euch noch geben kann. Eine armielige Gabe wilder Früchte ist das Einzige, das die Besitzerin von Atahualpa's Schätzen jetzt dem reichsten Mann des Königreichs Quito bieten kann. Was nützen uns unsere Schätze?"

„Und giebt es keine Hoffnung mehr für meine Leute?"

„Nein!"

„Können wir uns nicht durchschlagen?"

„Ihr seid umzingelt von zehn Indianer-Stämmen. Und die siegreichen Krieger von zwanzig Indianervölkern befinden sich zwischen Euch und Eurer Rettung. Eure Gewehre sind nutzlos geworden. Ihr habt keine Bogen und Pfeile. Deine Leute sind halb verhungert und für sie ist keine Rettung mehr. Aber laß mich Dich retten, Julio, das ist Alles, was ich thun kann."

„Würde ich jemals Deine Liebe verdient haben und würde ich jetzt Deiner Achtung werth sein, wenn ich niederträchtig genug sein würde, die armen Geschöpfe, die meiner Leitung anvertraut sind, im Stiche zu lassen? Ich muß das Schicksal meiner Kameraden theilen. Sieh dort hin!" sagte er, und zeigte auf ein paar zerrissene Fetzen, die noch an der Flaggenstange in seinem Lager flatterten, kaum im trügerischen Mondlicht zu erkennen. „Das ist das Königliche Banner, mit dem mein König mich geehrt und ausgezeichnet hat. Wie könnte ich diese Flagge und meine Kameraden feige verlassen, um nur mein eigenes elendes Leben zu retten, das der Rettung nicht werth ist! Ich ging nicht in diese Wildniß, um mein Leben zu retten, ich kam hierher, um es zu verlieren. Ich erkenne den Platz, auf welchem ich mich befinde. Ich sah ihn im Traume in Mama Rucu's Hütte, in der Nacht, bevor ich Dich zum ersten Male sah. Alles, was ich damals sah, ist eingetroffen, gerade wie ich es gesehen; Alles bis auf das Ende und dieses ist jetzt nahe."

Eine lange lange Pause folgte, die endlich von Toa unterbrochen wurde. „Ich fürchtete, daß Du Dich weigern würdest. Ich wußte es, daß Du meine Hülfe ausschlagen würdest und es macht mich beinahe wahnsinnig, daß ich Dich nicht retten kann. Und doch, Julio, kann ich nur sagen, daß Du Recht hast!"

„Dank, Toa! Heißen Dank!" rief Carrera aus, umschlang ihre Knie und küßte den Saum ihres Gewandes.

In diesem Augenblicke ertönte das Geschnatter eines Affen, gefolgt von dem Gekreisch eines Papageien.

„Das ist das Signal, daß man mich erwartet," sagte Toa. „Meine wilden Bundesgenossen dürfen nicht erfahren, daß ich mit einem Feinde ihrer Race gesprochen habe. Ich muß gehen!"

Mit diesen Worten ergriff sie seine Hände, zog ihn zu sich empor und umarmte ihn. Es war ein Augenblick des bittersten fürchterlichsten Schmerzes, dieser letzte Augenblick des Abschieds und der ewigen Trennung; der ganze Kummer der Vergangenheit und die ganze Hoffnungslosigkeit der Zukunft vereinigt in einem einzigen Schlag trostlosester finsterster Verzweiflung; und schwer zu entscheiden war es, wer unglücklicher war, er, der in wenigen Stunden sterben sollte, oder sie, die verurtheilt war, zu leben.

„Und wann werden wir wieder angegriffen?" frug Carrera, als er sich abwandte.

„Bei Sonnenaufgang!"

„Und werde ich Dich während des Kampfes sehen?"

„Ja, Du wirst mich sehen."

---

9. Das Ende.

Die Sonne war aufgegangen, so glänzend und rosig, als ob sie nur auf Glück und Lust, nicht aber auf Scenen von Grausamkeit und Blut herableuchten sollte.

Carrera hatte seine Leute zu den großen Bäumen am Flusse hingeführt, wo er sie mit den Früchten erfreute und überraschte, die Toa dort gelassen hatte. Das war ein Festmahl für die ausgehungerten Unglücklichen nach Tage lang erduldetem nagendem Hunger. Sie fühlten sich erfrischt und neubelebt und sogar kräftig genug, um Diejenigen, die zu krank und schwach zum Marschiren waren, unter den Schutz der Riesenbäume zu tragen.

Dort, wo seine Zusammenkunft mit Toa stattgefunden, hatte Carrera seine letzte Stellung genommen. Dieselbe bot den Vortheil, daß Wasser da war, um die Wunden auszuwaschen und den brennenden Durst während eines sich in die Länge ziehenden Kampfes zu lindern. Außerdem boten die dichten Zweige einigen Schutz gegen die Pfeile der Indianer, während die Lichtung, in die sich die Spanier, wenn nöthig, gedeckt zurückziehen konnten, Schutz im Rücken gewährte.

Carrera hatte seinen Leuten gesagt, daß er nach den Beobachtungen, die er während der Nacht gemacht, sicher sei, daß sie nach Sonnenaufgang angegriffen werden würden. Der Feind hatte sie solange gedrängt und verfolgt, bis ihre Schußwaffen nutzlos geworden waren und es war daher wahrscheinlich, daß die Indianer es auf ein Handgemenge ankommen lassen würden. Er bat daher seine Leute, niederzuknieen und ihre armen Seelen noch einmal Gott zu empfehlen, damit sie im nächsten Augenblick vor seinen Richterstuhl hintreten könnten.

Die Leute gehorchten und einige Augenblicke vergingen im stillen Gebet. Es war das Sterbegebet.

Als die Strahlen der aufgehenden Sonne die Thautropfen an den Bäumen und Gräsern in ebensoviele blitzende Diamanten verwandelten, tauchten die Indianer aus ihren Verstecken in den Wäldern auf und stürzten sich mit einem Mark und Bein durchdringenden Kriegsgeheul auf die Spanier, einen Moment lang die Luft mit einem Schauer von Pfeilen verdunkelnd und dann zu einer Attacke übergehend.

Der Kampf war kurz.

Die Spanier, geschwächt durch Hunger und Krankheit waren bald überwältigt. Sie fielen wie Halme unter der Sense und diejenigen, die nicht getödtet waren, wurden gefangen genommen und für die noch grausameren Qualen am Marterpfahl aufbewahrt.

In weniger wie zwanzig Minuten waren alle überwältigt mit Ausnahme eines Einzigen und das war der Führer. Er stand mit dem Rücken gegen den Baum gelehnt, unter dem Toa in der Nacht ihn erwartet hatte. Hier wollte er sterben, aber sein Leben so theuer verkaufen wie möglich. Viele der indianischen Krieger waren unter den verzweifelten und wuchtigen Hieben des christlichen Ritters niedergestürzt. Zuletzt rief einer der Wilden, der von den anderen als Führer betrachtet wurde: „Nehmet ihn gefangen. Es ist der Führer!"

Wiederum stürmten die Krieger auf ihn ein, aber nochmals richtete sein Schwert blutige Verwüstung an und trieb seine Angreifer in respektvolle Entfernung zurück. Diesem letzten Angriff folgte ein Moment ängstlicher Spannung. Plötzlich hörte er seinen Namen rufen. „Julio!" klang es im bekannten Ton und die Stimme schien aus den Zweigen des gegenüberliegenden Baumes zu kommen. Er blickte auf und sah Toa auf den vordersten Aesten, einen Pfeil mit gespanntem Bogen auf seine Brust gerichtet.

„Gott der Gnade!" schrie er laut auf und öffnete die Arme. „Sende ihn zu meinem Herzen!"

Der Pfeil schwirrte durch die Luft. Er hatte sein Ziel erreicht. „Gott segne die Hand, die ihn geschickt" murmelte es von seinen sterbenden Lippen, als er zu Boden sank. Sein gebrochenes Herz hatte aufgehört zu schlagen, seine gehetzte Seele war in Ruh!

www.ingramcontent.com/pod-product-compliance
Lightning Source LLC
Chambersburg PA
CBHW030829020726
47499CB00006B/2129
* 9 7 8 3 7 4 3 3 1 5 2 8 0 *